国家社科基金"冷门'绝学'和国别史等研究专项"车王府曲本语言研究
（项目编号：18VJX063）终期成果

车王府曲本语言研究

（上册）

王美雨 著

中国戏剧出版社
CHINA THEATRE PRESS

图书在版编目（CIP）数据

车王府曲本语言研究 / 王美雨著. -- 北京：中国戏剧出版社，2024.6. -- ISBN 978-7-104-05526-6

Ⅰ．I207.37

中国国家版本馆 CIP 数据核字第 2024LF3423 号

车王府曲本语言研究

责任编辑： 周忠建
责任印制： 冯志强

出版发行：	中国戏剧出版社
出 版 人：	樊国宾
社　　址：	北京市西城区天宁寺前街 2 号国家音乐产业基地 L 座
邮　　编：	100055
网　　址：	www.theatrebook.cn
电　　话：	010-63385980（总编室）　　010-63381560（发行部）
传　　真：	010-63381560

读者服务：010-63381560
邮购地址：北京市西城区天宁寺前街 2 号国家音乐产业基地 L 座

印　　刷：	河北赛文印刷有限公司
开　　本：	880mm×1230mm　1/16
印　　张：	36.5
字　　数：	598 千字
版　　次：	2024 年 6 月　北京第 1 版第 1 次印刷
书　　号：	ISBN 978-7-104-05526-6
定　　价：	218.00 元（全二册）

版权专有，违者必究；如有质量问题，请与出版社联系调换。

前 言

清车王府藏曲本是清代"车登巴咱尔、达尔玛、那彦图"三代王府收藏的曲本总称，因始自车登巴咱尔王而得名。清车王府藏曲本（以下简称车王府曲本）包括戏曲和曲艺两大部分，每一部分又包括诸多不同类型的戏曲和曲艺形式，它们被誉为曲海宝藏，"所包含的文献价值可与全唐诗、全宋词媲美；它的发现，叩与安阳甲骨、敦煌文书并存"，车王府曲本的语言即是这些价值的物质载体。基于此，本书从词汇和语法出发，系统化梳理与归类了车王府曲本中的相关用例，凝练其特征，提炼其价值，以期从语言层面诠释车王府曲本的相关价值。在推进车王府曲本语言研究的同时，既可为汉语语言学史的研究提供语料和理论方面的佐证，也可为古典戏曲及曲艺的研究提供新的研究视角，最终为弘扬和传承中华民族的优秀语言文化做出贡献。

一、研究的目的

（一）厘清车王府曲本的语言特征

车王府曲本具有雅言与俗语并用的特征，语法层面的零谓语"把"字句、"双处置介词"式"把"字句、极简"被"字句及一些特殊的方言语法形式，都为汉语语法史提供了多而质量高的例证。在系统观下，厘清车王府曲本中的以上语言现象，从多个层面为汉语研究及相关辞书的编纂提供帮助，是本书的一个目的。

（二）精研车王府曲本的用字类型及特征

与语言本体一样，车王府曲本中的汉字特征极为鲜明。本书既对车王府曲本中的文字现象进行了归类研究，又指明了每类文字的语用特征，在揭示车王府曲本用字特征的同时，也为相关文本的阅读扫清了文字障碍。

（三）细研车王府曲本的文化内涵

车王府曲本"是研究近百年戏曲或说唱艺术以及清代中晚期的民情、风俗、民族关系、宗教信仰等方面的不可多得的史料"。本书将视角集中于具体的题材，在系统化视域下，对车王府曲本中的文化内容做类型化及对比性研究，以期精析出它们的文化价值，为优秀传统文化的今用提供帮助。

（四）深挖车王府曲本中每类作品的话语特质

车王府曲本包括戏曲和曲艺两大类体裁。本书以话语为切入点，通过对车王府曲本词汇及语法现象的相对全面研究，凸显它所含不同体裁作品在话语层面的特质，为车王府曲本的多维度系统化深入研究提供助力，是本课题的一个研究目的。

二、主要内容

（一）主要内容

本书首先是对车王府曲本概况及研究现状做了详细研究，其次，对车王府曲本中的语法、词汇、词义系统、方言词语及汉译满语词等内容做了相对全面系统的分类研究，最后，诠释了车王府曲本在语言及文化方面的当代价值，基本上完成了对车王府曲本语言及文化的系统化研究与阐释。

（二）车王府曲本概况及研究现状

1. 车王府曲本概况

车王府曲本词语和句式的多样性及新颖性、题材的多元性及多文化性，充分体现出了车王府曲本在语言、文学及文化方面的独特价值。与其他历史文献资料一样，车王府曲本也多有流散的情况。已有资料显示，现收藏车王府曲本的单位有北京大学图书馆、首都图书馆、中山大学图书馆、日本双红堂文库、日本东京大学戏曲研究所及东京大学东洋文化研究所等。它们所收藏车王府曲本的差异主要有：①数量和剧种不同；②同一内容具有不同的名称；③存在完本与缺本之分；④用词方面有差异；⑤某些文字的字形有差异。为更好地提炼车王府曲本语言及文化的特征与价值，本书以首都图书馆编辑的《清车王府藏曲本（全印本）》为底本，从词汇及语法层面对其展开主要研究的同时，也从文化层面对其展开了一定研究。

2. 车王府曲本语法研究

车王府曲本的语法特点鲜明，就词性看，已拥有汉语现有语法系统中的所有词类。车王府曲本中的词类既有相应词类的一般语法意义和语法功能，有时也会应韵文及作者表达的需要，从而具有了临时性的语法意义和语法功能，进而诠释了相应词类的延展语法能力。因此，尽管由于韵文的原因，车王府曲本中有很多不符合语法规则的现象，但不可否认，它的语法主体特征与汉语的语法特征一致，与常规语法的差异为次要特征，且这些次要特征在其他文献中都或多或少存在，只不过因车王府曲本作者较多、内容较多，由此出现了特殊语法规则较为突出的现象。在对这些现象进行分析的基础上，本书成果着重列举了不同词类的新成员，并重点诠释了每类词中代表性词语的语法特征。句式方面，则重点研究了车王府曲本中的处置式、"被"字式、兼语式、主谓谓语句等典型句式，并对它们的套用情况做了分类研究。车王府曲本中的句式特征较为鲜明，如处置式中的"双处置介词"结构、零谓语结构，"被"字式中的极简式等，是对相关句式语法结构能力及语用能力的有力补充和证明。与句式一样，车王府曲本中的句类在普适性特征外还具有跟体裁相匹配的个性化特征，尤其是"呔""罢咧""叨""喏""不咱"等新语气词的加入，使它们在表现形式和表意方面具有了更为多样的形态与功能。

3. 车王府曲本词汇研究

车王府曲本词汇世界的形成与当时的词汇系统、社会的现实及发展、人们的认知深度及创新等有关。从研究的角度看，词汇不仅是车王府曲本的物质外壳，也是我们与车王府曲本作者、与车王府曲本所展现一切进行对话与交际的渠道。有些学者注意到了车王府曲本词汇的这种重要价值，进而对其做了一定研究。截至2023年7月16日，已有公开研究成果主要集中于以下两个维度：整体观照车王府曲本中的部分词语及研究车王府曲本成员子弟书的词语，但以上两个维度在研究广度与力度上显然无法全面架构和揭示出车王府曲本词汇的特征与价值。

从使用区域看，可将车王府曲本的词汇分为通语词汇和方言词汇两种。通语词汇包括古今通用词语、清代新产生的词语及古代专用词语等，方言词汇则以北京方言、冀鲁官话区、吴语官话区中的方言词语为主，同时也使用了其他方言区的部分词语。规整的通语词汇与地域特色鲜明的方言土语词的配合使用，使车王府曲本语言在具有独特表现力的同时，又为大量方言土语词的保留及传承提供了助力。根据我们对已整理语料的综合分析，车王府曲本词汇系统具有以下典型性特征：具有据境化生的临时性词语，具有数量庞多的新词新义和文化词语，具有适应韵文性质的形式多变的词语及其他各种较为特殊的词语现象（车王府曲本词语的表现形式较为复杂，较难将其以大条目的形式呈现，故而此处将其单归为一类），具有较多的疑难词语、等义词、市语、典故词及音译词等。在清晰系统地论述上述特点的基础上，本书对车王府曲本词语中的典型结构、固定短语、新词新义及疑难词语做了重点阐释，借此从词汇方面实现以点窥面研究车王府曲本的目的。

4. 车王府曲本词义系统研究

对车王府曲本中语法及词语所做的研究，虽或多或少牵扯到了词义，但仅是基于词汇及语法维度研究需求对词义做出的个案化、零星化阐释，还不足以展示车王府曲本词义系统的整体特点，故本书着眼于文化视角，将研究点聚焦于车王府曲本词义系统。鉴于车王府曲本的词义系统较为复杂，所包括词义类型较多，难以在成果中一一呈现，故研究中，我们仅选择了称谓类词语、服饰类词语、饮食类词语、生活日常用品类词语、建筑类词语、动植物类词语、百工类词语及官场用语类词语等作为研究点，通过对它们的详细研究，展示车王府曲本词义系统的丰富性、复杂性与文化性，为之后更具系统化和深入化的车王府曲本文化研究打好基础。

5. 车王府曲本方言词语研究

方言词语在车王府曲本中使用频率较高，既以单句中某个词语的形式呈现，还通常以整篇或整段的形式出现。与其作者主要居住在京津一带相适应的是，车王府曲本中的北京方言词语数量较多，其中的一部分可以在现有的北京方言词典或相关著作中找到佐证，但还有很多难以找到。为了体现车王府曲本中方言词语的归属，本书将其分为北京方言词语、其他方言区词语两大类。从词义看，车王府曲本中的方言词语有的较易理解，有的则很难理解，故本书在对一般方言词语进行释义的基础上，重点阐释了其中的某些疑难方言词语。车王府曲本中的方言词语数量极多，可以说，它们是古代文献中对清代方言词汇系统尤其是对北方方言词汇系统的一次数量较多的反映。从《汉语大词典（第一版）》的角度看，车王府曲本中的某些方言词语已被其收录，但书证过晚；还有一些方言词语当前也常用，但《汉语大词典（第一版）》并未收录。故从此点看，车王府曲本中的方言词语也具有辞典学价值。为充分说明车王府曲本中方言词语的情况，在对其进行分类研究的基础上，我们在研究中也点明了某些方言词语在当代的使用情况。总之，本书论及的虽仅是车王府曲本方言词语系统中的部分成员，但已是对其丰富性和系统性的充分反映，至于更多的方言词语及它们深层的文化内涵，还需要另辟研究主题进行深度研究。

6. 车王府曲本汉译满语词研究

汉译满语词指用汉语中的同音字或近音字记录的满语词，如"模林""巴图鲁""拨什户""温图混""阿吃腊""哈番""阿失"等。车王府曲本中含有大量的汉译满语词，但目前较少有学者对其进行研究，究其因，汉译满语词中的部分成员已是当代人较为熟悉的词。如"阿玛""阿哥""章京"等；或是有的汉译满语词难以准确辨认，如"瓮马马发""阿华阿罗黑""索勒因得""会剔溜秃律打"等。本书力图穷尽性地搜集整理车王府曲本中的汉译满语词并对其做出不同层面的分析。书写形式及结构方面，同一个汉译满语词的书写形式不同、汉译满语词成分不完整；词性上，车王府曲本中满语词主要包含名词、动词、形容词、副词四类，其他词类如数词在车王府曲本中也有所使用，但其使用频率明显低于以上四种词类；意义上，主要包括官场、服饰、饮食、建筑及亲属称谓，另有部分满族姓氏与人名；语用上，体现为有些作者用拟声词代替汉译满语词、汉译满语词与同义汉语词连用、有些汉译满语词难以辨认、有些汉译满语词可因文推知大体义。车王府曲本中汉语满语词的以上种种语用情况都说明，它们不仅数量多，而且系统性较强，能较为全面地体现当时满语的语用情况。

7. 车王府曲本语言研究的当代价值

车王府曲本语言研究的当代价值主要体现在语言及文化等方面。

（1）语言学方面，为相关研究及相关辞书提供新语料。车王府曲本语言特征鲜明，但目前并无相关的系统性研究成果，所以本书对当代语言学而言，具有以下价值。语法方面，车王府曲本有时虽会出现"以韵害辞"的现象，但它们都在可理解的范围内，体现在语法方面，则是无论其句式如何创新与变异，都能达到语用目的，甚至表达效果还强于常规的语法规则。从研究价值看，则是展现了汉语语法的诸多特征，同时也展现了清代韵文的独特语法特征。用字方面，车王府曲本的情况较为复杂，为相关研究提供了大量的俗字、异体字、古字的用例。为凸显这些特征，我们将研究所用语料与《清车王府藏戏曲全编》对比，发现我们依据的语料对其而言，具有以下功用：纠正部分讹字、确定某些词的正确用法。车王府曲本使用了大量的方言词语与方言句式，它们的存在，让车王府曲本在语言上呈现出了一种通语与方言并行的特征，同时也为方言学提供了诸多的研究语料。根据车王府曲本中所用方言的具体表现情况，著者认为它在方言学方面至少体现出了以下价值。①提供了大量的方言土语词。车王府曲本中有大量的方言土语词，有些甚至已经退出了交际舞台，对其进行钩沉，可为理解车王府曲本提供帮助，同时也可为当前方言词汇系统的丰富提供例证，并丰富相应的方言词汇文化系统。②提供了一些方言句式。如"把饭碗给摔了"体现了北京方言处置式里叙述词前面常黏附一个在语法上没有意义的"给"字的特征。"这是怎么话说呢"则是当时北京方言口语中的惯用句式。"将放告牌给我抬出"则体现了山东方言中的"处置标记+N（P）+给+PRON+V（P）"①句式。车王府曲本中大量的新词及新义可为《汉语大词典》②及其他辞书中的某些词语提供源出时间更早的用例，也可为其词汇系统的丰富提供一些已经定型且使用频率较高的词语及例证。为更好地证明车王府曲本在词典学方面的价值，我们不仅将车王府曲本中的词语与《汉语大词典》基本上做了全面比对，还以《汉语大词典（第二版）》第10册为例，展示了车王府曲本词汇系统中新元素的丰富性与多样性。

（2）文化学方面，为相关研究及中华民族优秀文化的传承提供了帮助。整体看，车王府曲本中的文化现象，具有以下价值：展现了中华民族文化中的诸多文化内容与类型，展示了中华优秀传统文化的强烈稳定性和可继承性，

---

① 本书中，N代指名词，P代指短语，NP即名词性短语。V代指动词，VP即动词性短语。PRON代指代词。

② 如无特殊说明，本书中《汉语大词典》代指《汉语大词典（第一版）》。

展现出中华民族对某些文化的执着创新思想，体现了中华民族文化的包容性特征，展现了中华民族"百里不同风，千里不同俗"的文化特质，展现了清代某些行业的习俗，展现了清代丰富多彩的生活百态场景。对其进行研究，可为中华民族优秀文化的传承提供部分助力。

（三）重要观点

1. 车王府曲本在词汇及语法方面具有重要研究价值

虽然车王府曲本是韵文，具有不少"以韵害辞"或违反语法规则的现象，但这对于篇幅浩繁的车王府曲本而言，并不影响其主体语法特征的规则性，车王府曲本这种不规则与规则兼有的语言现象反倒是对汉语系统具有稳定性、可塑性等特征的生动说明。事实上，从偶然性到必然性、从不规则性到规则性，是语言发展中不可忽视也无法回避的一种现象，即车王府曲本中的不规则语言现象，因其韵文属性而生，是符合韵文语用范畴的产物。故我们研究车王府曲本中的非规则语言现象时，可注重从语用角度出发，对其受韵文影响而使用的一些语言形式，可只陈述其原因，而不对其做理论性的深入分析，也不将其作为普遍性语法现象。通过对车王府曲本语料的整理及研究，我们认为这种研究观点是可取的，因为车王府曲本中的语言现象，无论是规则的还是不规则的，实际上都是人们对语言现象的认知心理及审美心理在戏曲及曲艺范畴内的一种反映。为了增强对戏曲及曲艺语言研究的理论深度及提升相关研究的价值，研究时，可将视野聚焦于韵文范畴内，如此，也不会将其与其他体裁的语言研究混为一谈。

2. 车王府曲本蕴含着丰厚的社会文化内涵

车王府曲本中的改编部分内容，涵盖了从商代到相关作品创作时的内容，其中既有对原著中文化内容的保留，又有作者演绎的文化内容及真实的清代文化内容，这部分作品中由此就具有了双重时代的文化属性；原创部分的内容，则是作者对当时史实或社会文化现象的韵文化诠释。两部分内容中的文化现象叠加在一起，可以构成一幅简洁的古代文化史。但这些文化现象隐含在具体文本的话语及内容之后，准确梳理并阐释它们，需要丰厚的语言学、文学、文化学、民俗学及民族学等多学科知识，同时，还要具有"古为今用"的意识，以及正确的当代文化价值观。即是说，研究车王府曲本之类的古代文学艺术作品时，应注意研究视角的多学科性。

三、研究的意义

（一）可为清代语言学史乃至汉语史的研究提供助力

针对从语言本体维度研究清代戏曲及曲艺等文献的成果相对较少的现状，本书对车王府曲本中的词类、典型语法现象及词汇现象做了系统化分类研究。如零谓语"把"字句在车王府曲本中有400多个用例，是古代文学作品中零谓语"把"字句的集大成者，本项目对其做的多维度研究，既为相关研究提供了整理好的大量零谓语"把"字句例句，又清晰地呈现了车王府曲本中零谓语"把"字句的普适性特征和个性化特征。对车王府曲本俗字的整理与研究，为相关研究提供了部分其他字书没有收集的俗字，也展示了清代中后期人们的用字心理。以上内容为清代语言学史乃至汉语史的研究提供了戏曲及曲艺方面的研究成果。

（二）可为清代汉译满语词的研究及相关文本阅读提供助力

车王府曲本中含有大量汉译满语词，它们独特的构词方式及内涵是对清代满汉文化交融现象的一种反映，在民族交流史、社会学及历史学等学科方面都有着极为重要的价值，换言之，其价值已经超越了通常意义上的词汇学及词典学价值。本书从车王府曲本整体着眼，穷尽性地搜集整理车王府曲本中的汉译满语词，对其做出的系统化研究及从文化角度对其进行的归类研究，对车王府曲本汉译满语词及清代汉译满语词乃至清代满语史的研究都有裨益。如据著者目力所及，目前尚无对昆曲《请清兵全串贯》中汉译满语词的相关研究成果，本书对其所蕴含的"阿铺凯合色""沙那哈福尔丹""恩都凌额合色"等17个汉译满语词、对子弟书《查关》中的"哑巴得""西呢发得""鸡尊"等43个汉译满语词的研究，既体现了清代汉译满语词的相关情况，也是对清代满语史研究的一个贡献。本书对车王府曲本中诸多汉译满语词意义的阐释，可为理解车王府曲本中相关的文本内容提供帮助。

（三）可为相关辞书及研究提供系统而丰富的语料

著者在对车王府曲本中词语做相对穷尽式整理的同时，全面查阅《汉语大词典》，发现车王府曲本中有大量词语未被其收录、大量词语的书证过晚。为充分表明车王府曲本词汇的新颖性特点，在全面对比《汉语大词典》的基础上，著者还以《汉语大词典（第二版）》第10册为参照物，逐一比对车王府曲本中的相关词语，结果发现至少在车王府曲本范畴内，《汉语大词典（第二版）》第10册中仍然有数量不菲的词语存有书证过晚或有些词语的义位未被收录的现象。这一点是对车王府曲本词典学价值的有力说明。

（四）可为清代文化的研究提供量多面广的高质量语料

车王府曲本中的文化内容以零星及大篇幅两种形式呈现，前者主要指单一的文化词语，如"马褂""挖杭""棋炒""打茶围""柜头"等文化词语；后者则是指对某一文化现象的大篇幅描写，如对满汉两族服饰的描写，对饮食文化、侍卫文化、婚俗文化及庙会文化等的描写。两者量多面广，互为补充，提供了车王府曲本范畴内的清代文化百景图。本书对这些内容的梳理与研究、所建车王府曲本语言语料库对这些文化内容的全面收录，可为清代有关的文化研究提供已整理好的数量可观的语料。

四、学术价值和应用价值

（一）学术价值

1. 丰富和完善清代中后期语言理论体系

本书充分梳理和阐释车王府曲本的语言现象，凸显其中的典型用例，从词汇、词类、句式、句类及语用等方面对其所做的不同维度分析，可为丰富和完善清代中后期语言理论体系提供韵文方面的支撑。

2. 完善和发展戏曲及曲艺的理论体系内容

从体裁看，车王府曲本包括戏曲和曲艺两类，对其从语言和文化两个层面所进行的系统性研究，可为完善、发展戏曲及曲艺理论体系中的语言和文化内容提供助力。

（二）应用价值

1. 为近代汉语研究提供大量未曾被引用的语料

车王府曲本语虽属于近代汉语，但它的语句极少见于近代汉语的有关研究成果。本书中已阐释的车王府曲本中的语言现象及所构建的车王府曲本语言语料库，可为近代汉语的研究提供大量还未曾被相关研究引用的语料，尤其是其中的大量新词新义，不仅可用于近代汉语研究，也可用于辞典学研究及清代文化研究。

2. 为相关教学及学习提供更多维度的语料支撑

车王府曲本包括改编和原创两部分内容，其中有很多内容研究者未曾涉及，相关教科书也未曾涉及。本书所构建的语料库，既可引发世人对车王府曲本的关注，又可为相关教学提供更多维度的语料支撑，这对引导学习者从更多维度思考学科理论及理论的应用也具有积极的作用。

3. 为车王府曲本及清代相关研究提供参照成果

本书虽聚焦于车王府曲本的语言研究，但也涉及了车王府曲本中的诸多文化现象，并由此衍生出了系列研究成果。它们在拓展车王府曲本研究领域的同时，也可为相关研究提供可以参照的成果。

王美雨

2024 年 5 月

目 录

上 册

绪 论 ·· 1
 第一节 车王府曲本概况 ·· 1
 第二节 车王府曲本研究热点及趋势 ·································· 11
 第三节 车王府曲本的语言文字特征 ·································· 26

第一章 车王府曲本语法研究 ·· 47
 第一节 车王府曲本中语法概况 ·· 48
 第二节 车王府曲本中词类概况 ·· 77
 第三节 车王府曲本中的典型句式 ····································· 96
 第四节 车王府曲本中典型句式的套用 ······························ 137
 第五节 车王府曲本中句类研究 ······································· 143

第二章 车王府曲本词汇研究 ·· 160
 第一节 车王府曲本词汇概况 ·· 164
 第二节 车王府曲本中词语的典型结构 ······························ 213
 第三节 车王府曲本中的固定短语研究 ······························ 248
 第四节 车王府曲本中新词新义研究 ································· 272
 第五节 车王府曲本中部分疑难词语例释 ··························· 297

下 册

第三章 车王府曲本词义系统研究 ·· 309
 第一节 称谓类词语及其内涵 ·· 311

1

第二节　服饰类词语及其内涵 …………………………………… 334
　　第三节　饮食类词语及其内涵 …………………………………… 352
　　第四节　生活日常用品类词语及其内涵 ………………………… 365
　　第五节　官场用语类词语及其内涵 ……………………………… 373
　　第六节　动植物类词语及其内涵 ………………………………… 380
　　第七节　其他类词语及其内涵 …………………………………… 387

第四章　车王府曲本中方言词语研究

　　第一节　老北京方言词语 ………………………………………… 402
　　第二节　其他方言区词语 ………………………………………… 411
　　第三节　多形体的方言词语 ……………………………………… 431
　　第四节　有音无字的方言词语 …………………………………… 434
　　第五节　方言词语例释 …………………………………………… 441

第五章　车王府曲本中汉译满语词研究

　　第一节　满语词研究概况 ………………………………………… 450
　　第二节　车王府曲本中汉译满语词概况 ………………………… 454
　　第三节　车王府曲本典型篇目中的汉译满语词概况 …………… 460
　　第四节　车王府曲本中汉译满语词语性研究 …………………… 470
　　第五节　车王府曲本中汉译满语词文化意义类型 ……………… 504
　　第六节　车王府曲本中汉译满语词语用特征 …………………… 511

第六章　车王府曲本语言研究的当代价值

　　第一节　车王府曲本在通语本体方面的当代价值 ……………… 521
　　第二节　车王府曲本的词典学价值 ……………………………… 530
　　第三节　车王府曲本的方言学价值 ……………………………… 537
　　第四节　车王府曲本语言的文化学价值 ………………………… 542

参考文献 ………………………………………………………………… 560
后记 ……………………………………………………………………… 562

绪 论

清车王府藏曲本虽然以"车王府"命名,却是"车登巴咱尔、达尔玛、那彦图三代共同收藏的结果"[①]。车王府曲本文本内容及文化内涵极为丰富、语言极有特色,富有多重研究价值,本书即是从语言角度出发,将相关例证进行系统化梳理与归类,凝练其语言特征,提炼其语言价值,以期从语料和理论两个层面为汉语语言学史的研究提供帮助,同时,也为推动车王府曲本的研究提供助力。

第一节 车王府曲本概况

车王府曲本包括戏曲和曲艺两大类,每一类又各有自己的次类。王季思指出:"戏曲包括昆曲、乱弹、弋阳腔、吹腔、西腔、秦腔及木偶戏、皮影戏等;曲艺包括鼓词、子弟书、杂曲三大类,内容极其丰富。"[②]但首都图书馆编辑出版的《清车王府藏曲本(全印本)》(以下简称首图本)中的分类与之有所不同,如戏曲部分不含"西腔""木偶戏",曲艺部分的表述也与之有所不同,具体如表0-1所示:

---

① 黄仕忠主编:《清车王府藏戏曲全编》第1册序言,广东人民出版社2013年版,第56—59页。
② 王季思:《〈清蒙古车王府藏曲本〉序》,载首都图书馆编《清车王府藏曲本》第1册,学苑出版社2001年版,第11页。

表0–1 首图本内容简况

	次类名称						共计（种）
戏曲	次类名称	乱弹	昆腔	高腔	影戏	乐调本	某种戏词	
	数量	509	114	117	8	24	4	776
曲艺	次类名称	说唱鼓词	子弟书	大鼓书	快书	牌子曲	时调小曲	600
	数量	31	294	5	5	55	18	
	次类名称	琴腔	莲花落	长岔带戏	长岔（赶板）	岔曲（小岔）		
	数量	9	1	1	69	112		

据表0–1所示，首图本中戏曲和曲艺共有1376种，戏曲包含6种次类，曲艺包括11种次类，虽然两者的次类数量差距较大，但戏曲具体作品的数量却比曲艺多176种，只是整体篇幅要远远小于曲艺。曲艺系列中，有些作品的篇幅极长，这一点在说唱鼓词中表现得尤为明显。如《济公案》又分为110个主题，《施公案》又分为55个主题，这些主题少则二本，多则十余本。因此戏曲和曲艺的整体篇幅实际上不是由其次类的多少决定，而是由具体作品的篇幅决定，即是说，曲艺的整体篇幅长于戏曲，主要原因在于说唱鼓词的篇幅较长。

一、车王府曲本的价值

车王府曲本中的戏曲和曲艺，在形式及内容方面都有极高的价值，王季思指出："从历史戏的剧目看，自殷商至清代中叶，几乎每一朝代都有多本历史题材及其相应剧目。清代是戏曲变革的又一重要阶段，花、雅竞争所形成的'乱弹'局面，孕育了近现代最大剧种——京剧。但是'乱弹'阶段的剧目历来不容易见到，《清蒙古车王府藏曲本》填补了这方面的空白。"[①] 曲艺方面

---

① 王季思：《〈清蒙古车王府藏曲本〉序》，载首都图书馆编《清车王府藏曲本》第1册，学苑出版社2001年版，第10页。

的艺术成就同样不可忽视,"鼓词与子弟书是清代并驾齐驱的两大曲种。它们除了歌唱当代题材之外,还承担了歌咏传统文化精粹,改编古典名著的职责"①,即是说,它们不但创新了文学创作的题材,还为古典名著的创新式传承提供了新渠道。其中,"作为满汉文化交融的产物子弟书,据现存近三百种曲本看,作者大多名场失意之士,文史足以自资,转而为日趋汉化的八旗子弟撰写词曲。他们的作品清新可喜,雅俗共赏,其高度的艺术成就是孕育在几千年诗词歌赋沃土上的。从内容上它填补了我国古代长篇叙事诗发育不全之不足,其句式的灵活与用韵趋向十三辙,又开评弹、大鼓的先河。从它的特定的历史内容看,在古代的诗歌创作与诗歌艺术中,子弟书可说'前不见古人'。随着清王朝的衰亡,与西方文化的东渐,它未可能继续繁荣,又可说它'后不见来者'"②。金沛霖也指出:"它是研究近百年戏曲或说唱艺术以及清代中、晚期的民情、风俗、民族关系、宗教信仰等方面的不可多得的史料。"③学者们对车王府曲本做出的高度评价,是对它价值的一种多维度的高度评价。

与其他历史文献资料一样,现今的车王府曲本并非只存在于车王府,它的成员也多有流散的情况,如关德栋指出:"'碧蕖馆''双红室文库'以及台湾'中央研究院历史语言研究所'等处所藏曲本中,曾偶见车王府藏本,不过为数并不多。据此可知,现由清蒙古车王府藏曲本编辑委员会主持影印的这两批钞(抄)本巨制,实已囊括了清代蒙古车王府藏曲本的绝大部分,可说是几近全璧。"④原《清蒙古车王府藏曲本》前言也指出:"《清蒙古车王府藏曲本》是清代北京蒙古车王府室人多年收集的戏曲、曲艺钞(抄)本,是一部集中国近代戏曲、曲艺之大成的巨制,其史料价值、文学艺术价值及作为对清王朝由盛而衰时期反映社会生活的第一手资料,一直为国内外专家学者所瞩目。⑤"

---

① 王季思:《〈清蒙古车王府藏曲本〉序》,载首都图书馆编《清车王府藏曲本》第1册,学苑出版社2001年版,第10页。

② 王季思:《〈清蒙古车王府藏曲本〉序》,载首都图书馆编《清车王府藏曲本》第1册,学苑出版社2001年版,第11页。

③ 原《清蒙古车王府藏曲本》前言,载首都图书馆编《清车王府藏曲本》第1册,学苑出版社2001年版,第22页。

④ 关德栋:原石印《清蒙古车王府藏曲本》序,载首都图书馆编《清车王府藏曲本》第1册,学苑出版社2001年版,第15页。

⑤ 原《清蒙古车王府藏曲本》前言,载首都图书馆编《清车王府藏曲本》第1册,学苑出版社2001年版,第21页。

车王府曲本编委会指出曲本的出版，"不仅是中国戏曲、曲艺研究方面的一大盛事，也是古籍整理出版上的一大盛事"①。诸多国家领导人及行业专家对车王府曲本的出版都给予了高度评价，薄一波（1992）题词为："发掘并继承炎黄文化遗产，功在后世。"耿飚（1992）题词："努力发掘祖国文化宝库的一个创举。"程思远（1992）题词："抢救中国古文化，为学术研究作贡献。"翁偶虹（1990）题词："车王嗜曲广搜求，铁网珊瑚历历收。沧海遗珠光照眼，灿然骇瞩溯源头。"朱家溍（1990）题词："游目骋怀，足以极视听之娱，信可乐也。"关德栋题词（1990）："曲海宝藏。"另有王季思指出曲本"所包含的文献价值可与全唐诗、全宋词媲美；它的发现，可与安阳甲骨、敦煌文书并存"②。车王府曲本不仅具有娱乐作用，"还可以'观风俗，知薄厚'，为后人提供一面历史镜子"③。恰是因为车王府曲本的这种价值，所以金沛霖指出："它是研究近百年戏曲或说唱艺术以及清代中、晚期的民情、风俗、民族关系、宗教信仰等方面的不可多得的史料。④"以上题词及王季思的评论虽然角度略有不同，但都极为肯定车王府曲本具有语言价值、文化价值、学术价值及曲艺价值等多重价值。

车王府收藏的曲本数量之所以庞大，与当时社会语境息息相关。"清代是中国戏曲、曲艺艺术发展变革的鼎盛时期，各民族文化的融合，为其发展提供了新的文化背景；上至皇室，下至平民的兴趣，为其繁荣奠定了深厚的社会基础"⑤。清代戏曲、曲艺形式的繁荣不是一种剧种的繁荣，也不是在一个社会阶层中繁荣，它的繁荣是全面开花的，其"剧目之繁，形式之多，普及程度之深，均为历代所仅见"⑥。在历史的洪流中，一种独立的经典文献都有流散、亡佚的可能，作为清代曲艺集合体的车王府曲本自然也会面临这种情况，

---

① 首都图书馆：《清车王府藏曲本》第1册，学苑出版社2001年版，第2页。
② 首都图书馆：《清车王府藏曲本》第1册，学苑出版社2001年版，第11页。
③ 王季思：《〈清蒙古车王府藏曲本〉序》，载首都图书馆编《清车王府藏曲本》第1册，学苑出版社2001年版，第10页。
④ 原《清蒙古车王府藏曲本》前言，载首都图书馆编《清车王府藏曲本》第1册，学苑出版社2001年版，第22页。
⑤ 原《清蒙古车王府藏曲本》前言，载首都图书馆编《清车王府藏曲本》第1册，学苑出版社2001年版，第21页。
⑥ 原《清蒙古车王府藏曲本》前言，载首都图书馆编《清车王府藏曲本》第1册，学苑出版社2001年版，第21页。

除上文所提关德栋的论断外，据已有资料，现收藏车王府曲本的单位有北京大学图书馆、首都图书馆、中山大学图书馆、日本双红堂文库、日本东京大学戏曲研究所及东京大学东洋文化研究所等。不同的馆藏地所收数量存在较大差异，以戏曲为例，可以很好地说明这一点。

二、车王府曲本中戏曲概况

仇江、张小莹两人根据"北京大学图书馆藏《北京孔德学校所藏蒙古曲本分类目录》、北京市首都图书馆《清蒙古车王府藏曲本目录》、广州中山大学图书馆《曲本编目》和北京中央艺术研究院戏曲研究所、台北'中央研究院'历史语言研究所、日本东京大学东洋文化研究所三处所藏曲本之目录"[1]，整理出戏曲993种，并将其分为"常规戏曲、戏词、乐调本、影戏四部分"[2]。郭精锐[3]依据已有不同类型的车王府曲本目录，将资料相同的部分除外，指出北京大学图书馆收有戏曲1082册，共773种；首都图书馆收有17册，共17种；中山大学图书馆收40册，共40种；日本双红堂文库收19册，共19种。以上共计有1158册，计有849种。其中，高腔116种，昆曲108种，皮影戏13种，木偶戏2种，乱弹（皮黄）591种，乐调本19种。

车王府戏曲的这种多地点收藏、可观的剧本数量、丰富的戏曲类型等特点，决定对其整理工作不是易事的同时，使已公开出版的整理本或影印本等既体现了不同地点收藏的车王府藏戏曲的共同点，也表现了一定的差异。以黄仕忠等人所编整理本《清车王府藏戏曲全编》（以下简称黄本）、首图本、郭精锐所列《车王府曲目》（以下简称郭本）为例，三者呈现了不同地点所藏车王府戏曲的共同特点：一是车王府戏曲数量多；二是车王府戏曲的类型多；三是车王府戏曲以乱弹（皮黄）、高腔、昆腔为主；四是车王府戏曲中，有一些内容和形式完全相同但唱腔不同的剧本。三者体现不同地点现有的车王府戏曲的差异主要有：一是数量和剧种不同；二是同一内容具有不同的名称；

---

[1] 仇江、张小莹：《车王府曲本全目及藏本分布》，载刘烈茂、郭精锐等著《车王府曲本研究》，广东人民出版社2000年版，第135页。

[2] 仇江、张小莹：《车王府曲本全目及藏本分布》，载刘烈茂、郭精锐等著《车王府曲本研究》，广东人民出版社2000年版，第136页。

[3] 郭精锐：《车王府曲本与京剧的形成》，汕头大学出版社1999年版，第29页。

三是存在完本与缺本之分；四是用词方面有差异；五是某些文字的字形有差异。

黄本、首图本及郭本标明了其所收录车王府戏曲的次类，综合而言，有皮黄、乱弹、昆腔、高腔、昆弋腔、影戏、乐调本、某种戏词及木偶戏等，具体如表0-2所示。

表0-2　不同版本中车王府戏曲次类

版本\次类名称\数量	皮黄	乱弹	昆腔	高腔	昆弋腔	影戏	乐调本	某种戏词	木偶戏	共计（种）
黄本	510	69	62	171	4	29	0	0	0	845
首图本	0	509	114	117	0	8	24	4	0	776
郭本	0	656	108	107	0	13	19	7	2	912

注：某种戏词，郭本名为不明剧种；影戏，黄本名为影词；昆腔，首图本名为昆曲。各版本分类定义略有不同，上表仅供参考。

据表0-2，黄本收录的车王府戏曲类型有皮黄、乱弹、昆腔、高腔、昆弋腔、影戏，首图本则为乱弹、昆腔、高腔、影戏、乐调本、某种戏词，郭本与首图本比较一致，仅比首图本多了木偶戏一类。另郭本中所列两种木偶戏为《天门阵》《群羊梦》，黄本则将具有同样名称的《天门阵》《群羊梦》列为影戏，因郭本仅是目录，故而两者内容是否一样，尚待查证。

从表0-2数据可以看出，皮黄、乱弹的数量最多，黄本中，皮黄占60.4%、乱弹占8.2%，两者合计为68.6%；首图本中，乱弹占65.6%；郭本中，乱弹占71.9%。其次是高腔，它在黄本、首图本、郭本中所占的比例分别为20.2%、15.1%、11.8%；再次是昆腔，它在黄本、首图本、郭本中所占的比例分别为7.3%、14.7%、11.8%。至于其他的如昆弋腔、木偶戏、乐调本、影戏、某种戏词等所占比例则统一相对较少。以上数据，反映出在清代中后期皮黄（乱弹）、高腔、昆腔已经占据当时剧种的主流。

抛开所收戏曲剧本总量及剧种的不同，黄本、首图本及郭本三者的差异主要在于编者是否将皮黄和乱弹作为两个独立体，而这两者，历来是相关研究者探究的一个重点。

据黄本编者所言，其将皮黄与乱弹分开的依据在于："皮黄剧本以西皮、二黄、正板、倒板等板腔体式为标志；其用板腔体裁而间杂昆弋腔，即所谓'风搅雪'者，亦归入皮黄。其用'吹腔''梆子腔'等而无皮黄板式标记者，则定名为乱弹。"① 与黄本设置"乱弹"的原因不同，金沛霖指出《清车王府藏曲本》设置乱弹一类的原因是："《曲本》产生于'昆乱不挡'时期，当时'昆、乱、高'并称，花部诸腔相互融合，这在《曲本》中有充分的反映，剧目中既有板腔体的'西皮''二簧'，也有曲牌'山坡羊''银纽丝'等，兼有'吹腔''秦腔'……唱腔纷呈。设类时应考虑到这一时代的特征。时有'乱弹'一称，泛指雅部以外的诸腔，在呈报宫廷的席丹尚亦有'乱弹戏'一说，设立'乱弹'类能如实反映出当时剧坛的变革情况，所以我们设置了'乱弹'这一类。和'昆腔'、'高腔'并列。"② 可见，黄本设置"皮黄"和"乱弹"两类重在强调它们的区别，而首图本与郭本也不为错，其着眼点重在当时剧坛变革的整体环境。另外，学界通常将皮黄与乱弹等同，如徐慕云指出："皮黄剧，昔称乱弹。"③ 郭精锐则较为详细地解释了乱弹和皮黄两者等同的原因，他指出："所谓乱弹戏即指乾隆五十五年（1790）至光绪年间的京剧剧作。由于在这一时期，京剧处于孕育到形成的阶段，剧种不明确，故在宫廷的资料中一直被当作乱弹戏，通常也称皮黄剧。"④ 朱家溍则认为："'乱弹'这个名词，从档案和升平署遗留的曲本来看，在不同时期有不同的含义。早期曾是泛指时剧、吹腔、梆子、西皮、二黄等，与档案中所谓'侉腔'是同义语，后来成为专指西皮二黄而言，也就是现在所谓'京剧'的前身。"⑤ 可见，乱弹与皮黄并不一直等同，只是到了清代后期，两者才同指"京剧"一义，或者也可以说，皮黄表现的是唱腔，乱弹最主要表现了当时人们对京剧形成早期的一种看法。另，黄本中取自《庶几堂今乐》的28个剧本全为乱弹，其中固然有《庶几堂今乐》作者于治自己的原因，但在一定程度上也反映出乱弹在同治年间时已经成为京剧的主要别称。综上，就车王府

---

① 黄仕忠主编：《清车王府藏戏曲全编》第1册序言，广东人民出版社2013年版，第1页。
② 黄仕忠主编：《清车王府藏戏曲全编》第1册序言，广东人民出版社2013年版，第23—24页。
③ 徐慕云：《中国戏剧史》，东方出版中心2011年版，第121页。
④ 郭精锐：《车王府曲本与京剧的形成》，汕头大学出版社1999年版，第22页。
⑤ 朱家溍：《升平署时代"昆腔""弋腔"与"乱弹"的盛衰考》，《故宫博物院院刊》1995年增刊第1期。

戏曲本身而言，黄本将京剧分为皮黄和乱弹两类，有助于更好地研究它们的唱腔。

黄本还收有4部昆弋腔，皆属于隋唐戏，分别为《平顶山全串贯》《乍冰全串贯》《闻铃全串贯》《罗卜行路全串贯》，然而，首图本却分别将其归为昆曲、高腔、昆曲、高腔；郭本中除《平顶山全串贯》为昆腔外，其他列为高腔。因郭本只有目录，无法对比内容确定它们是否为同一剧本，但将黄本和首图本对比可发现，两者中这四部戏曲的形式及内容完全相同。理论上，昆弋腔是昆腔、弋阳腔两种唱腔的合称，即昆弋腔内含昆腔，但昆弋腔不等于昆腔，因为"昆弋腔的曲牌，通常是在昆曲头、昆曲尾的基础上增加一段来自早先的四平腔以及徽州腔、青阳腔的唱段"①。据此，黄本和首图本对《平顶山全串贯》《闻铃全串贯》的唱腔归类，在其形式及内容完全一致的基础上，实难判定两者属于上文所言哪种情况。同理，三者对《乍冰全串贯》《罗卜行路全串贯》的唱腔归类，也不外如此。

以上四部戏曲的剧种归类差异，在黄本、首图本及郭本中，并不是个案，即内容及形式都完全相同的戏曲，往往被列为不同的剧种，《思凡全串贯》，黄本将其归为昆腔，首图本将其归为乐调本；《四郎探母全串贯》及《望儿楼全串贯》，黄本将其归为皮黄，首图本将其归为乐调本；《救孤全串贯》，黄本中为高腔，首图本和郭本中为昆腔；《天门阵》《群羊梦》，黄本中为影词，郭本中为木偶。这种现象的大量存在，大致可说明以下两点：一是清代中晚期，内容及形式完全相同的剧本，可以用不同的剧种演出，且在当时已经成为潮流。二是也有可能因为这些剧本都是抄本，抄写者在抄录过程中，极有可能出现讹误，以致后世对这四部戏曲在剧种的界定时，因讹致讹。两者相比，我们倾向于前者，即在当时，用不同的剧种表演内容完全相同的剧本，已经成为一种潮流。

除以上特点外，车王府戏曲在剧种分布上还有以下特点：文本主体内容相同，戏名不一样，剧种相同。以黄本为例，《打严嵩》《打严嵩全串贯》《烟鬼叹》《烟鬼叹全串贯》都是皮黄，《花鼓子全串贯》《打花鼓》都是乱弹；主体内容相同，剧种及戏名不同。《青石山总讲》《红门寺总讲》为皮黄，《青石

---

① 张祎：《论中国传统戏曲曲体的转型——以浙江婺剧乱弹【三五七】为例》，武汉出版社2017年版，第60页。

山全串贯》《红门寺全串贯》为高腔。

当然，尽管黄本、首图本及郭本揭示出了车王府戏曲在剧种上以乱弹（皮黄）、昆腔、高腔为主的特征，且收藏了影戏、某种戏词、木偶等其他剧种，但并没有完全涵盖车王府戏曲的种类，正如王季思所言，车王府藏"戏曲部分以京剧为主体，次为昆曲，还有高腔、弋阳腔、吹腔、西腔、秦腔、传奇、木偶戏、皮影戏等"[①]。

三、车王府曲本曲艺概况

与戏曲部分相比，曲艺部分在车王府曲本中的形式更为多样、占车王府曲本总量的比重更大。具体而言，包括说唱鼓词、子弟书、大鼓书、快书、牌子曲、时调小曲、琴腔、莲花落、长岔带戏、长岔（赶板）、岔曲（小岔）等11种次类、共598种不同题材的作品。它们的篇数总量分别如下：子弟书为294种，岔曲（小岔）为112种，长岔（赶板）为69种，牌子曲为55种，说唱鼓词为31种，时调小曲为18种，琴腔为9种，大鼓书和快书各为5种，莲花落和长岔带戏各为1种。需要明确的是，以上数据仅是基于作品类型及名称对车王府曲本曲艺部分做出的统计，数量的多少在一定程度上是对该类曲艺形式总篇幅的反映，如莲花落和长岔带戏。但这并不是绝对现象，如说唱鼓词虽仅有31部，却是车王府曲本曲艺作品中篇幅最多的部分。首图版《清车王府藏曲本（全印本）》中，从17册到51册全是说唱鼓词，而数量最多的子弟书，则仅是从51册到56册，但51册的100多页内容为说唱鼓词，而第56册中仅有74页为子弟书，不过，尽管说唱鼓词的作品数量少，但很多作品的篇幅极长。

就文本内容的源出看，曲艺部分的作品都包括改编和原创两部分，改编部分主要来自神魔小说、历史文献及公案小说等，原创部分则是创作者对当时社会现实的描述及自己对当时社会现实有所观感后而创作。

车王府曲本中曲艺部分在题材方面特征较为鲜明，如改编自公案小说及神魔小说的说唱鼓词较多，改编自历史故事的子弟书较多。具体如下：

---

① 首都图书馆：《清车王府藏曲本》第1册，学苑出版社2001年版，第11页。

表 0-3　首图本曲艺部分题材内容简况

曲艺类型	曲艺题材来源						
	历史文献	文学作品					清代社会现实
		小说				其他文学作品	
		神魔小说	公案小说	传奇小说	历史小说		
说唱鼓词	有	有	有	有	有		
子弟书	有	有	有	有	有	有	有
大鼓书		有		有			
岔曲						有	
快书	有						
牌子曲	有	有	有	有			有
时调小曲							有
琴腔							有
莲花落							有
长岔带戏					有		
长岔（赶板）					有	有	有

据表 0-3 所示，车王府曲本曲艺各次类的题材情况较为不同。题材类型最多的为子弟书，且题材主要来自小说；其次为牌子曲，再次为说唱鼓词，其他的则基本差不多。篇幅长，就可以容纳长而详细的故事，故而长篇小说就成了适合的原料。子弟书中篇幅长的篇目主要有《翠屏山》《二人荣国府》《全彩楼》《游龙传》《十问十答》《荷花记》《全扫秦》《马上联姻》《鸳鸯扣》等，除《鸳鸯扣》是根据清代满族婚俗创作的作品，其他大多都是改编自各种小说。说唱鼓词与之不同，其选材重心主要在神魔小说和公案小说，而快书、岔曲、牌子曲等的选材也各有特色。选材的多元性、多文化性，充分体现出了车王府曲本曲艺部分在题材方面的价值，尤其是几乎每类曲艺形式中含有

的关于清代社会现实的篇目，它们的价值比改编部分内容的价值更高。不仅具有文学艺术价值、文化价值，还有社会学、民俗学及语言学价值，等等。但学界对它们的关注度并不同，除子弟书外，几乎未见有关其他曲艺形式的作品。

综上，车王府曲本在体裁及题材两方面，都呈现出了丰富性、现实性及独特性等多种特性，其价值已远超出了曲艺维度。

第二节　车王府曲本研究热点及趋势

朱自清（1943）在为王力先生《中国现代语法》作的序中指出研究汉语史时，"时代确定，就没有种种历史的葛藤；地域确定，就不必顾到方言上的差异；材料确定，就不必顾到口头的变化"①。车王府曲本创作的时代确定，所描写的内容也基本确定，无论在语言还是文字方面，都有自己明确且鲜明的特征，因此有关车王府曲本的研究呈现由单一向多维发展的趋势。

从车王府曲本得以整理面世以来，有很多学者对其做了不同层面的研究，但研究成果的数量和维度还无法与它的价值相匹配。为呈现学界对车王府曲本的研究全貌，揭示出车王府曲本的研究热点及研究中的薄弱点等。著者在中国知网期刊数据库（以下简称"中国知网"）中选取符合条件的论文，利用 CiteSpace V 对其做了多维度的可视化分析。

具体做法是将主题检索词定为"车王府"，不限研究的开始时间，限制研究结束时间为 2022 年 12 月 31 日，人工剔除掉新闻、会议通知、书评及与本研究无关的学术论文等，共获得有效学术论文 175 篇，包括学术期刊论文和硕博士学位论文。利用 CiteSpace V 软件绘制出相关成果的科学知识图谱，包括发文趋势图、期刊分布、核心作者、核心发文机构、关键字聚类、关键字共现、关键字时区分布、关键字突现等的图谱，力图精准回答的核心问题为：（1）自 1986 年至今车王府曲本的研究现状如何？（2）有关车王府曲本研究成果的数量、作者和期刊的特点是什么？（3）车王府曲本的研究热点、薄弱点

---

①　王力：《中国现代语法》，北京联合出版公司 2019 年版，第 3 页。

及发展趋势如何?

一、有关车王府曲本研究的发文趋势及分布情况

据中国知网,有关车王府曲本的研究始自1986年,在年度发文数量、期刊分布及发文机构等方面特征较为鲜明,折射出了学界对车王府曲本关注度的变迁。

(一)历时发文趋势及阶段特征

某一领域或主题相关研究成果的年度发文数量变化,是反映学界对其关注力的晴雨表,175篇研究车王府曲本的文献在年度上的分布情况,可以从历时角度动态化地呈现学界对车王府曲本的研究状态,如图0-1所示:

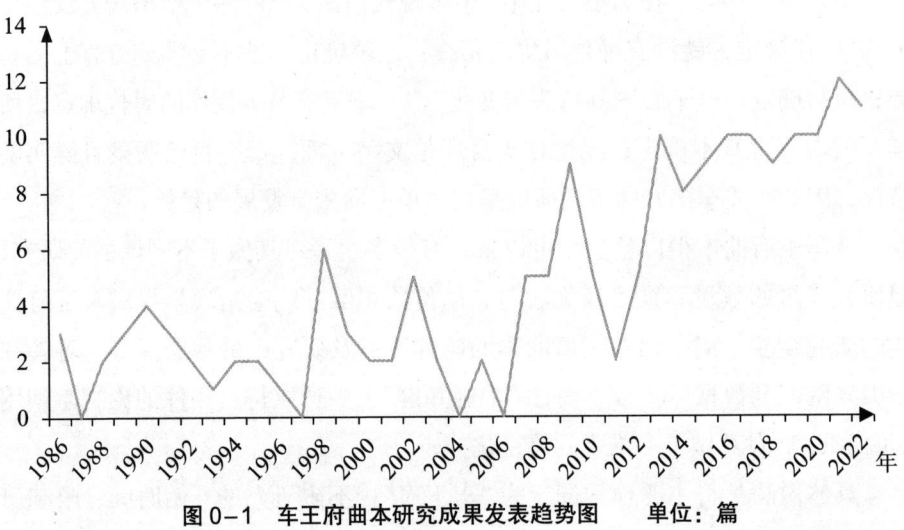

图0-1 车王府曲本研究成果发表趋势图　　单位:篇

据图0-1所示,车王府曲本研究文献的平均年度发文量虽然不多,但发文趋势却特征鲜明。1986—2012年,处于年度发文量不高且较为不平衡的状态,该时间段共发文76篇,年度平均发文量为2.8篇,其中有4年的发文量为0篇,发文量较多的年份则有1990年(4篇)、1998年(6篇)、2007年(5篇)、2008年(5篇)、2009年(9篇)、2010年(5篇)、2012年(5篇)。2013—2022年,处于年度发文量较高且小幅波动中稳定增长的趋势,本时间段发文共99篇,平均每年发文9.9篇。年度发文量最多的为2021年,为12篇;

年度发文量最少的为 2014 年，为 10 篇。实际上，截至 2023 年，已有不少有关车王府曲本资料公开出版，见表 0-4：

表 0-4 1957—2022 年车王府曲本内容整理出版情况

序号	书名	编者	出版年份（年）
1	《东北子弟书选》	刘少飞	1957
2	《子弟书选》	中国曲艺工作者协会辽宁学会编	1979
3	《聊斋志异说唱集》	关德栋、李万鹏	1983
4	《红楼梦子弟书》	胡文彬	1983
5	《子弟书丛钞》（全2册）	关德栋、周中明	1984
6	《清蒙古车王府藏子弟书》（全2册）	北京市民族古籍整理出版规划小组	1994
7	《满族说唱文学：子弟书珍本百种》	张寿崇	2000
8	《清车王府藏曲本》全印本（全57册）	首都图书馆	2001
9	《子弟书全集》（全10册）	黄仕忠、李芳、关瑾华	2012
10	《清车王府藏戏曲全编》（全20册）	黄仕忠	2013
11	《子弟书集成》（全24册）	陈锦钊	2020

表 0-4 清晰地表明了自 1957 年《东北子弟书选》出版之后的二十多年时间，受历史因素影响，再无有关车王府曲本的整理本问世。《东北子弟书选》前言则指出书中所选取的《忆真妃》《黛玉悲秋》《露泪缘》《青楼遗恨》《望儿楼》等子弟书"是从沈阳市文联作为内部资料出版的'鼓词汇集'里选出的"[1]，而车王府曲本中也有这些子弟书，说明学者对车王府曲本中子弟书的关注时间较早，且一直维持较高的关注度。如表 0-4 中至少有 8 种专门整理子弟书的文献，其中如《清蒙古车王府藏子弟书》《子弟书全集》《子弟书集成》的规模较大，三者互相印证，不仅囊括了车王府收藏的全部子弟书，还为它们提供

---

[1] 刘少飞：《东北子弟书选·前言》，辽宁人民出版社 1957 年版，第 2 页。

了可参证的资料。剩余3种文献中也涉及了大量的子弟书。但学界的研究成果与之难以匹配，整理本面世较晚、发行册数较少及价格较为昂贵等因素是导致这一点现象出现的重要原因。

（二）来源文献分布

一种文献的相关研究成果在期刊的发布情况、会议论文的刊出情况及硕博士对它的研究情况，点出了该文献在不同维度的研究情况，也可间接说明该文献在学界的受重视程度。利用 CiteSpace V 统计分析，175 篇论文中有 120 篇源自各种学术期刊，6 篇为刊出的会议论文，18 篇为博士学位论文，31 篇为硕士学位论文。期刊中，刊文数量最多的为《中山大学学报（社会科学版）》，刊文量为 16 篇，其他都低于 10 篇，代表期刊有《中华戏曲》（6 篇）、《古籍整理研究学刊》（5 篇）、《民族文学研究》（4 篇）、《满族研究》（3 篇），另有 66 篇期刊论文分布于 66 种刊物。研究车王府曲本的硕博士论文以南京师范大学、扬州大学为最多，分别为 7 篇、4 篇；山西大学、陕西师范大学、辽宁大学等各为 3 篇，宁波大学、中国艺术研究院、山西师范大学等各为 2 篇，其他 5 篇则分布于 5 个高校。以上发文量占据车王府曲本研究成果总量前 10 位的期刊和单位具体如图 0-2：

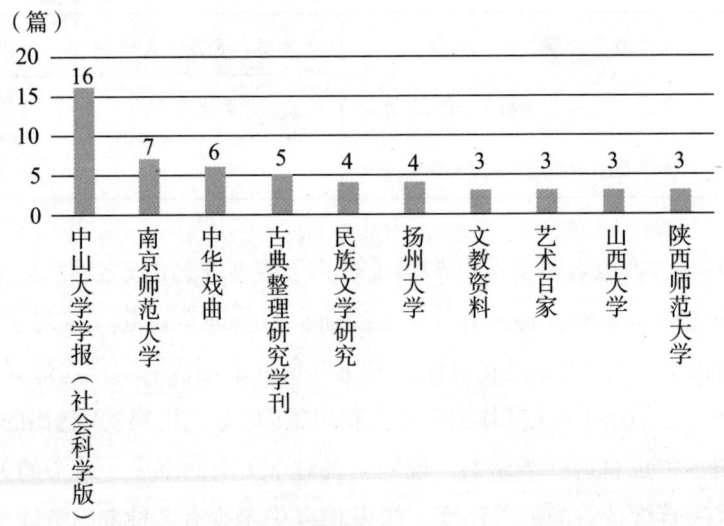

图 0-2　1986—2022 年车王府曲本研究成果数量排名前 10 位的期刊和单位

中国知网数据库中，车王府曲本研究成果源出的多维度性，说明它虽然得到了大范围的研究，但核心期刊的数量不多，期刊所属单位和硕博士论文所属学校的联系不大，如位于车王府曲本研究核心区域的《中山大学学报（社会科学版）》所在中山大学就没有相关的硕博士论文。

（三）科研机构分布

将有关数据导入 CiteSpace V 后，显示出有关车王府曲本研究成果的科研机构主要是高校，发文频次较高的科研机构如表 0-5 所示：

表 0-5　车王府曲本研究发文频次较高的科研机构

科研机构		发文频次（篇）	发文开始时间（年）
中山大学	古文献研究所	4	1992
	图书馆	4	2013
	人文科学学院古文献研究所	3	1998
	中文系	3	1999
	"曲本"整理组	2	1988
		3	1999
临沂大学文学院		7	2012
南京师范大学文学院		4	2014
南京大学中文系		2	2002
山西大学商务学院文化传播系		2	2008
中国戏曲学院		2	2009
内蒙古察右前旗旗委办		2	2021

（合计19，位于"中山大学"列）

据表 0-5，中山大学是发文频次最多的结构，但发文作者属于中山大学内不同的二级单位，或者是同一个单位具有不同的名称，如"古文献研究所""人文科学学院古文献研究所"实际上所指一样，是中山大学研究车王府曲本最多的二级单位。从其发文年份看，开始时间较早，但主要集中于 20 世纪八九十年代，21 世纪则仅有图书馆从 2013 年开始至今发文 4 篇，除此外，研究车王府曲本的发文机构中再无中山大学的出现。虽然此种现象并不能反映出中山大学在专著或其他方面没有相关研究成果，如表 0-4 中《子弟书全集》《清车王府藏戏曲全编》的主编黄仕忠即隶属于中山大学，但2013年后中国知网中基本上无中山大学研究车王府曲本成果的现象，也说明中山大学具有偏车王府曲本整理、不重期刊论文的倾向。表0-5中，发文频次居第2的为临沂大学文学院，虽然仅为7篇，但其作者只有1人，与其他发文机构中作者分布较广的现象形成了鲜明的对比。虽然利用CiteSpace V检索时，受检索词的设置及作者设置主题词内容的影响，有可能会遗漏某些研究车王府曲本的机构，但核心机构在表0-5中都有所反映，故表0-5中信息具有较高的参考价值。

CiteSpace V做出的研究车王府曲本研究机构的知识图谱（图0-3）显示，各研究机构之间较少有合作关系，即便是有，合作频次也极低。

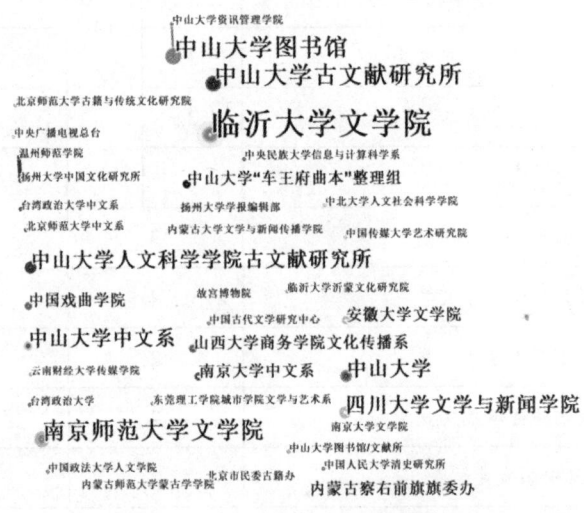

图0-3　1986—2022年车王府曲本研究机构知识图谱

据图0-3，相关研究机构中只有中山大学图书馆与中山大学信息管理学院、温州师范学院与扬州大学中国文化研究所之间各有一次合作，其他研究机构之间没有任何合作关系。表明与其他研究不同，车王府曲本的研究还处于研究机构或研究者单打独斗的状态，研究力量过于分散，这种情况不利于车王府曲本研究的纵向深入发展，也不利于早日系统地梳理、呈现出车王府曲本在各个领域的价值。因此，在车王府曲本研究领域，各研究机构之间的合作领域还需深入拓展，进而形成点面结合、重点突出且特色鲜明的研究矩阵。

（三）作者分布

在 CiteSpace V 绘制的作者共现图谱中，作者姓名的字号与发文量成正比，字号越大，发文量越多；字号越小，发文量越少。作者之间的连线粗细代表合作强度，线越粗，合作强度越高；线越细，则代表合作强度越弱。作者之间如果没有连线，但证明没有合作关系。三名或三名以上作者之间如有合作，名字之间的连线则会形成三角形或多边形。由于车王府曲本的研究作者、研究角度较为分散，且研究成果数量较少，难以从引用量及其他方面界定核心作者，故我们仅从发文量角度研究作者的分布。根据普莱斯定律 $m=0.749\sqrt{n_{max}}$，车王府曲本研究核心作者发文量 m=1.98，故研究将发文量等于或大于 2 篇的作者视为核心作者，计有 18 位，见表 0-6。

表 0-6 车王府曲本研究核心作者及发文量

序号	作者	篇数（篇）	发文开始时间（年）	序号	作者	篇数（篇）	发文开始时间（年）
1	丁春华	7	2009	10	陈雪冰	2	2021
2	王美雨	7	2012	11	皮光裕	2	1994
3	郭精锐	6	1986	12	丁淑梅	2	2016
4	饶莹	4	2014	13	梁帅	2	2016
5	刘烈茂	3	1988	14	王政尧	2	2009
6	康保成	3	1999	15	李秋菊	2	2007
7	苗怀明	3	1998	16	杨艳如	2	2022
8	仇江	3	1986	17	苏国昌	2	2016
9	海震	3	2007	18	谭美芳	2	2009

据表 0-6 所示，研究车王府曲本的作者中发文量最多的作者有丁春华、王美雨、郭精锐，发文量较多的作者有苗怀明、康保成、刘烈茂、饶莹等，其他作者发文量都为 2 篇。表 0-6 中，车王府曲本研究的核心作者共发文 43 篇，占中国知网中车王府曲本研究成果总量的 24.57%，距离普莱斯定律界定核心作者群的 50% 的标杆值，差距较大，帮助学界尚未形成研究车王府曲本

的稳定核心作者群。车王府曲本研究作者共现图谱（图0-4）还清晰地显示出了有关作者之间的合作关系。

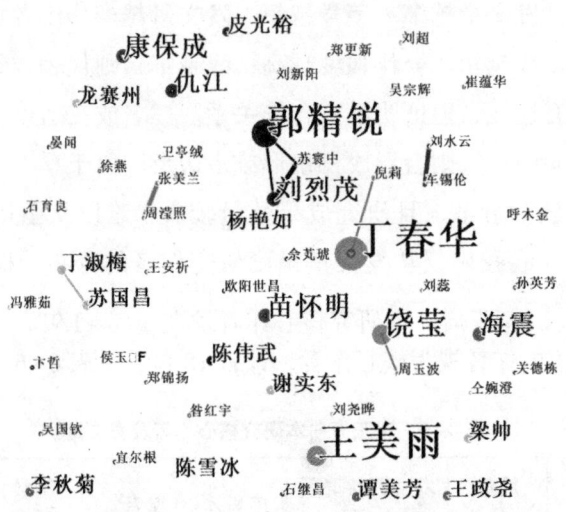

图0-4　1986—2022年车王府曲本研究作者共现图谱

图0-4显示出车王府曲本的研究者之间的合作关系也较少，合作较多的有郭精锐、刘烈茂，两人合作过两次，其中有一次是两者共同与苏寰中合作。除此外，张美兰与周滢照、丁淑梅与苏国昌、饶莹与周玉波、刘水云与车锡伦、倪莉与丁春华等分别合作过一次，说明不同作者之间并没有在车王府曲本的研究上形成固定的合作关系，表明车王府曲本研究的合作关系较难形成，研究团队的形成尚需时日。

二、车王府曲本研究热点分析

CiteSpace V软件绘制出的车王府曲本研究的关键字共现图谱、关键字聚类图谱、关键字演变时区图及突现关键字等，可提供车王府曲本研究热点的共时及历时特征。

（一）关键字共现分析

关键字是作者对研究内容的高度概括，是研究主题的词语式表现，关键字的词频可充分揭示该领域的研究热点。李杰、陈超美（2016）指出："词频分析方法就是在文献信息中提取能够表达文献核心内容的关键字或主题词频次的高低分布,来研究该领域发展动向和研究热点的方法。"[①] 利用 CiteSpace V 分析后,有关车王府曲本研究出现频次最高的是"子弟书",为 23 次,表明它是车王府曲本研究领域的核心词;其次是"曲本"为 12 次,"车王府藏曲本"为 8 次,两者所指一样,后者重在指曲本为车王府收藏。与关键字"子弟书"作为论文的直接核心要素不同,"曲本""车王府藏曲本"是作为"子弟书""三侠五义"等核心要素的限定性要素存在的。

表 0-7 车王府曲本研究高频关键字

序号	关键字	频次(次)	中心度	开始使用年度(年)
1	子弟书	23	0.31	1988
2	曲本	12	0.59	1998
3	车王府藏曲本	8	0.14	2009
4	戏曲	6	0	2013
5	俗字	6	0	2018
6	《清蒙古车王府藏子弟书》	5	0	1994
7	曲本	4	0.3	2016
8	车王府	4	0.38	2015
9	鼓词	3	0	2014
10	清代民歌	2	0.38	2014

显然,车王府曲本研究高频关键字的频次与中心度的关系包括匹配与不匹配两种。匹配分两种情况,一是指关键字频次高且中心度也高,如"子弟书""曲本""车王府藏曲本",它们的频次和中心度分别为 23、12、8 和 0.31、0.59、0.14;二是指关键字频次低、中心度也低,如未列入表 0-7 的关键字"建筑规制""晚清民国""英烈春秋""女性形象""清代蒙古王府""时调唱本""清车王府""清末民族"等频次都为 3,但中心度都是 0。不匹配也分两种情况,

---

① 李杰、陈超美:《CiteSpace:科技文本挖掘及可视化》,首都经济贸易大学出版社 2016 年版,第 200 页。

19

一是关键字频次高但没有形成中心度,如"戏曲""俗字"的频次都是6,但中心度为0。《清蒙古车王府藏子弟书》的频次为5,但中心度为0。"鼓词"频次为3,中心度为0;二是关键字频次低但中心度相对较高,如未列入表0-7的关键字"首都图书馆""韩小窗""西游记"等频次都为2,中心度0.07。关键字如果同时具有高频次和高中心度的特征,说明它既是该研究领域的某个阶段的研究点,也有可能是研究者继续关注的焦点。综上,车王府曲本研究的关键字在频次及中心度的分布上特点鲜明,其频次和中心度的较多不匹配性,说明尽管针对车王府曲本"子弟书"的研究中心性突出,但学界对车王府曲本的关注点整体较为零散,难成体系。

"关键字的共现分析就是对数据集中作者提供的关键字的分析"[①],其"基本原理是对一组词两两统计它们在同一组文献中出现的次数,通过这种共现次数来测度它们之间的亲疏关系"[②]。对车王府曲本研究成果的关键字作贡献分析,获得关键字共现知识图谱(图0-5),节点数与连线数都为161,网络密度为0.0125。

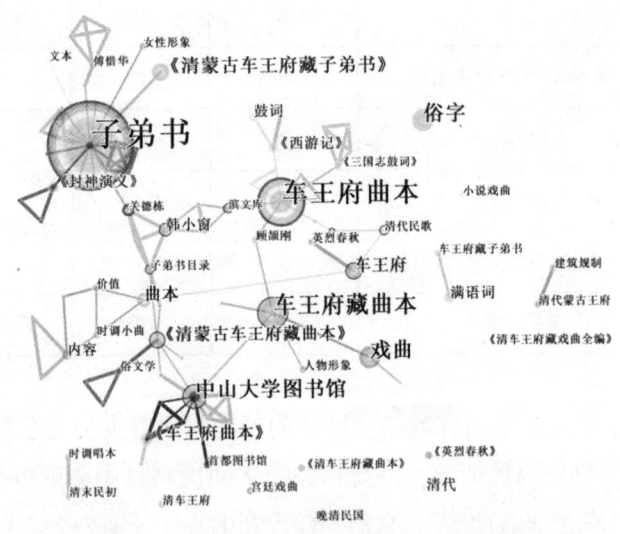

图0-5　曲本研究关键字共现知识图谱

从图0-5中可以看出,关键字"子弟书"的连线最多,以其为基点,不仅

---

① 李杰、陈超美:《CiteSpace:科技文本挖掘及可视化》,首都经济贸易大学出版社2016年版,第201页。

② 李杰、陈超美:《CiteSpace:科技文本挖掘及可视化》,首都经济贸易大学出版社2016年版,第202页。

衍生出了"文本""傅惜华""女性形象"等相对独立的研究主题，还通过"关德栋""韩小窗"等关键字与知识图谱中的诸多关键字构成了间接或直接的关系，说明研究车王府曲本时，学者较为关注子弟书，由此导致"子弟书"成为车王府曲本研究中的热点，成为研究车王府曲本时不可或缺的关键字。

（二）关键字聚类分析

关键字聚类呈现的是不同关键字之间的联系度，运用 CiteSpace V 分析研究择定的 175 篇文献，获得关键字聚类图谱（图 0-6）。其中，Q 值（聚类模块值）为 0.8652，大于规定的 0.3，聚类结构较好；S 值（聚类平均轮廓值）为 0.5109，介于 0.5 与 0.7 之间，说明聚类合理。剔除文献节点不超过 5 个的聚类，共得到 7 个聚类，分别为 #0 子弟书、#1 内容、#2 评话《三国》、#3 韩小窗、#4 中山大学图书馆、#5 车王府藏曲本、#6 傅惜华，如图 0-6 所示：

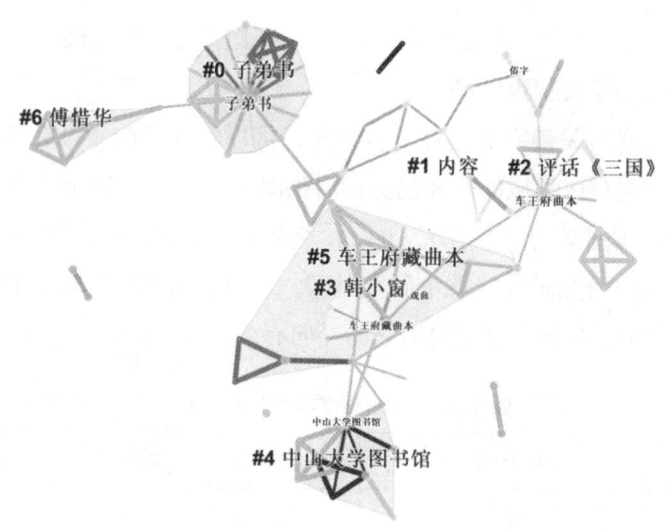

图 0-6 车王府曲本研究关键字聚类图

显然，车王府曲本研究的聚类名称有的过于宽泛，如 #1 的名称为"内容"。聚类名称实际上应为同意义范畴关键字中出现频次最多、影响力最大的关键字，而"内容"式的关键字并不能提供针对性较强的信息。有的聚类名称重在指明语料的版本，如 #4 的名称"中山大学图书馆"；有的聚类名称则较为具体，如 #0、#2、#3、#5、#6。综上，车王府曲本研究的关键字还应提升契合度和针对度。

有关车王府曲本研究的每个聚类各有自己的高频关键字，#0中的代表关键字为子弟书、作者考证、《遣晴雯》、八旗、《红楼梦》。#1中的代表关键字为内容、俗字、车王府。#2中的代表关键字为评话《三国》、三国故事说唱文学、《三国志鼓词》、《三国志玉玺传》、《花关索传》、曲本、民众、功名富贵、《西游记》、人生理想、积德、神灵。#3中的代表关键字为小窗、子弟书丛钞、学古堂、子弟书目录、俗文学、滨文库、《钟离春智勇定齐》、"英烈春秋"、钟无盐故事、关德栋、《清蒙古车王府藏曲本》、曲艺形式。#4中的代表关键字为中山大学图书馆、首都图书馆、《曲本》、整理与研究、戏曲文献、戏曲史、张大年、整理工作、丹津多尔济、镇国公。#5中的代表关键字为车王府藏曲本、三言、小说与戏曲、戏曲、情节结构、人物形象。#6中的代表关键字为傅惜华；刘半农、子弟书总目、图书馆、八旗子弟、民间叙事诗。以上各聚类代表关键字中又以子弟书、韩小窗、中山大学图书馆、首都图书馆为核心，再次点明车王府曲本研究聚焦于子弟书以及对整理出版车王府曲本者的肯定。

（三）关键字演进趋势分析

从时间维度对关键字的演进进行分析，可以发现相应领域在不同年度的研究情况，进而对该领域的研究趋势做出预测（表0-8）。根据车王府曲本关键字的时区分布图谱（图0-7），可以发现学界针对它的研究虽然较为分散，但针对子弟书的研究贯穿于整个研究时区，这与子弟书价值较高且整理本较多有关，也与本领域重要研究者对它的导向有关。

表0-8 车王府曲本研究聚类标签

聚类号	聚类焦点词	节点数量	同质性	平均年份
1	子弟书	23	0.31	1988
2	曲本	12	0.59	1998
3	车王府藏曲本	8	0.14	2009
4	戏曲	6	0	2013
5	俗字	6	0	2018
6	《清蒙古车王府藏子弟书》	5	0	1994
7	曲本	4	0.3	2016

绪　论

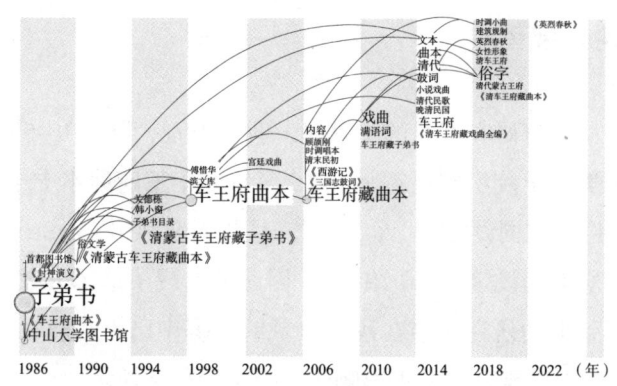

图 0-7　车王府曲本研究关键字时区分布图谱

据图 0-7 所示，车王府曲本研究的时区可分为两段。

1986—2008 年，本阶段研究内容较为单一，主要集中于子弟书、车王府曲本价值的挖掘及车王府曲本重要整理者与整理单位的研究。突现关键字为"中山大学图书馆""首都图书馆""《封神演义》""《清蒙古车王府藏曲本》""《清蒙古车王府藏子弟书》"。

2009—2022 年，本阶段研究内容相对丰富，开始注重对车王府曲本中更多体裁内容的研究、研究它的文字现象及满语词，等等。本阶段突现关键字为"韩小窗""《西游记》""车王府藏曲本""满语词""鼓词""清代""车王府""曲本""俗字""戏曲"。

以上两个时间段内排名前 15 的突现关键字具体如图 0-8 所示：

关键词	年份（年）	突现强度	开始年份（年）	结束年份（年）	1986—2022
中山大学图书馆	1986	1.7398	1986	1989	
首都图书馆	1986	1.3051	1987	1989	
《封神演义》	1986	1.7121	1989	1997	
《清蒙古车王府藏曲本》	1986	2.3547	1993	1998	
《清蒙古车王府藏子弟书》	1986	20.961	1994	2008	
韩小窗	1986	1.701	1995	1999	
《西游记》	1986	1.2779	2009	2016	
车王府藏曲本	1986	1.5817	2009	2013	
满语词	1986	1.8791	2012	2013	
鼓词	1986	1.6342	2014	2017	
清代	1986	1.6342	2014	2017	
车王府	1986	1.5188	2015	2022	
曲本	1986	2.28	2016	2017	
俗字	1986	3.072	2018	2022	
戏曲	1986	1.4593	2019	2022	

图 0-8　车王府曲本研究排名前 15 的突现词

三、结论与展望

在选定与车王府研究有关的文献时,我们发现,除表0-5中所提7篇论文外,临沂大学文学院实则还有另外15篇研究车王府曲本中子弟书的论文,由于作者没有将主题词设定为"车王府",且我们在利用CiteSpace V进行检索时,也没有将检索词设定为"子弟书",因此就出现了这部分数据没有显示的情况。有关子弟书的研究内容在我们收录的数据中已占主流,且研究核心是从整体观照车王府曲本,因此不影响研究结论的科学性。

(一)结论

本研究利用可视化分析软件CiteSpace V,对选定的175篇研究车王府曲本的文献做了多维度分析,得出了如下结论。

1. 学界对车王府曲本日趋重视

从研究成果的发表趋势看,2007年前,有关车王府曲本研究的成果数量较少,且处于曲折变化的状态;2007年后,成果数量增幅明显,虽然数量有所反复,但整体呈现增长的趋势。随着国家对传统文化的日趋重视、国家社会科学基金"冷门绝学"项目的实施及众多研究者的推动,具有多种价值的车王府曲本自然日趋受到重视。

2. 车王府曲本研究内容日趋多样化

迄今为止,子弟书虽仍是学者观照车王府曲本的主要内容,但研究的宽度明显开始扩展,其他体裁的作品如鼓词、时调小曲、乱弹等也有研究成果问世,车王府曲本语言层面的问题如满语词、俗字、语法等也日趋得到重视,民俗学价值、文化学价值及民族学价值也得到了一定的挖掘。

(二)展望

通过上述分析,车王府曲本研究未来可从以下几个方向努力:

1. 深入挖掘车王府曲本中每类体裁作品的特质

车王府曲本包括戏曲和曲艺两大类体裁,每类体裁又包括诸多不同的次类。如戏曲包括乱弹、昆曲、高腔、影戏、乐调本、某种戏词,曲艺包括鼓词、子弟书(单唱鼓词)、快书、牌子曲、岔曲、时调小曲等。有的次类又可细分,如岔曲包括小岔、长岔、长岔带戏、琴腔、莲花落等,时调小曲包括马头调、太平年、五更调、西江月、四川歌、福建调、大四景、十朵花、刮地风、十二月、湖光调等。这些类型繁多的体裁形式，不仅在唱腔及结构方面有所区别，在内容及语言等方面也存在较大区别，即便是同一题材经不同作者再加工后，其表层内容及深层意蕴等方面都会有一定的变化。所以，全面研究车王府曲本中不同体裁作品的特质，可更好地揭示车王府曲本的价值。

2. 梳理诠释车王府曲本中每类题材的文化内涵

车王府曲本中蕴含着丰富的文化内涵，如建筑文化、庙会文化、婚丧文化、服饰文化、官场文化、称谓文化等。它所展示的每一类文化都值得深入研究，但现在有关车王府曲本研究的论文大多着眼于对子弟书或鼓词中某部作品的女性形象、民本思想及其所蕴含作者的人生理想等进行研究，未能充分探讨车王府曲本的文化价值。实际上，车王府曲本具有种类多样的显性文化与隐性文化，它们隐含在不同的题材中，以多样的形式做了外化。即是说，将视角集中于具体的题材，对车王府曲本中的文化作类型化及对比性研究，可精析出它的义化价值，作为"曲海宝库"的它才能真正在当代焕发出文化的魅力。

3. 全面研究车王府曲本中的语言本体问题

车王府曲本具有雅言与俗语并用的特征，如子弟书具有雅致的语言风格，乱弹、昆曲、高腔、鼓词及影戏等在语言风格上则是俚俗大于雅致，所用的大量方言词语、汉译满语词等都具有重要的语言学价值。车王府曲本中还有大量新产生的词，实词和虚词的数量诸多，具有大量的特殊句式，如零谓语"把"字句、主谓谓语句等。

车王府曲本的语言价值不仅在本体，还在于它的书写符号系统即汉字上。"语言和文字是文化形成和发展的重要载体和标志"[①]，与语言现象一样，车王府曲本中的汉字特征极为鲜明。大量俗字的存在、繁简字的共用、异体字及古字的使用等，是对清代中后期文字使用情况的一次集中体现，具有极为重要的文字学研究价值。类型繁多的文字现象同时也体现了书写者隐含在汉字中的认知心理、审美诉求及文化特质。"语言的人文性是语言结构在自身的存在状态、分布范围、活动单位、变化方式等各个方面所表现出来的它所赖以生存的民族文化生态环境中的种种因素。它是在语言的结构体中所表现出来

---

① 刘宋斌：《中国共产党文化建设史》第1卷，黑龙江人民出版社2019年版，第6页。

的一种内部的、观念的、附着性的属性"①。因此，研究车王府曲本离不开对其语言文字的观照。

第三节　车王府曲本的语言文字特征

但凡不以图画、实体等形式呈现的文学艺术作品都需要通过话语形式呈现，即其主旨内涵、文化意蕴及其他抽象的文化内涵都需要作者采取与之相适应的话语形式呈现。由之，话语就成了文学艺术作品的物质外壳，是受众观照、审视、研究它们时首先要面对的部分。受时代特征、作者个人话语表现能力、受众需求、文学艺术作品的体裁及题材、文学艺术作品的外化形式等诸多因素影响，即便是描写同一体裁、同一主题的文学艺术作品经不同作者的加工后，其话语形式也会有很大不同，这也是本研究对车王府曲本语言进行研究的重要原因。

一、车王府曲本语言文字整体特征

语言文字是车王府曲本作者的精神世界及价值观、世界观等外化的标记，承载着车王府曲本的内容和文化内涵，尤其是它所包含戏曲、曲艺及杂曲三部分的语言风格特色鲜明，共性与个性特征并存，充分体现了清代中后期戏剧及曲艺形式的语言特色，有些话语形式甚至比其他文学体裁中的话语形式更为活泼生动，在词语及句式方面也颇具特色。非但如此，车王府曲本中还使用了大量的称谓语、熟语、民俗文化词等，为清代相关文化的研究提供了诸多佐证。"语言是一个民族以口头有声标志承载民族文化的体系，文字是一种记载语言的系统化书面方式，二者为附着关系，既是文化研究的前提，也是文化传播的介质与符号。"②所以，研究车王府曲本的语言，也应涉及其物质载体即汉字，它们与车王府曲本语言交相辉映，共同构成了车王府曲本独

---

① 苏新春：《词义文化的钩沉探赜》，广州出版社1997年版，第3页。
② 李鑫：《羽毛球文化的传承与运动科学》，冶金工业出版社2018年版，第77页。

特的语言文字体系。

以乱弹《乌盆记全串贯》的片段为例：

盆儿，吓，啊，有音儿。鬼是走咧，明儿个拿什么还愿哪？有咧，打个退堂皷儿。城隍老爷，方総我许的那个愿心哪，黄啦。盆儿，吓，有边儿，拿起来走哇！（嗷唱）这个盆儿唏死人。不竟来到自家门儿，我搁下盆儿，拿出钥匙捅开门儿，拿起盆儿，进了门儿，放下盆儿，挿上门儿，拿起炕来顶上门儿，你是妖怪，你打那们咭喵咕噜进我的门儿。（6·355）①

上面这段话语不仅口语化色彩浓厚，且其他方面特征也较为突出。从文字角度看，简繁混用，有的字简体和繁体形式同时出现，如"门"②；使用了异体字，如"皷"是"鼓"的异体字；使用俗字数量较多，如"儿""総""唏""捅""挿"；也有记音字，如"喵"。从音节角度看，儿化形式明显，几乎是所有能儿化的音节都做了儿化处理，如"音儿""退堂皷儿""盆儿""边儿""门儿"。从词汇角度看，"明儿个"是清代产生的新词，此处"打个退堂皷儿""黄啦"使用的是清代产生的新义，"咭喵咕噜"作为拟声词，未见于辞书。从语法角度看，单句、复句连用，句式结构多样。

客观而言，《乌盆记全串贯》中的这个片段仅是对车王府曲本语言文字现象的一个折射，并不足以揭示出车王府曲本语言文字的整体面貌与价值，因此，从整体上对车王府曲本中的语言文字现象进行研究，有助于在提炼出它的语言文字整体特点的同时，也可从话语层面及文字层面显示出车王府曲本作者的内心世界、文化诉求及车王府曲本的文化概貌。

二、车王府曲本的文字概况

金岳霖指出："如果就字面上的意义，把'十里长街'几个字翻译成英文，其结果一定是索然无味。社会制度当然也给字以各种不同的情感上的寄托。中国人对于'父子'两字所有的情感，绝不是英美人对于'father and son'这几个字所有的。从前的中国人对于'君'字所有的情感，现在的中国人已经没有

---

① 本书语料皆来自首都图书馆编辑的《清车王府藏曲本》（学苑出版社 2001 年版）。出处以"册数·页码"的形式表示，如"6·355"含义为"第 6 册第 355 页"。

② 为保证字体统一，文中的"门"都以简化字形式呈现，原文中本段最后一个"门"字为繁体字。

了，英国人对于'King'这一字的情感，美国人早就没有了。制度不同，字所引起的情感上的意味有时也不同。"① 即是说，汉字本身就隐含着中华民族独有的文化密码和思想内涵，故而在研究汉语词汇之前，对汉字进行一定的研究就很有必要。

不能否认，车王府曲本作为抄本，用字情况较为复杂，尤其是讹字现象较为突出，若是不懂文意或词语储量少，则较难获知语句的正确意义，如：

可你想我这大厂开儿媱子，上上下下热干若的角用，指的是迎宾接客吃饭。（5·171）

按：例中"媱子"即"窑子"；"热干若的角用"即"若干若的嚼用"，第二个"若"属于语义重复，其表达的最终意思为"若干的嚼用"。

咱每别在当街拍样手咧，找个酒铺里边，老哥儿们再把交情一搞。你想想挂尽不挂尽？（48·10）

按："挂尽"两个字为"寡静"的讹写。

另外，车王府曲本中也有大量字体相近、意义相同的字，如表"捆束，绑缚"义的有"捆""绷""梱"等，例：

王朝走至跟前，用绳锁把凶僧捆上了二背。（17·64）

老将闻言把手摆，绳索绷的两膀疼。（19·330）

先绑猴王后绑猪，唐僧沙僧麻绳梱。（27·233）

按："捆""绷""梱"一组为同音同义词，声旁相同，形旁不同，"捆"的形旁"手"着眼于实施"捆束"动作的人体的具体实施部位；"绷""梱"则着眼于人在实施"捆束"这一动作时所用工具的材质。其中，"梱"表此义源于清代，据章炳麟《新方言·释器》："今人以绳束物曰梱；以金束物曰锅，俗作箍。"② 车王府曲本中同一作品里，"梱""绷"二字经常交替使用，如鼓词《金盒春秋》中有："王贤弟，你快来救我才好！俺的这个身上被这个浪绳子梱的受不淂③了。（31·76）""谁知他也不杀不剐，弄这浪绳子把俺绷在这里。（31·77）"

还有与"捆""绷""梱"等同义的"绑""挷"，例：

---

① 金岳霖：《知识论下》，商务印书馆2004年版，第800页。

② 上海人民出版社编：《章太炎全集4 新方言·岭外三州语·文始·小学答问·说文部首均语·新出三体石经考》，上海人民出版社2022年版，第113页。

③ "淂"，古同"得"。

此时苦坏张矮子，揪翻在地不容情。摘去冠巾青丝乱，五花大绑绑了绳。（19·416）

话说矬子孟奔连擒双将，绳拴二背挷回山去。（23·292）

按："绑""挷"实际上为同音词，严格而言，"挷"应是讹字。《说文·手部》："挷，掩也。从手，匊声。"《康熙字典·手字部》："挷，《正字通》俗搒字。又《唐韵》博江切，音邦。土精，如手在地中，食之无病。○按《集韵》作埄。从手，讹。别详土部埄字注。"① 可见"挷"无"捆束"义，只是因与"绑"同音而被使用的讹字。据 CCL 古代汉语语料库，古代文献中仅有 4 例使用"挷"表示"捆束"义，且其都分布于民国小说。综上，至早在清代时，"挷"才被借用来表示"捆束"义。

再如"门帘、窗帘"之义，说唱鼓词中既写作"帘栊"，也写作"帘笼"，例：

思想只听帘栊响，但见佳人往外行。（18·316）

宋真宗，忙举步，掀帘笼，走进屋，细留神。真不俗，有款式，如仙府。（25·346）

按："栊"与"笼"两者的区别在于意符不同，体现了当时门帘、窗帘的原料情况。虽然车王府曲本的诸多作者喜欢使用同音字，导致很多词语具有了不同的写法，但"帘栊"和"帘笼"两者中的"栊"与"笼"在形体、意义和语音上具有可解释理据性的现象，说明将车王府曲本中的此类文字现象作类型化处理是可行的。

清代基本上处于古代汉语的最后时期，该时期不仅在词汇、语法等方面出现了与以往不同的特征，在汉字的使用方面也出现了诸多特征。以车王府曲本为例，由于是抄本，当时也无官方正字法，因此车王府曲本在用字上除有大量的讹字[②]、同音字替代本字等现象外，还具有繁简字共用及异体字、通假字、俗字、古今字、记音字等大量文字现象。汉字是记录汉语的书写符号系统，故车王府曲本的这些汉字现象对车王府曲本词汇及语法产生了一定的影响，也给受众理解相关文本的内涵产生了影响。

[①] 汉语大词典编纂处整理：《康熙字典：标点整理本》，汉语大词典出版社 2005 年版，第 378 页。

[②] 如"养女中九什外姓（15·203）"中使用了一个简化字"养"，讹字有"中""九""什"，讹字错误率高达 42.9%。"兄弟，你真是短力敛，咋儿我崩他一头，原为斗他的盘尔火，好长咱们的情吭。（12·49）"中的"力敛"即为"历练"的讹写。"你妈妈嫁了黄天禄，把你代过来就是代肚尔。（12·103）"中的"代肚"是"带犊"的讹写。

（一）繁简字共用

简化是汉字形体发展的主流趋势，只是字体简化不是在一瞬间就能完全实现的事，故在历代文献中都会出现繁简字共用的现象。与其他文献的繁简字情况不同，车王府曲本在文字上基本上是繁简字共用，如一段话中，有的字是繁体形式，有的字是简体形式，例：

那个紫脸的好汉闻听由不得无名火起，双眉紧皱，二目圆睁说："他的家丁打你们，你们就没有手不成？只管合他们打，打出祸来有你大爷一面承管。"（23·2）

按：例中使用繁体字的只有脸（臉），其他有繁体形式但没有使用的有"个""闻""听""无""圆""睁""说""们""爷"。由此可见，车王府曲本虽然是清代中后期的作品，但其使用简化字的趋势较为显著。再如：

徐公子问的这话无有劲，你说我把你借银，叫你去的是个什庅①人？姓甚名谁？（34·11）

按：例中繁体字仅有劲（勁），具有繁体形式但使用了简体形式的字"问""这""话""无""个""谁"，使用简体字的频率也很高。再如：

宋天子，催着匠役打开看，睄睄虚实看看膛。只听的，工部侍郎说："领旨。"传与司官与甹商。（25·363）

按：例中使用繁体字的仅有"甹（众）"和"商（敌）"，但其形体都发生了改变，都是不同于常规意义上的简化字，"衆"的简化形式为"甹"，是对其形体的总体简化，"敵"则是只写了半边"商"。其他具有繁体形式却使用了简体形式的有"着""开""虚""实""听""说""传""与"等。

本书认为车王府曲本繁简字较为复杂的原因还在于有些作品中的同一个词语，在紧密相连的上下文中同时使用了繁体字和简体字，如原文中，下例第一个"边报"为简体字，第二个"邊報（边报）"为繁体字。

（校白）边报求见。（净白）命他进见。（校白）报人，传你进见，小心了。（报进白）邊報叩头。（2·175）

除以上情况外，车王府曲本中还有一些汉字一直以简化字的形式出现，如原文中，"着"字都以简体的形式存在。

那州那县都有个城隍庙，那庙里城隍爷，谁又见城隍爷有个甚么大灵应

---

① "庅"，古同"麼"，今同"么"。

来着？（11·242）

　　迷恋着潘安之貌，习精髓乐逍遥。（14·493）

　　车王府曲本中繁简字共用甚至简体字使用频率远高于繁体字的现象，一是反映出戏曲及曲艺文本"以音表意"的特点，二是反映出清代中晚期繁简字之间存有较大竞争，这种文字使用现象为现代文字改革提供了一定的基础。同时，繁简字并存的现象，从视觉上为车王府曲本提供了一个繁体字、简体字不规则共现的动态文字画面。

（二）异体字

　　异体字又名重文、或体、又体，吕叔湘认为异体字应该分为狭义和广义两种，狭义异体字是"一个字具有两个或两个以上不同形体，音义完全相同"①，广义异体字指部分异体字，即"有些字只在用于某一意义的时候才有另一种写法，用于另一意义的时候就不能那样写"②。如当"舍"为"舍弃"义时，与"捨"形成异体字关系，当其为"房舍"义时，则不是异体字关系。董宪臣（2018）将学界关于异体字的分歧归纳为四点："一、意义必须完全相同，还是可以存在交叉或包孕关系；二、只能是同一书体，还是可以包含不同书体；三、是单纯地与文字形体相关，还是与文字所记录的词语也有关系；四、是只考察汉字的形、音、义，还是将汉字的使用职能也列为考量因素。"③本书只对车王府曲本中的狭义异体字作以研究，即异体字是两个或两个以上的不同文字形体完全同音同义，在任何场合下都可互相替换的文字④。异体字在形体上有的比正体更为复杂，有的更为简单。它们产生的原因多样，如古代没有严格的正字法、共时和历时的用字习惯不同、人们附加在汉字中的求新求异心理不同，另外，与其他追求一样，人们在文字书写上也追求书写简便经济。

　　综上，作为一种文字现象，异体字出现的原因多样，这些原因所反映的现象中隐含着一定的文化心理，是从文字方面对车王府曲本作者文化心理的一种呈现。

---

① 吕叔湘：《语文常谈》，载《吕叔湘全集》，辽宁教育出版社2002年版，第197页。
② 吕叔湘：《语文常谈》，载《吕叔湘全集》，辽宁教育出版社2002年版，第197页。
③ 董宪臣：《东汉碑刻异体字研究》，九州出版社2018年版，第8页。
④ 王力：《古代汉语》，中华书局1962年版，第155页。

1. 因造字法不同形成的异体字

汉字的常规造字法有象形、指事、会意及形声4种，在汉字的发展历史中，有时人们会利用与原字不同的造字法，为一个字创制新的形体，由此就形成了因造字法不同而成的异体字。

凡间的昆虫艹木还可以救得，仙家用他养神运气，那①里救得活仙树灵根？（27·246）

按："艹"为"草"的异体字。

大叫山贼休撒埜，快些收驹旋走龙。（36·262）

按："埜"为"野"的异体字。

见饭店，一齐下马进店中，挑了一张干净坐。打发千岁把饭飡，众人也要才用饭。（42·486）

按："飡"为"飱"的异体字。

2. 内部成分形状不同形成的异体字

异体字形成的另一原因是人们在日常书写中改变了某些汉字部分部件的形状，从而为一个汉字造出了部分形体不同的异体字。如车王府曲本中的下列异体字即属于此种情况。

老苍头，吩咐厨房备酒席。先宰了，圈中喂养的猪两口，开了膛，解了分儿，不用头蹄，拾掇了下水心肝肺。（30·319）

按："厨"是"厨"的异体字。

前者一觐尊颜，不胜敬服之至。之又多蒙厚赐，特来拜谢。（3·142）

按："觐"为"睹"的异体字。

（云白）寔语。（刘白）明明失言，怎说是寔语？（3·231）

按：此句中"寔"是"实"的异体字。

武昌之地为要紧，姪儿只得奉令行。（3·432）

按："姪"为"侄"的异体字。

娘娘宫门口多设奇花异艹（草），再种些蔴豆。（4·72）

按："蔴"为"麻"的异体字。

是个鬼，苏龙岭那有人家？况且离喒们这住四五十里来买糕干。（4·164）

按："喒"为"咱"的异体字。

---

① 车王府曲本中"哪"写作"那"。

千勴担儿托与你,明早出城急如风。(4·176)

按:"勴"为"斤"的异体字。

大恩人说什庅惭惶?古与今风气转,各有相当。(4·496)

按:"庅"为"么"的异体字。

此人乃是吾门这院中旧日嫖客,名叫獐肚脐,是吾给他改名叫保儿。(5·168)

按:"叫"为"叫"的异体字。

老夫越想越欢喜,犹如脚跴上天梯。(9·313)

按:"跴"为"踩"的异体字。

如此,请大爷出来,我先胗胗脉,我就知道是什么病了。(9·480)

按:"胗"为"诊"的异体字。

那年五月五日,蕤宾节屇。借那南御园,改作御果园,他兄弟三人要作一个插柳之会。(14·217)

按:"屇"为"届"的异体字。

未酧结草意,何忍骤〈说肘〉分离?(14·232)

按:"酧"为"酬"的异体字。

葛登云用好言语安住,慢慢用酒将范仲羽灌的酴酊大醉,命家丁挽往书房去了。(26·180)

我将他,用酒灌的酴酊醉,现在那,书房之内睡朦胧。(26·181)

按:《康熙字典》收"酴",《集韵》:"酴同醾。""醾",据《玉篇》,"醾,渌酒也"。《集韵·青韵》则为"湘东美酒",并指出"醾,或作醽。亦作酃、酴。通作郢"。总而言之,"酴"即"醾"的异体字或可视为它的俗字,其义为"美酒"。

火筒本是鐡打,特来手内擎拿。这头吹火那头发,两国何曾干罢?(39·463)

按:"鐡"为"铁"的异体字。

想我虽在绿旂营中当一名步兵鸟枪手,但我不是平常人家。(41·21)

按:"旂"为"旗"的异体字,在车王府曲本中的使用频率远高于"旗"。

3. 部件位置不同形成的异体字

车王府曲本中还有一部分异体字因部件位置不同而形成,一般为左右、上下位置的变化,如下列汉字。

大将生来胆气豪，腰横秌水雁翎刀。（3·320）

按："秌"为"秋"的异体字。

羣妖安定了铁主意，全仗着，狐臭气腥臊一派的阴。（30·324）

按："羣"为"群"的异体字。

圣祖怜不全身带残疾，龙意欲问山东之事，恐他跪的腿疼，连忙降旨取墪子来赐他坐下。（33·5）

按："墪子"即"墩子"，"墪"与"墩"为异体字关系。《汉语大词典》（以下简称大词典）收录"墩"，释义为"一种坐具"，例证出自《宋史》。虽收录"墩子"，但无此义。

4. 其他类型的异体字

从形体结构角度分析异体字较为复杂，因为异体字形体多样，有的是因为部件的多寡，有的是换用的部件，与原字之间差距较大。因本书不重在研究文字，故此处不再细分，而是将以上三类之外的异体字统一列举。

听儿言犹如是霹雳下降，娘做了燕啣泥柱费心肠。（3·109）

按："啣"为"衔"的异体字。

生前薙发继扬州，偶然饮酒杏花楼。（12·279）

按："薙"为"剃"的异体字。

你若是，"者、也、之、乎"搪撋我，仝你县中去见官。（26·308）

按："撋"为"塞"的异体字。

说罢，爷儿俩出了书房，内厮揹着箱子后面跟随。（43·276）

按："揹"为"背"的异体字。

车王府曲本中异体字的使用情况较为复杂，如"厅"的异体字"厮"又写作"斫"，三者之间形成了复杂的关系。例：

大斫以外动了手，以众敌寡与他争。（31·391）

这院子周浮带众家丁吹口之力把引火的物件搬来堆积如山，就屯在大所的四面。（50·357）

综上，作为古代汉字不可或缺的一种类型，异体字是古代文献中的一种常见文字现象，且其存于一种相对动态的发展中。如车王府曲本中之所以有大量异体字，大多是出于文字使用习惯，但他们又不是自己乱造异体字，因为其所用异体字，大多在清代之前都已存在，至于清代出现的部分异体字,有的也并不是在车王府曲本中只使用一次,或者仅在车王府曲本中使用。

(三)俗字[①]

俗字与正字相对而言,是民间大众惯用的、不同于当时正字的一种写法,即"凡是区别于正字的异体字,都可以认为是俗字。俗字可以是简化字,也可以是繁化字,可以是后起字,也可以是古体字"[②]。它的别名为"'近字''俗体''俗书''伪体''别体''或体'"[③],尤其是"伪体",较为直接地反映了俗字地位不高的现实。实际上,俗字的出现及大量使用,是汉字发展的必然现象,即"由商、周古文字到小篆,由小篆到隶书,由隶书到正书,新文字总就是旧文字的简俗字"[④]。即是说,俗字是不可或缺的,若没有历代俗字的存在,汉字形体将一直不变,在此情况下,任何时代及个人都无法对文字的形体做出系统、周遍的改革。简言之,俗字是在人们求新求奇、追求简便心理下,引发汉字发展的必然产物。同时,俗字也是汉字发展的催化剂,被创造出来后,随着使用范围的扩大,很多俗字在某时某代产生了较大的影响,逐渐进入到原有的被官方、字书等承认的正字系统中,以其书写简便、不乏造字理据的特点,逐渐取代了原有的书写烦琐的正字。正如裘锡圭先生所言:"在文字形体演变的过程里,俗体所起的作用十分重要。有时候,一种新的正体就是由前一阶段的俗体发展而成的。比较常见的情况,是俗体的某些写法后来为正体所吸收,或者明显地促进了正体的演变。"[⑤]

考虑到张涌泉先生对俗字的定义,以及车王府曲本大量使用简化字且这些简化字与当下简化字相同的事实,我们不将其纳入研究范围,而只研究不同于正字和明显不是通常意义上简化字的俗字。

根据已有研究成果显示,俗字的类型受时代的影响,俗字的数量受体裁、题材、载体及当时人们书写习惯的影响。如张涌泉[⑥]将敦煌俗字分为8类,

---

① 本要点的部分内容已发表,见《车王府戏曲中俗字研究》(《皖西学院学报》2021年)。
② 张涌泉:《汉语俗字研究》(增订本),商务印书馆2010年版,第6页。
③ 张涌泉:《汉语俗字研究》(增订本),商务印书馆2010年版,第3页。
④ 唐兰:《中国文字学》,上海古籍出版社2005年版,第158页。
⑤ 裘锡圭:《文字学概要》,商务印书馆1988年版,第44页。
⑥ 张涌泉:《敦煌俗字研究导论》,新文丰出版股份有限公司1996年版。

欧昌俊、李海霞[①]将六朝唐五代石刻中的俗字分为8大类，温振兴[②]指出清代到民国初期的影戏抄本中的俗字有8类，三者虽同为8类，但又有所区别，体现出了俗字的时代性特征，如温振兴列有"避讳俗字"，其他二者无此类。张涌泉[③]从当前视角出发，将已有俗字分为13类。结合以上诸家分类及车王府曲本中俗字的实际使用情况，著者发现车王府曲本中的俗字与正字之间的关系，主要表现为简化正字笔画、省略正字的形旁、因避讳改省正字的部件、更换正字的构成部件、变动正字原有部件的位置或方向、繁化正字、与正字形体无关的新字、使用合文及正书的草书楷化等9种。部分例证如下：

张大年愿把女儿卖，廿两银子不能加。（12·154）

按："廿"为"廿"的俗字。

（丑自）吓，牛哥，慢慢走哇。吓，哈哈哈哈。（全下。【尾声】）〔屠牛报㐌〕（12·357）

按："㐌"即"完哉"二字的合文。

孙大圣，金箍铁棒搂头打；沙和尚，月牙钢铲举前胸；猪八戒，九齿钉钯钯脖腰。（27·238）

按："腰"为"梗"的俗字。

傻李升，听罢贤臣一切话，噱的他，连忙跪倒地埃尘。犹如那，鸡噱碎米头碰地，噱的他，不叫老爷叫祖宗。（34·428）

按："噱"为"嗛"的俗字，是因作者读白字而形成的俗字，"嗛"表"以喙啄物"时，读音为xian³⁵，而当其读qian⁵⁵时，是"谦"的异体字。

姣艷色花魂点染东皇笔，虚飘飘蝶梦逍遥庄子篇。（53·2）

按："艷"为"艳"的俗字。

整体看，车王府曲本中俗字体现为以下特征：

1. 同一正字具有多种俗字

基于众多抄写者用字习惯的不同，车王府曲本中有不少字具有多种写法的俗字，如"歲（岁）"，除正字外，另有13种俗字，就著者目前的统计看，"歲（岁）"当算是车王府戏曲中俗字最多的一个字。再如，除正字外，"無

[①] 欧昌俊、李海霞：《六朝唐五代石刻俗字研究》，巴蜀书社2004年版。
[②] 温振兴：《影戏俗字研究》，三晋出版社2012年版。
[③] 张涌泉：《汉语俗字研究》（增订本），商务印书馆2010年版。

（无）"有 12 种俗字，"驥（骥）"有 10 种俗字，"鼠"有 8 种俗字，"賢（贤）"和"縣（县）"各有 7 种俗字，"變（变）""寧（宁）""風（风）"各有 5 种俗字，等等。由此可见，同一正字具有多种不同的俗字，是车王府戏曲中俗字的一个普遍性特征。例：

眼跳心惊，坐卧不宓。（3·247）

察颜观色什么祥，又道是宁可信其有，不可信其无。（5·440）

小婿连日魂梦不宓，思念故土，想见老母一面，要求婆婆开恩。（8·175）

孤金鳌大王徐海是也。吾乃浙甯人氏，因与赃吏不合，纠众海上。（8·329）

我丈夫呵，只为衣食无路，典为奴指望方宓。（9·475）

按：以上 5 例为"寧"的俗字。除"甯"为"寧"的通假字外，其他 4 种都是在同时简化声旁和形旁的基础上形成的俗字。

倘若吾儿行短賤，暮景安康谁问安？（3·113）

害不死孟賤婢决不轻放，三日内另设个巧计良方。（4·149）

我为寇，岂肯把贤弟轻賤？说什么挂慈母两次三番。（4·266）

按：以上 3 例中为"贱"的俗字，与正字相比，它们都是对声旁"戋"的改造。车王府曲本中，带有"戋"的字，也大都如此，如"钱""浅""溅""残"。

（贼白）果煞不怕？（小生白）果煞不怕。（3·254）

猛杰睁开愁眉眼，看见贱人两眼红。（4·453）

老爷你好浑哪，我的儿子，自肰是随他舅舅家的姓了。（12·92）

按：以上 3 例中为"然"的俗字，三者各有不同。与正字"然"相比，第一种简化形旁"灬"，第二种"简化"声旁"肰"，第三种省略形旁，只保留声旁"肰"。

来，将他二公弟吊在两廊，尔等回避。（5·265）

望乞夫𠆢发慈悲，放我残生得脱离。（9·473）

按：以上两例中，皆为"人"的俗字，两个俗字总体特征一致，差异在于部件的位置稍有不同。

2. 具有较强的类化性

虽然车王府曲本的抄写者众多，但在俗字的使用方面，基本上都遵循"类化"规律，即具有相同部件的汉字，其俗字往往也具有相同部件。这种俗字，可以将清代中后期具有相同部件的字的俗字作类型化分析。例：

大恩公在上，受恩夫妇一拜。（4·497）

哎呀，母亲、娘子，不好了，贼兵杀来了。（3·252）

闻浔贼兵已来到，地方百姓个个逊。（3·252）

奴家惜罗奴是也。（9·70）

如今他已身死，又不叫我姐弟相见一面。（9·74）

媳妇儿吓，你依了罢。（12·173）

哥哥，我嫂嫂备得有酒，先与哥哥预贺。（10·156）

按：以上例中，依次为"婦（妇）""娘""好""姓""奴""姐""媳""妇""嫂"的俗字，其共同特征是都把形旁"女"写作"丬"，失去了表意作用。

万岁皇爷龙耳欤，推出了午门吃刀愚。（4·474）

大将南征胆气雄，扯旂放炮立辕门。（5·12）

本公薛猛，镇守洋河数载，倒也平静。（5·12）

恍里恍荡回家轉，见了白氏把话言。（8·3）

各山口紧把守休要轻放，莫教那薄幸女任性逞强。（8·177）

叫你小姐暂与新人作伴，等我回来再与新人拜堂。（8·448）

按：以上例中依次为"软""辕""载""轉（转）""轻""暂"的俗字，其共同特征是把形旁"车"写作"丰"，失去了表意作用。

3. 不同部件简化为同一部件

这里所言不同部件简化为同一部件，指的是几个汉字的部件完全不同，但车王府曲本抄写者将其简化为同一部件，由此让它们的俗字具有了相同的部件。例：

孤病虚顷刻间必归黄泉，将大事单与你永慎家邦。（6·92）

杨氏好比网内鱼，拿住了戚子用刀割。（9·165）

粉壁墙画麒麟怯牙舞爪，有一对玉狮子压镇府门。（5·176）

按：以上例中，依次为"鎮（镇）""贼""张"的俗字，它们的形旁原分别为"金""贝""弓"，在车王府曲本中，却都具有了相同的部件"刂"，同时也失去了表意作用，仅是作为一个记号存在。

正行走，拨开云头朝下观望。（12·284）

想是辇微了。（8·240）

按：以上例中，依次为"朝""轻"的俗字，其形旁原分别为"卓""车"，此时具有了相同的部件"丰"，同样失去了表意作用。

4. 以简化为主，繁化为辅

就汉字正字的发展历史看，简化是其形体发展的主流，繁化极少。俗字的发展规律虽然也以简化为主，但其繁化的现象明显多于正字繁化的数量，如车王府曲本中繁化的俗字数量较多。除常规简化的俗字和繁化的俗字外，车王府曲本中，还有一部分极简的俗字和极繁的俗字。例：

呔！好狗头，睁开狗眼看看老阝是谁？（3·167）

禀明承相，文武吊发，择选黄道发引。先生随我一仝去见承相。（3·66）

求先生指教我莫大恩施，卝两奉先生略算谢仪。（12·411）

乾坤鼎足分茅土，恨刘备已キ收。（13·16）

（老生白）常家呢？（老旦白）三十刄。（8·242）

大人赏限▱十天，命我访拿贼寇。有了盗马之人，将功赎罪。（11·330）

按：以上例中的俗字，依次为"爷""丞""廿""先""两""四"的俗字，从形体上看，这些俗字无法再继续进行简化，已经达到了简化的极致。

智勇雙全未爵衔，守王法义气平天。（8·160）

不用忙，等我叫他出来问问。"髩头，髩头"。（9·248）

蔫啦？头里那么摇头抷摔尾巴的，那么有气！这会儿可怜不大见儿的。（12·168）

是擒住此贼，将他千刀万劂，方除俺胸中之恨。（13·7）

按：以上例中，依次为"雙（双）""丫""抖""剐"的俗字，就形体看，繁化程度各不相同，其中"髩"的繁化程度最重，比其正字"丫"多了9笔。其次是"劂"，比其正字"剐"多了7笔。繁化程度较轻的"雙""抷"，分别比其正字多了两笔。

5. 同一句或前后句中，使用不同俗字

车王府曲本作者或抄写者在选择用字时，比较随意，不注重前后的统一性。如下例中"圣""佛""岁"，例：

蒙圣恩，蒙圣恩，职授非小。（9·443）

启奏父王，当年征剿北海，路过此山。他乃西方银鼠作怪，盗取伕主灯油。佛祖命父收伏此妖。（5·64）

哎呀呀，祖上的阴功，父母的德行，坟里风水。愿我皇万苏、万万岁。（12·297）

按：第1例中是"圣"的两种俗字即简化字"圣"及在"圣"基础上进一步简化而成的"圣"；第2例中，是正体"佛"与俗体"伏"的同用；第3例中是正体"歲"与其正体草书楷化后"苏"同用。它们的使用情况，一是反映出戏曲文本"以音表意"的特点，二是反映出清代中晚期出现了大量的简化字，繁简字之间存有较大竞争。

6. 使用重文符号

重文符号是书写时代替重复的字、词或较短语句的符号，如车王府曲本中常用重文符号有"ᠵ""ᠶ""ᠷ""ᠷ""ᠸ""ᠹ""ᠺ""ᠻ"等，其中"ᠵ""ᠷ""ᠻ"三种，也可作为俗字的一部分。如：

饮筵宴，夜夜笙歌，每日多欢乐。（4·313）

儿遵听婶母命怎敢违抗？媳胜儿跪尘埃泪珠两行。（4·216）

哎，天杀的！一十八年，还来气老娘。（4·477）

臣妾刘金定见驾，愿主万岁。（5·490）

车王府曲本中的俗字不仅特点鲜明，且具有较强的研究价值，如它所使用的很多俗字未见于字数。将车王府曲本中的俗字与成书时间距离清代较近的《宋元以来俗字谱》相比较，发现其中有很多俗字未被收入，如：

变羊记总讲。（8·129）

这几日也不曾到上房与婆婆问安，只恐他心已变了。（8·172）

太平年嫌官小，说朕无道，离乱岁贼兵变，怕死贪生。（10·2）

按："变"的以上三种俗字，《宋元以来俗字谱》未收。

智勇双全未爵衔，守王法义气平天。（8·160）

吓，嫂嫂，我岂不知从亲痛念于我？事在危急，也说不得了。（9·482）

按："雙（双）"的以上两种俗字，《宋元以来俗字谱》未收。

又只见小妹妹低头不语，为女总不气长且落下凤。（4·456）

这几天不曾打，越不像样。不要你蛋丫头，何碍何妨？（10·123）

按："風（风）"的以上两种俗字，《宋元以来俗字谱》未收。

你哪，也不必答话，只把车拢住，这算让他一步。他一看就知是个走路的行家，便不动手了。（11·147）

按:"譲(让)"的俗字,《宋元以来俗字谱》未收。

以上案例表明俗字具有时代性,且其数量极多,毫无遗漏地将其一一整理出来,是一件较为困难的事,正因此,车王府曲本具有了为相关字书提供新的俗字与例证的价值。饶宗颐在谈及辨别何为正字、何为俗字的方法时,指出:"文字之正与俗,其区别甚难言也。俗与正相对而言,然何者为正,而何者为俗,溯洄以寻根株,资料所限,往往未易遽得碻证。"[1] 就车王府曲本而言,在判定俗字时,虽有字书可作为参考,但正如上文所言,俗字具有较强的时代性且抄写者的用字习惯也各异,故而本书的研究难免有挂一漏万之处,甚或有讹误,所以,关于本内容的研究,我们将继续深入。

三、古今字

古今字是汉字的数量、表意功能因没有与人们的需求相匹配而出现的一种文字现象,即随着社会生产力的发展、人们内心诉求及审美情趣等的变化,原本只记录一个意义的汉字,后来被借用来表示其他意义。在这个过程中,人们就在原来汉字的基础上,为其中的一个意义或几个意义造了新字,两者之间就形成了古今字的关系,本质上是"同词异字"。段玉裁在《说文解字注》中指出:"凡读传,不可不知古今字。古今无定时,周为古则汉为今,汉为古则晋宋为今,随时异用者谓之古今字,非如今人所言古文、籀文为古字,小篆、隶书为今字也。"[2] 因此,古今字是研究汉字及汉语词汇时,不可不提及的一种文字形式。在古字的基础上添加意符或减少部件是人们造出今字的主要途径,车王府曲本中古今字的形体也说明了这一点。

朝莫侍奉不欢畅,为子心中好难当。(2·214)

按:"莫"为"暮"的古字。

某正在心県急军师驾到,好一似风云会波浪腾蛟。(3·367)

按:"県"即"县",为"悬"的古字。

廖化见枪不远,用它矛往外一迎。只听"咣当"一声,振的两背生疼,身体乱晃。刚刚的把蛇矛架过,两匹马撞将过去。(18·209)

---

[1] 张涌泉:《敦煌俗字研究导论》,新文丰出版公司1996年版,第1页。
[2] 万献初:《〈说文〉学导论》,武汉大学出版社2014年版,第144页。

按:"它"为"蛇"的古字。例中,上下文混用"它""蛇"的现象说明,车王府曲本作者在使用古字时,常会出现古字、今字混用的现象。

久闻恶寇多利害,咱两个捨命与贼征。(18·465)

按:在"舍弃"义上,"捨"与"舍"是古今字关系。车王府曲本中,有时也会使用"舍",例:"奴家苟延岁月,不亏这翠莲舍身从贼,暗中保护,如何能有今日?求大人宽释其罪。(27·131)"

老总兵有位姐姐多美貌,奉旨召进汴梁城。却在南清宫府住,赏与贤王配为昏。(22·459)

按:"昏"为"婚"的古字。

你只说,异乡之人谁寻找?怎知学生在都京。我这一,找到奸贼国舅府,以死相拼把帐清。(26·177)

按:"帐"为"账"的古字。

这坐山子怀内竝无宫库民房,又无百姓居住,畧想流贼到不了这里面来,咱君臣正好躲藏。(51·88)

按:"竝"为"并"的古字,但董宪臣(2018)①将两者认定为是异体字的关系,说明古今字和异体字之间确实存在难以辨认的现象。

车王府曲本中还有一部分原本有自己专用汉字的词语,作者也采用了同音替代的方式,如"烛千"一词,例:

见桌上,点着半只四川白烛,这烛千,却是一个木头烛千。这董福,一言(眼)看见这两件物,他的那,不由起疑在心中。莫不是,这个人当差在内库?他暗暗,偷来的白烛点着灯;他暗暗,偷来的白烛点着灯。(26·84)

按:"烛千"即"烛签",故此《包公案》第二十二回抄写者习惯将"签"写作"千",下文有:"知县出签,听差之人上前领千。知县说:'你速到阎府将看花园的玉香拿到,不淂有悞。'差人领千而去。(26·88)"这句话中,同时使用了"签""千"二字,可作为明证。"烛签"即插入蜡烛底部起固定作用的签子,其材质依据使用者的经济水平而定。例中董福怀疑的原因正在于此人使用皇宫专用的白烛,但烛签却是木头的,两者不匹配,即蜡烛的材质与烛签的材质往往匹配。如"烛千"这种因同音替代而成的词语,并没有得到广泛的认可,因此并未被辞书收录。而像"班指"实则为"扳指",作者将"扳"写作

---

① 董宪臣:《东汉碑刻异体字研究》,九州出版社2018年版,第11页。

"班"后,本是和"烛千"同样的情况,但《大词典》却将其收录并认为是清代产生的新词。例:

天霸班指且为定,催漕事毕把亲成。(34·174)

按:徐珂《清稗类钞·服饰·扳指》:"扳指,一作搬指,又作挷指,又作班指,以象牙、晶玉为之,着于右手之大指,实即古所谓韘。韘,决也,所以钩弦也。"[1]可见,"班指"已被当作"扳指"的写法之一,与"烛千"的地位不同,这说明,因同一种原因出现的语言现象,最后被大众认可而固化的情况并不相同。

车王府曲本中还有一些是曲艺作品中常用的汉字,如"歇",《中华字海》[2]引陈刚《北京方言词典》注音为"ruá",义为"杀(威风),使弱"。但陈刚所用本字为"䅈"[3],而"歇"仅是它众多异体字中的一个。车王府曲本中例证如下:

看孤王,前来定取你的生。长长精神抖抖胆,拧拧眉毛横横心。人活百岁终有死,我何歇我称寡道孤的名!(18·360)

总而言之,车王府曲本中的汉字现象较为复杂,而汉字又是词语的载体,因此,有必要对其做简要的论述,以便为词语的研究提供文字方面的助力。

受作者书写习惯的影响,车王府曲本中有些词语需要根据上下文语境才能判定,如"娘妇"结构,车王府曲本中例证为:"吩咐令人命娘妇丫环,出馆伺候公主。(15·211)"根据上下文语境中的"伸手拉住洪肖女,主娘之名不用称。(15·211)""主娘二人忙梳洗,披蟒挂凤戴翎龙。(15·212)""娘"当为"仆"的讹写,即"娘妇"应为"仆妇"。因此,整理车王府曲本中的词语时,应该谨慎为重。

四、雅俗辉映的语言风格

车王府曲本含有的戏曲、曲艺体裁多样,题材多样,作者繁多,诸种因素综合作用下,车王府曲本就形成了雅俗辉映的语言风格,这是车王府曲本

---

[1] (清)徐珂:《清稗类钞》,中华书局1984年版,第6224页。
[2] 冷玉龙、韦一心等:《中华字海》,中华书局、中国友谊出版公司1994年版,第932页。
[3] 陈刚:《北京方言词典》,商务印书馆1985年版,第231页。

语言世界能够摇曳生姿的重要原因之一。由于车王府曲本是韵文，不熟悉它的人会有车王府曲本词汇和语法不可研究的错觉，为从多角度证明车王府曲本语言的价值及可研究性，著者从语言风格角度将其大致分成了雅与俗两类。

（一）典雅化的语言风格

在车王府曲本所有体裁的作品中，子弟书中部分作品的风格较为典雅，清代人震钧指出："旧日鼓词，有所谓子弟书者。始轫于八旗子弟，其词雅训，其声和缓。"[①] 启功先生根据子弟书的这一特点，认为其甚至不能叫作"书"，应该叫作"子弟诗"[②]。"雅化"确实是子弟书的主要语言风格，如子弟书《全彩楼》中的片段：

这一日读书闷倦出窑外，散步游行把景物观。恰正是美景良辰和霭候，红肥绿瘦艳阳天。沾衣雨过偏增爽，吹面风来不觉寒。淡淡青山横远岫，滔滔绿水赴前川。桃腮馥馥迎人笑，柳眼青青带露妍。姣艳艳花魂点染东皇笔，虚飘飘蝶梦逍遥庄子篇。楼阁半宜烟雨映，园林都作画图看。黄鹂对对鸣高柳，紫燕双双绕画栏。万绿丛中鹦鹉唤，百花深处酒旆悬。见几处烟笼浅水亭台雅，见几处门掩紫靡鸟雀喧。随意可游芳草地，是谁微醉杏花天？（53·2）

上面这段文字是子弟书语言典雅风格的典型体现，从中可以看出，典雅风格下，某些口语性词语及句式的自由度可能会受到限制，但作品由此也会形成与之相适应的句式及词汇系统，可为相关研究提供独特的语料。

车王府曲本中，除子弟书语言的典雅风格较为突出外，其他体裁作品的语言也或多或少存有此风格，如说唱鼓词《三国志》中的片段：

口尊："校尉仔细听，涿州郡，竟有这样英雄汉，破家卖产救黎民。若能得把贼兵破，你我彼此有光荣。"邹靖点头说："正是。"太守又对刘爷云："方才你，称说你是汉宗派，但不知，那派宗支要言明。"（18·203）

这段文字虽属对话，但具有明显的典雅风格，说明在车王府曲本中，文本语言的典雅风格既可在非对话形式中出现，又可在对话形式中出现。车王府曲本中，即便是简易的词语互相组合，有时也会形成典雅风格，如某种戏词《英烈春秋》中的片段：

[①]（清）震钧：《天咫偶闻》，北京古籍出版社1982年版，第175页。
[②] 启功：《创造性的新诗子弟书》，载《启功丛稿》（论文卷），中华书局1999年版，第321页。

亲信着已是父子，母子分离也应该。养女终究是外姓，难于国祚永成怀。公主贵人十八岁，必须银平女裙钗，才能可以去进美。（15·203）

本段文字是典型的韵文七字句式，其所用的词语虽不如子弟书雅致，但受字数及押韵影响，即便是简易的词语也营造出了典雅的语言风格。

据上述例证，即便车王府曲本中有些作品的语言较为雅致，但在雅致的风格下隐含着独特的语法现象，因此，典雅的语言风格并没有降低它的语言学研究价值。

（二）俚俗化的语言风格

俚俗化是车王府曲本语言风格的另一特征，该特征所隐含的语言学价值尤其是其中的词汇学价值，不仅远高于其典雅化语言风格所隐含的语言学价值，而且还是对清代中后期口语词汇、方言词汇、满语词汇等的集中体现。

除上文提及的《乌盆记全串贯》外，其他乱弹戏中也不乏与之类似风格的言语形式，如《乌龙院》中片段：

（开门介，生两望，旦白）宋大爷你进得院来，东睄西望，难道你妻子做出什庅歹事了庅？（生白）不是往常宋大爷进得院来，画儿也挂了，地也扫了？今天宋大爷来到，画儿不挂，地也不扫，成个什庅样儿！（旦白）哎呀，我不知宋大爷的驾到来，未曾扫地挂画。要是知道，地也扫了，画也挂了。的根儿我就没打只你来吗？（6·344）

此片段是一段对话，句子简短、句子结构简单，词语主要属于日常用词，其中还有北京土语词"的① 根儿"，在清代产生新义的"要是"②。文字方面依然体现了车王府曲本繁简字共用及使用异体字、俗字的特点，同时还使用了方言记音字"只"③。再如昆曲《双珠球总讲》中的片段：

（周白）怎么？（求白）这分明是在尼菴合朱球的赵翠娥小姐，怎改了姓赵了？哈哈！（周白）你不要认错了！（余白）我已听见了吓。翠娥女儿，你可曾听见？（小旦白）咳，事到其间，料难隐瞒了。阿呀，母亲，女儿只浄直告了。（周、余同白）到是说明白的好。（14·73）

该片段是一段对话，所用句式及词语与日常用语无二，其中还多次使用

---

① 读作"dī"，素常写作"第根儿"。
② "要是"在此处的义为"如果"，词性为连词。
③ "只"实际上为记录"着"的方言发音的汉字。

虚词"了",包含"了$_1$"和"了$_2$"的用法,较好地反映了清代中晚期相关的语法特点。车王府曲本中有很多作品在语法及词语方面都特点鲜明,极富研究价值,如某种戏词《双金印》中的话语不仅口语化色彩浓厚,还使用了诸多的方言词语,下面片段即是明证。

我不信,没有勾当,他在也不能上赶着你哟。」[1]他不上赶着我,我还上赶着他呀!屈杀我咧,手指头哇。」侯要哭列,你奏是赶着人家,人家上你的当?」咱都是你知道。」自己养活的,煞毛病瞒了妈呢?」瞒不瞒的,手指头吊了,得与我报仇咧。」他呢?」上什庅馆里去咧?(16·104)

《双金印》中的这段话口语色彩浓厚,含有"上赶着""侯""奏"等方言词语。《大词典》未收"上赶着","侯""奏"未列该段话中的义位。"上你的当"是离合词"上当"的扩展形式,而"上当"是产生于清代的词语。"煞"义为"什么",是清代新产生的词义。虽然由于篇幅较短,《双金印》这段话中蕴含的方言词语、新词及新义数量不多,但如果将视角放宽至车王府曲本整个语言系统,就会发现它们数量极多。因此,把口语色彩浓厚,方言词语、新词、新义数量多等作为车王府曲本语言的一个特点,是科学的。

---

[1] "」"是车王府曲本中常用的分隔纯对话的符号,即其前后部分为不同人物的言语。

第一章 车王府曲本语法研究

学者对清代在汉语史中的归属意见有所不同,吕叔湘先生(1983)认为清代属于近代汉语。他指出:"以晚唐五代为界,把汉语的历史分成古代汉语和近代汉语两个大的阶段是比较合适的。至于现代汉语,那只是近代汉语内部的一个分期,不能跟古代汉语和近代汉语鼎足三分。"[①]蒋绍愚(1994)认为近代汉语的下限应在清初,也就是清代应归为近代汉语时期。从语言特色看,尽管清代在语言本体方面与现代汉语有很多相同点,但真正的白话文是从白话文运动才开始的,因此将其与现代汉语区分开有一定的科学性。另外,清代汉语又与唐五代汉语有明显不同,综合以上诸种原因,我们认为清代尤其是清代中晚期应属于近代汉语向现代汉语过渡的时期。本时期的语言表达形式有了很大的变化,这一点在车王府曲本中也有所呈现。如:

自家牛录占音的便是。自得佐领以来,无非借钱的买我的图书,得甲的许我库银,卖房地许我加一拿头。钱粮上的戳头,关米之时,先与米老老借钱。算米账的时候时节也可儿,在众人身上扣还。(14·79)

这段语料在语言本体方面特点鲜明。词语方面,既有音译的满语词,又有清代词语;语法方面,句式口语化色彩较浓;语音方面,有儿化音。充分体现了以车王府曲本语言为代表的清代中后期语言特色。可以说,车王府曲本中口语化的话语形式,是对明清时期语法规则的动态化、具体化呈现,是书面化的明清时期活的语言材料,既体现了古代汉语向现代汉语过渡时期的语法演变过程,也是对清代中后期语法现象的一种曲本化呈现。再如:

(外白)赵旺那里摆饭?(赵白)还没得菜呢!问你哪句话,这一个挺大的个子,他是谁?(外白)亲家。(赵白)亲家?知道了。您哪坐着去罢。浔

[①] 吕叔湘:《近代汉语指代词·序》,学林出版社1985年版。

了饭，我叫你哪。（赵旺睄丑夫人介。夫人白）你叫我做什広？（赵白）我没叫你哪吓。（12·168）

此段话虽然简单，但是体现了北京方言的语法特点，尤其是"你哪""您哪"的使用。因此，车王府曲本的语法特征不仅体现在通语方面，还体现在方言方面，具有多重语法研究价值。

第一节　车王府曲本中语法概况

车王府曲本的语法特点鲜明，就词性看，已拥有汉语现有语法系统中的所有词类，它们既有相应词类的一般语法意义和语法功能，有时也会应韵文及作者表达的需要，具有了临时性的语法意义和语法功能，诠释了相应词类的延展语法能力。语法研究中，"尽管语法形式和语法意义是不可分割的，但在具体研究工作中却有一个从什么着手的问题，从理论上说，可以从语法形式着手，也可以从语法意义着手，不过从语法形式着手似乎更容易，也更可靠一些，因为语法形式总是要比语法意义具体一些，更容易捉摸一些"[①]。虽然因为韵文的原因，车王府曲本中有很多不符合语法规则的现象，但不可否认，它的语法主体特征与汉语的语法特征一致，与常规语法的差异为次要特征，且这些次要特征在其他文献中也或多或少存在。只不过因车王府曲本作者较多、内容较多，所以出现了特殊语法规则较为突出的现象。

一、词类的特征

根据研究目的及车王府曲本词类的具体特征，车王府曲本中词类的特征可从共性特征和个性特征两个层面考察。词类的共性特征指车王府曲本中的词类类型及词类中个体成员具有相应词类的普遍性语法特征，个性特征指车王府曲本具体语境中的某个词具有了其所属词类的非常规语法功能。为更好地突出车王府曲本中词类的特点，此处仅从相对个性的角度探索。

[①] 胡明扬：《再论语法形式和语法意义》，《中国语文》1992年第5期，第364—375页。

（一）存在名词作状语的情况

名词作状语是汉语中尤其是古代汉语中常见的一种语法现象，因其具有"表示方位或处所；表示工具或依据；表示对人的态度；表示比喻"[①]等独特语法功用，故古今汉语中或多或少有其使用的案例，车王府曲本自不例外，例：

窃我兵符，鬼魅袭取荆州，俺岂依众将攻城如虎儿！（3·167）

留的我广才在，日时常打扫。于你倘有些不测，倒做了绝祭祀的孤坟哪！大哥大嫂子，只怕你难保百年坟。（3·225）

我这衙门，那用你们膝行！（5·454）

把你左边一块煤，右边一块煤，上头一块煤，下头一块煤，把你这个王八日的煤起来。（6·84）

不是我们当家收留他，他早就路毙了。（9·97）

无怪栽倒不听响，却是纸绞一个人。（44·407）

前者腊月三十日，岳元帅，父子风波死的苦情。（47·474）

按：例1中"鬼魅"作"袭取"的状语，表比喻；例2中"日"作"打扫"的状语，表时间；例3中"膝"作"行"的状语，表方式；例4中"煤"作状语，表工具；例5中，"路"作"毙"的状语，表处所；例6中，"纸"作"绞"的状语，表工具；例7中，"风波"作"死"的状语，表地点。

（二）存有较多的词类活用现象

车王府曲本是韵文，行文格式不同于其他体裁，常用七字句、八字句或十字句。上下文语句常需要字数相等，有的还需要押韵，故此，车王府曲本作者在建构句子时，常通过词类活用的手法达成目的。例：

恐有泄漏我不肯，三番两次难我心。（3·84）

（老旦唱）娘传旨修庙堂，儿受祭享。（3·110）

谁想门公不容我进见，反被他耻辱一场。（4·222）

按：例1中，"难"是形容词的使动用法，表"使困难；使感到困难"之义，古代文献中常有此用法，如《左传·哀公十四年》："所难子者，上有天，下有先君。"[②]杨伯峻注："今言使子为难，或谓使子遭祸难也。"例2中，"祭

[①] 郭锡良、唐作藩、何九盈等：《古代汉语》（修订本），商务印书馆2011年版，第282—283页。

[②] 陈戌国点校：《四书五经》（下），岳麓书社2014年版，第1229页。

享"属于动词活用为名词,其本义为"陈列祭品祀神供祖",此处将其作为名词使用,义为"祀神供祖的祭品"。例3中,"耻辱"用作动词,表示"羞耻"之义。除此之外,车王府曲本中还有诸多词类活用的例证,如:

古来韩凭之妻死节,墙头生出连理枝,如今树在那里?(3·177)

按:"死节",即"为节而死",是为动用法。

老爷分付家丁每,"你们快去莫消停,买些饽饽与甜枣,笑笑这些小孩童"。(21·30)

按:"笑笑"即"使……高兴"。

难道说小姐你不知他过于酷刑?待你我狠心?(39·395)

按:"酷刑"位于介宾短语"过于"后,活用为动词。

你原来,竟是一派不讲礼,偏向势力苦良人。(40·466)

按:"苦"即"使……苦",为形容词的使动用法。

列公,俗语说的①好,"礼伏君子,法治小人"。黄德功这样议论,跟定国公来的文武多官、在营的战将个个点头宾伏。(50·413)

按:"伏",动词的使动用法。

赔上父母、佃上妻房,恼亲戚、浮罪街坊,朋友的跟前闹遭殃。(57·186)

按:"恼"义为"使……恼怒"。

二、语法结构的典型特征

"句子是语言交际功能的真正执行者。短语、词等则是给句子准备材料的,任何句子都必须由词或词所组成的短语构成基本的线性因素。句子的长度总是与词或短语组成的长度相当。"② 语言交际环境及交际参与者的心理、语言能力等各有所不同,这就导致具体语境里的句子有可能会呈现出遵循已有的语法规则和违反已有的语法规则两种状态,这种情况在车王府曲本中体现得较为明显。

遵循已有的语法规则,即遵循了语法结构的共性特征,这一点是任何交

---

① 车王府曲本中"得"写作"的"。
② 詹人凤:《现代汉语语义学》,商务印书馆1997年版,第3页。

际领域中的句子都基本上遵循的原则,车王府曲本中的语法结构自然也具有汉语语法结构的基本特征,如一般性的词语搭配、句子结构等。同时,与交际各种自变量和因变量相适应,车王府曲本中的语法结构也有一些典型特征。主要如下:

(一) 句子成分方面的特征

除常规性的语序及语法规则之外,车王府曲本中的句子成分还具有以下较为突出的特征。

1. 定语位置特殊

定语是用来修饰名词或相当于名词结构的句子成分,它最常见的语法位置是在其所修饰的成分之前。但有时出于表达效果的需要,使用者会将其从应在位置挪到其他位置使用,如车王府曲本中定语就经常不在常规位置上。其位置的特殊性主要体现为以下两种:一种是中心语之前两个定语的位置颠倒,二是定语后置。

车王府曲本中位于中心语之前的定语位置颠倒,主要指由性质形容词充当的定语应直接位于中心语之前,但作者却在该定语和中心语之间添加了其他定语,例:

就是那我爱卿把命消了,为孤的怎能够错把他睄?(2·143)

喝令两边快动手,把无能两个匹夫斩首在辕门。(19·51)

恶贼越说心越恼,带怒含嗔把话云。高声:"小厮众尔等,你给我快绑欺心那个狗道人。"(20·373)

三家王爷辞驾,把一对那死鱼带回王府,令人与三爷做了一双鱼皮靴子。(31·21)

按:例1中的"那"原应直接位于"爱卿"之前,形成"那爱卿"的结构,例中却移位为"那我爱卿",变成同位短语。与移位前的结构相比,"那我爱卿"重在强调所指的对象本身,而"我那爱卿"的语义重点却在"我",强调"爱卿"的所属。例2中,结构"无能两个匹夫"应为"两个无能匹夫"。"无能"提前,更能强调说话者所言"匹夫"的性质。例3中,"欺心那个狗道人"结构正常语序为"那个欺心狗道人",作者将"欺心"提前,其目的也是为了强调。例4中,结构"一对那死鱼"应为"那一对死鱼","一对"提前,重在强调鱼的数量。

车王府曲本中定语后置的现象较多，包括两种：一种是作定语的数量短语后置；一种是作定语的名词或形容词后置。相较而言，前者较多，例：

离新野往南阳虔心一片，登高岗枕流水雾窟云根。（3·91）

禀太尉，地下有死尸二个，转心壶一把。（5·340）

回禀相爷，小人打扫二堂，见公案之上，扠定钢刀一把、柬帖一封。相爷请看。（5·341）

还提什广炮声？大雨一场把人马淹死大半，炮在水里泡着，怎广点得？（44·418）

大红鹤氅团花绣，腰束黄绒条一根。（45·120）

务必要，救回真人十五洞，贫道不枉下山峰。（45·164）

按：以上例中的"一片""二个""一把""一封""一场""一根""十五洞"都是定语，都位于各自中心语的后面。

一种是作定语的名词或形容词后置，例：

贺氏兰英心内恼，踏玉腕取出了套锁红绒要拿人。（18·100）

一边拉过马青鬃，汉升上马伴长去。（19·330）

连忙的，端来一盆净面水，又送一碗茶喷香。（26·126）

夫妻上了帐中军，净手忙把信香摆。（29·241）

按：以上例中的"红绒""青鬃""中军"等为名词，都是后置的定语，其中心语分别为"套锁""马""帐"。"喷香"则为形容词，其中心语为"茶"。虽然"喷香"也可作谓语，形成"茶喷香"的主谓结构，但根据例句结构"又送一碗茶喷香"，可见此处"喷香"是作为定语修饰"茶"，而非以谓语的形式存在。

2. 状语与中心语分离

状语与中心语分离指的是状语依然位于中心语之前，只是状语和中心语之间添加了其他成分，两者之间的距离变远。车王府曲本中例证如下：

若先叫周瑜取了城池，我等何处安身？（3·144）

真这个相公长的好，怨不得我那丫头爱他。（4·223）

近英那个贼，反复他作耗。脑后反骨生，眼斜眉高吊。（15·175）

有心我弃了吕布归故里，又怕天下笑破唇。（18·415）

今日袁贼叫你杀破胆，险些袁绍被你来拎。（19·14）

一心他，要去会会孙武子，说我心中气不平。（25·171）

虽则开斋破了戒，不过是，一时动气心不明，暂且我今不怪你。（28·435）

按：以上例中的"先""真""反复""有心""险些""一心""暂且"分别作为"取""好""作耗""弃""来拎""要去会会孙武子""不怪"的状语，它们与自己中心语原本应紧密贴合，中间不能有其他成分，但车王府曲本中它们和中心词之间都具有了其他成分[①]。即是说，我们认为"先""真""有心""险些""暂且"等这些原本分别作为"取""好""弃""来拎""不怪"的状语，是依据上下文语境从语义角度做出的分析。

车王府曲本中，状语与中心语分离时，有时状语位于主语结构内部，例：

这件事，传入东宫刘后耳，他的那，登时心中起了疑，一心心，要把李妃残生害。（26·53）

按：例中，"登时"是"起了疑"的状语，但在例中却位于偏正式结构主语"他的那心中"中间。这种时间副词处于定语和中心语之间的结构，作为作者采取的暂时性语法策略的一种产物，以突兀地立于常规句式结构之间的形态，极好地提升了其所在片段的语言表现力。

车王府曲本中，另有状语位于句末的情况，如下例中的状语"能"：

这一天，教导咱家这件事，怎样使用那酒壶能。（26·197）

按：例中，状语"能"本应位于动词"使用"之前，由于押韵需求，它被挪到了句尾。

综上，车王府曲本中，状语与中心语分离的情况较为复杂，其原因主要有三：或是出于表达需要，或是因韵文格式需要，或是作者个人行文习惯所致。但不论是哪一种，都说明车王府曲本的语法现象具有灵活性，也说明汉语虽然主要靠语序和虚词表达语法意义。不过，在具体语境中，在上下文语义充足的情况下，将句子成分置于其非常规的句法位置，不仅不会影响句义的表达，反而会提升句义的表达效果。

以上两类句子位置特殊的情况，固然有韵文的原因，但不可否认，句子成分出现在不该出现的位置，有其特有的语用作用。"在语句的生成过程中，

[①] 在分析语法结构时，这些被与中心语分离的状语处在什么位置，它就在该位置充当语法成分，而不应将其还原到原有的位置后再分析它的语法功能。

通过语序（成分的线性位次）的变化使某个成分占据序列中为焦点而预设的位置，这就是焦点化。"① 句子的焦点化由持有者决定，即"凡说话者认为听话者不但需要知道，而且需要给予特别的关注，以认识到说话者对它的价值评价的片段，都具有突显性"②。任何句子在语境中才会具有语用价值，故此，研究句子的语法结构时，应将其与语境和语用结合，如此才能揭示出一种语法结构是否合理，或者说是否符合人们的认知心理和接受心理。

3. 补语结构类型丰富

车王府曲本虽然是韵文，句式相对讲究，但在作者高超的语言驾驭能力下，短句内也能容纳复杂的语法结构形式，丰富的补语结构类型即是表现之一，如：

长空里好一似梨花散雨，风凛凛冷得人两眼昏黑。（3·92）

行至中途，又将吕伯奢杀死道傍。（3·100）

用，你就给我拴在这窗根儿底下。（11·116）

关张二位吓了个死，我们各处分兵找主的踪。（19·184）

那主持慌得披了袈裟整理衣冠迎接出来，恰好正遇梅公方才下轿。（21·462）

按：例1中，补语"人两眼昏黑"为主谓结构；例2中，"道傍"为方位短语作补语，与方位短语作补语的一般结构不同，"道傍"前省略了介词"在"；例3中，补语"在这窗根儿底下"为介词短语；例4中，补语"个死"为量词短语；例5中，补语"披了袈裟整理衣冠迎接出来"为连谓短语。

车王府曲本中补语结构具有丰富的类型，并不是因韵文的要求而使用，说明其语法结构具有一般体裁的语法特征，具有可研究的价值。

4. 定中结构的中心语省略

定中结构存在的前提是定语、中心语兼备，但在车王府曲本中，受上下文语境及行文等诸多因素影响，常有只保留定中结构中定语而省略中心语的用法，例：

大哥存此好心待人，只恐那周瑜却无好待你。（3·142）

只因要会多情，前来哀告女兄。（10·210）

---

① 陈琳：《汉语焦点与汉语语序》，《边疆经济与文化》2006年第5期，第124页。
② 祁峰：《现代汉语焦点研究》，复旦大学，博士学位论文，2012年，第1页。

卖卦的怎么知这件？莫非与李文举是宾朋？自从那日去赊狗肉，才知其中就里情。我妈说不叫我对人讲，怕的是人命官司别当轻，一向总不敢提这件。（43·368）

一辆车留一名军，小心把守休迟悮。（44·319）

他若发疯怎么好？那一根，脑瓜骨子怎样禁？（45·26）

真果是，白水镇中遭水难，谁人来救这些生？（49·191）

按：例 1 中，"却无好待你"本应为"却无好心待你"，此处承上文省略中心语"心"，只保留定语，有一定的语义强调作用。例 2 中，受字数影响，"多情"后省略中心语"女""婵娟"等表女性的词语。例 3 中，"这件"后省略中心语"事"。从语句角度看，"事"不是因为押韵而省略，紧接下文有："先生留神你是听，要提这件人命事，就是那，铁面的包公也断不清。（43·368）"例 4 中，定语"军"后省略的中心语为"人"或"士"。例 5 中，省略了"那一根"的中心语"金箍棒"。例 6 中，定语"生"后省略的中心语应为"灵""命"。

车王府曲本中省略中心语只保留定语的部分词语还有"美""好"，例证如下：

堪堪到跟前，开口叫声美。（16·32）

老爷，饶了我们吧，我们是好哟。（16·86）

以上保留定语省略中心语的语法现象，因为上下文语境充足，在语义方面并不会引起误解，故可将其看作是车王府曲本中一类特殊的语法现象。

5. 同位语作主语例证较多

车王府曲本是表演形式的文学体裁，而文本涉及的人物出场时大多要自己介绍身份，于是就出现了很多同位短语充当句子主语且同位短语结构主要为"人称代词+N（P）"的现象，充分体现了曲艺作品在句子成分上的鲜明特征。部分例证如下：

吾武状元铁虎回调安禄山，被他囚禁在狱。（16·165）

白起领兵来助魏，我膑不忍动刀兵，两次三番将他躲。怎奈那，白起不肯撤回兵，说不浑，孙膑总得破杀戒，那管秦邦五万兵。（31·167）

我小人，平素之间蒙抬举，先派跟班后门公。驸马如今身有难，我费升，情愿舍死救主公。（31·178）

我孙膑，提兵前来非困魏，为的是，擒拿庞涓把恨伸。（31·197）

按：以上例证中充当主语的同位短语有"吾武状元铁虎""我膑""我小

55

人""我孙膑",其中,"吾武状元铁虎"是具有两层结构的同位短语。车王府曲本中,"第一人称代词+N(P)"的同位语结构主要见于戏曲部分,鼓词及其他部分少见。除"第一人称代词+N(P)"式同位语结构外,车王府曲本中也有"N(P)+第二人称代词"式同位语结构充当主语的用例:

口中只把皇娘叫,国母你好太狠心!(31·76)

大鹏鸟,安心要与黄爷比,他怎知,性傲三太动了嗔?大声一叫:"气杀我,恶人你好太欺心!"(42·207)

按:以上两例中"国母你""恶人你"都是同位短语充当主语的用例。

与同位短语充当主语例证较多现象相适应的是,车王府曲本中,也有"人称代词+N(P)"式同位语充当宾语的用例:

我那时,当初把他母子掳,他那时,两生三岁小娃童。(42·453)

按:上例中,"他母子"即为同位语结构充当介词"把"的宾语。

(二)句子结构成分省略现象较多

车王府曲本中,只要语境充足,句子成分的省略不影响句义的表达和理解,且没有特殊表达需求的话,句子总是以最简洁的形式出现,担负起其省略之前句子的责任。

1. 谓语动词省略

从词性看,可将谓语核心词分为名词或相当于名词的成分、动词及形容词三大类。动词是充当谓语的主要词性类型,但名词在充当谓语时,在句式、语用及语义方面都有所限制,如只能是短句和口语句式,表籍贯、时间、数、天气及节令等。车王府曲本中却出现了一些不属于这些语义范畴但却不带动词的名词性谓语结构,例:

(旦白)桌案上什么东西?(梅白)麦仁米饭。(14·159)

马夫那里,马夫那里?哈!马夫那里?(14·173)

姐姐,我告诉你几句话。咱的大少爷大小奶奶十一位,还不够,又把王姓妻子讹来强奸。(35·164)

你要三从四德的坤道深藏秀闺,笑不露齿行不露脚,外人不见,焉肯横祸?(35·165)

内中那个要退后,只教他,养儿做贼女娼根。(35·198)

杨猛自管依着我,八面不可乱胡行。还要谨记前番话,且不可,贫僧之

言耳旁风。(48·120)

今日见了我，还是那胆气，小样儿越发的福气了。(48·298)

老道你真岂此礼，为什广，摔那衣包用何中？(48·418)

他闹的事儿不一次，喝醉了，净是歪缠实不该。(49·125)

可恨这，白水镇内众畜生，可恼不该这无礼！那里寻来万恶僧，今日将我薄的苦！我怎肯，善自将他来放松！(49·191)

按：例1中，"桌案上什么东西"中省略了表存在的动词"是"或"有"。例2中，"马夫那里"省略谓语动词"在"或与之同义的词。例3中，"咱的大少爷大小奶奶十一位"中省略了谓语动词"有"，完整结构为"咱的大少爷有大小奶奶十一位"。例4中，"焉肯横祸"中省略动词"有""遇"或表此类语义的动词。例5中，"女娼根"中省略动词"做"，与"养儿做贼"形成互文。例6中，"贫僧之言耳旁风"之中省略了动词"当作"等意义范畴的动词。例7中，"小样儿越发的福气了"中省略了谓语动词"有"，或与之同义的其他动词。例8中，"岂此礼"中省略动词"有"，鼓词《济公传》中多次使用，例："想起来，老货你真岂此礼，越想越恨老苍生。(48·437)""这个秃子岂此礼，看形景，明是出家僧一个，净敢说是俗家客，这个人，光景可恶定难容。(49·56)"车王府曲本其他处未见。例9中，"不一次"中省略动词"是"或"止"。例10中，"这无礼"受字数限制，只保留了近指代词"这"，去掉了代指动作行为或程度的部分，其应为"这样无礼""这么无礼"。

2. 介词省略

在字数较为灵活的语境下，车王府曲本中的介词不省略，如："我二人，商量定计把小主救。陈公公，他把太子送在南清宫。(25·419)"该例中，前后主句字数为八字和九字，有安排句子成分的充裕空间，故后一句中的介词"在"省略。但受各种因素影响，车王府曲本中常有省略介词的现象，例：

都督暂且忍耐，待我去亲见刘玄德，将情理说他。(3·170)

奴家去了能几日？他如何馆驿见了阎王爷？莫非你们行暗算？害的我恩爱夫妻竟断绝。(16·121)

那时节，太师金殿保举我，封我个，大小前程在朝中。(26·5)

说话师徒又里走，把一个，好汉英雄唬一跳。但则见，毛毛烘烘满了地，战马能行跳又蹄。(28·407)

可叹我苦争恶战三十余载，锦片片的江山断送一个妖妇的手内！（29·157）

张录儿，把大人送衙门外，清官爷，回头又把话来云。（43·387）

汴梁总然有几家功勋良将，并无出类超群的英雄好汉，偏偏狄东美与一干众将尽皆边廷之上。（46·14）

按：以上诸例中省略的介词不尽相同、所构成的结构在句中有状语和补语之别，但它们脱离其所处大语境时，语义仍然完足，说明至少在韵文中，介词的缺失并不影响其所在句式的意义表达。当然，汉语系统中的介词虽然是一个封闭系统，但有些介词也会具有同意义范畴的介词，这就导致无法真正明确车王府曲本具体语句中缺失的到底是哪一个介词。

例1中，动词"说"与"他"之间省略了"与""给"等意义范畴的介词。例2、例3、例5及例7中的"馆驿见了阎王爷""金殿保举我""断送一个妖妇的手内""边廷之上"前，都省略了"在""于"等意义范畴的介词，只是位置不同。"馆驿见了阎王爷""金殿保举我"中省略的介词应位于"馆驿""金殿"之前，且整个介词结构在句中作状语；"断送一个妖妇的手内"中省略的介词则位于"一个妖妇的手内"前，整个介词结构在句中作补语；例7省略的介词位于"边廷之上"前，整个介词结构在句中作补语。例4中，"里走"之前省略了"往""朝""向"等意义范畴的介词，整个介词结构在句中作状语。例6中，"送衙门外"中，"衙门"前省略了"到""在""于"等意义范畴的介词，整个介词结构在句中作补语。

车王府曲本中省略表"处置"义介词的例证更多，例：

能言军士传一名进见。（2·120）

叫众将随山人高坡来下，看此贼不由我大笑哈哈。（4·3）

众百姓，悲悲切切包爷叫，一个个嗻声不止带愁容。（17·43）

贺人杰，闻听此话驴勒住，连忙的，扭项回头把话云。（32·273）

圣上为何拙志行？难免国母诉诉苦。（47·251）

天子说罢朝袍撑，驾转后宫不必云。（47·379）

有几件，尸亲曾经澡堂子告，胖子挤死在洗澡的盆。（48·19）

按：上述例证中，"能言军士""高坡""包爷""驴""拙志""朝袍""澡堂子"之前都省略了介词"把（将）"。

车王府曲本中介词是否省略没有规律可言，甚至还会出现紧连的上下文中两种情况并存的情况。例："可怜那，太后娘娘无影踪，反把那，仇人刘妃认母后，生身的，亲娘反住在破窑中。此一时，李后娘娘为乞丐，竟无有，纲常大义法何存？（25·419）"其中，"反把那，仇人刘妃认母后"省略介词"为"，即"认为母后"。其下文"生身的，亲娘反住在破窑中"则保留介词"在"。至于"此一时，李后娘娘为乞丐"能使用介词，在于除介词外，构成句义所需的核心词语已具备，唯有使用介词，才可形成韵文所常用的七字句。

另外，车王府曲本同一作品中，出现在不同语境下的同一句话使用介词的情况不同。或省略介词，例："盼咐奴，裙带勒死小主驾，扔在那，金水桥边顺水冲。（25·419）"或使用介词，例："差遣那，宫娥名叫寇承玉，用裙带勒死小〈储君〉，扔在那，金水桥边御河内。（26·28）"值得一提的是，此处仍是七字句，作者为保证这一点，将"储君"二字双行合一，从形式上看还是七字句。句中省略的是哪个介词，我们可根据上下文确定，如"且不可，恶奴马强他知晓，走脱恶霸无处寻。（26·470）"中，"恶奴"前缺少"致使"义的介词，若要在众多表"致使"义的介词中选出最切合语境的，可根据其下文确定。其下文为："今夜晚，贤弟暂回招贤馆，明日一早再起身。一来是，不叫马强他知晓，二则也好领徒门。（26·471）"显然，"恶奴"前省略了介词"叫"。

3. "V不V"结构中的V省略

"V不V"格式是汉语中一种常见的结构形式，车王府曲本中也有大量的此类结构，如：

霎时写完一篇字，不知顺情不顺情。（15·110）

管亏空不亏空！到任就把金银想。车载舡装运到家门，盖下房子置下地，好叫他儿孙后代享荣华。（21·199）

舍斋不舍斋快快讲，不然吃了精打精。（28·10）

大圣走到面前，揪住耳朵，打了个脖子拐，骂声："噇糠的夯货，什么显魂不显魂？"（28·89）

两下亲友不管认浔不认浔，彼此作揖道喜，让进前厅叙礼归坐。（28·202）

除以上例中的"V不V"格式外，车王府曲本中还有一些"V不V"结构中的后一个V省略的情况，即曲本中"V不V"中V在词形上通常为"AB不

A",例:

住口,屁话孤家不爱听,什么叫,商量不商?孤不懂,我就知道早撤兵。(44·295)

按:"商量不商"应为"商量不商量"。第二个"商量"中的"量"省略原因大抵有二:一是作者塑造的说话者秦始皇较为生气,情绪激动中打断王蔺的话,说话间无意中省略了"量";二是作者出于韵文需求,故意省略。但不论是哪种原因形成的"商量不商"都与一般"V不V"不一样,一般"V不V"中省略的是第一个动词,如"考不考试""讨不讨论",而"商量不商"省略的是后一个动词。车王府曲本中"V不V"中后一个动词省略的还有"窝心是不窝",例:

在其位的评评礼,我还窝心是不窝?(44·318)

三、特殊句式较多

特殊句式可以从多个角度界定。一是从其是否含有某个决定结构方式的特殊词语或结构出发,如陈昌来(2002)认为:"语法学上一般把这种着眼于句子结构上的某种特殊性而形成的句子类别叫作句式或特殊句式,以区别于句型。所以,特殊句式实质上是以句子结构的某一特征为标志划分出来的句子结构的特征类别,同时相对而言,特征类别又在结构、语义、语用上有一定的特殊性,因而特殊句式研究在汉语语法学中向来受到重视。"[①] 二是指在日常交际甚至文学作品中都不常用的句式。著者所言特殊句式,即考虑到了以上两个因素。

特殊句式与其他句式一样,都会经历从新到旧的过程,它们的存在也并非具有任意性。"一种新的语言现象出现,都有着它特定的社会、文化、习俗、心理方面的原因,正是这些原因造成了语言的贬义,它们是语言变异的合理性存在。随着时间的流逝,这些原因有的会消退,使新的语言现象变得暗淡无光。逐渐消退,回复到旧有的语言上去,或按照着旧有的语言面貌改造着它。而有时,这些原因也会使新语言现象流传下来,新的语言特质得到固定,

---

[①] 陈昌来:《现代汉语句子》,华东师范大学出版社2000年版,第137页。

丰富了语言的内容和表达形式。"① 从这个角度看，车王府曲本中的一些特殊句式的出现及使用一定是为了满足人们的表达需求，或是人们试图对已有句式做出的创新性调适结果。整体看，车王府曲本中的特殊句式，具体为以下几类。

（一）具有大量的零谓语"把"字句

零谓语"把"字句中没有谓语动词，基本格式为"我+把+你（这个）+N（P）"，王力先生（1943）指出"骂人的话往往不把处置的办法骂出来，于是话只说得一半"②。车王府曲本中的零谓语"把"字句大致有以下几种结构。

1. 我+把+你（这）个+N（P）

我把你这野道！就骂你一双眼睛都不放在脸上。（5·301）

呔！我把你这奸贼！先前要斩也是你，如今保本也是你，受本御一铜。（6·36）

呔！我把你这死囚！你哭那鸳鸯不如你，不如咱老子。（7·160）

按：以上三例零谓语"把"字句，以"我把你这+名词"为结构。其中，所用名词都带有主语对宾语性质"宣判"的修饰语，但其中心语又有所区别。"野道"中"道"是宾语的职业，"贼"是主语对宾语的身份界定，"囚"是主语对宾语身份的"咒詈"。例2、例3中的叹词"呔"，是主语为了引起宾语注意发出的气势十足的吆喝声，利于自己之后愤怒情绪的外放。可见，尽管零谓语"把"字句在大语义范畴上都以主语对宾语的责骂、惩罚性处置有关，但其小语义范畴各异，能最大程度表达主语因宾语而生的各种负面情绪。

我把你个懦夫！暗里害人是妾妇所为，非是作人的人。（28·406）

秦相说："我把你个该死的奴才！你说那狗是外头来的。要是赶那小狗，他如何会跑进内里去？"（48·144）

侯氏听了说："我把你个小淫妇！怎广也说这话吗？"（48·349）

按：与带"这"的零谓语"把"字句相比，以上三例中对介词"把"宾语的强调意味显然要稍弱。零谓语"把"字句中指示代词"这"的有无，对句子核心意义的表达虽没有影响，但却减弱了对介词"把"宾语的强调意味。

2. 把+你+这+N（P）

除"我+把+你这（个）+N（P）"结构的零谓语"把"字句外，车王府曲

---

① 苏新春：《词义文化的钩沉探赜》，广州出版社1997年版，第198页。
② 王力：《中国现代语法》，北京联合出版公司2019年版，第89页。

本中还有主语缺失的"把+你+这+N（P）"的零谓语"把"字句，例：

指着老和尚骂道："把你这老业障！还了我袈裟万事皆休。若是损坏丝毫，看我这样棍。"说罢照着台阶子石上"咯当"一声，把阶条石打了个粉碎，还振倒了七八堵火烧的砖墙。（27·184）

且说好汉袁达一马上前，用加钢斧一指口说："乐毅，把你这囚徒！老爷要与你见个输赢。"言罢，一催坐下马，上前抢斧盖定搂头就砍。（28·392）

按：以上两例表明，"把+你+这+N（P）"结构中主语省略的前提是语境给出的信息充足，且话语发出者的身份极为清晰。其气势有所减弱。

3. 把+你个+NP

车王府曲本零谓语"把"字结构中，还有一类是既没有主语、又没有指示代词的"把+你个+NP"结构，例：

掌教老祖南极子一闻王禅这派言词，坐上心中大怒，口说："把你个该死业障！不怪自己家教不严，反说人家的不好！你若是在水帘洞净坐，伯央就把你们名字添上咧？"（28·432）

由于零谓语"把"字结构主要展现主语在愤怒、仇恨等情感支配下对第二人称宾语程度不一的各种詈骂，并隐含着各种处置，对语境及话语表达模式都有所限制，故没有得到大范围应用。不过，零谓语"把"字句结构上缺少谓语从而意义表达具有的较多空白性、延展性等特征，能为整个零谓语"把"字结构提供无限的想象空间，所以它的应用虽不广，但自出现以后就一直存在。另外，由于它的前面通常有其他各种形式的句子，就使得主语在面对"把"字后宾语时无法控制的负面情绪有了舒缓的时间，也让受众受此"把"字句上文语境所引发的与主语类同的情绪有了舒缓的时间，故而，零谓语"把"字结构的这种功用极为适合用来舞台表演的乱弹戏及其他剧种。例：

（解白）咳，王良，我把你这王八日的吓！（七白）骂。（解白）我把你这个囚娘养的！（7·184）

周仁、冯成东，我把你这两个无义的禽兽！老公，我妻可依此事么？（9·237）

（小姐白）呀呀呸，我把你这无脸的冤家呀！（唱）难怪他言语妙计广，怎舍他美貌少年郎？（10·350）

什么东西？我把你这不害臊的浪丫头！快快放出大人便罢，如若不然，

性命难保。(11·38)

（丑婆白）我把你单扇门子进不去胖老婆生的！（唱）一言喝住桂香口，骂声桂香不害羞，手使家法往下打。(12·95)

（净白）我把你这狗头、狗头！（介白）吓，大王为何抬起我来？(12·345)

从语言事实看，车王府曲本中各种形式的零谓语动词"把"字句是对"把"字句处置性在语义方面的特类补充，同时表明"把"字句的结构具有可持续变化使用的可能性。就车王府曲本而言，它的"零谓语'把'字句类型多，其中有一些结构未见于其他文献，为零谓语'把'字句的使用与研究提供了新的语料"[①]，兼以它所含"零谓语'把'字句数量多，语义功能也很丰富"[②]，"决定了它们能在一定程度上代表清代中晚期零谓语'把'字句的使用情况"[③]。

（二）广泛使用宾语前置

宾语前置是先秦汉语中的一种常见语法现象，在三类状态下宾语可前置，即"疑问代词作宾语、否定句中代词作宾语及宾语用代词复指"[④]。车王府曲本中的宾语前置现象主要是前两种，例：

二国和好，以消前仇，何笑之有？(2·209)

（范白）我是杀他不赢。（鲍白）杀他不赢，虽道就罢了不成？(3·183)

按："何笑之有"即"有何笑"，"何笑"属于疑问代词作宾语前置；"杀他不赢"即"杀不赢他"，"他"属于否定句中代词作宾语前置。至于第三种"宾语用代词复指"，著者在车王府曲本中未曾发现。

（三）谓语倒装句

谓语倒装句指的是谓语位于主语之前的句式，与宾语前置句不同，谓语倒装句不需要满足特殊的语法条件，只要是符合语法逻辑和语义逻辑，它就可以出现在适合的语境中，例：

中了，我再道喜来。走拉[⑤]，我。(5·90)

[①] 周琼华：《近代汉语中零谓语动词"把"字句及其在方言中的流传》，《现代语文》2009年第1期。
[②] 周琼华：《近代汉语中零谓语动词"把"字句及其在方言中的流传》，《现代语文》2009年第1期。
[③] 周琼华：《近代汉语中零谓语动词"把"字句及其在方言中的流传》，《现代语文》2009年第1期。
[④] 郭锡良、唐作藩、何九盈等：《古代汉语》（修订本），商务印书馆2011年版，第288—291页。
[⑤] 车王府曲本中"啦"写作"拉"。

你瞧长的那个不好，那个不赛天仙？（5·131）

前日一时失守，走了一个男人进去，刚被师父看见，拿到伽蓝殿杀掉了，还要打我们。（14·46）

守节甘死翠屏女，仗义退休老尉迟。（14·251）

一个个软哒哒兔子软相公！快些你们拉开吧，省得在此现眼睛。（21·220）

说可笑，没见世面这个人，这又算了甚么好？就该这样发浪般。（32·480）

有心我不去查访，若见了，王家弟兄面无容。（33·194）

真真可恨这贼人！小姐不必生烦恼，想个良法处他们。（39·63）

江①场内，渐渐胜了孟痴虎，不济南唐造反人。（42·335）

按：例1中，"走拉，我"正常语序为"我走拉"。例2中，"长的那个不好"正常语序为"那个长的不好"。例3中，"走了一个男孩进去"正常语序为"一个男孩走了进去"。例3中，"走了一个男人进去"正常语序为"一个男人走了进去"。例4中，"守节甘死翠屏女，仗义退休老尉迟"两句皆为谓语倒装句，正常语序为"翠屏女守节甘死，老尉迟仗义退休"。例5中，"快些你们拉开吧"正常语序为"你们快些拉开吧"。例6中，"没见世面这个人"正常语序为"这个人没见世面"。例7中，"有心我不去查访"正常语序为"我有心不去查访"。例8中，"真真可恨这贼人"正常语序为"这贼人真真可恨"。例9中，"渐渐胜了孟痴虎，不济南唐造反人"正常语序为"孟痴虎渐渐胜了，南唐造反人不济"。廖光蓉（2019）认为谓语倒装句是"受到古汉语有语气助词做标记的感叹句中主谓倒装的影响"②。谓语的功能在于判断、陈述或描述，使用者将其置于主语前，其意在强调它所代表的意义。而谓语倒装句的出现，实则是为了凸显谓语核心动词的语义，是对一般主谓句式的创新式使用。语用中，人们通常不会关注语法的确切性，由此就使得这类句式的使用频率逐渐提升，这可用于解释车王府曲本中有数量不菲谓语倒装句现象出现的原因。

周生亚（2018）认为，从历时性角度看，汉语句法有扩展律、易位律及

---

① 此处应为"疆"。

② 廖光蓉：《汉语句子成分位移超常及其典型性与规范化》，《解放军外国语学院学报》2019年第5期，第74页。

紧缩律三大发展规律。"扩展律是指句子成分的扩充和句式的发展,是指汉语句子由单一结构逐渐走向复杂连锁的变化过程。易位律是指句子的结构成分由于语言发展而产生的位置变化。紧缩律是指句子结构在发展中由扩展再次走向紧缩的历史过程。这种紧缩,并非简单的整合或压缩,而是句子结构复杂化的另一种表现形式而已。"① 以上所言车王府曲本中一些典型性的语法现象或常见的语法问题,固然有作者、语体的因素,但其也是汉语句法发展进程中的一种灵活表现。即在大的特征范围内,车王府曲本作者根据自己及文本内容的需求,对句式做出了一种非常规性的变化,有的被视作典型性特征突出但不是错误的句式,有的则被看作是错误的句式,如上文提及的重复及冗余现象等。郭锡良(1990)认为:"在研究历史语法时,一定要把所研究的语法现象摆在它特有的历史时期的系统中去进行考察。"② 因此,虽然车王府曲本是韵文,有很多语法现象较为特殊,但只要是在它的系统内研究,就有其该有的价值。

四、存在不常见的语法现象

车王府曲本是抄写本,存在很多不常见的语法现象,如语序不当、词语间的不当连用、过度省略、冗余及重复等情况。如果严格从语法结构出发,确实很容易判定一个结构的正误,但语法结构存在的目的是满足人们的交际需要,故著者用"存在不常见的语法现象"概括车王府曲本中的这些语法现象。"语言是思维的窗口,认知是现实与语言的中介,现实通过认知这个中介对语言发生作用,语言是认知发展到一定阶段的产物,同时,语言对认知和现实具有一定的反作用。"③ 故此,抛却由于抄写造成的不常见或不当语法现象外,其他的一些语法现象实际上都是车王府曲本相关作者个人对语法的一种认知结果,或者当是该语法现象在韵文中的一种正常表现。

(一)语序不当

语序虽是汉语的重要语法手段,但有时语序不当并不影响语义的表达,

---

① 周生亚:《汉语词类史稿》,中国人民大学出版社2018年版,第1—2页。
② 郭锡良:《关于系词"是"产生时代和来源论争的几点认识》,载《汉语史论集》(增补本),商务印书馆2005年版,第117页。
③ 王寅:《认知语言学》,上海外语教育出版社2007年版,第8页。

这就导致语用中常有语序不当的句子出现,对车王府曲本而言,似乎也是一种常见的现象。

你在山底下如何上的来呢?非是你将坐骥搬了。我砍几根藤子接上,将你拴上,把你拉将上来,好送与你回营,我好也跟你前去作官。(36·246)

恶道焉能我放松?(44·290)

按:"我好也"应为"我也好"。除此之外,例中"好送与你回营"中的"与"则是冗余现象。从语境及语用角度看,很难分析出它们存在的理据。"恶道焉能我放松"实则是"恶道焉能放松我",该语序是不符合宾语前置规则的一种变式。

(二)词语搭配不常见

车王府曲本作者有时还会将含有同一要素(词或语素)的、意义上有关联的两个单位连用,出现了一种不常见的语法组合形式,"能何能""能可能"即为此类,例:

你若救我出山套,将你带到我的营。跟我燕国把官作,齐王能何能知闻?(36·246)

能可能今丧了命,不肯弃舍马驹龙。(36·247)

按:从语义看,"齐王能何能知闻"可拆分为"齐王能知闻""齐王何能知闻",两者意义一样。"能可能今丧了命"则不可如此拆分。从语境看,两者存在的最大可能是为了凑足所在句子的字数,所以无语法理据可言。

(三)过度省略

车王府曲本中,有些句子里不应省略的成分被省略,如:

玉堂春既张家聘物,理合给还,即在内库捡出,原为聘礼。(13·234)

家家妇女蚕为业,不怕那,缎匹绫罗没的穿。(29·99)

"咱父女今日回家",军官的话,还怕是,过后观主不依从。(41·54)

鲁豹轻视仆大永,他把好汉不放心。施展双锤分门路,心想独自把功成。(42·188)

莲花大仙闻此话,抬头举目看分明。但则见,圆滴溜的宗宝贝,寒光射目奔天灵。(45·121)

按:例1中,"玉堂春既张家聘物"中省略了动词"是"或"为",因此出现了该结构没有动词的情况。例2中,谓语"蚕为业"和主语之间省略了

"用""以"等义的动词。例3中,"咱父女今日回家"与"军官的话"之间缺省了判断动词,因此,如果没有上下文语境,该例意义难以理解。例4中,"他把好汉不放心"中,"心"不是"放"的宾语,而是补语,根据常规用法,它的后面要带有方位词,或前面带有介词,或同时带有介词和方位词。例5中,"宗"前的数词"一"是作者为配合字数需求而省略,因为下文就有未省略"一"的用法,如:"听见海潮吆喝'宝贝'二字,抬头一看,但见圆滴溜的一宗物件扑了他来。(45·122)"

(四)过度冗余

车王府曲本中很多句子往往存在冗余成分,它们存在的意义大多是为了凑足句子中的字数,例:

我为你被董卓追杀过我,某叫你使得俺父子不合。(3·98)

按:"我为你被董卓追杀过我"中,第二个"我"是作者为保证上下语句字数一致而添加的冗余成分。类似的语法现象在车王府曲本中常见,可视其为以车王府曲本为代表的韵文所具有的一种明显是错误,但为了行文要求又不得不使用的语法现象。

挟天子令诸侯欲谋汉鼎,三尺童闺中女尽都皆闻。(3·155)

按:例中"尽""都"都是范围副词,两者连用。

我给王义士保你一门亲事,就是我兄之女,今年廿四岁,名唤秀英。(10·467)

按:例中"你"冗余,其常规句子为"我给王义士保一门亲事""我给王义士你保一门亲事""我保你一门亲事",前两句的共同之处在于介词"给"后的宾语"王义士""王义士你"都为同位语,差别在于后者更为复杂,有两层结构。最后例句则是一个简单的主谓句。

不瞒老爷说,那日在戏场里,遇到着了王海二、陈老金。大家说苦境,正在没得商量,偏偏戏台上,做出梁山水浒热闹好戏。(12·229)

按:例中"到"与"着"重复。正确形式为"遇到了""遇着了"都可以。

列位有所不知,这陈老爷本是山东汶水县人氏,那时住在骡马市大街居住。(38·391)

按:例中"住""居住"二词重复使用,保留其一即可。

我来之时,祖师老爷吩咐命我请你师父前去下棋呢。(44·307)

按：与其他重复现象不同，例中"吩咐""命"之间的关系可做二解：一是"吩咐""命"之一为冗余；二是"吩咐""命"两者在句中的语法地位不同，断句方式为"祖师老爷吩咐：命我请你师父前去下棋呢"。该种现象表明，对车王府曲本中的某些语法现象，有时无法对其做出一种解释，需要在充分分析文本内容的基础上，才能做出较为清晰的阐释。

这几日，侄儿才学好，随口儿，顺口说出把文成。（17·224）

按："随口儿""顺口"两者为同义的情态副词，此处为重复使用。

吃了些，棋子干粉途中饭，清泉浮水美茶羹。过了些，关津渡口人盘问，驿馆①招商旅店中。（26·420）

按："招商旅店"为"招商店""旅店"的合写，车王府曲本中出现多次，如："打饯用饭不必讲，夜宿招商旅店中。（35·8）""开店的，店主牵着乌獬豸，离了招商旅店门。（43·24）"从句式看，都因句中字数要求而省略。

口中只把皇娘叫，国母你好太狠心！（31·76）

按："好""太"都是程度副词，此处重复。

老爷心中早明白，巴图力等果然能。众官看打却风脚，齐打痴卦凑施公。不过是，要教施某出出丑，以后难可以见人。（32·12）

按："难可以"鲜见，据文献，有"难可""难以"用法。"难可"常用在诗句中，《世说新语》："王郎名高望促，难可轻禨衣锯。"②曹丕《十五》："华叶耀人目，五色难可纪。"③唐代赵嘏《花飞桃李蹊》："远期难可托，桃李自依依。"④"难可以"组合出现的基本原因是"可以"是一个词，而"难"又经常与其中的构成部分"可"搭配使用，于是就出现了因组合泛化而造成的"难可以"组合。

回太爷，北京去了五年整，学会一宗庄相声。（34·442）

按：量词"宗"与"庄"重复。此处的"庄"是"桩"的同音讹写。

明日怎庅这庅巧一出门就遇见一起伙子大商人？我每这庅一抢儿精光，又怕不能。（41·415）

---

① 车王府曲本中，除繁体字用法外，"馆"有时也被写作"舘"。
② 李敖主编：《国学精要9·何心隐集·李贽集》，天津古籍出版社2016年版，第372页。
③ 宋效永、向焱点校：《三曹集》，黄山书社2019年版，第167页。
④ 周振甫主编：《唐诗宋词元曲全集·全唐诗》第1册，黄山书社1999年版，第253页。

按:"一起伙子"实际上是"一起""一伙子"的合称,两者都为"一群"之义,此处合用是作者为了体现张鼎急于想弄钱的意愿,所以才不会顾忌言语表达是否正确。

黑小爷,只到九月十三日,小主那日把亲成。一人进学将书念,直奔东村学馆中。恰巧先生出门去,只有许多众学生。(42·393)

宫外许多众太监,锦衣花帽站两边。(47·95)

按:以上两例中,"许多""众"都为形容词,从句式不难看出,两者的重复是因为韵文句式要求。

我那时,当初把他母子掳;他那时,两生三岁小娃童。(42·453)

按:例中"那时"与"当初"两者重复,此处使用"那时"是为了与下文"他那时"呼应。

除以上冗余类型外,车王府曲本在表述称谓词时,也常会出现各种冗余现象。

我的家父与你们无仇无恨,为什么设计谋害?取何缘故?(29·7)

按:"家父"已经是"我的父亲"之义,例中"家父"之前带有修饰语"我的",属于重复使用。除称谓词的定语常重复外,车王府曲本中人称代词有时也会出现重复使用的情况,其原因比较复杂,有的是因为衍文,例:

且住。我俺这一斧下去劈死这个瘌道,岂不便宜于他?俺如今何不把他挟过马来,拿一个活的。(31·67)

按:例中"我""俺"重复使用,其中有一个为衍文,根据下文,应该是"我"为衍文。

终日里,劳乏心力费精神。我孤实然不过意,一杯水酒表虔诚。(18·150)

你等无人不愿为官,既要回归故土,我朕准奏。每人赏赐金银彩缎,原品休致,以配鞍马之劳。(18·186)

我朕当,那点事儿亏负你?蒙君作弊乱胡行!(27·56)

可怜我,一朝帝王东齐主,只落浮,国破家亡坐荆筐!我寡人,这一苍山去避难,不知何日转回还?(38·151)

按:以上4例中"我孤""我朕""我朕当""我寡人"属于同样用法,可将其看作同位短语,其义在强调。"孤"原为帝王在面对凶事时的自称,《左传·庄公十一年》:"秋,宋大水,公使吊焉,曰:'天作淫雨,害于粢盛,若之何不吊?'对曰:'孤实不敬,天降之灾,又以为君忧,拜命之辱。'臧文仲曰:'宋其兴乎!禹、汤罪己,其兴也悖焉;桀、纣罪人,其亡也忽焉。列国有凶,称孤,礼也。'"①孔颖达疏:"无凶则常称寡人,有凶则称孤也。"后世,"孤"与"寡"逐渐趋同,在意义上不再有区别,区别只在构词形式方面。如"孤"一般是独立使用,像车王府曲本中"我孤"这种用法不常见;"寡"一般不单用,而以"寡人"的形式使用,车王府曲本中也可和"我"搭配形成"我寡人"的格式,如上例。"孤"在车王府曲本中通常也与"家"连用,成为固定结构"孤家",例:"那知他十分透露鬼诈奸,此处不肯将孤放,可怕孤家命难全。(24·258)""孤家我乃平王孙,都只为,奸贼老狗费无忌,专权弄弊暗使阴,调唆王祖行无道,胡为乱作坏人伦,败子休妻绝情义,撵逐王孙心更昏。(25·85)""朕"原为第一人称代词,后成为皇帝的专有自称。车王府曲本中除经常以"我朕"的形式出现外,也以"朕当""我朕当"的形式出现,例:"宋天子在坐上点头往下叫声:'节度,朕当虽居九五内,外之事不能深究,也不过大同小异。'(23·33)""迟疑多会,皇爷开恩,叫声于成龙奴才是得水,我朕赏给你太监就是了。朕当的旨意早就发出去了,算把太监拿去起解。(21·6)"与"孤""寡人""孤家"不同,"朕当"一词属于"朕"与情态副词"当"常常连用,后人逐渐误把其看作是一个词,且在车王府曲本中应用非常广泛,如:"寡人不赏别的物,朕当就赏这马墩。(42·62)""大小军民皆挂孝,三宫六院都放声,四百文武穿上素,我朕当,也淂挂素在宫中。(42·278)""这贼佞似董卓,奸似曹操,不叫朕当挑选英才,分明谋反之义。(42·436)""今将你补开都察院,旨意一到速进京。钦此钦尊休迟悮,星夜前来见朕当。(43·428)"车王府曲本中,有时上下文中也会换用,如:"莫非苗宽使奸计,诓哄朕当拎寡人?(47·185)"

车王府曲本中词语重复使用的现象,有的反映了人们在认定某件事时,如果不确定,有时会连用意义相同且语气不确定的词语去表达自己的观点,此时可以视作一种出于心理表达需求而成的重复现象,如下例中的"仿佛"和"好像"重复,例:

猛听外边脚步响,仿佛好像有人行。(33·374)

---

① (春秋)左丘明:《春秋左传》(上),北方文艺出版社2016年版,第62页。

徐复（1992）指出："缩小研究对象的时间跨度，对不同时代的语法差异进行个别的研究，以揭示它们的时代特色，就成了深化语法研究的一个重要任务，而完成这一任务的有效方法就是对语法现象进行断代的研究。"[1]而"在语言史的研究当中，最重要的是资料的选择，因为资料的选择直接关系研究的结果和价值"[2]。车王府曲本作为清代中晚期戏曲及各种曲艺形式的集合体，其语法现象在一定程度上能够代表清代中晚期戏曲及曲艺形式的特征，也是对当时语法现象的一种反映。

五、不合规则的语法现象

就车王府曲本而言，由于它是韵文，具有不少"以韵害辞"或违反语法规则的现象，因此我们研究车王府曲本中语法现象时，注重从语法形式出发，对其受韵文影响而使用的一些语法形式只是说明其出现的原因，不对其做深入分析，也不将其作为普遍性语法现象。当然，有一点不能否认，车王府曲本中这些违反语法规则的用例在一定程度上可作为韵文特例语法现象的代表，即其虽违反汉语的常规语法规则，但却符合韵文的语体特征。"语法结构在很大程度上是人的经验结构（人认识客观世界而在头脑中形成的概念结构）的模型。"[3]故此，对车王府曲本中语法进行专题研究时，我们将受各种原因影响而违反语法规则的语法现象单独说明。具体而言，其违反语法规则的现象主要表现为以下几点。

（一）违反某类词的语法规则

车王府曲本作者使用动词时，受句中字数、押韵及表达效果等诸多因素影响，常会突破它的某些常规用法，如在动态助词、不及物动词及形式动词等动词小类上，往往会出现一些特殊的用法。

1. 不及物动词带宾语

不带宾语是不及物动词的普遍性及典型性语法特征，但在车王府曲本中常会出现不及物动词带宾语的现象，例：

站起身形把话论，告辞叔父与先生。（3·83）

---

[1] 柳士镇：《魏晋南北朝历史语法·序》，南京大学出版社1992年版，第2页。
[2] 黄锦君：《二程语录语法研究》，四川大学出版社2005年版，第11页。
[3] 沈家煊：《不对称和标记论》，江西教育出版社1999年版，第6页。

俺姜维，方才听得探子报道，韩德父子阵前失机，都督将免战牌悬挂营门。不免待俺去到辕门发笑他一回便了。（3·105）

史将军何不于众将进见之时，大众之前将此女献上，使他见色迷心，不能庄重，方好见笑我等。（4·400）

哎呀，老父母，你可不要折寿我邓振彪的了。（11·197）

臣妾身在昭阳院，闻所秦兵把阵临，阵亡一位皇叔祖，皇叔报仇无信音。（44·460）

可悬心死我咧！可巧哇，连一个人我也没有碰见。（49·434）[①]

按：以上例中的不及物动词"告辞""发笑""见笑""折寿""阵亡""悬心"等后都带了宾语。就语境看，这些例证虽违规使不及物动词带了宾语，但却极好地表达了说话者的处境、心境乃至性格特征等。如"折寿"后带有表示该语句发出者的宾语"我邓振彪"，生动体现了邓振彪认为自己与听话者身份差距过大，以致感觉承受不起听话者言行的一种惴惴不安的心情。惶恐中，使用不及物动词"折寿"时就很难顾及自己的表达是否正确。与"折寿"不同，例5处不及物动词"阵亡"带宾语"一位皇叔祖"是作者为了强调"阵亡"，采用谓语前置手法后出现的一种特殊的语法现象，即例中将"阵亡"提前的目的在强调"一位皇叔祖"的处境，是作者着意使用的一种语法现象。所以，对这种作者为提升表达效果有意无意中所使用的不及物动词带宾语的语句，不应单纯地将其视作语法错误，而应着重从其使用原因及表达功能两个角度分析。

车王府曲本中不及物动词带宾语的情况较多，如下述例证中的"赐坐""居住""破费"：

宣帝皇爷忙传旨，赐坐众位老贤卿。（47·378）

就是那边头一户，孩子居住这门庭。（48·220）

这个有些倒破费你了，多谢多谢。（49·13）

除以上出于语境及语义而出现的不及物动词带宾语的现象外，车王府曲本中还有因押韵造成的不及物动词带宾语的情况，如：

我只说，江场生擒刘老将，好进高关一座城。谁知撕下袍半幅，走脱这个老苍生。（36·355）

按：例中"城""生"押韵，受此影响，原作谓语的不及物动词"走脱"提

[①] 车王府曲本中另有"啊，贤弟，叫我好悬心你了。（4·117）"的例证。

前，形成后跟宾语"这个老苍生"的结构。

两下乱战多半晌，败走三位美英雄。故意假作无后力，朝后倒退马驹龙。（45·328）

按："败走"是不及物动词，受押韵影响，后带宾语"三位美英雄"。

2. 存在"及物动词+介词+宾语"现象

直接带有宾语是及物动词的语法功能之一，但车王府曲本中也有及物动词和宾语之间带有介词"于""与"的用例，如：

非是你三爷不杀害于你，只因你在三江夏口赤壁之间，些须也有这么一点的功劳，因此不杀害于你。（12·477）

冷飕飕寒风透体，冷飕飕寒风透体。白茫茫大雪难存济，怎脱离浅？告诉与谁？（14·383）

恐怕众寇心懈怠，拿话先安与众人。（34·135）

按：上述例中的"杀害""告诉""安"为及物动词，后应直接带有宾语，但它们和宾语之间增加了介词，形成了"及物动词+介词+宾语"的结构形式。从结构上讲，属于冗余现象，但不影响语义表达，这种结构方式也是车王府曲本及其他韵文的特有语法现象之一。

3. 名词及形容词带宾语

与缺失必要句子成分的语法现象不同，名词及形容词带宾语是将名词、形容词当作动词使用，使其在具体语境中临时充当了及物动词的功能，例：

说的是大汉朝八代宣帝在位，因为江南李真主不奉正朔，缺欠天朝六年进贡钱粮，进一红罗包袱疑难汉朝的君臣。（46·368）

按字柬行事，错误字柬，必按军法斩首。（47·377）

按：以上两例中"疑难""错误"是名词，其后分别带了宾语"汉朝的君臣""字柬"。这种用法将原本代表主观或客观评价结果的"疑难""错误"动词化，体现出了话语发出者对其所代表语义的强调及否定。

你这妇人，朱着唇，粉着面，妖妖怯怯，是个色鬼。（13·371）

按：例中名词带宾语的情况与上两例不同，名词"朱""粉"为名词，因其后带了动态助词，顺势就分别带上了宾语"唇""面"。

这贼乃是皇亲，轻了他不是，重了他不是。（42·436）

（渊白）你须努力功名去罢。（唱）恁婚姻休得要痴心妄想，论红丝自有

那氤氲主张。(5·42)

你们这些老道总讲慈悲,/看来总是慈悲自己。(45·115)

按:以上3例中的"轻/重""努力""慈悲"为形容词,其后分别带有宾语"他""功名""自己"。"轻/重"能带宾语,是因为其后带有助动词"了"。"努力"后带宾语,则纯粹是为了凑足字数;"慈悲"后带宾语,在车王府曲本中为常见现象,如:"你慈悲他,他可不慈悲你呢?(28·434)""今到此间也是天意,并非偶然,但是此人素日敬重吾神,今若不慈悲于他,焉能立功,身容贵显?(41·20)"

车王府曲本中,名词或形容词带有宾语,有的虽然只有一个例证,有的有多个例证,但带宾语的名词或形容词的数量如果多的话,也说明这种现象在车王府曲本中并不是一种罕见现象。

(二)结构中缺失必要成分

一种语言中词类组合有普遍性规则,也有基于语境、语义或语体特点形成的特殊性规则。所以,"句法作为语言结构的一部分并不是自足的(autonomous),它跟语言的词汇和语义部分是密不可分的,没有明确的分界线"[1]。车王府曲本中某些结构表明了汉语中至少在车王府曲本中有一些违反语法规则但却能在交际中使用且为人们所接受的语法规则。如兼语结构"请+O_1+V_2+O_2"[2]中O_1、V_2缺失,只保留"请+O_2"的格式,是车王府曲本对话中常见的一种结构,例:

(白)亚父请酒。(膑白)哎呀,不敢了。(唱)双膝跌跪谢娘娘。(2·59)

(门官献茶,表白)贤弟请茶。(备白)兄长请茶。(3·85)

(貂蝉白)温侯请酒。(吕白)请哪,哈哈哈。(3·97)

见小主从打怀中取出一幅龙须帕来,放在桌案上,双手捧着一碗汤说:"国母请汤。"(42·309)

按:据《大词典》,"请"为"敬辞。用以代替某些动词。表示恭敬、慎重,或使语气委婉"[3]。虽如此,但不代表"请"可像其他及物动词一样,可

---

[1] 沈家煊:《不对称和标记论》,江西教育出版社1999年版,第11页。

[2] 本书中的O指宾语。

[3] 《汉语大词典》(崇文书局2010年版,以下简称《大词典》)与之不同,指出:"表示恭敬,代替某些动词。指买香烛纸锭、佛龛神像等。"(P1657)即大字典在"请"的该义项上界定过窄。

不受限制地带有宾语，因其与宾语的组合形式要受宾语语义范畴的影响。表此义时，"请"后面可直接跟指人宾语，如"请客""请他"，但这两者又有所不同。前者已经是一个固定结构，是词；后者则是一个省略形式的短语，即"请他+V"。该结构需要出现在语义确定的语境中，如"请他吃饭""请他游泳"等。当"请"后为指物宾语时，两者需要有其他成分的存在，如大词典中所举两个例证为"请过一张大圈椅""请了大刑"等。而车王府曲本中的上述例证，则直接为"请茶""请酒"，违反了其基本的语法结构"请+N+（V）/（VP）"。

吕叔湘认为，当"请"表"宴请；招待"义时，后面"可带'了、过'，可带名词宾语或兼语"①。实际上，"请"和宾语之间是否有其他成分的存在，须视其后宾语的意义范畴而定。例证中之所以出现"请茶""请酒""请汤"的结构，是因为上下文语境语义充足，"请"后的动词缺失不会引发语义理解方面的问题。

车王府曲本中除兼语结构"请+O_1+V_2+O_2"中省略为"请+O_2"外，还有一些其他省略动词的结构，例：

尚香女全节义祭夫亲往，儿百步母耽忧难解愁肠。（3·108）

（刘白）孙干回来了？送礼周郎，动静如何？（3·140）

按：例1中，"儿百步母耽忧"化自诗句"儿行千里母担忧"。"儿百步"与"母耽忧"互文，但"儿百步"中省略了动词，由数量词"百步"单独作谓语。例2中，"送礼"与"周郎"之间缺少动词，形成"动宾短语+对象宾语"的组合。

（三）表完成义动态助词的非过去时态用法

小侄今日前来面见叔父，我刘琦情愿不图事业，恳求叔父救了侄男的性命。（3·83）

按：例中所陈述事件还未发生，是话语发出者刘琦希望自己将来能够得到救助的一种期望，句中却使用了表完成义的动态助词"了"。"了"的这种用法不符合语法规则，但在语义上却能表现出刘琦希望自己被救的强烈愿望，即希望自己将来得救的这件事已经成为现实。

有心放你过去罢，我佛如来罪了咱。（49·265）

按：例中"罪"为"归罪"之义，与上例一样，"罪"这个动作并未发生，

---

① 吕叔湘：《现代汉语八百词》（增订本），商务印书馆2019年版，第454页。

但其后也使用了动态助词"了",这是说话者为了表明如果放听话者通过自己将要承受的严重后果,所以,其隐含的本质含义是不会放听话者通过。

除以上违反语法规则的情况外,车王府曲本中还有其他不合常规语法的用例,如下例:

我少爷一听,真骂苦了他拉!他可就动了怒了,就放下恶犬伤他。他一拳将我们少爷犬打死。(10·334)

按:例中"少爷犬"之间应该有结构助词"的"或"之"。按照常规,"具体的人+动物/非生命事物"时,两者之间需要使用结构助词,但上例中并没有,且该句也无字数的限制。

(四) 搭配不当

车王府曲本中还存在词语搭配不当现象,例:

皆因他,长上江宁去讨账,时常见过你的尊容。(43·390)

按:"时常"为频率副词,不能与表"过去"义的动态助词"过"搭配使用。

另外,车王府曲本中有一些语法现象,虽然是为了满足押韵需求而改变语序,但实际上并没有违反语法规则,如:

一铺土炕,两间官房,三个大碗,筷子四双,五个不漏的沙锅挂满墙。(56·455)

按:例中的"四双"即是为了押韵需求而将数量短语做了后置,名量词短语作定语是常见的语法现象,但在口语或方言中,名量词短语也常被用作谓语,因此,虽然"四双"与上下文名量词短语在句中所处的位置不同,但并没有违反语法规则,反倒是这种多变的形式赋予了整齐句式变化的美。车王府曲本中还有一类,看似是违反了既定的语法规则,但实际上却是方言中独有的用法,如下例中的"知不道":

王兄弟,也是你知不道哇,听喃对你诉端详。(57·101)

按:"知不道"是山东方言中常见的一个固定组合,早在《醒世姻缘传》中就曾使用。

总而言之,无论是不常见的语法现象,还是非常明确的语法问题,都是车王府曲本独特的语法现象,都有值得分析的必要。这种分析对汉语语法规范的作用不大,但却证明在汉语发展的过程中总有一些句子不受语法规则制约而出现在具体的语言运用中,收到了意想不到的表达效果。

第二节　车王府曲本中词类概况

就汉语而言，词类主要是按照词的语法功能、参照形态和意义划分出的词的聚合类，车王府曲本中词类包含了现代汉语词类的所有词类，这些词类既具有相应词类的普遍性特征，又具有车王府曲本的典型性特征。

整体看，车王府曲本词类主要具有以下特征。

一、各词类都出现了大量的新成员

车王府曲本在词语方面出现的大量新元素分布于各个词类，但分布度并不均衡，如实词中出现的新元素较多，虚词中出现的新元素较少。就实词中的具体词类而言，又以名词中的新元素最多，动词及形容词中的新元素次之，其他的则较少，虚词中的新元素则主要出现在语气词中。因车王府曲本中新词新义较多，故每种词类仅举部分新成员。

（一）名词中的新成员

车王府曲本名词中的新成员较多，包括新出现的名词及原有词语产生的新名词义。

1. 新名词

名词在任何语言中都是一个大类，就普遍性规律看，其系统中出现新词语的频率及数量都远高于其他词类，车王府曲本中的名词自不例外。另外，车王府曲本名词系统中新成员的意义范畴较广，能充分反映清代尤其是清代中后期各个层面的变化，及人们对原有事物的新认知，等等。车王府曲本新名词中的部分成员有"五花绑""连环套""点天灯""时款""青肿""渣子""胰子""胰皂""油泥""擦黑儿""胳肢窝""靠垫""档子"等，例：

军卒答应不怠慢，齐营兵将受了伤。俱个上了五花绑，一个一个押在营傍。（15·167）

你算入了连环套，他今一去不能来。你想见他不能勾，除非三更梦阳台。（15·170）

不必犯踌躇,有我作谋略。起兵快起兵,莫叫他胡闹。捉拿点天灯,放了追魂炮。(15·176)

足下穿,茉莉靴,真时款。(17·5)

这死尸小的验了两三次,并无有伤痕青肿在内中。(17·56)

那根大柁是老黄松,足有一丈八九尺长。被这个老道吃了半截子去了,满地下还有许多的木渣子。(28·11)

女施主,你们在这里洗澡呢?莫要胰子不要哇?待老猪每人送你们一块玉容宫胰皂,保管能去油泥。(28·69)

要去到,溺炕一夜不睡觉,擦黑儿醒到亮中天,老猪定要前有数。(28·71)

胳肢窝,夹定九齿钯一柄,两手扒拉左右分。力薄之人难禁受,东倒西歪乍了营。(28·134)

椅机尽是花梨木,靠垫飞凤与盘龙。八步床,玉勾悬挂大红幔,香元垂节坠金铃。(28·153)

受用惯了的人,肩不能担担,手不能提篮。万没了法子咧,自好是在当街上摆档子说书。(28·155)

按:以上例证中的新名词在音节数量上,以双音节为主,三音节为辅,充分体现了汉语词从单音节向多音节发展的趋势。意义上,以表具体义的普通名词为主。语法功能上,不受意义范畴的制约,具备名词普遍意义上的语法功能。

2. 原有名词具有了新义

车王府曲本中有一些事物或概念的新名称依附于已有名词而存在,它们的存在,并非是人们无法启用新的词语形式,而是它们的意义与已有名词具有一定的联系,出于经济性原则,在人们的有意识或无意识运用下,故而以新义位的形式依附原有名词而存在。车王府曲本中具有新义位的名词较多,部分成员如"妇道""耳门""拿手""淡话""醋心""虎气""伙计""二门""夹道"等,例:

耀武与扬威,是个小妇道。(15·192)

开放耳门两扇,要到地印中。来与娘娘送饭,手内托定茶羹。(15·243)

爱妃,你有何拿手呢?(15·295)

说些淡话，礼仪不明。人前来献佞，太也礼不通。(15·369)

自不可，自沉吟。只个曹氏，大有醋心。(16·50)

咳哟！作媳妇的乃是大喜，为煞虎气昂昂的找算人喏。(16·279)

这件事，却是上月初三日，天黑夜晚上了门。有一个姓王的伙计回家转，肉铺里，就是小的一个人。(17·103)

这位爷，走至了群房的檐前，抄起袍衿收拾。便一纵力跳至在房上，顺着房檐走下，过了二门。(17·124)

因带酒，一溜歪斜往前行。出大厅，迈步一直往后走，不多时，来到后面夹道中。(17·478)

按：以上例证表明，车王府曲本中以原有名词为基础产生的新义位，具体义和抽象义并存，是对原有事物或对原有行为的新认知，它们在句中的语法功能与其他普通名词一致。

（二）动词中的新成员

作为任何语言中都极为重要的词类，汉语中的动词不仅是较为复杂的词类，甚至直到今天，关于它次类的问题仍是学者讨论的重点与热点。作为实词中在语法意义及语法功能方面都较为复杂的词类系统，动词中新成员的加入速度及频率不低于其他词类，只是比其他词类更为复杂。该论断的依据在于动词是对人类行为及心理活动等的精细化甚至抽象化展示。换言之，如果动词系统中的新成员不是与社会上的新事物、新行为等相伴而生，那它们主要是因人们对原有行为动作、心理活动等产生了新的表达需求及认知。

车王府曲本动词系统中的新成员量颇多，将《大词典》作为参照物，主要体现为以下两种类型。

1. 新动词

如上所言，新动词实际上有两类：一类是因某个历史时期或时间，人们对日常动作行为有了新的认识或新的表达意愿而生。它的出现并不代表在此之前没有该动作行为，也不代表没有表示相应动作的动词，它仅是人们认知思维及精神诉求的一种产物。另一类则是随着社会上新事物、新现象的出现而产生的一些新动词。以上两类动词的界限不清晰，至少在车王府曲本范畴内，难以对其做出准确分类，故此处仅列举车王府曲本中出现的新动词，而不对其进行具体分类。简略看，车王府曲本动词系统中的部分新成员有"发怔""害臊""叠暴""咧嘴""哼哈""道喜""比赛""较比""拿款""装腔""卖糖""串换"等，例：

半晌无言只发怔，惹下连天大祸根。（15·138）

打响藕丝琴，近英不害臊。（15·147）

靛脸红眉生横肉，双睛叠暴甚凶威。（15·160）

烧死兵丁无其数，也有咧嘴哭痛肠。（15·166）

许多文武齐惊怕，尽皆跪倒不哼哈。（16·256）

大嫂子，你也不与婆婆道喜吗？（17·9）

他两个，对现法力来比赛，惊动虚空过往神。（28·2）

较比小鱼翁孙福全见精邪动怒，他只当是妖魔知道这回事呢？必是泄漏了机关，打不成狐狸，惹屁股臊。（28·19）

那宗配不上穷和尚，故意的，拿款装腔充好人。（28·33）

我当日，曾叫卖糖将我哄，从今不信嘴甜人。（28·70）

谁知被大圣瞧破，尊声师付（傅），自古道客不欺主，主必敬客，你合这位先生串换个盅儿以表敬意。（28·72）

按：以上新动词表明，车王府曲本中新动词的结构形式较为灵活，意义范畴具体和抽象兼备。具体使用时，有的新动词充当了名词的语法功能，如"卖糖"原为"说好话"之义，但在例中却以"好话"之义存在，说明在韵文范畴内，为了在规定句式内实现自己的表意目的，作者会临时改变某些词的语法功能，体现了语境可为词增加临时性意义的功能。

2. 原有动词具有了新义

即便动词系统中可不停地增加完全意义上的动词，但终究满足不了人们的表达需求及交际需求，因此为原有词语尤其是动词赋予有关的动词性意义，就成了人们丰富自己表达内容的一种重要手段。当然，这也是所有多义词或同音词产生的重要原因。

根据本书的判定标准，车王府曲本中产生新义的动词部分有"上裁""撒手""搜查""瞒哄""村""凑手""毛""吃亏""捣鬼""数落""出马"等，例：

将军上裁想一想，哀家言语细思忖。（15·181）

上前拉住御妻手，口内连连叫梓童。你今若要大撒手，孤家江山风送灯。

（15·189）

廉爷座上忙吩咐，快些搜查验假真。（15·241）

你打国母真已死，元是一假瞒哄人。（15·242）

将字暗暗换了去，走鼓沾绵把人村。（15·315）

你去舞剑，倒也爽然。饮酒把剑耍，凑手到跟前，将他君臣杀死，才趁我的心田。（15·342）

两扇征裙遮马面，挡将遮刀心内毛。（15·380）

吃亏矬官晏平仲，显他的阴阳妙入神。（15·413）

我看着你老在这里捣鬼呢，怎么还不去保我哥哥无事哇？（16·493）

正在路上行走，离陈州的南门不远，走至一座坟茔。见一老妪在一座新丧的坟前烧纸恸哭，口内数落叨叨他的心事、主人的苦楚。（17·119）

猪八戒自从在高老庄皈依佛教之后，到处里总是行者当先。这时候师兄不在跟前，无奈何只淂出马，乍着胆子趟里咧切来至洞门。（28·154）

按：以上例中产生新义的动词表明，一个动词是否增加新的意义，和音节多少没关系。从词义看，新产生的动词词义既有具体义，又有抽象义；从语法功能看，新产生的动词词义既有及物动词，又有不及物动词。

车王府曲本中新动词和动词新义表明，动词系统中增加新的成员，有动词系统已有成员确实不能满足人们表达需求的原因，也有人们想更精细化表达动作行为或追求语言表达新奇等诉求的原因。

（三）形容词中的新成员

形容词主要包括性质形容词和状态形容词两类，是人们描述事物、区别事物、提升表达能力的重要词类。可以说，如果词汇系统中没有形容词的存在，语言的表现力将大打折扣，所以无论是哪种文体的作品中都会使用形容词，差别仅是数量及形容词性质不同。因此，与其他词类一样，形容词系统中也常有新成员的加入。这些新成员也是分为完全形式上的新词和在原有词语基础上产生了新义两种类型。

1. 新形容词

车王府曲本中的新形容词以性质形容词为主，如"不得了""眼馋""眼皮子浅""难缠""对劲""活见鬼""活便"等，例：

（杀二人下）（众惊介）哎呀！不得了。（章唱）斩逃席向太后驾前覆命。

（2·403）

  罢哟，这们个空儿，又眼馋咧。（14·124）

  兄弟，你我吃了眼皮子浅的亏了。（14·445）

  只觉头迷眼发黑，只个小辈甚是难缠。怪道吾儿被擒去，神武他又中刚鞭。（15·140）

  好，对勋。咳哟！问你今年多大了。（15·141）

  长老也说："悟能真是活见鬼了，悟空在这里身子也不曾动，如何会去与你助力？"（28·129）

  孙大圣，身体活便多灵利，闪展腾挪躲闪，惊蹿跰跳跃，急又快。（28·156）

  鉴于结构的特殊性与事物形态的复杂性，ABB式、AABB式状态形容词能根据人们的表达需求被随时架构出的可能性，状态形容词的数量远高于性质形容词，车王府曲本新形容词也体现了这一特征。如下述例证中的"吞吞吐吐""哼哼唧唧""鬼鬼祟祟""毛烘烘""迷迷糊糊""黑乎乎""辛辛苦苦""结结巴巴"等。

  冯公说道："得意师生有话便讲，何必吞吞吐吐。"（22·239）

  大圣正自心中犯想，忽听柁上吊着个皮口袋，里面哼哼唧唧的到是瘟猪一样。（27·368）

  似你们这些鬼鬼祟祟之事，何必有这些作法？（26·227）

  有几个，头如柳斗一般样，上下浑身毛烘烘。（28·25）

  又见他面如金纸心忐忑，迷迷糊糊带落袍松。游鱼漏网、野鸟出笼，左旋右转不辨西东。身形乱恍，欲战不能战，欲征不能征。（56·129）

  接过状看端详，见上面甚荒唐，黑乎乎的好几荡。（56·168）

  算了罢，辛辛苦苦半载多，保佑你当家的买卖顺，明年换辆傲骡车。（56·180）

  那边又来了一个结巴，秀才上前来结结巴巴问一遍。（56·260）

  按：受状态形容词结构形式多样且随时都能被架构而成等因素的影响，日常交际用语中及各种体裁文学作品对其的使用频率较高，由此就使得状态形容词中的ABB式、AABB式成员既有固定结构，也有一些临时的自由结构。《大词典》在收录这些词语时，就有诸多问题，如结构已属于固定结构的状态形容词，《大词典》有很多都未收录，上例中的"吞吞吐吐""哼哼唧唧""迷迷糊糊""辛辛苦苦""结结巴巴"等 AABB 式状态形容词，《大词典》就未收录。或者提供的书证过晚，如"黑乎乎"在《大词典》的书证不仅出自现代文献，且为孤证。

2. 原有形容词具有了新义

车王府曲本中有很多形容词具有了新的义位，如"了得""不邹""酸风""正道""便宜""不离""灵便""丧气""赫赫扬扬"等，例：

你看他又睡了，误了师父的路程，那还了得！（13·51）

元帅的少爷，谅来不邹的才学浅。拿几千银子，捐他一个阴阳学就官了，怕甚的？（13·214）

他妒悍为条作忌，甚酸风，逐我四姬去离。（13·215）

（运白）没有忘。我原在此想，潘府上不便留你。（和白）为什么？（运白）你不正道。（13·238）

卿家，我被乐毅杀了三日三夜，水米不曾沾唇入腹也可。家中有什么便宜东西饭也可，拿来孤家充饥。（14·158）

好不咧，我们大爷的把势，一千多人打不过。他自己哪，那王爷，也不离。（15·119）

身子粗蠢更灵便，鼓上行走如飞腾。（15·299）

丫头，你且别生气咧。等着只勾当完了，再定亲罢。咳，真丧气。（16·56）

破黄巾义兵到处扫烟尘，实指望赫赫扬扬成大事。那晓得汉室将倾，朝中不断有奸雄。（19·103）

按：以上形容词产生的新义不仅已被《大词典》收录，且除"赫赫扬扬"外，其他在现代汉语中都属于常用词义。说明某些形容词新义位的出现顺应了人们的需求，而不是清代人在日常表达或韵文中的独特需求。另外，《大词典》不仅收录了"赫赫扬扬"，而且收录了它一个源自明代、一个源自清代的义位，说明 AABB 式状态形容词具有同 AB 式状态形容词同样的重要性。

（四）副词中的新成员

汉语中副词的种类很多，包括时间副词、程度副词、情态副词、频率副词、否定副词及方式副词等，它们的存在增强了语义表达的准确性。不论是哪种意义的副词，其主要语法功能都基本相同，都是用在动词或形容词前作状语，在条件允许的情况下，有时还会修饰名词等。显而易见，意义的宽展性及语法功能的相对单一性，是副词的主要特点。车王府曲本中的副词自然也有同样的特点，且还提供了新副词。

1. 新副词

车王府曲本中完全意义上的新副词，只是形式上的新，其所表达的语义实则早已有同义副词表示。如"约许""万难""素向""真果""将近""敢自""幸亏""倒是""偏偏""略薄"等，它们的同义副词分别为"大概""繁难""一向""果真""将要""敢情""幸好""反倒""偏""略微"等。当然，这些副词的同义词不止一个，如"略薄"的同义词还有"稍微""稍稍""稍"等；较为特殊的是"偏偏"，与之同义的只有它的单音节形式"偏"。车王府曲本这些新副词的存在，在丰富汉语副词系统的同时，也提升了语言的表现力，车王府曲本中例证如下：

那柳氏回答："小妇人娘家姓柳，婆家姓张，大概就是张柳氏罢。"（25·421）

再者，清朝洪福大，不比前朝那大明。康熙万岁如尧舜，满汉朝臣个个忠。约许有个出头日，我天霸，耀祖光宗见浮人。（33·357）

又待了一会不见有人，约许没哩。（34·135）

我想吴、魏两国，皆非诸葛之敌手，万难取胜。（2·468）

素向常听人言讲，仁义过天，四海闻名，原来传言不真。（3·29）

怀凄愁不提访① 花间人听，真果是害相思空伤情。（3·177）

贤弟，你我兵回西羌，将近一载。陇西各郡，尽皆降顺。（3·202）

敢自是三畜生。（4·460）

幸亏这儿有这么个铺。（5·454）

倒是小姐讲得有理，不免乍着胆儿向前，说他几句何妨。（13·333）

饿了我要也可吃个插子饽饽，偏偏怎么也可就遇见荒年了，怎么也可好？（14·123）

你那略薄的等一等儿，王代来了，开门去。（15·27）

按：若以《大词典》为参照物，以上副词的情况有所不同。"将近"在《大词典》中的书证出自现代文献且为孤证；"敢自"是方言词，在《大词典》中，

---

① "提访"当为"提防"，"访"属于以同音字代本字的现象。

书证为《大词典》编者自造;"倒是"在大词典中有7个义项,书证或是引自现代文献,或是为《大词典》编者自造,车王府曲本中"倒是"义的书证即为《大词典》编者自造;"偏偏"是清代产生的副词,但表示"现实与主观愿望相反"义的书证在《大词典》中出自现代文献且为孤证;"略薄",《大词典》未收。

即便是同时代产生的副词,在当时的社会认可度及使用频率也并不相同。由此就出现了文献中用例多寡不均的现象,这也就是《大词典》中很多词语的书证为什么过晚的重要原因。

2. 原有词语具有了副词的属性

汉语中的很多副词初时并不是副词,而是受发音、语用等因素影响,从其他词类转化而来,与原有的词语形成了同音词的关系。至于在原有副词基础上衍生出的副词新义,基本上与该副词原有的意义具有一定的联系。它们在车王府曲本中的部分成员有"怪不得""真格""怪""但凡""可不""何从""横竖""直声"等,例证如下:

好一似嫦娥女降下凡尘。怪不得吕奉先父子争斗,父杀子,子杀父,败坏人伦。(3·319)

骂一声:"小刺客真格大胆!不招供,管叫你鲜血不干。"(4·78)

(旦取果喂丑介,丑白)什么东西?怪甜的。(14·408)

别傻咧,想他们作什么?他们但凡要不心狠,怎么会把你卖在这儿来呢?(15·21)

可不!还有会、风二位老爷,都进来咧。(16·56)

孤自统兵以来,屡战屡胜,何从如此大败?(16·136)

不用你不信,横竖我见的明白。(16·515)

只疼的,直声怪叫喊连天,那个将我救一救?天大之恩非等闲。(28·51)

按:以上在车王府曲本中出现的新副词,除"真格"隶属于方言外,其他都属于通用语。另外,车王府曲本中也有因受方言发音影响而被赋予了副词属性的词语,如"怎","怎"在曲本中有时作为程度副词,义为"这么",例:

我也不分明,何来舅舅空相认?外面那些人呵,把我怎白名洗不清。(14·474)

按:"怎"作为"这么"义时,至少在冀鲁官话区是读作"zen^{51}",读音异于"怎"作为疑问代词时的读音,故这部分词语对清代方言的研究具有较高的借鉴作用。

以上例证中的副词"但凡"义为"假如",是清代新出现的词义。同时,车王府曲本副词中还有一些较为特殊的词,如"都"大部分时候都写作"多"。不过,这并不是因为"多"具有了"都"的语法属性,而是因为它是江淮方言和吴方言发音的一种体现,例证如下:

为此,我就将你算了男,写信到任上。只说我养了儿子,把合宅的人多瞒隐的,多知道你是公子。(13·196)

若再要把我用刑,我连银子多不要了,要直讲了。(13·227)

(五)叹词中的新成员

叹词是专用于表达人们情感的词语,它不做句子成分,但却是能完整表达话语发出者情感的不可或缺的词语。与其他词类相比较,车王府曲本中新叹词较少,包括完全意义上的新叹词"呕""呦""喳""咃",以及为表叹词新义的"恶""喏"[①],例证如下:

呕!你哪,把灯搁在窗台儿上罢,睄火。(4·227)

呦!这小畜生,将我这些过端都写在一处。倘然传出去,有人奏与圣上,那时怎了?(13·482)

喳呀,只厮真乃刁嘴,就该一列相通。(16·139)

咃,咃,咃,老婆娘,我到发点外财,你还嫌少!虽然银子不多,来的彩头。(35·131)

恶?他如今有了难那,你们前来求我来了。(6·266)

哎呀呀,喏!这是怎广了?把我碰倒了,哎呀呀,跌了我的腰了。(47·308)

按:"呕""咃"作为叹词,用于表示"招呼、应答,引起听者注意"等。车王府曲本中,"呦""喳"同义,都用于表示强烈的情感。"恶"应是"唔",此处为表示疑问的叹词。"喏"则用于"引起别人注意"。

(六)代词中的新成员

车王府曲本中新代词为"谁们""伊行""咱行""吾行""爹娘行""他行""爹

[①] 此处所列叹词,除"呦""喳"《大词典》未收,"恶"为"唔"的讹写外,其他叹词在《大词典》中的书证都过晚。

行"等，例：

越思越想心胆痛，父仇不报待谁们？（13·6）

今日差官谢吾王，你道是怕伊行〈唱杭〉，惧咱行，兰相如仔细思量。（12·446）

（老白）唔。（唱）你是谁行引诱，入我园游？好把真情向吾行分剖，好把真情向吾行分剖。（13·409）

爹娘行长快乐，要你这等作怪的丫头作怎的？（13·437）

（净白）下官就此拜别。（唱）若留连他行耻笑，把家园且暂抛。话叮咛须记牢，话叮咛须记牢。（13·463）

归家寻事打爹行〈唱杭〉，停当，停当。（14·453）

按："谁们"即"谁"，隶属于方言；"行"类称谓词系统则是受蒙古语格附加成分影响而产生，最早在元曲中使用的为"娘行""谁行"，它们也被车王府曲本所继承。除此之外，车王府曲本还衍生了"咱行""吾行""爹娘行""他行""爹行""伊行"等[①]"行"类称谓词。它们主要是在昆曲中出现，是对昆曲用词习惯的一个呈现，也是蒙古语对汉语所产生影响的一个体现。这些"行"系统称谓词，丰富了车王府曲本的称谓词系统，且其中的绝大部分成员并未被《大词典》收录，故它们的存在也是对辞书编纂系统的一个贡献。

车王府曲本中有些代词不能称之为新词，如"喃"[②]虽为第一人称代词，实际上是"俺"的方言记音词，故本书不将其视作是新代词。

（七）量词中的新成员

车王府曲本中的新量词有"一行""会子""把子""支""枝"等，例：

臣知罪，那太师也有一行大罪。（2·394）

睡了会子觉，起来咧，还不曾吃饭。（12·445）

听说武大哥死啦，我打了把子纸，给他烧烧。（13·342）

仵作手用筷子一支上下检验一番，心中纳闷。一连验了三次，但是死尸并无伤痕。（17·56）

那里是，衙衙门中一枝女？真是位，贵妃娘娘稳又轻。（40·480）

[①] 这些"咱行""吾行""爹娘行""他行""爹行"等"行"类称谓词，都未被《大词典》收录；"伊行"虽收录，但《大词典》将意义范畴界定为女性，书证出自清代，而车王府曲本则指代的是男性。这些信息表明，"伊行"当是清代新产生的一个"行"类称谓词，其所指代的对象还未固定。

[②] 车王府曲本中例证为："明年正月，喃家南庄儿办大会，花炮盒子做的强。（57·101）"

按：车王府曲本中的新量词，主要为名量词，动量词只有"会子"。"支"与"枝"是在清代用法趋同的词语。

（八）拟声词中的新成员

拟声词也叫象声词，是人们模仿世间声音的产物，与其他类词语不同，由于自然界声音繁多，且不同的人对同一声音的理解及感触不同，就会用不同的拟声词表示它，所以不同时代都会有大量的拟声词产生，甚至其中有很多并未被辞书收录。与《大词典》收录的拟声词对比，车王府曲本新拟声词的部分成员有"呼咙""吧哒""咕噜"①"呼拉"②"乓乓""嘭嘭"③"咯蹦"④"喀嚓"⑤"花楞"⑥"哏""扑噜""咕嘟儿"⑦等，具有了拟声词新义的有"突突"，例证分别如下：

你这是明知故问。我告诉你罢，昨儿晚上不是睡到三更多天，梦见"呼咙"的一声，房上房梁折咧。（12·77）

他生在混沌之中，粪门以外。下他的时节，把毛儿一呲，小脸一红，"吧哒"下将出来。（14·150）

一盏妙药灌下去，只听"咕噜"响一声，仙姑一边连连叫。（15·172）

公梦台上正作法，只听"呼拉"响一声。哎呀一声说不好，脸上的胡须烧了精大精。（15·457）

乓乓乱响一阵，火星往上真蹿。（15·460）

剑戟纷纷劳士马，驼鼓嘭嘭无息音。（16·352）

一阵龙心怒，咬牙响咯蹦。（16·372）

钢刀举起只一落，只听"喀嚓"响一声。（16·485）

梆铃不住响花楞，处处监房紧锁定。（42·76）

达木苏王正与宰相正然讲话，忽听梆子交了五鼓。大王与宰相说话，又

---

① "咕噜"在《大词典》中的书证出自现代文献。

② "呼拉"即"呼啦"，车王府曲本中也有"呼啦啦"的用法，例："哐啷拉哼噔咯，他高声嚷，呼啦啦番叫字真。头一句，奉天承运皇帝诏，晓谕那，三河知县叫彭朋。（41·379）""呼啦啦"的使用说明"呼啦"在曲本创作时代使用频率已较高，但《大词典》中的书证却出自现代文献。

③ 《大词典》中为"嘭"所举的书证出自现代文献，未收"嘭嘭"。

④ "咯蹦"中的"蹦"应写作"嘣"。

⑤ 《大词典》中，"喀嚓"的书证为作者自造。

⑥ "花楞"即"哗楞"。

⑦ "咕嘟儿"，《大词典》未收。

听浔正北上"哏""哏""哏"的鸡叫。(42·253)

像我们,大鹏一翅行千里,勾你这,小鹌鹑扑噜半冬。(42·434)

这阿哥翻身爬起,在窗前站,"咕嘟儿"过去请了一个安。(56·447)

心中不住突突跳,筋酥骨软战兢兢。怪不浔,吾儿浔病身软弱,原来媳妇是精灵。(28·9)

按:从数量上看,车王府曲本中完全意义上的新拟声词要远高于在原有词语基础上产生的新拟声义,说明拟声词是一种较为重要且不断有完全意义上的新成员涌入的词类。

(九)连词中的新成员

作为具有连接功能的虚词,连词系统虽然相对封闭,但不代表它没有新成员的加入,如车王府曲本连词系统中也有新元素的加入,分为以下两种。

1. 新连词

新连词指的构成语素与原有同义连词不同的词语,车王府曲本新连词中的部分成员为递进连词"甚而"、顺承连词"那"等,例:

杀太医于市朝,忠臣皆裂。甚而贵妃斩于宫掖,甄氏霸为儿妇。(3·56)

(贴白)那个银子婶婶借了去了。(丑白)那我不管,我与你要。(14·136)

2. 原有词语具有了表连词的义位

与其他词类一样,车王府曲本连词系统中的新元素也有属于新义的类型,即原有词语产生了表连词义的新义,如"一""要是""可是"等,例证如下:

三爷说:"你我一进曹营,你也别叫我三弟,我也别叫你大哥。你叫我老张,我叫你老刘。"(14·203)

(禁白)你要是不回来呢?(净白)叫我兄弟找我去。(14·446)

可是呢,他虽然蒹葭倚玉,除却我的虚心,总是个惦着呢。(15·218)

(十)助词中的新成员

助词包括动态助词、语气助词、辅助助词、语气助词等,每一类又包括很多次类,在词义及语法范畴等方面有所区别。根据著者搜集整理,车王府曲本助词中的新元素包括新词和新义两种。新词约有"咧""不咧""来着""不咱"等。

来不来,先起起关门子的誓来咧。啊,掌柜的,千错万错,都是他的不

好,没有别的说的,都睄我咧。(5·174)

等着我去买点儿点心来,吃了再走不咧。(5·454)

按:"咧"的用法同"哩""啦""了"等,口语化色彩较浓,常用在未然句和已然句中。"不咧"是在"咧"的基础上形成的一个固定结构,其用法有时等同于"咧",但增加了征求、反问、感叹等语气。征求语气:"闲之也是白呆之,你说说咱们听听不咧。(5·170)"反问语气:"没法儿,总得住下不咧?(12·86)"感叹语气:"好不咧!说了不过夜,你过了夜咧,我也不合你说。(12·89)"车王府曲本中,"不咧"多存在于句尾,未有单独出现的用例,说明当时的"不咧"已具有了固定的语法位置。

站站,我记得左边有一棵槐树,右边有一眼井来着。别管他是不是,叫门哪。(6·354)

胡说八道!当初少夫人怎么望我说来着?为救你有性命之忧。小姐的名节全在我身上,岂肯轻易而成哪!(9·484)

按:"来着"用于动词之后辅助说明曾经存在某事某物,如例1中的"来着";也可说明曾经发生过什么事情,如例2中的"来着"。

二爷,你给他去去不咱。(8·259)

他道你脸上有晦气,你就骂他几句不咱。(14·123)

寿酒喝点儿不咱?(10·381)

按:"不咱"是清代产生的置于动词后的助词,可以用在肯定句后,也可用在疑问句中,也可用在祈使句中,说明其应用范围较广。

车王府曲本中,有些助词具有了新义,包括"过来""个""不成""巴"等,例:

我算不过来,还是你算罢。(5·171)

来哉,来哉。两位客人啊,是吃酒个?(13·160)

等到天晚,他们俩归绣房去咧,咱们俩下店去不成?(14·210)

旅人作官缠不轻,这要叫他弄巴住,叫不成五虎便了野熊。(34·385)

(十一)介词中的新成员

车王府曲本中的新介词较少,据著者统计,仅有"叫(呌)""给",前者与"让"义相同,后者则表示"跟、向"。例:

没有亲戚,不叫在城里居住。(5·89)

要吃烟儿买。后头的,这些个事情横是掌柜的会调度,叫他们没挑儿。

（15·13）

我就睁着你们闹的不像，并不给你吵嚷，你索性闹到我们家里来了。（30·291）

（十二）语气词中的新成员

由于是韵文，且收纳的体裁较多，车王府曲本语气词系统中也出现了诸多有特色的成员，如"吧""罢咧""叨（刀）""喏""哑""不哟咳咳"等。

妈吧！我大姐姐虎气昂昂的，一定是不要只个姐夫。（16·74）

脸儿一憋拉一把："生煞气吧？奴把你依。"（16·90）

按："吧"① 作为语气词，既可用在肯定句中，也可用在疑问句中。

需要重点指出的是，车王府曲本中的"罢咧"是清代新出现的固定语气词组合，义同"罢了"。翟燕（2013）指出，在清代北方话语气词系统中，它主要用在陈述句的末尾，"表退让语气，表肯定语气"②，车王府曲本中的"罢咧"也呈现出这两种功能。翟燕发现《儿女英雄传》《聊斋志异》《桃花扇》《歧路灯》《小额》等清代文献中，只有《儿女英雄传》中有 9 例"罢咧"作语气词的用例，与之相匹配的是，车王府曲本中的用例也很少。而据《大词典》，"罢咧"是出现于《儿女英雄传》中的清代新词，综合以上信息，可见作为清代的新生语气词，"罢咧"在当时的使用频率不高。车王府曲本中"罢咧"的用例虽然不多，但在语气上也分为退让和肯定两种。

表退让语气，例：

罢了哇，御妻一定要去，孤家也就得随着老姐你颠答颠答罢咧。（15·434）

我白想也是不中，就去罢咧。（16·490）

按："罢咧"义同"罢了"。例 1 中前后语境中"罢了""罢咧"同时出现的情况表明，作为清代新词，"罢咧"还处于和"罢了"同用的状态。查 BCC 语料库，"罢咧"作为语气词的用例在文学栏下有 45 例，报刊栏下有 1 例，远低于"罢了"的上万用例。这种情况表明"罢咧"在语用中没有能取代"罢了"，处于弱势的使用空间。

表肯定语气，例：

---

① "吧"在《大词典》中的书证出自现代文献。

② 翟燕：《清代北方话语气词研究》，山东大学出版社 2013 年版，第 116—117 页。

劝君趁着年轻玩笑会子罢咧，你看转年间不知道有我无你，有你无我，谁死谁活？（6·308）

（花旦白）容易，可就便宜你了。（付白）太太，不过逢场作戏罢咧。（12·237）

（丑白）站住，这个搭喇是什么行子？（小白）酒也不晓得。（丑白）酒罢咧，什么搭喇不搭喇的。（14·212）

"罢咧"组合在车王府曲本中常见的用法是表示"算了"，有时该义和表语气词的用法出现在紧密相连的上下文语境中，例：

那时我连忙就跑，那老虎连忙就赶。赶到山套子里头，出又出不来。罢咧，我就躺在地下，叫这小妇养的吃罢咧。（14·275）

"叨（刀）"是车王府曲本中的另一个新语气词，例：

咳，真叫人着急。又添上窝农叨，只可咱开销吧？（16·56）

哟，小舅子，只头一荡儿就勾我闹起来叨。（16·56）

好吗，天道不早刀，该放火去刀。（16·105）

按："叨""刀"是记音字，表示陈述语气。其功用等同于"了"。

咳哟！作媳妇的乃是大喜，为煞虎气昂昂的找算人喏？（16·279）

按："喏"此处义同"呢"，该用法未见辞书及其他文献，在车王府曲本中也仅有两处用例，另一例为："正是咛唱过头喏，大话狂言再莫云。（35·27）"用例至少说明"喏"作为语气词是一种稀有用法，也许与作者用字有关，此处存疑。

可不的，要不怕人家不要喹。是的，你自把真不去哟。（16·344）

按："喹"作为语气词，其义主要用于表感叹。

另外，牌子曲《老妈得志》中的新语气词"不哟咳咳"较有特色，例：

老妈妈此时心平气和，思想当家的是窃脑壳。上京赶车为治饿，不知几时，不哟咳咳，才回县三河。（56·178）

扫扫炕毡子，不哟咳咳，还要铺被窝。（56·179）

他却待奴真不错，今晚叫奴，不哟咳咳，给他绣毛窝，各样丝线全配得。（56·179）

按：此处的"不哟"即"罢哟"，为语气词"罢"与"哟"的合用，两者的语义主要由"罢"承担。"不哟咳咳"形成一个固定结构，共同表示感叹与无奈的语气。

二、诸多词语具有了新的语法功能

如上文所言，受语法在清代发展的影响及车王府曲本自身体裁的影响，车王府曲本中诸多词语有时被赋予了较为特殊的语法功能，如不及物动词带有宾语、名词无限制作谓语等，该类现象的存在，为车王府曲本话语层面增加了特殊的变化美及表现力。

除上文所言词语被赋予的新语法功能外，也可从以下角度观照车王府曲本中被赋予新语法功能的词语。

（一）"俩"与"两"的特殊用法

车王府曲本中，"俩"与"两"混用是一个较为典型的特征，具体表现如下。

1. 量词"俩"的使用

量词"俩"表"两个"之义，是"两个"的合音，故"俩"后不能再跟有量词"个"，否则就会形成"两个＋个"的结构。但车王府曲本中常有"俩个"的用法，例：

何不就讲？免得我俩个扰你的酒。（4·448）

我的儿，你俩个都会说话了。吓，大外甥、二外甥，不要分家了。（8·102）

大哥，你们爷儿俩个在这等一等儿，我先进去见见刘老爷。（10·53）

我看你光光秃秃，秃秃光光，越光越秃，越秃越光，秃光光秃，你俩个是光秃驴。（14·308）

咱俩个，别动虚张套浮情，我如今，要给皇娘来道谢。（48·434）

按：上述例证表明，"俩个"是车王府曲本中的一种常见形式，且大多不是为满足韵文性质而使用，而是作者一种自然而然的使用。据 BCC 语料库，文学、报刊、对话及古汉语等栏目中都有"俩个"的结构方式，说明汉语中，总有一些不合语法规则或语用规则的结构，会以极强的生命力存在。实际上，若不是从专业角度看，人们极少注意它存在的不合理性。对于"俩个"这种不合语法规则的结构形式，著者认为虽然不能提倡，但也不能"一刀切"地消除这种结构形式，尤其是从古代汉语流传且在现代汉语中还有一定使用度的类似于"俩个"的结构形式。因为现实中,总有一些语言事实违背了同类大多数语言事实应遵循的原则,但它们却并不影响表达意义的完整性和精确性,且具有较广的使用市场。对类似于"俩个"这种在古代文献中频繁使用的结构,我们不能将其视作错误的语法结构,而应将其视作一种不合语法规则和语用规则,但又是一种提升文学作品话语表现力的结构形式。

2. 数词"两"的使用

数词"两"常用于量词前或直接用于名词前,当其位于代词之后,通常以"两+量词"的结构出现,车王府曲本中虽也有此常规结构,但也有非常规结构,即"代词+两"后不带量词的结构,例:

你们两谁是真的,谁是假的?也说上来。(5·455)

咱们两去到阳谷县,找咱们兄弟去,你睄好不好?(5·460)

原来先生已经到了我两舍下,着实的失迎。(11·213)

你两到子成婚配,不像奴家还落空。(16·127)

他们两那个牛心若不肯,你两带去我徒门。地窖中将他们绑,抬到方丈问口供。(21·297)

且说孟强、焦玉他们两喝的不少,论礼躺着该当睡熟这才是正礼。怎奈他心中有事,那里睡的着?总然躺在床上口内打着呼,却把虎目眯缝着。(23·18)

按:以上例中的"你们两""咱们两""我两""你两""他们两"的存在,证明同类结构在车王府曲本中并不是个案,至少是被车王府曲本中不同作者都认可的一种结构形式。根据上文所提"两"的用法,可以看出车王府曲本创作时代,存有"两"和"俩"混用的情况。

"俩"与"两"在车王府曲本中的使用情况表明,当一种语法表达形式不影响人们达到交际目的时,无论是在口语还是文学语言中,它就有了存在的可能。

(二)动词与宾语之间的关系较为特殊

动词的宾语类型与其意义有密切关系,换言之,动词决定了与其搭配的宾语属性。与其他语法规则一样,车王府曲本中也有一些动词带了与其词义不搭配的宾语,虽然不影响语义的表达,但却违反了一般的搭配规则。例:

该值之人不急慢,改变牢头禁子形,时样凉帽头上戴。(20·441)

这七八年的光景把一个如花似玉的李娘娘,就改变了一个乞丐贫婆的形象。(25·371)

你看那,翠竹倒插狮子尾,乌鸦改变鹭鸶形。(26·303)

按:动词"改变"后带有的宾语原应为其受事者,即该宾语会应"改变"而出现某种变化。换言之,"改变"不能直接带有结果宾语,然而以上3例中"改变"的宾语"牢头禁子形""一个乞丐贫婆的形象""鹭鸶形"恰好正是结果宾语。按照常规,"改变"后有一个结果补语"成"才可。据以上3个例证,车王府曲本中,"改变"后之所以带有结果宾语,主要是因为押韵及字数要求而出现的一种语义搭配。不过,例2却不是因为押韵或者字数要求而生,不属于车王府曲本中"改变"后带有结果宾语的主流形式。

(三)副词"非常"单独作补语

程度副词"非常"语法功能是作状语,但在车王府曲本中,它却高频次地出现在了补语位置,例:

陈公看,深爱这端方笔迹,又想到如此灵明聪敏非常。正是青年多俊秀,称得是多世风流世无双。(22·121)

众人一见俱各欢喜非常,忙把灵床也拆咧,孝衣全都脱了。(44·311)

他的眼花乱,魂飘荡,立时间,精神长。喜出望外,欢乐非常,恰好似吃了一粒仙丹药投簧。(56·328)

按:以上例中的"非常"出现在补语位置,不是因为韵文要求,而是车王府曲本中常用的一种表达方式,且其频次较高,故可将其视作"非常"在车王府曲本中所具有的一种特殊语法功能。

(四)"所+被+O+V"结构

介词"被"与辅助性代词"所"搭配使用时,通常结构为"被+O+所+V",但车王府曲本中有大量的"所+被+O+V",例:

他在天津桥下卧,所被兵部大人擒。(23·70)

哎呀,我必是所被王文父子所害,他把我黛夜扔在深山水涧之内。(23·170)

昔日所被庞吉害,也曾立下军令状。(24·165)

伯父伴伴无有后,只有你我二夫妻,而今所被奸妃害。(42·358)

按:根据以上例证"所被"被车王府曲本中的某些作者当成了一个固定结构,所以才会有此结构的存在。

词的语法功能与句法结构密切相关,由于在本书的其他部分会涉及车王府曲本不同词类的诸多用法，因此此处仅以简单分析的形式进行，至于各个词类具体而复杂的用法，可参阅本书其他部分。

第三节　车王府曲本中的典型句式

作为缺少形态变化、主要靠语序和虚词表达语法意义的一种语言，自古到今，汉语都具有一些典型句式，如宾语前置式、处置式、被动式、兼语式、主谓谓语句和比较句等。除宾语前置式仅为古代汉语中所有外，其他几种典型句式则自产生后就成了汉语的重要句式。处于近代汉语后期的车王府曲本也含有处置式、被动式、兼语式、主谓谓语句和比较句等，它们不仅具有同类句式的一般特征，也体现出了较强的个体特征。为集中说明车王府曲本的这些典型句式，根据本书的体系，下文将择取处置式、被动式、兼语式、主谓谓语句和比较句等5种句式做概括性的说明。

一、处置式

处置式即是通过介词"将""把"与句中谓语动词配合，对介词"将""把"的宾语实现一种处置行为的句式。这种句式在语法结构及语义表达方面与已有的各种句式具有较大差异，因此不少学者对其做了各种维度的研究，并取得了丰硕的成果。

最早对处置式明确做出研究的是王力先生，他（1943）指出处置式"是在叙述之中，同时表示这行为是一种处置或支配"[1]，在语义上大致可分为"把人怎样安排、怎样支使、怎样对付，把物怎样处理，把事情怎样进行"[2]等。处置式语法结构的特殊性及语义表达限定性中的宽泛化等特征，是其能够成为汉语典型句式的重要原因。对处置式这种只有以汉语为母语的人才能在语感上领略其精髓、在语用中才能得体运用的句式，它的产生原因自然也

---

[1] 王力：《中国现代语法》，北京联合出版公司2019年版，第86页。
[2] 王力：《中国现代语法》，北京联合出版公司2019年版，第86页。

与其他句式有所不同。石毓智（2015）认为处置式"产生的直接诱因是结构赋义规律的形成，促使它发展壮大的最主要的动力是动补结构的建立"①，即是说，处置式的谓语动词可以赋予位于它之前动词有定特性，赋予位于它之后的动词无定特性。有定特性和无定特性的有机结合，使得处置式在尽可能简洁的结构内实现了语义表达的精准性。

如此特殊的处置式，是在汉语发展到相当成熟的阶段才出现的。它的历史发展脉络基本可概括为："在两宋时期，汉语处置式的主要格式是以'将'式处置式为主，中古时期的几种广泛使用的处置式，如'持''取''捉''拿'等已经衰落。在这一时期，'把'式处置式虽居于次要地位，但是已经表现出一种较强的潜力。在'V_1V_2'结构中，只有'把'可以充当主动词，其他处置式介词的语法化过程中都没有这种用法。这种差异可能是'把'式处置式成为主要用法的原因之一。"② 到了清代时，处置式尤其是"把"字句，"在使用频率、句式特点等方面均与现代汉语趋向一致，如否定词形式的缩减，省略式、共现句等变式的消亡或削减等"。③ 常规上，现代汉语中"把"字句有以下四个主要特点："（1）动词前后常常有别的成分，动词一般不能单独出现，尤其不能单独出现单音节动词。（2）'把'的宾语一般说在意念上是有定的、已知的人或事物，因此前面常常带上'这、那'一类修饰语。（3）谓语动词一般都有处置性，就是动词对受事要有积极影响。（4）'把'字短语和动词之间一般不能加能愿动词、否定词，这些词只能置于'把'字前。"④ 大量例证表明，车王府曲本中的处置式也具备以上特点。但由于车王府曲本是韵文，且所用处置式并不全是用在一般意义的对话或叙述语境中，因此也具有自己的一些特点，可从以下角度阐释。

（一）有主语处置式和无主语处置式

从主语角度看，车王府曲本中的处置式可分为有主语和无主语两类。

1. 有主语处置式

有主语处置式是处置式的主要形式，也是车王府曲本处置式的主要形式。从

---

① 石毓智：《汉语语法演化史》，江西教育出版社2015年版，第531页。
② 惠红军：《〈五灯会元〉中的处置式》，《贵州民族学院学报（哲学社会科学版）》2009年第4期，第93—95页。
③ 朱玉宾：《常式与变式——近代汉语"把"字句研究》，中西书局2018年版，第191页。
④ 黄伯荣、廖序东：《现代汉语：下册》（增订六版），高等教育出版社2017年版，第92页。

结构上看，能够充当车王府曲本处置式主语的成分既可是词，也可是短语。例：

他二人把行李抬放厅上，花梨木雕成的插椅摆场。（5·137）

慢些，待我把这些余气吐完了，摔摔架子再举。（5·164）

孤把好言对他讲，谁知贱婢发颠狂。（5·208）

不料泄漏在军前，太后娘娘把脸翻。（6·37）

按：例1中处置式的主语为同位短语"他二人"，例2及例3中处置式的主语分别为人称代词"我""孤"，例4中主语则为偏正短语"太后娘娘"。

2. 无主语处置式

无主语处置式存在的基础是在一定语境中，语义表达已极为充分，主语有无并不影响语义的表达和理解，或受所处体裁的限制，而不得不省略主语。例：

提枪勒马战场道，两眼睁睁把他瞄。（4·8）

四壁高墙是峻岭，一阵交锋把功成。（4·11）

（丑婆上白）走哇，（唱）迈步且把房门进，花言巧语哄他人。（4·129）

此番若把他女送，只恐惹起是非生。（4·129）

咳，把脸抹撒抹撒，开门开门。（5·142）

只好把工钱来抵债，奈等三年再安排。（12·399）

傍边把个计全也愣了，这是怎么个意思？爷儿两抬起杠来唡。（35·69）

一席话把虞翻问，默默羞惭把头垂。（56·121）

按：以上处置式受语境或句式的影响，省略了主语，但介词"把"之前一般都具有修饰成分，如例1中"把"之前的修饰成分为"两眼睁睁"，例2中"把"之前的修饰成分是"一阵交锋"。例外的是第5例处置式，它的介词"把"前并无修饰成分，但由于是话语发出者对自己行为的一种判定，因此意思极为清晰。处置式这种可因语境或句式等原因省略主语但不影响语义表达的特性，既说明处置式具有超强的实用性，也说明韵文并不会限制句式结构的使用。

（二）宾语具有多维度特征

处置式的典型特征是主语会对宾语施加一定的处置，处置的方式及结果千差万别，从而导致其宾语具有了多维度特征，下文择其一二说明。

1. 宾语在空间上是否发生位移

虚词虽然在词汇意义上已经完全虚化，但有时还会留有其作实词时的某些语义特征,如处置式中标志性词语"把""将"即为此类。"把""将"作动词时的语义不同,它们对宾语虽都施加了一定影响,但具体作用不同。"将"在语法化成表"处置"义的介词之前,作为动词,它的语义功能之一就是使宾语的位置发生改变,而动词"把"则不具备这一功能。当它们语法化为介词后,基本上保留了这一语义特征,当然,这仅是其中的普遍性规律,例外情况是介词"将"后的宾语也会出现不位移,而介词"把"后也有宾语发生空间位移的宾语。

(1)宾语发生位移

车王府曲本"将"字处置式中的宾语基本都有位移现象,例:

倘若是验出伤来呢,太爷必然将夫人锁押,带府审问口供,严刑拷,民妇应该认罪。(17·57)

公孙策回到书房,叫从人将听事的叫到跟前。吩咐去找铁匠、木匠雕刻。(17·81)

矬爷闻听满心欢喜,将两把铁棒扔在地下,咕嘟嘟窜到狄青马前。(23·293)

我想莫若撒个谎儿,就说衙门内要动工,要用他的砖瓦,将这赵大夫妻诓进衙门交差就完了事了。(25·403)

按:以上处置式中,介词"将"后的宾语分别为"夫人""听事的""两把铁棒""这赵大夫妻"等在空间上都发生了位移。由于"将"字处置式与"把"字处置式在语法结构上具有同质性,因此介词"将"施加给宾语的这种位移特性,有时也会类推到"把"字句中,例:

将令堂自颍州请入许昌,讨得华翰,才把先生请至此处,寔随①我平生之愿也。(3·65)

把一个好百姓高杆挂起,众三军射三箭称他威奇。(3·250)

恨张松他把那地理图献,俺大哥一心要驾坐西川。(3·332)

只因有一段情由在内,故此我不敢应许。事到其间,我少不得把这实言告诉与你。(4·127)

他若肯上当,那时把大三件上上,还怕什么?(5·35)

你睄这庙上有多少大头虚子,叫他们睄见你这个打扮儿,愣把你带了走,

---

① 此处应为"遂"。

那可怎么好哇？（12·25）

这些个好东西，那里一时吃得了？也是俺天上来一遭，把这好东西带回去，与俺子孙们见见世面。（13·103）

一个"孟"字也没有说完，就把我拿过马来了。（14·331）

按：以上处置式中，介词"把"的宾语分别为"先生""一个好百姓""那地理图""这实言""大三件""你""这好东西""我"等，它们也都发生了空间位移。据石毓智考察，介词"将"对宾语施加的位移影响可被介词"把"所接受，"只有'将'把自己原来'位移'含义经过类推施加给了'把'，但是'把'并没有把自己的用法类推给'将'。这一类推的不平衡性是由它们的使用频率决定的，类推的方向只能是从基本的、常见的语言单位到非基本的、罕见的语言单位，而不能是相反"[①]。车王府曲本中"将"字句对"把"字句的影响，是对这一观点的明证。

（2）宾语没有位移

车王府曲本处置式中，只有介词"把"后的宾语没有位移，且"把"后的宾语以不位移者居多，例：

回头我把奸贼骂，朦胧大王乱朝歌。（2·226）

走近前来把他问，说他几句又怎生？（4·13）

看他哀哀非假意，事到关心故痛肠，躬身施礼把阳关上。（3·274）

这桩事本是你自作自受，为什么苦把我埋怨不休？（3·299）

徐大汉拔草把路找，擒住严颜立功劳。（3·334）

按：以上处置式中，介词"把"的宾语分别为"奸贼""他""阳关""我""路"等，它们所接受的是一种处置动作，如"奸贼""他"；或者是处置动作的当事者，如"阳关"。

车王府曲本处置式中，还有一种看似是位移、实则没有位移的宾语，例：

问你，老孙的名字，不见在人物门内，莫非把我放在畜牲队里了？（13·46）

两京残破，圣驾南巡，把一个绝代佳人，轻轻断送在马嵬坡下。好不可怜！（13·134）

按：以上两例处置式中，"把"后的宾语看似是在空间上出现了位移，实

[①] 石毓智：《汉语语法演化史》，江西教育出版社2015年版，第542页。

则没有位移，仅是说明动作发生地点。例1处置式内容是询问对方对自己的已有处置，这种处置与处置式中宾语常规位移不同，因此不能将其看作是发生了位移的宾语。例2中，"一个绝代佳人"受到的处置是"断送"，其地点在"马嵬坡下"，其目的并不是强调"一个绝代佳人"在空间上发生了位移。

2.宾语的状态是否发生变化

处置式中宾语总是在动词的作用下处于一定的状态，该状态因动词不同而有所不同，可分为以下两种。

（1）宾语的状态发生变化

宾语状态发生变化指处置式中宾语在动词的作用下不再以原来的状态存在，或是消失，或是形态发生改变。具体而言，就是谓语动词对宾语的处置度不同，从而导致宾语的状态不同。

一是宾语消失。

处置式中宾语消失指在谓语动词的作用下，消失在原有的语境中。此类处置式中的谓语动词通常为"杀""丧"等，如果不是此类动词，动词后则会带有表"消失"义的补语，例：

你道那小秦朗武艺高大，为什广三两合就把他杀？（2·435）

为人休把良心丧！偏偏弄巧欺老张。（3·176）

想袁绍在河北根深土稳，弃长子扶幼儿溺爱不明。把一个好基业闹成齑粉，曹孟德趁机会灭他满门。（3·342）

奴把袈裟来扯破，埋了藏经，丢了木鱼，弃了铙钹。（13·80）

我把公堂器具齐打坏，还归下界，独自为王，好不自在。（13·114）

按：例1及例2处置式中的"杀""丧"直接是表"消失"义的动词，它们意味着宾语的状态即为"消失"；例3处置式中的谓语动词为一般性动词"闹"，它对宾语"一个好基业"能够产生强烈影响的主要手段是通过其后的宾语"成齑粉"实现；例4及例5处置式中的谓语动词"扯""打"也是一般性动词，它们赋予各自宾语"袈裟""公堂器具"表义的策略是使用补语"破""坏"。以上几例处置式中宾语虽都表"消失"义，但程度不一样，如第4例中的"袈裟"及第5例中"公堂器具"作为完整的物品确实已经消失，但其只是以一种"破碎"的形式存在，它们与"杀""丧"等赋予宾语的"消失"义有所差别，但又与处置式中状态改变的一般宾语有所区别，因此此处将其归为宾语消失类。

二是宾语状态改变。

与被"消失"的宾语不同，处置式中宾语状态改变因谓语动词的处置而发生，但它的属性、性状等未曾改变，例：

吩咐吾兵寔狼袋，内生沙石把水围。（2·40）

马大哥，你先回去把铺子里安置安置，我同果大兄弟进荡城，到西交民巷，见见毛步登毛先生去。（12·47）

生下俺来疾病多，因此上，把奴家舍入在空门为尼寄活。（13·79）

我只得把担儿横挑着走，山林树木密重重。（13·79）

按：以上4例处置式的宾语分别为"水""铺子里"①"奴家""担儿"，虽然句中的谓语动词对它们施加了积极的影响，但是其仅是状态发生了改变，属性、性状等并没有发生任何改变。如例1中的"水"虽然被围起来了，但其原有性状未变；例2中的"铺子里"原先应是一种相对杂乱的状态，在谓语动词"安置"的作用下，其原有的杂乱状态将会消失；例3中的"奴家"在谓语动词"舍"的作用下，存活方式发生了改变；例4中的"担儿"存在状态则是"竖""横"之间的变化。可以看出，以上宾语虽都是状态发生了改变，但具体形式并不一样，所以很难将处置式中宾语的状态变化类型作穷尽式分类。

三是宾语是被创造者。

车王府曲本也有一些处置式中的宾语本不存在，因为句中位于动词而出现，例：

武子他把兵书造，行兵也算头名。（25·133）

牛头马面赤身体，只见他，上下浑身把毛生。（28·409）

按：以上两例中处置介词"把"的宾语"兵书""毛"本不存在，因为其各自谓语动词"造""生"而出现。例1中，这种出现对无生命的兵书而言似乎没有什么积极作用，但若将其置于整个大的世界系统中，可知对兵书而言，"造"是有积极意义的，且对拥有它或接触过它的人都有积极意义。故而，这是一个表积极意义的处置式。例2中，"生"所产生的"毛"对他人而言是非积极要素，但对其拥有者"牛头马面"而言，却是积极的。以上两例说明，处置式中的谓语动词也可以有积极意义，如对其进行审慎分析，可以获知处置式

---

① 此处用方位短语"铺子里"代指铺子里的东西。

具有更多的表意功能。这也是车王府曲本在语法方面的贡献，即它总是能突破既定的语法规则，进而给出一些在其他文献中并不多见的语法现象，充分诠释了汉语语法的包容性、从容性、柔韧性和可塑性。

（2）宾语的状态没有变化

车王府曲本处置式中，有的宾语状态没有发生变化，其因在于谓语动词表示的是非处置义。非处置义包括两种情况：一是谓语动词没有对介词"把""将"的宾语产生实质性的影响；二是等于是处置式的一种活用，此时，"处置式并非真的表示一种处置，它只表示此事是受另一事影响而生的结果。这种事往往是不好的事，或不由自主的事"①。

首先，谓语动词没有对介词"把""将"的宾语产生实质性的影响，宾语状态没有改变，例：

敢把东吴来欺藐，誓当要将贼首枭。（3·397）

心中有事难合眼，翻来覆去睡不安。背地只把自己怨，不该贪心作外官。（11·184）

人类虽同，那贤愚有不等，先生何故把天下妇人看作一例？就是吾梦里也有三分志气，不要想差了念头。（12·454）

进贤登相蒙上赏，却不道负义辜恩把我忘。（12·446）

他把眼儿瞧着咱咱俱唱杂，咱把眼儿觑着他。两下里眉来眼去，眼去眉来，把一片念佛的心肠，撇在那高梁上挂。（13·79）

一齐把城进，穿街过巷陆续竟到县衙中。（19·454）

李三故意佯不理，东歪西倒干哕恶心，搭搭讪讪把路行。（21·132）

刚然才把山坡下，忽听"嘎拉"响一声，獐狍野鹿绕处路，马豹豺狼乱奔腾。（27·178）

按：以上处置式中的宾语分别为"东吴""自己""天下妇人""我""一片念佛的心肠""城""路""山坡"，谓语动词分为心理活动动词和一般行为动词。前四例为心理活动动词，后四例为一般行为动词。其中，较为特殊的是"一片念佛的心肠"，它所承受的谓语动词"撇"看似是一般行为动词，但由于此处用的是它的抽象义，结合上下文语境，"撇"的意义与"忘"实则相同，因此也可将其视作是状态没有变化的宾语。

---

① 王力：《中国现代语法》，北京联合出版公司2019年版，第90页。

王力先生（1954）指出处置式"既然专为处置而设，如果行为不带处置性质，就不能用处置式"[①]，这确实是处置式的基本语义特征，但在韵文或在一些特殊的场合，出于语体表达限制或特殊表达需求，一些表"非处置"义的处置式常会出现，上述例证即属此类。

其次，处置式是一种活用现象。

车王府曲本处置式中也有一部分为"继事式"，表示一件事情因受另一件事情的不好影响而存在。王力先生（1954）指出："继事式并不表示一种处置，只表示此事是受另一事影响而生的结果。它在形式上和处置式完全相同。"[②] 车王府曲本中也有此类用例，例：

不孝子去半年，装成圈套你把我瞒。（14·483）

孙大圣，闻听奶公一席话，坐在一旁怒气发。双眉紧皱金睛瞪，不由的，咬牙切齿把嘴呀。（27·346）

他若是，将功折罪饶放宽。他若讨赏将无赖，那时我就把脸翻。（27·401）

按：据以上例证，继事式类处置式中的谓语动词出现的原因是受前一事件影响而不由自主地发生，而非话语发出者主观上想要实现该动词。如例1处置式的核心动词"瞒"出现的原因，是受"装成圈套"动宾短语的影响，并非话语发出者想要承受的动作行为；例2处置式的核心动词"呀"则是受"咬牙切齿"影响而出现的一种不可控的伴生动作；例3处置式的核心动词"翻"的前提是"讨赏"，它是话语发出者对所假设情况的一种情感处理方式。

3. 宾语为当事者

车王府曲本处置式的宾语中，有一些是当事宾语，该宾语与谓语动词之间在语义上没有施受关系，仅是作为当事者存在，即以处置式的形式表达了一种没有对宾语产生任何影响的"处置"形式，例：

从今后把钟鼓佛殿远离却，下山去寻一个年少哥哥，年少哥哥。（13·80）

二人情罢要分手，那闫氏，他把小的话丁宁[③]。（31·463）

你却是把丑妇怕，孤王自然有调停。（15·221）

[①] 王力：《中国现代语法》（上册），中华书局1954年版，第161页。
[②] 王力：《中国现代语法》（上册），中华书局1954年版，第170页。
[③] "丁宁"，即"叮咛"。

叫他难把哀家见，叫他急的冒火星。（15·242）

义子不算丑，你太把人轻。（15·258）

本帅去年把妻子故，黄某年交三十三。（15·418）

哦，必是你把前妻有，结发之妻恩爱足。（15·462）

按：以上处置式中的宾语"钟鼓佛殿""小的""丑妇""哀家""人""妻子""前妻"等，与其所处句中的谓语动词没有施受关系，仅是作为当事者存在。另外，车王府曲本处置式中还有一些宾语，从表面上看，它们与谓语动词之间没有施受关系，但若通过上下文，就可推知出其与谓语动词之间的施受关系，例：

尔等再去把山寨放火，烧了回船见大人交令。（32·447）

按："山寨"和"放火"之间仅是动词和处所的关系，但据下文"烧"，可知"山寨"要承受"烧"的动作。

4. 宾语是否为确指

车王府曲本中，介词"把""将"之后的宾语常用不定数量短语"一个"或个体量词"个"修饰，从语法上看，它们违反了处置式中宾语应是有定的、特指的标准；从语用上看，它们却是有定的。

（1）把/将+一+个体量词+N（P）

车王府曲本中介词"把""将"后都可带有"一+个体量词+N（P）"的结构形式，例：

将一领搭厮吧儿头毛上按，将一个唱告哨撇咧儿唇唱顺齿上安。（14·107）

恶家丁一齐就动手，将一位智士撵出门。（18·349）

老爷摆旂传令将一座坡子围住。（20·83）

娘娘说到这句上，把一位圣主皇爷眼圈红。（31·76）

闯贼说着用眼瞅，把一个杜太着忙吃一惊。（50·432）

老回回还自犹可，把一个矬贼点头赞叹。好一位明君，临死还苦为百姓。（51·102）

据著者不完全统计，车王府曲本中，介词"把"后带有"一+个体量词+N（P）"的用例要远多于"将"后带有"一+个体量词+N（P）"的用例。这种现象其实也是对在清代时"把"字处置式逐渐取代"将"字处置式现象的一种反映。

（2）把／将＋个体量词＋N（P）

此结构中不含具体的数词，介词"把""将"后宾语前的修饰成分主要是个体量词，车王府曲本中，前者的用例占绝大多数，例：

那件事难怪驸马，这都是刘庆赶出来的，终日叽叽咕咕把个狄青念转。（23·253）

海飞云也就实言，你说把个太子海圣公气的暴跳如雷。（24·4）

这一下手真不轻，青鬃战马撞上去，倒把个太子吓的走真魂，虽然无有丧了命，振①的口内吐鲜红。（24·6）

想来定是就为男女私会，把个现成成的状元扔了。（49·453）

宋炯深知靖伯为人，把个矬贼下（吓）了个面目更色，口中连说"不好"。（50·415）

按：上述例证表明，车王府曲本中"把＋个体量词＋N（P）"结构中的宾语主要为人名或表身份的词语。另外，车王府曲本中也有"将＋个体量词＋N（P）"的结构，但数量较少，在著者的统计能力范畴内，仅有以下几例：

他说给小人贩些罗缎买些货物也可，拿了小人的银子去看成色。将个叫花子认作他的干爹父亲，也可伴②做了当头。谁知他一去，就不回来了。（14·327）

就像翠环这丫头方才一阵挖苦抱怨，外带之唬吓，将个聪明的才子会叫他蒙住咧。（22·187）

我今若走迯了命，将个鱼头撩于恩人。损人利己无好处，远在儿孙近自身。宁可我今死在此，怎能连累我恩人？（42·354）

众学生一齐动手，将个孩子按倒在地打了四十板子，只打的叫苦连天哀声不止。（42·393）

恶子起来，将个大母猪打圈中揪出来，用绳子四马攒蹄捆将上。（48·150）

（3）把／将＋非确指宾语

处置式中，介词"把"后的宾语也可没有指示代词或不定量词，因为"光杆名词或者缺乏有定性修饰语的名词短语用'把'提前后，被自动赋予一个

---

① 车王府曲本中，常用"振"表"震"。
② "伴"当为"扮"。

'有定性特征'即所谓的'结构赋义'现象"[①]。车王府曲本中也有大量的此种类型处置式,例:

老学究走至桌前把香焚,随口儿答对就成人。(17·15)

这几日,侄儿才学好,随口儿,顺口说出把文成。(17·224)

那老道,毛腰忙把钱抓起,一把一把洒在天。望空一摆就不见,众人一见惊然罕。(28·10)

隗顺闻听心中暗喜,伸手向兜肚内把纸包儿掏将出来,用手打开大家观看,绿真真的颜色。(39·442)

佳人忙把毛驴上,包裓夹在胳肢窝,哆嗹哦喝朝前走。(56·172)

需要注意的是,一种语法现象的产生要受到多种因素的影响,它极少是作者个人的行为,"根据我们对汉语历史的考察和其他语言的了解,文人的创作改变一种语言的语法是不可能的"[②]。因此,处置式尤其是韵文中的处置式出现各种特殊的用法,"结构赋义"处置式的大量使用,即是此类。石毓智将诗歌中有大量"结构赋义"的原因归纳为以下两点:"一是诗歌的句子有字数限制,有时要表达有定性的受事名词,不得不借助'结构赋义'的处置式;二是诗歌的最后一个字要入韵,用处置式把宾语提前的目的有时是为了要跟其他句子押韵。如果属于第二种情况,所提前的受事名词就可能不是有定的。这是诗人有意打破语法规律而迁就作诗规则的现象。"[③] 车王府曲本属于韵文,其"结构赋义"处置式大量存在的原因符合石毓智所说的情况。

(三)谓语动词方面的特征

严格的语法规则在言语交际及各种具体的使用舞台中,常会被使用者打破,于是就出现了不同常规的语法现象。如处置式应具有谓语动词,且其一般应是具有积极处置意义的非光杆及物动词,但受交际语境、交际目的及交际对象等各种因素影响,使用者常会打破这些规则,于是就出现了一些不合处置式常规语法规则的语句。如就谓语动词看,车王府曲本处置式具有以下几个非常规表现。

[①] 石毓智:《汉语语法演化史》,江西教育出版社2015年版,第522页。

[②] 石毓智:《汉语语法演化史》,江西教育出版社2015年版,第526页。

[③] 石毓智:《汉语语法演化史》,江西教育出版社2015年版,第527页

1. 谓语动词缺省

作为处置式核心要素的谓语动词，应是必备成分，但车王府曲本中却有大量的处置式没有谓语动词，即所谓零谓语处置式。因其典型介词都是"把"字，因此通常被叫作零谓语"把"字句，或者零动词"把"字句[①]。除此外，车王府曲本中还有一种与零谓语"把"字句格式不同、但也不含谓语动词的处置式，例：

业障，你把那往日的豪强都那里去了？（28·384）

把个书吏二十个咀巴，打了个满咀牙掉鲜血淋淋。（32·358）

按：例1中，范围副词"都"直接修饰其后的"那里去"，两者之间缺少处置式主语对处置介词宾语的动作；例2中，处置式为"把个书吏二十个咀巴"，其中并无谓语动词，但却无语感上的违和感。究其因，在于除具体义的"嘴巴"[②]，言语交际中有时也会用"嘴巴"代替"巴掌"一词，且省略动词，"把个书吏二十个咀巴"即由此而生。当然，它能出现的前提是上下文语境有可以辅助表达其准确语义的动词，例证中下文"打"即是为补足"把个书吏二十个咀巴"缺失动词而存在。

2. 有些谓语动词较为特殊

除以上提及的两种谓语动词缺省的情况外，具有谓语动词是车王府曲本处置式的基本特征之一。与一般处置式不同，车王府曲本处置式的谓语动词虽在语法功能、语义及形式等方面都符合处置式的常规要求，但因韵文或其他因素影响，车王府曲本处置式中也有一些较为特殊的谓语动词，主要体现如下。

（1）谓语动词为光杆动词

明清时处置式中的谓语动词有时为光杆形式，但这种结构并非是明清时期"把"字句的普遍结构，而只是在韵文中的常见形式[③]，是为了适应韵文而出现的一种处置式特殊使用现象。车王府曲本中就有大量该类句式存在，例：

少不得会温存的飞虎把河桥坐，少不得怕聒噪的昭君出塞和。（15·61）

[①] 著者已在《清车王府藏戏曲中零谓语"把"字句研究》（《许昌学院学报》2020年第6期）一文中对车王府曲本中的部分零谓语"把"字句做过详细研究，且本书其他章节也提及了曲艺部分的零谓语"把"字句，故此处不再赘述。

[②] 此处用"嘴"是为了与它的常规写法相匹配。

[③] 朱玉宾：《常式与变式——近代汉语"把"字句研究》，中西书局2018年版，第198页。

小宫腰控着狮蛮带，粉将军把旗势摆。（15·63）
从今淡把蛾眉扫，妆一个内家腔调，把往日相思和你一旦抛。（15·83）
豪杰正在心欢喜，战鼓咙咚把某催。（15·101）
白日里跟随岁兄将仗打，夜晚扶侍有丫头。（15·344）
藏龙地畔将他摆，今日他来上湘江认母亲。（15·362）
女儿进朝将主伴，天恩抬爱奉龙颜。（15·366）
我故此将计就计把淮南上，也只为保护太子一时间。（16·3）

按：受押韵及字数的影响，上述处置式中的谓语动词尽管为光杆动词，但其是为适应韵文的特殊语境而出现的一种不同于普通语境中的语法现象及语义表达方式。其自由贴合的表达形式，甚至给予人一种本该如此的感觉，体现出了汉语在结构和表达等方面所具有的独特魅力。从语义看，这些光杆动词中，有些对处置介词后的宾语会施加影响，如"坐""摆""抛""催""打""摆""伴"。有的不会对其产生影响，如最后一例中的"上"。以上信息说明，处置式中的光杆动词主要是能对处置介词的宾语可施加影响的及物动词。

（2）谓语动词为不及物动词

处置式中虽有表"处置"义的介词"把""将"，但句中的谓语动词同样需具有积极的处置性，如此整个处置式方能实现应有的表义功能。理论上，要实现这一点，处置式中的谓语动词至少应该是及物动词，但在车王府曲本中，有些处置式中的动词却为不及物动词，并不能真正承担起处置式中谓语动词应有的语法功能，例：

只为那两个小和尚不肯容我，且把他两个饱餐一顿。（13·468）
本帅去年把妻子故，黄某年交三十三。（15·418）
哦，必是你把前妻有，结发之妻恩爱足。（15·462）
店后边，哭的声音多惨切，细听倒像妇女音。想必家中把人死，因此这样放悲声。（34·313）

按：以上处置式中的谓语动词分别为不及物动词"饱餐""故""有""死"，它们对各自的宾语都没有积极的影响，但在上下文语境的帮助下，也完成了相应的语义表达。据此，在语境充足的前提下，句子成分之间若能安排得当，至少在韵文中，处置式可以使用不及物动词。当然，根据数量就可以看出，无论语境如何补足，不及物动词都不会是处置式应有的核心动词，它的出现只是句子创造者根据体裁及表达需求等做出的一种超常规使用。

另外，车王府曲本处置式中的某些谓语动词，并不是主语主动发出的积极性动作，而仅是一种不由自主的生理反应，例：

谁知他把酒涌上来了，不但不能扒起，躺在地下呼噜、呼噜，竟自睡了。（34·343）

按：例中的谓语动词"涌上来"不是主语"他"主动发出，而是一种不由自主的生理反应。

3. 谓语动词冗余

从语义上看，当处置式谓语动词表意充足，且结构完整时，就不会再出现另一个与之同义的谓语动词，但车王府曲本中有时因为韵文要求，也会出现例外现象，例：

眼仝着，闵家学生亲眼看，把一个，猪首装在他口袋盛。（25·462）

按：例中，"装在他口袋"在语义及结构方面都已经非常充足，但句末仍出现了一个与"装"同义的动词"盛"，无论从语义还是语法层面看，都属于冗余现象，但却符合了韵文要求。这种现象表明，语言规则在语用中，是灵活多变的，很多时候并不拘于原有规则。当然，车王府曲本中这样的例证较少，但偶然中存在着必然性，此处例证少，不代表著者目力之外的文献没有。因此，将其置于此处，以为相关研究提供例证。

4. 谓语核心为形容词

车王府曲本中，充任处置式谓语核心的词，有的为形容词，例：

这王爷看见慈银跪下求情，把心就软了，可就撒了。（42·322）

按：例中，"软"为形容词，但做了处置式的谓语核心。从上下文可以看出，它能充当谓语核心的关键是整个处置式结构后带有语气词兼动态助词"了"。

（四）存在双处置介词

双处置介词指车王府曲本中有些处置式同时使用了"将""把"，包括两种情况，一种是在直接相连的上下文语境但不是同一句子中使用，例：

我们百先生把聘礼留下。来来，将聘礼留下，咱们回复去。（14·61）

不料无艳神通广大，识破机关。丑妇一怒，力劈了洪肖，将奴赶到分宫

楼前，把我活活摔死。（15·218）

只因红旂将他劝，师徒两，至今不把门槛登。（34·74）

按：石毓智（2016）认为当前后两句中的"将""把"后的谓语类型一致时，体现的是"'将'和'把'的分工始终是一种倾向性，而不是绝对的"①。上述例证中的"把""将"后的谓语类型并不相同，"将"后的谓语部分带有明显的"位移"属性，而"把"后面的谓语部分则重在"处置"，"位移"义隐含在"处置"义中。例2中，实现"摔"这个动作行为，首先要把被摔的对象举高，然后再重重摔下。从这个层面看，虽然"将""把"都是表"处置"义的介词，但受其原型义的影响，两者在"处置"义后还有着鲜明的不同。至于例3中的"将他劝""不把门槛登"则是相反的情况，前者没有"位移"属性，后者则有明显的"位移"属性。因此，任何语法规律的总结只是同类语法现象的核心特征，有些细微的、个体的特征并不能涵盖进去。

另一种情况是介词"把""将"出现同一句中，例：

大水未成，无艳现在血昏，我何不趁此机会，借着遁光，进到寒宫，将把钟无艳的人头割来，方消我心头之恨也。（15·422）

翼德心中正夸，忽见后有贼将把赵云赶来。（19·175）

按："将把钟无艳的人头割来"中，"将""把"都表"处置"义。车王府曲本中"将""把"的这种使用方式，在客家方言中也有，如："阿哥奔阿姆五万圆存入银行，阿姆每只月将把利息支来用就够哩。"② 石毓智（2016）指出学界关于处置式的研究已很丰富，"但是关于处置式发展的一个重大问题迄今无人触及，那就是处置式在历史上的两个语法标记'将'和'把'的相互关系问题"③。一般来讲，当"把""将"进入同一个句子且为近邻时，"其顺序一定是'把+将'，而不可能是'将+把'"④，车王府曲本中的处置式也确有此种情况，如："他见我媳生的好，铺谋定计将人骗。他说欠他银二百，他就把将我儿子送到官。（42·47）""尔等全然是作梦，真假虚实全不分。因此把老爷请来将阵破，带着杀斩你君臣。（44·372）"但上文所举"将把钟无艳的人头割来""将

---

① 石毓智：《汉语语法演化史》，江西教育出版社2015年版，第544页。
② 谢栋元：《客家话北方话对照辞典》，辽宁大学出版社1994年版，第253页。
③ 石毓智：《汉语语法演化史》，江西教育出版社2015年版，第538页。
④ 石毓智：《汉语语法演化史》，江西教育出版社2015年版，第544页。

把赵云赶来"则是"将+把"格式。除此两例外，车王府曲本中也有其他类似用例，如："只管将把宽心放，宣王酒色爱女孩。（15·287）""奴不免将论文把他胜，自幼双手用过功。（15·294）"因此介词"将""把"的连用顺序并不绝对化，只是"把+将"的使用频率更高。

"将""把"连用，极易被认定为是为了提高语言表现力而采用的一种手段，但这种观点似不全面，因为"同一个作者有时连着多次使用同一个标记而不变，有时则交错使用，并不是一种有意识的修辞现象"[①]。

除"将""把"连用的处置式外，车王府曲本中也有"将+将""把+把"的用例，例：

明日哀家出城，一定将黄元回马刀将他劈死。（16·14）

二衙只说吾卖了法，把为夫的把大板楞。（19·381）

这才叫陈公文一席话把个吞钱兽骂的把气闭住了，呆默默低头无语。（33·122）

你今日，改邪归正投顺我，我把你，带上东齐把官封。（36·272）

你为何留下了柬帖，把赵国的人马支到郯城把朕围住？（36·418）

今日狭路将你遇，定把你，剜眼剥皮把心揪。（38·173）

你说把一位察院闻听把肝都气乍。（40·276）

这个家人话未说完，把李俊气的一回手把刀抽出，将刀刃朝上、刀背朝下打去。（41·329）

李七侯言还未尽，你说，把个左庄头吓的把脖子一缩嘴一咧舌头一伸说："哎呀，七老叔好大话，吓死我咧！"（41·386）

领孤之旨，尔等快到昭阳将贱人送到绞连宫将他绞死，不许迟误。（42·270）

但我们人三个，既然到此下山林，必要另想良谋计，定把冤仇把恨伸。（44·221）

按：以上例证中，仅有2例是"将+将"，其他9例都是"把+把"，而这仅是车王府曲本中此种用法的部分例证。说明人们使用处置式时，为了表达需求不得不使用同一介词时，人们更倾向于选择"把+把"的结构。另外，车王府曲本中还有双处置介词和表"被动"义介词"被"套用的用例，例：

[①] 石毓智：《汉语语法演化史》，江西教育出版社2015年版，第545页。

把奸贼魏进英被众文武将他拿住献出城去。(37·68)

按：该种格式在车王府曲本中虽仅此1例，但也说明处置式有非常强的扩展能力。

（五）句子成分之间的关系较为复杂

处置式的基本结构为"N（P）$_1$+把/将+N（P）$_2$+V+C①"，结构中各个成员之间的语义关系较为明确。但在千变万化的语用中，它们之间的语义关系有时也会较为复杂。尤其是出现在韵文中时，为了符合语体需求，处置式在语法及语义等方面都会出现较大的变化，这种变化有时也会体现在句子成分之间的关系上。朱德熙（1985）认为分析句法结构的时候不能脱离意义，"真正的结合是要使形式与意义互相渗透。讲形式的时候能够得到语义方面的验证，讲意义的时候能够得到形式方面的验证"②。基于此，此处从语义角度探究处置式，据著者统计，车王府曲本处置式中各成分之间的复杂关系可归纳为以下几种类型。

1. 处置介词宾语是谓语动词的间接关涉对象

从语义上看，处置式中核心谓语动词的直接关涉对象应是处置介词的宾语，但在车王府曲本中，有时并非如此，例：

只有一物随身带，摘下收藏至到今。方才已把大人献，再无别物是实情。(36·25)

按：例中，处置式为"把大人献"，"大人"是"献"的间接关涉者，即间接宾语；"献"的直接关涉者即直接宾语是"一物"。"一物"并未直接在处置结构中出现，其原因是结构中没有为其准备合法的位置。综合"把大人献"与语境的关系，可知这是一个双宾语结构"献大人一物"的处置结构用法。车王府曲本中虽然仅此1例，但说明在具体语境中，只要将各个成分安置妥当，双宾语结构也可以处置式的形式呈现。

2. 谓语动词的主语与大主语所指相同

处置式中，介词和谓语动词之间通常只有一个充当介词宾语的名词性成分，极少出现另外一个名词性成分充当谓语动词的主语，是处置式的一般结构规律，然而，车王府曲本中也有介词和谓语动词之间有两个名词性成分

---

① C，在本书中指代补语。

② 朱德熙:《语法答问》，商务印书馆1985年版，第80页。

（一个充当介词宾语、一个充当谓语动词主语）的处置式用例，例：

你们也不用啰嗦，不管那当兵的肯与不肯，我高四爷今日把银囤子我硬抬了去，看他有什広本势（事）。（40·475）

按：例证中，"银囤子"是介词"把"的宾语，"我"是"抬"的主语，与大主语"我高四爷"所指一样。从语法形式上看，"抬"前的"我"属于冗余成分，它的存在是基于说话者"高四爷"对"自我"的强调，即"他"有勇气和"当兵的"对着干，且不怕对方的回击。从这一点看，汉语中的语法规则有时要让位于语义。

3. 谓语动词的实施者为处置介词宾语

处置式中，介词宾语为句中谓语动词的承受者，是它的一个重要语义特征，但车王府曲本的处置式有时会违背该语义特征，即谓语动词的发出者为介词的宾语，介词宾语是谓语动词的实施者，例：

本帅去年把妻子故，黄某年交三十三。（15·418）

此时早把红日落，恍惚对面看不真。（44·455）

按：以上两个处置式中，谓语动词的实施者分别为介词宾语"妻子""红日"。两者语义上又存在一种差异，"故""落"都是一种必然的规律，但前者是介词宾语"妻子"非自愿的、不可预料的一种行为；后者则是一种纯粹的自然规律，是介词宾语"红日"的一种必然行为，不存在自愿与不可预料之说。故以上两个处置式，看似是相同的语法结构形式，甚至是表面语义关系都相同，但内里却有着细微的语义差别。

4. 谓语动词的结果宾语为处置介词的宾语

处置式中，介词的宾语一般为谓语动词的受事者，但在车王府曲本中，有些处置式中介词的宾语不是谓语动词的受事者，而是它的结果宾语，例：

员外闻听唬掉魂，忙忙打开银子柜。里面那有金共银？所有的，尽把砖头、石头变。（49·448）

按：上例中，处置介词"把"的宾语"砖头、石头"是谓语动词"变"的结果宾语，两者之间的语义关系需要通过上下文才能确定。

5. 大主语与处置介词的宾语所指相同

处置结构中的大主语应为句中谓语动词的实施者，但车王府曲本中也有其为谓语动词受事者的例证，与处置介词的宾语所指一致，例：

伍明甫,有语开言呼贤弟。狗子实难把他容,此乃是你恩宽厚。如不然,定要杀死小畜生。(25·132)

这样清官把他害,人人吐骂落臭名。(34·262)

按:例1中,处置结构中的大主语"狗子"与处置介词的宾语"他"所指一样。例2中,处置结构中的大主语"这样清官"与处置介词的宾语"他"相同。两个例证表明,当处置式中的大主语与处置介词宾语所指一样后,处置介词的宾语往往是人称代词。

以上分析表明,一些违反一般语法结构及语义关系的处置式可以存在,但其数量不会多,大多是使用者的一种个体行为,这也是以上有些格式、语义关系在车王府曲本中只有一个用例的主要原因。

6. 谓语动词宾语与处置介词宾语为部分与整体关系

王力先生(1943)指出含有"把"字的处置式,其"目的位系在叙述词的前面的,叙述词的后面不能有目的位(除非是有双目地位)"[①],车王府曲本处置式基本上遵循这一规律,但有时受表达需要,常会出现具有双目的位的处置式。基本上,位于叙述词后目的位的词语在语义上与位于叙述词前目的位的词语在语义上有从属关系,主要为部分和整体的关系,如下列例证:

今日老爷拿住你,立刻剜眼把皮剥。把你揭了天灵盖,你王爷,不是撒尿就作瓢。(29·16)

他就把鸡拿了一只宰了。(32·250)

吴二听张荣说把美人分给他一个,这才把气平了些,不由的满心欢喜。(32·283)

李二楞,他把豆腐要十碗,大海碗,端来盛着多赏银。(39·317)

正在慌乱,又是一炮,那些躲不及的人被打死了许多。(41·1)

你为什么把我的宫人淹死了两个,踢伤了两个?(42·294)

别说伤损了多少兵将,还把好好的眼瞎了一支(只),里里外外的昼夜的工夫费了军师多少的心机?(50·215)

按:例1处置式中,谓语动词宾语"天灵盖"是处置介词宾语"你"的部分,两者之间原是一个整体中不可分割的部分,例6与之同类。其他几例中,较为特殊的是例4中的处置式。其谓语动词"要"的宾语为"十碗",而"十碗"

---

① 王力:《中国现代语法》,北京联合出版公司2019年版,第89页。

实际上是"十碗豆腐"的省称，省称的原因是其作为"把"后宾语"豆腐"的部分，两者构成了部分与整体的关系，因此不需要全部说出。除此外，其他几例所言的部分与整体则是可以分割的，即整体是由独立的个体构成的整体。以上例证也表明，此种结构的处置式中，谓语动词后的宾语与处置式介词后的宾语只能是部分与整体的关系，而不能是整体与部分的关系。

7. 处置介词的宾语为实施谓语动词的工具

如上所言，处置介词的宾语通常为谓语动词的受事者，但车王府曲本中的某些处置式所含处置介词的宾语为实施谓语动词的工具，而非谓语动词的受事者，例：

曾记浔端阳佳节错把雄黄酒灌，醉后现露原形在红纱帐前。过午还原见儿夫，吓死命染黄泉。（56·236）

按：例中，处置介词的宾语"雄黄酒"是实施谓语动词"灌"的工具。需要说明的是，由于"把"作动词时，有"拿"之义，故此处将其视作是动词，也有一定道理。鉴于此，此例存疑，供方家指正。

8. 谓语动词宾语为处置介词宾语的中心语

有时为了满足韵文的要求，车王府曲本的一些作者常会对处置式做各种"改造"，如下例：

吴二虎，势力通天走眼大，竟把知县坏前程。（41·439）

按：例中，谓语动词"坏"的宾语"前程"实则是处置式介词"把"的宾语的中心语，即如果作者没有对该处置式做以改动的话，正常语序应该为"竟把知县前程坏"。

9. 谓语动词宾语与处置介词宾语相同

一般情况下，处置式中，处置介词后的宾语不能同时作为谓语动词宾语存在，但车王府曲本中总会有一些例外情况存在，例：

若见了刘家女呵，俺将他尽力的抢白他来一顿。（12·468）

按：例中，前"他"为处置介词"将"的宾语，后"他"为谓语动词"抢白"的宾语。由于两者重复，整个语句的语感并不流畅。

10. 谓语动词的补语用于形容主语

常规处置式中，谓语动词后的补语应用于补充说明处置介词宾语在受到谓语动词影响后的状态，但车王府曲本中也有该补语用于描绘施事者对处置

介词宾语施加影响后的自我状态,例:

又生出坏主意来咧,把我们家的吃饭吃了一个大肚子蝈蝈儿似的,欠身就走。(28·415)

按:例中,处置式中补语"一个大肚子蝈蝈儿似的",是施事者对介词宾语"我们家的吃饭"施加动作"吃"后所获得的状态。

(六)结构相对特殊的处置式

车王府曲本中还有一些在结构方面相对特殊的处置式,主要体现为语序及句子成分的复杂搭配方面。

1. 表处置的介词结构提前

当处置式主语出现时,表处置的介词结构通常应位于主语之后。不过,车王府曲本中也有两者位置颠倒的处置式用例,例:

佘太君,眼望包公叫丞相,别把此事你看轻。(46·19)

按:例中处置式"别把此事你看轻"的主语为"你",表"处置"义的介词结构为"别把此事",两者的常规语序为"你别把此事看轻",但因韵文要求,语序发生了变化。介词结构"别把此事"成了整个结构的话题,语法作用也随之发生了相应的变化,从作谓语动词"看轻"的状语转为作整个结构的状语。

这种将谓语动词之前的介词结构提至句首的处置式,在车王府曲本中的使用频率较高,例:

不该你把我国骂,一却打了魏近英。(15·160)

孙龙孙虎年青小,活活却把奴家倾。(15·167)

差事办的算得脸,一定圣主把我封。(15·211)

暂且我把热闹看,看着大火烧皇宫。(15·223)

等我见了钟国母,自然我把情理陈。(16·14)

根据使用频率,可推知以上例证中的处置式结构方式在韵文中是一种普遍性现象。

2. 处置结构前的成分后置

汉语靠语序表达语法语义,有些句子成分的顺序发生改变,其意义就会发生改变,如"我请你""你请我"构成要素完全相同,但语序发生了变化,所以即便是两者主语和宾语会参与同样的活动,但由谁负责活动的支出与组织则完全不同。当然,汉语中也有一些句子的意义不因句子成分位置的改变而有所变化，如句中的辅助性修饰成分状语、定语甚至主语的位置等发生改变，基本上不会影响句子的核心意义。体现在处置式中，不仅表处置介词结构的位置改变不会影响句义的表达，即便是它之前所有成分的位置都发生改变，也基本上不会影响句义的表达，如下面例证：

叫左右，快快动手莫消停，把国舅，急忙动手与我拿下。（26·19）

把我的，心爱之物耗子咬，可喜有了这个猫。（29·54）

把牛羊，立刻各营全杀宰，每人分已要公平。（29·195）

奴才刚把罗四虎在公堂才要问话，从外面来了两个人，一个是宗室天潢、一个是庄头，来至公堂硬与罗四虎讲情。（33·10）

按：例1中的状中结构"急忙动手"本应位于处置介词"把"之前，例4处置结构中的状语"在公堂"是全句谓语的状语，应位于主语"奴才"之后。两个例证都将其位置后挪，实则违反了处置式的排序规则。从语感上看，这两个例证都有些别扭，不仅是因处置介词前成分位置的改变，还有其各自的原因。例1，"动手"本是由处置式结构主语发出的第一个动词，引发的是处置介词之后由其宾语承受的动作，但此例中作者将其位置后移，由此导致了语感的不适。例4，则是因句中在不同位置使用两个相差不大的时间副词"才刚""才要"。例2和例3与以上两例不同，它们属于主语后置的处置式。例2中，其主语"耗子"本应位于处置介词之前，形成"耗子把我的心爱之物咬"的结构。此处后移，有突出"什么被耗子咬了"之义。例3与之同样，主语"各营"应位于处置介词之前，此处后移，也有突出处置对象为"牛羊"之义。总而言之，与其他几例一样，"耗子"的后移并不影响语义表达。由此推之，具体语境中，句子是否符合人们素常的认知，要受多种因素制约。

3. 否定副词位于处置介词后

否定副词位于处置介词之前，是处置式的通用规则，但车王府曲本中也有否定副词位于处置介词后的用例，例：

在咱家，娘说你，将饭不吃；为兄言你，不听，还敢强辩。（4·456）

只盼早死早脱生，把那齐国的江山、临淄的富贵都不指望咧。（28·342）

天霸轻视贼谢虎，他把强贼不在心。（34·68）

这就奇了，难道那一天李大成把施不全没推在水内广？（35·56）

这是什广人把炮全倒过来咧，时才若是全都点着，把咱的人马一个也不能活了！（44·412）

按：以上 5 例处置式的否定副词都位于介词"将/把"之后，其因有所不同。例 1 是为了强调对"饭"的处置动作，所以才会使用"将"字句。例 2 中"指望"与宾语之间没有施受义，此处否定词后置，是为了重点表明主语对处置介词宾语的态度。例 3 是为了迎合韵文句式要求，否定副词才会被置于处置介词后。例 4 否定副词"没"位于处置介词后的原因，大抵是为了让"没"和谓语动词"推"在距离上更为紧密，已用于强调谓语动词"推"是否实现。例 5 则是因为作者本不该用处置式表达此内容，即"咱的人马一个也不能活了"实际上是一个简单的不适合使用处置式的一般陈述句，作者为了表达强调意义，强行在整个结构之前使用了处置介词"把"，由此就出现了一个在语法规则及语用方面都有欠缺的处置式。

4. 主语的部分后置

主语的部分后置指主语中的部分要素离开主语位置，处在了主语后其他的位置上。车王府曲本处置式中主语后置的情况只发生在主语为同位短语时，其中的代词部分后置，例：

贼若他来把船凿，自有方法把他擒。（34·139）

按：上例中，第一个"他"的后置是出于平仄及押韵需求，并非常态化的后置，故仅可将其作为车王府曲本中的特例看待。

以上仅是车王府曲本处置式的一些较为典型的特征，实际上，它们在结构及语义等方面还具有诸多特征，例：

此剑不见血光不能归鞘，把一个军前擂鼓助阵的一名军士斩于废命，诛仙剑归回。（28·468）

二郎杨爷刀斩了红衣仙，把一个黄衣白衣俩个鼠怪只唬的目瞪痴呆，不约而同无心征战，齐要逃命。（29·294）

按：例 1 中，处置介词宾语前的名量短语"一个""一名"虽然所用量词不同，但在语义上重复，属于同义重复现象。例 2 中，处置介词宾语前的修饰成分较为复杂，"一个黄衣白衣"实际上应该是"一个黄衣、一个白衣"，"鼠怪"前的"俩个"则是车王府曲本中常见的"俩"与"个"的搭配。即是说，"鼠怪"前的修饰成分作者没有分配好"一个"，用其总领了其后属于不同鼠怪

119

的修饰语"黄衣""白衣",因此,语感上给予人一种挫顿感。

综上,车王府曲本中处置式的情况较为复杂,著者将在《车王府藏曲本语法研究》一书中对其展开详细论述,而以上论述也仅是对车王府曲本处置式的概貌的一个展示与分析。

二、被动式

被动式在语义上表示主语是句中谓语动词的受事者,结构上常以表被动意义的"被""叫""为""给"等作为标志性词语,其中又以"被"字句为主要形式[①],因此,也有学者将"被"字句的研究等同于被动式的研究。

邓思颖(2019)根据施事者在句子中的隐现情况,将汉语中的被动式分为"长被动句"和"短被动句"[②]。"所谓长被动句,就是指有施事的被动句;没有施事的被动句称为短被动句。"[③] 著者认为单纯地根据施事者的有无将被动式称为长被动句和短被动句,难以准确地将两者进行区别,故本书将有施事者的被动式称为施事者显现式及将没有施事者的称为施事者隐省式。处置式谓语动词后如果出现受事宾语,则被称为"间接被动式",受事宾语不能出现的则被称为"直接被动式"[④]。同理,具备主语的被动式可称作有主被动式,不具备主语的被动式可称作无主被动式。

车王府曲本被动式在主语、谓语动词及其他方面既有被动式的普通特征,也有基于韵文而出现的一些新特征,也有反映清代中后期被动式的一些特征。根据著者对车王府曲本中被动式的整理情况、前期研究及本书编写的特点,以下将从主语、施受者、谓语动词及各部分语义关系等着手论述车王府曲本被动式的基本概况。

(一)主语有无

被动式的主语是句中谓语动词的受事者,基本上都会出现,但有时如果

---

① 车王府曲本被动式主要以"被"字句及"叫"为主,未见"给""为"等用例。

② 有些学者将长被动句中的"被""叫"等归为介词,短被动句中的"被""叫"等则归为助词,但不论将它们归为哪一类虚词,句子在语义上实则都表被动。本书重点在车王府曲本被动式的结构及语义表现上,因此"被""叫"的情况未做进一步讨论。

③ 邓思颖:《形式汉语句法学》,上海教育出版社2019年版,第190—191页。

④ 邓思颖:《形式汉语句法学》,上海教育出版社2019年版,第192页。

语境充足，或者受其他因素影响，它也会被省略。车王府曲本被动式的主语也呈现出了以上两种情况。

1. 有主被动式

车王府曲本被动式以有主语被动式居多，它们既可以独立的句子形式存在，也会在对话语境中以较复杂的句子成分而存在。无论是以什么身份存在，它们都具有被动式的基本特征。例：

且说那走路之人被国舅的马碰了，他即躺在地下，一时的翻白眼、吐白沫，死去多时。（17·131）

老娘不必生气，儿子被病拿的不会说话。老娘看媳妇的面上，饶了儿子的不孝之罪也。（17·167）

偏偏的，业师不知被谁害，师母告状进衙门。县官把我拿了去，苦拷严刑问口供。（18·57）

丞相被他赚哄去了？（18·234）

今日若不是皇兄的表弟，别者之人早就叫天化一顿拳头打败了。（23·77）

故此他叫儿子任凭怎么样打骂，他总是逆顺受。（27·329）

按：以上被动式中，充任主语的有短语，如"那走路之人""别者之人"；也有词，如"儿子""业师""丞相"等。上述被动式中，最后两例是由清代新产生的表被动义的介词"叫"充任介词的句子，说明被动式在清代有了新的发展。

2. 无主被动式

车王府曲本中，无主语被动式包括两种。一种是不需要也不能补出主语，与汉语中的非主谓句基本相同，可称为主语空位被动式；另一种是因上下文而省略主语，虽可补出主语，但加上之后会产生冗余感，可称为主语省略被动式。

（1）主语空位被动式

车王府曲本中主语空位被动式数量较少，主要有以下用例：

翼德好大意，此乃要紧之事，如何被他走了哇？（3·164）

谁知反被白玉堂疑俺用计讹哄，徒劳枉费。（5·374）

母亲午睡，被我往后门溜出来了。（13·210）

被这孽风吹得他巍巍颤，扑愣愣敢是修罗忏。（13·459）

被陈琳抱妆盒蹑手蹑脚咔丢咆咆溜将过了。（14·349）

前者黉夜被你跑，老爷开恩松放行。就应该，伏躯藏身来躲避，改恶从

善入山林。(17·494)

按：以上例证表明，车王府曲本主语空位被动式的出现条件不同，除例2及例4外，其他几例成为主语空位被动式的原因基本相同。这些被动式所描述的是施事者虽采取了某种行为，但不会对可能出现在主语位置的受事者产生实质性的影响。任何进入交际领域的句子都归属于相应的所有者，是所有者为了得体地呈现自己内心诉求而采取的一种策略。从这个角度看，这些主语空位被动式是其所有者采用的一种最得体的表达方式，这种方式没有将受事者局限于具体人或事物，反倒增强了句子所有者对句子所描述事件的肯定或否定态度。例2及例4成为主语空位被动式的原因是句子谓语动词后已经有受事者"俺""他"，即应位于主语位置的受事者被句子所有者挪到了宾语位置，从而造成了主语的空位。

（2）主语省略被动式

车王府曲本中另一种无主被动式较为常见，是因上下文语境省略主语而成的被动式，例：

吕布原是受奖不受灭的人，被司徒连抽带架一席话，奉承的眉开眼笑。(18·308)

刘由领家将去投荆州刘表，后来在山林劫掠，竟被乡民所杀。(18·436)

今日又被关张二位爷前后夹攻，只杀得及乎若丧家之犬，如漏网之鱼。(18·480)

关公说："拿活的费手，被愚弟走马刀劈了。"(19·54)

倘被吾兵把路断，那时节将与兵丁此处坑。(20·252)

倘若天交三更鼓，囚僧一定要行凶。若被秃驴行苟且，总然死后不成名。(21·292)

按：上述例证表明，因上下文语境省略主语的被动式，从语法结构及语义上都不必补足，一旦补足，就会有冗余之感，也不符合语用习惯。

（二）施事者有无

被动式的基本格式为"受事者+被/叫+施事者+V（NP）"，根据施事者是否出现，可将车王府曲本中的被动式分为施事者显现式及施事者隐省式。

1. 施事者显现式

施事者显现式指介词"被""叫"等的宾语出现，即施事者在句中出现，这种是车王府曲本被动式的主要结构形式，例：

这无能匹夫无义之徒，他竟被情欲所迷，死活全然不顾，真是个混蛋！（18·487）

今日袁贼叫你杀破胆，险些袁绍被你来拎。（19·14）

只因与严刚走了一个冲手，一个回合就被严刚鞭打膀背。（19·14）

焦魁着了一袖箭，柳通被锤打中太阳把命坑。（19·27）

寂真被牢卒整治的昏迷不醒，又打着受了枷棍，恍惚瞧见了四个鬼卒站在眼前，连忙站起，却被四人打倒在软榻之上昏将过去。（39·334）

按：从语义上看，以上被动式中的施事者有抽象和具体之分，如例1中的施事者为"情欲"，例2中的施事者为"你"。

2. 施事者隐省式

当被动式发出者不强调施事者且不影响语义表达的前提下，就会省略施事者，由此就出现了施事者隐省式，车王府曲本中也有此类被动式存在，例：

只觉头迷眼发黑，只个小辈甚是难缠。怪道吾儿被擒去，神武他又中刚鞭。（15·140）

胡老爷乃是天星下界，生来神力英勇。这几个兵丁役胥如何是黑老爷的对手？一巴掌俱被打回。（40·153）

正在慌乱，又是一炮，那些躲不及的人被打死了许多。（41·1）

李七侯一闻八侯被拿了去，由不的心中犯想。（41·287）

昨日夜里走的时候也该告诉我一声，也省浮我定奏儿被屈打。（41·313）

你既说，你的兄弟姚广智，他没被害赴幽冥。你就去，如此这般这般样。（41·370）

按：上述例证中施事者隐省被动式实现的基础有的是其相应施事者已在上文出现，如例1中的施事者"只个小辈"、例3中的施事者"一炮"；有的则是施事者并未出现、但施事者实施动作的工具出现在了主语位置，故介词"被"的施事者位置就出现了空位，如例2中的"一巴掌"；有的则是没有明确的施事者，因为话语发出者所要强调的只是受事者所承受的行为，而非施事者，如例6。

以上例证表明，被动式中施事者隐省的原因具有细微的差别，有必要对其做细化分析，从而为施事者隐省式的更宽泛研究及应用提供理论基础。

（三）间接被动式和直接被动式

本分类标准参照邓思颖（2019）的观点，即谓语动词后是否有受事宾语，可将被动式分为间接被动式和直接被动式两种。间接被动式指谓语动词后出现受事者的被动式，直接被动式指谓语动词后没有受事者的被动式。

1. 间接被动式

车王府曲本中的间接被动式数量不少，如不完全统计首图本第 19 册，获得的部分例证有：

焦魁着了一袖箭，柳通被锤打中太阳把命坑。（19·27）

此一次虽未得大哥的音信，在白马关颜良、文丑被某斩首，官封寿亭侯，威名大震，自然有人传扬。（19·97）

你们乃是猛勇的将，胆量智略过于人。一个却叫周仓伤了战马，一个被关平砍去盔上的缨，竟败在关公偏将的手，还褒贬吾按兵不举怕敌人。（19·165）

魏文长说："仁兄，被你唬死吾也。我见仁兄失败了关将，见他十分惊疑，吾心大悦。"（19·327）

按：以上间接被动式中，位于谓语动词后的受事者分别为"太阳""首""战马、盔上的缨""吾"，从语义上看，它们与位于主语位置的受事者具有领属或所指相同的关系。如"太阳"是"柳通"身体的一部分，"首"是"颜良、文丑"身体的一部分，"战马"及"盔上的缨"是"你们"各自的所有物。较为特殊的是最后例证中的被动式，其谓语动词的宾语"吾"实际上即是主语，但由于主语位置空位，故此"吾"作为宾语并不突兀。所以，间接被动式中，谓语动词宾语在语义上可与主语形成多种语义关系。

2. 直接被动式

车王府曲本中，直接被动式的使用频率要高于间接被动式，其根本原因在于受事者已经以主语的身份出现在了句首，即便谓语动词后不出现受事者，句子的语义表述也极为清晰。在此前提下，如果受事者还以谓语动词宾语的身份出现，纯属多此一举。因为当受事者出现在主语位置时，在结构中其他成分的协助下，整个语法结构在词义上已经具备了完整性，故受事者完全不用再以谓语动词宾语的身份存在。这一点正好符合人们在语言使用中所秉持的经济原则，也体现了被动式在语义表达上的一种独特性。

从著者的整理看，车王府曲本中的直接被动式数量要远多于间接被动式，部分例证如下：

且说张松被乱棒打的一溜烟跑出校场，顺着大路回归馆驿，尚自喘吁不定。（19·417）

话说张松将书报落埃尘，被张肃的从人拾起藏在怀内。（19·435）

张飞按捺不住，俱被玄德阻住。（19·460）

陈式脊背被刀背颠，口抢地栽倒地平川。（20·32）

朕之两弟尽被东吴所害，朕与孙权有切齿之仇。若是罢兵，是朕有负结盟之义。（20·140）

按：车王府曲本中的很多句式出现简省或者变式，大多是受韵文性质影响而不得不为之，但以上例证中的直接被动式显然不属于此种情况，它们就属于被动式的一种正常的使用形式。即受事者已在主语位置出现，不必将其再置于谓语动词的宾语位置，除非是像间接被动式那样，主语位置的受事者和宾语位置的受事者形成一种语义上的逻辑关系，或者主语位置空位，受事者只出现在谓语动词宾语的位置。

三、兼语式

兼语结构通常指同一套结构内，有一个成分既做了前一个动词的宾语，又做了后一个动词的主语。至于兼语句则是由兼语结构充当谓语的句子，如黄伯荣、廖序东（1990）所持正是此观点。邢欣（2004）对此持否定态度，她认为"N_2 只做 V_1 的宾语，V_2 的主语由空语类承担"[①]，只是因为兼语式的学说占据了该结构的主导地位，她不得不采用常规的兼语式名称而已。赵小东（2014）在述评前人研究的基础上，将兼语式定义为"是一种可以独立的、主体句法结构更为复杂的常用句式，因其在句法结构上有特殊性，所以语义、语用都有与其他句式不同的特点。其形式为 $N_1+（V_1+N_2+V_2）$ 或 $V_1+N_2+V_2$"[②]。张新华（2020）认为"兼语式语法意义的核心是'控制'（control）：本事物 N_2 对其行为 V_2 不能自主决定，而要由外物 N_1 决定。V_1、V_2 各自都不指

[①] 邢欣：《现代汉语兼语式》，北京广播学院出版社2004年版，第17页。

[②] 赵小东：《〈世说新语〉兼语句研究》，中国社会科学出版社2014年版，第19页。

一个独立存在的动作,而是密切关联指一个有机统一的行为整体"①。以上研究表明,作为一种无法一次性两分的句子结构,兼语式是否具有存在价值及结构中谓语动词的性质等一直广受学者的关注,且观点多有不同。

就名称而言,短语层面的兼语短语,句子层面的兼语句、兼语式实际上已经成为该类结构的公认名称。至于这种结构的存废,它并不以个人意志而转移,更不可能因为不方便研究或异于其他句式结构就成为它应该从语言系统中消失的理由。任何一种语言现象,包括语音、词语、语法、文字及语用等的产生初始可能是偶然现象,但当为社会群体所接受,进入集体话语系统后,它就具有了存在的基础。除非借助社会群体的力量,否则个体很难消除一种语言现象。至于像兼语式这种存在了几千年的结构更是应汉语特点及人民的交际需求而产生,具有自己存在的必然理由。如王寅(2018)指出:"兼语构式的独特表达形式鲜活地彰显了汉语对现实进行'互动体验'和'认知加工'的心理痕迹。"②

从语义上看,兼语式也极为复杂,不同学者的分类差别较大。黄伯荣、廖序东(1990)将其分为使令式、爱恨式、选定式及"有"字式等四类。邢欣(2004)没有归纳出具体的类型名,只是将语义范围相同的 V_1 做了列举,并认为有12类③。赵小东(2014)根据《世说新语》中兼语句(式)的实际,将其分为使令类和非使令类。使令类又包括致使类和扩展类(命令派遣类、劝诫告教类、请求邀请类、容许听凭类),非使令类又包括论定类(任免封职类、命名称谓类、褒贬评论类)、存在类④。刘云飞(2018)根据兼语结构中各成分间的力量关系将其分为"致使、助成、阻止以及伴随四类"⑤。邢福义(2019)则认为兼语式主要包括使令式、爱恨式和有无式⑥。黄伯荣等的分类是在教科书中进行,因此分类条目简单而清晰。邢欣及赵小东是就自己的研究语料对兼语句(式)做出的具体分类,其目的是系统地阐释兼语式的语义

---

① 张新华:《论兼语式系统及其语义机制》,载复旦大学汉语言文字学科《语言研究集刊》编委会编《语言研究集刊》(第26辑),上海辞书出版社2020年版,第35页。
② 刘云飞:《现代汉语兼语构式的概念套叠研究》,科学出版社2018年版,序言。
③ 邢欣:《现代汉语兼语式》,北京广播学院出版社2004年版,第53—62页。
④ 赵小东:《〈世说新语〉兼语句研究》,中国社会科学出版社2014年版,第28页。
⑤ 刘云飞:《现代汉语兼语构式的概念套叠研究》,科学出版社2018年版,第93页。
⑥ 邢福义:《邢福义文集》第7卷,华中师范大学出版社2019年版,第701页。

关系，因此极为细致。根据他们的分类及车王府曲本中兼语式的具体内容，著者采用了黄伯荣、廖序东两人的观点对车王府曲本的兼语式进行分类，旨在呈现车王府曲本兼语式的基本面貌。

根据兼语式中 V_1 的语义，车王府曲本兼语式分为命令类、请求类、派遣类、"有"字类、致使类、嘱托类、情感类、容许类等。需要明确的是，以上兼语式中 V_1 的词义之间存有或多或少的联系，同时，当兼语式存在于动态的交际环境中时，一个兼语式中的 V_1 与其他兼语式中 V_1 在语义上的联系相对较为密切。综上，下文从 V_1 的词义出发对车王府曲本中兼语式的分类，仅是宽泛的分类。

（一）命令类

车王府曲本中，命令类兼语式指结构中 V_1 为上级对下级颁发命令，主要动词有"命""吩咐""令""分付"等，例：

主公命何人挂帅前来？（3·287）

白玉环，一夜之间，姐姐病的不省人事，合营众将无不惶惶，命我上长安去请曹梦兰敌[①]挡妖妃。（16·318）

吩咐廉颇点人马。（15·220）

管家连忙令人去，登时把前前后后家奴全都叫到内里站了一院子，看来有一百多。（21·258）

太后分付八名尼僧跟随王爷小主到后殿各处佛殿随喜随喜。（42·302）

按：命令类兼语式中，N_1 可以出现，也可以省略，由于它们都是处于具体语境中，因此出现或省略，并不影响语义的表达。结构中的 N_2 与 V_2 则不能省略，V_2 在结构上有简单和复杂之分。从语义上看，V_1 发出后，V_2 的结果有时已经出现且出现在句中，如例 1 中的"前来"，即 N_2 "何人"已经实施"前来"，只是说话者并不清楚是谁。例 2 中，V_1 "命"发出后，N_2 "我"实施了一系列动作，即 N_2 实际上包括"上""去""请"等动词，至于结构中的"敌挡"则是由 N_2 所涉及的对象"曹梦兰"实施。如此复杂的结构关系是因"命我上长安去请曹梦兰敌挡妖妃"这个结构是兼语结构套连谓结构，连谓结构内又套有兼语结构。结构的复杂，导致对其语言描述或解析的困难。

[①] "敌"原文用字。

（二）请求类

请求类兼语句指结构中的 V_1 为"请求""恳求"义，在一定程度上表现了主语对宾语的尊重，但有时当话语发出者为 N_2 时，V_1 是否真的含有尊重意味，则很难辨明。车王府曲本中使用的 V_1 主要为"请""让""求""恳求""哀求"，例：

你可速到陈桥，请我爹爹预备酒宴，假意与元帅接风。（7·333）

二位贤弟，九天宫霍师父有书前来，请你我弟兄有大事相商。（10·401）

那李七爷请我前去捉拿武文华，他往那里去了？（11·17）

让我来试试咽喉腔子，亮亮音调看看。（8·402）

既然此物有了来宗，求太爷将此物赏给王姓。（17·26）

张永年恳求庞统给书写，庞统乐的做个正人情。（19·420）

我还是，哀求你借我性命，那知你，暗下毒药害我生。（39·366）

按：以上请求类兼语式中，第一个动词后的成分较为复杂，如例1中，兼语为"我爹爹"，其之后的谓语部分为"预备酒宴，假意与元帅接风"。该部分中间虽加有逗号，但仍然是第一个动词"请"要求兼语"我爹爹"所做事情中的一部分，表明只要语义和语法允许，兼语式里兼语后的部分可以不受长度限制。

（三）派遣类

派遣类兼语式中的 V_1 表示委派 N_2 做某事，从语义上看，它与命令类的差别在于用词及语义重心的不同，但其内核实则都一样，因此此处所言派遣类兼语式仅是从词语表面语义形式对其做出的分类。根据这一点，车王府曲本中派遣类兼语式中的 V_1 为"打发""差""派""差遣""指使"等，例：

我告诉你说，我们少爷要成家，老太太打发我来找你做几件衣服。快去，快去。（8·2）

今日差你我二人看守监门，只得在此伺候。（8·501）

我何不派人下去探探，再做主意。（10·455）

前者差遣田常，东齐聘请国母前来拔刀相助，好破妖妇的阵式，怎么不见到来？（15·196）

咱去那，贼人恶霸他门口，引诱贼徒抢妇人。万一他，藏头缩尾不来抢，他指使，家人来抢怎样行？（32·270）

（四）"有"字类

与其他类兼语式不同，"有"字类兼语式中"有"字为 V_1，V_2 后成分相对简单。车王府曲本中，N_2 是有生名词，没有无生名词的用例。"有"字类兼语式在车王府曲本中的部分例证为：

呀，岂敢！大姐，你看后边有人追赶，我在那里藏躲方好？（10·321）

有人送他回去，出来他人给说和。（10·476）

只因五月端阳日，有人请我饮杯巡。（32·93）

（五）致使类

车王府曲本中，致使类兼语句中第一个谓语动词主要为"使""让""叫""要""逼""引诱"等，例：

假鞫审神灵相，使百姓观瞻到两廊。（8·58）

你老人家先别打岔，让人家说完了。（11·226）

还有这样不法强人搔（骚）扰百姓习风？不能扫净逆党，叫我施某好焦燥（躁）人也。（10·389）

若遇急难拆开看，千万要你顺着行。（15·317）

咳，小姐虽待义重，奈何总逼我与狗子成亲。脱身不能，好不焦燥（躁）人也。（16·81）

咱去那，贼人恶霸他门口，引诱贼徒抢妇人。（32·270）

（六）嘱托类

嘱托类兼语式中，V_1 为"嘱托""托""嘱咐"等意义的动词，例：

为此特来嘱托司寇，虚心细鞫，勿滥施刑。（5·61）

老身魏氏，配夫赵从，是我托兄弟买来一个孩子。（10·219）

嘱咐恁杨家孽种，须念着父子们恩情重，休使俺骨殖儿迷魂愁杀。（14·347）

（七）情感类

情感类兼语式指的是结构中的 V_1 为爱、恨、埋怨等义的词语，车王府曲本中，该类兼语式的 V_1 主要为"恨""相烦""怪""责""亏""烦"等词语，例：

听一言闷得奴暗地悲怨，指番邦恨奴夫久别数年。（7·11）

太真越说心越恼，恼恨尅贼理不平。（15·245）

我要相烦店主东找人，送我家公子到茌平去呀。（11·110）

客人，这桩事，怪媒人吴一成不好。（12·173）

嗦，归家痛责小儿曹不徒言语冒渎，皆因是老僧之过。（13·340）

亏尔等费心来送羊酒，朕有日复位，定赦此处钱粮。（16·158）

祖坟在邱家岭上，昨日去烦左邻右舍前来抬重。都说事忙，推辞不去。无奈又烦接壁刘伯父，与我雇了八个工夫，抬重出灵。（16·420）

（八）容许类

容许类兼语式中的 V_1 为"让""许"等词语，其中"让"的意义是"允许"，而不是"命令"或"致使"义，表明单纯地将某一个词语归为某一类兼语式，有时过于武断，需要根据该词语的具体词义进行区分。容许类兼语式在车王府曲本中例证如下：

让我去开一瓮，凭你吃到大天白亮。（13·479）

我这里正然忧心如醉，谁许你来多言？（16·121）

四、主谓谓语句

主谓谓语句是由主谓短语充当谓语的句子，是汉语的典型句式之一。作为一种特殊的语法现象，最早由陈承泽（1921）[1]提出；作为术语，主谓谓语句最早由丁声树等（1961）[2]提出。主谓谓语句虽然早在先秦时期就已出现，且一直活跃在汉语系统中，然而，被以汉语为母语者信手拈来的它，学者们对它的界定却多有争议。丁声树等（1961）及孟维智（1984）[3]将其分为 3 类，朱德熙（1982）则将其分为 7 类，李临定（1986）[4]将其分为 3 种 14 小类，黄伯荣、廖序东（1990）[5]将其分为 5 类，周一民（2006）[6]将其分为 8 类，如单是关于主谓谓语句的类型，学界总结出了 10 种，而据石毓智（2021）研究，学者总结出的 10 种主谓谓语句中只有两种是真正的主谓谓语句。他指出如果一个句子具有以下三个特征的任何一个，才可为主谓

---

[1] 陈承泽：《国文法草创》，商务印书馆 1982 年版。

[2] 丁声树、吕叔湘、李荣等：《现代汉语语法讲话》，商务印书馆 1961 年版。

[3] 孟维智：《主谓谓语句的范围》，载中国语文杂志社编《语法研究和探索（二）》，北京大学出版社 1984 年版。

[4] 李临定：《现代汉语句型》，商务印书馆 1986 年版。

[5] 黄伯荣、廖序东：《现代汉语：下册》（增订六版），高等教育出版社 2017 年版，第 90—91 页。

[6] 周一民：《现代汉语》修订版，北京师范大学出版社 2006 年版，第 376—378 页。

谓语句。三个特征为:"句式的第一个名词可以被焦点化或者被疑问代词替代,所在的整个结构也可以做句子成分。"① 根据这三个特征,石毓智将主谓谓语句分为了三种类型,"'N_1+N_2+V/A';'$N+V_{行为名词}+A$';'$N+X_{遍指}+V$'"②。这个分类标准极为严格,根据这个标准,学界公认的"$N_{受}+N_{施}+V(P)$""$N_{施}+N_{受}+V(P)$"就会被排除在外,成为"话题—说明"格式,但从语法结构上看,它确实又不同于一般的句子,亦不能将其视作宾语前置或者其他的什么句式。胡裕树(1993)指出:"近年来,我国语法学界提出'三个平面'的学说。所谓三个平面,指的是语法平面、语义平面和语用平面,是一种语用成分——'话题'(topic,或译作'主题'),这种句子归入'话题句'。但这只是语法体系的安排问题,叫主谓谓语句也好,叫话题句也好,并不影响这一句法结构的实质。"③ 结合学者对主谓谓语句的已有分类及车王府曲本主谓谓语句的具体情况,著者将车王府曲本主谓谓语句分为以下4种类型。

(一)$N_{受}+N_{施}+V(P)$

"$N_{受}+N_{施}+V(P)$"是车王府曲本主谓谓语句的主要格式。任何一个句子内部成分之间无论语义关系如何,它们之间总有一定的语法结构关系,而从语法结构看,结构中"$N_{受}$"的只能作为大主语,剩余的部分"$N_{施}+V(P)$"只能作为谓语,故将其视作主谓谓语句有一定道理,车王府曲本中的部分例证如下:

五关约我,我参透,<u>这个术咱早知竟</u>。(3·262)

传言不可信准,须得度礼详情,我女已经嫁了你,<u>女婿丈母怎不疼</u>?(16·351)

<u>铁棍将,葫毒物异人传授</u>,百发百中不脱空。(47·421)

你今囊包多不济,骂你言词不信真。满破着,<u>千年道行我扔了</u>,会会大汉将与兵。(47·438)

<u>这样的事情你说不要紧</u>,你到底说说怎么会不要紧哪!(48·10)

好气的开言呼和尚,<u>这件事,在下一定敢应承</u>。你的银子在那里?快快

---

① 石毓智:《汉语语法长编》,江西教育出版社2021年版,第999页。
② 石毓智:《汉语语法长编》,江西教育出版社2021年版,第999—1000页。
③ 胡裕树为《主谓谓语句》所写《评语》,1993年9月14日。

拿来我要凭。（48·46）

　　这个乱子你们闹的不小，那和尚真不是凡人。你们不信，摸摸我这心，真要提起他来，打脊梁骨上发麻。（48·213）

　　渔鼓简板他拿在手，终南山学道总没回来，莫不是终南山上浮了道？（56·85）

　　按：以上主谓谓语句中，"$N_{受}$"有时仅是名义上的受事者，实际上并没有承受"$N_{施}$"施加的任何具体动作。如例1中的"$N_{受}$"为"这个术"，它并没有具体地承受"$N_{施}$"发出的动作，仅是意念上的一种承受。例2中的"$N_{受}$"为"女婿"，它也没有具体地承受"$N_{施}$""丈母"的动作"疼"，此处表明的仅是一种情感态度，"女婿"所受"疼"的影响，不是具体的，而是作为"$N_{施}$"的"丈母"的各种行为和情感。例5及例6，则是称说类的主谓谓语句，即"$N_{受}$"由"$N_{施}$"说出来，但说与不说，"$N_{受}$"其实都存在。故"$N_{受}+N_{施}+V（P）$"结构类的主谓谓语句中，"$N_{受}$"不一定非得像例3及例4那样从物理意义上承受了"$N_{施}$"赋予的动作行为。

（二）$N_{施}+N_{受}+V（P）$

　　"$N_{施}+N_{受}+V(P)$"与一般主谓句的不同之处在于它的宾语位于动词之前。张志公（1959）将此结构中的宾语称作"动词的前置宾语"[①]。但这与他之前的论述并不相同。1956年，他在《汉语语法常识》中认为："受动者不在宾语的位置上，我们就不必认为它是宾语，因为'受动者'跟宾语并没有必然的关系。"[②]前后观点的不同，说明他对受事主语的判定还存有不肯定之处。朱德熙（1985）则指出："由于宾语提前的说法没有根据，过去认为是宾语提前的SOV（我羊肉不吃）和OSV（羊肉我不吃）两种格式都应该解释为主谓结构作谓语的SSV。既然SOV和OSV都不存在，所以跟SVO相匹配的只能是SSV了。"[③]根据以上名家的论述，此处也将"$N_{施}+N_{受}+V（P）$"式视作主谓谓语句。车王府曲本中，"$N_{施}+N_{受}+V（P）$"的用例要少于"$N_{受}+N_{施}+V（P）$"，部分例证如下：

　　咦！本帅曹兵未破，你敢谩我军令？（3·259）

[①] 人民教育出版社编：《汉语知识》，人民教育出版社1959年版，第128—129页。
[②] 张志公：《汉语语法常识》，新知识出版社1958年版，第197页。
[③] 朱德熙：《语法答问》，商务印书馆1985年版，第8—9页。

老奴店饭钱业已算清了，请东人趱路。(7·122)

祭奠已毕，鼓手们，我家老爷每人赏钱四吊，叫你们下面歇息用饭。明日还要常摆，小心伺候着。(11·248)

你老爷每人赏你们酒饭余外，每人赏钱两吊。(11·249)

春兰姐，多谢你帮衬。我银簪一枝谢你。(14·4)

这娘娘，还过气来放悲声。贤妹血书交圣上，见物伤情叹死人。(47·454)

按：车王府曲本中"N$_{施}$+N$_{受}$+V（P）"类主谓谓语句数量虽然较少，但能看出该结构在韵文中有较好的存在空间，表意方面也较为灵活。

（三）N$_{领}$+N$_{属}$+V（P）

"N$_{领}$+N$_{属}$+V（P）"中的"N$_{领}$"和"N$_{属}$"在意义上有领属关系，"N$_{属}$"从属于"N$_{领}$"。通常情况下，"N$_{属}$"是"N$_{领}$"的性质或所有物。这一类是车王府曲本主谓谓语句的主要结构形式，例：

乐元帅铁石心难以扭转，纵哀告天寒心也是枉然。(2·94)

国母书来我抖（斗）胆，三军踢跃跨雕鞍。(2·122)

哦，王八羔子，你眼珠子都瞎了？是他给我跪着来着。(2·362)

怎么着，我一扛肉被他抚了四两？待我问他。呔！那一黑汉，我一扛肉被抚了多少？(2·391)

高皇帝三尺剑起义磋砀，赤帝子将白帝威震四方。(2·400)

（黄白）吓，可恼啊可恼，（唱）主公言词太含混，知俺老将便无能。(2·497)

孤气疾作痛，寔寔难忍，坐卧不宁，怎能筵宴群臣？(3·31)

元帅血迹未干，不作短幸之事，我却不去。(3·139)

按："N$_{领}$+N$_{属}$+V（P）"结构中"N$_{领}$"与"N$_{属}$"之间的关系也有所争议，针对这种情况，王力先生指出："咱们不应该把'我肚子饿了'解释作'我的肚子饿了'。否则遇着'我肚子饿了，想吃一点东西'这类句子，分析起来就很别扭，竟像是'肚子想吃东西'了。"① 当然，有时为了强调所有关系，"我肚子饿了"确实可以说成"我的肚子饿了"，但是我们分析的是"我肚子饿了"，而不是"我的肚子饿了"。在分析一种语法结构时，只能就原有句子分析，不

---

① 王了一：《谓语形式和句子形式》，《语文学习》1952年第9期，第44页。

能因为给其添加了成分后，其核心意义没有发生变化，就认为它与添加成分后的句子在语法结构上完全一致。如"高皇帝三尺剑"可以说成"高皇帝的三尺剑"，两者核心意义也相同，但如果将其与后面的部分搭配后，就成了"高皇帝的三尺剑起义磕硠"，显然是不符合语义的。故此，应将车王府曲本中与"高皇帝三尺剑起义磕硠"类似的句子视作主谓谓语句。

（四）N+N$_{行名}$+V（P）

"N+N$_{行名}$+V（P）"结构中的"N$_{行名}$"即石毓智所言行为名词，该类主谓谓语句在车王府曲本中的数量较少，其因在于表行为的名词虽然数量较多，但车王府曲本中并没有与之相关的内容，即便有，受作者个人表达习惯及语境影响，相关行为名词的使用并不需要进入主谓谓语句。该类主谓谓语句在车王府曲本中的部分例证如下：

<u>我儿说话不齐全</u>，细听为娘把话言。（3·5）

<u>况姑娘举止端庄</u>，幽娴贞淑，况且有违去世公婆之命，不可说罢。（8·40）

张秀举目看英俊，<u>他行动如飞盖世</u>。（19·160）

树叶儿发，呀呀儿哟！<u>两口子打架把门插</u>，骂的言语对不上牙。（57·106）

以上仅是宽泛地列举了车王府曲本中主谓谓语句的类型，实际上，还可从主语的构成、谓语的结构、修饰成分及是否独立成句等角度考察车王府曲本中的主谓谓语句，但考虑到本书的整体特点，故此处不再对其展开详细研究。

五、比较句

一个结构中如果有两个或几个部分在数量、性质等方面含有对比义，则该结构即为比较句。比较句约产生于南宋时期，清代时，已经相当成熟，所以车王府曲本中也有相当多的比较句。例：

那两老道约不要紧，就只是<u>李三带了来的那十个大汉一个个长的虎羔子似的</u>。要是保老道的，依着我睄有些扎手。（20·339）

店小二闻听目瞪痴呆一语不发，<u>好似哑叭一样</u>，却不知那里张口。（20·484）

言未毕，正先行催开坐骥，金背刀<u>犹如闪电一般同</u>，泰山压顶劈头剁。（22·413）

好汉一路拳，<u>好似生牛皮裹铁一般</u>。（23·56）

十里地赶个嘴，<u>不如家里喝碗水</u>。（57·227）

烟尽瘾来哼咳，鼻涕眼泪满胸怀，<u>遥望犹如妖怪</u>。（57·383）

按：从比较词的位置看，以上比较句中的比较词可位于被比较的对象之后，如例1中的"似的"；可和其他的比较词配合使用，如例2中的"好似……一样"、例3中如"犹如……一般同"、例4中的"好似……一般"；也可位于被比较的对象之前，如例5中的"不如"、例6中的"犹如"。从比较句的结构看，和比较有关部分的结构都较为简单，大多以简单的比况短语形式出现，如例1中的"虎羔子似的"、例2中的"好似哑叭一样"。从语法功能看，有的在句中作补语，如例1中的"虎羔子似的"；有的在句中作状语，如例2中的"好似哑叭一样"；有的在句中作谓语，如例5中的"不如家里喝碗水"。综上，车王府曲本中，比较句的典型特点是比较词常与相关的词语搭配使用，以一种固定结构的形式出现。"一个完整的差比句应该包括四个参项：比较主体、比较参项、比较基准、比较标记"①，车王府曲本中的比较句具有比较句的普适性特征，也具有自己的个性化特征，如有时比较主体距离整个比较结构较远，如例6中"遥望犹如妖怪"的比较主体"鼻涕眼泪满胸怀"位于"遥望"之前。

根据马建忠的分类，比较句在语义上主要有"平比、差比、极比"三类，赵金铭则将其分为"等同、近似、不及、胜过"②四类，车王府曲本中比较句则主要是平比类、不及类及胜过类。根据比较句内在的语义关系，不及类及胜过类实际上即素常所言差比句。

（一）平比类比较句

平比类即比较主体与比较基准在比较参项上具有等量或等质的特点，车王府曲本中常用的平比类比较标志词或结构为"和……一样""似""也似""一般同（仝）""不亚""如""一般样""一般""犹如""一样""像""似……似的""是……似的""如同（仝）"，例：

---

① 彭建国：《湖南通道本地话》，商务印书馆2019年版，第217页。
② 赵金铭：《论汉语的比较范畴》，《中国语言学报》2001年第10期，第1—6页。

岂知道养孩儿和你一样，粟米胆怎做得皇家栋梁？（8·345）

似电光石火，一灵怎肯赴归也可黄壤？（15·50）

呀，呀，呀，这风魔也似九伯，使村沙恶茶白赖。（15·65）

令人答应往上跑，莺拿燕雀一般全。（15·136）

腾刀架战迎枪斧，碰剑克叉又躲鞭。奋勇不亚龙出海，努力真如虎离山。（16·137）

飞蛾投火一般样，且自三思而后行。（16·187）

姐姐，你看保童去的气色不对，又如疯魔的一般，其中必有元故。（16·511）

盐海山众英雄被马索绊倒，几咂咕咂犹如下扁食相似一般，都跌在山沟水内。（47·147）

此时候，正是三春清景况，桃杏花开一样红。（47·475）

像这宗美差可以分给我们一点，大家全个脸面，使淂不咧？（48·24）

且说佳人浑便出了恶人宅子，心里恍恍忽忽似架云似的。走不多时，远远的见对面黑洞洞到（倒）像个人家。（48·75）

说罢，训头训脸拉手擦泪，嘴是救月儿似的。（48·268）

喃要是见耍儿，如仝蝇子见了血，不往外推。（57·100）

（二）不及类比较句

不及类比较句指比较主体在某个方面弱于比较基准，车王府曲本中常用比较标志词为"不如""不及""不比""难比"等，例：

怎倒讲起随乡入乡的话来？这等看来，闻名不如见面这句话，古人真不我欺。（11·215）

虽不及男子，亦且文武全才。（13·10）

今岁不比往年，玉帝差齐天大圣在此督理。须是报过大圣，方敢开园。（13·102）

风流典雅多稳重，妲姬难比美俊英。（15·213）

（三）胜过类比较句

胜过类比较句指比较主体在比较参项方面强如比较基准，比较参项可以是从纵向角度看的比较主体，也可以是比较主体与比较基准的横向比较。车王府曲本中，胜过类比较句的比较标志词主要是"更比""强似""比""更又""强如"，例：

报公主得知,齐营还是照旧如此,旌旛不乱,更比先前威武。(15·164)

难道说,尊驾不是肉心人?难为你,年纪不大心肠狠,更比蝎蛇毒万分。(49·4)

听你说话到伶俐,为何不过继与人作个义子?也淂个温饱,强似你沿门讨饭。(42·367)

将军既然离得父母,难道说,岳某不是与你仝?论年纪,将军不过比我大上三两岁。(43·26)

禅师来得更又阴毒,他又不打人,只是抽冷子腿上拧一下子,胳膊上揪一下子,气淂半截塔吴成大叫大嚷。(49·87)

嫁了我,你是正途人员,强如闲散。(56·395)

除以上句式外,车王府曲本中还有一些较为典型但数量较少的特殊句式,例:

手拿着一本误人书,唧唧哝哝温习了一〈几也可〉声,则被你误得人索兴。(14·464)

按:例中的"则被+代词+V+C"是"表达强致使和遭受不幸语义的一种混合结构"①。以上研究表明,如果将研究细微化的话,会发现车王府曲本在语法方面有很多较有特色和可研究的语法点。

第四节　车王府曲本中典型句式的套用

车王府曲本中常会出现处置式、被动式、兼语句等典型句式套用的情况,形成一种较为复杂的句式结构,具体而言,主要包括以下几种。

一、被动式与处置式合用

从语义上看,被动式与处置式全相反,但性质基本相同。王力先生(1943)指出:"被动式和处置式的形式虽不同,而其所叙行为的性质却大致相

---

① 张美兰:《句子成分的添加与〈元曲选〉句式表达的规约》,《南通大学学报(社会科学版)》2021年第5期,第85页。

同。譬如一件事，在主事者一方面看来是一种处置，在受事者一方面看来往往就是一种不如意或不企望的事。'他把你打了一顿'，在'他'看来是一种处置，在'你'看来就是一种损害了。因此，多数被动式是可以改为处置式的。被动句若要转成主动句，也是变为处置式较为适宜。"① 此论述表明处置式和被动式的关系较为密切，说明两者之间在语义和语法上存有可转换的逻辑关系。由于两者之间存有此种关系，语义完全相反的它们竟然出现了合用的现象，且主要为"$N(P)_2$+被$N(P)_1$+把$N(P)_3V$"②，这也是车王府曲本中被动式和处置式连用的基本格式，例：

焦魁着了一袖箭，柳通<u>被锤打中</u>太阳<u>把命坑</u>。(19·27)

袁绍动怒将我绑，一心问典刑，<u>被岁兄几句热言把他瞒过</u>。(19·103)

倘<u>被吾兵把路断</u>，那时节将与兵丁此处坑。(20·252)

脱身走了无半里，又<u>被庄丁把我擒</u>，把我解到房山县。(20·415)

我家老爷因<u>被芦把参提</u>，因荐梅老爷开迁之事削职为民，方才归来。(22·118)

可<u>被英雄一铁扁担把一杆钢叉给磕飞</u>，更是怕上加怕。(25·94)

冤家但有好共歹，<u>叫你活活把我坑</u>。(27·318)

只听"哎吱"一声，<u>被子仁一铁尺把个茶几儿的秋子打为几段</u>。(35·153)

<u>叫你这狗种先把江南的锐气坐下一半</u>，似你这不忠不孝的小辈还敢前来设敌？(43·88)

<u>却被李儒把机关猜破</u>，董卓大怒，痛恨曹贼，各处画影图形，捉拿刺客。(56·281)

车王府曲本中也有"把/将+$N(P)_3$+被/叫+$N(P)_1V$"的格式，比先被动式后处置式的合用的结构简单，语义上成立，但语感的舒适度要弱。例证如下：

<u>将老汉几乎被棍来打死</u>，昏迷半晌又还魂。多亏左邻并右舍，将老汉搀起盘腿气才通。(20·362)

只一件，我在监中走的时节托付了李能，叫他照看与你。谁知他贪图了二十五两银子，<u>把我这广一个心爱的朋友竟被害了</u>。(20·413)

---

① 王力:《中国现代语法》，北京联合出版公司2019年版，第93页。

② 李临定将被动式和处置式合用的结构写为"N_2+被N_1+把N_3V"(李临定:《"被"字句》，《中国语文》1980年第6期)，考虑到该结构中N有时为短语，故本书将其写作"$N(P)_2$+被$N(P)_1$+把$N(P)_3V$"。另外，"被"字句是汉语被动式的主要句式，因此所言的被动式与处置式合用主要指"被"字句和处置式的合用。

只听"哧唥"响一声，险些儿，把鞭被他夺了去。(34·109)

哇，好狗官，为何巡守不严？把三尸被人盗去，藐视王法该当何罪？(39·447)

那木匣浮在江面顺水飘飘荡荡的竟自飘于金山寺前，被海岛内的小僧将木匣打上江来。(40·26)

好恶贼，把一位军官爷被他白白抬去。(41·115)

好大雨，把个管炮的先锋官王蔫叫水泡起来咧，还有那些炮手一个个俱成了水耗子一样。(44·417)

以上例证表明，当处置式和被动式先后出现在车王府曲本同一句子中时，体现为以下几个特点：一是该句子的主语位置空省，主语大多在上下文语境中得到呈现；二是处置式的处置介词也可以是"将"字，被动式的介词也可是"叫（呌）"或其他同类介词；合用句子中的 V 后大多带有补语，若 V 是单音节，则其后会跟有适配的虚词。

从语义上看，被动式和处置式合用结构中的 N(P)$_2$ 和 N(P)$_3$ 在语义上有关系。张伯江(2019)认为"N(P)$_2$+ 被 N(P)$_1$ + 把 N(P)$_3$V"中的 N(P)$_2$ 和 N(P)$_3$ 在语义上存有两种关系："一是 N(P)$_3$ 属于 N(P)$_2$，二是 N(P)$_3$ 和 N(P)$_2$ 指同一人，N(P)$_3$ 是代词，N(P)$_2$ 常承前省略。"① 车王府曲本中被动式和处置式的合用在语法结构及语义上的情况有与之类似之处，"N(P)$_3$ 属于 N(P)$_2$"，例：

呀，元是混海临淄有了水灾。徒儿无艳产生殿下，被夏迎春用狸猫将太子换出。(15·419)

咳，说不来的苦。原是这般如此，被强盗将行李、马匹抢去，故此寻了短见。(16·378)

娘娘一见，说："不好，这台棋，又被毛猴把我赢。"(36·459)

按：以上 3 例中的 N(P)$_3$ 分别为"太子""行李、马匹""我"，除第 3 例中的 N(P)$_2$"这台棋"出现外，其他两例中的 N(P)$_2$ 都隐含在上下文中，它们被隐去的 N(P)$_2$ 分别为"无艳""我"。从语义上看，以上 3 例中 N(P)$_3$ 和 N(P)$_2$ 的关系不同。前两例中，N(P)$_3$ 从语义上从属于 N(P)$_2$，第 3 例中，则是 N(P)$_2$ 从属于 N(P)$_3$。虽然第三种语义从属关系较少，从一定侧面也说明了被动式和处置式合用时的复杂性与不断调配性。车王府曲本中，还有

---

① 张伯江：《说把字句》，学林出版社 2019 年版，第 40 页。

一种情况是 $N(P)_2$ 从语义上从属于 $N(P)_3$，例：

梅公子<u>被闷棍手把主仆惊散</u>，中途掉下马来，幸尔不曾摔着。(22·86)

显然，$N(P)_2$"梅公子"在语义上从属于 $N(P)_3$"主仆"。

车王府曲本中 $N(P)_3$ 和 $N(P)_2$ 在语义上主要以所指相同为主，即结构中的 $N(P)_3$ 和 $N(P)_2$ 在语义上所指相同，且 $N(P)_2$ 通常不出现，例：

回禀王爷，马成龙探得北山口内，有妖人摆下的八卦阵一座。内中俱是翻板、滚板、火箭、五毒喷筒，<u>被我用干柴把他那八卦阵炼制了</u>。(10·458)

想来李壮士出窑见了那个恶棍，又<u>被他等把李壮士吊打起来</u>。(20·340)

只般如此真罕有，<u>被我将他贬寒宫</u>。(15·420)

哦，元来是郭夫人到此。郭将军元在营中，偏偏新近<u>被贼将飞槌伤去</u>，我正无法可使。(16·246)

<u>被子胥仍然将他拿下马</u>，这次准准命难全。(25·90)

翠莲说："亏我老师不说谎，险些儿，<u>被你怀疑把我轻</u>。"(27·117)

那时张才有救忠良之心，<u>被恶人把他使往西院监工</u>，催逼匠人作花炮。(33·372)

按：与一般被动式和处置式合用的结构相同，车王府曲本中，该结构中的 $N(P)_2$ 也通常不出现，至于 $N(P)_3$ 则既可以是代词，如例3、例7中的"他"，例6中的"我"；也可以是名词性偏正短语，如例1、例4中的"他那八卦阵""贼将飞槌"；也可是同位短语，如例2中的"李壮士"。

车王府曲本中还有"$N(P)_2$"没有出现在主语位置，但以"$N(P)_3$"的定语存在的被动式和处置式合用例，例：

<u>被孤将他四个狗子一概杀死</u>，不能消去我胸中这口恶气。(25·90)

按：例中，"$N(P)_2$"是"他"，作为"$N(P)_3$"的定语出现，点明了"$N(P)_3$"和"$N(P)_2$"的所属关系，如果"他"再在主语位置出现，则在语法上有冗余现象。

除以上语义关系外，$N(P)_3$ 和 $N(P)_2$ 之间在语义上有时没有所属或同指关系，例：

不好了，咱们武寨主去拿黄天霸，<u>被黄寨主把手一扬</u>，"咯"的一声中了前心，武寨主躺在地上死咧。(36·127)

按：例中的 $N(P)_3$ 为"手"，隶属于"黄寨主"。$N(P)_2$ 为省略的"武寨主",两者在语义上没有所属或同指关系。

二、处置式与兼语式合用

处置式与兼语式合用,也是车王府曲本中常见的一种句子结构方式。按照两者的出现顺序,可分为以下两种。

(一)处置式套兼语式

处置式套兼语式指处置结构位于兼语结构之前,该顺序的出现并不完全是语法的规定,有时是为了满足语用的需求。即是说,处置结构套兼语结构的形成原因并不单一。例:

把我女儿命曹龙兄妹送至家中,我母女重逢。为此我感谢皇天,往各处了愿,坐船回家。(14·58)

如庆的心中害怕,把两个徒弟打发他往小尼庙中藏躲。(35·350)

武七达子你在门上千万留神,少时天晚,你把万花楼叫人收什干干净净的,预备着我与阿里哈达在那里饮酒叙话。(42·245)

按:例1中,"把我女儿命曹龙兄妹送至家中"即属于为了强调处置对象而采取的处置式套兼语式,其常规语序应为"命曹龙兄妹把我女儿送至家中"。例2"把两个徒弟打发他往小尼庙中藏躲"中,处置结构位于兼语结构之前的原因是派遣类动词"打发"后出现了"两个徒弟"的复制成分"他"。"他"的出现,从语法和语义两个层面都阻止了兼语结构套用处置结构的可能。例3"把万花楼叫人收什干干净净的"的情况与例1中"把我女儿命曹龙兄妹送至家中"结构出现的原因一致。

(二)兼语式套处置式

兼语式套处置式是这两种结构最常见的组合方式,从语言表达习惯及人的认知心理看,"让某人去处置某个对象"的语序要比"把某个对象让某人去处置"更为自然与恰当,例:

王妃便要回去,亏臣再三劝说。叫他同来把囚车解,怕是途中有人夺。(16·218)

皇兄一怒将你家千岁金瓜打死,如今又命带领人马将寺围困,口口声声捉拿明甫。(24·417)

见他们用斋已毕,长老命沙弥把他父子五人领至客房安歇。(25·84)

念其故人之情，所以叫把人参果打两个给他吃。(27·224)

我与你乃是嫡亲姑表，你反护他人！听你所言，就叫把唐僧送出去，天地间那里有这般容易的事？(27·325)

来到营门下鹿，上了中军大帐。疼的哀声不止，连忙叫乐毅把左肋上的剑拔下来，敷上了金疮药。(28·399)

若知你来了，叫先把门关上，然后才与你说话。(28·415)

太王爷带笑开言，吩咐内监把庄头带到饭房内赏他饭吃。(41·440)

按：以"叫他同来把囚车解"为例，其结构应该分析为"叫他，他同来把囚车解"。兼语式套处置式的结构在紧凑的语法结构中蕴含着极为丰富的信息，同时，语感贴切自然，所以它才会战胜处置式套兼语式的结构，成为一种复杂但常用的合用句式。处置式主要标志是处置介词的使用，而处置式介词与其宾语在结构中的主要作用是作状语，其重要性显然弱于常作谓语的兼语结构。从这个层面看，兼语式套处置式的顺序也是合乎情理的。

上述例证中，较为特殊的是例8中的"吩咐内监把庄头带到饭房内赏他饭吃"，该结构含有兼语结构、处置结构、连谓结构及双宾语结构等，它们的融合，说明语法结构为语用服务，在语言使用者的调整下，它们会以简短但复杂却又恰当的形式出现，进而完成信息表达任务。例4、例5也较为特殊，兼语结构中第一个动词后的宾语省略，直接连用处置结构，形成"兼动+把+N(P)+V+(C)"的格式。兼语动词后宾语省略的原因是受语境影响出于经济性原则省略，这种省略使得句式更为紧凑简洁，但其语法结构难于兼语动词后带有宾语的结构。

三、处置式套用连谓结构

作为汉语的独特句式，处置式的结构大多数时候较为复杂，尤其谓语部分经常以一种复杂的结构形式出现，连谓结构即是其中一种。例：

我两个，将他尸首埋在地，我把他首级割下来收在桶中。(25·463)

民妇方才把大人的那一张字儿拿往后面给钱氏瞧了，才知是大人驾至此处。(36·41)

你速到家中，大伙儿把施公主仆四人解下来送到马圈里空房之中，把那

一死尸打扫出去。(36·123)

按：处置式套连谓结构时，前者作为状语修饰后者，如"把他首级割下来收在桶中"，"把他首级"作为状语修饰连谓结构"割下来收在桶中"。这种主次分明的结构套用，逻辑层次及语义关系鲜明，与其他套用结构一样，在信息容量方面显然优于简单结构。

四、兼语结构套双宾语结构

兼语结构与双宾语结构的套用案例，车王府曲本中并不多见。双宾语结构的语义相对固定性及兼语结构动词的特殊性，决定了两者套用的能力与范畴低于其他句式之间的套用。车王府曲本中的部分例证如下：

列位，这熊天龙曾在山中空手拿住十只活豹，<u>有人送他个绰号</u>，名为活擒豹。(18·352)

只因他二人时常差人向吾索取金银，<u>叫吾给他财帛</u>。(19·48)

我今瞅冷儿把他活挟过马，拿进帐去，<u>叫元帅给他前程</u>。仝他和好，打寿州有何不可？(42·455)

按：例1中的"有人送他个绰号"，属于"有"字式兼语结构与双宾语结构的套用。例2中的"叫吾给他财帛"和例3中的"叫元帅给他前程"都属于使令式兼语结构与双宾语结构的套用，差别在于"财帛"为具体义的宾语，"前程"为抽象义的宾语。

第五节 车王府曲本中句类研究

句类是根据句子语气或句末标点符号对句子做出的归类，传统包括陈述句、疑问句、感叹句及祈使句，但也有一些学者持不同意见。如表"应答"或"招呼"义的句子在黄伯荣、廖序东主编的《现代汉语》中归为感叹句，但范晓（2009）则认为它们与感叹句并不相同，将其命名为呼应句[①]，并单独列为一类。

[①] 范晓：《汉语句子的多角度研究》，商务印书馆2009年版，第360页。

语气不是判定某个句子归属于哪一种句类的唯一标准，口语中语气可以作为判定句子的标准，书面语中句末标点符号则是重要的判定标准。如张斌（2010）指出："书面表达中分别用句号、问号、叹号来表示陈述语气、疑问语气、感叹语气。祈使语气则根据语气强弱分别用叹号或句号表示。"① 书面语中之所以用标点符号作为划分句类的依据，是因为书面语是一种静态存在，如果没有语气词，或对上下文语境了解得不够充分的话，就很难确定某些句子到底是以怎样的语用态度出现。从这个角度看，"句类是句子在语用平面分出来的类型，是指句子的语用价值或表达用途的类别"②。范晓（2009）指出："句子外部的表达功能，是指句子在表达思想进行言语交际时的用途或作用，也就是语用功能。对句子表达功能的分类就是句类，所以句类是句子的表达功能的类别。"③

句类其实并不是简单的语气分类，即便是同一个句子一旦进入具体的语用环境，在多种因素的影响下也会出现较多的差异，所以，王建军等（2017）指出句类至少具有"非单一性、非一统性、非限定性"④ 等三个特征。综合汉语句类的特征及学界的研究，还有车王府曲本句类的实际情况，著者将从以下角度对其展开研究。

一、陈述句

陈述句是汉语中最常见的一种句类，故此处舍弃了一般的陈述句，重点研究带有语气词的陈述句。车王府曲本中，陈述句可以只有一个词，也可非常复杂。例：

请。（2·3）

凑数的来了。（2·77）

设下了姻粉计安排罗网，诓哄那刘皇叔来过长江。（3·111）

外祖王在上，外孙等奉父母之命，为远守州郡，不克捧觞，特遣外孙等

---

① 张斌主编：《现代汉语描写语法》，商务印书馆2010年版，第115页。
② 王建军、高永奇主编：《高级汉语》，苏州大学出版社2014年版，第243页。
③ 范晓：《汉语句子的多角度研究》，商务印书馆2009年版，第357页。
④ 王建军、汤洪丽等：《汉语句类史概要》，南京大学出版社2017年版，第5页。

前来拜寿。(5·18)

当日与他配偶，元是母亲将奴诓入洞房，弄假成真，所以得成夫妇。(16·120)

我睄着杨三那个意思真心疼咧。(28·11)

按：例1的陈述句即由单个词"请"构成，这种由单个词构成的陈述句，通常都出现在对话语境中。例2陈述句则是由"的"字短语充当主语的简单陈述句。例3是结构上隶属于承接复句的陈述句。例4及例5则是较为复杂的陈述句。例6则是由主谓短语充当宾语的陈述句。

二、疑问句

疑问句指通过各种形式表达疑问的句子，通常分为是非问、正反问、特指问及选择问四类。由于关注的焦点不同，疑问句的形式、疑问焦点等就有所区别。王建军（2017）指出："研究疑问句，除了弄清句子的结构类型，还必须关注其具体的语用表现。这些语用表现包括疑问句的形式标记、疑问焦点的设置、疑问程度的级别等。"[①] 形式标记是判定疑问句类型的表面依据之一，如"吗""呢"等疑问语气词，"V 不/没 V""ADJ 不 ADJ"[②] 等结构形式，"谁""何""什么"等疑问代词。形式是确定疑问程度的主要参照标准，如邵敬敏（1996）指出："对疑问程度起决定性作用的是疑问句类型，其次是疑问句语气词。正反问由于提出肯定、否定两项，因此可能与不可能各占一半，疑惑程度居中，即信、疑各为1/2；特指问对所询问对象完全不知，疑惑程度最强，即信0而疑1；反诘句虽然采用问句形式，但问话人心目中已经有了明确的看法，答案就在问句之中，没有什么疑惑的因素，即信1而疑0。"[③] 根据学界的分类及车王府曲本中疑问句的具体情况，著者将其分为了是非问、正反问、特指问及选择问等四类。

（一）是非问

是非问的标志是答句只能用句中谓语核心部分的肯定形式或否定形式回答，相当于问句限定了答句的范围。例：

[①] 王建军、汤洪丽等：《汉语句类史概要》，南京大学出版社2017年版，第16页。

[②] 本书中 ADJ 为形容词的标志。

[③] 邵敬敏：《现代汉语疑问句研究》，华东师范大学出版社1996年版，第12页。

我的皇女，你回来了么①？（15·219）

我是行路，赶不上店道，欲要存宿一宵，老丈可肯留宿否？（16·83）

奴家是，真心实意扑着你，未知君子可肯从？（28·5）

长官，朱紫国的金圣宫至尊右大王合偕了吗？（28·48）

姑母安否？身可宁？（28·238）

你敢则是河东王员外的公郎么？（28·247）

按：例1中，答句只能是"回来"或者"没有回去"②，例2则是"从"或者"不从"，其他几例亦是类似的回答体例。是非问是日常交际中使用频率最为频繁的一种疑问句，说明当人们发出疑问时，大多数时候只想得到一个直接的答案。车王府曲本中，是非问句末所用语气词一般为"么""吗""否"，未见有"吧"的用例。有学者则认为是非问的问句后只能用语气词"吗"，如房玉清（2008）明确指出："是非问句句末的语气助词只能用'吗'，不能用'呢'。"③即便是在现代汉语范畴中，此观点也太过绝对，因为现代汉语中也有使用"么""吧"的是非问句，如："不还是什么都不会变吗？对吧？"④"对吧"就只能用"对"或者"不对"回答。再如："你说英语么？"这个问句也属于是非问，只能用"说"或"不说"回答。

除使用疑问语气词外，还有一类不用疑问语气词、在前后语境下自然而然的是非问，如例3和例5。车王府曲本中，该类句子实现是非问功能的上文语境主要是能愿动词"可"，如例5中的"身可宁"。车王府曲本中的是非问有时也会用在"不知"之后，与普通是非问一样，它所针对的听话者也需对句中的疑问部分做出肯定或否定的回答，例：

好贼，献关作反，我与他大闹一场，故而来救将军，共守关城，不知可肯协力。（16·126）

按：严格看，例中的是非问是作为"不知"的宾语出现，但其中心不在"不知"，而在该是非问结构，即听者只能回答"肯"或"不肯"。换言之，"不

---

① 车王府曲本中，"么""广"两者使用频率相当。

② 实际语境中，当人们用"来"作为问句的主要谓语动词时，如果答案是否定的，人们常会用"没有回来"，这种用法从语法上看没有问题，但却不符合语用规则，因为问者和答者并不在同一个空间，故而应该使用"没有回去"此类的答句。

③ 房玉清：《实用汉语语法》（第二次修订本），北京语言大学出版社2008年版，第421页。

④ [日]岩井俊二：《华莱士人鱼》，孟海霞译，南海出版公司2011年版，第150页。

知"的作用是引出后面问句，同时也起到了缓和语气的作用。车王府曲本中，其他类型的疑问句也有此用法，如下文。

（二）正反问

正反问与是非问的区别在于问句中谓语核心部分以肯定和否定的形式同时出现，如"V不/没V""ADJ不ADJ"，句末不使用疑问代词。回答问题时，只能选择它的肯定形式或否定形式，如：

老伯伯，你顺着缝儿睄，像不像？（5·224）

你带着洋枪没有？（11·42）

那时拿住他，扬灰与锉骨。你说中与不中？不可在此发杵。（16·423）

你给我作个义子，你心愿意不愿意？（28·252）

今日打你四十板，你的心中疼不疼？（28·391）

我全你下山，叫出孙膑来，你可敢与他质对不敢？（28·396）

按：车王府曲本中常见的正反问格式为"V不V"，及在此基础上简略或繁复的形式。"V不V"格式的有例1、例3、例4、例5。简略的例句有例2和例6，这种格式通常以否定副词或动词的否定形式结束，如例2"你带着洋枪没有"的完整结构为"你带着洋枪没有带着洋枪"，例6"你可敢与他质对不敢"的完整形式为"你可敢于他质对不敢质对"。两者虽都属于正反问的简略形式，但动作的状态有所区别，例1所表达的是已经发生的动作，即"已然"；例5所表达的则是尚未发生的动作，即"未然"。车王府曲本中正反问作为句子的一部分，也有位于"不知"后的用例，如以下两例：

此时已到二更，玉兔将升，不知哥哥仝我侄儿哑叭来了没有。（9·64）

奴家愿从扶侍你，不知你愿从不愿从。（16·412）

按：位于"不知"后作为宾语的正反问，它的答句与普通正反问一样。

（三）特指问

特指问指用各种疑问代词提问的句子，一般用于询问处所、时间、原因、特定人物等。特指问中疑问代词的位置较为自由，主语、宾语是其最常充当的句子成分，有时也会充当状语。车王府曲本特指问中的部分例证如下：

这咱处？你说么，我那个同僚哥，他就执证着，我少不的替他回一声。（12·445）

怪道妇人家水性杨花，我今特为小恩主而来，为何将我逐出？（12·449）

你只贼，是谁呀？说黄道黑，太不怎嚛！（15·153）

东路王妃来见我朕当，有何事故呢？（15·413）

咳哟，三丫头又是窝囊煞吔？（16·178）

金星一见心中不悦，用手中七星剑一指，开言断喝说："当先下拦路的精灵，你是何人？报将上来。"（28·28）

那个将我救一救？天大之恩非等闲。（28·51）

有心今朝饶过你，多咱晚拿住闵王酒色君？（28·300）

李忠此时从心中先就有些胆怯，这是什么缘故？（28·337）

业障，那里来的敌兵？咱师徒命该死在此处，谁叫你进来呢？（28·407）

按：以上例证表明，车王府曲本特指问句的基本构成与普遍意义上的特指问句相似，差别在于有的会用一些非常用语气词，如"吔"。据《大词典》，"吔"作句末语气词时，其书证出自现代文献，而"吔"在车王府曲本中不止一次出现，例："咳，我的兄长不要生气，听小妹良言，不要任性到底吔。（15·478）""我若不说怎成欢？把脸一憋说了罢。爹爹吔，休怪孩儿混多言。（16·48）""妈吔！我大姐姐虎气昂昂的，一定是不要只个姐夫。（16·74）""脸儿一憋拉一把，生煞气吔？奴把你依。（16·90）"可见，作为语气词时，"吔"既可以用在陈述句末尾，又可用在特指问句末尾。"吔"既是清代产生的新语气词，由它作为句尾语气词的特指问句也可视作是清代新出现的一种特指问句构成形式。

特指问作为宾语位于"不知"后，"跟'不知+正反问/选择问'一样，这类句式采用陈述句的形式，但又对听话人就疑问予以问答有所期待"[①]，车王府曲本特指问部分例证如下：

哦，千岁唤妾身上帐，不知有何国是。（16·252）

唐白虎猛勇身造反，不知何处去存身。（16·408）

不知何处贼强盗，抢掠奴家把凶行。多得一位身矬汉，打救奴家回家中。（16·427）

（四）选择问

选择问指问句中给出两个或多个选项，这些选项属于同一意义范畴但在意义上对立，需要听话者在给出的选项中选出一个，例：

[①] 刘春卉：《汉语交互主观性标记及相关句类认知研究》，四川大学出版社2021年版，第21页。

银的，还是锡蜡裹头？（14·400）

请问小官人，还是延生，还是荐先？（14·470）

哎呀！宰辅，孤家昨夜作一凶梦。不知是凶是吉，烦宰辅与孤圆解圆解。（15·229）

我主万岁，还是只们说白话，还是立个凭据呢？（15·383）

老夫立时惊惶，正打三更，也不知吉是凶。（16·401）

奴家愿从扶侍你，不知你愿从不愿从。（16·412）

你看那狗贼来请，还是去好还是不去为高？（28·240）

三、祈使句

祈使句是利用各种形式表达请求、命令、劝告、禁止等语义的句子。祈使句在语调上的特点为："一是句末用降调；二是整个句子的语音强度一般都比陈述句要强，口语中句末常有较大的停顿。"[①] 表明人际交往中，为了使交际对象按照自己的内心意愿去做某件事或采取某种形式，人们习于采取用祈使句的形式向交际对象直白地表达自己的意愿。车王府曲本中的祈使句也具有以上语义和语调特点，有的祈使句还是某些方言中的句式，从语义上看，主要分为以下三类。

（一）表命令

此种祈使句发出者的身份一般要强于被命令的对象，也可说其在心理上或与被命令对象的共处中占有优势，如：

<u>慢着</u>！孙亚父火化升天，我们在此相送，不用你们搅闹，各内回去。（2·80）

（玉白）唔！<u>来</u>，看酒伺候。（展白）不敢讨扰。（5·387）

<u>快走，快走吧</u>！不必把楷咬。（15·312）

大小喽啰快快来，侯急慢。（16·201）

庞统又说："单留下厨夫伺候，<u>你等散去罢</u>。"（19·380）

好小辈，擅敢提本帅的名字！<u>别要走</u>！<u>坐牢着</u>！<u>待我取你</u>！（28·293）

<u>燕贼休走</u>！招呼着斧子取你！（28·378）

---

① 王树瑛：《恩施方言研究》，华中师范大学出版社2017年版，第272页。

满营只管拿活的，别放江东人二名。(29·1)

按：从结构上看，车王府曲本中命令式祈使句可以是一个单音节词，如例 2 中的"来"，也可是单音节词加语气词的结构，如例 1 的"慢着"。也可是双音节结构，如例 3 中的"快走"。也可以是句子，如例 3 中的"你等散去罢"。从使用区域范畴看，例 4 中的"侯怠慢"属于方言用例，"侯"即"不要"之义，在车王府曲本中，只出现在某种戏词《双金印》中。

（二）表请求

此种祈使句多用表敬副词"请"，它可以单独成为祈使句，也可形成"请+语气词"的格式，也可放在动词或其他较复杂的结构之前，如：

你请想，吾兄蔡瑁，乃荆州牧刘表之妻舅。(3·414)

大家后帐改扮起来。请。(4·45)

众哥儿们都来了，请吓。(5·451)

吾虽官封学上，乃不管朝政闲人，不须拘礼，请坐。(16·97)

先生道路劳苦，贵体必是疲倦。请早早安歇吧，明日早晨再来相陪。(19·342)

若是见官哪，蒸锅铺里说睡语拉屈。恕我吧，老兄别生气，气上孩子的奶去。(35·99)

按：例 1 中的"你请想"较为特殊，此式是戏曲中的一种常见用法。实际上，该祈使句最常用的结构形式为"请你想一想"，从节奏的缓解、紧凑角度看，它显然不如"你请想"更符合戏曲需求。另外，"请你想一想"还隐含着要求交际对象做某事、也期待对方对自己的话能做出回应的内涵，但"你请想"却相当于一个插入语，其主要作用实际上是为了引起交际对象对自己话语内容的注意，并不要求其做出回答或是采取某种行动。从具体语义看，例 6 的祈使句"恕我吧"与其他几例不同。"恕我吧"的恳求性要大于请求性，它的结果对"恕"的宾语"我"有利，但却对宾语"我"的恳求对象不利，因为其做过对恳求对象不利的行为，所以对方才决定告官惩罚他。至于其他几例中的祈使句，都是对请求对象的一种表敬行为，不牵扯该祈使句所涉及对象之间的利益冲突。

（三）表劝阻

劝阻不同于禁止或命令，它的语气较为缓和，旨在劝阻关涉者停止做无用或不利于自己的事情。车王府曲本中表劝阻的祈使句中常用"别""莫""不""侯"等否定副词，其中，"侯"为方言词。如：

吓，平儿〈吓代字〉，你<u>别</u>这么混指烂指的。自顾你这么一指，把你柴头老爷，唬说下了一裤子稀屎〈吓代字〉。（12·481）

元帅，昏君听谗无道，事当度量，切<u>莫</u>狐疑。（14·122）

安人<u>不</u>要去，大家商议商议再去。（14·141）

别傻咧，想他们作什么？他们但凡要<u>不</u>心狠，怎么会把你卖在这儿来呢？（15·21）

<u>侯</u>要哭咧，你奏是赶着人家，人家上你的当？（16·104）

四、感叹句

感叹句是表达人各类强烈情绪、情感的句子，如喜悦、失望、讥讽、愤怒、恐惧、惊讶、疑惑、悲伤、不满、痛苦，等等。吕叔湘先生（1942）认为感叹句的产生有三种原因："（1）我们的感情为某一事物的某种属性所引起，我们就指出这个属性而加以赞叹，如'这件衣服好漂亮！'（2）我们的感情为整个事物所激动，我们指不出某种引起感叹的属性，只说明所产生的是哪种情绪，如'这叫人多么难受！'（3）连那种情绪也不说明，只表示一种混然的慨叹，如'竟有这样的事情啊！'"[1]人的情感、情绪之细腻和复杂，有时超出了具体言语所能描述的范畴，所以人们创立了各种叹词，在语境的协助下，用于精细地表达自己的各种情感与情绪。感叹句中隐含的情感及情绪，有时可能是说话者多种情感或情绪的融合物，只不过其中一种占据了情感的主干，故而在解读某个感叹句所蕴含的情感类型时，不同的人可能会得出不同的结论，故解读感叹句的语义内核时，对其上下文语境的关注也应是其中的一个重点。

从语法上看，感叹句与其他句类有着显著不同，它分独词句和非独词句两种。当叹词独立成句时，不与前后的句子产生结构关系。吕叔湘先生（1942）指出："我们感情激动时，感叹之声先脱口而出，以后才继以说明的语句。后面所接的语句或上文所说的感叹句，或为其他句式，但后者用在此处

---

[1] 吕叔湘：《中国文法要略》，商务印书馆2017年版，第435页。

也必然带有浓厚的情感。"① 正因如此，独词感叹句极易判定，它也是感叹句至少是车王府曲本中感叹句的主要形式。非独词句主要根据语境确定，根据语境，有一些句子虽然不是叹词独立句，也不带语气词，但也能表达强烈的情绪，这种句子即可视为感叹句。对以各种形式演出的车王府曲本而言，感叹句是一种存在较为普遍的句类。

人的情绪是多变的，极短时间内可能就会出现好几种情绪，例：

眼巴巴不见我的亲妹子，哎呀，妹妹呀，银子？妹子？哎呀，妹妹呀，咳，一见银子黑了心。（9·11）

按：例中，第一个"哎呀"表示"惊讶、惊叹"，第二个"哎呀"体现了说话者面对妹子和银子时两难选择的"犹疑"心理。"咳"表现了说话者选择银子舍弃妹子的"无奈"，只不过这种"无奈"是一种虚伪的"无奈"，是说话者为了开脱自己的行为而假装的"无奈"。在三个感叹句的相互配合下，说话者自私自利、贪慕钱财、虚伪的一面被彻底揭露出来。如果将感叹句的情感类型限制为一种的话，车王府曲本感叹句的类型主要表现如下：

（一）表喜悦类情感

遇到某些让自己开心、高兴的事情或人时，人们常会生发出一种愉悦情感，用言语形式表现的话，他们通常会选用感叹句的形式，例：

（二宫娥仝上，白）公主产生孤儿。（二老旦白）好哇。（唱）听说产生小姣生，本后又喜又忧心。（2·229）

好，有了包圆的了！大爷，待我拿秤去。（2·391）

哎呀！老兄弟你来了！你可想死了炮爆。（11·417）

哈哈！人怕出名儿，走到那儿都有人找。（4·459）

按：上面例证表明，如果将表喜悦的感叹句从情感上细分的话，还可以分纯喜悦和喜悦带自豪两种。前三例都属于表纯喜悦的感叹句，第四例则属于喜悦中带有自豪感的感叹句。

（二）表失望类情感

当事情不如自己预期的好，或某人的能力、所作所为没有达到自己的要求，人们通常会借助各种话语形式将自己内心的不愉快、失望、惋惜及无可奈何等感受表达出来。被触发情感的程度与所关涉事情及当事人的在乎度、

---

① 吕叔湘：《中国文法要略》，商务印书馆2017年版，第440页。

感触度等有较大的关系，所以，失望情绪的类型有所差异，但在车王府曲本中，此类感叹句所用感叹词基本上都是"咳"，例：

咳，拜帅道他武艺好，今日看来草鸡毛。好灿头元帅！（2·93）

如上所言，失望是现有事情或结果没有达到当事人的期待值，当其提及此事时，常会用一种失望的语气加以呈现。

表失望的感叹句中常见的一种是表示无奈，它常用于表示当事人想做某件事情，但却没有能力；或者预见到采取某种行为将会出现负面的结局，也无法控制的无奈感与无力感。例：

怎奈孙膑神通广大，难以下手呵！（2·79）

左右为难心不忍，（白）唉！（唱）只好听他由命行。（3·394）

眼巴巴再不能当此重任，（白）咳，（唱）汗马功咫尺间就要离分。（4·395）

咳，正是平人只道纳妾易，为官方知好色难。（4·406）

咳，偏偏肚子又不争气，连屁也放不出一个，你说什么意思？（5·27）

（三）表不满愤怒类

日常中，人们因各种因素导致的与生气有关的强烈负面情绪一般包括不满和愤怒两类。不满的强度要弱于愤怒，谴责、惩罚等言行和措施常常是它的伴生物。不过，不满类的强度要远低于愤怒类，且不满类涉及的谴责对象一般与话语发出者不是一种根本的对立关系，仅是因为某件事，使当事者产生了不满的情绪。例：

哈！母亲，一句话不打紧，要把儿咒在洋河了。（5·14）

阿哟！你这个丫头，躲在我身后，唬我一跳。（5·38）

你这个丫头，怎么粗率！（5·54）

连那么个缸都搬不动！起开，瞧我的。（12·37）

愤怒情绪是不满情绪的升级，它比不满的程度要深。表愤怒的感叹句通常用在对立的语境中，例：

你不学列国中孙庞斗智，到如今竟做了卖国求荣！（2·329）

我打你这个糊涂虫，着寔的打！（11·459）

反了吓，反了！拿下去点天灯。（11·397）

咄！妖怪敢来调唇。（13·57）

胡说！啊，张生，我家三代，从无白丁女婿，你可上京应试，得中回来，

将小姐许配你为妻。(13·78)

你胡嗪！油嘴的囚徒狠该楞（愣）！(35·151)

哇！我把你这个叛逆之贼！皮就该剥了！就算是宣帝无道，有道之君今在何处？(47·394)

（四）表叱责类

表叱责类感叹句主要用于对关涉对象的叱责。此类句式中，车王府曲本中常用"哼""咄""啐""呔"等叹词，有时还会使用"放屁""胡说八道"之类的字眼，例：

哼！现有贵客在此，还不退下！(4·51)

放屁！你敢欺负周爷不会讨常例么？(4·200)

咄！谁与你文绉绉作揖，快拿俺的旧规来。(4·200)

啐！许大年纪，还要多管闲账，说什么伤天害理。(11·454)

呔！凌操休得饶舌。(12·489)

（姑白）我是礼拜寺出的家。（远白）别胡说八道的！礼拜寺没你们这项人。(12·40)

（五）表赞叹类

赞叹类感叹句是对涉及对象的外貌、质量及行为等做出的一种称赞性感叹而形成的感叹句，例：

喂呀！贤姑不但美貌，竟会善于风鉴。(4·461)

呀！行过几个山头，另是一般景况也。(5·22)

真是好活神道！(5·75)

善哉，善哉！李氏女贞洁自持，义愤杀贼，可敬吓，可敬！(11·398)

我瞧你这成子①又瘦了哇！蔡福给老爷子快冲茶去。(11·406)

（六）表恍然大悟类

当人们通过某些渠道获得了关于某人、某物或某事的有关信息，对其有了根本性的了解后，在言语中常会表现出恍然大悟的样子，相应的感叹句由此而生，例：

如此说来，此人竟是个空心把势了吓！(3·151)

哦！尔原来把官府来压量咱。(4·200)

---

① "成子"即"程子"。

啊！原来被积贼云里手窃去。（5·30）

哦，还要申明上司，总得打干打干。（10·276）

喂呀！也是有名无实的呀！（12·49）

（七）表讥讽类

当人们对不合理或看不惯的事或人等进行评判时，常会使用感叹句点明自己的态度。人们使用表讥讽的感叹句，违背了交际的合作准则，但鉴于具体语境及双方身份的关系，它并不会中断交际的持续进行。例：

吾想生人抱疾，五形四体不全者有之，但四人各点病，又同来我国，殿上聚着一班鬼怪，岂不可笑！（2·215）

吓！看你个人鬼头鬼脑，不是好东西！（2·245）

哈哈，你当是在后台哪！我不敢打你？上了台，我是公报私仇，真打东西。（12·417）

哑！你是个铁口相面？！你去年相个镇江李客人，八月间寿终，这位是那一个？（12·179）

哈乐！好横哪！是你，就是你。罢咧，你是横煞也。你快报名上来，好祭我的钢刀上。（15·141）

按：例1是反诘中带有讥讽、嘲弄及否定意味的感叹句，是话语发出者对外国使臣做出评价后进行的反诘和感叹，因听者与其同为一国人，故不仅不会中断交际，反而会引发听者对此观点的赞同之情。例2中的感叹句是对对方行为做出的一种评判。两者处于对立面，不仅不会影响交际，而且会促进交际的进行。其他几例与例2虽都属于同种情况，但细微中又有所差别，说明我们即便将感叹句划分了不同的小类，每个小类实则还有差异。

（八）表惊疑类

惊疑，是人类常见的一种情感，当某件事或某种行为超出了人们的认知范畴或可接受的范畴，人们常会以一种不可思议、惊疑的态度来对其做出评价，进而就产生了带有惊疑意味的感叹句，例：

他有多大的能耐？竟敢去敌马超！（3·469）

嘎！他竟把两座磁窑都打塌了！（4·203）

啊！？王竹瑜身为中营大将，胆敢宿娼去了？（4·459）

呀！跷蹊狠吓！未曾叫门，怎么有唧哝之声？（4·489）

唔？嗨？况且刘琮降曹，自己性命不保，这就是前车之鉴。（3·379）

<u>奇哉</u>！<u>怪哉</u>！官府到门，不知做出什么戏文来了。（12·151）

<u>哎呀</u>！<u>怪呀</u>！我怎么走着没精打采？敢是他们挂上我们四人的喜容，老猪没死不咂，怎么就给我画出影来了？（13·52）

（九）表痛苦类

当人们的在物理或精神层面感受到痛苦时，常会有意识、无意识地使用相应的叹词表达自己的痛苦，这就是此类感叹句的来源。例：

哭了声老爹爹高堂母，<u>哈呀</u>！【过板】谁知道命丧午门前。（5·13）

<u>咳</u>！真饿呀。（5·22）

痛得我魂摇火烧，<u>哎哟</u>！浑身麻痹疼难熬。（13·62）

<u>唉哟</u>！<u>唉哟</u>！众哥们快来罢，我这半边身子都麻咧。（41·398）

（十）表决心类

人们在某种情况下，通常会表达将来自己要怎么做的决心，当选择用语气强烈的感叹句表达自己的这种决心时，就形成了决心类感叹句、誓愿类感叹句。不过，这种感叹句所提及的动作行为有时可能永远得不到实施，或者只是一种精神上的决定与誓愿。例：

如有差池，<u>俺定不饶你</u>！（5·59）

你倚仗红教真人，欺压上方仙姬，小看西方的圣僧，<u>我今与你誓不两立</u>！（10·62）

你害我丈夫一条命，<u>要想干休万不能</u>！（12·44）

不知他是什么物件成的精怪。卿家若能教他显了原身，寡人观看一看，<u>绝不有负卿家</u>！我朕必有重赏。（32·41）

另外，车王府曲本感叹句中，较为特殊的有"好"字感叹句。"好"字感叹句是"由'好'或含'好'的结构带上感叹语调或表示感叹的语气词所构成的句子"[①]。这两种形式的"好"字感叹句在车王府曲本中都有用例。

"好"字独词句，虽然只有一个字，但它的表义功能并不弱于其他结构的"好"字感叹句或其他类型的感叹句。如：

<u>好</u>！这套比那套更多了。（13·21）

<u>好</u>！跟着我们相公念书，斗大的字认得一口袋呢。（13·93）

[①] 卢惠惠：《明清至民国初期汉语口语句式研究》，上海财经大学出版社2020年版，第49页。

（丑白）好！今日赚了十二个铜钱，不拉呕子，拿酒来我吃。（付白）十二个铜钱吃酒？（13·427）

（大丑白）念这一个道词儿吓，可总得把这个嘴皮子放的窃窃儿的。（二丑白）好！我窃老道咧。（14·247）

按：以上诸例中的"好"字感叹句所表达的语义有所不同，例1表"惊讶，难以接受"，例2则暗含"讽刺"之义，例3则表"惊喜、满足"之义，例4则表"对对方言论不满"之义。

"好（一）个+NP"式感叹句用于表达说话者对关涉对象的"贬抑"，"其中'好个'包括'好'与'个'，属于常量，是制约构式的形式框架。NP是变量，'好个'与NP共同决定意义指向。NP可能是没有在上下文或语境中出现过且辨识度较低的成分，但存在于言者、听者的认知中，'个'的定指功能增强双方主观认同，深化NP的可及性。语料中此类构式存在变体类型，'个'能被增补为'一个'或被省略。此时'一个'可被认知为量词短语，但实际已被虚化，用以指明其后成分为有界"①。"好个+NP"及"好一个+NP"虽然有界性不同，但核心语义特征基本相同。从车王府曲本的用例看，"好个+NP"及"好一个+NP"在语义上主要以"反话正说"为主，"正话正说"的用例较少。如"反话正说"的用例为：

好个邻舍老解张！絮絮叨叨话短长言语狂也可。（2·221）

好个奸相！蒙君作弊，霸道横行。（4·80）

好一悟空！胆大猴头，将这灵牌拿来，冷本参人，该当何罪？（5·6）

好一佘彩花丫头！耗子掉在面缸里，与少爷翻起白眼来了。（5·315）

"正话正说"的用例如：

好个猛勇翼德张！雅赛当年楚霸王。（3·20）

看出得关来祥云罩，好一派清香也！（4·109）

哈哈，好一个千姣（娇）百媚体态风流俊美女子！何不把他带到巨齿山？献与大王，作一个押寨的夫人，岂不是好？（4·131）

好个贞节女娘行！果然替夫守纲常。（2·137）

车王府曲本中也有"好"直接带有动词或名词的结构，如：

---

① 沈达：《贬抑性构式"好个NP"英译主观化研究——基于杨译、霍译〈红楼梦〉的对比分析》，《沈阳大学学报（社会科学版）》2018年第4期，第477—482页。

157

主将，<u>你好小谅人也</u>！（2·112）

（王招白）<u>好贱人哪</u>，（唱）听罢言来怒冲冠，咬牙切齿眼睁圆。（4·130）

<u>好狗才</u>！你瞅瞅我这样光景，还要耍笑于我！我打你这狗才。（12·165）

<u>好夯货</u>！谁与你相知？（13·53）

根据卢惠惠（2020）调查，"由于结构中'好'的修饰对象不明确，其词性到底是副词还是形容词也难以判定，既可理解为程度副词，表程度之深，相当于'很'，也可理解为性质形容词，表示'不错、完美'义。'好NP'表义的模糊性直接导致该句式难以持久地广泛运用，在清代就开始迅速减少，在现代汉语中则已消亡"①。除以上带"好"的感叹句外，车王府曲本中还有带"好不""好生"等的感叹句，主要用于表达对所关涉事情的否定，例：

<u>呸</u>！<u>好不要脸的东西</u>！跑我这臭跳来啦，你快给我滚出去啵。（4·404）

<u>哎</u>！妈吓，你要打，生一个打，养一个打。<u>打人家的孩子，好不害羞</u>！<u>好不害臊</u>！（9·432）

快活么？不知阳世有一般小孩子，<u>好生轻薄哩</u>！（13·307）

恁般捉弄，<u>好生晦气</u>！（13·50）

回到感叹句的语义本身，"在言语交际过程中，语句所负载的情感信息总是指向特定对象的，语言情感表达指向分为自我指向、对方指向和内容指向。自我指向是情感的自我宣泄，对方指向是指在言语交际中，说话人的情感表达是针对听话人一方的，表现了对听话人的冷漠、喜欢、厌恶和愤怒等情感；内容指向是指言语交际中的情感指向谈话的内容，即具体的人和事"②。语义指向的具体不同性，说明感叹句是汉语中不可缺少的一种聚类。

感叹词的判定存有诸多困难，"首先，同一声音可能表示不同的情绪；地方的，时代的，个人的歧异都很大。其次，同一音可以写成不同的字，你是你的写法，我是我的写法，而后人又往往因袭古人的写法，并且连前人用这些字代表什么音也不了解而照样的写了。在这种情形之下，我们只能作极其概括的说明"③。车王府曲本感叹句在具体的情感表达及情感分类上也存有诸多困难，故而以上分类仅是粗略分类，对其精微的研究，需要专门进行。

---

① 卢惠惠：《明清至民国初期汉语口语句式研究》，上海财经大学出版社2020年版，第55页。
② 吕明臣：《汉语的情感指向和感叹句》，《汉语学习》1998年第6期，第12—13页。
③ 吕叔湘：《中国文法要略》，商务印书馆2017年版，第441页。

五、呼应句

呼应句"用以招呼或应答。用以招呼的呼应句通常是由指人的名词或某些感叹词实现而成的"①。语法上,呼应句中用于呼应的词,黄伯荣、廖序东②等学者将其视作独立语中的称谓语;语用上,它们基本发生在对话语境中。例:

<u>娘子</u>,我一命不起,别无挂碍。只是有累娘子,如之奈何?(2·292)

<u>千岁</u>,恕小妃欺哄之罪也。(15·312)

<u>爱妃</u>,今日钟昭阳大破九曲珠,真是喜出望外。(15·315)

<u>哥哥</u>,咱哥儿们只一到了东齐,宣王把妹妹只们一封。妹子得宠,你我都是有脸的了哇。(15·359)

<u>姐姐</u>,天已黄昏,小妹身子不爽,要去安寝了。(16·84)

除以上用称谓词表示的呼应句外,车王府曲本中也有以感叹词"喂"为标志的呼应句,如:

<u>喂</u>,朋友吓,周都督真是狠心之人。才借得东风,便要杀借风之人,毫在刻薄。(3·430)

<u>喂</u>,史箴片,我告诉你说,我们夫人的叔父,乃是当朝太尉内监余朝恩。官拜观军容使,管辖郭子仪、李光弼两大元帅。(4·403)

系统地看,以上对车王府曲本句类的研究相对全面,但任何句类都不过是对成千上万句子的共同特征进行概括后的一种归类,这种归类舍弃了不同句子在动态语境中的具体特征,甚至是独有语用特征。换言之,从以上角度对车王府曲本中的句类进行研究,仅是对其句子的一种相对系统的概况,并不能全面反映它的全部句类特征,若要深入研究它们,需要在动态的语境中对其作相对个案性的分析,如结合语调、语气、重音,乃至人物的非言语交际行为,方能对某种句类中的个体句子做出更精准的分析。

---

① 陆俭明:《新加坡华语语法》,商务印书馆2018年版,第59页。
② 黄伯荣、廖序东:《现代汉语》(增订六版)下,高等教育出版社,2017年版。

第二章　车王府曲本词汇研究

车王府曲本词汇世界的形成与当时的词汇概况及人们对社会的认知相关，王寅从体认语言学的角度指出，"词语出自人们的经验，因交际需要而生，随社会的发展而发展，因时事的变化而变化，这本身就是一种相似性，词语的成因取决于人们对社会和生活的体认加工"①。从此角度看，车王府曲本词汇世界不仅反映了当时词语的使用情况，还反映了当时人们对世界的认知。小横香室主人（1915）提及了语言文字与考察史实的关系，"夫稽询故实，必先由语言文字入门"②。动态化地反映社会万象也是词汇必须承担的任务，同时，词汇还必须"反映人们认知水平的精密化和艺术化，还必须反映语言结构的调整和发展，因而更多的词汇都经常处于变异之中"③。词汇是一种语言能得以存在的根基，"没有语法，人们可以表达的事物寥寥无几，而没有词汇，人们则无法表达任何事物"④。

所以，即便车王府曲本为韵文，但它的词汇同样具有研究价值，特别是"从文化史的角度看，它为我们提供清代由盛而衰阶段的民情、风俗、宗教信仰、民族关系等方面的第一手资料。从戏曲史的角度看，它填补了昆腔高居剧坛到京剧代之而起的一段过渡期间的空白。单就这两点说，它在近代的发现，将可与安阳甲骨、敦煌文书并提"⑤。以上诸种信息表明，车王府曲本词汇在语言本体的价值外，还拥有多种价值。如除未见于其他文献资料的新词

---

① 王寅：《体认语言学》，商务印书馆2020年版，第10页。
② 小横香室主人：《清朝野史大观·第3册》，中央编译出版社2009年版，第123页。
③ 李如龙：《汉语词汇学论集》，厦门大学出版社2011年版，第11页。
④ [加] Hector Harmerly：《词汇教学》，《国外外语教学》1989年第1期。
⑤ 王季思：《车王府曲本提要·序》，中山大学出版社1989年版。

新义外，还有大量的已经退出交际舞台的各地方言词语及满语词，在语言和文化方面都具有独特的价值。

词汇的系统性决定它是了解和深入研究车王府曲本诸种信息和内涵的根本材料。离开词汇，车王府曲本只能成为一个笼统的概念，至于其包含了什么、包含的内容又体现了什么，我们将无从得知。故从研究的角度看，于车王府曲本而言，词汇不仅是建筑材料，更是它的物质外壳，是我们与车王府曲本作者、与车王府曲本所展现一切进行对话与交际的渠道。"语言和文字是信息的载体，是国家和民族的象征。语言文字的运用是整个社会政治、经济、文化等各项生活得以正常进行的重要条件。由于不同民族各自具有相对独立的历史、地理、种族、文化等特点，而形成了全球人类语言文字的多样性"[1]将语言、文字的范围缩小至某一类著作、某一部著作，乃至某一篇文章，同样能够借助它们解读出该类著作或具体作品的各种价值。

有些学者注意到了车王府曲本词汇的重要价值，进而对其做了一定研究，截至2023年7月16日，已有公开研究成果主要集中于以下两个维度。

一、整体观照车王府曲本中的部分词语

车王府曲本的语言学价值毫不逊色于清代的经典著作，陈伟武（2000）指出了车王府曲本的词汇价值，认为其"记录了明清时代的新词新义，保存了大量的成语、格言、谚语和歇后语"[2]。随之，陈伟武在《车王府曲本语词选释》中又考察了其中的部分词语，包括"娘行、吾行、老师行、在、刻苦、射敌、赞叹、看、完全、当人"[3]，在《车王府曲本语词札记》中考察了"五七、我朕、朕当、所、从、往、行、然"[4]等。表面上看，陈伟武考察的这些词语都较为简单，但它们在车王府曲本中其实具有了新的意义，这也是车王府曲

---

[1] 王杰：《中国古代历史文化与价值研究》，吉林文史出版社有限责任公司2021年版，第12页。

[2] 陈伟武：《车王府曲本的语言学价值》，载刘烈茂、郭精锐等著：《车王府曲本研究》，广东人民出版社2000年版，第389—393页。

[3] 陈伟武：《车王府曲本词语选释》，载刘烈茂、郭精锐等著：《车王府曲本研究》，广东人民出版社2000年版，第394—398页。

[4] 陈伟武：《车王府曲本语词札记》，载刘烈茂、郭精锐等著：《车王府曲本研究》，广东人民出版社2000年版，第400—404页。

本词汇价值的表现之一，即新词新义较多。著者在专著《车王府藏曲本清代词汇研究》[①]中，以《大词典》为主要参照物，基本上系统梳理了车王府曲本中的清代词语，并考察了其中的部分疑难词语，是对车王府曲本清代词汇的一次较为系统的研究。

除以上研究外，从整体系统观照车王府曲本词语价值的学者基本未见，其因在于车王府曲本内容较多，都为手写体且未断句。在确定新词新义时，更要一一对照《大词典》，工作量较大。实际上，以上诸种因素这也是诸多如车王府曲本一样的文献还未被整理面世的重要原因。

二、研究车王府曲本成员子弟书的词语

学者对车王府曲本中的子弟书关注较多，其中有一些研究涉及词语，可将其分为以下两类。

对子弟书中的某一类型词语做出研究。2012年[②]，著者在三篇论文中研究了子弟书中的方言词语及满语词，2013年[③]系统地研究了车王府藏子弟书中的叠词，所揭示的子弟书叠词的特点基本上与车王府藏曲本叠词的整体特点相符合；2015年[④]从语言文化视角出发研究了子弟书中的俗语。以上研究基本上将子弟书中较为特殊的词语做了类型化研究，除此之外，著者也从整体上把握子弟书词语特色做了一些粗浅的尝试。

有些学者则善于考查子弟书中的某个或某些词语，如魏启君（2015）[⑤]研究了"嘎孤"一词的语源和发展的历史层次；魏启君、王闰吉（2017）[⑥]考察了不见于字书的"嚇""鑃"两字。这些研究说明子弟书中有很多值得研究的词语，只是还未引起学者的广泛重视。

以上研究反映出，尽管车王府曲本词汇极为重要，但已有相关研究成果

---

① 王美雨：《车王府藏曲本清代词汇研究》，九州出版社2023年版。
② 参见王美雨《车王府藏子弟书方言词语及满语词研究》《车王府藏子弟书满语词研究》《车王府藏子弟书满语词意义范畴研究》。
③ 王美雨：《车王府藏子弟书叠词研究》，山东大学出版社2013年版。
④ 王美雨：《语言文化视域下的子弟书俗语研究》，《满族研究》2015年第4期，第111—115页。
⑤ 魏启君：《〈子弟书〉"嘎孤"的语源及历史层次》，《贺州学院学报》2015年第1期，第37—40页。
⑥ 魏启君、王闰吉：《子弟书释字二例》，《中国语文》2017年第5期，第614—617页。

在数量和研究的广度、深度方面显然还有大幅提升的空间。这一点从车王府曲本词语的复杂情况也可以看出，如：

也是这娼妇不懂眼，他弄了一个溺鳖子，放在我头直下。睡的我楞里楞怔，扒将起来喝了一口，只当是一壶六安茶。（57·107）

按：上文中，"懂眼"义为"内行"，《大词典》中书证过晚；"溺鳖子"即"尿壶"，《大词典》未收。"溺鳖子"是车王府曲本有关作者对"尿鳖"的创新使用；"头直"义为"枕头"，属于方言词，今冀鲁官话区中还使用；"六安茶"为《大词典》提供书证。短短的一段文字中，就显示出了车王府曲本词语的价值。再如，车王府曲本中某些词语的多个义位都产自清代，"敢情"即是其中的一个代表。"敢情"是清代新出现的词语，车王府曲本中使用了其4个义位中的3个[①]义位，分别为"当然""原来""莫非"，车王府中例证分别如下：

呀，怨不得我们洞主把他掠进洞来，又不提煮唐僧肉吃拉，又想着顺说他着。洞主敢情好，天天吃肉，就不吃长斋拉。（5·130）

好哇，得贺！啊，哦，敢情是这么什事吓。（14·245）

老者说："小师付（傅）你敢情是害眼呢？"行者说："非也。我们当和尚的从不害眼。"（27·203）

车王府曲本中也有一些词语的所有义位都出自清代，如"戏目"一词，义位一为"列有戏曲目录的册子"，义位二为"戏曲演出的节目"，车王府曲本中的例证分别如下：

（末持戏目上白）拜到辕门上，点戏即开场。吓，员外，集秀班班头叩见。（叩介。付白）罢了，你是班头？（12·266）

员外，戏目一百余曲，风流新戏俱有。（12·266）

综上，车王府曲本创作于清代中后期，彼时处于近代汉语向现代汉语过渡的时期，且其上层建筑统治者所属民族语言为满语，故车王府曲本词汇的鲜明特点是不仅出现了很多新成员，还出现了诸多汉译满语词语。另外，车王府曲本中还有大量的通语词语、方言土语词及固定短语等，它们各自成员数量极多，建构成了隶属于车王府曲本乃至清代中后期的相关词汇系统。"词汇的生成和发展不但与人的认知能力和方式有关，与语言大系统中

---

① 另外一个表"赞叹"的义位为现代产生。

各个子系统之间的制约相关,也与社会生活的变迁、文字制度的形成和演变相关,与语言间的分化和整化、接触和融合有关"①。受本书整体研究内容限制,著者虽无法将车王府曲本词汇与语言系统的其他子系统进行详细的对照、梳理,但从车王府曲本各类词语的自身特点出发,对其作整体分类概述,也可为车王府曲本词汇系统的研究及清代中后期相应词汇的研究提供有力佐证。

第一节　车王府曲本词汇概况

"词是语言里最根本的东西"②,是构成句子的基本单位,是文学、戏剧曲艺等作品得以存在的基本保障,文学、戏剧、曲艺等作品的声音层、内容层、意象层、意蕴层等都离不开词,没有词,它们将是一群毫无意义的音节组合。所以,不论从哪个方面研究车王府曲本,它的词汇系统都是绕不开的一个关键点,只是,由于研究目的的不同,所涉及词语的角度、内容等有所不同而已。

车王府曲本具有丰富多彩的词汇系统,从使用区域看,可将其分为通语词汇和方言词汇两种,方言词汇中又有很多老北京的方言土语词,以及其他方言区的词语。规整的通语词汇与地域特色鲜明的方言土语词的配合使用,使车王府曲本语言在具有独特表现力的同时,又为大量方言土语词的保留及传承提供了助力。

根据著者对语料的分析,可从车王府曲本词汇系统中提炼出以下十一个典型性特征。

一、具有显隐属性并存的文化词语

车王府曲本具有庞大的词汇系统,该系统中的词语情况较为复杂,分

---

① 李如龙:《汉语词汇学论集》,厦门大学出版社 2011 年版,第 14 页。
② 刘珣:《对外汉语教育学引论》,北京语言文化大学出版社 2000 年版,第 360—361 页。

为非文化词语和文化词语两大类。非文化词语指一些基本的不带文化内涵的词语，如"你""我""他"等；文化词语指带有文化内涵的词语，这些词语因民族、地域、行业等不同而不同，是探究一个民族、地域、行业等历时文化和共时文化的重要凭据。不同学者给出的文化词语定义有所区别，杨德峰（1999）："所谓文化词汇，是指在一定的文化背景下产生的词语，或与某种特定的文化背景相联系的词语。"[1] 该定义较为宽泛，因为任何词都是在一定的文化背景下产生，但不是所有的词都具有文化内涵，甚至连具备临时文化内涵的功能都没有。何颖（2004）认为"从一个或几个层面能够反映一个民族的社会状况、宗教信仰、风俗习惯、审美情趣、思维方式和心理态势等方面的词汇就是文化词汇"[2]。该定义虽然点出了文化词语既包括具体文化内涵，又包括抽象文化内涵的特质，但其是以文化词汇的形式描述文化词语，在一定程度上降低了个体文化词语的地位。王希杰（2017）则指出文化词语指"具有强烈而浓厚的汉文化特色的词"[3]，该定义同样也具有商榷之处，因为有些文化词语的内涵虽淡而难察，但其文化内涵却极为深厚。王衍军（2014）将汉语文化词语置于了整个汉民族范畴内考虑，认为它们在语义上具有以下两个特点："体现汉民族整体观照世界的思维方式；反映汉民族文化传统和文化背景。"[4] 该观点相对全面，但民族文化具有动态性，故其文化内涵并不全是传统的，有些也体现了民俗文化的现代属性。总而言之，学者在定义文化词语时，着重点各有不同，但其实质一致，都认为具有与文化相关内涵的词语才是文化词语，据此，本书将含有文化内涵的词语及固定短语认定为是文化词语。

  文化词语的典型特点之一为："从字面上很难理解或准确地理解它们的意思，换句话说，字面上的意思往往不是它们的真正的含义，要理解它们，必须结合一定的文化背景。"[5] 所以，研究车王府曲本中的文化词语时，可从显性文化和隐性文化两个层面进行研究。

---

[1] 杨德峰：《汉语与文化交际》，北京大学出版社1999年版，第133页。
[2] 何颖：《析对外汉语词汇教学原则之文化阐释的原则》，《重庆工业高等专科学校学报》2004年第6期，第125页。
[3] 王希杰：《汉语词汇学》，商务印书馆2018年版，第82页。
[4] 王衍军：《汉语文化词汇概论》，清华大学出版社2014年版，第3页。
[5] 杨德峰：《汉语与文化交际》，商务印书馆2012年版，第40页。

（一）显性文化词语

显性文化词语指从表面就能看出所包孕文化内涵的词语，许华（2009）认为显性文化为："一个民族文化结构中介于表层物质文化和深层精神文化之间层面的文化，也称中层文化或制度文化。它一般是指人们在社会生活中形成的风俗习惯、组织制度和人际关系以及依附于它们的原理、原则和规范等。"① 冯凌宇（2018）指出显性文化词语包括"物态文化词语、制度文化词语、行为文化词语及心态文化词语中的大部分"②。可见，物态文化词语即是有具体物质形式的词语，它们基本上为名词或名词性固定短语，大多具有如下功能，"凝聚和体现汉民族的聪明智慧及丰富的生产经验，反映社会的进步和当时的文化状况"③。制度文化词语、行为文化词语及心态文化词语等三种文化词语所体现的文化没有具体形态，只有处于该文化词语场域中的人，才有可能对其有相对深入的理解，但这种理解通常仅限于对这些文化词语所代表文化的共时层面的理解，历时层面的理解则需要进行专门研究才有可能做到。当然，物态文化词语中的诸多成员也需要从历时层面才能做出深刻理解。车王府曲本中的显性文化词语有很多，使得车王府曲本从语言层面就洋溢着浓厚的文化色彩。如大段的服饰、饮食及建筑等有关文化内容的描写。

【盆景】

凤凰楼左侧有三间暗室，是小姐冬天藏贮盆景的所在。暂匿一天，却不是好？（5·42）

按："盆景"是用植物、水、石头等经过艺术加工后，放于室内、庭院等装饰用的景物。它的存在体现了人们对居住环境在景色方面的审美追求。

【打茶围】

那一天我正在楼上闲坐，进来了两个打茶围的。在我床上坐了坐，同我顽笑了几句。你上得楼来，把人家打跑了。（5·170）

按："打茶围"指到妓院品茶取乐。《燕京杂记》有载："优童自称其居曰下处，到下处者谓之打茶围，置酒其中，歌舞达旦，酣嬉淋漓，其耗费不知伊

---

① 许华：《汉语别称词的显性文化特征刍论》，《前沿》2009年第4期，第195—198页。
② 冯凌宇：《国际汉语词汇教学实践研究》，中央民族大学出版社2018年版，第184页。
③ 王衍军：《汉语文化词汇概论》，清华大学出版社2014年版，第19页。

于胡底。"[1] 此处用"茶"掩饰了当时人好男风、奢靡无度的现实。

【黄马褂】

他在东沙滩劫了饷银十万，后来镖打猛虎，圣主赐他黄马褂。（11·72）

按："黄马褂"为清代皇上赐给大臣及有功之臣所穿的马褂，颜色因人的身份而有所不同。"巡行扈从大臣，如御前大臣、内大臣、内廷王大臣、侍卫什长，皆例准穿黄马褂，用明黄色。正黄旗官员、兵丁之马褂，用金黄色。勋臣军功有赏给黄马褂、赏穿黄马褂之分，赏给只所赐一件，赏穿则可按时自做服用，亦明黄色。"[2] 据此，黄三太所得黄马褂应为明黄色，且由于一般人得不到黄马褂，所以黄三太事后才会向自己的朋友炫耀此事。

【柜头】

想每年县衙内征收钱粮，拣富户充柜头奔走慌忙。（12·410）

按：柜头是明清时期从民间挑选的协助官府征收赋税的人。这些人如例中所言，通常由富户充任，一旦其完不成任务，则由其承担剩余赋税。因此，被挑中当柜头的人，极为痛苦，它甚至成了某些人打击报复别人的工具，车王府曲本有载："北乡陆必大，家财颇好，与小弟有点仇，叫他充柜头，破费他些银钱，消消胸中之气，全仗兄台劳心。（12·410）"原立于长治市黎城县的清顺治五年（1648）的勒石就多次提及了柜头之害[3]，可见其已经成为当时苦不堪言的差事，其引发的社会危害绝不仅局限于被迫充任柜头的人及其亲属，根据车王府曲本的上述例证，还有对社会秩序的破坏。然而，"柜头"这样的词语，《大词典》并未收录，实属遗憾，毕竟其实施的社会背景及引发的后果具有深入研究的社会文化价值。

【绿旂营】

想我虽在绿旂营中当一名步兵鸟枪手，但我不是平常人家。（41·21）

按："绿旂营"今写作"绿旗营"，它反映出了清代的一种军制。绿旗营不属于清代八旗，它是清代统治者"仿照明朝的卫所制度于各省分别组建的军队，士兵大多是汉人，为了加以区分，以绿旗为标志，因此各省汉军又称绿

---

[1] （明）史玄、（清）夏仁虎、（清）阙名：《旧京遗事·旧京琐记·燕京杂记》，北京古籍出版社1986年版，第129页。

[2] （清）福格撰、汪北平点校：《听雨丛谈》，中华书局1984年版，第18页。

[3] 刘泽民、李玉明主编：《三晋石刻大全·长治市黎城县卷》，三晋出版社2012年版，第138页。

旗兵，俗称绿营。分别由各省总督、巡抚和提督直接指挥"①。绿旗营兵的待遇比八旗兵差很多，所以例中绿旗营兵特别强调自己虽然是绿旗兵，但是出身并不低。以上信息表明，绿旗营或绿旗兵的地位确实不高。

【齐全人】

娶送亲的都要齐全人，命中不可与女子冲犯刑尅，忌三相生人。（41·114）

按："齐全人"指公公、婆婆及丈夫都还健在的已婚女性，旧时认为这样的女性有福气，因此娶亲、迎亲的时候，会请她们参与。婚俗中对齐全人的讲究，是中华民族重视婚姻的一个表现，即对婚姻的重视，力求与其有关的任何一个环节、人或事都能美好吉祥的文化心理。

【偷娶】

家中有现成的轿子，就是贼宅的家丁四个人一抬。也没有鼓手、娶亲的太太，也不用送亲的奶奶，怎広说呢，这为偷娶。（41·114）

按：根据文意，"偷娶"指不声张，没有鼓乐，没有任何正常程序的娶亲。"偷娶"这个词的出现，说明它不仅只在上例中存在，正所谓"前有车，后有辙"，它是对人们因为各种原因不能光明正大举行婚礼一事的反映。

【荡子车】

来至通州西正门，买卖人等来往走，荡子车招呼人上京。（41·250）

按："荡子车"即"趟子车"，为短途拉客的棚车，类似于今天的公交车。荡子车的存在是对古代交通运输情况的反映，说明随着经济的发展与社会的进步，人们在出行上已经开始尽可能地追求快捷、舒适的出行方式。

【毛缩子】

不多时将土扒开，漏出一个毛缩子。将盖撬开，伸手一抄用贯②力就背在身上，手提灯笼迈步就走。（41·308）

按："毛缩子"未见于辞书及其他文献，根据例证下文的多处提示，如："太爷，若问前者火夫勾子埋的那口棺材，本是小人叫他埋的。（41·312）""我小人将棺材来埋好，与地方，一全小的转家中。给了我，京钱正正两吊半，小的欢喜在家中。（41·312）"可知"毛缩子"为"棺材"之义。再根据文中所提供的逝者为被恶霸害死之人的信息，可知"毛缩子"应是最低劣的薄皮棺材。

---

① 汪淼：《知道点中国历史》，中国友谊出版公司2021年版，第169页。
② 即"惯"。

【德行布子】

众公，康熙年间王法松，到了外省打架就叫打仗，都是成群打伙短棍、铁尺等类。不想京城打架先骂一路，把辫子挽个圈儿，先脱衣不能打呢！看街的来咧。打架的看见看街的，见他腰中围着德行布子。何为德行布子？就是黑蟒。这东西围在腰内显著心宽体胖，就是权杖相门户祖上德行，坟内出过的长虫的一样。（42·199）

按：上文体现的是康熙年间京城人打架时的具体状态，同时还详细解释了维持社会治安之人的身份标志"德行布子"。从作者的解说中可以看出来，德行布子并不是一个完全意义上的褒义词。腰间围带子是应古代服装形制而生的一种习俗，男性腰间围黑带子是当时的一种普遍现象。作者在此处特别解释看街的所围黑带子为"德行布子"，且点出他的德行布子是靠祖宗庇佑所得，所隐含之义为靠祖宗的庇佑他才得到看街的这份工作，暗含之义即是此人并没什么能力。

车王府曲本中的显性文化词语以两种形式存在，一种是零散出现，如上所言的"盆景""黄马褂"等；另一种则是集中出现，即诸多显性文化词语以类聚的形式存在，用于对某一个人物、某一个场景或某一种抽象文化的集中具象描写，如：

扁豆元帅斗战争，花豆一晃施英勇，所为黄豆锦江洪。青豆双眼观敌将，小豆一看呐喊声。豌豆举刀搂头剁，江豆花枪门路精。白豆战到日头落，尚等着，黑豆天晚去收兵。这正是，千战万营老蚕豆，遇见了，万战不败乌豆兵。芸豆选着道儿走，逛豆花腔似雷鸣。（36·358）

按：例中的"扁豆""花豆""黄豆""青豆""小豆""豌豆""白豆""黑豆""蚕豆""芸豆"等词语反映的是豆类文化，是对中国农业生产文化的一种反映，体现了清代豆类文化的部分特征。此种写法使得车王府曲本文化意蕴深厚，散发出浓重的文化气息，同时，也为我们从语言文化角度研究它提供了便利。

（二）隐性文化词语

与显性文化词语不同，隐性文化词语的文化内涵隐藏词语表层之下，需要通过对其词源的分析及历时变化方能挖掘出其文化内涵。换言之，如要研究一种语言中的隐性文化词语，需要对该语言或该语言所属民族的历史文化等有深刻的了解。作为清代曲艺的宝藏，内容极为丰富的车王府曲本中自然也不乏隐性文化词语。

【喜茶饼儿】

（白）纵然生得千姣（娇）百媚，有了婆家，也是枉然。我有道理。小娘子可曾吃过茶？（旦白）乱军中，那讨茶吃？（生白）不是那个茶，是你婆家的喜茶饼儿，吃过不曾？妙哇。（14·397）

按：虽然作者要重点强调的并不是"吃茶"，而是段末的"喜茶饼儿"，不过，它与"吃茶"有着同样的文化内涵。例中的"吃过茶"可以从不同角度阐释。一是茶是中国的一种重要饮料；二是古代中国人不是喝茶，而是吃茶，即茶叶最初是咀嚼而不是泡了喝。以上两种是一种明面上的文化内涵，其隐性的文化内涵则是茶在中国文化中具有很重要的地位，在缔结婚姻、人际交往中都有很重要的作用。缔结婚姻中使用茶，是因为古人认为茶叶不可移植，结亲时使用茶叶，用于喻指女子忠贞不贰。另，茶之所以能作为人际关系的融洽剂，主要是因为在中国文化中，茶已经不单是一种纯粹意义上的饮品，而是一种与人生、人品及个人体悟等密切关联的抽象化了的物品。读秀数据库显示，作者在段末提及的"喜茶饼儿"，是回族的一种婚俗，是回族订婚时送给女方的茶饼。用茶饼，也是应上文所述茶的特性，换言之，婚俗中的喜茶饼儿所蕴含的文化内涵与茶是一样的。

像"吃茶""喜茶饼儿"此类词语所隐含的深层文化内涵虽然熟知中国茶文化的人基本上都清楚，但也有一些词语原本没有文化内涵，但在具体语境中就具有了某种隐性文化内涵，如下面的"苦""三长两短""山高水长"等。

【苦】

嗐，赶脚的你不知道京里风俗，如今旂民苦得受不的了。要说康熙佛爷不好，就算没良心。可恨那些大官小吏蒙币[①]不奏，到不如那骑黑驴的张八太爷到时常行点好儿。（32·83）

按："苦"原本没有文化内涵，仅用于说明一个人在物质和精神方面的不易，但上面这段话中，"苦"隐含着有关清代八旗制度的文化内涵。清代初期，八旗制度为旗民所欢迎，因为他们不费吹灰之力就可从官府获得基本的生产生活资料，但随着清代社会的发展，旗民人数越来越多，上层建筑及官府呈现出的问题也越来越多，八旗制度逐渐呈现出了弊端，如八旗制度无法

---

① 此处应为"蒙蔽"。

像初期那样兼顾到所有旗民，也无法为所有旗民提供必需的生活用度。上面这段话中的说话者将旗民生活困苦的责任归于了各级官僚机构，虽然反映出一种制度的实施效果有时不因最上层决策者决定，而决定于各层机构决策者是否能够贯彻到位及处于该制度中群体的执行力度，但就八旗制度来说，它的根本弊端及清政府的不作为才是本质原因，这也才是旗民"苦"的根本原因。

【三长两短】【山高水远】

从人类的认知心理及审美需求看，人们总是习惯于回避自己反感、厌恶的人或事，乃至在话语中都不想提及，委婉或避讳的修辞手法随之而生。在这种语境及修辞手法下的某些词语，有时就具有了一种隐性文化内涵，如：

哎呀！我想帅印在秦二哥手中，倘是哥哥三长两短，一定将帅印面交与我。（4·393）

赵妈虽然硬朗，到底六十岁，万一有个山高水远，那时怎了？（36·36）

按："死亡"是人不愿面对却又不得不面对的事情，为尽力不提及或不涉及与之有关的任何内容，人们常用一些较委婉的词语代指"死亡"义，"三长两短""山高水远"即为此种用法。两者的形成理据有别，"三长两短"与棺材有关，"山高水远"则是从路途艰险间接引申为死亡。"死亡"已经是"三长两短"的固定义位，却非"山高水远"的固定义位。以上两种差异说明，词语的文化属性具有固定性、常用性，反之，有些文化词语则不具备这一特征。如"山高水远"虽在车王府曲本中多次都以"死亡"之义存在，但它本身既没有被《大词典》收录，"死亡"也未被世人列为它的固定义位。

通言之，车王府曲本中有很多文化词语，这些词语的文化内涵类型繁多，从显性文化和隐性文化两个方面都提供了诸多可以深研的内容。

二、具有据境化生的临时性词语

受韵文性质影响，车王府曲本作者选择某个词语时，有时会采用减省、增加、替换等手法，从而使该词语具备了据境而变的特征，也形成了据境而变且不影响其意义的新词语。作为据境化生的词语，它们的活动领域虽大多只限于车王府曲本，但它们有着不逊色于基式的表意和语用功能。这一点说明，汉语词语在保持核心语素基本不变的情况下，具有被简化、繁化等的能力。这种能力,不仅从形式上给予人一种新奇感,从内容上也给予了人更为广阔的想象空间。所以,这部分词语看似是一种临时性的词语,生命力较弱,但却是车王府曲本词汇系统中独特且不可忽视的一部分,因为没有它们,很多内容的呈现及表达度就有受到限制的可能。

(一)简化而成的词语

车王府曲本中,受句内字数限制减省而成的词语,是据境化生而成临时性词语的主要成员。

1. 省略固定结构中的某个或某几个语素

该类省略而成的词语主要以原有词语为基础,根据表意需求,省略掉其中不影响核心意义的语素,省略后的形式不一,最少由1个语素构成,多则5个语素构成,车王府曲本中的部分例证如下。

【拉近】

八奶奶,你哪少拉近,我们那户里没有行八的。(12·23)

别混拉近,走罢。(12·54)

越说你别混拉近呢,过部你真不懂得么?(12·55)

按:"拉近"即"拉近乎",在车王府曲本中都写作"拉近"且都出自乱弹《罗四虎总讲》。

【圆鼓轮(伦)】【伦敦】【喻敦】

肚子大,圆鼓轮。宽又厚,似缸形。身矮小,三尺零。(18·170)

这一个,大肚喻敦脸胖肿,浑身上下水淋淋。那一个,披头散发愁无限,口漾血沫脸发青。(27·375)

只听浮,"哎叹"一声,挂钩断;"吧嗒",匾落地埃尘;"咕咚",吴王栽台上,没头没脸圆鼓轮。(29·378)

按至理,齐揽身形都改变,化做了,六个乳母胖且肥。一个个,大肚子喻敦衣襟厂,胸脯上,两个咂咂儿往下垂。(30·336)

按:"圆鼓轮(伦)""伦敦""喻敦"是"圆鼓伦敦"的省略形式,表"物体像圆形"之义。由于车王府曲本作者经常用同音字替代原有的汉字,因此"圆鼓伦"被写成了"圆鼓轮",而它在意义上与语境有一定的切合,因此极易成为受众的认知障碍。实际上,"圆鼓轮""伦敦""喻敦"的原型"圆鼓伦敦"在车王府曲本中也有用例,且有时还写作"圆鼓伦冬",例:

此物委实作的精，圆鼓伦敦饭碗大。(37·268)

只见他，圆鼓伦冬似地丁，身量约有二尺五。(37·6)

"圆鼓伦敦""圆鼓伦冬"等的写法表明"伦敦"在结构中是类似于词缀形式的存在，至于"伦敦"能够单独出现，是因为它的上文为"大肚"，即作者从原有的"大肚圆鼓伦敦"中截取了"大肚伦（喻）敦"。"伦敦"在元曲中又写作"沦敦"，例见金董解元《西厢记诸宫调》卷二："生得邓房沦敦着大肚。"[①] 凌景埏校注："'邓房'，圆。'沦敦'，圆的副词。现在语言中也还有'圆滚沦敦'这样的话。"刘瑞明（2012）指出："'咕沦敦'结构局限于形容'圆'与'黑'两种情况，而且有谐音趣写。'圆滚沦敦''黑咕沦敦'是平实写法，'圆骨隆''圆鼓伦敦''黑格隆冬''黑古隆洞'就是谐音趣写。而'黑咕笼咚''黑咕隆咚''圆鼓轮敦'，则是不伦不类的别写。"[②] 虽然如此，但"圆鼓伦敦"这种说法的流传度还是较广、生命力还是较强的，比如现今临沂方言中，它仍是一个使用频率较高的词语。

【店小】

"你说实话定重谢。"店小回言把客尊，"不知问我什么事？"(18·217)

两名公差进了门，锁拉布客将门进，苦主店小在后跟。(21·386)

刘家店小来说话，又问二人吃什广。(48·110)

按："店小"即是"店小儿"的省略形式，在车王府曲本中有多处用例。需要注意的是，"店小"的成因比下文的"招商"复杂。其发展历程为"店小二[③]——店小儿——店小"，即因"二"与"儿"发音相近，说唱鼓词《包公案》的作者误将原有的"二"视作儿化音，将其变为"店小儿"，例："这里项福见店小儿去后，他拿了宝剑走出上房往后去找恶霸。(26·12)""范仲羽，正然观景往前走，店小儿前来把路横。(26·147)"受该结构中儿化音的不固定性及人们经济简便思想等因素的影响，最终出现了"店小"的形式。

【知面不知心】

我只当王子服乃是忠义的士，是你我一般为主的臣。谁知竟是阿瞒曹操

---

① 王实甫著、余力选注：《西厢记》，浙江文艺出版社 2020 年版，第 125 页。
② 刘瑞明：《刘瑞明文史述林·上》，甘肃人民出版社 2012 年版，第 1187 页。
③ 车王府曲本中，"店小二"也省作"小二"，例："刘爷开言道：'小二留神仔细听，我有一事来问你，必须明白对我云。你说实话定重谢。'(18·217)""不觉天晚到黄昏，小二连忙将灯点，撤去碗盏不必云。(33·37)"

一党,果然知面不知心。(19·42)

按:"知面不知心"即"知人知面不知心"。

【招商】

两个人,携手搀腕往里走,一直到,进了招商上房内。(26·131)

小殿下,听罢心喜忙分付,"家丁备帖快快行"。出了招商忙上马。(46·466)

按:"招商"是"招商店"的省略形式。车王府曲本中,"招商店"省作"招商",有时并不是为了凑足字数。如:"孤家一怒,立命出斩,刚刚绑到街前,不期撞见李白那个醉鬼,上奏一本,赦回招商,叫人气恨不过。(16·75)"从语法结构看,"赦回招商"是基于语境的省略形式,其中的"招商"不是为了迎合韵文特征省略而成。"招商店"在车王府曲本中,有时还扩展为"招商旅店"的形式,如:"想这薛雁又不是一样货物,今日寄在这里,明日寄在那里,我那里又不是招商旅店。(10·303)""吃了些,棋子干粉途中饭,清泉浮水美茶羹。过了些,关津渡口人盘问,驿馆招商旅店中。(26·420)""开店的,店主牵着乌骊马,离了招商旅店门。(43·24)"车王府曲本中,不同作者游刃有余使用"招商店"的简化或繁化形式,说明多音节汉语词语的许多成员在内部构成上可进行内部重组且不会影响意义的表达。

【有鼻有眼】

分明于某想他银子,赖的他有鼻有眼。他说与我无脸,与我作对,叫张公不用苦,别气着我。(21·16)

按:"有鼻有眼"是"有鼻子有眼"的省略形式,指"把事情描述得活灵活现"。

【活局】

你哪睁着叫作大瞪着眼竟报慌,关上门朦女婿。此乃是黄嵩这小子设就的活局,作成的圈套儿。(22·333)

原是作就的活局,不可重叙。就把昨日之言说了一遍,又把岳离夸讲了一回。(25·16)

按:"活局"是"活局子"的省略形式,指"暗中互相串通所设下的谋骗他人的骗局"。

【旁风】

西川路上,你我相逢。牢牢紧记,别当旁风。(48·25)

按:"旁风"即"耳旁风",《大词典》中虽然也有"旁风"一词,但其义与

"耳边风"无关，且上下文语境表明它的出现完全是为配合四字句式，故而不应将其视作是"旁风"的新义位。车王府曲本中也有与"旁风"同义的"耳风"，例："夫人快快请回府，隄（堤）防庞涓有耳风。（30·464）"但《大词典》认为"耳风"减省自"耳朵风"，且书证出自清代以后的文献，同时，车王府曲本中仅有"耳旁风"的用例。如："老关说了多少话，赃官只当耳旁风。（21·70）""小姐闻听全不信，他言当作耳旁风。忠义丫环好难受，真你是，有口难言这段情。（27·122）"这一点说明，至少在车王府曲本范畴内，"耳风""旁风"其实都是"耳旁风"的减省形式，而非"耳朵风"的减省形式。换言之，《大词典》所举"耳风"的形成理据及书证都有可商榷之处。显然，该类省略词的意义判定与上下文的结合更为紧密。

【干】

我和你，今世今生怎肯干？眼下虽然不得便，你夫妻，将来血肉染刀尖。（27·330）

按："干"为"干休"之义，因受句内字数影响，作者只保留了"干"字，使"干"具有了临时性的意义。

【红门】

皇爷独自驾私行，出了那，海子红门往前走。漫洼四顾巧无人，民惊圣驾该万死。劫住皇爷不放行，单要我主黄马褂。（33·12）

按：据下文"后又在海子红门寺劫住我朕，并不要金银，叩求我朕赐他成名，要寡人的黄马褂。（33·12—13）""红门"为"红门寺"的省略形式。故此，车王府曲本中某些词语的意义需要结合上下文语境确定，否则极易将其视作他义。如"红门"，其常义为"宫门"，清代曹寅在《随驾入侍鹿苑恭纪》诗之四中写道："二月浮阳似水明，红门万勒寂无声。"[①] 此与车王府曲本中的语境虽极为相似，但车王府曲本中"红门"却实为"红门寺"的简称。

【伶】

王驾虽勇到底夯，身享荣华体不伶。（33·21）

按："伶"即"伶便"，表"灵活"之义。我们不认为"伶"为"伶俐"的省略形式，其因在于"伶俐"虽有"轻巧"之义，但车王府曲本中使用的都是"思维敏捷、口角灵活"之义。反观"伶便"在车王府曲本中则有两义：一是同"伶

---

① （清）曹寅:《楝亭集笺注》，北京图书馆出版社2007年版，第343页。

俐",例:"看夫人,口角伶便非是良女,能言会道等把理挑。(17·54)"此义位《大词典》未收。二是表"身体灵活、轻便"之义,例"难为小西多伶便,使的他,浑身是汗似蒸笼,口内不住呼呼喘。(33·30)"兼以此例出现于"王驾虽勇到底夯,身享荣华体不伶"的下文,故"伶"当为"伶便"的省写式。"伶便"为联绵词,"伶"不能单用,为达到韵文要求,作者单用"伶",违反了联绵词的用词规则,除此例外,还有:"又看那人也不错,虽然年老有精神,筋骨雄壮如年少,眼尖手快更又伶。(33·358)"有时也有将"伶便"两个语素颠倒拆开使用的现象,如:"天霸单刀分避巧,体便身伶躲闪精。(33·391)"车王府曲本另有单用"灵"表此义之处,例:"跟头打的果然精,一个个的蹿跳跰,来来往往身子灵。(33·41)"

【积心】

前者下店相逢遇,泄机所为是宾朋。但有一点积心处,浬江寺,焉肯说明瞒哄人?(33·66)

按:"积心"其义为"蓄谋已久""心怀不轨"。汉语词汇系统中,"积心"除单独出现外,还以分离的形式作为"处心积虑"的构成部分。语序上,"处心积虑"中,其顺序为"心积"。查古代文献,"心积"为中医所言"五积症"之一,"心积名曰伏梁,心经气血不舒,凝聚使然也"[①]。除此外,未见其他用法,"积心"作为"蓄谋已久""心怀不轨"之义,在车王府曲本中虽然只是个案,但其来源清晰、意义清晰,因此具有将其单列的必要。

【寡】

那齐氏,他也常去看王寡,取送活计却是真。除了王寡他一个去,并没见,别者之人来往行。(33·136)

按:"寡"即寡妇。抛开上下文,此处可从两个角度考虑:一是词类活用,即"寡"为动词活用为名词,由"丧失丈夫"转为"丧失丈夫的女人";二是看成是"寡妇"一词的省略。根据车王府曲本作者的习用语言习惯及下文:"王寡妇,闻听施公如此问,自己着忙心内惊。(33·137)"可见,第二种更为合理。

【看门】

主母等候在前厅,二位随我进去见。两个守备一欠身,跟定看门往里走。

[①] 农汉才、王致谱主编:《近代中医药大师名著精选·中国针灸治疗学》,福建科学技术出版社2020年版,第239页。

（34·156）

按：例中"看门"是"的"字短语"看门的"省略形式，受韵文字数影响，作者把"的"字省掉。严格看，此种用法的"看门"在语法及词法方面都不合规则，但语体及语境赋予了它在例中出现的合理性与合法性。"看门的"此种用法在车王府曲本中并不多见，在不受韵文字数影响时，作者一般将其写作"看门的"，如本例上文语境中有："看门的来至门口往里观睛，只见院内有三四个奴婢丫环正在院内天棚底下闲谈。（34·156）"

【关粮】

那些欠关粮拖私债的人，不过是胡张声势打劫那些行路孤客，何曾见过打战？（34·196）

按："关粮"即"关粮米"。"关粮米"在文献中多有使用，如元曲："屯车仗，离官道，就馆驿，度今宵。疾忙教各部下关粮米，对名儿支料草。"[①] 如《说岳全传》："兵丁道：'小人们平日深感元帅恩养，怎敢退粮？但是近日所关粮米，一斗只有七八升，因此众心不服。'"[②] 从"关粮"出现的语境看，"关粮"在车王府曲本中已是一个常用的结构。如："未动身，先得预备金蝌蚪，领赏关粮打苍蝇。（23·388）""金客郎[③]与银客郎，领赏关粮到苍蝇。（36·348）"

【八仙】

有一张，八仙镶嵌玻璃面，当中安放养鱼盆。（34·415）

按："八仙"即"八仙桌"，此处只保留了定语"八仙"，但由于语境充足，并不会影响意义的表达与理解。

【阿物】

还有那，山珍海味与奇珍，希罕阿物尽心情。（38·445）

按："阿物"是"阿堵物"在清代产生的一个简称。另，《红楼梦》使用的是其儿化形式"阿物儿"。例："你们看袭人不知怎样，那是我手里调理出来的毛丫头，什么阿物儿！"[④] 除此外，"阿物"并未见于清代之前的文献，所以，将其作为车王府曲本简省词的一员具有一定的道理。

---

① 徐征、张月中、张圣洁等主编：《全元曲》第7卷，河北教育出版社1998年版，第4905页。
② 钱彩、金丰编著：《说岳全传》，黑龙江美术出版社2013年版，第294页。
③ 此处"客郎"即"屎壳郎"。
④ （清）曹雪芹、（清）高鹗：《红楼梦》（上），四川少年儿童出版社2021年版，第165页。

【县太】

我是县太将我派，有封信，面见大人有话明。（39·20）

按："县太"即"县太爷"，此处因韵文字数要求而省略。

【东】

言罢时，扭项分付快出去，就说我请到大厅。里面摆酒只请用，靠他能吃多少东？（40·200）

按："东"即"东西"，车王府曲本中只有此用例。

【土公公】

土公公与山神、小鬼俱在一傍听着下九州作歌。将歌词完了，土公公将手中拐棍子望着下九州只门一指。（44·40）

按："土公公"即为"土地公公"，它的构词语素"地"省略不是因韵文影响，似为作者书写习惯。其相连下文有"土地公公"的用法，例"听完歌，土地公公不怠慢，暗用拐指妙通灵。指他不为别故典，为的是，劫住山贼把旨传。（44·40）"由此可见，车王府曲本作者是否省略某个词语中的构词语素，其因并不全在于韵文限制，呈现出在不影响原意的基础上，具有较大随意性的特点。

【月老人】

月老人，暗中观睄文惊虎，打扮真像活灶君，面如锅底一般样。头上插，十字披红秀金蟒，黑不溜秋作新郎。（47·292）

按："月老人"即"月下老人"。"月下老人"一般也称作"月老""月下老"，两者已被《大词典》收录，但"月老人"未被收录。从使用频率看，车王府曲本中主要使用"月老"，其次为"月老人""月下老人"。有些文献也有使用"月老人"的用例，如《梁祝十二月花名（春调）》中有："七月凤仙七巧星，收拾行李转家门。师母跟前真情说，要求做个月老人。"[①]另外，歌谣《梁山伯与祝英台》中也有用例，"十月芙蓉小阳春，山伯也要回家门。师母跟前去说清，请求师母月老人"[②]。虽然以上两例都出于韵文，但用例的频繁性说明"月老人"应具有和"月老""月下老"同等的语用地位。

---

① 胡永良、杨学军主编：《民间文学》，西泠印社 2014 年版，364 页。

② 象山县民间文学集成办公室编：《中国民间文学集成·浙江省宁波市象山县故事歌谣谚语卷》，浙江省民间文学集成办公室 1989 年，第 576 页。

【咱】

你说这个人年纪小,事故儿闹的利害。天到这咱晚只是不爱睡,净坐着吃烟喝茶。真支使的人拿东往西,你们想,这人就是铁的,也搁不住这样的折腾呵。(48·248)

按:例中"咱"为"早晚"的合音词,此处只保留了"晚"义,与"晚"重复,强调时间之晚。

【古道】

这正是,淮中人称是古道,善能坏事赛奸雄。(48·289)

按:"古道"为"古道热肠"的省略形声,此处为配合韵句字数要求省略"热肠"。

2. 将两个词语省略成一个词语

较之"招商""店小""有鼻有眼""活局"而言,车王府曲本中另有一些被省略的双音节合成词,较之它们更难判断其原词。这类省略形式的词语之所以出现,是因为两个词语经常连用,在使用者认为不影响语义的情况下,会省略其中某个词语或两个词语各自的非核心语素,剩余的语素则与连用的词语构成一个新的结构形式。车王府曲本中的"尊管""东伙""乡保地"即是典型代表。

【尊管】

穷相公,并不吃恼尊兄长,尊管他真好记性。(26·132)

今日里,回去明辰一准到,尊管你,自管留神放宽心。(26·271)

按:"尊管"是对"管家"的尊称,语用中,它可以不用省略,但车王府曲本中却多次以省略形式"尊管"出现,且不是为配合韵文要求而出现的一种省略形式,清代小说《儒林外史》中也有用例。如:"那人道:'你那两个尊管而今也不见面,走到尊寓,只有那房主人董老太出来回,他一个堂客家,我怎好同他七个八个的?'"①

【乡保地】

两村之中乡保地,遵谕前来见大人。贤臣座上将头点,先问营屯三个人。尔等既称乡保地,各家之事自然明。(32·246)

立逼着,找着村中乡保地,大家一全报衙中。(34·302)

---

① (清)吴敬梓:《儒林外史》,长江文艺出版社2020年版,第403页。

按：例中"乡保地"为"乡保地方"的简省形式，"乡保"为"乡约"与"地保"的合称，"地方"则为"地保"之义。两者在意义上并不完全相同，将其合并后，不仅难以理解，且两者原有的意义没有体现，因此，车王府曲本作者为满足字数要求，将"乡保地方"简省为"乡保地"的做法不可取。这也是"乡保""地方"在车王府曲本中虽经常连用，但较少简省的原因。如："年兄既去相验，实系刀伤，就该叫本村乡保地方将尸停放别处，差人各处踩访凶手早完结案才是。（34·305）""计全与知县下马，本村乡保地方也来侍候。（34·306）"

【东伙】

你东伙，代他雇船指他路，他往商邱去投亲。（39·352）

按："东伙"是"东家和伙计"的简省形式。

【义当】

回老爷，咬金招了，说人头他撂在隔壁义当的后院之内。（41·201）

按："义当"是"义聚当铺"的省写。其依据在于下文语境有"义当"的全称"义聚当铺"，例："陈咬金说：'回青天太老爷，小人黑家白日不能睡觉，困的实在的难受。小人情愿招出人头，实系撂在义聚当铺的后院了。'（41·201）"

【无赖嘎】

化了若干的钱，念了许多的经，请神拜佛，好容易把老和尚发送出去。你们净往我装无赖嘎，那可不能！（49·3）

按："无赖嘎"是"无赖"与"嘎杂子"的合成，因为两者常在一起使用，所以此处将其合为一个词。

以上减省而成的词语表明，由于言语环境给出的语境较为充足，兼以在非正式交际中，人们总会尽量遵循语言经济性原则，所以就导致了很多遵循成词语的出现。这种理念及做法在为人们节省时间的同时，有时也会为处于该语境或语境外的其他人带来一定的理解困难。如受车王府曲本抄写者用字习惯及书写中出现的讹误等因素影响，有些省略后的词语较难确定，如"黑溜求"一词，其在车王府曲本出现的语句为：

借月色，但见此人多繿褛，浑身上下黑溜求。（26·162）

按："黑溜求"即"黑溜秋"，是"黑不溜秋"的省略形式。在处理类似于

"黑溜求"这样的词语时,首先要确定它的正字,然后再根据文意确定其原型。如"黑溜求"的下文为:"短衣衫,汗塌透,扯去了,两管袖,露两支,炭条儿一般的胳膊在外头。(26·162)"根据上文大语境,当时,钱驴子是准备偷盗刘金蝉尸体的财物,又是夜间,加上他的形象,所以在白玉堂眼里就是"黑不溜秋"的样子,加以车王府曲本作者常用减省用词法,可知"黑溜求"就是"黑不溜秋"的省略形式"黑溜秋"。

车王府曲本中还有一类减省词语,其义与省略前的意义无关,"佽心"一词即属此类。例:

孙大圣,收了如意金箍棒,将身一纵上佽心。踪在上面翻筋斗,犹如那,风车子一般往前行。(27·90)

按:此处"佽心"非是"佛的大慈大悲心"之义,而是受字数限制由短语"佛掌心"省略而成,其证据为上例及其下文的"翻筋斗,复又回转佛掌心(27·90)"。

(二)繁化而成的词语

受作者使用习惯、文本字数要求或其他因素等影响,车王府曲本中经常有一些词语以繁化的形式出现,即其结构中被临时添加了不必要的成分。例:

【现眼睛】

时气旺,胡诌胡咧胡有礼,就怕运败现眼睛。说嘴得嘴定打嘴,为人务本要思恩。(20·351)

一个个软哒哒兔子软相公!快些你们拉开吧,省得在此现眼睛。(21·220)

这也是,五虎老爹报应到,应该叫他现眼睛。(34·395)

按:"现眼睛"即"现眼"。"现眼"为清代词语,以上几例使用"现眼睛"是作者为达到字数要求添加语素"睛"而成。当无字数限制时,有些作者就会使用其本来形式"现眼",例:"若劝之不醒,就如全无一分改悔,那准是他应该自寻败运,一定现眼。(24·163)""业障,我有你这样现眼的徒弟,被人拿去着棍打。(28·395)"

【牙疼咒】

魁元想勾多半晌,心生一计面带春。俺何不,对他赌个牙疼咒,哄过骑牛瘸道人。(31·65)

你今只顾赌下这牙疼咒语,只怕你眼下就有无常到来。我的儿,你怎能脱过这场灾难?(31·65)

按:以上两例为紧连的上下文,例2承例1而来。就文本话语形式看,作者使用"牙疼咒语"的形式,只是为了保证上下两句字数相同,不代表它是一个常用的形式,如以其为关键词搜索北京语言大学的CCL古代汉语语料库,并无一例使用。即是说,"牙疼咒语"是作者为了满足自己创作需求而创造的一个临时性结构。

【卖臭脚】

通州知州偏要卖臭脚,上前开言说:"下官与大人先要一局。"(32·10)

按:"卖臭脚"即"捧臭脚",指"奉承谄媚"之义。车王府曲本中也有"捧臭脚"用例,如:"这二人,所与国丈捧臭脚,无奈官卑小前程。(17·183)"

(三)改变构成要素而成的词语

车王府曲本作者有时会在原有结构字数不变的情况下,替换其中的某个要素,但语义与原结构相同。

【狗咬吕纯阳】

你可别往我那广鼓眉鼓眼的。狗咬吕纯阳,他不认得真人,那可就错了。(48·418)

按:"狗咬吕纯阳"即"狗咬吕洞宾"。"纯阳子"是吕洞宾的号,此处只使用了该号中的前两个字,形成了"吕纯阳"的结构。需要指出的是,"狗咬吕纯阳"的使用频率虽不低于"狗咬吕洞宾",但两者的谜底部分有所差异,前者的谜底主要是"认不得主(真)人",后者主要是"不识好人心"。另外,不同方言区对它们的使用也有所不同,如著者所在临沂方言区使用"狗咬吕洞宾——不识好人心",而不是用"狗咬吕纯阳——认不得主人/不识好人心"。以上情况说明,源流相同、语义相同的等义词,在发展过程中,常会出现或多或少的差异,这也是应人们越来越复杂表情达意的需求。

【一般不二】

定公举目观看,但见上面之言与司马寅所说一般不二,写得十分恭敬。(24·376)

按:"一般不二"即"一般无二"。由于车王府曲本篇目较多、作者较多,所以虽有改用现象,但也常见原词的使用,如"一般无二"也曾多次出现。

例:"只见赵虎推开隔扇一看,只见有位塑像的菩萨,与见的那妇人一般无二。(17·65)""一般不二"并不是车王府曲本的独用形式,清代小说《小五义》中也使用了它,例:"一个是军官的扮扮,碧目虬髯,紫面目,紫衣巾,类似神判钟馗一般不二,这就是欧阳春。"①

【张帽李戴】

大人说:"壮士请起,你的主意总好,但只是某家先放着令弟却不擒拿,何况壮士!你说你是认罪,也不张帽李戴,并且圣上还不知有何恩旨。"(26·213)

按:"张帽李戴"即"张冠李戴",其原有结构"张冠李戴"在车王府曲本中也有用例,如:"大人闻听心中明白,这正是,张冠李戴焉能长久,自然皂白必分。(17·239)""大人看完心下明白是张冠李戴缘故,分付退堂,待等拿冯其善再行审问。(26·171)"

【毛骨酥然】

忽见窗外滴溜溜起了一个旋风,冷嗖嗖刮进房,不由人毛骨酥然。(27·153)

按:"毛骨酥然"改自"毛骨悚然"。

【七口八舌】

你一言来我一语,一个个,七口八舌把话云。(35·158)

按:"七口八舌"改自"七嘴八舌"。就文献资料看,虽然清代之前的文献中未见"七口八舌",但在读秀语料库的现代语料中,它是一个常用词。至于何瑞澄(2013)②认为它不是一种正确形式的观点,则并不可取。

综上,车王府曲本中对原有固定词语的改变,主要是将其中某个词更换为其同义词,更换后形成的结构与原结构意义相同。"人类自从有了语言之后,就自然会将范畴化和概念化的结果相对固定于词语表达之中。"③但有时出于各种原因,如情感表达类型及强弱、表达者性格特征、表达时所用语体或语境等的差异,导致人们常会对原有的词语形式做出一定的加工,此处所言车王府曲本中的词语,即属于此种情况。

---

① (清)石玉昆撰:《中国古典小说普及文库·小五义》,岳麓书社2016年版,第63页。
② 何瑞澄:《吟唱·赏析·教学古典诗词赏析》,九州出版社2013年版,第240页。
③ 王寅:《体认语言学》,商务印书馆2020年版,第264页。

三、具有数量庞大的通语新词新义

在研究某种语言现象时,说有容易说无难,新词语及新词义的界定更是如此。不过,难度不能成为研究的障碍,因此尽管新词语及新词义的研究存有很多问题,但总有解决的办法,如可利用《大词典》大致确定其研究范围。当然,《大词典》在词源确定上存有很多问题,但至少是目前一个相对权威的参照物,这也是我们主要依据《大词典》界定车王府曲本中新词语及新词义的重要原因。

实际上,上文已从词性的角度,分类展示了部分词类在车王府曲本中的新成员,不过,此处不谈词性,仅是从词汇的角度,展示车王府曲本中出现的新词与新义。据《大词典》收录情况,本书将车王府曲本词汇中的新要素区分为新词语及新义两个层面,但由于其数量较多,此处也仅能列举其中的部分成员,以作为车王府曲本词汇系统中新元素较多论点的论据。

由于车王府曲本中有较多的方言词语,且方言词语中也含有较多的新元素,为将其与通语区分开,此处所言新词、新义只指通语中的新元素。根据语言事实,很多通语中的元素也会在方言系统中出现,故本书所言通语中的新词及新义指的是基本不含方言色彩、辞书等也未点明其隶属于方言的词语与词义。

车王府曲本中的新元素较多,甚至紧密联系的上下文中会有多个新元素出现,例:

你想我是个摇铃儿的[①],他是个掌灶的。他拿起杓来,把我当响铃儿豆腐楞给烩了,岂不把我揍了?(12·31)

按:"掌灶"义为"主持烹调";"烩""烹饪的一种方式",《大词典》书证过晚;"楞"此处表"竟然"义,是"楞"在清代新产生的一个义位,《大词典》书证过晚。

照定没牙腮帮上,只听"吧"的响一声,没牙虎"哎呀",咕咚倒在地。

[①] "摇铃儿的"指"走街串巷的小货郎","摇铃儿的有面小锣,直径约7.5厘米,小锣由三四根绳固定在一个金属圈中,金属圈则与一个小柄相连。他们右手朝上拿着柄并不断捻动,使得锣也转动发声"。([美]康斯坦特:《京都叫卖图珍藏版中英文本》,陶立译,陶尚义绘,北京图书馆出版社2004年版,第19页。)

打掉门牙二个零,顺着嘴角流鲜血。(34·396)

按:例中"腮帮""嘴角"所指称事物,均为人体基本构成部分,但《大词典》所举书证均出自现代文献。

根据本书的判定标准,有一些词语的多个义位在车王府曲本中首次出现,如"利落",例:

但见他穿戴正(整)齐打扮的利落,拧眉立目先把两个人上下打量了一番。这才开口问到:"你们是要吃酒哇?嚷什么?要忙就别处里去。"(17·448)

到了次日起来,和在一处,赛蝉玉早已扎缚利落。(22·45)

众位好汉慢慢的走罢,我的腿脚儿有些个不利落。(31·3)

且说广智道人站在对面下房门首,收拾的利利落落。留神对面观看所为,预备刘庆逃生。(23·132)

按:《大词典》中,"利落"共有4个义项,车王府曲本中出现了3个义项,且其中一个同时还以叠词的形式出现。前三例中"利落"的词义分别为"整齐有条理""完毕,妥当""动作敏捷",第四例中的"利利落落"为第二例中"利落"的重叠形式。这种现象更加说明了车王府曲本词汇的价值,说明研究它时,它的"新"是需要着重注意的问题之一。

(一)新词语

车王府曲本中的新词语包括词和固定短语两个部分,因下文将对固定短语作独立阐释,故此处只涉及新词。虽然《大词典》在收词方面存有诸多问题,但依据它判定车王府曲本中的新词与新义,是目前较好的一种方式。基于此,下文在表述时,所言"首例书证"或"书证过晚"等相关内容,都是将车王府曲本中的词语、词义与《大词典》内容比对后,就《大词典》中的书证及收录情况做出的阐释。

车王府曲本创作于清代中晚期,在探究其词汇系统中的新元素时,因它的创作时间跨度较大,因此并不能将其完全与清代其他文献的创作时间区分清晰。基于此,本书将其词汇系统里在清代其他文献中出现的成员做了单列,在一定程度上,也为展现这些词语在清代的使用情况提供了助力。

结合著者在《车王府藏曲本清代词汇研究》中的所述内容,车王府曲本中已有、《大词典》收录、首例书证出自清代文献且为孤证的部分词语有"军罪""耙""捞毛的""呆话""绕口令儿""油头光棍""雨窟云巢""扯臊""吊歪"①"双款""发喘""过铁""寅台""札文""剖明""毛草""无曾""一咕噜""情甘""照模照样""点派""叠暴""噎嘣""撒脸""放堂""撵逐""毛烘烘""哈什""谢候""关粮""逃牌""邪派""醉翁椅""放堂""气哼哼""支腾""枭勇",等等;车王府曲本中已有、《大词典》收录、首例书证出自现代文献的部分词语有"佯装""泼胆""戒酒""推杯""为什庅""疑心病""战征""甚而""服众""礼单""枝苗""将近""幼儿""妥实""手底下""馊主意""损""落宿""门栓""找事""歇工""散工""烘腾""老调""一溜歪斜""时不常""邀买""诓人""后怕""鬼吹灯""咧嘴""硬正""蒙哄""眼皮子浅""憋声憋气""混子""打哑谜""坐监""窝娼""卖娼""点天灯""簸箩""兜囊""门封""憋声憋气""凑数""受听""唾沫""瞒怨""疯子""不得了""悔口""假装""发呆""服输""眼红",等等;车王府曲本中有、《大词典》未收录的部分词语有"挂碍""毁谤""横产""哭丧""桃年""围榻""扶养""冷本""挂误""麸料""倘忽""路店""赶城""马后屁""竖心""蛤蚂""扯票""梅针""秃噜""坐桶""挂面""明飞""贼店""气嗓""间壁""改扮",等等。

(二)新词义

以《大词典》为基准判断的话,车王府曲本中也有大量产生于清代的新义,仅以在《大词典》中书证为孤证的新义举例。书证出自清代文献的部分产生了新义的词语有"眼""东道""归着""大礼""作合""鬼话""辞馆""凑手""官印""隔手""学院""势子""广货""抄报""孟浪""下不来""克薄""姑子""夜猫子""局子""踢弄""善会",等等;书证出自现代文献的产生了部分新义的词语有"内面""一行""酕醄""脚程""高妙""病源""怪不得""试演""八成""起开""后台""穗头""坤道""狠心""风快""直声""合手""大妈""帽子""抽条""划船",等等。至于车王府曲本中有、《大词典》未收录的产生了新义的部分成员为"内面""一行""酕醄""脚程""高妙""病源""怪不得""试演""八成""起开""后台""穗头""坤道""狠心""风快""直声""合手""大妈""帽子""抽条""划船",等等。

以上仅是列举了车王府曲本中的部分新词、新义,从它们出现的篇

---

① "吊歪",即"掉歪",如:"倒亏了吴王夫差来取越,这勾践不听良言自掉歪。(51·167)"《大词典》收"掉歪"。

目看,密度较大,说明车王府曲本中的新词语、新义数量较多。从词义看,范畴较广,说明清代社会各层面变革较大,所以词汇系统中才会出现大量的新词语及新词义,下文也将单列章节,结合例证对其做出更为系统的阐释。

四、具有适应韵文性质的形式多变的词语

韵文讲韵,此特点不仅会使诸多语句违背固有的语法结构形式,有时还会导致一些词语在形式上出现一些变化,如词语出现倒序现象、词缀的大量使用及临时构词等。尽管其中的部分可能仅是临时现象,但能从容地与其他词语一起完成所在语句的表义功能,说明缺乏形态变化的汉语词语虽具有为母语非汉语者难以掌握的难点,但它这种可以将构成要素更换位置、临时构词或在不同位置添加后缀,且不影响核心意义的语用功能,是对汉语词语独特生命力及功能的强有力写照。

(一)数量丰富的倒序词

车王府曲本中有大量的倒序词,它们是因为押韵、平仄或作者求新求异等各种要素影响而出现的一种构成要素完全相同、只是顺序有异的词语。换言之,即原有的 AB 式以 BA 式表现,这部分词语也是汉语词汇系统中独有的成员,对其进行研究,同样能够展示汉语词汇的部分典型特征。

倒序词的命名依据在于它有基式,基式即产生时代比它早且已经固定使用的构成语素等同、意义等同、只是语序不同的词语。例:

若是举保翰林院,当时难浮出京师。叫儿夫,耐性凝心等一等,选个美缺奏丹墀。出仕为官升外任,那时节,必然打发我夫妻。(27·98)

按:"举保"为"保举"的倒序词。

光蕊复又开言说:"家岳现为丞相开国元勋,若知此事,岂肯干休善罢?"(27·115)

按:"干休善罢"为"善罢干休"的倒序词。

我只说,骗诓银钱肥自己,谁知今日遇精灵。(28·14)

按:"骗诓"为"诓骗"的倒序词。

如今看见那边的众人全都散了,就只剩下狠毒虫杜保一个人儿躺在那地

下装羊① 呢。这些个人这才续续陆陆大家上前来。(33·459)

按:"续续陆陆"为"陆陆续续"的倒序词。

众人素日在京内,跟随泥腿与混星。仗着恶棍胡乱行,那里见过真事情!个个吓唬颜色变,顺顺当当都被擒。(34·34)

按:"唬吓""吓唬"意义一样,"唬吓"出现于元代,"吓唬"出现于清代,两者虽是倒序词,但都已经成为汉语词汇系统中的固定成员。

原是死活两个人:一个是,中枪着重掉河内,浮不动,生生淹死见阎君;一个是,要想河内迯性命,恶贯盈满身被擒。(34·138)

按:"恶贯盈满"应为"恶贯满盈",此处"满盈"倒序,属于部分倒序。

咱这里,方是访寻不访寻? 欲待要访无处找,不拿难以把案清。(34·139)

按:"访寻"是"寻访"的倒序词。

二人把我师付(傅)打,脸肿鼻青满面红。连他的,侄女一仝送进县,太爷当堂问口供,开手就是一夹棍。(34·280)

按:"脸肿鼻青"为"鼻青脸肿"的倒序词,车王府曲本中也常用"鼻青脸肿"。例:"司九良不允你的情,说了你一句,你就动手把司九良打了个鼻青脸肿,这却是个什庅原故?(21·198)""八戒撞的鼻青脸肿、眼花头晕,赌气子坐在地下喘成一处。(27·219)"

我小僧,百计千方将他劝,惟恐孩子丧残生。芳兰倘然有舛错,若要是,殷福回来岂不疼?(34·284)

按:"千方百计""百计千方"互为倒序词,两者已经各自成为固定的结构形式。

不说恶人心中事,听我把,老者底根细言明。(34·396)

按:"底根"为"根底"的倒序词。

年轻之人看见爱,奈因家寒娶不能。又不会武来比试,也不过,妄想痴心作梦同。(40·427)

按:"妄想痴心"是"痴心妄想"的倒序形式。

再三的,请你不上燕山去,无奈方差你胞兄。五次三番皆为你,那晓浔,你竟不到易州城。(44·139)

---

① 即"佯"。

按:"五次三番"为"三番五次"的倒序词。汉语四字格中含有两个数字时,有的是大数冠小数的形式,如"三心二意""五湖四海""九牛一毛""七情六欲";有的是小数冠大数的形式,如"四通八达""五花八门""七嘴八舌""三令五申"等。据大量用例表明,当"三"与"五""七"与"八"搭配时,基本上是小数在前大数在后,因此,《大词典》中收录了"三番五次",没有收录"五次三番",这也是我们将"五次三番"看作是倒序词的原因。

王蔚闹了一个望山跑马死。(44·323)

按:"望山跑马死"是"望山跑死马"的倒序形式。

尽瘁鞠躬当侍卫,扬眉吐气作章京。(54·320)

剩下的带马查班众人皆可,二班上挑马,一个个尽瘁鞠躬。(55·232)

按:"尽瘁鞠躬"即"鞠躬尽瘁"。

车王府曲本中还有一种因押韵而形成的临时倒序词,如:

太真气的似糠筛,大骂一声:"燕丹女,四六不知臭蠢才!不该毁骂你国母,好个无知小女孩。"(15·171)

按:"糠筛"即"筛糠",是作者为押韵改了其词序而生,此处将其列出来,仅作为车王府曲本中倒序词的一种临时成员。车王府曲本中与"糠筛"同类的临时倒序词数量较多,如"算算掐掐""容包",例:

言虽如此,罢着他们定然不肯干休善罢,孙希儿可算算掐掐。(45·165)

大人的严明如同电照,中堂的海量到底容包。(54·294)

车王府曲本中大量倒序词的存在,还表明对《大词典》未收的词语,有时不能采用他文对校方式确定词义,而应分析其所在语境及词频等多种因素。如"怯胆"一词,见于鼓词《三侠五义》,例为:"我男人他又是个小心怯胆的人,故此终日所思,忧闷成病,日积月累又无钱调理。(17·53)"《大词典》未收该词,但在鼓词《包公案》同样语境下,"怯胆"之处使用的是"心窄"一词,例:"我男人是胆小心窄的人,故此终日忧思,日积月累成了大病,又无钱调治。(25·421)""心窄"为"气度狭小"之义,但不能据此认为"怯胆"也为词义。查车王府曲本,其多用"胆怯"一词,如:"包大人一见,只吓的心忙胆怯,不敢仰视。(18·141)""鲍忠看罢心胆怯,暗暗的抱怨他哥坑死人。(18·240)""两个人不约而全(同)一般样,全是胆怯心内虚。(24·449)"而"怯胆"仅有上例。分析其所在语句,可明确"怯胆"与"小心"并列出现,显然作者是为保证前后两个并列词语在结构上相同,才将"胆怯"语序临时调换为"怯胆",从主谓结构变为与"小心"一样的偏正结构。由此,"怯胆"确为"胆怯"的倒序词,也为"胆小畏缩"之义。

(二) 具有丰富的词缀

词缀是附着在实语素前后,协助实语素构词或表义的部分,它是汉语词语从单音节向双音节或多音节转化时的一种重要工具。带有词缀的词,在汉语中称作是附加式合成词,车王府曲本中有大量的附加式合成词,它们的词缀音节不一、成词作用各异,下文将用几个典型词缀说明。

1. 巴（巴）

"巴""巴巴"是车王府曲本中比较典型的词缀,可用于名词、动词及形容词等后面,表示词根的状态。从"巴"及"巴巴"出现的语境看,两者所描述的事物状态不同,"巴"没有明显的消极义,"巴巴"描述的都是消极义。所以,尽管"巴巴"源自"巴",但在表义方面,两者有着较大差异。

(1) 巴

早在宋代,"巴"就已作为词缀使用,只是到了清代,带有词缀"巴"的词语越来越多,由此就构成了"巴"缀家族。"巴"作为词缀,在车王府曲本中也遵循其惯常的用法,主要用于动词、形容词及名词之后,部分例证为：

这也是他老人家明白的地方儿,恐其你年轻,脚巴鸭儿把聚攒不住钱。（12·80）

张爷闻言低头一看,那人头却是个光嘴巴儿,那里有一根胡子?（19·214）

忠良睄睄至多不过廿,七手八脚的扎巴[①]。（21·218）

宽宏大量,行事说话一点儿不俗。睄不得总然困守十几载,苦巴苦叶叫小姐读书。（22·285）

又有人答说："我可真不知晓,不信看店门关闭还未曾开,大楞巴的活人那里隐匿?而况且买卖人最胆小,焉敢招灾?"（22·292）

这一千扫营的军卒看那么之遇着番营里秀气好拿,外带着之前的东西,没有不披巴点子的,这不是浔些甜头儿嚛?可也难为他们会想法子搬鞍备马。（22·406）

[①] "扎巴"在车王府曲本中也写作"揸巴",例："老爷揸巴舞手的时候就去了。（12·447）"

斾人作官缠不轻，这要叫他弄巴住，叫不成五虎便了野熊。（34·385）

夫人劳碌碌，待奴家与太太捶巴捶巴就如是好了。（39·166）

当堂放着一物儿，原来是，少妇一个人首级，泥巴干漱血染红。（41·341）

说罢，顺手拿过一块熟面来，又到上些冷酒，在手里捏巴捏巴递与陈亮。（48·222）

按：上述例证表明，"巴"在车王府曲本中作词缀时，主要用在动词之后且可以省略，即它的作用仅是帮助相关动词从单音节进入一个双音节的结构，它的有无并不影响意义的表达，如"捶巴捶巴"，实际上就是"捶捶"；"弄巴住"，实际上就是"弄住"。同样，用在"名词"后作词缀的"巴"也可以去掉，如"泥巴"可以变为"泥"，虽然所指有所变化，但两者的核心内涵一致；"脚巴鸭儿"，实际上就是"脚鸭（丫）儿"，词缀"巴"的存在与否不影响意义的表达。

（2）巴巴

据《大词典》，"巴巴"作为词缀，是清代新产生的一个义位，其所举书证出自李渔的《蜃中楼·双订》，但为孤证。范庆华（1986）将词缀"巴巴"称之为"形容词叠音后缀"①，并将其分做了"A巴巴""AA巴巴""A巴儿"三种。车王府曲本中这三种结构都有，但以"A巴巴"居多，"AA巴巴"；其次，"A巴儿"数量最少。车王府曲本中的"巴巴"主要用在形容词之后，其次是名词之后。用在形容词之后的例证如：

你看这头冻的硬巴巴的，无点血迹，莫若将裲子包住，带在寺中。（10·151）

现多多，这件事情怎么好，反是奴家害了他们；活巴巴，秋香不知谁掐死，反将表兄送衙门。（26·158）

身高九尺，细腰乍背，干巴巴一团的精气神，好一番清奇相貌。（47·175）

按：车王府曲本中，词缀"巴巴"有时也用在东西之后，如"闪巴巴""结巴巴"，但两者的情况有所不同。"闪巴巴"指的是衣服因被泪水打湿，从而晶莹发光，若"巴巴"去掉，其义就会发生变化；而"结巴巴"实际上是"结巴"中"巴"的重叠用法，它可以去掉"巴"，但不可以去掉"巴巴"。故从表面看，

---

① 范庆华：《说词缀"巴巴"》，《汉语学习》1986年第6期，第15—19页。

都是词缀"巴巴",但其基式的不同及表意功能的不同,决定它们的留舍情况不同。"闪巴巴""结巴巴"在车王府曲本中的例证如下:

闪巴巴泪湿衣裳,生杳杳心如刀割。(12·347)

呼悠悠,身子倒像腾空起;结巴巴,满口只说了不成。(21·173)

当"巴巴"作为词缀位于名词之后时,它的构词语素身份大于词缀,即它不能省略,如"泪巴巴""眼巴巴",例:

心忙意乱羞答答,眼下不住泪巴巴。(2·138)

眼巴巴再不能当此重任,(白)咳,(唱)汗马功咫尺间就要离分。(4·395)

按:例1中的"泪巴巴"中的"巴巴"似乎能省略,即可以变成"眼下不住泪",但它失去了"泪巴巴"原有的描述状态,故不可省略。

车王府曲本中,除"结结巴巴"外,仅有"跌跌巴巴"一例"AA巴巴"结构,例:

你拉着我,我拉着你,亻挣起来一齐转身速跑,跌跌巴巴跑到法官以前。(27·404)

综上,词缀"巴""巴巴"在车王府曲本中的应用频率较高,不同的用例体现了它们独特的构词和表义功能。

2. 不登

"不登"也是车王府曲本中常见的词缀,例:

冒儿不登地就充勇独自告状、喊冤枉,窝里发炮的冷不防。(22·262)

你过于毛不登的咧,是怎么个缘故呢?老马呀,你白是一阵风了,岂不叫人耻笑与你?(33·447)

这国母,接杯仔细要留神,你看这,浑不登的不好看,内有毒酒在这酒中。(36·320)

按:"不登"作词缀时,主要用在形容词之后,与形容词一起,表示对某种情况的否定,如"冒儿不登""毛不登"意在说明人的行为过于鲁莽,"浑不登"则用于说明液体的不清澈。

3. 咕隆咚

"咕隆咚"虽然应用范围不广,但却是汉语中常见的一个词缀,车王府曲本中对它的使用,既符合其常规使用方法,也有自己的特殊用例。

这先生,乍着胆子朝前走,相离不远咫尺中。但见那,一座高楼冲霄汉,

黑咕隆咚无有灯。(26·480)

按:"黑咕隆咚"中的"咕隆咚"即为词缀,它常以形容词"黑"的后缀形式出现。从《大词典》为"黑咕隆咚"提供的书证出自现代文献,及查阅其他资料可以发现,"咕隆咚"主要和"黑"组合。至于车王府曲本中的"齐咕隆咚呛"①,属于拟声词,"咕隆咚"与"齐""呛"共同组合,才能表示锣鼓齐鸣的样子。因此,"咕隆咚"作为词缀虽不表示意义,但其作用并不相同,在"黑咕隆咚"中,它不出现,不会影响意义的表达,而在"齐咕隆咚呛"中,"咕隆咚"必须出现,否则"齐呛"无法承载其原有的表义功能,且它们属于在语法规则和语义两个方面都不合法的结构。

"咕隆咚"在车王府曲本中有时也写作"咕隆嗵",例:

田丹、田文、田忌三家贤王留神观看,只见画上也没有什么。画上画的上下直咕隆嗵两个黑道子。(31·14)

车王府曲本中,"咕隆咚"有时省作"咕咚",也写作"古冬",例:

一齐侧着身子往外观睄,但见窑门黑咕咚的连一点亮光也不见咧。(20·34)

锅烟抹脸如墨染,黑帽黑衣黑古冬。(27·158)

"咕隆咚"的这种使用情况说明多音节的汉语词缀,在不影响语义和语用的前提下,可以在内部做出一定的调整,如减省其中的某个构成要素。这是对汉语词语构词能力的一个表现,同时也表明只要条件给足,现有的汉语词语都有在原有基础上以新形式表达原意的可能。

4. 楞登

"楞登"作为词缀,在车王府曲本中仅有下例:

蝗虫不知落何处,瞎蒙硬往肉里丁。驴狗子,大肚楞登蝈蝈叫,估老锅来乱飞腾。(36·348)

按:"大肚楞登"中的"楞登"属于词缀,用于形容肚子圆滚滚且奔拉的样子。"楞登"作为词缀用时,主要以"不楞登"的形式存在,但车王府曲本中没有相关用例。邢向东(2002)认为汉语中带有"巴巴""楞登"等词缀的词语,"当时在口语词汇的双音化洪流中出现的'集体无意识'的产物"②。

---

① 齐咕隆咚呛:"我就与你齐咕隆咚呛。(12·112)"
② 邢向东:《神木方言研究》,中华书局2002年版,第265页。

5. 不溜丢（哇）

"不溜丢"在车王府曲本中的用例较多，例：

圆不溜丢无枝叶，放在丹墀一丈高。（37·126）

且说那，奉令一位晏宰辅，丞相时下不怠慢。打扮好似毛遂样，矬不溜哇步下行。（38·50）

按："不溜丢""不溜哇"为形容词的词缀，且主要用于单音节形容词之后，用于形容"圆"的形态，感情上主要表贬义，车王府曲本中有多处用例。如：

这小子，浪不溜丢开了声，唱的是，"潘金莲勾搭上西门庆，来了个，替兄杀嫂的名武松"。（43·429）

说着复又把眼观，还有一人在后边，但则见，矮不溜丢人物小。（45·57—58）

矬不溜丢的，挺长的个脑袋须发皆白，眉长三寸。答（耷）拉着一双眼皮儿，斜靠梅鹿，手扶白鹤，正在那里养神。（45·131）

中华帝君在戊己土台上望下看浑明白，睢见影影抄抄矬不溜丢儿的，看不十分明白，忙从怀中取出一宗法宝。（45·199）

紫脸犹如鸡冠紫，黑不溜丢油儿光。（46·2）

"不溜丢"在车王府曲本中的多处用例表明它在当时已经是一个相当成熟的衬字，能够和不同的形容词组合，将其状态描述得极为到位。

6. 里不

"里不"为中缀，车王府曲本中仅有下例：

他说师付（傅）根不正，没他一点不知情。他说师付（傅）本是泥里长，昂里不脏什厂人！（37·353）

按："昂里不脏"即"肮里不脏"，义为"很脏"。结构中的"里不"可以看作是中缀。北京话中有与"肮里不脏"同义的"肮剌不脏"，金受申认为它"实际就是在肮脏加了副词，变成口语"。这种观点有一定道理，但"剌""不"的加入不是作为副词，也不是为了增加口语化，而是因为它们的加入可使"肮脏"的描述性更强。

7. 不拉

"不拉"作为词缀，主要用于动词之后，意义上趋向贬义，例：

这才会顽呢，人家有死往外抬，我家弄一个半死不拉的抬在屋里来

躺着。（37·402）

我死了罢，活着作什广？现眼不拉的。（48·316）

按："半死不拉的活的"通常形式为"半死不拉活儿"，形容人"精神萎靡不振，或者因为受伤导致的生命力不强"。"半死不拉活儿"即"半死不活"。《大词典》指出"半死不活"也可写作"半死辣活"，但未举例。清代西周生所著《醒世姻缘传》中有用例，如："走到甚么深沟大涧的所在，忙跑几步，好失了脚掉得下去，好跌得烂酱如泥，免得半死辣活，受苦受罪。"[①] 综合以上诸种情况，"不拉"实际上为"不辣"的一种同音写法。"现眼不拉"则用于强调一个人因为做了某件事而导致丢人，"不拉"用在它的后面，加强了丢人的程度，及说话人对丢人一事的否定度。

8. 胡拉（忽拉）

"胡拉"为后缀，在车王府曲本中只用于"血丝"之后，例：

丫环闻听叫声："小姐，一个血丝胡拉[②]的死人，可有个什广看头儿，不用去罢？"（44·456）

我知道是谁呢？血丝忽拉的。我只眭了一眭，我就胡涂了，还管是谁呢？我只疑忽着是大爷和唐娘子，无别人。（48·354）

按："胡拉"即"忽拉"，不同于其他词缀，它用于名词、动词之后，形容这些词的状态，即让它们具有了描绘的状态。从使用范围及频率看，"忽拉"主要和"血丝"搭配，形成"血丝忽拉"的结构。车王府藏曲本中未见"忽拉"用在动词后的用例，但小说《红楼梦影》中有："王夫人见是贾政亲笔写的平安家报，且不开封，便问贾兰：'什么喜事？吓人忽拉的。'"[③] 整体看，"忽拉"的使用语境较为固定，已是固定结构中的固化部分。

9. 溜溜

"溜溜"是词缀"溜"的重叠形式，车王府曲本中较少有"溜"单独作词缀的情况，其叠用形式"溜溜"是主要的词缀形式。它用于形容词后，在客观叙述事物的有关状态中，带有倾向褒义的特征。如车王府曲本中的"花溜溜"[④] "稀

---

① （清）西周生：《醒世姻缘传》，岳麓书社2014年版，第673页。
② "胡拉"为车王府曲本中写法，常规写法为"忽拉"。
③ （清）云槎外史：《红楼梦影》，远方出版社2005年版，第15页。
④ 即"滑溜溜"。

溜溜""酸溜溜""光溜溜""直溜溜""嘶溜溜""滴溜溜""出溜溜",例:

哎!上面花溜溜,下面流流花,一字儿黑扠扠。(5·244)

他又说:"有那吃不了的稀溜溜的饭儿,那酸溜溜的菜儿,虎皮酱瓜儿,咸鸭蛋儿。那热腾腾的老米饭烧小猪儿的脊梁盖儿,青韭猪肉馅的饽饽,不要醋合蒜儿。"(17·86)

未说话,把鼻涕抽。假喉咙,酸溜溜。媚气的狠,美了个够。(22·106)

乌云儿梳元宝,光溜溜两头儿俏。半蓬松水鬓描。扁方儿把金色,一丈青儿穿着一朵石榴,颜色儿姣。(22·251)

直溜溜鼻端多爱清正,一拧拧樱桃口鲜红。(23·488)

丑爷一见还不解意,只见坐下战马先被刮得二目难睁。不由嘶溜溜一声吼叫,蹄跳咆哮干旋不走。(24·403)

滴溜溜刚把疆礤上,朱门两厢闪金光。(56·132)

山楂糕、奶子糕、葡萄糕,小鞭子儿、小胡子儿、嘎儿、棒儿、竹马儿、小炮儿、黄烟儿、明灯儿、滴滴金儿、出溜溜的飞老鼠、换取灯子咧。(57·182)

按:以上例中的两个"酸溜溜"意义不同,第一个"酸溜溜"是对味道的一种客观描述,第二个"酸溜溜"则带有贬义色彩,指"人装腔作势、扭捏作态"。所以上文才指出带有"溜溜"词缀的词语大多是中性色彩或倾向于褒义色彩,因为其中有一些有贬义色彩。

除在ABB式中作为词缀外,车王府曲本中还有三例"溜溜"在AABB式中作为词缀的用例,即:

真是直扭起来,在当街上滴滴溜溜的乱转。(48·142)

不用说别的,你睄睄这屋里打官私的多着呢,谁像你穿的这庅滑滑溜溜的?打扮的这庅花蒲哥儿似的?(48·315)

小姐却来在房中,一边吃。失失溜溜心害怕,就似那,偷盗之人一样全。(49·422)

按:以上3例中的"滴滴溜溜""滑滑溜溜""失失溜溜"即是车王府曲本中"溜溜"在AABB式中的用例。

车王府曲本中词缀多的一个表现,还在于有些词语重叠后会加上原本不需存在的词缀,或者将带有词缀的词语中的原有词根重叠,形成一种AA子的结构形式。当然，AA子到底是因为何种原因形成，有时并不好判定，如"妹妹子"就无法判定是在"妹妹"的基础上形成，还是在"妹子"的基础上形成。不过，这并不影响"妹妹子"的实际语义，其他"AA子"的情况与之相同。"妹妹子"在车王府曲本中的例证如下：

田蜜罐儿仗着他这两个妹妹子开着这个引香店。遇见大客人来下店，他姐妹出来陪酒，用酒灌醉了客人，就将客人的东西全都搜了去。（38·34）

"黄黄子"和"妹妹子"情况类似，作为詈词，"黄黄子"比"黄子"的描述性更强，车王府曲本中的例证如下：

呀！混账黄子，怎么问着你不言语，到底是往那里去咧？（20·409）

怎奈一个奶黄子未退的幼子，这样可恶！（25·108）

伍家父子还则罢了，惟有黑爷、丑爷不住嚷道，还带着口中不住大骂。只说："也不知弄的是他娘的什么黄黄子、野道狗、牛鼻子真真可恶！"（25·217）

车王府曲本中还有一些俗常不使用词缀的词语被附加了词缀，如常把"腿"写作"腿子"，例证如下：

手下小卒发喊声，一齐上前来动手。不容分说似猛熊，拖着腿子拉下去。（33·380）

显然，"腿子"与"腿子"的内涵相同，作者此处为"腿"附加词缀"子"，从表象上看是为了满足句中字数的要求，但在车王府曲本中，"腿子"多次出现，例：

豺狼的偏将夸威武，獐兔的参军用知谋。貉子獾子为管队，许多的，快腿子走狗在四下里巡逻。（30·331）

我的哥，不好了，咱这腿子麻了，快来推我一把。（49·226）

像你这姿格儿天下少，奔楼头长黄毛，瘸着腿子，罗锅之腰，远瞧值一炮。近瞧长的真胡闹。（57·110）

故此，"腿子"并不是一个为了满足韵文字数要求而出现的一个临时性附加式词语，而是当时应用极为广泛的词语。

车王府曲本中还有一些构词语素略有差异的同义词，且其差别主要体现在是使用词缀"子"还是"儿"。例：

到此间，打一两香油要掺醋，抽冷子，抹一指头酱他就跑。（17·338）

你仗隐身将台上，抽冷儿，抢出三个桃木人，疾疾借遁处出去。（29·265）

公然抽①冷放弹子，着人咕咚倒在尘。（34·272）

按：《大词典收》"抽冷子"，未收"抽冷儿""抽冷"。从例证看，三者都表"趁人不注意采取某种行动"之义。与"抽冷儿"为儿化音的产物不同，"抽冷"的出现是因作者受句内字数限制，不得不将"子"去掉后才形成的一个不完整结构，即其不能脱离语境存在。

想罢，带住了坐骥，一回手把背后的葫芦摘下，拔出了塞子。（18·177）

一伸手，取出一个红葫芦，拔去塞儿手中擎。（29·31）

按："塞子""塞儿"义为"用于塞住容器出口的工具"。《大词典》收"塞子"，其书证出自现代文献且为孤证。

我只用说一个不依，只用把刀一恍，我的脑袋瓜儿也掉了，那可就齐了头儿咧。（21·331）

车夫听罢一席话，脑袋瓜子"哄"一声。二目銮铃四下瞅，好似作贼一样全。（21·364）

八戒向前嘻嘻嘻的笑着，在南极子的脑瓜子上打了一掌。（27·247）

一个箭步蹿过去，趁势儿一刀干下他的脑瓜儿来。（30·301）

按："脑袋瓜儿""脑袋瓜子"两者仅是词缀"儿"与"子"的区别，词义完全相同。"脑瓜子""脑瓜儿"与之同义，差异也在词缀。但不同的是，《大词典》中，"脑袋瓜子"为清代词语、"脑瓜子"为现代词语，但未收"脑袋瓜儿""脑瓜儿"，只收"脑袋瓜""脑瓜"。

但见东南城墙倒，有一段大豁口子把路行。（41·508）

按："豁口子"即"缺口"，《大词典》收"豁口"，但书证过晚，未收"豁口子"。

蒋绍愚（2005）指出："从认知的角度解释语言现象和语言演变，不能简单化，不能认为对同一事物只能有一种认知方式，从而只能有一种语言表达形式。"②车王府曲本中同一个词语使用不同词缀、但语法功能及表义功能完全相同的现象，恰是对此观点的有力阐释。另，车王府曲本中同一个词语使用不同词缀时，词缀的位置不全是位于词尾，有时还位于结构中间，如"眼皮

---

① "抽"，车王府曲本写作"瞅"，为讹文。

② 蒋绍愚：《关于汉语史研究的几个问题》，载蒋绍愚《汉语词汇语法史论文续集》，商务印书馆2005年版，第18页。

子浅""眼皮儿浅",例:

可就论到欲广福田,须凭心地,这才显出大富大贵的人物,不至于眼皮子浅。(22·243)

眼皮儿浅,手儿脚儿不稳成,睄见人家东西爱。睄见人家东西爱,你黑上,设法偷去影无踪。(28·415)

按:据《大词典》,"眼皮子浅""抽冷子""塞子"都是方言词,且其所举例证晚于曲本。就《大词典》看,主要收录带有词缀"子"的词语,较少收录带有词缀"儿"的词语。究其因,"子""儿"虽都为词缀,但前者是常规词缀,后者是儿化形式的词缀。这也可从以下词语看出。

只怕他抽空儿请了老道士回来,问住咱们无言可对,使我含羞。不如备马,咱们快快的走罢!(27·229)

这矮爷,溜溜秋秋抽空子,好抢木人去报功。(29·266)

按:《大词典》收"抽空",所举例证中写作"抽空儿"。综合可见信息,可推知《大词典》编者极少单列带有词缀"儿"的词语。至于"抽空子"《大词典》则未收,因其与"抽空儿"不同,它并不是一个词语。

车王府曲本中存有紧密相连的上下文中同时使用一个词语带有词缀"子"和"儿"的情况。例:"'快把生石灰取来,洒在他的眼眶子里。''哦。'该官答应。登时取来,把生石灰捏了一捏子往他眼眶儿里边一撒,只蜇的奸王夫差满地下打滚,热汗浑身,口中只嚷'杀了我罢,这样刑法实然我难受'。(29.380)""眼眶子""眼眶儿"就属于这种情况,查其因,主要是为了让上下文有一种语言的变化美。

(三)具有数量众多的儿化词

由于车王府曲本的大部分作者主要居住在京津一带,从词汇角度看,一个典型表现就是使用了大量的儿化词。例:

清清净净儿的咱们两个在一块儿坐一坐儿,喝两盅儿,说会话儿,谈谈岂不是好?(33·489)

按:上例使用了"清清净净儿""一块儿""坐一坐儿""盅儿""话儿"等五个儿化音。使用儿化是车王府曲本中常见的现象,但不是所有的词都儿化,单就同一个词来看,有时儿化,有时不儿化,如某一义位为清代词义的"可怜见儿""可怜见",例:

春生此际才可怜见儿的呢，哭又不敢哭，跑又跑不动，好容易出了北关。（22·247）

又想起，仆妇郑氏说的话，人有高低贵贱分，说的那等可怜见。（34·342）

再如某一义位为清代词义的"穷心""穷心儿"，例：

咱们辛辛苦苦来了会子，大家扰他个穷心罢。（33·290）

使得，和不吃老马一个穷心儿？（34·398）

再如清代词语"死心眼""死心眼儿"，例：

这本是，买卖人和气胡拉近，竟遇着，包兴忠厚死心眼的人。（17·370）

这你哪挑的虽是，可有点儿死心眼儿。（22·302）

按："可怜见""穷心""死心眼"与其儿化形式词义及词性都相同，仅是一种音变现象，不属于构词形式。具体看，儿化的类型基本上如方梅（2018）所言："北京话的儿化现象有性质不同的两类，一为音变儿化，一为小称儿化。音变儿化是单纯由语音条件促发的，不涉及语义和词汇的句法类别的变化；而发生小称儿化的词汇，有三种情况：第一，词汇基本意义不变，只改变了附加色彩，比如形态小、可爱等。第二，儿化后既有词汇意义的改变，又有词类的改变，属于构词形态。第三，儿化仅仅作为名词化手段，功能在于改变词类。"[①] 根据我们的研究目的及方梅的分类，此处所言车王府曲本清代词语中的儿化词指的是儿化后词义发生改变，或词义与词性都改变的儿化词。

五、具有其他各种较为特殊的词语现象[②]

车王府曲本词汇系统中的成员在成词方式、词的结构等方面，特征有时较为鲜明，如通过类推产生新的词语。

车王府曲本作者有时会依据上下文语境中相关词语，为某个词语添加语素，如《施公案·访五虎》作者受上文语境"小人"、下文语境"小女"的影响，将"犬子"写作"小犬子"，例：

[①] 方梅：《浮现语法——基于汉语口语和书面语的研究》，商务印书馆2018年版，第215页。

[②] 车王府曲本词语的表现形式较为复杂，较难将其以大条目的形式呈现，故而此处将其单归为一类。

小人就在本县住，一家四口过光阴。小犬子，今年方交十六岁，小女三八二十四春，小的姓刘叫玉昆。(34·432)

此外，车王府曲本中还有一种词语，具有两种不同形式但意义完全相同。其差别主要在于结构中的实语素。如"仗腰眼子""仗腰子"，其词义完全相同，但其主要构成语素"腰眼子""腰子"单讲时意义不同，只是与"仗"组合时，成为同义词。例证如下：

且说包公把六合王的报呈从头至尾看了一遍，由不得又惊又喜。说："怪不得狄青他冠袍带履来的齐全，不像偷来之物。在当堂胡拉乱扯，原来仗着太妃是姑母、六合王是他表兄，有这样仗腰眼子的怕什么？"(23·70)

王道士乍着胆子复又回来，果见师付（傅）坐在台上，心中有了主意。趁着有仗腰子的在此，又见延寿揪住妖狐，正是打便宜拳头的时候儿，跳上法台动手便打。(30·346)

车王府曲本中，有些作者为保证前后两句在格式上的统一，把一个原本不能拆开的词拆开使用，如下文中的"好东好西""干急干躁""消合息"。

爱惜孙膑如真宝，就犹如，掌上明珠一般仝。好东好西他使用，剩菜剩饭给我道洪。(30·429)

按："东西"是轻声词，即"东"与"西"的词义地位不相当，不能将其作为并列意义看待。但在上例中，因受下文"剩菜剩饭"的影响，作者将其拆开，变为"好东好西"，这种拆分，无论是语法还是词义都不合规则，但考虑到"对文"的特殊情况，故此不能将其看成是讹文。

小的前来要报信，怎奈那，闭门不放人出入。无奈之何只淨等，干急干躁枉用工。(35·230)

按："干急干躁"即"干急躁"之义，此处作者为凑齐字数，将"干"置于"急躁"前部和内部，形成并列结构，为临时用法。

但净女子消合息，得便拎拏至易容。(40·264)

按："消合息"即"消息"。作者将其拆开使用的原因也是为了凑足字数。

六、具有较多的疑难词语

蒋绍愚在谈及近代汉语的词汇时，指出："在近代汉语的各个阶段，都有很多新产生的词语,由于时代的隔阂,其中有不少词语意义今天已经不清楚了,必须通过考释弄清其意义,这对于阅读近代汉语的文献以及弄清楚近代汉语词汇的面貌都是十分重要的。"[1] 车王府曲本中的部分疑难词语因这个因素而产生,但有些也因古代没有严格的正字法、方言土语词诸多,兼以文献主要以作者抄录的形式存在等因素的影响而产生。

著者在《车王府藏曲本清代词汇研究》一书中已对其中的部分疑难词语,如"首儿""关米""嘎七吗八""抽奉""出溜锅""射敌""倭苗""遇逆""地塌子""自捣鬼""打康灯""虎不拉""乌秃""花鸤鸪儿""哈账""托堪""交子""咪吗呼""古董""拉龙""秃挆""吊歪""咕喵旮旯""即溜咕噜""古戎""撅列"[2] "雁孤""冒儿不登""猛古丁""冷个丁""治公云鞋""打愣愣""脑儿赛""亮儿""打拧拧""阴不答""醉马咕咚"等作过详细考校。不过,车王府曲本中的疑难词语并不限于以上这些,著者将在本章第五节对此作以详述。

七、同一词语具有相反的感情色彩

就词义感情色彩看,车王府曲本中,同一个词语有时具有相反的感情色彩,如"活该",例:

辛亏还算手疾眼快,不然时,倘有个磕碰我们就活该。(22·224)

恶贼活该倒运,他竟听不出话音还往下讲。(24·333)

刘二活该转过运,遇见太爷发善心。从此再不受挟制,合家大小感深恩。(21·432)

公子的信香果然灵验,乐仙长阮然来了,师尊活该有救。(29·470)

按:前两例中"活该"表"因人做了一些不好之事,进而出现倒霉、厄运,但并不值得别人同情",偏向于贬义。后两例中,"活该"表"命中注定"义,倾向于褒义。这种情况说明车王府曲本中用词情况较为复杂,考察某一个词的词义或色彩及其他相关信息时,必须结合它所在的语境。

---

[1] 蒋绍愚:《近代汉语研究概要》,北京大学出版社2005年版,第283页。

[2] "撅列",在车王府曲本中也写作"厥列",例:"六位刚在坐位一坐,只觉著屁股底下犹如针扎的一般,疼的他厥列的一声,就站起来了。(41·94)"

八、具有大量的等义词

成员数量极多的车王府曲本词语系统中，自然不乏大量等义词的使用。它们在丰富车王府曲本词汇系统的同时，也极大地提升了相应语句的变化力和表现力。

等义词指在任何条件下都可以互相替换的词语，在车王府曲本中呈现方式有两种情况。

（一）出现在不同的上下文语境中

那个说："就便累死了比饿死了强啊！累死你，到底还有劲儿呀抢江水喝，还麻力抢到手哇。"（20·350）

快些加劲儿，麻利着打呀！你等睄，不久的他每就要刨到了脚下。（21·194）

八戒闻听将头点，师兄的本领我知闻。说偷就偷麻力快，荡荡从来不脱空。（27·224）

按："麻力""麻利"在表"快速"时，同义。据《大词典》，两者产生的年代不同，"麻力"是清代产生的方言词，"麻利"是现代产生的方言词，但据车王府曲本，两者都是清代产生的词语。根据车王府曲本中的用例，可以拟测作为清代新产生的词语，"麻利"和"麻力"在"敏捷"义时，处于并行共存的状态。换言之，它们是同一个时代的人们对同一意义在文字形体上不同选择的结果。由于两者的书写都极为简便，于是就都得到了保留，成了在"敏捷"义上的等义词。

（二）出现在同一作品中但物理空间较远的等义词

这类等义词出现在同一作品的但不是紧密相连的上下文中，两者之间的物理空间稍远，例：

可恨梁王太无礼，强逼吾女作儿媳。（5·152）

可恨梁王逞权势，强逼我女做儿媳。（5·152）

按：从词义角度看，"吾""我"为等义词；从语用角度看，"吾"目前主要用于文言文中，而"我"则无此限制；从语法特征看，两者有一定的差异。此处划分标准较宽，只从词义角度着眼，故可将两者看作是等义词。

老爷正自来思想，忽听帐外交了亮钟。（19·325）

刚刚睡到天明亮，忽听谯楼撞晓钟。（19·327）

按："亮钟""晓钟"都指早上的报晓钟。"亮钟"在《大词典》中书证出自清代文献，"晓钟"则是唐代产生的词语。另，车王府曲本其他篇章中还有与之同义的"明钟"，例："那天将到蒙蒙亮，城中只听撞明钟。（19·303）"但未被《大词典》收录。不过，"明钟"在元曲中已有用例，如："一声明钟响。须索拜天尊。火速穿道服。连忙系法裙。里衣无暇着。头发乱纷纷。不曾将手洗。便去把香焚。"① 据此可推断出其产生的顺序为"晓钟""明钟""亮钟"。

（三）出现在紧密相连上下文中的等义词

车王府曲本中，紧连的上下文常更换使用同义词，如"吾"与"我"的换用。这些细小变化不仅不会影响文本语言的大局，还为受众提供了细微的变化之美，同时也体现了汉语词汇系统中，同义词数量繁多的现象。

周大夫移步来至床边侧坐，伸三指按定了左脉闭目合睛。（22·306）

穆公子随向医生款款的问道，我学生病缘何起，还望说明。周医官口尊相公，乃是思虑过度，这贵恙伤于心血感于七情。（2·306）

按："大夫""医生"为等义词。

你们两，好生看待小慈云，重生父母差多少？如仝那，再世爷娘争几分？（42·279）

按："父母""爷娘"意义相同。

若提黄巡道，他是我们顺德府沙河县人氏。为人固执，只有他一个姑母与他相合。因为从小儿奶多病，是他姑娘奶养成人。（41·224）

按："姑母"与"姑娘"为等义词。

我只顾与你老人家饮酒，我把师娘忘却了。也该到后面见见师母请安才是正礼，如何在此处饮酒？岂不叫师母闻知见怪于我？（42·143）

按："师娘"与"师母"为等义词。

以上几例等义词在紧密相连的上下文中先后出现，这种用词法可以使语句具有动态的变化美，同时也便于受众随文思考这些之间的关系。

---

① 霍松林、申士尧主编：《中国古代戏曲名著鉴赏辞典》，中国广播电视出版社1992年版，第225页。

九、有大量的市语

市语最早见于唐代，宋代开始兴盛，它"不仅包括行话，而且还包括某些会社和阶层的特殊用语"[①]。车王府曲本中，市语主要指江湖人士、土匪强盗、小偷等的专用术语，主要用于在公开场合谈论不易为他人获知的信息，或同类人见面时所用的一些带有特定含义的词语或语句。较为珍贵的是，说唱鼓词《刘公案·沧州》的作者对当时市语的使用情况做了述评，并举了一些典型例证，具体如下：

列公，方才陈大勇上墙，眼望王明吊坎，说市语。古时坎儿最贵，非离了真正江湖，才会吊市语。再不然就是外州府县，公衙中爷们会坎儿，差不多的都不会吊坎。哪像如今乾隆年间，人伶俐了，坎也贱咧，如今，差不多都会了。旂下老爷们下了班，撞见朋友了，这个"阿哥，那磣？我才下班，阿哥喝酒容罢！""好兄弟，我才搬了山了。"那位又说："阿哥，脸上一团怒色。"这位说："兄弟不知道，了不得！好发什昏洼布鲁，他攒里真是尖刚儿！罢了！我们再说罢，兄弟请罢！""阿哥也不候兄弟咬叶了。"列公，这位让喝酒，他说"搬了山了"，是喝了酒了；又问这位脸带怒色，他说"好发什昏"，是满洲话活该的人；"洼布鲁"是罢话；又说"攒里真是尖刚儿"，这句又是坎儿，这是那人心里利害；"不候咬叶"，咬叶是喝茶，这叫作满洲活带坎儿。为甚么愚下说坎儿贱了呢？就是头里陈大勇和王明打市语，待愚下破说明白。诸公知者的，听之爽神；不知者的，说出满嘴会多的。待在下说破，众位不知是什么好。王明他说"神凑子洼儿里的花班"，这是庙里的和尚；又说"戎孙戎孙月丁"，是两个贼；"果"是妇人；"赊果"是养汉奶奶。（43·465）

上文中，虽然作者说当时市语的社会使用面有所扩大，但并不是所有人都懂市语，故而他才会做出详细介绍，这是对市语隐秘性特征的折射。这段话特征鲜明，满汉混用、通语和市语混用，展现了清代中后期江湖人士的话语特征乃至当时社会层面的话语特征。它也被清代同名公案小说《刘公案》照搬，这种现象首先反映出说唱鼓词和公案小说之间的密切关系，也说明公案说唱鼓词具有旺盛的生命，及被小说直接借鉴的能力。

[①] 陈高华，徐吉军主编：《中国风俗通史·宋代卷》，上海文艺出版社2001年版，第699页。

虽然车王府曲本其他作品中的市语不如这段例证特色鲜明，但也隐约地体现了当时市语的使用情况，例：

这个说："大爷睄，好一个小老婆子，长了个风骚。"那个闻听忙用胳膊肘子把那个人拐了一下，又把眼挤了两挤，他就吊坎儿说话咧。"合子春点儿念吐，要叫果什连亲丁逊着，必噫哄。"众位，这几句话知者听之兴神，不知道的心中纳闷。（31·477）

作者在下文中对"合子春点儿念吐，要叫果什连亲丁逊着，必噫哄"做出了解释：

众位留神，这"合子春点念吐"是"朋友不必说了"，"果什连亲丁逊着必噫哄"是"教跟随人听见必得打架"。（31·478）

车王府曲本中，当市语出现的时候，作者自释几乎已经是惯例，再如：

且说二公差听朱桂说坎儿，心里明白。忽听朱桂又吊坎儿说："咱们一仝去悦上。在朵宝窑儿里杂上果什连，好一仝如井见翅子儿。"那一个公差也吊坎说："不用吹打咧，合子都攒壳了。"（36·157）

这段话表明，公差能听懂江湖人士的市语，正好印证了上文说唱鼓词《刘公案·沧州》作者所言之事。不过，作者深知，公差和江湖人士都明白，但普通民众不一定知道，因此他在下文对此做出了解说：

众公，这是甚广话呢？听我解说明白。"晃上"呢，是"锁上了"。"朵宝窑儿"呢，是"淫妇之家"。"果什连"，"淫妇"。"井儿见翅子"，是"进城见老爷"。"合子儿攒壳"呢，是"朋友心里明白了"。（36·157）

作者的解释，让受众经历了从疑惑不解到恍然大悟的认知历程，从而产生了一种获得新知的愉悦感。从词汇的角度看，虽然这些词语的使用面较窄，但对它们进行研究也具有一定的价值，如蒋冀骋、吴福祥等指出："元曲和明清话本中所使用的市语、行话之多，堪居中国古典文学作品之首，就范围而言，三教九流，天文地理，皆有涉及，若不知市语行话，根本就读不懂有关资料。"[①] 虽然车王府曲本作者有时会对涉及的市语进行解释，但还有大部分没有得到解释，因此对它们进行研究，可有助于相关研究者对文本的理解与阐释。市语的内容在一定意义上也表明了当时江湖人士的素质及文化心理，对其进行深度挖掘，不仅能了解清代中后期江湖人士这个群体，还能从中探

---

① 蒋冀骋、吴福祥：《近代汉语纲要》，湖南教育出版社1997年版，第189页。

知有关的社会文化现象。

古来之人不邪派,要到了,如今保管混猜云。必说是,唱戏小旦好模样,再不然,就是人家是卯孙。(41·158)

按:"卯孙"指"男妓"。

十、典故词数量较多

车王府曲本中有数量可观的典故词,它们以丰厚的文化意蕴使车王府曲本作者能在较短的语句内呈现出层次及意蕴更为丰富的内容。

办行装归故里忙登路径,他日乘鸾凤姣自做牵红。(2·299)

按:"牵红"义为"选婿"或"择妻",典出五代王仁裕《开元天宝遗事·牵红丝娶妇》。"郭元振少时,美风姿,有才艺。宰相张嘉欲纳为婿。元振曰:'知公门下有女五人,未知孰陋,事不可仓卒,更待忖之。'张曰:'吾女各有姿色,即不知谁是匹偶。以子风骨奇秀,非常人也。吾欲令五女各持一丝,幔前使子取便牵之,得者为婿。'元振欣然从命。遂牵一红丝线,得第三女,大有姿色。后果然随夫贵达也"。①"牵红"的典故中,还蕴含着中华民族对红色的文化执念,即作为一种喜庆的色彩,它不仅只被用于已经确定的喜庆场合,也会用于预示或有可能是喜庆结果的场合。

呀!我的儿生来得四体不错,读过了五车书智广才多。(2·329)

按:"五车书"形容"读书多,学问渊博",典出《庄子·天下》,原文曰:"惠施多方,其书五车。"用五车书形容读书多的主要原因,与当时书写载体竹简有关。一只竹简上所能写的汉字一般有30字左右,因此,对藏书较多的人而言,家里的书以车为计量单位,是一件极为正常的事。

前在荥阳,被胯夫他用车战,将孤战败回都,切齿痛恨!(2·341)

按:"胯夫"代指"韩信",典出《史记·淮阴侯列传》。其事为:"淮阴屠中少年,有侮信者,曰:'若虽长大,好带刀剑,中情怯耳。'众辱之曰:'信能死,刺我;不能死,出我裤下。'于是信熟视之,俯出裤下,蒲伏。一市人皆笑信,以为怯。"②当然,"胯夫"仅是从中演绎出的一个典故词,从中演绎出

---

① (清)顾贞观撰、张秉戌笺注:《弹指词笺注》,北京出版社集团公司、文津出版社2017年版,第9页。
② 田秉锷、周骋:《高祖本纪汇注》,三晋出版社2021年版,第93页。

的其他典故词还有"胯下之辱""胯下辱""胯下韩信"等。

> 尔等为刘氏者左袒，为吕者右袒，本尉好定行止。(章白)众将官，高祖皇帝创立天下，恩养人民，昊天罔极，你等俱有天良，谁敢右袒？(众同白)吾等俱已左袒。(章、众笑介)哈哈哈哈，此乃仗高皇在天之灵，六军同心，尽已左袒，吕氏当灭也。(2·405)

按："左袒""右袒"都指的是在立场上支持某一方，典出《史记·吕太后本纪》，原文为："太尉将之入军门，行令军中曰，'为吕氏右袒，为刘氏左袒。'"①清代梁松年释"左袒"条时，引《春秋左传正义》曰："人有左右，右便而左不便，故以所助者为右，不助者为左。士匄、王孙贾先于周勃，皆尚右袒，当以右袒为当。而俗不言右袒，而言左袒，何耶？按：左、右袒，本于《仪礼》，凡吉凶事皆袒左，惟受刑袒右。周勃取此意，言为吕氏者当刑耳。俗言左袒，未可厚非。"②后常用"右袒"指代支持谋逆者的人。

> 自愧素质天然俏，为动琴心下蓝桥。(3·182)

按："蓝桥"指相爱男女约会之处，典出唐代裴铏的《传奇·裴航》，其文曰："一饮琼浆百感生，玄霜捣尽见云英。蓝桥便是神仙窟，何必崎岖上玉清。"③

> 柳营拴战马，虎帐夜谈兵。(3·236)

按："柳营"代指纪律严明的军营，典出《史记·绛侯周勃世家》。原文为："乃以宗正刘礼为将军，军霸上；祝兹侯徐厉为将军，军棘门；以河内守亚夫为将军，军细柳；以备胡。上自劳军。至霸上及棘门军，直驰入，将以下骑送迎。已而之细柳军，军士吏被甲，锐兵刃，彀弓弩，持满。天子先驱至，不得入。先驱曰：'天子且至！'军门都尉曰：'将军令曰"军中闻将军令，不闻天子之诏"。'居无何，上至，又不得入。"④

> 此乃假途灭虢之计。你留心去办，切勿漏我形踪。(3·276)

按："假途灭虢"泛指表面向对方借路或让对方行方便，实则欲借机灭掉对方，典出《左传·僖公五年》。原文为："晋荀息请以屈产之乘与垂棘之璧，假道于虞以伐虢。"⑤

---

① (汉)司马迁：《史记》第1卷，吉林摄影出版社2004年版，第107页。
② (清)梁松年著、刘正刚整理：《梁松年集》，广东人民出版社2018年版，第296页。
③ 周振甫主编：《唐诗宋词元曲全集·全唐诗》第16册，黄山书社1999年版，第6332页。
④ (汉)司马迁原著，(清)蒋善辑，党艺峰整理：《史记汇纂》，商务印书馆2017年版，第298页。
⑤ (春秋)左丘明：《春秋左传》，北方妇女儿童出版社2017年版，第60页。

关盼盼燕子楼，杨国忠肉屏风，这不是近代的故事吗？（4·463）

按：关盼盼燕子楼指的是唐代舞妓关盼盼"燕子楼空"的典故，燕子楼是关盼盼的住所，后常以燕子楼代指女性住所，以关盼盼与燕子楼代指人去楼空。"肉屏风"用于形容达官贵人生活奢侈无度，妻妾众多，典出五代王仁裕的《开元天宝遗事下·肉阵》。原文为："杨国忠于冬月，常选婢妾肥大者，行列于前，令遮风。盖借人之气相暖，故谓之肉阵。"[①]

家私豪富夸乡里，三侯莫比。英雄士在风云会，利器乘时，肯作处囊锥。（14·1）

按："处囊锥"典出"毛遂自荐"故事，喻指处在囊中的锋利锥子会很快露出锋芒，脱颖而出。

在简洁的形式内呈现最丰富的文化内涵及独一无二的故事，是典故词的独特之处，也是其他词语无法与之抗衡的特征。它的存在，弥补了词语在形式上无法呈现多维度、多文化内涵、多故事性的缺陷。

十一、音译自少数民族的词语较多

车王府曲本中，音译自少数民族的词语主要指音译自满语、蒙古语及藏语的词语。从数量上看，音译自少数民族语言的词语主要来自满语，其次是蒙古语，最后是藏语。因车王府曲本中的音译满语词较多，故本书将单立章节研究，此处只以音译自蒙古语及藏语的词语为例，说明车王府曲本中音译自少数民族语言的词语较多。

（一）音译自蒙古语的词语

车王府曲本中音译自蒙古语的词语只是作者处于表达需要而选用，因此在意义和词性上没有规律可循，部分词语如下：

唆啰宴，快去准备打辣酥伺候。（2·363）

按："打辣酥"音译自蒙古语"darasun"。"darasun"义为"酒、黄酒"。明代张瀚《松窗梦语》"北虏纪"篇有："其地不产五谷，惟牧驼、马、牛、羊，食其肉，衣其皮，取其血乳置浑脱中，酿之月余，名打酪酥。宴会席地而坐，酋长处其上，余两旁列坐而下。中置牛羊，各出刃分割，用火少燎即糇，打

[①] 陆尊梧、李志江主编：《历代典故辞典》，作家出版社1992年版，第564页。

酪酥亦以次传饮。"① 据张瀚所述，打辣酥不同于一般的酒，它是蒙古人用动物血及乳液等酿制而成的酒，民族特色鲜明。虽然车王府曲本中只出现了一次，但是很多文献中都有它的身影，如《水浒传》《金瓶梅词话》中都有"热荡温和大辣酥"。由于是音译词，故"打辣酥"有多种写法，据方龄贵（2014）统计，有"打剌苏、打刺苏、打剌酥、打酾酥、嗒辣苏、打剌孙、答剌苏、答剌孙、打酪酥、大辣酥、打辣酥、打拉酥"② 等12种写法。这种现象充分说明古代对音译自少数民族的词汇没有严格的正字法，这种现象同时也成为研究相关文献中音译自少数民族词汇的障碍。

岳帅传下军令，人吃战饭，撒活战马，即刻抬营，务要擒拿齐国的太子、全山众寇，不许违令。（28·381）

按："撒活"即"撒花"，指"喂养马、驴等"。《醒世姻缘传》第三十八回也有相同用法，即："到了龙山，大家住下吃饭，撒活头口。"③ "撒活"也写作"撒和"，元代杨瑀在《山居新话》解释了"撒和"。"都城豪民，每遇假日，必以酒食招致省宪僚吏翘杰出群者款之，名曰撒和。凡人有远行者，至巳午时，以草料饲喂驴马，谓之撒和，欲其致远不乏也。"④

二人商议去预备，各回绣楼那敢停。俱都是，揭箱开柜搬纱缎，哔叽哈喇毡猩猩。（38·454）

按："哈喇"即"哈剌"，蒙古语音译词，义为"黑色"，钱大昕《十驾斋养新录·蒙古语》："元人以本国语命名，或取颜色，如……哈剌者，黑也。"⑤

催驴就把城门进，不走大街走胡同子。穿街过巷来的快，有人胡同下了驴。（15·118）

按："胡同"音译自蒙古语词"quduq"，义为"建筑物之间的通道"。关于它的来源，张清常（1985）在《释胡同》提出："胡同这个双音词有八种写法，应当是借字表音；明朝人增补的金韩孝彦《四声篇海》、明代字书《篇海类编》都说：'衖，音胡。衖衕，街也。'明梅膺祚《字汇》、张自烈《正字通》都说：

---

① 傅云龙、吴可主编：《唐宋明清文集第2辑·明人文集》卷2，天津古籍出版社2000年版，第685页。
② 方龄贵：《元明戏曲中的蒙古语》，云南人民出版社2014年版，第202页。
③ （清）西周生：《醒世姻缘传》（上），天津古籍出版社2016年版，第339页。
④ 清华大学国学研究院主编、方麟选编：《王国维文存》，江苏人民出版社2014年版，第671页。
⑤ 李思纯、柯劭忞：《新元史考证》，沈曾植注，上海书店1996年版，第127页。

'衚，衚衕，街也。'证明衚乃是个不成词的词素。"① 《北平风俗类征》引《丹铅总录》曰："今之巷道，名为胡洞，字书不载，或作衚衕，又作㖇㖇，皆无据也。"② 所以，"胡同"音译自蒙古语的观点具有一定的科学性，只是由于汉语中本来有联绵词这种特殊的词语，兼以"胡同"在元曲中早已出现，作为一个使用频率较高的词语，满语中也有与之类似的发音，因此关于它到底出自哪种语言，有所争议。尽管一词多形也是汉语中固有联绵词的一个典型特点，但像"胡同"这种有八种写法的联绵词的数量较少，故结合张清常等学者的考察，我们也将"胡同"认定为是音译自蒙古语的词语。

众叭嘟儿，起兵前往。（4·210）

众巴都，各自回营，听孤令下。（10·249）

按："叭嘟儿""巴都"为"勇士、英雄"之义，音译自蒙古语词"bahatur"，与满语音译词"巴图鲁"同义。元曲《苏武牧羊记》第六出中有："咱是边关一把都，鼻高眼大口含糊。"③ 马致远杂剧《破幽梦孤雁汉宫秋》第三折中有："把都儿，将毛延寿拿下，解送汉朝处置。"④

爱吃达拉酥。（5·83）

按："达拉酥"汉义为"酒"，音译自蒙古语"darasun"。宋代陈元靓《事林广记·蒙古译语》："酒，答剌速。"作为音译词，"达拉酥"的写法还有很多，如"大辣苏""答剌孙""打剌孙""打剌酥""大辣酥"。

（白）父王在上，孩儿叭咪。（王白）公主少礼，看座。（9·275）

国王、公主在上，末将叭咪。（9·275）

国王在上，乌尔阿巴咪。（9·301）

公主在上，末将达旦巴咪。（9·301）

一身好似离山虎，两脚犹如出海龙。二位太子在上，小番巴苏。（14·382）

按："叭咪""巴咪"义为"拜见""参见"之义，两者包括第5例中的"巴苏"应当是"把酥（把苏）"的误写，曲本也有"把酥"（把苏）的用例，如："狼主

---

① 张清常：《释胡同》，《语言教学与研究》1985年第4期，第108—116页。
② 李家瑞编，李诚、董洁整理：《北平风俗类征》（下），北京出版社2010年版，第414页。
③ 张永绵：《近代汉语概要》，沈阳出版社1989年版，第101页。
④ 李祥林：《元曲索隐》，四川教育出版社2003年版，第282页。

在上，外臣药葛罗把苏。（5·19）"

元曲《苏武牧羊记》中有："列位！新到的头目在那里大呼小叫，俺们见他，只是把酥，不要磕头与他。"① "叭哧"是蒙古族、满族等少数民族的特有请安礼，徐珂《清稗类钞》第二册礼制类"请安"条对"请安"做了史的阐释："请安之礼，始于辽，历金、元皆然，明代犹未尽革。后则非独满、蒙一族有之，汉族亦有行此礼者而尤盛于北方。《辽志》云：'凡男女拜皆同，其一足跪，一足着地，以手动为节，数止于三四。'彼言'捏骨地'者，即'跪'也。夫一足跪一足着地，即一足立而着地，但屈彼一足也。以手动为节，即垂手近足跗之节也。但言数止三四，似犹有繁简不通，固不仅如后之垂右手屈左膝之各仅一次也。"②

又听得马儿嘶、嘶、嘶，车儿咿、咿、咿，炮儿哄、哄、哄，鼓儿咚、咚、咚。奔儿奔的奔，醺儿醺的醺，都是一班歪剌军。（13·436）

老鸨儿闻言由不的笑，必真是个傻冤家。连一个随机应变、见景生情也不知道，难为你还在烟花作歪拉。（55·494）

按："歪剌""歪拉"即"歪剌"，义为"卑劣下贱的人"。据方龄贵（2001）考察，它的本义有4种观点："臭肉说；不正说；妇女相詈之辞，义为不好说；瓦剌音转说。"③ 并通过审慎考辨，指出"歪剌骨（及其他种种同音异写）当出于瓦剌姑或瓦剌国，而歪剌、瓦剌等等也就是斡亦剌"④。此处著者也将"歪剌"看作是源自蒙古语的音译词。

有一二十匹马拴在树上，挂着八副撒袋，方有几个小卒坐在树下。（32·109）

按："撒袋"即"箭袋"，王瑛（1991）等认为它来自蒙古语，并举明代郭造卿《卢龙塞略》中例证"撒袋曰撒答"，同时从音转上对其做了考察。他们指出"从对音上说，'撒答'禾'撒袋'实即同语。'撒答'应对 sada，而'撒袋'则对 sadai。区别惟在结尾 –a, –ai 的不同，这在蒙古语中是并不奇怪的"⑤，由

---

① 方龄贵主编：《元明戏曲中的蒙古语》，汉语大词典出版社1991年版，第177页。
② （清）徐珂：《清稗类钞》，中华书局1984年版，第489—490页。
③ 方龄贵：《古典戏曲外来语考释词典》，汉语大词典出版社、云南大学出版社2001年版，第289—290页。
④ 方龄贵：《古典戏曲外来语考释词典》，汉语大词典出版社云南大学出版社2001年版，第293页。
⑤ 王锳、曾明德：《诗词曲语辞集释》，语文出版社1991年版，第351—352页。

此"撒答"和"撒袋"实则所指一样，都是"箭袋"之义。清代官兵不是所有场合都佩戴撒袋。奕赓指出："每随扈，三旗轮出什长一员带囊行走。三旗合派侍卫数员，在豹尾枪之后，佩刀乘马拦阻闲人。……三旗共派二十人，内有什长一员，分为十对，佩撒袋乘马。如在紫禁城外、皇城以内各庙拈香及在园谒太后园请安时，俱不用撒袋，但佩腰刀，豹尾枪后不用莫因。"①

头宗儿，搭连里面有银子，行李之中更多财。怎的无人失了盗，我们的东西不见宗？（49·125）

按："搭连"是一种"中间开口的、可以挂在肩上及牲畜背上的长方形布袋"，早在元曲中就已出现，蒙古语中有"daling"满语中有"daliyan"。因此关于其到底起源于蒙古语还是满语其实不好界定，但是根据其形制，它起源于少数民族是确定无疑的事。

2. 音译自藏语的词语

车王府曲本中只有"喇嘛"一词音译自藏语，例：

托喇嘛，启奏人主佛至尊，口称他能会求雨，包管是就救生民。因此小神来回禀，法师作主怎施行？（32·37）

按："喇嘛"原出自藏语，义为"上师"，后被满语引进，称之为"lama"，遂又音译成"喇嘛"。

以上仅是从宏观角度列举了车王府曲本词汇系统的11个相对典型的特征，至于其他的特征，本书在其他的章节中会做出多寡不一的呈现与研究。

第二节 车王府曲本中词语的典型结构

一种语言能够世代流传，不仅是因为它有相对静态的句子结构，相对稳定的词语结构也是其必须的前提，因为词是构成句子的基本单位，词的结构不稳定，句子结构就不稳定。即是说，任何一种语言中的词都具有相对稳定的结构形式，即常规结构形式。词语的常规结构方式，包括联合式、偏正式、动宾式、主谓式及补充式等，有关研究成果数不胜数。可以说，这些常

---

① （清）奕赓：《佳梦轩丛著》，北京古籍出版社1994年版，第67页。

规结构方式基本上已被梳理得清晰透彻,除非是特殊词语,否则研究清代文献中的它们较难有新的发现和突破。故此处不再对车王府曲本词语的常规结构方式展开讨论,而只选取其中较有特色且数量较多的几种词语结构方式进行讨论。

苏新春(1997)指出:"理想的语言研究将是在语言文化意义的考察中着眼于语言的结构,在充分具有语言文化意义解释力的根据下致力于语言的描写。"[1] 由于此处重点强调车王府曲本中词的非常规结构方式,因此我们不重在对其文化意义的考察。

一、离合式词语

离合式指的是离合词内部扩充后形成的结构形式。离合词是一种特殊的动宾结构,基本构式为 VO[2] 格式,当 VO 中间没有其他成分时,被称作离合词,王希杰(2018)称之为"离合式复合词"[3]。当 VO 中间有其他成分时,则被称为离合短语,以区别于其他短语。与一般性短语不同,离合词中 VO 的搭配较为固定,即两者极少能为其他语素替换,例如,"游泳"可以说"游了一次泳",也可以说"游了泳",但不能将"游"或"泳"替换为其他语素。而一般性动宾式短语则不必如此,如,"打人"可说成"揍人","喝水"可说成"饮水",变换语素后,其核心理性义都没有发生变化。"语言的语法构式及其基本词汇是语言的基础,是语言特点的本质"[4],一种语言拥有的任何一种语法构式,无论其形式如何,其核心特征都会与其语言本体特征相符合,如离合式扩展或不扩展,其结构都与汉语语法构式相同;另外,新语法构式的出现也是其使用群体应社会语境变化而出现的一种源自原语法结构的创新。

著者(2015)在研究车王府曲本中的重要构成部分子弟书时,指出它使用离合词的原因是"作为说唱文学的一种,其语言的口语化色彩非常浓厚,人

---

[1] 苏新春:《词义文化的钩沉探赜》,广州出版社1997年版,第4页。
[2] 本书中 O 代指宾语。
[3] 王希杰:《汉语词汇学》,商务印书馆2018年版,第169页。
[4] 斯大林:《马克思主义和语言学问题》,载斯大林《斯大林选集》下卷,人民出版社1979年版,第517页。

物语言灵活多变。在具体语境中，为了增加表述的生动形象性，经常使用离合词"①。但由于数量过少，仅是对其所用的几个离合词做了简单分析，无法说明车王府曲本中离合词语的整体特征，故此，我们通过对大量例证的分析，对车王府曲本中的离合词语从结构、语用等方面做了进一步深入研究。

车王府曲本中各部分体裁的内容中都有离合式词语的存在，这些词语多数是 AB 式的双音节词，有的是固定短语，包括习用语、成语等。在本书中，我们将前者离合后的形式称之为双音节词的离合式，后者称之为固定短语的离合式。

（一）离合式的结构形式

如上文所提，离合词语的主要格式为动宾结构，其内部添加成分后形成的离合式也为动宾结构，这种结构是车王府曲本中离合词语及其离合式的主要结构形式。除此外，车王府曲本中还有的离合式为主谓结构，但数量较少。

1. 动宾结构离合式

从音节数量看，动宾结构离合式包括双音节和多音节两类，后者则主要是固定短语中的习用语和成语。

（1）双音节词的离合式

双音节词的离合式占车王府曲本中离合词语的主流，如：

相爷，世间上只有误犯了夜，那有点起灯笼火把叫人犯夜的道理？那个又肯来？（2·373）

司马懿今日心中纳了闷，再诏某，必须要御驾亲临。（3·456）

不是这三件事情全凑在一处，这苏州城可就遭了糕了吓。（10·440）

妹子，你如今祸退身安，正该欢喜，怎么倒发起怔来了？（11·139）

那边儿有个老头子，毛之腰拣什么呢，问他一声儿。（14·180）

大人又问说："你庙中动工是几时止住的？"道人回禀说："自从那日老和尚无有踪影，就又动了两日工。"（25·472）

讨爷的示下，少爷又害起害怕来了。（35·162）

按：以上例中的"犯了夜""纳了闷""遭了糕""发起怔""毛之腰""动了两日工""害起害怕"分别是双音节词"犯夜""纳闷""发怔""毛腰""动工""害怕"的离合式，且例1中"犯了夜"与其基式"犯夜"共存。末例中，

---

① 王美雨：《车王府藏子弟书方言词语及满语词研究》，九州出版社2015年版，第38页。

"害起害怕"较为特殊,它重复了动宾结构中的动词,而不是简单地在结构中添加成分。

以上是比较常规的离合方式,车王府曲本中还有比较特殊的离合式,体现了人们在使用汉语或韵文中常见的对称思想,例:

万什么福?万你那个大豆腐。(14·133)

按:"万什么福"是"万福"的离合式。"万福"为偏正式结构,此处不仅被作者用作离合式,且被作者巧妙地将其以同音替代的形式变换为"万你那个大豆腐",诙谐中体现了这种离合式的魅力。

车王府曲本作者有时为保证前后两句在格式上的统一,经常把一个原本不能拆开的词拆开使用,如下面例证中的"好东好西""素东素西"。

爱惜孙膑如真宝,就犹如,掌上明珠一般仝。好东好西他使用,剩菜剩饭给我道洪。(30·429)

素东素西吃不惯,老爷总吃不爽神。我在下,有心今日打个赌,只怕老爷你不能。(32·32)

按:"东西"是轻声词,即"东"与"西"的词义地位不相当,不能将其作为并列意义看待。但在上例中,因受下文"剩菜剩饭"的影响,作者将其拆开,变为"好东好西"。这种拆分,无论是语法还是词义上都是不合规则的,但因出于"对文"的需要,故此不能将其看成是讹文。"素东素西"即"素东西"。与"好东西"一样,它的结构内部本不该插入其他成分,但作者为追求上下句字数的统一,将原本修饰整个结构的"素"迁延至结构内部,形成"素东素西"的结构。显然,"好东好西""素东素西"中"西"的语音已经发生变化,不再是轻声。车王府曲本中类似于"好东好西""素东素西"的离合式,我们将其看作是特殊的离合式。

(2)多音节的离合式

车王府曲本中多音节离合式数量不多,习用语的数量多于成语的数量。例:

犯我军令,理当斩首,难道让你闹会子毛包就算了么?(7·486)

按:"闹会子毛包"是"闹毛包"的离合式。

妈呀,我搀着你到外边,串个门子,散散心罢。(12·341)

按:"串个门子"是"串门子"的离合式。

却说包公闻听怨鬼之言,这才心下明白。又见刘大胆伸了一个懒腰说道:

"老包呀,咱家为何这等困的狠哪?"(25·419)

按:"伸了一个懒腰"是"伸懒腰"的离合式。

只须静候卢杞、黄嵩到来,你等尽力的殴打,休得畏惧他的威势。倒做了虎头蛇尾,贻笑于大方。(22·339)

按:"贻笑于大方"即"贻笑大方",出自《庄子·秋水》,原为"吾长见笑于大方之家"。此处"贻笑于大方"的用法复古,与其最初结构一致,但因其早已经被作为成语使用,所以此处将其看作是离合词。

大人如今拿我扎个筏子,问我一个诬赖好人之罪。把大人摘出,我和这一起子狗肏的滚上就是了。(43·320)

按:"扎个筏子"即"扎筏子",属于北京方言,指"找茬折磨人、拿别人撒气"。

2. 主谓结构的离合式

主谓结构的离合式严格来讲不是离合词,因为离合词的界定范围是动宾结构。但不能忽视的是有些结构固定的主谓结构词语内部的确可以添加成分,且结构和核心理性义不变,所以我们也将其放在此处进行讨论,"眼皮子又浅""十分恶不赦"可作为代表,例:

你也别管是谁说的。你总是想想你的道路行为,平常间作的是什庅事。手儿脚儿的,眼皮子又浅,睄见人家的东西咧,你就黑上咧,变着方法要偷。(28·415)

按:"眼皮子浅"是方言,《大词典》所举例证过晚。车王府曲本对它的多次运用,说明在清代的时候,它就已经是一个使用度较高的词语。

老爷分付说:"那一妇人不必害怕,唤你至此,所为的是你儿子所作的十分恶不赦之罪,故此传你到此。处决之日,好领你儿子尸首。"(25·450)

按:"十分恶不赦"是成语"十恶不赦"的离合式。

(二)离合式与基式的存现关系

车王府曲本中,离合式和基式的存现关系有两种。

1. 离合式和基式共存

哎,吃了我的酒,撒起我的酒疯来了,哎呀呀呀,跑。(9·19)

只因为,憎嫌官卑职又小,蟠桃会上撒酒疯,三反天宫诸神怕。(27·457)

按:"撒酒疯"是基式,"撒起我的酒疯"是离合式。《大词典》未收"撒酒疯",只收与之同义的"发酒疯"。

休管他,乡绅举人与拔贡,常言道,亲王犯法与民全。(17·134)

他本是,黉门秀士拔了贡,广有才学原是真。家内贫寒难上进,命中造,不该出仕争功名。(34·325)

按:"拔贡"是基式,"拔了贡"是离合式。

咱们娘俩宽宽罢,何必往我又拿糖。(21·373)

程氏婆子沉着脸道:"相公,我看着你十分精明,且是斯文一脉,终久必然是高登甲第,所以才肯将女儿与你为婚,你怎么反倒拿起糖来了?"(22·35)

按:"拿糖"是基式,"拿起糖"是离合式。

只从那老主宾天龙归海,文骄武弱少能臣。西夏番王就作耗,藐视天朝起亏心。(22·479)

公子着忙,口中说:"不好!想是那些面牛牲口作起耗来了。"(22·487)

按:"作耗"是基式,"作起耗"是离合式。

以上离合式的情况不同,如"撒酒疯""拿糖""拔贡"等与其离合式分属于不同的作品,"作耗"的基式与离合式则出现于同一作品中。

车王府曲本中,有时会出现同一个基式的不同离合式形式,如"上当"的离合式为"上了当""上了一个大当",例:

田狗儿闻听,这才明白,知道是上了当了。(25·448)

那人说:"小弟焉敢?只因尊驾不是杭州人,这才上了一个大当。"(26·68)

"发怔"有"发了怔""发了会子怔"两种离合形式,例:

朵思大王发了怔,登时面目俱发青,痴呆半晌才讲话。(20·187)

那人闻听发了会子怔,说:"不脱下来,知道的利害;脱罢,又是借的。"(34·404)

"发愣"有"发了愣""发了会子楞(愣)"两种离合式,例:

张别古,闻听此言发了愣,果然他竟把员外称。(25·396)

守备鲁老爷闻听梁老爷之言,不由心下着忙,吓的他们怕的楞鹅一般站在那里,呆獃獃发了会子楞。(21·443)

2. 有离合式无基式

当下太监刘大胆伸了一个懒腰，口中问道："老黑呀，咱家如何这等的睡呢？十分的困。哎哟，可是天有四更时分，这个鬼他别不来了罢？"（17·51）

伸了伸懒腰，口内说："好酒，好酒。"（20·395）

按：以上两例中体现的是"伸懒腰"的离合式，包括"伸了一个懒腰""伸了伸懒腰"两种形式，说明同一离合式内部可增加的成分比较灵活，可以不同的面貌出现。

（三）离合式内新增成分类型

车王府曲本中，动宾结构在构成离合式时，内部添加的成分词性多样、字数不一、结构不一，体现了离合式的独特结构性及其超高的语言表达力。总而言之，车王府曲本中的离合式内新增成分类型有以下几类。

1. 添加成分（数）（量）短语为主

在离合词内添加数量短语，使之成为离合式短语，是车王府曲本中离合式的主要形式，其主要形式添加单个数词、单个量词、动态助词和量词合用、趋向动词和数词、间接宾语和直接宾语中的定语部分数量短语，等等。这些添加的成分较为复杂，因其都含有数词或量词，故将其归为与数量短语有关的一类。车王府曲本中，内部添加成分以（数）（量）短语为主的离合式主要例证如下：

这是我秦琼瞎了眼，把一个响马当宾朋。没奈何扯住店家撒一个赖。（5·123）

打上一躬，唐通，请了。（5·203）

妈呀，我搀着你到外边，串个门子，散散心罢。（12·341）

现叫我说哩，说的好好的，打我一岔。（14·156）

刑科官听罢忠良一席话，不由心中吃一惊。（23·323）

那人说："小弟焉敢？只因尊驾不是杭州人，这才上了一个大当。"（26·68）

小的与他打了个千，就把假名帖奉上。（33·260）

按：宽泛看，以上例证中的离合式内部添加的主干部分都是数量短语，但情况又有所不同。例1与例6一样，"撒一个赖""上了一个大当"都为在离合词内部添加一个完整的数量短语后形成的离合式，但"上了一个大当"又比"撒一个赖"多了一个动态助词"了"。"撒一个赖"的基式为"撒赖"，车王府曲本中常用，例："劝妈妈，休悲哀。那奴才，反撒赖。（5·222）""一拥乱吵吵，不要耳刀怀。若不杀杨妃，我们奏撒赖。（16·156）""上了一个大当"，其基式为"上当"，车王府曲本中以使用其基式为主，如："他若肯上当，那时把大三件上上，还怕什么？（5·35）""（蒋白）咳，（唱）我算自己来上当。（3·416）""老妖狡猾不上当，把一位，行者孙爷急了个脸红。（28·63）""上了一个大当"中间添加的成分为动态助词"了"、数量短语"一个"及充当"当"定语的形容词"大"。添加成分较为复杂。例2离合式"打上一躬"的基式为"打躬"，车王府曲本中多次使用，如："元帅在上，小将打躬。（5·429）""向前来施一礼打躬问信，差李俊到何处放火杀人？（5·444）""大哥在上，众弟兄们打躬。（6·303）"车王府曲本中又写作"搭躬"，例："扶揖请免搭躬。（11·83）""揖，请免搭躬。（11·362）""打上一躬"中添加成分为"上""一"，前者为趋向动词，后者为数词。严格看，数词"一"为数量短语"一个"的省略形式。例3中离合式"串个门子"的基式为"串门子"，如："肖氏，肖氏。不知又往那里串门子去了。（12·338）"车王府曲本中，两者使用率都不高，基式有一例，离合式有两例，除例3外，另一例为："无事常来串门子，想着来呀！（8·466）""串个门子"中添加的成分只是量词"个"，省略了数量短语中的数词。与"打上一躬"不同，"串个门子"中不能只保留数词"一"。这是因为"一躬"的意义较为单纯，只有"鞠一功"的意思，而"一门子"的意义较为复杂，且与"串个门子"没有关系。例4中离合式"打我一个岔"比"打上一躬""串个门子"更为复杂，单从结构上看，它为双宾语结构，"一个岔"为间接宾语。如果将其看作是"打岔"的离合式，那么其内部添加的成分为"打"的间接宾语"我"与直接宾语的定语部分"一个"。根据车王府曲本中"打岔"主要以基式存在的事实，如："哎呀哎呀，你是怎么来打岔！我还没有说完。（8·392）""哎呀，唱不成了，缺少一个打岔的。（9·58）""你老人家先别打岔，让人家说完了。（11·226）"此处将"打我一个岔"视作"打岔"的离合式有一定的道理。例5中离合式"吃一惊"的基式为"吃惊"，其内部仅添加了数词"一"，较为简洁，它在车王府曲本中的复杂形式为"吃一大惊"，即除了数词"一"，还添加了"惊"修饰语"大"，例："焦休欣他被飞天豹连袍带甲抓了个结实，吃一大惊。（25·112）"例7中离合式为"打了个千"，其基式为"打千"，车王府曲本中以基式为主，例："这日刚才饭毕，只见内丁打千回话说：'有顺天府府尹施老爷遣役投批，现在衙外'。（31·468）""众公，要按大清国礼，让你官至一品，见了王子、贝子、贝勒，必先下马打千请安。王爷不过欠欠屁股说几句话儿。（34·22）"离合式"打了个千"中间添加的成分为动态助词"了"量词"个"。

据以上分析，车王府曲本中离合式内部添加有关数量短语的成分时，意义上以"一"为主，形式上以数量短语的简省形式"一"或"个"为主，并附之其他成分。其中，主要以添加单个量词"个"为主。除"串个门子"外，车王府曲本中其他此类格式的离合式还有"偷个空儿""告个便儿""赔个礼儿""个打赌""撒个野""拿个情""打个皮科""瞅个冷子""领教"，例证：

公主休要记恨。少时狄贤弟到了，与公主赔个礼儿，也就是了。（6·267）

媒婆子告个便儿。（8·253）

俺金玉奴，今日趁我爹爹不在家中，偷个空儿，去到街坊家串个门子，顽儿会去便了。（9·247）

素东素西吃不惯，老爷总吃不爽神。我在下，有心今日打个赌，只怕老爷你不能。（32·32）

若赌霸道使讹诈，关爷不是省油灯。我要一恼撒个野，管教你们丧残生。折毁窝巢方要马，你们才知那庙神。（33·355）

七珠眼望九黄拿个情，央及凶僧来解恨。（34·505）

心里想着扰盅酒，喝一点，打打馋虫才受用。打个皮科凑个趣，便宜酒儿饮几巡。（35·106）

有一人，身中无钱进饭店，吃了顿，铜钱二百有余零，瞅个冷子溜出去。（38·414）

那一个最快偏他爱说话，口内连连叫乡亲。在下不知领个教，但不晓，女子犯了甚罪名？（40·469）

除此外，车王府曲本中的离合式内添加成分还有量词"点"或"分"、数量短语"一盅""一台"及数量多于一的量词，如离合式"窝点心儿""下点气儿""吃一盅茶""放一台焰口""动了两日工"，例：

说不来，窝点心儿吞声忍气，到浑要问个底细切莫含糊。（22·304）

要不咱们与他下点气儿，给他点东西，认个造化低。且打发他回县，保浑平安也到罢了。（35·162）

这是一点薄仪,先生吃一盏茶。(17·69)

我家安人又惦记着女婿,给了我几两银子,叫我请几位和尚放一台焰口,超度超度冯公子,叫他早日升天界。(27·346)

老爷分付说:"那一妇人不必害怕,唤你至此,所为的是你儿子所作的十分恶不赦之罪,故此传你到此。处决之日,好领你儿子尸首。"(25·450)

大人又问说:"你庙中动工是几时止住的?"道人回禀说:"自从那日老和尚无有踪影,就又动了两日工。"(25·472)

2. 添加成分为动态助词

车王府曲本中离合式内添加成分为动态助词的可分为两种,一种是仅添加一个动态助词"了""着""过",如"鼓了噪""走了水""打了眼""发了楞""岔了气""拌了嘴""转了筋""奇了怪""失了风""犯了夜""奇了怪""出了分子""安了寝""毛之腰""蹚着水""赌着气子""打过尖""害过眼",例:

惊闻堂前鼓了噪。(4·464)

韩天化说:"昨夜天有三鼓,庞太师府中走了水。"(22·31)

饶这么小心又小心的,还保不齐闹打了眼。临期落个拍腿咂嘴喝凉水,往后来一辈子的窝心。(22·250)

老和尚,听言马上发了楞,不知来者是何人。(25·93)

没牙虎赶上前来把手一扬,才然要打,只见他眉毛一皱,胳膊一搭拉,岔了气咧,疼的他掘着胳肢窝口内"哎哟,哎哟"喊叫。(34·404)

小人问问他,他反到(倒)说我妇女不和气,家中拌了嘴,故此孤家吊死。(34·432)

三个妓者藏床下,唬的个个转了筋。连哆打战一堆挤,不敢哼哼呲一声。(35·154)

这就奇了怪哩,这殿内就是咱们二人,那里来的咳嗽之声?(35·203)

我说初次将舡上,那晓浔,海口之中失了风。(36·64)

你们今日犯了夜,这个罪名可不轻。不是贼盗定是拐,不然那你们有别情。(39.39)

可可不是没有了广!这可奇了怪咧。并无三人知道,怎会没有呢?(39·302)

及至出了分子回家,到了晚上要睡觉了,我这个觉那睡的着?(43·278)

大人也就安了寝,一夜题到天明。(43·387)

那边儿有个老头子，毛之腰拣什么呢，问他一声儿。（14·180）

他这里，急忙迈步走出门，蹚着水，一直奔到西屋内。（26·86）

罢了，罢了，好一个忍刑的狗官！你要不说难道放你不成？堵着气子把鞭子扔下。（35·163）

催马儿过了为那县，在十里坡前打过尖。（4·474）

我问你，成过家没有吓？（7·484）

这件小事很易容，小老当年害过眼，只疼的，死去活来几遍昏。（27·203）

从使用频率上看，车王府曲本中离合式内添加成分为动态助词时，主要是"了"，"着"与"过"基本相当。至于"毛之腰"中的"之"是"着"的方言音，车王府曲本中多处使用，例：

真有趣，小小的丫嬛偏偏的淘气，轻移步雅密静悄隐身形。毛之腰，暗暗走至公子的背后，向肩上一拍冷孤丁。（22·191）

另外一种是同时添加动态助词与其他成分，如"伸了伸懒腰""叉着个腰"，例：

伸了伸懒腰，口内说："好酒，好酒。"（20·395）

小童儿，多轻妙。肩头上，把祭礼挑。逞顽皮，蹽又跳卖机灵。颠又跑，还学那惯挑担子的村夫叉着个腰。（30·279）

按：离合式"伸了伸懒腰"的基式为"伸懒腰"，其添加成分的方式是将结构中动词"伸"重叠，附之于动态助词"了"。离合式"叉着个腰"的基式为"叉腰"，其内部添加的成分为动态助词"着"及量词"个"，属于车王府曲本中离合式内常用的添加成分。

3. 添加成分为趋向动词

车王府曲本中离合式内添加成分为趋向动词，主要是"起"，如离合式"发起怔""犟起嘴""拿起糖""作起耗"。与其他离合式不同，这种内部添加单个趋向动词的离合式（至少是在车王府曲本中）后必须跟有趋向动词"来"，且"来"之后大多需要跟有语气助词，如上面4个离合式进入句中的最终形式为"动起手来"[①]"发起症来了""犟起嘴来咧""拿起糖来了""作起耗来了""害起害怕来了"[②]，例：

[①] "动起手来"后之所以不是"动起手来了"的格式，是因为它所在语境为六字句式，不允许它多用字。

[②] "害起害怕来了"与其他同类离合词不同，它的内部不仅添加了趋向动词"起"，还重复了结构中的动词语素"害"。

若是动起手来,他有关公保驾,岂是他人敌手?(4·61)

妹子,你如今祸退身安,正该欢喜,怎么倒发起怔来了?(11·139)

好贱人,犟起嘴来咧。(14·134)

程氏婆子沉着脸道:"相公我看着你十分精明,且是斯文一脉,终久必然是高登甲第,所以才肯将女儿与你为婚,你怎么反倒拿起糖来了?"(22·35)

公子着忙,口中说:"不好!想是那些面牛牲口作起耗来了。"(22·487)

讨爷的示下,少爷又害起害怕来了。(35·162)

4. 添加成分为介词

车王府曲本中,离合式内部添加成分为介词的仅有"贻笑于大方"一个,例:

只须静候卢杞、黄嵩到来,你等尽力的殴打,休得畏惧他的威势,倒做了虎头蛇尾,贻笑于大方。(22·339)

显然,离合式内部能够添加介词是有条件的。一是它的基式不能为双音节离合词,至少要有三个音节;二是其基式离合短语内部大多是"$V + O_1 + O_2$",即大结构为双宾语结构。不过与一般双宾语不同,它的顺序是"动词+直接宾语+间接宾语",这也是它的中间为什么能添加介词的原因。因为需要条件,所以就著者已整理的语料看,车王府曲本中离合式内部添加介词的只有一例"贻笑于大方"。

5. 添加成分为副词

与内部添加成分为介词的离合式不同,内部添加成分为副词的离合式其结构方式需为主谓,且其音节数量多于两个,车王府曲本中这种离合式仅有"眼皮子又浅"一个,它的基式为"眼皮子浅"。例:

你也别管是谁说的,你总是想想你的道路行为,平常间作的是什庅事。手儿脚儿的,眼皮子又浅,瞧见人家的东西咧,你就黑上咧,变着方法要偷。(28·415)

6. 添加成分为名词

车王府曲本中内部添加成分为名词的离合式主要结构为并列结构,且其基式要多于两个音节,"头重脚跟轻"可作为代表,其基式为"头重脚轻"。就车王府曲本的实际情况看,"头重脚跟轻"是因为韵文句内字数的要求而产生,说白了是为了凑足句内字数而存在的一种离合式,例:

小公子一闻老母不在庙,自觉头重脚跟轻。"哎哟"一声罢了我,往后仰,

咕咚栽倒地流平。(22·477)

7. 添加成分为疑问代词

车王府曲本中，内部添加疑问代词的离合式为"乍什么刺"，这种格式的离合式车王府曲本中仅有下例。

朱七听说微冷笑，叫声："司九少乱云，你到此处乍什么刺？"(21·191)

8. 添加成分为结构助词

车王府曲本中，进入离合式的结构助词有"的""之"，如"出的聘""没奈之何""门上之人"，例：

金香公主他居长，年交二十零四春。前年方才出的聘，招赘了，九头驸马有英明。(28·22)

再把那，案卷拿来本院看。州官答应耽惊怕，没奈之何拿案卷。(33·212)

想罢，分付门上人把李春叫进来，"我有话问他"。门上之人去不多时，带领李春来至三堂。(38·450)

9. 添加成分为"人称代词 + 结构助词"

在离合词内部添加"人称代词 + 结构助词"，使之成为离合式，也是车王府曲本中常见的一种形式，如"臊皮"的离合式为"臊我的皮"，例：

赛蝉玉羞惭无地扭过了粉脸，不住的搭里搭讪正袖衣。一转身躯那边坐下，说："这是何苦，一个早老的亲娘来臊我的皮。"(22·34)

10. 添加成分为"助词 + 时间词"

那人闻听发了会子怔，说："不脱下来，知道的利害；脱罢，又是借的。"(34·404)

11. 添加成分为原词中的动词

这类离合式与其他类不同，它是把基式中的动词重叠后形成的 AAB 结构，如"捞稍"变为"捞捞稍"，例：

老舅爷，你是耍老了的人咧，你还不懂吗？你老要不伏输呢，就回去取几吊钱来捞捞稍。(34·425)

其基式"捞稍"在上例的下文有所使用，例：

李升出了刘家迈步前行，自言自语心中盘算，往姐姐家再要几吊钱来，好捞稍。(34·425)

12. 添加成分为"趋向动词+动态助词'了'"

众役闻听留上了神，一个个，不敢明说胏内笑，都说老爷会嗷人。（35·85）

按："留上了神"为"留神"的离合式，其内增成分为趋向动词"上"、动态助词"了"。

13. 添加成分为"动词+动态助词'了'"

及至我出完了恭，我想着到王八家赊他几斤狗肉，拿回家去好补肚子。（43·368）

按："出完了恭"为"出恭"的离合形式。早在元代时，"出恭"就已经是一个词，如元代关汉卿《四春园》第三折："俺这里茶迎三岛客，汤送五湖宾，喝上七八盏，管情去出恭。"①

14. 添加成分为指示代词

你到少溜这勾子，送口头情！要给，早是干什庅的？（49·83）

按："溜这勾子"即为"溜勾子"的离合形式。

上述分析表明，因动态语境要求，即车王府曲本中的离合式是作为具体句子的构成成分出现，因此它所添加的成分在构成方式上，较为复杂，主要体现为以下三个特点：

一是可只在基式内部添加成分，如："店小二口中连连说不怕，包管不能丧残生，必是今日受了暑，不然撞见外祖宗。（21·381）"其中"受了暑"就是在其基式"受暑"的内部添加"了"。

二是受语法规则及语义表达限制，不仅要在基式内部添加成分，还必须在整个结构的后面添加成分，例："公子着忙口中说'不好，想是那些面牛牲口作起耗来了'。（22·487）""作起耗"后必须有"来"或"了"，否则整个句子的语义成分缺失，语义表达不确。除此外，车王府曲本中离合式后出现的部分与语法规则和语义表达无关，而与作者的发音习惯主要是儿化有关，如："说不来，窝点心儿吞声忍气，到淂要问个底细切莫含糊。（22·304）"

三是所添加的成分以数词、量词或数量短语为主，即以表数量为主。通过以上例证可以看出，车王府曲本中离合式的内部可单用数词、量词或数量短语，也可在添加以上三者的同时，添加其他成分。例：

---

① 康保成、李树玲选注：《关汉卿选集》，人民文学出版社2018年版，第198页。

听他一笑儿，明日见面，打他一个脆脆的皮科儿，出出不浄喝酒那一股子的气。(35·106)

(四) 离合式的语义色彩

语义色彩指附加在词语或句子上的语体色彩、感情色彩、形象色彩等，车王府曲本中离合式的语义色彩也可从这三个角度分析。

1. 离合式的语体色彩

语体色彩分为书面语体色彩和口语语体色彩两类，车王府曲本中离合式的语体色彩以口语语体色彩为主，书面语体色彩例证很少。

正如我们多次提及的，车王府曲本虽为韵文，但其典雅和通俗特征并存，后者则为具有口语语体色彩的离合式提供了存在契机，例：

我和你不过比武来图幸，将军为何认了真？(5·10)

正是乌鸦喜鹊同巢哨，吉凶事全然。"哎呀"，岔了气了。(7·110)

太子进宫启奏圣上，此事越发的缠了手了。(9·222)

不是这三件事情全凑在一处，这苏州城可就遭了糕了吓。(10·440)

（丑白）啊，怎么样？（旦白）咱们拉了倒了。(12·90)

猛见五彩奎光起，就知魁星成了功。(29·286)

庙内既有人三个，为何来了一个人？莫非衙役卖了法，贪图僧人多少银？(32·253)

按：以上例证中的离合式分别为"认了真""岔了气""缠了手""遭了糕""拉了倒""成了功""卖了法"。分析它们的前后语句可见，有的前后皆为口语化的语境，如"糟了糕""拉了倒""卖了法"；有的上文语境为书面语境，其本身所在语句为口语语境，如"岔了气""缠了手"；有的书面语境和口语语境兼备，如"认了真""成了功"。

车王府曲本中离合式为书面语体色彩的有"贻笑于大方""十分恶不赦""没奈之何"，属于其基式古代用法的继承与变革，例：

只须静候卢杞、黄嵩到来，你等尽力的殴打，休得畏惧他的威势。倒做了虎头蛇尾，贻笑于大方。(22·339)

老爷分付说："那一妇人不必害怕，唤你至此，所为的是你儿子所作的十分恶不赦之罪，故此传你到此。处决之日，好领你儿子尸首。"(25·450)

再把那，案卷拿来本院看。州官答应耽惊怕，没奈之何拿案卷。(33·212)

2. 离合式的感情色彩

感情色彩一般分为褒义色彩、中性色彩及贬义色彩，车王府曲本中的离合式在感情色彩义上以贬义色彩为主，中性色彩次之，褒义色彩最后。

贬义色彩的离合式"溜一个大大勾子"，有：

方才飞报报到，说太子回朝，已到潼关。只好早早率众迎接，溜一个大大勾子，岂不有脸？（16·241）

中性色彩的离合式有"发了愣""退了婚""断了亲""受了暑"等，它们重在陈述客观事实的语境中出现，例：

一句话，问的木匠发了愣。（17·106）

且莫若，到卧室，我与安人把巧计来生。退了婚，断了亲，咱的心中除去了心病。（17·222）

店小二口中连连说："不怕，包管不能丧残生，必是今日受了暑，不然撞见外祖宗。"（21·381）

3. 形象色彩

形象色彩的离合式有"万什么福"，它的形象性主要体现在承接其通过同音模仿而成的下文中的"万你那个大豆腐"，例：

万什么福，万你那个大豆腐。（14·133）

以上即是车王府曲本中离合式的基本情况，它们以自己独有的形式，提升了车王府曲本语言的表现力，是车王府曲本语言具有口语性特征的有力支撑。任何一种语法构式的出现或消失，都有其必有的理由，至于其存在的时间长短，则受主体及客体两种因素的影响，而离合式显然是自产生以后就一直存在的一种语法构式，说明它具备了其他语法构式不具有的语法功能，因此，除以上内容外，还有对其进行深入研究的必要。

二、车王府曲本中的ABAC式词语[①]

车王府曲本中有一部分词语为ABAC式，相较同义的表达形式，这部分词语的描述意味较强。张先亮（1994）指出："ABAC式的整体结构比较

[①] 由于车王府曲本中的"A里AB"结构较多，虽然它也属于ABAC结构，但为了更好地精准研究，因此本书将其单列进行研究。

简单，都是联合式，即 AB 与 AC 组成并列关系。"① 从内部构成成分的结构关系看，ABAC 可分为三种："A、B、C 都是语素，先由 A 与 B、A 与 C 组合成词，然后再由 AB 与 AC 组成短语；A、B、C 都是词，AB、AC 都是短语；BC 原是一个词，现将其分开，插入 A 成分，但当它组成 ABAC 结构后，B 和 C 就由原来的语素转变为词。"② 张先亮则从外部功能及修辞效果等角度充分论述了《红楼梦》中的 ABAC 式词语，另外很多学者对不同方言中的 ABAC 式词语也做了诸多研究。这些研究表明 ABAC 式词语具有自己的独特功能及修辞效果，这也是本书将车王府曲本中的 ABAC 式词语单列阐释的原因。

具体而言，车王府曲本中的部分 ABAC 式词语有"一草一木""自言自语""眼巴眼儿"③"苦巴苦叶""眼巴眼望""鼓模鼓样""臊模臊样""歪溜歪斜""鼓眉鼓眼""憨声憨气""强扭强捏""大模大样""钝头钝脑""不三不四""蛮声蛮气""三起三落""春去春来""自作自受"等，例：

兵伐齐邦，破了界牌城池，并不扰害我等一草一木，真果仁义的元帅。（2·102）

那边厢，来了年轻一孩童，哭哭啼啼往前走。自言自语不住声，年纪不过十几岁。（18·191）

且说忠良为民臣，于大人自从李三他去后，眼巴眼儿等救兵。（21·183）

宽宏大量，行事说话一点儿不俗。睄不得总然困守十几载，苦巴苦叶叫小姐读书。（22·285）

夫人点头，复向床边眼巴眼望的看着月英，二目中不住的落泪。（22·306）

两个人，一来一往分上下，只听得，兵兵班班响连声。（26·376）

呆子连忙拿着架子，鼓模鼓样的大拜了八拜。（27·219）

昨日个，捋指捋着常氏问。闹了个先紧后来松，臊模臊样放常氏。（33·323）

---

① 张先亮：《谈谈〈红楼梦〉中的 ABAC 结构》，载浙江省语言学会编：《94 语言论丛》，杭州大学出版社 1994 年版，第 73 页。

② 张先亮：《谈谈〈红楼梦〉中的 ABAC 结构》，载浙江省语言学会编：《94 语言论丛》，杭州大学出版社 1994 年版，第 73—74 页。

③ 此处"儿"为儿化音，因其符合 ABAC 格式，此处暂将其列入。

又听郑氏将他劝,恶奴不允动无名。想必是,恶奴将妻打倒地,拿着镯子进房中。歪溜歪斜站不住,鼻口之中酒气喷,手扶门框身乱恍。(34·343)

一步三挪扭着走,看光景,扬眉吐气慢慢蹭。鼓眉鼓眼讨人厌,故把金花扠鬓边。(34·451)

口唪伭经吐字真,憨声憨气嗓子大,喉咙湾转到受听。(34·488)

则见他,一遍迈步往里走,一遍嘴内自咕哝。人家不依就罢了,强扭强捏要成亲。(35·472)

这人原来不懂礼,为什庅,大模大样把吾轻?(36·63)

你这老头儿,睄着你钝头钝脑的,你说的到(倒)是京里的排场。(43·434)

红日归宫秉灯台,众混星,不三不四直乱嚷。(44·7)

扒山虎,蛮声蛮气声乱嚷:"哎呀!不好!摔了腰。指着身子来吃饭,欺负我们老实交。"(47·308)

众流寇解劝李自成,只说谋事在人成事在天。但凡创业必有三起三落,成成败败,方能成其大事。(50·105)

春去春来数不清,古古今今有废兴。(57·251)

日间颠颠倒倒,夜里哼哼嗜嗜。自作自受自应该,休怨他人引坏。(57·384)

按:除"眼巴眼儿""苦巴苦叶""眼巴眼望""鼓眉鼓眼"外,以上例证中ABAC的意义都较易理解。"眼巴眼儿"在辽宁省朝阳市方言中有两个义位:"形容急切地盼望;形容急切地看着不如意的事情发生而无可奈何。"[①] 根据"眼巴眼儿"在车王府曲本中出现的语境,显然,它是第一个义位,即"急切地盼望"之义。"眼巴眼望"与之同义,也表示"急切地盼望"之义。"眼巴眼儿"与"眼巴眼望"的使用,说明不同作者对同一意义表述形式的感触不同,进而选择不同。"苦巴苦叶"的用例较少,除车王府曲本的用例外,读秀数据库内仅有1例,即:"你老人家这话太感动人了。你孤身一人在这么一个死山沟子里,苦巴苦叶地煎熬了四十多个春秋。"[②] 分析"苦巴苦叶"出现的两个例证,可知其表"辛苦、苦苦"等意义。"鼓眉鼓眼"义为"眼睛突出",通常用于贬义语境。

[①] 肖辉嵩:《朝阳方言词典》,辽宁人民出版社2013年版,第346页。
[②] 刘兰松:《凝望》,内蒙古人民出版社1998年版,第54页。

三、车王府曲本中的"A 里 AB"结构

"A 里 AB"结构实际上是 ABAC 结构的一种特殊形式,就其成因看,它基本上是 AB 式的一种扩展形式,两者理性义相同,如"糊里糊涂"是"糊涂"的扩展形式。车王府曲本中有大量的"A 里 AB"结构,有时一句话中连用两个,例:

难以认真当面动问,只好是搭里搭讪、含里含糊,齐言道:"相公今日起得甚早,恕我等贪眠脱懒无用的奴仆。"(22·293)

(一)"A 里 AB"式的书写用字特点

车王府曲本中的里 AB 式的用字基本规范,其中衬字"里"未使用繁体字,全部以简体字形式出现,结构中的"A""B"则大部分使用了字的常规写法,但也有一些反映了车王府曲本作者在书写方面自造同音字或常用形近字的特点。如:

这牛也是合该倒造①,一步步,搭里搭哞并不吊猴,出山口顺定城墙往南走。(22·419)

按:"搭里搭哞"即"搭里搭憨",其基式为"搭憨",车王府曲本中多次使用,例:"毛金眼夹着个尾巴,搭憨搭憨出了玄机阵的西北,开门而去。(30·101)""若说使法脱身去,怎奈又有事一宗。人不见了牛还在,在面前,搭憨搭憨独自行。(45·65)"车王府曲本中也写作"答憨",例:"你别瞧有这点儿残疾,这个驴是神驴。大颠儿,小走儿,软辔儿,搭憨步儿。(12·85)""(外白)怎么讲?(付白)都是些答憨步儿。(13·166)""搭里搭哞""搭憨""答憨"②的意义一样,都表示"摇摇晃晃"之义,但附加色彩不同,如"毛金眼夹着个尾巴,搭憨搭憨出了玄机阵的西北"中的"搭憨"带有"垂头丧气"的意味,其他几例则无此附加义。

你就造作谣言,什么妖精咧,怪物咧,又是什么骨头咧,鲜血咧,说的这们唝哩唝哆的唬吓人。(30·297)

按:"唝哩唝哆",即"砢里砢磣",表示"恶心、难听"之义。车王府曲

---

① "倒造"即"倒灶",此处"造"是作者误用同音字代替了"灶"。

② "搭憨",在本书第五章中有详细的研究,故此处只解释它的叠词形式"搭里搭哞"。

本中也使用了"砢里砢碜",例:"打扮的利落身量儿高大,砢里砢碜一脸麻。(30·355)"从汉字的使用情况看,"唲哩唲唥"中除"哩"是已有字外,其他两个字"唲""唥"未见于《宋元以来俗字谱》《干禄字书》《正字通》等,应是作者根据"砢""碜"的发音,自己所造的字。

刘全趔趄趔趄迈步出门,家童两个左右搀扶。(27·152)

猪八戒自从在高老庄皈依佛教之后,到处里总是行者当先。这时候师兄不在跟前,无奈何只浔出马,乍着胆子趔里唰切来至洞门。(28·154)

按:例1中,"趔趄趔趄"中的"趄"为作者自造字,"趄"即"里",是于作者受结构中其他字的影响为之添加了形旁"走"而成。然而,这里的"里"仅是作为衬字使用,与"趔趄"的意义不同,所以为之添加形旁的做法不确。例2中,"趔里唰切"中的"唰"义为"鸟叫",《玉篇·口部》:"唰,鸣也。"与整个上下文语境即结构中的其他语素语义上不搭,总而言之,"唰"应为"咧"的形近讹字。

除以上两种不同的错误问题外,"趔里趔趄"是车王府曲本中用字问题较多的一个"A里AB式",它又被写作"列里列且""咧哩咧咀""列里列切""趔里趔且""列里列斜",例:

家庭搀扶出当铺,他不是,列里列且一溜歪。(27·152)

只见他,光头不带(戴)僧茄帽,被纳身穿补补丁。咧哩咧咀形容醉,满面酒色赤通红。(27·351)

他见凶僧列里列切的走出来,满嘴里说大话淘气,就知是九黄僧。(34·463)

趔里趔且站不稳,只为酒勾有八成。(44·371)

刘邦振浔身乱恍,王翦振浔膀背疼。及至王翦旋回马,到底步下比马快,列里列斜转身形。(44·373)

显然,"趔里趔趄"的以上5种写法也不正确,但基本上都是基于同音字而出现的用字现象,因此此处照录,以备相关研究者参照。

这几年来风水都走,冷冷清清殃里殃呛。勉力支持直至今日,虽无赔账却也不沾光。(22·142)

这时节央里央腔,倒像风里的灯。终日价是强扎挣,一阵阵是心嘴子疼。每夜里神魂不定,翻腾到四五更,一合眼就是梦。(22·271)

倘若气出灾和病，什么好身子？佯里佯腔是酒糟透了的人。（53·197）

按："殃里殃呛""央里央腔"两者皆不正确，"殃""央"为"佯"的同音字，"呛"为"腔"的同音字，即"佯里佯腔"为正确形式。"'佯'为满语词'yang šan'的音译，满语中表示'少年多病'的意义。音译后在其后面添加汉语语素'里''腔'进入北京话，构成满汉融合词'佯里佯腔'，义为'身有宿疾，需要慢慢细心疗养'"。①确切而言，它们在以上几例中的意义可以视为"身体不健康、体弱多病"。

无奈何，绣鞋挈来忙穿上，筐里筐汤大几分。（37·288）

按："筐里筐汤"即"晃里晃荡"，两者的声母 k 和 g 都是舌面后、清、塞音，差别在于 k 发音时气流较强，为送气音，g 发音时气流较弱，不是送气音。两者的这种细微差别是造成有些方言区将其混用的重要原因。

另外，车王府曲本中还有一种以同义形式存在的"A 里 AB"式，如"晃里晃荡""恍里恍荡"是同义词，其基式分别为"晃荡""恍荡"，不可将"晃""恍"中的一者视之为讹字。车王府曲本中例证为：

嘴内说着，他把那一对金钱戴在胸前，晃里晃荡他就奔了奴来。（18·66）

李三倒沫离饭铺，恍里恍荡走不远，山神引路把窑进，这一来搭救清官于抚院。（21·134）

（二）"A 里 AB"式例释

车王府曲本诸多的"A 里 AB"式中，仅有"慌里慌张""疙里疙瘩"为大词典所收录，且前者例证过晚，后者《大词典》中则无此义项。基于此，下文将对车王府曲本中的部分"A 里 AB"式结构作以阐释。

古哩古董的病，吃饱了饭，就不想饭吃；睡了觉，就不想睡。就是这个病。（4·230）

按："古哩古董"即"古里古董"，其基式为"古董"，表示"稀奇少见"的意思。据《大词典》，"古董"此义产生于现代。

只见挂素的一员小将，银盔银甲面带惊，倒把着银枪真难看，慌里慌张少精神。（19·303）

神射王爷忙离坐，拉住营邱独眼龙。口中说："慌里慌张因何故？满口只嚷叫挪营。"（29·197）

---

① 王美雨：《车王府藏子弟书方言词语及满语词研究》，九州出版社 2015 年版，第 181 页。

按:"慌里慌张"现在已属于常用词,义为"慌张"之义,《大词典》书证出自现代文献,较晚。

他是个惯走江湖的人,白昼间的打扮很象(像)是个大老实人。嘞里嘞得,身量儿又矮小,面色焦黄,呛呛咳嗽。(22·66)

青布袄裤,糟了个遭,挂不住针儿。领儿稀烂,袖儿破了。腰间系,皂丝绦。勒哩勒淂的样儿难睄。哎呀,袢着两手在周身只是挠。(40·30)

按:"嘞里嘞得"又写作"勒里勒得",学者对其的意见多不一样,在解释清代石玉昆《三侠五义》中的"勒里勒得"时,引用的例句都是"包兴出来看时,只见那人穿戴的衣冠,全是包公在庙时换下衣服,又肥又长,勒里勒得"①,但是解释不一样。傅朝阳认为它是"形容服饰不整洁"②之义,岳国钧则认为它用来"形容衣服不合身的样子"③。两者释义上带有明显差异,长春出版社出版的《三侠五义(无障碍阅读版)》中则将两者做了结合,指出"勒里勒得""今作'肋里肋胅',指衣服不整洁,不利落。肋胅,$le^{55}·de$"④。据齐如山,"勒里勒得"的基式"勒得"之义为"不利落也"。他解释道:"反穿一幅不齐整不秀柳者,皆曰勒得。衣服样式肥大,曰勒得;穿衣不把钮子全结上者,亦曰勒得。"⑤结合车王府曲本"嘞里嘞得"所在的上下文语境及上面诸家所引用《三侠五义》中的例证语境,"勒里勒得"实为"不利落、过于肥大"之义。例2中"勒哩勒淂"则表不整洁之义。另外,在靖江方言中,它也表示"学习不聪明,做事不麻利"⑥之义,但车王府曲本中无此义。

论年纪至多不过三十以外,又黑又胖矮墩墩。看起来毫无一点福田造化,长了个倭里倭瓜,整是块哏。(22·441)

你要老实些,倭里倭瓜的还可恕。没人样,打鼓上墙头,人来二拍风。(55·2)

按:"倭里倭瓜"义为"矮粗"之义,属于其基式"倭瓜"的比喻义。"倭瓜"

---

① (清)石玉昆著、林宇宸主编:《七侠五义》,漓江出版社2020年版,第34页。
② 傅朝阳编:《方言小词典》,山东教育出版社1987年版,第375页。
③ 岳国钧主编:《元明清文学方言俗语辞典》,贵州人民出版社1998年版,第1296页。
④ (清)石玉昆:《三侠五义》,长春出版社2018年版,第48页。
⑤ 齐如山:《北京土话》,辽宁教育出版社2008年版,第148页。
⑥ 政协靖江市委员会学习文史委员会:《靖江文史资料·第18辑·方言熟语汇编》,2007年版,第76页。

是"南瓜"的方言表示法，因其长得粗壮，被车王府曲本作者用"倭里倭瓜"的形式表示一个人的身材"又矮又粗"，这一点在例1中表现得尤为贴切。至于例2如果翻译成更为通俗的话则是："如果你老实些的话，即便你长得又矮又粗也是可以原谅的事。"

生就的疙里疙疸蓝靛脸，又有红来又带青。（24·330）

按："疙里疙疸"与"疙疙瘩瘩"同义，在车王府曲本中表示"脸上凸起物很多，脸上皮肤高低不平"之义，但《大词典》中无此义项。

找了一个背净的茶馆，大家倒下了茶，在条桌上花里花答的、五零儿四散的坐下。（30·354）

按："花里花答"义为"分布不均匀"，文献中未见"花答"用法，有"花花答答"的用法，例："包袱里面却是锅烟子，把四爷脸上一抹，身上手上俱各花花答答抹了。"[①] 根据祝克懿所言，"花花答答"当为"花里花答"的基式，"花里花答"比"花花答答"的"不均匀化"更为严重。

除"慌里慌张""疙里疙疸"外，其他"A里AB"式《大词典》都未收录，但其中很多使用率并不低，如"乡里乡亲""唠里唠叨"等，例：

崔生先前不敢作，惧怕官刑却是真。沈清说他胆子小，轻把媳妇让与人。也不怕，乡里乡亲人笑话，却把臭名背在身，别人替你都不忍。（32·225）

朕方才，问你魏国居何处任，就该当殿奏朕明。为什广，唠里唠叨说闲话？枉自饶舌费嘴唇。（31·6）

与"慌里慌张"相比，"乡里乡亲""唠里唠叨"的基式"乡亲""唠叨"都属于常用词，且其本身到现在也比较常用，因此，《大词典》在收录"A里AB"式上的取舍方面是值得商榷的。车王府曲本中，未被《大词典》收录的"A里AB"式词语还有"溜里溜湫""颠里颠顶""雁里雁孤"等。

一应的执事撤去，在衙内停留。只带着两个长随，威风顿减。坐一乘四人煖轿，溜里溜湫。（22·265）

按："溜里溜湫"表"躲躲闪闪、轻手轻脚"之义。《大词典》未收"溜里溜湫"，但收录了与之同义的"溜溜湫湫""溜湫"，前者首例书证出自《红楼梦》，后者首例书证出自梁斌《红旗谱》。从形式及意义上看，"溜里溜湫""溜溜湫湫"都是"溜湫"的语法变体形式。祝克懿认为"A里AB"式的"词汇意义和

[①] （清）石玉昆著、张国权注：《三侠五义（注释本）》，崇文书局2018年版，第62页。

语法特征同'AABB'式，只是增加了厌恶这种感情色彩意义"[1]。按照这种说法，《大词典》似乎也应该收录"溜里溜湫"。

这春生闻得此话似信不信，依然是颠里颠顶款着步儿行。(22·260)

按：著者（2013）已在《车王府藏子弟书叠词研究》一书中对"颠里颠顶"做过详细研究，此处不再赘述。车王府曲本中除使用"颠里颠顶"外，还使用了"颠颠顶顶"，例："内中有一个炮手一眼看去，但见迎面来了一个人，架拐骑牛颠颠顶顶走来，正是三爷孙膑。(44·404)"另外还使用其基式"颠顶"，例："彼此提心吊胆，恨不得肋生双翅。那知走不多远，但见对面架拐骑牛，颠顶颠顶迎上前来。(45·264)"

淫尼叫声小沙弥，把徐茂、王仁叫入禅堂偷睛观看。不过是缨帽袍套，打扮拐孤，雁里雁孤的。(34·461)

按：从例证中看出，"雁里雁孤"与"拐孤"同义，应为"古怪"之义，其基式"雁（燕）孤"在车王府曲本中也有同样用例。如："穿一件大红袍，燕儿孤多，又有花又有朵，上边是龙，下边是河。(22·262)""雁孤"也有同样用例，如："浑身的，衣裳作的真有样，雁孤当啷俏皮精。(27·6)"

这巷内有一个寡妇，年幼三十七八余岁。长了个妖里妖刁的，耑意装扮神鬼。(43·375)

按："妖里妖刁"只见于说唱鼓词《刘公案》及其同名公案小说《刘公案》，从其语境看，它用于形容一个不为人喜的、人品不端正的女性形象。"妖"有一义为"艳丽"，"刁"有一义为"狡猾、奸诈"之义，综合语境及它们的意义，"妖里妖气"可释义为"长相艳丽而品行奸诈"。

除以上几例外，车王府曲本中的其他"A里AB"式还有"搭里搭讪""唠里唠叨""楞里楞怔""踉里踉跄""零里零星""倭里倭瓜""哆里哆嗦""街里街坊""胡里胡都"等，例：

欧阳春，一边看灯往里走，搭里搭讪走进门。(17·475)

李能闻听大人之言，叫声："朋友，心里这广胡涂，只是唠里唠叨的。"(20·406)

李三说："既然这里的大人往我老道哥哥相好，乡里乡亲，又是同窗，又结拜，焉有见死不救的道理？"(21·173)

---

[1] 祝克懿：《论"A里AB"式形容词》，《贵州民族学院学报（社会科学版）》1994年第4期。

如偶儡一般仝，叫你往南不敢北，叫你向西不敢东。闹你个迷离麻拉不像样，胡里胡涂似颠风。（21·367）

车伙子挨了一鞭，困打醒，楞里楞怔把眼睁。睄睄却是当差汉，彰仪门上把守军。（21·407）

跟里跟跄立起身形，欲待下床来相谢。（22·97）

幸尔是一应的穿戴均各现成，珠翠首饰整份的头面，还有那庄新的铺盖合零里零星。（22·373）

论年纪至多不过三十以外，又黑又胖矮墩墩。看起来毫无一点福田造化，长了个倭里倭瓜，整是块哏。（22·441）

你睄这狗贱哆里哆嗦站在一傍，各有保驾。（42·311）

任爷一听心好恼，大骂油头粉面人。小小丫头来作怪！也无有，街里街坊与四邻，为何单抢白龙马？趁空抢劫礼不通。（42·485）

卜商孙燕与班豹，胡里胡都眼发昏。彼此的，似醉如痴一班样，齐在马上少精神。（44·142）

（三）"A 里 AB" 式中 AB 的词性

以上"A 里 AB"式词语显示，车王府曲本作者在使用或者说创造某个"A 里 AB"结构时，并不需遵守什么构词法。如果将其基式都看作是 AB 式，那么 AB 的词性可分为形容词和名词两类，前者为主，后者为辅。

1. AB 为形容词的"A 里 AB"式

车王府曲本中 AB 为形容词的"A 里 AB"式有"啰里啰嗦""胡里胡涂""跟里跟跄""晦里晦气"等，例：

你这小子真淘气，啰里啰嗦好烦难。（21·240）

可惜这，方氏月娥贞节女，胡里胡涂被人淫。（26·261）

公子慌忙起来扎挣，跟里跟跄立起身形，欲待下床来相谢。（22·97）

放你娘的屁！弄一个师姑来，正正闹了一夜。晦里晦气在家，留他与你念道经不成？（39·74）

2. AB 为名词的"A 里 AB"式

除上文分析过的"疙里疙疸"外，车王府曲本中以名词性 AB 为基式的"A 里 AB"式还有"乡里乡亲""倭里倭瓜""街里街坊"，例：

崔生先前不敢作，惧怕官刑却是真。沈清说他胆子小，轻把媳妇让与人。

也不怕，乡里乡亲人笑话，却把臭名背在身，别人替你都不忍。(32·225)

论年纪至多不过三十以外，又黑又胖矮墩墩。看起来毫无一点福田造化，长了个倭里倭瓜，整是块哏。(22·441)

只顾你今行此事，岂不叫，街里街坊笑破唇。(38·320)

3. AB 为兼类词的 A 里 AB 式

兼类词是汉语中一个较为重要的词类，它与其他词类一样，有的也能以"A 里 AB"式的结构出现，例：

媚里媚气的一说话先飞眼儿，再不然就说几句米汤话儿。(30·367)

按："媚里媚气"的基式为"媚气"，兼有名词和形容词两种词性，属于兼类词。车王府曲本中所用的"媚里媚气"以形容词"媚气"为基式，且所用"媚气"也为形容词，例："未说话，把鼻涕抽，假喉咙，酸溜溜，媚气的狠，美了个够。(22·106)"

五、重叠式词语

重叠式词语具有非重叠式词语不具备的表义功能，是汉语词汇系统中不可或缺的成员。它们不仅在诗词歌赋中得到了广泛应用，在一般的文学体裁中也得到了广泛应用，所以尽管其结构形式较为固定、词性及功用具有类型化特征，但为了更好地展示车王府曲本词汇系统的全貌，有必要将它的叠词作一个全景式的展示。除此以外，单就车王府曲本中子弟书所含叠词，著者就曾出过专著《车王府藏子弟书叠词研究》，但仍有部分叠词未能收入。这种现象说明，车王府曲本的叠词确有深入研究的必要，如有些叠词的不同形式都可为辞书提供更早的例证，"直溜溜"[①]"直直溜溜"就属于这种类型。两者在车王府曲本中不止一次出现，但《大词典》为它们所举的例证都出自现代文献，"直直溜溜"的书证甚至为孤证，而它们在车王府曲本中的使用情况表明，它们在当时早已经是一个固定的结构，例：

直溜溜鼻端多爱清正，一拧拧樱桃口鲜红。(23·488)

庞涓他，闻听马珍这些话，恶贼无奈满口应。只见他，直直溜溜马前跪，

[①] "直溜溜"在车王府曲本中，也写作"直柳柳"，例："何玉凤捧香炉，恭恭敬敬，直柳柳的跪在那边，一面跪着，不住偷眼往外看。(11·262)"

磕头碰地响连声。(31·148)

故从辞书编纂的角度看,即便是仅对车王府曲本中的叠词做搜集整理及与辞书对照的工作,也较有价值。

车王府曲本中的叠词随处可见,它们用自己的独特形式与表义功能,在车王府曲本语言系统中起到了其他词语无法取代的作用,例:

恰正好喜孜孜霓裳歌舞。不隄(提)防噗咚咚渔阳战鼓。早则见慌慌急急、纷纷乱乱奏边书,送得个唱告九重内心惶惧。划地里惊惊恐恐、仓仓促促、挨挨挤挤、恍恍惚惚出延秋西路,携着个唱告姣姣滴滴贵妃也那同去。又则见密密哑哑的兵,重重叠叠的卒,闹闹吵吵、轰轰烈烈,四下喧呼,生逼散恩恩爱爱、疼疼热热帝王夫妇。霎时间,画就了一幅惨惨凄凄绝代佳人绝命图。(13·135)

例中共使用了两个 ABB 式叠词,14 个 AABB 式叠词,使用频率较高,充分表明了叠词在韵文中有着重要的作用,是韵文提升表达力的一种重要词语结构形式。人们表达思维结果的主要手段是语言,当人的思维日趋精密与人们所面临的一切日趋复杂时,新的词语与词义要出现,新的词语形式也要出现,叠词即是其中一种能够较好描述人们各种状态及其对外界所有事物看法的词语。它在韵律及表意等方面的特征决定了它的无可替代性。

从形式上看,车王府曲本的叠词包括了 AA 式、A—A 式、AAB 式、ABB 式、AABB 式等常见的结构形式,其词性主要为形容词、动词、副词及名词,其中又以形容词为主。

(一) AA 式叠词

AA 式叠词包括 AA 式叠音词和 AA 式重叠词两种,分属于单纯词和合成词两类。车王府曲本中也有连用 AA 式叠词的用例,如:

微微竹梅在两边,层层方径无边境。高高雅志登道宽,矮矮篱墙花竹累,耸耸门楼飞草檐。棵棵槐柳鸣山鸟,弯曲一道小河湾。(19·195)

上例表明,在条件允许的情况下,AA 式叠词可与其他词语融合在一起,共同完成表义,且因为 AA 式叠词的参与,使描述的事物在层次性、动态性及生动性等特征更为突出。

1. AA 式叠音词

在中国最早的诗歌总集《诗经》中早就有大量叠音词的存在,历代文献中也不乏叠音词的使用。虽然很多叠音词都是应语境而生,但确有更多的叠音词一直存在于词汇系统中，使用频率也较高，车王府曲本中的部分叠音词即因此存在。因其数量庞多，此处只随机举几个例证，以兹证明。

唐王爷见了本森森害怕，魏伯父本奏到省国班兵。（4·455）

鳞鳞锦绣地，纷纷瓦砾场。（4·459）

但能保得两家无事，自当重谢。公公就在寒舍居住。（12·5）

他这里，浑身乱抖哆哆的怕，他将那，我的亲娘叫一声。（17·291）

堂堂帝王难相救，掩面徒为泪涌泉。（19·67）

按：以上例中的"森森""鳞鳞""公公""哆哆""堂堂"等都为叠音词，它们的存在，使无法用其他词语表达的意义在一种恰到好处的言语形式中，得到了阐释。

2. AA 式重叠词

车王府曲本中的 AA 式重叠词较为复杂，从辞书角度看，有的被辞书收录，有的未被辞书收录；有的为通语，有的属于方言。可从不同角度考察的特点，表明 AA 式重叠词具有被深入研究的价值。

（1）产生时间早于清代

车王府曲本中有些 AA 式重叠词产生时间较早，且被《大词典》收录，如"累累""抖抖""跺跺""拉拉""杀杀""长长""耐耐""步步""试试""恭恭"等，例：

孤与你无仇与恨，你累累动兵主何情？（19·49）

说罢回身忙站起，复又抖抖身上尘。跺跺脚来拉拉袜，杀杀褡包整衣衿。（21·128）

倘若是，长长的工夫耐耐的性，自然睄清这其端。（49·151）

我猜你，信步闲行走着玩，步步踏准再抬腿。你试试，牢牢靠靠到那边。（49·222）

说着恭恭双手递，小姐闻听发了楞（愣）。（49·415）

（2）产生于清代

车王府曲本中被《大词典》收录但书证过晚的 AA 式重叠词数量也有很多，部分如"跺跺"[①]"咴咴""痒痒"等，例：

[①] 据《大词典》，"跺"是清代新产生的单音节词，故《大词典》虽未收录"跺跺"，此处也将其看作是清代新产生的词语。

城圈里十字街前跺跺脚，犹如地动一般全。（21·53）

太爷一晃不在此处，你们就乱咳咳起来，还不给殡嘴作活，一定叫九太爷生气。（21·126）

小姐快快开门罢，我老猪，心里痒痒好难挠。（27·192）

另外，车王府曲本中有一些AA式重叠词的某个义位未被《大词典》收录，如"将将"[①]"揭揭"，例：

乌合之众任意的行，将将赶过山峪口，只听得，一片锣声振耳鸣。（18·206）

揭揭各渣打几下，雪上加霜得一层。（21·153）

（二）A—A式叠词

A—A式叠词中的A为动词，此形式在原有动词的基础上增加了"短暂性""尝试性"等附加义。A—A式在车王府曲本中的数量较多，其中的部分例证为"慎一慎儿""煨一煨""等一等儿""问一问""看一看"，例：

你越闹酒越上来了，你一下儿看栽躺下，我拉不动你。你先上屋里慎一慎儿罢，回来你再搬好不好哇？（12·37）

厨房有火，不免煨一煨，与我俩儿哥吃。（14·343）

你那略薄的等一等儿，王代来了，开门去。（15·27）

你问一问与我家作买卖的人，那一个见了我不给我磕头？谁见我不叫我太爷？（20·451）

唬坏百姓与黎民，别说前来看一看，房中不敢大气哼。（20·462）

（三）ABB式叠词

车王府曲本中的ABB式叠词数量极多，大多数情况下都以前后两句同时使用的形式出现，很多时候也以一个段落每句都有的形式出现，如下述例证：

霎时间波浪滔天东风起，呼拉拉旌旗人马不消停。（56·128）

明晃晃偃月钢刀手中擎，雄抖抖征驹赤兔威风凛。（56·130）

似乎我这拉锁头之人心肠儿不坏，准是滚邦邦的热心肠，遇见苦哈哈的朋友，必得说会子话儿。（56·166）

接过状看端详，见上面甚荒唐，黑乎乎的好几荡。（56·168）

[①] "将将"义为"刚刚"，今冀鲁官话区中还有此用法。

呛啷啷亮出剑龙泉，恶狠狠盖顶搂头剁。威凛凛妖云黑雾漫，怒冲冲跳跃如梭快，急煎煎舍命闯阵前。喘吁吁娇音喉咙哑，娇滴滴香汗透罗衫。战竞竞的玉体身无力，软怯怯的香躯倒平川。（56·219）

描写自然景色时，使用大量的 ABB 式叠词，是车王府曲本运用词语的特点之一，例：

喜孜孜，小小胡（蝴）蝶穿花舞；细蒙蒙，露雾行人欲断魂；乐滔滔，游春浪子摇彩扇；笑嘻嘻，士女耍笑引诱人；劳碌碌，来来往往经商客；汗津津，行人脱衣肩上横；刷拉拉，鱼人撒网柳荫处；连连连，樵子担柴过桥东；喘吁吁，农夫扶犁耕田地；清亮亮，文人小院把书攻；醉薰薰，好酒贪杯沙滩卧；吆喝喝，野调无腔碎鼓弄；吱咂咂，牧童横笛骑牛背；笑哈哈，仰面朝天望风筝。（27·173—174）

按：上文中共使用了 13 个 ABB 式叠词，1 个 AAA 式叠词。13 个 ABB 式都属于常用词，其中有一些还有自己的 AABB 式形式，如"劳碌碌""刷拉拉""清亮亮""醉薰薰""吆喝喝""吱咂咂"四个可以变为"劳劳碌碌""刷刷拉拉""清清亮亮""醉醉薰薰""吆吆喝喝""吱吱咂咂"等，而其他的 7 个 ABB 式则不具备这一功能。有些还可以 AB 的形式出现，如"劳碌碌""刷拉拉""清亮亮""吆喝喝""吱咂咂"等几个，其 AB 式为"劳碌""刷拉""清亮""吆喝""吱咂"，其他 9 个则不具备 AB 式。以上两种情况表明，ABB 式在基式和扩展的能力等方面存有较大差异。

车王府曲本作者还习惯将数量词以 ABB 式的形式呈现，如：

一阵阵和风，一丝丝细雨蒙蒙，一湾湾绿水流过。画桥东一枝枝翠柳，丛中杏花红。一处处酒店留客饮，一行行游春的浪子穿穿芳径，一声声燕语莺啼动人情。（56·53—454）

车王府曲本中 ABB 式叠词的这种存在形式，及《大词典》等辞书中收录 ABB 式叠词的现象表明，ABB 式叠词并不是汉语中一种随便存在的词语结构形式，它是为了满足人们表情达意更高层面需求而被创造出来的一种结构形式。尽管 AB 式的状态形容词的描述性也较强，但不是所有的现象都可用 AB 式状态形容词表示，即是说，ABB 式叠词在表情达意方面补足了 AB 式状态形容词表意不足的部分缺陷。

车王府曲本中的 ABB 式叠词有些在清代以前已经产生且被辞书收录，如

"白森森""冷森森""冷飕飕""眼巴巴",例:

面如那锅底同,似猴形大圆眼,白森森四个獠牙长出了唇。(18·170)

那一种,凄凉月夜冷森森。无心观看景,反添愁思到焦心。(18·301)

青龙刀锋如秋月,冷飕飕亚赛一轮冰。(19·95)

方才我的话,可见得二叔降曹是真情。不将实话对咱讲,支吾咱俩坐在软监眼巴巴等信音。(19·102)

车王府曲本中有且被《大词典》收录的、书证出自清代文献的ABB式叠词较多,部分成员有"白花花""空落落""呆獃獃",例:

周德仁,今日你竟来见我面!我那白花花的银子你借去,难道说罢了不成。(17·121)

满屋中,有人影。空落落,更觉惊。心慌奸贼眼如铃。(17·156)

只见董卓睁开双目,瞧见吕布目不转睛望着床后,呆獃獃发怔。(18·320)

《大词典》提供书证过晚的车王府曲本中的ABB式叠词数量较多,部分成员有"冷嗖嗖""活跳跳""呼噜噜""酸溜溜"等,例:

一进磨房冷嗖嗖,怎不叫人加忧愁。(12·96)

某家只恨包文正,将我那,活跳跳儿男铡下死,我与那,四海冤仇未能报。(17·301)

谁知他把酒栽上来了,不但不能扒起,就躺在奴的屋内呼噜噜的竟自睡了。(18·66)

瞅见个人毛儿也不能,陆爷这才没了主意。两条腿,好像挂着大醋饼,酸溜溜的只不能动。(49·176)

车王府曲本中还使用了一些在清代产生新义的ABB式叠词,如"好端端",例:

细想师傅多性傲,一味刚强烈又雄。好端端自寻烦恼找灾祸,无故生非斗精灵。(18·113)

车王府曲本中还有大量ABB式叠词未被《大词典》等辞书收录,如"年轻轻""咕嘟嘟""白光光""干查查"等,例:

年轻轻的不知爱惜身子,日夜糟蹋。如今命在旦夕,这还不是报应吗?(17·450)

243

正在着急为难处，咕嘟嘟往上冒水灌孟津。（18·289）

说着将口"噗"的一声响亮，喷出了白光光的一宗物件。迎风一恍，如盆口大小，照着济公打来。（49·377）

老天爷，一狠心肠害的苦，干查查，想点雨儿也不能。（49·387）

（四）AAB式叠词

AAB式叠词是叠词中数量较少的一种，据王世友（2001）统计，"《现代汉语词典（修订版）》中的61100多个条目中，AAB式词只有40个，仅占0.065%。特别是，AAB式词只是一种形式上的类聚，内部有很强的异质性"①。这种现象同样适用于车王府曲本中的AAB式叠词。

实际上，AAB式词语也具有和其他叠词同等的语用价值，只是由于其结构更为特殊，该结构难以形成，所以数量上相对较少。车王府曲本中的AAB式叠词部分成员有"沟沟子""瓢瓢子""嬷嬷爹""充充饥""呼呼喘""的的战""窝窝头"②"冲冲怒""出出气""钱钱行""请请你""毛毛虫""解解手""逞逞能""花花轿""娘娘庙"等。其中，"呼呼喘""的的战""冲冲怒""钱钱行""请请你"等5个是不严格的AAB式。"沟沟子""瓢瓢子""嬷嬷爹""窝窝头""忽忽悠""毛毛虫""花花轿""娘娘庙"等8个是名词。结构为AA+B的有："嬷嬷爹""呼呼喘""的的战""忽忽悠""冲冲怒""娘娘庙"；结构为A+AB的有："充充饥""窝窝头""出出气""忽忽悠""钱钱行""请请你""毛毛虫""解解手""逞逞能""花花轿"。可见，车王府曲本中的AAB式在结构、韵律及基式上有所不同，说明AAB式叠词的构成原因不同。构成原因是人们认知心理在词语结构中的一种反映，从这一点，AAB式实际上是人们寻求出的一种表达某些意义时的最佳形式。

以上AAB式叠词在车王府曲本中的例证如下：

莫愁贫哪，哎呀，汉子吓，前面好一个大沟沟子吓。（9·57）

（旦白）好一个瓢瓢子吓。（净白）那是江舡。（旦白）上面有个被单单子。（净白）那是舡蓬。（9·57）

哦，是了，这一定就是我嬷嬷爹说的，那个给强盗作眼线、看道路的甚么婊子罢。（11·117）

---

① 王世友、莫修云：《汉语与汉语教学》，华语教学出版社2012年版，第41页。

② "窝窝头"在车王府曲本中，又可以儿化的形式出现，如："内厮闻听，说：'饭还早，窝窝头儿还未蒸。王能那里才做菜，白水加盐煮大葱。'（43·407）"

你可除去讨些饭来，大家充充饥①，你道好不好？（12·161）

寇宫人，呼呼喘；娇嫩体，的的战。（17·13）

吃吃喝喝无滋味，饥饥饿饿窝窝头。（18·89）

圣人时下冲冲怒，伸马抡刀往上冲。（18·208）

糜氏说要寻去路，也见见他抢白几句，也出出气。（19·102）

耍货摊，孩童涌。买竹马儿，西湖景。忽忽悠，车轮儿动。鬼脸儿，孙大圣。花棒儿，万花筒。都是些糊弄局的玩意儿把小孩儿蒙。（22·165）

你若搬家告诉我，我门（们）也好饯饯行。叫桌酒席请请你，老猪奉敬酒三盅。（27·204）

蛐蟮庙，住着一位花老道，扑灯蛾儿毛毛虫，蝗虫要把齐国扫。（28·281）

我在后面解解手，拉屎工夫把祸捅。（44·6）

下好汉，用声吆喝叫夯物，"快快起来逞逞能，若不叫你拜四斗，不算我的武艺精"。（44·6）

你夫被人拿了去，身在司衙不能迩。不打棍板全是假，更凶险，明日人来把亲招。准有一顶花花轿，前来迎亲到门前。（48·25）

咿呀哟！四月里四月十八，娘娘庙里把香插。（57·356）

（五）AABB 式叠词

AABB 式叠词是车王府曲本中常见的一种叠词，其在辞书中的地位不相等。有的虽被辞书收录，但具体情况有所不同，有的某个义项产自清代，如"渺渺茫茫""乜乜斜斜""赫赫扬扬"，例：

隐隐沉沉随风荡，孤零单单好凄凉。渺渺茫茫无路向，凄凄惨惨鬼门墙。（12·260）

姐姐，你看那边来了个和尚，乜乜斜斜，想是吃醉的。我们何不上前去望他一望。（13·370）

破黄巾义兵到处扫烟尘，实指望赫赫扬扬成大事。那晓得汉室将倾，朝中不断有奸雄。（19·103）

有的是清代产生的新 AABB 式，如"长长短短""楞楞柯柯"②"大大咧咧""婆婆妈妈""鬼鬼祟祟""前前后后""拉拉扯扯""磕磕绊绊""真真假假""溜

---

① 此处原文为"光光饥"。

② "楞楞柯柯"，老舍在《骆驼祥子》中又将其写作"愣愣磕磕"。

溜溴溴"①"忽忽悠悠""恶恶实实"等，其中"楞楞柯柯""大大咧咧""磕磕绊绊""忽忽悠悠"还提前了《大词典》的书证。它们在车王府曲本中的例证如下：

细想此事，日后倘有些长长短短，其罪非轻。（17·11）

张龙心正然思想，但见这赵虎楞楞柯柯的跑到跟前，站在一旁发怔。（17·64）

赵爷说："进香不能，这件事不能假。元是婆婆妈妈的，大概是实。"（17·175）

这些话你不必云了，明明是大人亲笔，我岂不认的？似这些鬼鬼祟祟之事，何必有这些做作呢？（17·274）

这长工提皮鞭，吆喝着牛车出村上路，大大咧咧往前而去。（17·295）

明日清辰（晨）我回去，京都城中见大人，前前后后回一遍。看相爷，如何分付钧谕明，你我也好得主意。（18·42）

怎奈那僧人相拦不放松，拉拉扯扯非为礼，没的反玷自冰清。（18·68）

苦的是青春少女闺门女，一个个，袜小鞋弓步难行，抛头垢面腮落泪，怀中还抱小儿童。磕磕绊绊朝前跑，只使的汗流粉面赤通红。（18·92）

我想在江场动手，真真假假对垒厮杀。（18·372）

许褚闻言不敢不应，连声答应。溜溜溴溴出了营门，带领一千骥回许昌去了。（19·48）

谁知窑内并无有直路，转过一个弯子来。睄是拉煤的那盏灯亮，刚走几步，又睄不见咧，所以忠良走着，只觉的忽忽悠悠实难举步。（21·124）

不怕，黑贼他若再来，我恶恶实实打他一顿。（42·380）

车王府曲本中也有大量前代早已经使用且被《大词典》收录的 AABB 式词语，如"浩浩荡荡""轰轰烈烈""兢兢业业""巴巴结结""是是非非""冷冷清清""哭哭啼啼""影影绰绰"②，它们在车王府曲本中的例证如下：

真乃是，浩浩荡荡军威壮，轰轰烈烈法令森。（17·500）

---

① "溜溜溴溴"即"溜溜湫湫"，在车王府曲本中又写作"溜溜秋秋"，例："两个人溜溜秋秋往后走，这才是藏藏躲躲闪身行。（21·257）"又写作"嘟嘟咪咪"，例："无奈何，挨到天晚至黄昏，嘟嘟咪咪来后户，求人带信与母亲。（32·72）"

② "影影绰绰"在车王府曲本中又常写作"影影抄抄"，例："登时间，不觉东方才见亮，影影抄抄看的明。（18·244）""仔细留神看分明，这又将他唬一跳，看见希奇事一宗。但则见，云光之中一宗物，影影抄抄像条龙。（44·131）"

第二章　车王府曲本词汇研究

兢兢业业思图报，只好昼夜费辛勤。每日间，办理民词加谨慎，国务中，小心之中更留神。（18·25）

巴巴结结度春秋，劳劳碌碌几时休？（18·89）

是是非非几千番，败败成成总在天。（18·115）

城内另是一光景，大道上，冷冷清清有人行，却不分老幼男女项戴锁。（18·139）

那边厢，来了年轻一孩童，哭哭啼啼往前走。自言自语不住声，年纪不过十几岁。（18·191）

陈小姐马上留神把杏眼睁，见影影绰绰因隔的甚远，又搭着苍松翠柏掩映得不甚分明。（22·215）

车王府曲本中，"破破烂烂""冒冒失失""哆哆嗦嗦""搂搂抱抱""结结实实""结结巴巴""跟跟跄跄""马马虎虎""叽叽咕咕"①"嬷嬷妈妈儿"的使用频率非常高但未被《大词典》等辞书收录，例：

他呀，穿的破破烂烂的，我见他作什么？（12·366）

只见那动手大汉冒冒失失走至跟前。丁二业正自防备，只见他人跪倒就磕头说："将才若非这住口称公子，险些错误。"（17·382）

他鬓边，有一物，哆哆嗦嗦的戴顶中。（17·392）

不多时，大家搂搂抱抱把一个美貌的家人连拉带抱推上了大厅。（17·476）

今日席前多多亏你，算是把吕布绑了个结结实实。（18·312）

这个贼，也是身形乱打晃，险些儿掉下马能行。跟跟跄跄往下跑，一齐大败回归营。（18·354）

再者，方才那些作活的众人为何又给那个老道下跪磕头？我却马马虎虎的听见他们说："只求爷爷开恩救救我们的革命。"（21·191）

想罢，往前走了两步，带笑开言尊声嫂嫂。那件事难怪驸马，这都是刘庆赶出来的，终日叽叽咕咕把个狄青念转。（23·253）

众公，为何王爷替乌苓阿赵黑狗讲情，只因乌苓阿的娘娘是王爷的嬷嬷妈妈儿。（41·43）

---

① 受方言影响，"叽叽咕咕"在车王府曲本中又被写作"嘁嘁咕咕"，例："王栋把嘴伸到他兄弟的耳边，嘁嘁咕咕说了几句话。（35·137）"

另外，车王府曲本中还有一些特色鲜明的 AABB 式叠词，它们的存在充分表明了只要语境合适，汉语词就有以 AABB 式出现的可能，以第 49 册中的部分 AABB 式词语为例。如"棍棍调调""律律行行""失失溜溜""忐忐忑忑""各各穰穰""真真酗酗"[①] 等，例：

我睄着你这庅棍棍调调的，可到有三分朋友的气数，因此和尚才晒化了的皮糖。我要拨你，谁知尊驾听不出出家人的话来。（49·94）

项上套绊抬着走，到好看，律律行行一大群。（49·414）

于婆子，吊胆提心惊又怕，两眼不住东西瞅。只见他，失失溜溜往前行，一路总怕人撞见。（49·433）

常言说"贱人胆虚真不假"，盖不由己心内惊。忐忐忑忑往里走，双腿哆嗦眼如灯。可巧一人无碰见。（49·433）

但则见，各各穰穰一大群，虽无什庅好穿戴，拿腔作势到有哏。（49·446）

老回回孙昂犹恐差遣别人前去打探不仔细，怕事舛错，故此亲身前去真真酗酗打听明白。（50·160）

那边又来了一个结巴，秀才上前来结结巴巴问一遍。（56·260）

第三节　车王府曲本中的固定短语研究

固定短语包括习用语、歇后语、俗语及谚语等，作为一种语言词汇系统中固定的语言形式，它们蕴含着中华民族思维方式、文化取向等内涵，是汉语词汇系统中不可缺少的部分。"熟语，总是民族语言中最富表现力的分子"[②]，它们以独特的语言形式及文化意蕴成了词汇系统中固定、难以替代的部分。车王府曲本中也有大量的固定短语，主要是俗语、歇后语及成语，前者数量要远远多于后者。

[①] "真真酗酗"，即"真真着着"。

[②] 陈伟武：《车王府曲本的语言学价值》，载刘烈茂、郭精锐等著：《车王府曲本研究》，广东人民出版社 2000 年版，第 390 页。

一、习用语

习用语的定义不完全相同,温端正、温朔彬(2014)罗列出了学界关于习用语定义及范畴的八种不同观点,并把习用语视作"非二二相承的描述语"①。综合各家观点,本书认为习用语是具有口语色彩、结构主要为动宾式的短小定型的固定结构,字数为三个或三个以上。

人们的言语交际行为是客观和主观双重作用的结果,客观指需要利用一种语言中约定俗成的要素和规则,主观是为了使交际意图得到最大程度的体现。人们总会对既定的语言结构形式做出调整,即便该语言结构形式本不该有所变动。如习用语属于固定结构,常规看,应用它们时,不能改变其构成要素。但在言语交际中,在不影响既定语义的情况下,人们总会对其做出各种改变,如将其中的某个语素换用同义词、在结构中添加一些不影响原有意义的语素等。由此,从语用角度看,车王府曲本中的习用语在形式上就有了静态式和语用式两种。

(一)静态式习用语

车王府曲本中,静态式习用语指那些没有被作者做出任何改动的习用语,即以约定俗成形式出现的习用语。

任你说得天花坠,老夫只当耳边风。(5·298)

按:"耳边风"喻指"不放在心上的话"。

诚恐露出马脚,如何是好?(8·418)

按:"露出马脚""露马脚"都出现自元代,义为"露出破绽"。车王府曲本中使用的都是"露出马脚"。再如:"但明日必要提审,你小姐是个弱小闺女,倘到威严之下,必至露出马脚,如之奈何?(9·134)""吕布闻听奸雄之言纲常伦理话,心中有些活动气色。陈宫在旁怕他露出马脚被人所耻,无智谋的人决诸东则东,决诸西则西。(18·482)""若不回去,天一大亮就露出马脚来了,这是孔明之计。在那士卒之中拣那身材、相貌与姜维相似的,假装伯约前来攻城。(20·222)""自己奔至那边床上坐下,恐其露出马脚来,又不敢睡到火盆的跟前,将铜筷子拨了拨灰,移了坐位在那里向火。(22·38)""行

---

① 温端正、温朔彬:《习用语》,商务印书馆2014年版,第20页。

者着急，恐怕露出马脚来，连忙告诉长老用朱笔在手掌上写了十个小字，暗暗与沙僧一瞅。（27·422）"另有一例使用了"一点马脚不可漏"，如："到县内，当堂必提独脚虎，金哥必然满应承，千万的，一点马脚不可漏。只顾你我大事情，一齐出县到衙内。（42·81）"

实际上，"马脚"出自元代，它与"露马脚""露出马脚"①的使用频率都很高，说明它的趣味性及表意性具有深度贴合人们交际需求的特点。

安心要打退堂鼓，诓哄狗子徐年生。从保府，叫了两名小官至，引诱公子起早行。（41·502）

按："打退堂鼓"义为"不想继续采取某种行为"。

吾头目线秀，我与你井水不犯河水，为何来此遭殃？（16·190）

按："井水不犯河水"义为"互不干涉"。

竟是些趋炎附势的小人，还有抱粗腿的那些走狗。（26·439）

按："抱粗腿"义为"巴结、攀附有钱有势的人"。

终日里，奔波途路化斋粮，到处遭心都是我，不住的，降妖捉怪打饥荒。（27·242）

按："打饥荒"义为"应付困难、解决问题"。

接交亲友瞅门户，浮上水还带着打秋风。一味的溜哄奉承擎，总对不过别人，燥又不疼。（26·348）

按："浮上水"义为"巴结讨好上司"；"打秋风"指"以各种借口向人索取吃食或钱财"。

圣祖老佛爷无心中将龙爪往前胸一指。谁知下面黄三太错想了，只当皇上往他打哑谜呢。（42·62）

按："打哑谜"指"说话隐晦，不易被别人理解"，《大词典》书证出自现代文献且为孤证。

别的本事我不会，若论那，马后炮咱头一名。（42·184）

按："马后炮"特指在事情发生后提出解决策略或表现出早已知道的样子。

着急得，福德正神暗中助，把黑爷，按了一个到②栽葱。浮便小主赶上

---

① 车王府曲本中，也写作"漏出马脚"，例："这一句话上漏出马脚来，施公闻听心中大悦。（33·109）"

② "到"与"倒"为通假字关系。

去，一手按着一手楞。(42·379)

按:"到栽葱"即"倒栽葱",指"头朝下脚朝上的姿势"。

等着到了夜里,别管三七二十一,先将这和尚送到他姥姥家去,回首再干咱两的。(48·203)

按:"别管三七二十一"义为"不顾一切地去做,或不问是非曲直"。

(二) 语用式习用语

语用式习用语指在具体语境中,车王府曲本的某些作者为了获取更佳的表达效果及新奇感,在不影响核心语义的前提下,对习用语内部构成要素做出了一定的改变。

将他抱上床去,按着成了亲。他就起来变脸,生米做成熟饭。(8·313)

小人暗暗进房中,我将那,方氏奸淫完了事,生米已经饭作成。(26·275)

生米已竟作熟饭,总然后悔是枉然。(27·319)

就便龙君知晓,生米已成熟饭,也就无可奈何了。岂不是宗美事?(41·146)

按:例中"生米做成熟饭""生米已经饭作成""生米已竟作熟饭""生米已成熟饭"源自"生米煮成熟饭",其义为"事情已经发生,结果已定"。

唔,唔,老身天天念佛吃观音斋,我不是不修。我看亲家母你修,直修到牛角尖里去了。(11·387)

按:"修到牛角尖里去了"化自习用语"钻牛角尖""钻牛角",义为"花力气做一些没有意义的事,或想法较为偏执"。

呸!你管账的到先不肯,打你这个拍马屁股的。(12·330)

按:"拍马屁股"化自习用语"拍马屁",义为"为达到某种目的,阿谀奉承别人"。

老弟那熊员外爱戴个高帽儿,不论什么事情,依着县官老爷还要给他送礼去呢!(18·195)

按:"戴个高帽儿"即"戴高帽儿""戴高帽子",其义为"吹捧、恭维别人"。

咱两个当面锣来对面鼓,并没私心在其间。(21·78)

按:"当面锣来对面鼓"化自"当面锣,对面鼓",车王府曲本中增加了语气助词"来"。

愣赵虎，吃饱躺下呼呼的睡，他不管，什么叫三七二十一。(26·87)

别管他三七二十一的，今日求你布施我饭银三千两。我好与你作一个大大的功德，也不算白白的遇见过你。(47·488)

按："不管什么叫三七二十一""别管他三七二十一的"两者都源自"别管三七二十一"。车王府曲本中，"不管三七二十一"也写作"不管三七廿一"，即："这些人真来胆大，不管三七廿一，轻重不分，听见王希老爷起了身，个个手忙脚乱庙外上马直扑王爷花园而来。(42·244)"

身大力不亏，肉多嫌肥。好心当做了驴肝肺，吃的香嚼的脆。(57·227)

按："好心当做了驴肝肺"一般写作"好心当做驴肝肺"，即是说，此习用语在车王府曲本中添加动态助词"了"。

什么是送贺礼？又是打咱们爷儿们的秋风来哪。(15·2)

按："打咱们爷儿们的秋风"化自"打秋风"，此例在结构中添加了"被打秋风"的对象，使整个结构变得更为生动形象。

看你愚蠢多愚蠢，与你棒槌认了针。你当此头是吴起，元是哀家法妙文。(15·385)

匡四、朱七上了当，拿着棒槌认作真。(20·355)

大师兄，合你戏言说顽话，给了棒槌认了真。原本你的嘴太欠，这回事，却也难以怪师兄。(27·236)

旂牌腹内自沉音，人言元帅有呆气，看来不虚果是真。不过撒了寸金谎，给他棒槌认作针。(28·280)

按：上述例证中的"与你棒槌认了针""拿着棒槌认作真""给了棒槌认了真""给他棒槌认作针"都化自习用语"给个棒槌认作真"，义为"把别人随便说的话当作承诺或真事"。

车王府曲本中习用语的情况及下文所要论及的其他固定短语的情况表明，即便是人们公认的不能替换构成要素或更换成分组合顺序的固定短语，在具体的言语交际中，也会被人们赋以各种新形式，添加各种新元素。但不论如何变化，相应固定短语的核心意义不变，他人也可从中一眼判定出它们的初始形式。因此，研究车王府曲本中的固定短语时，本书并没有将具有各种变化的固定短语排除在外，而是将其列入了研究范围，以便说明相应固定短语的生命力及语用对固定短语具有较强的影响力。

二、俗语

俗语主要由劳动人民创造，是他们在长期的社会实践及祖辈的精神感受中提取、凝练出来的结构较为凝固、意义较为深邃的、大多由前后两句话组合而成的结构。引用俗语支持自己的论点，说服别人对自己论点的肯定，从古到今几乎贯穿于人们交际的任何场合，这种使用习惯源自俗语本身的源出及功能。俗语，虽含有"俗"字，似有不登大雅之堂之义，实际上却是它具有极强生命力的一种体现。俗语之所以能流行，不是因其在语言形式上具有特殊优势，而在于它所阐发的内涵、哲理恰好是对人们物质及精神的恰当概况，能够在最短的篇幅内将无限事实中归纳出的道理表达出来，这也是车王府曲本中大量使用俗语的原因。

（一）形式上是否带提示语

使用俗语时，人们有时会使用提示语，有时不使用，由此就使被使用的俗语从形式上出现了两种类型，即带提示性话语和不带提示性话语。

1. 带提示性话语的俗语

车王府曲本中引用时常用"俗语说的好""俗语儿说""常言道""常言""俗言""正是""俗语有云"等提示性词语或短语，它们存在的原因在于说话者希望对方能够接受自己的观点，或是用于说明自己的观点是有支撑点的。宽泛而言的话，俗语前的提示语相当于"比如""例如"等词语，其义都在期望交际对象能够接受自己的观点。有时为了加强俗语的作用，使用者还在使用之前直接对其做出评判，如"俗语说的（得）好"。例：

俗语说的好，"君子发财，如仝（同）享福，小人发财，如同受罪"。（6·413）

正是"人逢喜事精神爽，月到中秋分外明"。（6·418）

嗐，俗语儿说的好，"败将难言当年勇，英雄出于少年"。（15·20）

这小畜生，自古道"穷要穷的志气，富要富的根本"。（6·418）

吓，元帅，俗语有云，"尽得忠来难尽孝，为得国来那顾家"。萧、宋屡代不和，今日得此机会，为主江山还顾什么妻室儿女？（7·13）

正是"不如意事常八九，可与人言无二三"。（7·142）

看他是个直心汉，古语云"知人知面不知心"。（16·499）

你看二妖一死，出家人回山便了。正是"真人不漏相，漏相不真人"。
（16·516）

自己也不想想，古语常言，"闲时不烧香，忙时抱佛腿"，如何中用？
（25·88）

俗言"背巷出好酒"，三河也有美姣娥。若得此人成婚配，永吃长斋念弥陀。（56·174）

常言道"人有人言，兽有兽语"。这支狗冲着安安儿哼哼了两三声。
（57·253）

按：上述例证表明，车王府曲本中这些带提示语的俗语，不受韵文性质的影响，即它们的存在都是作者为了使人物形象的话语或文本语言更具要表现力而使用的一些提示性语言，有时起到了使上下文衔接更为自然流畅的作用，如"看他是个直心汉，古语云'知人知面不知心'"中，若没有"古语云"三个字，上下文衔接则较为生硬。当然，俗语前使用提示语的最大功用是增强话语发出者所言观点的信度及权威性。

2. 不带提示性词语的俗语

俗语的受欢迎度是其具有极强生命力的重要表现之一，体现为很多俗语已成为人们话语系统中必然的东西，使用时无须用提示语，而是直接将其化为自己话语的一部分，表现在形式上就是不使用任何提示语。例：

哎呀，母亲吓，阎王好见，小鬼难缠。（7·177）

不如再把汉子嫁，一遍拆洗一遍新。（15·236）

千岁你有眼不识荆山玉，拿着生铜当作金。（15·239）

你不见棺材不吊泪，不到黄河不死心。（15·239）

山东宰相山西将，彼丈夫兮我丈夫。（15·248）

较比小鱼翁孙福全见精邪动怒，他只当是妖魔知道这回事呢？必是泄漏了机关，打不成狐狸，惹屁股臊。（28·19）

天下老鹳一般黑，光棍不吃眼前亏。（57·229）

按：以上所列不带提示语俗语虽然少，但特征极为鲜明：一是没有对通行的俗语做任何改动，如"阎王好见，小鬼难缠""一遍拆洗一遍新"；二是从已有文献中直接搬用俗语，包括其上下文，如俗语"山东宰相山西将"所在的"山东宰相山西将，彼丈夫兮我丈夫"就引自元杂剧《刘夫人庆赏五侯宴》

第四折。

（二）构成要素上是否有所变化

人们在使用俗语时，有时会直接引用，有时基于某种原因则会改变其中的某个或某些构成要素，由此就使得进入言语交际的俗语具有了以下两种形式。

1. 直接引用原俗语

韵文中，直接原型引用俗语原本不是一件做起来极为流畅的事情，但由于俗语大多本身就是以对称的形式存在，兼以汉语俗语数量极多，因此相关作者总会找到与行文和文意相符的俗语。由此，车王府曲本中就存有了大量直接引用的原俗语。例：

常言道"<u>官久自富</u>"，偏我越闹越穷。终朝借账弄窘窘，搪账全支关俸。（14·79）

俗言说，"<u>有志不在年高，无志空活百岁</u>"。（18·4）

<u>猫咬尿泡空欢喜</u>，真乃错认定盘星。（19·155）

自古道"<u>人受一口气，佛受一炉香</u>"，果是真。（40·43）

<u>买卖好做，伙计难搭</u>。（57·236）

<u>听见风就是雨</u>，<u>磕鼓打碌碡，石打石</u>。<u>内炼一口气，外炼筋骨皮</u>。（57·241）

按：以上例证表明，车王府曲本中，直接被引用俗语的前面可以有提示语，也可没有提示语，因其大多是大众耳熟能详的常用俗语。

2. 能动改造原俗语

语言静中有动，在实际交际中，为实现一定的目的，任何固定结构都有被使用者能动改造的可能性，于是就出现了原有俗语核心内涵不变，但构成具体成分发生了变化的现象。这种现象体现了相应使用者的高超语言能力，更是体现了俗语虽为固定结构，但由于其是以句子的形式存在，篇幅相对较为宽裕，因此人们使用时可常对其做出能动性改造的特征。事实上，不论人们如何能动改造俗语，其核心意义基本不变，深刻地体现了俗语具有极强的继承性、可塑性及无限的可延展性。

哎呀，哎呀，<u>人不得外财不富，马不吃夜料不肥</u>。（6·413）

按："人不得外财不富，马不吃夜料不肥"原文实际上为"人无横财不富，马无夜草不肥"。

自古道"诗书不误至诚人"，那时节夫贵妻荣，我的儿你终有期。（14·139）

按："诗书不误至诚人"中的"至"原为"志"。

打虎还是亲兄弟，上阵还须父子兵，上阵还须父子兵。（14·466）

按："打虎还是亲兄弟，上阵还须父子兵"原文为"打虎还得亲兄弟，上阵须教父子兵"。

八九常无如意事，二三不可对人言。（15·242）

按："八九常无如意事，二三不可对人言"原文为"不如意事常八九，可与语人无二三"。

拨能行，回城转。不逃脱，刻下命短。光棍不吃亏，城中且躲闪。（16·113）

按："光棍不吃亏"原文为"光棍不吃眼前亏"。

俗语"家有贤妻，男儿不做横事"。我与你作夫妇的恩情怎敢错言？谁不知溜哄奉承合爷的性，为什广恶语滔滔招你厌烦？（56·447）

按："家有贤妻，男儿不做横事"原文为"家有贤妻，男儿不遭横祸"。此俗语的核心原点是"家有贤妻"，因此使用中，被改造的通常是后半部分的"男儿不遭横祸"，如："男儿不做混事""男儿不遭官司""男儿少遭横事""男儿少做混事"，等等。可见，不论怎么改变，其核心原点"家有贤妻"是不能变的，因为这条俗语表明的正是女性在家庭中的重要精神地位。

入行三天没力巴，馒头拣着大的拿。（57·235）

按"入行三天没力巴"的原文为"没有三天的力巴"。

诸多俗语在车王府曲本中，被作者拆解，与其他词语重新组合，形成一种原义还在，但表达形式发生了变化的语言形式。如：

挤眉弄眼使暗令，调三嗢四古董腔。用人朝前摆尾笑，用不着朝后比冰凉。忙时求签抱佛腿，闲时永不进庙堂。（57·223）

按：例中的"用人朝前摆尾笑，用不着朝后比冰凉"是对俗语"用人朝前，不用人朝后"的化用；"忙时求签抱佛腿，闲时永不进庙堂"是对俗语"闲时不烧香，急时抱佛脚"的化用。以上属于两种化用，前者虽添加了一些元素，但原俗语的语序没有发生变化；后者则既改变元素，又改变语序。这种情况说明固定短语的构成要素不是不可变化，在语用中，它也可被改造成更贴合语境、更能达到语用效果的形式。

车王府曲本中还有从两个不同俗语中各取一部分，形成一个新俗语的现象，例：

<u>亲不亲，当乡人；美不美，村中水</u>。（57·228）

按："亲不亲，当乡人"是俗语"丑不丑，一合手；亲不亲，当乡人"的部分，"美不美，村中水"是俗语"美不美，家乡水；亲不亲，故乡人"的部分。当然，不能说它们是直接截取原有俗语中的部分而成。如"村中水"是对"家乡水"的化用，且"美不美，家乡水；亲不亲，故乡人"与车王府曲本中的例证在意义上等同，只是语序有所不同而已。

综上，车王府曲本中俗语的使用情况较为复杂，需要结合具体语境对其做出细致分析。

（三）俗语的意义类型

中华民族的智慧经过了五千多年的锤炼与积淀，在任何一个文化维度都有着一套独特的体系，它们就如熠熠星辰，抚养着每一代中华民族的精神体。而俗语本就反映了人们对生产实践的总结、人生经历的感悟等，具有较高的文化价值，因此古今人们总喜欢引用其来佐证自己的观点、验证某件事或预测某件事。从意义上看，俗语有积极意义和消极意义两种，积极意义即是劝人行善、积极面对现实；消极的则有迷信、诱恶等。此处我们讨论的仅是积极意义上的俗语。根据车王府曲本中俗语的实际情况，从积极意义上可将其分为以下几类。

1. 倡导积极的人生态度

车王府曲本中的有些俗语，其存在的意义是为了鼓励人们要有积极的人生态度，包括珍惜时间、心善做好事、耐心等待及勇于探险，等等。例：

常言道"<u>有志不在年高，年老枉自活百春</u>"。（21·212）

常言"<u>行好就得好</u>"，终究必是把仙成。（21·213）

常言"<u>无志空活百岁，秤砣虽小坠千斤</u>"。（21·233）

俗言"<u>君子报仇，十年不晚</u>"。（21·234）

常言说的好，"<u>不入虎穴，焉得虎子</u>"，这两句话可就应在于老爷身上咧。（21·285）

自古常言说的好，"<u>一寸光阴一寸金</u>"。寸金使去容易找，光阴一过最难

寻。(21·301)

按：作为具有几千年历史的农业社会，工作的时间原本较为从容，但刻在中华民族精神命脉中的"穷则独善其身，达则兼济天下"的远大志向，让时间成为中华民族极为重视的东西。珍惜时间的根本原因，是因为中华民族一直有积极向上的人生态度，这种人生态度反映到俗语中，就是具有了与上述例证中俗语类似的大量俗语，以及确确实实的奋斗行为。"行好就得好""向善而行"也一直是中华民族所奉行的最高行为准则。为了规劝人们奉行此准则，人们甚至将其与神灵结合在一起，如"抬头三尺有神灵""人在做，天在看""暗室亏心"等俗语的存在。"君子报仇，十年不晚"反映了中华民族具有耐心积聚力量的特质。积极向上的人生态度绝不仅如此，也不可能在短短的篇幅内就能将其阐述完毕。上述例证都出自车王府曲本《于公案》"拿妖"与"红门寺"的情况表明，作者的着意点不仅是在说唱公案鼓词内容本身，其也会从积极层面关注文化层面及社会意识层面的内容。这一点，既是对车王府曲本文化思想及文化价值的一个体现，也是对古代文学艺术作品思想文化价值的一个体现。

2. 倡导人要做好自己的分内事

作为社会个体，每个人都有自己应做之事和应尽义务，只是所有的"应做""应尽"是建立在符合社会强制规则或道德伦理规范之上的，对社会才有积极作用。基于此，中华民族文化特别重视强调个人的自我修养，重视在合理规范的范畴内承担自己的应有之责，与之有关的重要一条为"在其位，谋其政"，即人要做好自己的分内事。车王府曲本中的俗语，有些即属于此类。例：

常言道，"既无真心别举意，药无良方莫传人"。既要为人为到底，如何有始又无终？(23·286)

三爷说你我正应一句俗言，说的是"井水不犯河水"。我破昭关前去平郑灭楚，与你卧虎山无仇，攻的什么山寨？原无此理。(25·114)

二人素不相识，关什么情分？又道"当场不让父"，举手谁肯留情？(25·125)

常言道，"卖艺的应行"话不假，作交客，必须和颜悦色容。则见他，无笑强笑假和气，眼望着，万岁君臣把话云。(41·95)

常言说"卖饭不怕大肚子汉",开店求的是四方客前来赐顾。请还怕请不至,焉敢将财神往外推呢?(41·460)

按:上述例证表明,由于俗语的文化内涵较为丰富,因此有时很难将其从文化上做出泾渭分明的分类。如"既无真心别举意,药无良方莫传人",既是说人要守本分,做好分内事,又指人应该待人真诚,应该遵守职业道德;"当场不让父"在说人要做好分内事的同时,还表明人不能因他者的关系而放弃原则。"卖艺的应行",虽是用于说明干什么的会什么,但其前提实际上是首先需要了解自己的工作,才能在任何时候都能处理好与自己工作相关的事。"卖饭不怕大肚子汉"则意在说明要正确的看待、处理与自己工作有关的事情。因此,任何一条俗语所反映的内涵绝不仅是一种,它往往是很多内涵的集合体,只是谁多谁少的问题而已。

3. 展示中华民族的人际观

一个正常的社会人,和他人之间必定存有各种各样的关系,由此就形成了诸多类型的人际关系。人际关系的好坏、近远、亲疏等,会影响甚至决定人们做事的态度及事情的结果,由此就有了针对不同人际关系的俗语。车王府曲本中的部分例证如下:

俗言说的好,"<u>人善被人欺,马善被人骑</u>",从古至今皆是一样。(26·128)

俗言说道是,"<u>忠臣不事二主,烈女不嫁二夫</u>"。就是女婿家寒,员外破费几千银子帮助帮助女婿,日后还有半子之劳。又是舅舅外甥,有什么讲究呢?(26·141)

众公,俗语说的"<u>是亲三分向,是火热着灰</u>"。如今见褒贬他的妹夫,岂有不生气的道理呢!(26·340)

俗言说,"<u>兔儿不吃窝边草</u>",那一个,好狗还要护三村。既为人,难道不如畜类?(26·365)

常言"<u>徒儿如半子</u>",师父应当在五伦。(27·178)

俗言说"<u>虎毒不食子</u>",作父母的那有离间儿女婚姻之礼?(41·145)

常言道,"<u>忤逆方生忤逆根</u>",你要不孝父合母,到处常想坑害人,不行一件正经事,常怀奸淫邪盗心,就便生儿养下女,想他孝顺未必能。(42·5)

按:以上例证中的俗语,既有"虎毒不食子"这种描述因亲情而形成的人际关系，也有提醒人民为人处世不能无原则善良的"人善被人欺，马善被人骑"。"兔子不吃窝边草""徒儿如半子""是亲三分向，是火热着灰""忠臣不事二主，烈女不嫁二夫"等则表明了不同人际关系，需要采用不同的方式处理。

4. 点明了人们的处世智慧

车王府曲本中，还有一些俗语体现了人们的处世智慧，这些俗语不是教人圆滑，而是在教人如何更好地处理人际关系，以及在人际交往中如何才能让自己的利益不受到损害。例：

俗言道"<u>眼见是实，耳闻是虚</u>"，我到那里私访一番，方见真实。（41·259）

众公，两句俗言，"<u>人凭话探，井凭绳</u>"，彭公自知为民心直口快，要试探试探李八侯的善恶，谁想说的恶人闭口无言只不作声。（41·263）

常言道，"<u>扯着耳朵腮必动，伤了一枝损百林</u>"。你我不救连心友，岂不就，有玷江湖绿林名？（41·287）

"<u>酒要少吃</u>"古人云，还是商议办正事。（41·328）

俗言一句，"<u>光棍不吃眼前亏</u>"，明知事情败露，怎肯替别人受刑？（41·338）

俗语"<u>人多好作活</u>"，登时把土刨开，露出棺材。（41·346）

按：以上俗语所反映的处世智慧，在具体表现及类型上有所不同。"眼见是实，耳闻是虚"反映出人活上世上，不能让道听途说左右自己对事情的判断，而应该通过自己的亲身实践判定事情的真伪。"人凭话探，井凭绳"反映的是言为心声，在与他人交往时，应该注意从他人的言语中辨析此人的品性及其所涉事情的真伪。"扯着耳朵腮必动，伤了一枝损百林"强调的则是作为社会群体中的个体，处理事情或与人交往时，应注意以系统性的眼光从整体看待问题。"酒要少吃"点明的则是酒虽然好，但是喝多了容易误事。"光棍不吃眼前亏"反映的则是人要学会通权达变，不应该僵硬地处理事情。"人多好作活"体现的则是团队合作的重要性。显然，以上俗语所倡导的为人处世原则，即便放在今天，也是值得我们遵循的。

以上意义类型，仅是车王府曲本中俗语意义类型中的部分，数量虽少，但已充分说明俗语所具有的宽厚文化内涵及其历久弥新的社会价值。

三、歇后语

歇后语由谜面和谜底两部分构成,体现了创制人丰富的联想能力。通俗看,歇后语一般分为谐音歇后语和喻意歇后语两种。车王府曲本中使用歇后语数量较多,有时上下文中会连用歇后语,例:

你这两个东西真是坐着轿子号丧,不识抬举。好意劝你,为的是你俩,只是不依。算起来要恶贯满盈,大概该死了。真是抱着肉槽子叫老爷,真他娘的要分儿。(49·296)

按:上例中第一个歇后语为"轿子号丧——不识抬举",为谐音歇后语,用物理意义上的"抬举"指精神意义上的"称赞、提拔";第二个歇后语为"抱着肉槽子叫老爷——真他娘的要分儿",为喻意歇后语,形容人"不识好歹,乱攀关系"。

眼下也就剩下我这们一个人咧,寿星老儿喝豆汁儿,不是一半天熬的。有死鬼哥哥在时升官发财,只当你两口子自挣的广?那可是坛子里睡觉,作瓮梦。(49·327)

按:上例中第一个歇后语为"寿星老儿喝豆汁儿——不是一半天熬的",属于谐音歇后语,它用烹饪范畴上的"熬"谐音生活范畴的"熬",形容人日子难过。第二个歇后语为"坛子里睡觉——作瓮梦",属于喻意歇后语,用"瓮"的小喻指人不切实际的梦想。

车王府曲本中的歇后语生动有趣,意义涵盖范畴广,有很多歇后语并不见于相关的辞书,具有较高的研究价值。

(一)谐音歇后语

汉语同音词较多的特点是谐音歇后语得以生成的基础,它具有表面和内里两种意义并存的特点。与其他熟语不同,歇后语出现在具体语境中,既可以作为整体出现,又可前后两部分中间被插入其他成分,从而具有了更为宽阔的表现力。

1. 原型谐音歇后语

车王府曲本中,前后两部分间没有被插入其他成分的谐音歇后语即为原型歇后语,如:

三月里的芥菜——起了心啦。(2·362)

按：该歇后语中的"心"明面上指芥菜的心，暗里指起意干某事。

你坐在这儿说，叫媒婆子瞧见，这不是骑着骆驼吃豆儿包子，撒了馅了？(8·252)

按：例中歇后语为"骑着骆驼吃豆儿包子——撒了馅"，用实际的馅子谐音"露馅"中的"馅"，达到了一语双关的效果。

黄连吊在井里，苦到底了。(8·287)

按：例中歇后语为"黄连吊在井里——苦到底了"，用黄连的苦指生活或精神的苦。

咱们可是不见不散，你别给我们馅饼不使油，干烙儿。(11·63)

按：例中歇后语为"馅饼不使油——干烙儿"，用"干烙儿"谐音"干唠儿"，义为"光说不做"。

趁早儿把唐大姐姐的盔铠试试，我们大家看看。别闹个鞋铺里搬家，漏出楦头来。(22·431)

按：例中歇后语为"鞋铺里搬家——漏出楦头来"。此处取"楦头"的"破绽"义。

怎广鸟枪换炮越换越粗了？先前说的话可是实话，次后来怎广又要上保府见总督？这句话也还可恕，怎广他要见皇上求个小人情了？(41·385)

按：例中歇后语为"鸟枪换炮——越换越粗"，用物理意义上的粗，谐音所涉及人物的身份越来越粗，即越来越高。

说也无益，你竟是临死打哈什，枉自张口白劳气力。(43·453)

按：例中歇后语为"临死打哈什——枉自张口，白劳气力"，用喘气意义上的张口，谐音说话意义上的张口。

这会子不中用，正月十五贴门神，晚了半个月咧。(43·453)

按：例中歇后语为"正月十五贴门神——晚了半个月"，用于指时机已经错过。

这牢头听了，这才是长虫吃扁担，直了，腿肚子朝前。(48·323)

按：例中歇后语为"长虫吃扁担——直了"，利用物体的直暗指一个人遇到事情不知所措。"直了"的位置也常用"直了眼""直啦"等同义结构。

这件事你是粮食店的耗子白闹了。这时候可不能去看看，任凭你托谁想

睄睄赛姑娘,总浮问我。(48·334)

按:例中歇后语为"粮食店的耗子——白闹了",利用"白"的"白色"义暗指"徒劳"义。

我也是张天师叫鬼迷住了,有法儿使不出去。(48·336)

按:例中歇后语为"张天师叫鬼迷住了——有法儿使不出去"。此处利用了"法"的多义性,明面为"法术",实则为"办法",形容没有办法。"有法儿使不出去"也常写作"无计可施""无法可施""有法也没法了"等。

我们又是瞎子吃核桃,凿到手上了。(48·391)

按:例中歇后语为"瞎子吃核桃——凿到手上了","凿"谐音"遭",是事情坏到手上了。"凿到手上了"中"凿"一般用"砸"。

我和尚是佅爷的眼珠儿,动不得。(48·361)

按:例中歇后语为"佅爷的眼珠儿——动不得",用佅爷的眼珠不能动,指自己无法动。

我的事你们可不知道,如同蚂蚁穿豆腐,提不起来了。若要说出来,管保吓你们一跳,这件事情更比你们那宗事情儿要紧。(49·129-130)

按:例中歇后语为"蚂蚁穿豆腐——提不起来了",用一般意义上的"提"指"说起"之义。

你说这件事,咱们一到临安府守着他们如何藏的住?要是一眼叫他们睄见,那和尚算出来,你我还不是五道庙里舍粥,一杓一个?谁能干的过他?这法子不高。(49·256)

按:例中歇后语为"五道庙里舍粥——一杓一个","一个"语义双关,明面是指被舍粥的人,暗里指例中的"他们"。

你这可是二姑娘上堂,招出来的。咱也不用这些人帮着,我要是有一个人帮着,老和尚我就不唱哈哈腔咧,由着你这旦儿反去。(49·306)

按:例中歇后语为"二姑娘上堂——招出来的",此处利用了"招"的多义性,表面上看是"招认",实则是"招惹",用于形容人没事找事,自己招惹事情。

论尊驾的胎鼓儿,可惜了儿的人坯子给了你了。应了俗言了,裱糊匠打盹儿,错砸[①]了架子咧。(49·342)

[①] "砸",原文写作"咂",讹字。

263

按：例中歇后语为"裱糊匠打盹儿——错砸了架子"，指把不该属于某人的东西给了某人。

天是待中晌午咧，妖精是眼瞅着就来咧，你们还不说？且合我闹老太太吃槟榔，闷着呢？（49·375）

按：例中歇后语为"老太太吃槟榔——闷着呢"，用于形容人没精神或一言不发的样子。

茨菇拌面，别妆蒜，别合我闹滕搭讪。（56·275）

按：例中歇后语为"茨菇拌面——别妆蒜"，该歇后语基于茨菇（慈姑）与蒜相近的特征而创作。整条歇后语的意义为"不要装糊涂"。

顺着城墙要饭，摸不着门儿。（57·232）

按：上例是一个完整的歇后语，即"顺着城墙要饭——摸不着门儿"。

听见风就是雨，碌鼓打碌碡，石打石。（57·241）

按：例中歇后语为"碌鼓打碌碡——石打石"，其义指"实实在在"。

二闸儿打窝棚，下稍里等你。冷眼观螃蟹，看你横行到几时。（57·243）

按：上例是两个歇后语，一个为"二闸儿打窝棚——下稍里等你"。"二闸儿"是北京人避暑、休闲游玩的地方，此处用"二闸儿"代表"水"，在水上打窝棚，自然会顺水而流，因此才会有"下稍里等你"一说。第二个歇后语为"冷眼观螃蟹——看你横行到几时"，它化自《警世通言》中的"常将冷眼观螃蟹，看你横行得几时"。

2. 扩展型谐音歇后语

车王府曲本中，谐音歇后语前后两部分中常被插入其他成分，且主要在对话语境中出现，本书将此类歇后语称之为扩展型谐音歇后语。这种形式歇后语出现的主要原因在于歇后语前后两部分本身就类似于谜面和谜底的关系，当谜面被交际一方说出后，若交际另一方不理解，自然会发出疑问，由此就出现了扩展型歇后语。

（丑白）"嗵"，老三，我给你个起火吃一鸟枪也可。年老的哥嫂与你见礼，你连个礼儿也不还，你就是张天师下海。（外白）怎么讲？（丑白）摸怪吗？（外白）莫怪。（14·161）

按：例中歇后语为"张天师下海——摸怪"。为了让听者更为明白，作者借助人物形象做了进一步解释，即从"摸怪"谐音"莫怪"。

（丑白）早知道是你，拳头上失火。（小白）怎么说？（丑白）咱们俩先着了手咧。祝相公在上，三十六老官叩头。（14·210）

按：例中歇后语为"拳头上失火——先着了手"。其中"着"表面义是"燃烧"，实际所用意义是"开始"。

（丑白）猪羊抬出庙门。（生白）怎么说？（丑白）不祭了。（14·212）

按：例中歇后语为"猪羊抬出庙门——不祭了"。

好哥哥，你竟是嘴上抹石灰，你竟是白说。（14·244）

按：例中歇后语为"嘴上抹石灰——白说"。其中的"白"表面义为"白色"，实际所用意义为"徒劳"。

（二）喻意歇后语

事物之间的相似性及人类特有的联想功能是喻意歇后语的形成基础，与谐音歇后语一样，也以原型和拆开两种形式出现。

1. 原型喻意歇后语

以原型形式出现的喻意歇后语指歇后语前后两部分之间没有其他成分出现，如：

正是三九吃凉水，点点在心头。（2·175）

按：例中歇后语为"三九吃凉水——点点在心头"，用物理意义上的凉喻指自己内心的凉。

我告诉你，床底下栽宝塔，虽高也有限。（4.483）

按：例中歇后语为"床底下栽宝塔——虽高也有限"，此歇后语前后两部分用生动形象的事例比喻同类型的具体事物或抽象事物，如"身高有限"或"水平有限"等。

哎，夫人吓，又道身入矮檐下，怎敢不低头？（5·152）

按：例中歇后语为"身入矮檐下——怎敢不低头？"用因为屋檐矮不得不低头喻指因为生活所迫或其他因素，而在精神上不得不低头，或放低姿态。

生鸡蛋画花儿，假充熟。（8·278）

按：例中歇后语为"生鸡蛋画花儿——假充熟"，用于形容两个人本不熟悉，却假装熟悉。

大哥，小弟见你素日说话伶伶便便，今日说话为何葡萄拌豆腐，一嘟噜一块的？这是怎广咧？想是怯官罢。（8·291）

按：例中歇后语为"葡萄拌豆腐——一嘟噜一块"，形容人说话啰唆、毫无章法。

呜呀，不是的，这件事么，也是个黑面火烧供娘娘，苦差使。（11·49）

按：例中歇后语为"黑面火烧供娘娘——苦差使"，喻指所获得的差事并不是一件好差事。

囚淫妇在那里抽筋呢，猫儿哭老鼠假慈悲。（14·144）

按：例中歇后语为"猫儿哭老鼠——假慈悲"，喻指人做某件事时，不是真的出于好心。

彼此谦让会子进了酒铺，那就应了一句俗语儿，管着何仙姑叫舅母，混借仙气儿。（35·108）

按：例中歇后语为"管着何仙姑叫舅母——混借仙气儿"，喻指乱拉关系。

少爷如何硬上弓？小弟是，挑水打盹过了井。（41·507）

按：例中歇后语为"挑水打盹——过了井"，喻指人因不专心而误事。

真应了俗语常言说的话，癞蛤蟆要想樱桃吃，那不是馅饼刷油白饶不值？（42·293）

按：例中歇后语为"馅饼刷油——白饶不值"，喻指白费。

我也是有几百糟钱儿，特意到这里喝个酒儿散散心，难道说使不得？到当我是猪八戒下学，书呆了呢？那可就老西儿拍巴掌，坏了醋了。（48·202）

按：例中歇后语为"猪八戒下学——书呆了"，"老西儿拍巴掌——坏了醋了"，第一条俗语形容人傻了，第二条形容事情不好办了。

你真是卖羊肚子的摔快子，那条百叶呢？拿着蓑衣喝豆汁儿，你不瞎吃的也瞎瞎穿的，何苦来呢？（48·202）

按：例中歇后语为"卖羊肚子的摔快子——那条百叶呢"，"拿着蓑衣喝豆汁儿——瞎吃的也瞎瞎穿的"，两条俗语都用于形容人做事不自量力、多此一举。

奴家是想开了，这个我也不贪了，那个我也不爱了。只是话上一天一上午，谁管他这生死离合，终究自然有个开花结。真是王八吃秤砣，铁了心了，再也不想那虚情假意占去浮来。（48·339）

按：例中歇后语为"王八吃秤砣——铁了心"，形容一个人决意要干某事。

还有一说，公子是个有情义的人，总别忘了他，只管常来瞧瞧他。可别羊肉包子打狗，一去不回来。（48·340）

按：例中歇后语为"羊肉包子打狗——一去不回来"，形容某人走了就不再回来。此条俗语常规使用"肉包子"一词，此处为其添加了定语"羊"，使其意更为具象。

些事情全是我女人合我们大爷黑家白日闹的，小人是棒槌吹火，一窍儿也不通。（48·359）

按：例中歇后语为"棒槌吹火——一窍儿也不通"，用于形容人什么都不懂。该歇后语最常用的形式是"擀面杖吹火——一窍不通"，此处用"棒槌吹火——窍儿也不通"，具有同样的表意和修辞功能。这一点也说明，在具体的言语交际环境中，歇后语中的构成要素也可出现一定的变化。

要吃不上呢，你三位就山字落山字，请出去。（48·373）

按：例中歇后语为"山字落山字——请出去"。本条歇后语利用汉字的结构特点而创，充分体现了汉语歇后语形成原因的广泛性。

你们真不来呀？这我可就不等了，咱们兔儿爷打架散摊子。（48·422）

按：例中歇后语为"兔儿爷打架——散摊子"，形容原本合作共事的人要散伙。

他们这是虎不拉的儿子吃红肉，拉白屎，一点良心无有。（49·4）

按：例中歇后语为"不拉的儿子吃红肉——拉白屎"，它的真实意义正如作者所言是说人没有良心。

吃酒。唉哟，我的刘虎，你的这一句说的正是卖甲鱼的抖口袋，到底是你。（49·71）

按：例中歇后语为"卖甲鱼的抖口袋——到底是你"，形容人说的话恰好说到点子上。

你要想哄过我去，那可是爷们养孙子，难的了不淂。（49·94）

按：例中歇后语为"爷们养孙子——难的了不淂（得）"，用男性带孩子一事形容事情很难。

且说那公子独自坐着想不起什广才好。他心中十五个柳罐打水，七个上来八个下去，不住的起来坐下。（49·230）

按：例中歇后语为"十五个柳罐打水——七个上来，八个下去"，形容人心中忐忑不安。

2. 扩展型喻意歇后语

与谐音歇后语一样，喻意歇后语也有扩展型，因为在其结构内部添加了其他成分，语义具有丰富性、特指性或其他更多层次的内涵。

（丑白）回来，你老人家屁股眼内插线香。（生白）此话怎讲？（丑白）一溜烟去了。（5·124）

按：例中歇后语为"屁股眼内插线香——一溜烟去了"。

大哥有爱弟之心，本来耗子找猫，是有不便。（5·335）

按：例中歇后语为"耗子找猫——不便"，用于形容"无事找事、找死"等。正是因为有如此含义，所以"耗子找猫"的下文通常是"找死""寻死""没事找事"。车王府曲本中使用的"不便"语气较为缓和，贬义色彩较弱，说明实际语用中，有些语言结构的语义轻重会有所变化，即根据语境和语用调整语义色彩的轻重。

依我说，你趁早尔①马二巴打嘎，你给我走球。（6·412）

按：例中歇后语为"马二巴打嘎——走球"，该歇后语后半部分一般为"滚球儿"。"马二巴：中华人民共和国成立前北京有名的贼。嘎儿，儿童玩具，即陀螺，北京俗称'汉奸'，东北又称冰嘎儿。"②此歇后语是将"马二巴"和"嘎儿"在北京方言中的特殊含义结合而成，体现了歇后语的形成具有浓厚的文化理据。

呀呸！你这个人，竟是八义狼害汉病，说的都是狗乱语。（8·42）

按：例中歇后语为"八义狼害汉病——狗乱语"，用于詈骂一个人不说人话。

（丑白）这样说，南天门外打伞。（龙白）此话怎讲？（丑白）一路的神尊。（9·201）

按：例中歇后语为"南天门外打伞——一路的神尊"。

（花旦白）哟，你敢是醋坛子泡鸡子吓！（生白）啊，大姐这话怎么讲？（花旦白）你是个酸蛋吗？（9·247）

按：例中歇后语为"醋坛子泡鸡子——酸蛋"。

---

① 车王府曲本中，"儿"常写作"尔"，此处沿用。

② 中国民间文艺出版社资料室、北京大学中文系资料室:《歇后语大全第三册》，中国民间文艺出版社1987年版，第13页。

（花旦白）吓，我明白了，你是圣人的包脚布。（生白）怎么讲？（花旦白）你是文绉绉。（9·247）

按：例中歇后语为"圣人的包脚布——文绉绉"。

傻小子，你可是缸里睡觉，做你娘的瓮梦！趁着老师付这点酒意思，咱们且要上一耍。（49·306）

按：例中歇后语原型为"坛里睡觉——做瓮梦"，此处虽将"坛"换成了"缸"，物理空间有所变大，但实际上其空间并非真正意义上的大，所以使用者才可以在该歇后语后半部分继续使用"做瓮梦"。

以上虽仅是列举了车王府曲本中的部分歇后语，且其主要出现在说唱鼓词和大鼓书中，但因其数量和内容的丰富，也可深度反映车王府曲本中歇后语的内容及意蕴。

四、成语

成语是具有丰富文化内涵的、大多以四字格形式存在的固定短语，在汉语词汇系统具有不可替代的作用，故车王府曲本虽是韵文，但也使用了数量颇多的成语。由于车王府曲本中成语数量极多，此处只列举部分依据《大词典》确定的清代成语。

（一）《大词典》书证出自清代其他文献

将《大词典》作为参照物，车王府曲本中有且出自其他清代文献的成语数量很多，如下列例证中的"心术不正""老天把地"[①]"半吞半吐""拿腔作势""左右为难""怒目横眉""拙口笨腮""耳软心活""狗仗人势""探头缩脑"。例：

再者刘备为人，心术不正，乃是个见利忘义之徒，焉能同守荆州，以心腹相待？（3·21）

我这里老天把地的与你讲话，你在那里拿着一本黄历看着，见你认得《金瓶梅》就是了。（9·194）

钟太真半吞半吐假妆酸，"哼哟"，杏眼一丢归后去。（15·264）

[①] 即"老天拔地"。

这小姐假言詈一会又哭起,拿腔作势[①]泪盈盈。(15·463)

闲话休提,言归正传。且说福全听奸邪之言,心中惨切,泪流满面。(28·8)

左右为难无主意,叫人着急泪不干。(16·3)

呀,将军往日上朝,都是欢天喜地。今日为何怒目横眉,所为何故呢?(16·5)

咳,我爹爹,一个拙口笨腮的,不知中不中呢。不免我悄悄一到前厅偷听一番,有何不可?(16·49)

李八侯耳软心活,是一个无主义的人,其坏事全坏在这宗串边吃粮的个王八崽子三孙身上。(41·276)

他要胜我是好汉,也不枉,狗仗人势浑起名。(42·203)

楼上摆着呢。要是叫贼盗了去,我们要叫王爷睄见谁就赖谁偷了去,那可有性命干连的事情。依我说,到不探头缩脑的。(42·253)

按:《大词典》中,以上成语虽然出自清代文献,但情况并不相同。《大词典》编者将"心术不正"列在"心术不端"之下,表述为"心术不端"亦作"心术不正",并为"心术不正"举出自杜鹏程《在和平的日子里》的孤证。"拿腔作势",《大词典》未收,只收"拿腔做势"。这种情况说明,尽管车王府曲本中的有些成语《大词典》已收,但是并不是完全意义上的收录,如"心术不正"与"心术不端"中的重要构成要素"正""端"两者的差异明显,不应将其视作同一个成语。"拿腔作势"与"拿腔做势"中的"作""做"的确很多时候可以互换,但毕竟是两种不同的写法,根据《大词典》收录词语的习惯,在阐释"拿腔做势"时,似应有"'拿腔做势'亦写作'拿腔作势'"之言。"耳软心活""探头缩脑""怒目横眉"等的书证为孤证。

故而,车王府曲本中成语的价值不只体现在语言本体方面,还体现在词典学价值方面。

(二)《大词典》书证出自现代文献

成语虽然是相沿成习、书面语色彩浓厚的固定短语,但这仅是就成语个体而言,至于成语系统则是处于动态的变化中,即不同时代都会有符合时代需求和时代特征的成语出现。由于每个时代出现的成语数量较多,难以一一统计,故很多成语的源出时代及文献较难确定,这也是有些成语虽然在车王

[①] "拿腔作势",《红楼梦》中写作"拿腔做势","拿腔做势"被《大词典》收录。

府曲本中已经出现，但《大词典》所举书证却出自现代文献的原因。车王府曲本中此类成语有"胡说八道""明知故问""狗皮膏药""养家糊口""东跑西颠""平白无故""胡拉乱扯""贼眉鼠眼""赤条精光"等。例：

咳！别胡说八道的，上面坐定是三位王爷。（2·388）

你乃明知故问了。直告诉你，我们是行院中。（4·72）

这是狗皮膏药四张，前心一张，后心一张，左膀一张，右膀一张。（4·423）

吓，难道你们多不能养家糊口，要俺周济么？（5·36）

才成亲一天，就跟着他东跑西颠。往后的日子，怎么叫我过哟！（5·452）

启禀青天大人在上，平白无故将小人拿到衙中，叫小的招认什么？小的又没有欠官粮，又没作什么伤天害理不法之事。（10·77）

住了，夏迎春，你不要胡赖！分明你文才有限，不能学富五车。还敢胡拉乱扯？其情可恼！（15·298）

只个老狗，是个奸雄。贼眉鼠眼辈，眉横一字雄。（15·369）

脑袋碰了几处伤，自己撕了个赤条精光。（57·186）

（三）原有成语在清代产生了新义

为词汇系统中已有词语增加新的义位用于丰富词义系统，进而满足表达及交际需求，是词汇发展的重要方式之一。作为词汇系统中的固定短语，成语也不例外。车王府曲本所用成语中在清代产生了新义的部分成员有"见景生情""落花流水""千辛万苦""落花流水""说长道短""有口无心""天高地厚""量体裁衣"等。例：

此事必因江东破了黄祖，故此来请主公前去商议报仇。等我诸葛亮与主公一仝星夜前去，只好随机应变、见景生情。（3·81）

恁那曹兵有泰山之势，你我也要杀他个落花流水。（3·211）

千辛万苦为谁由？指望你光前裕后，不枉娘亲一念头。（14·413）

因我好赌好喝，家财花了个落花流水。万般无奈，打杠子为生。（16·83）

姐妹同坐团花帐，说长道短两谈心。不觉黄昏将出鼓，忽尔残灯一阵昏。（16·313）

这丫头是个有口无心的风流丫头，他来送信并无说寿姑爷来了。他要是说了，荣姑娘在也不来。（44·18）

赛珠儿你当谁是傻小子呢？不懂得天高地厚，你竟闹这个软局子、自在腔儿，这可是胡想发财。（48·315）

俗言"量体裁衣"则不错，你这里二百年来错之久矣。（49·69）

按：以上成语较为特殊的有"天高地厚""量体裁衣"。《大词典》中，"天高地厚"义为"事物的复杂和艰巨"，并举《儿女英雄传》第三十四回的例证"想起幼年这些不知天高地厚的话来，真觉愧悔！"[①] 根据语境，《儿女英雄传》及车王府曲本中的"天高地厚"实则为"高低轻重"之义，并非《大词典》所列意义。车王府曲本中，"量体裁衣"义为"根据实际情况办事"，与《大词典》所用书证中"量体裁衣"意义相同，但《大词典》书证过晚。

（四）《大词典》未收

车王府曲本中有一些从形式上看是成语，但未被《大词典》收录的结构，此处将其列出，以供参照。

你们眭那边的三位人，当中那傻大黑粗的就是凶手。（42·43）

按："傻大黑粗"指"粗笨黝黑的样子"。

金大力来至大门，忽见从里走出一人。眭他不对，是穿着一身布衣，长个横头横脑的，看是个家人样。（42·86）

按："横头横脑"义为"粗鲁蛮横、自以为是的样子"。

且说济公将那人拉住不放，死气白咧问人家什么事情。（49·198）

按："死气白咧"指为达到某种目的，无休止地纠缠某个人。

综上，车王府曲本词汇系统中成员的具体类型虽然不同，但如果以《大词典》为参照物，它们具体表现的形式类型则基本相同，充分体现了车王府曲本词汇的系统性与可研究性。

第四节　车王府曲本中新词新义研究

车王府曲本词汇系统里诸多新元素中，有些所指称的对象已有其他词语指称，有的还未有其他词语指称；或所指称的对象为当时新出现的事物。这

[①]（清）文康：《儿女英雄传》，北方文艺出版社2018年版，第412页。

两种情况都说明车王府曲本创作时代，已经有了一些东西非得用新词语表现的现象，所以车王府曲本顺理成章地具有了很多新词新义。

车王府曲本词汇系统中繁多的新元素具有多种价值：一是让它的语言具有了更为宽展的表达能力及新奇的审美意蕴；二是提供了清代社会各层面产生的新事物及新变化；三是从词语方面为今人研究清代社会提供了参考。由于车王府曲本中的新词新义数量较多，因此更要对其进行研究，这也是著者对其做了诸多研究，在此处还要再次对其进行研究的原因。

在《车王府藏曲本清代词汇研究》一书中，著者已经指出车王府曲本中新词新义并不只表现在一个新词仅有一个义位，或一个词只有一个义位产生自清代。即是说，车王府曲本中，有些词语的多个义位都产生于清代，只是同一个词语的多个义项往往都会出现，且其源出时间不一样。有的出现在同一部作品中，如《青石山狐仙传》中"撕掳"一词，出现两次，分别为：

又把那天灵揭开，伸着嘴吸那脑髓。然后这才把四肢两肋胸脯子脊梁骨等处照着全猪全羊一般，按着整分儿一一的卸下来，撕掳着啃骨头吃肉。（26·293）

苘手是，成精作耗的妖邪辈，不像咱，有家有业的怕上差。报了官，再也不能完此案，就是那，施不全儿出来也撕掳不开。（26·30）

按：前例中，"撕掳"义为"撕裂"，《大词典》所举书证出自现代文献；后例中，"撕掳"义为"张罗，排解"，《大词典》所举书证出自清代文献。

也有些词语分布于车王府曲本的不同篇目中，且其义项源出时间不一样，如"多会"，例：

沉音多会开言道："他们是不约而同尽应承，一齐点头说：'正是，必须为此这般行。'"（18·3）

众人齐问杜保，"到底是多会去呢？"（33·487）

按：前例中，"多会"义为"一段时间"，《大词典》所举书证出自清代文献；后例中，"多会"义为"什么时候"，《大词典》所举书证出自现代文献。

"词作为形义的统一体，义在其中起着决定性的作用。一个词所以能成为词，首先是决定于它的意义。意义成为辨析词与其他成分的最重要标准。意义也会对词形的存在状态产生去留变存般的巨大影响。词义的变化总会带来词形的变化，词形的变异则总是词义变异的反映。词的结构样式也离不开词义表达功能的实现。在对词语现象的考察中，词义将成为思路的中心"。① 词义的重要性不仅如此，它还是一个时代的人对当时的物理、精神等各种维度现实的反映。考虑到词义的这种重要性，以及车王府曲本中同一个词语有多个义项的事实，故而著者研究车王府曲本中的新词语及新义时，会同时将其词义列出，以便形成更为直接的观感。

一、参照《大词典（第二版）》确定的车王府曲本中的新词新义

目前，《大词典（第二版）》还没有编辑完成，为充分说明车王府曲本中新词新义的价值，本书以《大词典（第二版）》（征求意见本）第10册② 为例，通过穷尽式的对比，确定了车王府曲本中的部分新词与新义。

（一）车王府曲本中的新词

与《大词典（第二版）》对照后，车王府曲本中有、《大词典（第二版）》中所举首例书证出自清代文献的词语为"武旦""放定"③ "武生""放量""冒失""狡展""戏单""狗头""明亮亮""散役""此刻""死求白赖""死心眼儿""武巡捕""戒烟"④ "昨儿""旦角""狗屁不通""成天""岁试""比武""改天""戥头""猫儿哭老鼠"⑤ "敞亮""戏馆子"⑥ "冒撞""明儿""戥子"⑦ "昨儿个""狮子滚绣球""歪不楞"⑧ "狡辩""歪才""犯愁""成气候""狂话""威吓""早尖""狡强""武童"⑨ "比拼""歪派""成日家""收存""放焰口""戒方""狐媚子""狗

---

① 苏新春：《词义文化的钩沉探赜》，广州出版社1997年版，第2页。
② 汉语大词典编辑委员会、汉语大词典编纂处：《汉语大词典第10册》（第二版），上海辞书出版社2022年版，第9页。
③ 此处"放定"义同"放大定"。
④ 车王府曲本中，"煙"都写作"烟"，《大词典》两版中"戒烟"的书证则出自鲁迅《华盖集续编·马上支日记》，而车王府曲本中早已有"戒烟"的用例。
⑤ 《大词典（第二版）》不是儿化形式，为"猫哭老鼠"。
⑥ 两版《大词典》收录的都是"戏馆"，未收"戏馆子"，且未曾像别的词语那样，将基式与带词缀"子"的情况都列出。如"戏园"条中，编者就指出"亦称'戏园子'"。
⑦ "戥"是明代出现的表示"小型杆秤"的词，"戥子"为清代新出现的词语形式。
⑧ 两版《大词典》都是孤证，出自《儿女英雄传》。
⑨ 两版《大词典》详细解释了"武童生"，未解释"武童"，但在"武童生"条下所举首例书证中为"武童"，而不是"武童生"。

急跳墙""比赛""散坐"①"牙疼咒"②"敬香""放堂""武状元""狗蝇胡子""死胡同儿"③"旮旯""呆头呆脑""戳子""书子""敢作敢当""武秀才"④"猴儿崽子""狗咬吕洞宾""狗气""旺盛""戏园""狐朋狗友""放粥""狂傲",车王府曲本中例证如下:

（武旦白）胡说八道。（刚白）想这黄土岗一带,是谁敢欺我？又道梦中之言,不可甚信。愣儿,挑幌子做买卖。（2·390）

怎么着,又放定了？好吓。（5·91）

（武生白）小人中营马头军。（正生白）你乃马头军,有多大前程,敢乱保少爷前去抢亲。（5·154）

我不免将两颗首级上的舌头割下来,带在身傍,放量吃他娘的大醉。纵然图赖我的功劳,我也就不怕了。（6·17）

你好冒失,女儿我已许配表侄冯三元了。（8·302）

正与那人来狡展,来了些猺贼把路拦。（9·115）

你去叫掌班的把戏单拿来,请天师老爷点戏。（10·98）

哎呀！我想刘公道那老狗头,屡次欺压于我。不免遗祸与他,有何不可！（10·363）

世界乾坤明亮亮,贼人休要起不良。（10·387）

只这内面门印跟班,以至厨子火夫。外面六房三班,以至散役。那一个不是指望着开个口子,弄些工程吃饭的。（11·90）

可不是,只是此刻怎得那里有个净桶才好？（11·139）

俗语说的好,天下无难事,只怕死求白赖。或者竟拦住他,也未可知。（11·205）

你瞧你这个死心眼儿,凭他是那村儿。便是咱们东西两庄的,谁又没到

---

① "散坐"有两个义位,都产自清代,车王府曲本中所用为"零散地坐、随便坐"之义。

② 《大词典（第二版）》在"牙疼咒"条中又说"牙疼咒"可写作"牙疼呪",所举书证出自明代。在"呪"字条则言道:"《正字通·口部》:'呪,呪与咒形体小变,其义则一也。'按,古籍中多作'呪',今通行'咒。'帮助"咒"与"呪"是异体字。根据古代用字特点,此处似不应将"牙疼咒"与"牙疼呪"作截然的区分。换言之,"牙疼咒"应视作是明代出现的词语。

③ 《大词典》所举书证过晚,《大词典（第二版）》将书证提至清代末期评书《大八义》,根据车王府曲本收藏时间,可知曲本中例证不一定晚于《大八义》。

④ 《大词典（第二版）》指出"武秀才"是"明清时代武生员的俗称",但所举首例书证出自《儿女英雄传》。"武状元"也是此种情况。

过这院子里来呢?(11·210)

（武巡捕官仝上，白）典史老爷快来。（典史上白）何事?（11·172）

众家叔叔，自今以后，快快戒烟才是。（11·438）

老二，今儿个是新年新月头一城。咱们哥尔俩昨儿就得着马思远这案，今年咱们可称得起一顺百顺了。（12·49）

（旦角白）可有香盘?（正生白）现有香盘。（12·108）

哈哈哈，狗屁不通。店主人，我要考你一考。（12·295）

我就相应上一个情人，时常供吃供穿。成天的欢乐，这房事也倒合意。（12·358）

今当岁试之期，你二人同去应试。临场须要用心，不可草草。（12·401）

齐欢笑，闹咳咳唱该比武逞英雄，比武逞英雄。（13·173）

（运白）作什么?（胜白）哪，哪。（运白）对枪改天罢。（13·189）

钱粮上的戥头，关米之时，先与米老老借钱。算米账的时候时节也可儿，在众人身上扣还。（14·79）

囚淫妇在那里抽筋呢，猫儿哭老鼠，假慈悲。（14·144）

（丑白）哟，朋友，你怎么又上来咧?（净白）俺要见风。（丑白）怎么者，你要见风? 来，跟活白了我来，你哪睁这个地方儿敞亮不敞亮?（14·194）

（张）真好。哎呀兄弟，这别是戏馆子罢?（段白）你猜着了，何尝不是戏馆子呢?（14.243）

（兀白）转来。（国舅白）喳。（兀白）千万不可冒撞前来。快去。（14·388）

我告诉你，明儿用什么东西，竟拿了利钱来。（14·428）

丫头，把那天平吓，戥子、算盘哪搬出来，合你大爷算算账儿吓，赚了多少，咱娘儿们算算。（14·482）

哎，大花子，昨儿个我在大街上碰见了个大汉，带着个蠢格子。（14·490）

各样玩意全走到，还有那狮子滚绣球走的精。（15·299）

这叶千，元来跳在他身上，把赵虎，砸了一个歪不楞。（17·91）

当堂对证贼恶棍，马强他不敢狡辩只得招成。（17·495）

公孙策说："并非愚兄胡展歪才，是明明漏着一件事，皆因列位不留神经心就是了。"（18·38）

第二章　车王府曲本词汇研究

贤臣在座一见心中**犯愁**，暗说这两个扁毛莫非有什么冤枉之事？前来警教，亦未可知。（18·104）

守阵小妖如麻乱，东西乱窜走无门。现原形，都是深山众邪物。蝎虎子、蝎子、蜈蚣与长虫、蛤蟆（蟆）、蚂蚱、屎壳郎、黄蜂、蝴蝶合蜻蜓。这些个，湿化物件都**成气候**，都在这，赫狼山中都闹事情。（18·178）

子敬总然说**狂话**，实为贤弟尽人情。（19·297）

梅公吩咐道："我途中无事，你等先到前边寻个洁净所在伺候，切不可勒索店家、**威吓**小民。"（21·481）

不多时天光正午行至镇店，来往行人打**早尖**。（22·27）

你哪睄江魁这小子有多么**狡强**，他饶愣抢了人家有夫的女儿。因为人家告下来咧，约摸着不得劲。他会装作老实交儿，心里却不老实，还打算绕回二百银来。（22·268）

我学生并非姓梅也不叫恩公，口口声声要传刀法。奈因我习于文业不考**武童**，毛锥胜似龙泉剑。（22·290）

某前来与你**比拼**，看看谁能谁不能。（23·7）

老太君才说韩天化是朕的连衿，这句话来就委**歪派**，莫非我朕偏向不成？（23·48）

那个说："老弟要提水月庵的事，本来也推乱，那里是一座庙呢？**成日家**猜拳行令，那些尼姑打扮的花枝招展，不亚如妓女好似明娼一样。"（26·267）

夜里一瘸一点来此存记，我不肯与**收存**。原来那李保为人不正，长撒谎，况且问他的前言不搭后语，所以我怕跟着他打贼情官司。（26·307）

又差家童去上众亲家报丧，叫棚匠搭丧棚、过街牌楼、钟鼓二楼。吹鼓手把门奏乐，僧道**接三**放焰口完了，亲友俱散。（27·157）

长老用惊堂木**戒方**在桌上一拍，一声响亮，前后皆惊。（27·421）

呆子这一将山进，定然躲懒去偷安。诌个慌儿搪塞我，**狐媚子**眼道把人瞒。（27·271）

俗语说："人急造反，**狗急跳墙**。"呆子是真急咧，他才波猴子长、弼马温短。一路子山嚷怪叫，把个猴王惊醒咧。（27·437）

他两个，对现法力来**比赛**，惊动虚空过往神。护法伽蓝十八位，还有那，六丁六甲揭谛神，俱来帮助孙大圣，齐聚兵刃下绝情。（28·2）

必是噈口将茶饮，必是散坐细谈心。（28·204）

魁元想勾多半晌，心生一计面带春。俺何不，对他赌个牙疼咒，哄过骑牛瘸道人。（31·65）

清官爷，细看男女敬香人，一个个，老少不等举香纸。三两个，屡屡续续往里行。（31·475）

单表康熙皇爷闻知此事心中大喜，喜的是山东大贼有此僧人放堂普化救饥。（32·80）

贤臣说："请问贵镇由甚么起手浐？"老爷说："你不知道广？李爷乃武状元出身。"（33·61）

头戴一顶红缨帽，却是个，酒糟鼻子大眼睛。狗蝇胡子分左右，圆脸蛋儿薄嘴唇。（33·198）

现今住在德州城东城根幽避小巷，名筒子胡同，是个死胡同儿。（33·328）

又见西北旮旯里，方有一张桌子存。上摆铜香炉一个，两支蜡烛左右分。（33·375）

众寇催马进林内，望见驮轿到来临。两个骡夫地下走，马上跟随五个人。细看都是巡查那个辈，一个个，呆头呆脑像楞葱。（34·20）

又看角儿上有个戳子，却是兴阳镇三字当号裕丰。（34·308）

店婆子，你今活活把我杀。书子一封失落了，纹银一两不见他。（38·346）

列位有所不知，但凡男子遇着什广关心的事儿，敢作敢当，浐认就认了。若是坤道们就另一番样子咧。（42·457）

武秀才闫金龙又不吃骂，殴打公差，公差也就还手相打。（43·489）

母夜叉听见赤发鬼这些言词，"哎哟，好个娼妇老婆样的猴儿崽子！损兔秧子！你特意的找寻老妈妈来了，倒叫你认认我的手段！"（47·218）

化云龙，你这小子可该着死了！狗咬吕洞宾，不认浐真人。（49·252）

你明日去了，总要把话说的结实，你别稀溜旷荡的。不是我说你，总怕人那你不当事，原是自尊自贵。别要那广狗气，谁肯拿你当件事？（49·322）

我孤在，城头观看众流寇，来的猖獗势派凶。人多兵广多凶恶，锐气旺盛不仝寻。（50·245）

瞧见扮周遇吉的合李洪吉的那两个角儿，愚下可在戏园中看过戏。此系

第二章　车王府曲本词汇研究

为你，皆因我班中不认浔的，没见如何听呢，合该顿毛塞。（50·335-336）

园馆居楼时常串，<u>狐朋狗友</u>交往的如蜜甜。（56·273）

烟鬼仔细睄，乞丐闹吵吵。官人<u>放粥</u>，一人一马杓，好容易关到手，又把瓢瓢挤掉。（56·277）

有才莫可恃，<u>狂傲</u>不便宜。（56·399）

按：以上词语的情况不尽相同，如"狗屁不通"在《大词典》中的书证出自现代文献，《大词典（第二版）》则将其提前至了清代文献。再如，"散工"有两个义位，分别为"下班""停工"，《大词典》中的书证都出自现代文献，《大词典（第二版）》中，"停工"的义位提前至清代文献，"下班"的书证依然出自当代文献，而两个义位在车王府曲本中都有用例，即：

使得，使得，解油裙散工吓。（12·29）

小妇人今天找到铺子里，马思远他说王龙江去年年底，因为在铺子里打架散工，不知去向。（12·45）

（二）车王府曲本中的新义

车王府曲本中还有大量词语的某一个义位出现于清代，依照《大词典（第二版）》第 10 册，这些词语有"成心""狐媚"，例：

（侯白）不要听成龙之言。（张白）你这不是成心么？（10·425）

按："成心"[①] 义为"故意"。

（唱）见狐媚，与他别使风骚。（花打介，白）叫你大骚骚。（13·53）

按："狐媚"义为"淫荡、谄媚的女子"，《大词典（第二版）》为孤证。

由于著者只是对照了《大词典（第二版）》第 10 册，因此确定的车王府曲本中的新义数量仅有以上两个。

以上仅是就《大词典（第二版）》第 10 册说明的车王府曲本中词语的一些现象，它与《大词典》中的情况基本相同，这就说明，如果将关注点置于整个《大词典》范畴的话，得出的结论就具有一定的可信度。

对比《大词典》前后两版收录词语的情况，可见《大词典（第二版）》编者在书证方面做了一定程度的修订，但还是受文献限制，如车王府曲本还未被转化为电子版，无法通过电子手段检测到它所具有的词语，由此就使得车王

[①]《大词典》中，"成心"作"故意"讲时，首例书证出自老舍《骆驼祥子》，《大词典（第二版）》将首例书证提前至清代文献。

府曲本中的很多词语未被《大词典（第二版）》收录。另外，上面所列车王府曲本中的清代词语也表明，尽管《大词典（第二版）》作者对书证做了一定的修订，但数量却极少，因此以《大词典》为参照，确定车王府曲本中的新词新义是可行和科学的。

二、参照《大词典》确定的车王府曲本中的新词新义

《大词典（第二版）》仅出版了部分，还不具备系统的参考性价值，根据以上对《大词典（第二版）》第10册的引证分析，可以看出，它和第一版有很多相同之处，基于此，此处我们以《大词典》为参照，通过尽可能地展示车王府曲本中的新词新义，揭示车王府曲本词汇的价值。

（一）新词语

1. 首例书证出自清代文献

就书证数量而言，车王府曲本中的新词语在《大词典》中的书证引自清代文献时，可分为非孤证和孤证两种，以下仅举车王府曲本中的部分词语以兹证明。

（1）书证非孤证

因为天书惹气恼，刖足妆疯苦难熬。（2·52）

按："气恼"义为"发怒、生气"。

怨我粗心发誓愿，母子相会在黄泉。（2·183）

按："粗心"义为"疏忽，不仔细"。

口出乱胡云，力大押街邻。（2·188）

按："街邻"义为"街坊邻居"。

你看朝南方向，离坟三十步，建造享堂，搭尸入棺，我就来祭奠。（2·258）

按："享堂"即"祭堂"。

又是什么？有话大总的说罢。（2·297）

按："大总"义为"索性"。

家有八旬老慈容。臣俸君主有缺俸，不尽孝来要尽忠。（2·349）

按："慈容"义为"和蔼可亲的容颜"，此处代指"母亲"。

（贴旦白）哦，王八羔子，你眼珠子都瞎了？是他给我跪着来着。（2·362）

按："眼珠子"即"眼睛"。

咳，先前明明看见那厮在城上答话，俺进城来捉他，那只不见了。这岂不是俺的丧气？真是他娘的丧气！（3·165）

按："丧气"义为"倒霉"。

无奈只得抽身转，又见此马当院拴。（11·244）

按："党院"即"院子"。

（丑白）你说京话。（小生白）拿镐来。（12·213）

按："京话"义为"北京话"。

你们送官送到交界，为何送到京中来了！（12·302）

按："交界"义为"两地相连之处"。

老太爷，银子岂不好打一折头么！（12·328）

按："折头"义为"折扣"。

怎広如今我见有人在街上打架必是对面骂会子，斗些嘴皮子。（41·412）

按："嘴皮子"义为"说话的技巧"。

列位，人心里有事，再搭着这个人死心眼儿，思思想想只愁没有这二千纹银，翻来覆去，张鼎再也睡不着哇。（41·415）

按："死心眼儿"义为"固执，不能随机应变"。

卖水烟的来回串，学生唱的字眼清。还有那，妓水流娼来串店，捞毛的，拿定琵琶随后跟。（41·459）

按："流娼"指没有固定处所的妓女。另外，"妓水"与其义相同，但《大词典》未收。

你们要伤着金爷却有性命之忧，王爷一怒连我们知府知县全架不住。（42·84）

按："架不住"义为"承受不住"。

（2）书证为孤证

此一见提荆州言语不让，酒筵前对众人如何下场？这是我老实人自惹魔障，必须要定一个妙计良方。（3·170）

按："下场"义为"摆脱为难的处境"。

请老爷上席。（3·200）

281

按：“上席”义为"入席"。

小官今夜晚上预备两杯水酒，还要贵差赐光、赐光。（12·314）

按：“赐光”义为"赏脸"。

我今不如跟在他的身后，冷不防给他一刀，岂不省事？（41·456）

按：“冷不防”义为"突然"。

2.《大词典》书证过晚

《大词典》中有很多词语在车王府曲本中已经出现，但《大词典》为它们提供的书证都出自现代文献。虽然书证过晚是《大词典》存有的一个典型问题，但至少说明《大词典》编者在其选取的清代语料范围内并没有发现这些词语的存在。

（1）书证非孤证

哟，咱们又不认识他，纵有点人样儿，也是扯谈的事。（4·20）

按："扯谈"义为"拉杂交谈"。

只因儿夫长安吃粮去了，一十八载，渺无音信还家。母子寒窑，无有度用。（4·473）

按："吃粮"义为"靠当兵过日子"。

母亲不必嘱托言，孩儿有言说心尖。（4·474）

按："心尖"义为"心窝"，泛指心。

此银只要浮面银色可观，内里不拘就是了。（5·49）

按："浮面"义为"表面"。

头戴金盔沙锅浅，身穿铠甲胡椒眼。（5·83）

按："胡椒眼"义为"小孔"。

对准敌将脑袋瓜上，就是本、本、本三下。（5·100）

按："脑袋瓜"义为"脑袋"。

奴家鲍金花。爹爹回房，直夸骆弘勋文武人样都好，怪不得花伯伯三番五次找他配花碧莲。（5·142）

按："人样"指"外表相貌"。

吓，老保，前头够了，后头摸了，竟找你二百钱。看着我，忍点气，过去给他磕个头，拉倒罢。（5·174）

按："拉倒"义为"算了"。

第二章 车王府曲本词汇研究

大哥开的剃头店，二哥长街卖花生。（5·195）

按："花生"义为"落花生"。

恨不得扬拳将他打，气得王勇只发呆。（5·206）

按："发呆"义为"失神"。

待我蹦过去。（5·253）

按："蹦"义为"双脚并拢着跳"。

你说这丧气不丧气？这儿是这么个乡风，拿之[①]起誓当白顽儿。说不得买卖人有三分纳气，我不在这儿卖也使得。（12·79）

按："买卖人"义为"做生意的人呢"。

太爷送前任老爷进京，闻听你们这王老爷得中，特授江西得华道。我们那稍带脚儿，把他稍回去。（12·302）

按："稍带脚儿"即"捎带脚儿"，义为"顺便"。

（旦白）那特紧了。（丑白）紧点舒坦。（12·305）

按："舒坦"义为"舒服"。

不知那处来了一家逛灯的婆儿，将我家小东人换去了。（12·312）

按："逛灯"指"游逛元宵节灯会"。

他嫌官职矮小，不愿在此居官，命我顶名上任。（12·313）

按："矮小"义为"低小"。

哈哈哈，你真发痴了！那螺蛳是推网的推出来，每天推出不知几千几万。（12·325）

按："发痴"义为"发疯"。

呸！陈家兄弟，你莫非发呆了？这些魔话我耳朵里也从来没有听见。（12·325）

按："发呆"义为"因某种原因而对外界事物没有反应"。

咳，我朱德进，闹了六本连台，老婆闹不到手。（13·240）

按："连台"义为"演出的节目一台接一台"。

判官，与我速差鬼卒二十名，带领敫桂英，一仝到王魁跟前，摄收他魂灵到来，与他折证。（13·326）

按："摄收"义为"摄取吸收"。

有几件，转角房子改烟铺，破落户，双肠祭灶浮罪了神。（48·19）

[①] 车王府曲本中，受作者发音影响，"著"通常写作"之"。

按:"转角"义为"街道的拐歪处"。

（2）书证为孤证

与《大词典》对比，车王府曲本中有很多词语的书证引自现代文献且为孤证，例：

怎么着，我一扛肉被他抚了四两？待我问他。呔！那一黑汉，我一扛肉被抚了多少！（2·391）

按:"抚"义为"称，量"。

姚刚与黄一刀亮相儿，暗看。（2·391）

按:"亮相儿"指演员登上舞台。

司马犯了疑心病，他不攻城反退兵。虽然西郡却安静，思来想去不安宁。（2·450）

按:"疑心病"义为"多疑的心理状态"。

（徐白）那里打闪呢。（张白）那里打闪？（徐白）在那里打闪。（3·334）

按:"打闪"指天空发出闪电。

俺乃曹丞相麾下军士，喜得夺了新野城池。抢占民房，埋锅造饭，吃了好去捉拿诸葛亮。（3·350）

按:"民房"指私人住宅。

咳，不是我动气，我是一个直性子人，听不得这样话。（3·350）

按:"直性子"指"性格直爽的人"。

此去万事我承认，皇叔只管放宽心。（3·377）

按:"承认"义为"肯定"。

这个，万岁酒尚未沾唇，怎就说酒话！（4·171）

按:"酒话"义为"醉话"。

啊？王竹瑜身为中营大将，胆敢宿娼去了！（4·459）

按:"宿娼"义为"与妓女奸宿"。

店家，我的马在你店中失了，饭钱是没有的。（5·123）

按:"饭钱"指"在饭店吃饭时应支付的餐费"。

这门首坐两边奇形怪相，骆宾侯暗踌躅，心战胆慌。将一命陪笑脸，"列位船掌"。（5·137）

按:"怪相"指"长相奇特"。

窦燕山是个要脸的人那。(5·162)

按:"要脸"义为"顾惜廉耻"。

(占白)现在那里?(净白)现在病房。(占白)臣妾要到病房去探病。(5·217)

按:"病房"指医院中病人住的房间。

哟,连我的语声都听不出来?(5·254)

按:"语声"指说话的声音。

御史张松劝你休欺哄皇娘圣上,你倒羞恼成怒,把张松满门良眷,法场丧命。(9·317)

按:"欺哄"义为"欺骗"。

走漏消息就糟糕。(11·154)

按:"糟糕"义为"事情或情况极为糟糕"。

不愿在此受官告,不愿穿爷家的蟒龙袍。(12·316)

按:"爷家"义为"皇帝"。

有人扳扯与你,说你救出太子。(13·244)

按:"扳扯"义为"牵扯"。

嗟咨!那娘娘不转睛的将咱觑。(13·246)

按:"转睛"义为"转动眼珠"。

(白)咳,我想此时,那失金爵的又没处来找寻他。(唱)怎得相遇巧,早解慰那人怀抱。(13·269)

按:"解慰"义为"劝解安慰"。

我难间勿去卖凉水哉,去做水窖耶。(13·271)

按:"水窖"义为"储存水的旱井"。

怎当得啜酸汤不皱眉,饮梅羹不倒牙!(13·297)

按:"倒牙"指因为吃酸食物或其他食物而造成的牙齿不舒服的一种现象。

大爷听见说,心里一哆嗦。好像个劈雷打了脑壳,心眼里真难受哇。(56·182)

按:"劈雷"义为"大雷"。

3. 未提供书证

未提供书证是《大词典》的常见问题,在其收录的已见于车王府曲本的词语中，也有相关情况存在。例：

唔！这柴火有硫黄气味。（3·351）

按："硫黄"指硫。

众公有所不知，锤却不是真的就会。二根擀面杖上绑着吹鼓了的尿包，用锅烟子染的。黑晚之间好像两柄大锤，好振唬孤客。（41·480）

按："尿包"即"膀胱"。

常听见开谈做阔[①]吸食鸦片，那都是膏梁富户兴在南边。尽是些藩臬督府与州县，还有那师爷门上那些阔跟官。（56·444）

按："做阔"指摆阔气，"京师名学大器派者，曰'做阔'"[②]。得硕亭还指出当时人做阔的具体方式是："做阔全凭鸦片烟，何妨作鬼且神仙。"[③] 说明在当时吸食鸦片已成为攀比阔气的一种媒介。除此外，清代还有诸多其他形式的做阔，如清代人李静山在《增补都门杂咏》"做阔"一诗中写道："山西脚子大鞍车，衣服时新丽且华。雇赁得来谁又识，居然充是富豪家。"[④] 以上信息表明，比阔气或者假装阔气，已是清代当时较为流行的社会现象，这是对当时社会病态心理的一种反映。

4. 书证为《大词典》编者自编

《大词典》编者常会为一些词语编造例证，从使用频率和意义看，它们大多为常用词语，但即便是常用词语，也应为其列举书证，此举有助于《大词典》在例证方面形成一个系统。车王府曲本中已有的词语但在《大词典》中例证为《大词典》编者自造的词语部分如下：

这虽不甚要紧，却才先生叫我向周瑜如此回答。虽然一时说了出口，展转寻思，于理未然。（3·144）

按："却才"义为"刚才"。

那一日在河下，只听得北边号炮不绝。是俺站立高坡一望，原来颜良、文丑追赶一将，杀得那人丢盔卸甲，命在旦夕。（3·308）

按："站立"义为"站"。

[①] 车王府曲本中，"阔"写作"濶"。

[②] （清）杨米人著、路工选编：《清代北京竹枝词（十三种）》，北京出版社2018年版，第54页。

[③] （清）杨米人著、路工选编：《清代北京竹枝词（十三种）》，北京出版社2018年版，第98页。

[④] （清）杨米人著、路工选编：《清代北京竹枝词（十三种）》，北京出版社2018年版，第98页。

相你们这小模样的，吃不了唐僧的肉，可别叫唐僧的徒弟把你们垫补拉。（5·128）

按："垫补"指"稍微吃点东西减轻饥饿感"。

席散之后，该香九龄同唐刘宴算火食账，要跟窦燕山要垫办钱。（5·163）

按："垫办"义为"替他人垫付钱财"。

打得他背起柜子奔西北，又道是打败之将不可追。（5·170）

按："柜子"即"柜"。

矮脚虎王英他是个车轴汉，押着个枷儿走向。站住两只罗圈腿，两只眼，不登不登的往上翻。（26·354）

按："车轴汉"义为"身材短小之人"，车王府曲本中也可带有词缀"子"，如："王大片儿，身形短小肥又胖，都说是，这一宗身量儿叫作车轴。车轴本是关东杆儿，车轴汉子儿可揸不浔油。（26·355）"

5.《大词典》未收

车王府曲本中有大量隶属于通语的词语不见于《大词典》，这些词语有的与《大词典》收录的词语在语素上有差异但意义相同，有的是构成语素与《大词典》收录的词语并不相同，充分表现出了人们善于发现新事物及用新的词语形式表达其对物质世界与精神世界相联系内容的特点。

略停几日来迎送，不过来寻访师翁。怎生带得妆奁用！（2·299）

按："师翁"义为"师父""师傅"。

我今丈夫死后，血孝未满，二七未过，难道夫妇之情都没有了么！（2·332）

按："血孝"义同"热孝"，指"为刚去世的亲人穿着孝服"。

禀老爷，京城来了一位京解老爷，京解老爷解着一位犯官老爷。京解老爷要见老爷，犯官老爷不见京解老爷。（12·313）

按："京解"原指"从京城而来押送官员的人"。

王老爷待我恩情好，待小官如同待亲胞。（12·313）

按："亲胞"义为"同胞"。

（鼓中的白）寇承御，（唱）休得要隔靴挠痒把话儿支，得推辞处便推辞。寇宫人，你得推辞处便推辞。（13·246）

按："隔靴挠痒"喻指做事抓不住要点，做无用功。《大词典》收录"隔靴抓痒""隔靴搔痒""隔靴爬痒"等，车王府曲本中将其中关键动词换为"挠"，其表现力等同于"搔"，故车王府曲本中的"隔靴挠痒"也可成为"隔靴搔痒"系统义中的成员之一。

若得洞房花烛夜，摘了帽儿打跟头。（13·239）

按："打跟头"义同"翻跟头"，《大词典》收与之同义的"翻跟头"。

哎，谁、谁想他暗藏着拖刀之计，一谜价口是心非。他铁铮铮道生同欢笑，死同悲。（13·337）

按："一谜价"即"一迷价"，义为"一味"。

指望逻斋饱，谁想又谁知也可令徒他设计妆圈套。（13·339）

按："逻斋"义为"讨取斋饭"。

请师傅们转咒哇。（13·342）

按："转咒"属于民俗文化词，是旧时流行于北京等地的汉族民间丧葬习俗，具体为："病者最后的呼吸一停止，丧家即请僧人、道士、喇嘛、尼姑等，大诵经卷，焚化'领魂轿'，俗信可使死者'免罪安魂'，平安地到达'阴间'。"①

新文没什么，就是明伙闹的利害。来罢，我拈个香儿罢。（13·342）

按："明伙"义为"强盗"，除上例外，车王府曲本中还有下例："新近明伙，有你没你，说罢。（13·345）"

王妈妈在这尔落忙呢。（13·344）

按："落忙"义为"帮忙"。

戴一顶破包巾，补手帕，袍服是哆囉②麻。靴儿褪旧，打叉拉，皆因为没有袜子只好穿他。（22·384）

按："褪旧"指物品因为长时间使用和闲置而变旧。此处"褪"读作"tun^{51}"。

我且与他装哈帐，看看他，江湖规矩通不通。（41·412）

按："哈帐"③义为"糊涂"。

且住，明日就是二十六日，这个月是小进。（42·4）

按："小进"即"小进月"，特指农历只有二十九天的月份。

---

① 叶大兵、乌丙安主编：《中国风俗辞典》，上海辞书出版社1990年版，第266页。

② "啰"的异体字。

③ "哈帐"，《金瓶梅词话》中已有，《大词典》未收。

众公,直肠汉见不得几句端斗儿的话,立刻就急叫声:"计贤侄,不用胡拉混言。"(42·158)

按:"端斗儿"义为"装腔作势"。

依据《大词典》确定的车王府曲本中的新词、新语中虽有一些在清代以前的文献中早已出现,只是《大词典》所举书证过晚,导致它们成为一种形式上的"新词",但瑕不掩瑜,整体看,车王府曲本中真正新词的数量还是极为客观的,著者的研究成果《清车王府藏曲本清代词汇研究》中所列词语可作为佐证。

(二)新词义

较之新词语,新词义的确定较难,其界定标准更需要依据大词典之类的辞书。具体看,车王府曲本的新词义主要体现为以下几种类型。

1. 首例书证出自清代文献

作为中国封建社会的最后一个时代,清代在各个方面都与前代有着诸多不同,一些词语产生的新义可反映这一点。与新词语相比,车王府曲本中新词义的数量也不少,且其中的一些在清代其他文献中已经有所呈现。

(1)书证非孤证

车王府曲本中的一些新词义,虽然在其他清代文献中已经使用,但《大词典》所举书证为孤证。例:

乐元帅铁石心难以扭转,纵哀告天寒心也是枉然。(2·94)

按:"扭转"义为"改变事情发展的方向或结局"。

我儿须要学海量,怨娘作事太荒唐。(2·185)

按:"海量"义为"宽宏的气量"。

闷坐在房中自嗟呀,处深闺年将及瓜。(2·296)

按:"及瓜"特指女子十六岁,代指成年。

二位贤弟,看在你我爹爹的分上,便宜这恶霸了。(2·389)

按:"便宜"义为"方便"。

(吹排子。耻白)不好了,这御酒比乡下老白干不同,喝下去有点不受用。(2·403)

按:"受用"义为"舒适"。

适才间斩秦朗并非是假,不加功为什庅苦苦盘查!(2·435)

按："盘查"义为"盘问检查"。

我与程昱安排好，套写笔迹设计条。（3·60）

按："套"义为"模仿现成的格式"。

玄德公，这些闲事我一概不知，我只知耕田耙陇农田之事。韬略兵机，我竟不晓是甚么事体。（3·74）

按："一概"义为"全部"。

一个骑驴抄着手，后有小童随后跟。（3·75）

按："抄"义为"交叉"。

满脸带笑把话论，二弟素日最高明。（3·76）

按："素日"义为"平日"。

先生此数语，尽是托外道。我备今见先生之面，真乃三生有幸，犹如拨云见日。（3·78）

按："外道"义为"见外"。

学一个赤松子散荡神仙。（3·91）

按："散荡"义为"闲游"。

随我结寔大骂吓。（3·160）

按："结寔"即"结实"，义为"动作或言语力度大"。

委曲闷气满胸膛。（3·176）

按："委曲"义为"因遭受到不应有的指责或待遇而心中难受"。

这却是陈应、鲍龙商量，赵范前来诈降，就中杀害，实不与我等之事。（3·185）

按："就中"义为"从中"。

进得帐来强颜笑。（3·204）

按："强颜"义为"勉强表示高兴"。

众公卿今日里齐把殿下，待来朝为王的自有开发。（3·221）

按："开发"义为"处理"。

子敬此去令人仰，真是婆心一般腔。（3·274）

按："婆心"义为"仁慈之心"。

老狗沽酒为名，通知那些乡约、地保，前来捉拿你我，求个千金之赏。（3·327）

按:"乡约"指明清时期由县官任命的乡中小吏,负责传达文告、调节邻里纠纷等。

寔对说了罢,万般出于无奈,已把这所房屋出卖了,明日有人来瞧。(4·69)

按:"万般"义为"非常"。

先生何必过谦,水镜先生之言、徐元直之语,岂有虚谬之语!(4·77)

按:"过谦"义为"过分谦虚"。

且到窑上去者。非敢自夸手段滑,凭谁见咱也头麻。窑户们,走出来。(4·200)

按:"手段"指待人处事时的不正当手法。

你合我顽儿哪,我也是呕你哪,你应了罢。(4·225)

按:"呕"义为"故意逗引别人生气"。

没有?你打错主意啦,你当我是好缠的哪!没钱,我就坐在这儿,闹得姑子不得睡,和尚不得安。(4·229)

按:"缠"义为"招惹,应付"。

呔!可恨你孟良盗吾行宝贝,今日与你定个输赢。(7·38)

按:"可恨"义为"令人愤恨"。

既院君做主,姑娘许配我兄弟,是亲上加亲了,只是内少媒妁。(8·480)

按:"姑娘"义为"女儿"。

吓,得禄,是你亲眼看见,你姑娘一人在家,我怎么放得下心?怎么你也跟着混说么?(10·159)

按:"混说"义为"胡说"。

呜呀,不是的,这件事么,也是个黑面火烧供娘娘,苦差使。(11·49)

按:"差使"等同于"差事",指"被差遣去做的事"。

青缎云巾头上戴,身穿青纱单道袍。足下登水袜云鞋真跟脚,黄绒丝线紧束腰。(21·216)

按:"跟脚"指"鞋子大小合适,走路得劲"。

此一时吞钱兽刘元正与同寅多官在书房会酒,言讲施公为人拐孤不随和儿。(33·116)

按:"随和儿"义为"谦和"。

酒保连忙烫过两壶放在了圣僧的面前，各自去了。（48·6）

按："各自"义为"自己"。

（2）书证为孤证

据著者看，《大词典》为某些词语或某些词义所列出处为孤证的情况，严格来说，并不能算是《大词典》的缺陷，只能说明编纂辞书时，书证的寻找属实不易。实际上，恰恰也正是这种孤证现象，为辞典面世后的完善工作或是相关研究提供了契机。从新词义方面，《大词典》中书证为孤证且车王府曲本中有的部分词义为：

想老身姜氏，自先君武公辞世，宗庙得依。今日寿期，颇慰心怀。（2·116）

按："寿期"义为"生日、诞辰"。

（校白）边报求见。（净白）命他进见。（校白）报人，传你进见，小心了。（报进白）边报叩头。（2·175）

按："报人"义为"报告消息的人"。

二位将军，为何这等狼狈而归？（仁白）启丞相，我二人奉令镇守樊城，挡住桃园。（3·53）

按："桃园"代指"桃园结义"。

元直披麻代（戴）孝，相请高僧高道超度亡魂，与伯母免罪。（3·66）

按："高道"义为"道行高深的道士"。

（报白）王将军所差，有地理图呈上。（生白）展开地理图，待山人观看。（3·131）

按："地理图"此处泛指地图。

你本是英雄中豪杰义大，切莫要过悲伤两泪巴巴。（3·206）

按："巴巴"为词缀，用于形容事物的状态。

岂敢。请问上姓尊名？（3·290）

按："上姓"义为"贵姓"。

母亲上裁想一想，只里现有书一封。你老留神看一看，此事当行不当行。（15·142）

按："上裁"为敬语，义为"请对方决断"。

（云白）寔语。（刘白）明明失言，怎说是寔语？（3·231）

按："寔语"即"实语"，义为"实话"。

哎呀！安人，你看这帐子上，现有一支桃。待我去往衙前告他一状便了。（11·360）

按："帐子"义为"床帐"。

悄言罢，那里的灯光？象（像）是山王的二目那里等着寻食。（32·199）

按："山王"指"老虎"。

2. 首例书证出现代文献

《大词典》中有大量词语和词义的书证过晚，其中与车王府曲本重合的部分词义的书证，又可分为书证非孤证和书证为孤证两类。

（1）书证非孤证

车王府曲本中的新词义在《大词典》中的书证出自现代文献，但不是孤证的成员较多，部分如下：

你二人带兵十万，作为头队，攻取新野。（3·341）

按："作为"义为"当作"。

（姚刚白）与咱老子将肉背回去。（愣白）大爷，我铺子里没有人。（2·392）

按："老子"义为"自高自大之人的自称"。

翼德好大意！此乃要紧之事，如何被他走了哇？（3·164）

按："大意"义为"疏忽"。

我看你这汉子，黄肋寡瘦，敢则有病！（4·230）

按："寡瘦"义为"极瘦"。

绑去枭首，休迟顿。（4·462）

按："迟顿"义为"停留"。

罗士信泼命来阻挡，又听上方叫一声。（4·480）

按："泼命"义为"拼命"。

且莫用芦棍儿将灰拨弄，挑碎了地下人使用不能。（4·494）

按："拨弄"义为"来回拨动"。

世上人奸滑油嘴，将清油自食，浑油点起佛前之灯。我佛不受，倾在此间，堆集如山，要你恶妇过咧。（4·494）

按："清油"义为"植物油"。

小红，快去扮起角色①来。（5·27）

---

① 《大词典》中的义项排列没有按照义项出现的先后顺序排列，上例中的"清油"也是。

按:"角色"义为"影视剧、戏剧等中的人物形象"。

这件事是难以下台,还是人之初看着不过意,向窦燕山说合。(5·163)

按:"下台"义为"摆脱令人困窘的局面"。

我算不过来,还是你算罢。(5·171)

按:"过来"用在动词后,表示"数量、能力等超过所需"。

我劝你这个年头不好,叫你忍之点,别把这个事体看轻了。(5·173)

按:"年头"义为"时代,年代"。

他叫我接客,我就接了个放印子的。(7·229)

按:"印子"指"印子钱"。

那准是那们回事罢,可是咱们这回事,估量着怎么样!(12·49)

按:"估量"义为"估计"。

可是,你把鞋给我包上,你哪,这鞋卖多少钱!(12·306)

不是你提起,我倒忘了把他叫出来,给你们两人见见。(12·308)

按:以上两例中的"给"意义不同,它们都是产自清代的新义。例1中的"给"是介词,义同"替",引进动作的关涉者;例2中的"给"也是介词,义为"让"。

(丑白)丫头,我跪的那两坑儿哪?(丫白)我扫地,给你垫上了。(12·318)

按:"垫"义为"把凹陷之处用土或其他物体填满"。

咳,大凡都怕了,这样风势,所以骄贵了他了。(13·291)

按:"风势"义为"情势"。

(外唱中白)悬梁刺股的呢?(旦唱)比似你悬了梁,损头发,刺了股,添疤喇。(13·348)

按:"疤喇"指"皮肤上因为受伤等原因留下的痕迹"。

待你打,打这妞娃。桃李门墙,除把负荆唱今人唬杀唱下。(13·348)

按:"妞娃"指"女子"。

我这广和你善说这件事,你一定是不出血呀。总浑我叫你受用受用,你才肯花呢。(48·315)

按:"出血"指"花钱"或者"付出一定的代价"。

(2)书证为孤证

为《大词典》中书证过晚且为孤证的词义提供书证,是车王府曲本在词义系统方面的另一个重要贡献，该类词义中的部分成员如下：

不是吓，我鲁肃费此唇舌，也只为那借约之上，有贱字中保在内，不得不如是耳。（3·277）

按："中保"义为"居中作保"。

叙来叙去，就是北壁公孙瓒。（3·308）

按："就是"义为"正是"。

爹爹放心，闻听兄长已经起身来了。（3·343）

按："已经"为时间副词，表示事情已经发生。

爹爹在朝，身为首相。也是我一生最喜浪荡，爱惜吃酒取乐。（4·93）

按："浪荡"义为"行为不检点"。

走罢，上后台跟我吃烟灰去罢。（5·5）

按："后台"义为"舞台的后台"。

尚宜试演形容尽，庶几登场体态真。（5·27）

按："试演"指正式演出前的排练。

呀，怨不得我们洞主把他掠进洞来，又不提煮唐僧肉吃拉，又想着顺说他着。洞主敢情好，天天吃肉，就不吃长斋拉。（5·130）

按："怨不得"义同"怪不得"。

师傅，那员外他生下这样行凶逆子，弟子我打死他们不亏。（5·189）

按："不亏"义为"不吃亏"。

小人们就用这磕膝，我就磕、磕、磕、磕，磕了这们几个窝窝，我们照着那窝窝分银子。（6·55）

按："窝窝"义为"小坎"。

吓，未曾开门理事，娘娘就有礼单前来。（6·360）

按："礼单"指记载礼物名称的单子。

算了罢，我们员外偌大年纪，永不好邪道儿，多会儿又叫过相公哪？（8·167）

按："多会儿"义为"什么时候"。

（看介，白）哎呀！老道吓，这殿内鼓是什么皮的呢？（道白）这个八成是马皮的罢吓。（10·114）

按："八成"义为"多半"。

（旦白）挑子哪?（虎白）挑子我押了酒喝了。（12·308）

按:"挑子"指担子。

母亲，女儿虽是坤道，不但五经通透，更兼刀剑精明，赛过男子。（13·188）

按:"坤道"一词，在车王府曲本中具有了"妇女"的含义，这是《易经》及中华民族文化所持有的"阴阳文化"在称谓层面的再现。

敢是你花神假扮秀才，迷糊人间女子!（13·308）

按:"迷糊"义为"使迷糊"。

我憋的紧了。（13·347）

按:"憋"义为"极力忍耐"。

许多文武齐惊怕，尽皆跪倒不哼哈。（16·256）

按:"哼哈"义为"含糊应答"。

店前边，望插招牌高三尺，槽道俱全左右分。（41·459）

按:"槽道"指牲口槽。

3. 书证为《大词典》编者自编

车王府曲本中有一些新词义虽然出现在了《大词典》中，但是《大词典》的书证为编者自造，其中的部分成员如下:

（唱）老寿星与王母齐来庆贺。（二丑仝白）你给人家什么吃?（文白）有吓。（唱）吃珍馐与美味人参燕窝。（2·381）

按:"人家"指"他人"。

他的脾气又大，一动儿就翻了，不定打谁。（5·174）

按:"一动儿"义为"动不动"。

4.《大词典》未收

车王府曲本新词义中的少数成员，未被《大词典》收录，例:

隔窗一见，十分美慕，故来与你永订丝罗。（4·488）

按:"丝罗"即"丝萝"指菟丝和女萝，喻指结为婚姻。

为什庅他竟懂浔往人家要个过节儿呢，就不懂浔吐出点儿来?（48·60）

按:"过节儿"指"礼物，尤其是过节日时的礼物"。

限于篇幅，以上所举仅是依据《大词典》确定的车王府曲本中的部分新词新义，综合看，价值较为突出的是那些《大词典》未收或书证过晚的新词新义。从本书所举这些词语在车王府曲本中的出处可以看出，我们仅是举了极少的一部分，不夸张地说，单是车王府曲本中的这些词语和词义，就可以形成一部相当规模的词典。故而，对于本书及著者未在其他研究中提及的此类词语及词义，著者将在以后对其作深入的系统化研究。

第五节　车王府曲本中部分疑难词语例释

车王府曲本中有大量的疑难词语，其存在的原因如下：一是因作者书写习惯造成，本来简单的词语用了截然不同的文字表示；二是有些词语现已退出了交际舞台，特别是有些文化内涵时代性较强的词语，今时难以理解；三是很多词语是方言词语，有的甚至是土语词。这些词语的流行面本身就窄，在其他因素的综合作用，就更难理解。基于此，下文将对车王府曲本中的部分疑难词语或较难的词语进行考释，以便为相关研究提供更好的助力。

【古三抽】

阖家重聚不能够，相逢除非古三抽。（4·103）

按：古三抽，《大词典》《汉语方言大词典》《金元戏曲方言考》《元剧方言俗语例释》都未收。《中国隐语行话大词典》收"古三"，指"明清江湖社会谓布政（职官）。《新刻江湖切要·官职类》：'布政：古三。'"[1]"抽"有"弹奏、吹奏"义。唐卢纶《赋得馆娃宫送王山人游山东》诗："旅泊彼何夜，希君抽玉琴。"显然，以上两个意义与车王府曲本中的"古三抽"无关。《寡妇哭夫》中有："夫妻们望相逢万不能够，望相逢除非是梦结鸾俦。"[2] 其他相关的用例一般都与"梦"有关，因此"古三抽"的意义应该与"梦"有关，但其精准的意义需要进一步研判。

【搂杆】

这个女子跟我眉来眼去，活该我老猪今日要开杀戒。待我搂杆搂杆。（4·484）

---

[1] 曲彦斌：《中国隐语行话大词典》，辽宁教育出版社1995年版，第221页。

[2] 何红玉、蒋彦忠、苏俊敏：《剧韵：广西文场文本集粹》，郑芳校注，广西师范大学出版社2018年版，第370页。

按：搂杆，《正字通·手部》："抱持谓之搂。"

【往嘟噜】

我起先会，如今往嘟噜。（7·363）

（丑白）这句得问通识。老魏呀，什么叫作"往嘟噜"？（魏白）这句有生辰，有批语，这"往嘟噜"是这样一往，后头跟着一嘟噜。（7·363）

按：例中对"往嘟噜"的解释不确，此处"往"当为"枉"，"嘟噜"为"嘟囔"义，如杨沫《青春之歌》第一部第十二章："一边走，一边嘟噜着。"① "枉嘟噜"即"白嘟囔"之义。

【蓝肘影】

（旦白）你是知道浔。（付白）可我到知道甚广吓？（旦白）我们相公他在家浔日子少。（付、净全白）少。（旦白）他出……（付、净全白）你睄这蓝肘影。（旦白）他出外日子多。（12·420）

按：除此例外，"蓝肘影"未见于其他文献。根据文意，它当为"难受劲"的方言发音，因为女主人公在向外人描述自己丈夫在家少出外多，即便回家也是与其他妻子在一起，而不待见自己的事。这对封建时代的女性而言，无疑是一件极为痛苦的事，所以当她在说"他出"二字时，因为难受，语音有了停顿，听者才会接着话茬说"蓝肘影"。实际上，n、l 在南京话或湖南话中不分的现象，也可作为佐证。

【白帽盔儿】

你才说在娘家得时候尔，这句话你只好哄他个白帽盔儿。哄我这个读书人儿，有点子下不去。（12·422）

按："白帽盔儿"，未见于辞书。除此例外，另有京剧升平署抄本《摇会》及清代武侠小说《永庆升平前传》中有用例，分别为："想是大奶奶说这个话，哄那白帽盔的成了，哄我这读书的人可不行。穷苦莫追，便怎么样？"② "你瞧我是白帽盔，你当我不知道！我说给你听听：大份，每人是两张大饼、两个大碗面、两碟包子、两碟黄窝窝，并没别的了，这就是大份。"③ 以上例证表

---

① 杨沫：《青春之歌》，中国青年出版社 2000 年版，第 115 页。

② 北京市艺术研究所编纂，薛晓金主编：《京剧传统剧本汇编续编——丑角戏》，北京出版社 2013 年版，第 327 页。

③ 树惠、洁人点校：《永庆升平前传》，北京十月文艺出版社 2004 年版，第 25 页。

明，"白帽盔儿"常作为读书人的对立者使用，也或用于让对方不要小看自己，不要认为自己没有见过世面时使用。根据以上3例出现的大语境及"白帽盔儿"使用的小语境分析，"白帽盔儿"当指"没有读过书且没有见过世面的人"。

【哥牙】

遵奉着轰天火号，忙整备万鸦壶。将弓弩烟标，把哥牙乱绕①。（13·25）

按：此例出自昆曲《九莲灯全串贯》，与之描写同样内容的《九莲灯（传奇选二出）》中，处于"把哥牙乱绕"同样位置的为"把宫闱狱扰"②。车王府曲本此例的上文有："请问判官老爷，那宫闱刑狱，不知降下何等灾殃。（13·25）"即是说，"哥牙"的作用是取代"宫闱狱""宫闱刑狱"，故"哥牙"应为"宫闱刑狱"之义。

【鲐鲦】

大家每人齐动手，盘内的，美味鲐鲦尽吃空。（17·303）

你方才躺在地上口吐白沫，你中了鲐鲦鱼毒气了。（17·303）

按：鲐，《广韵·合韵》："鲐，鱼名。"鲦，《字汇补·鱼部》："鲦，鱼名。"《山海经·东山经》描述了鲐的形状，"（深潭）有鱼焉，其状如鲤，而六足鸟尾。""鲦"则未见其他文献有详细描述。以上两例出自鼓词《三侠五义》，在描述同样场景的鼓词《包公案》中，则为：

只见庞禄前来回话说："兵部大司马姑老爷差人送来新鲜鲐鲀鱼一桶。"庞国丈分付："急命厨房快作几尾来，大家饮酒。"（26·253）

这亭中，三人正自谈心事，见庞禄，端来合鲀鱼放居中。宾与主，三人一看来举快，真正是，美味香甜尽吃空。（26·253）

却说御史李国宁一见陈先生忽然口眼歪斜，嘴吐白沫，说声："不好，定然是他中了毒了。这鲐鲀是有毒之物，若是收什不净，人要吃了一定必死。"（26·254）

以上例中的"鲐鲀""合鲀""鲐鲀"与"鲐鲦"一样，实际上都是不同作者对"河豚"的不同写法。

---

① "绕"的异体字。

② 王筱云等主编：《中国古典文学名著分类集成·26·戏曲卷·4》，百花文艺出版社1994年版，第206页。

【阡关】

这个贼回手背后将刀取，拨开那上下的阡关往里行。慢慢推开门一扇，仗他的武艺全无怕惊。（21·469）

他就奔至了门前，那天就有三鼓之半。东边月色微明，正是二十二三的时候。借着不甚黑暗，将身后的利刃取出剥门，那阡关声音"咯嗒""咯嗒"的响。（22·19）

按："但只见美貌无双的个女婵娟，两鬓黑，乌云现。手帕遮，却是宝蓝。红石榴，阡上面。并不见，别样钗环与横竖簪。（22·63）"及"吉爷连忙下山，斜阡着奔到吊桥杂入众番军之内，总不会打番语，可也晓淂他们的话。（22·416）"，由上两例知，"阡关"即"插关"，至于："来至角门之内，复把阡关儿插好。（22·291）"此句中同时使用"阡""插"，当是作者为了避免使用重复字，而采取的一种策略。

【粘哏】

他二人彼此谈论情浓之际，不隄防何氏婆婆闹了个粘哏。（22·256）

你哪猜是怎么一个粘哏儿，只因何奶奶在前舡撒网，觉乎着渔舡一摘楞，身体往前一栽，说声"不好"，把腰一挺算是站住咧。（22·257）

按：车王府曲本中，"粘哏"只在以上两例中出现，未见于其他文献。根据语境，"粘哏"当为"小事故，小惊险"等。

【唠唠】

且说老祖洞中坐，忽然间心血来潮不安宁，眼皮不住唠唠跳。（24·135）

按：唠，《龙龛手鉴·口部》："唠，唠訹。"即"唠"为"诱骗"之义。"唠唠"则不多见，仅北大 CCL 语料库《续济公传（下）》中有："那亲兵拿起了点锤将他的足拐乱敲一气，只听'唠唠'的怪响。"但其义与车王府曲本不同。根据语境及语用习惯，车王府曲本中的"唠唠"当与"突突"义同。

【酴酊】

葛登云用好言语安住，慢慢用酒将范仲羽灌的酴酊大醉，命家丁搀往书房去了。（26·180）

我将他，用酒灌的酴酊醉，现在那，书房之内睡朦胧。（26·181）

按：根据文义，"酴酊"应为"大醉"之义，而表此义的为"酩酊"，另有固定结构"酩酊大醉"。《大字典》注引《说文新附》："酩，酩酊，醉也。"《龙龛手鉴》:"酩酊,酒过多也。"《集韵·过韵》:"酩酊,醉甚(酩)或作佲、偞,通作茗。"查其他辞书,"酩"在诗文中处于互文的情况下可单独出现,例《前汉书·晁错传》:"食肉而饮酩。"或形成与之有关的食物名称,《康熙字典》注引《邺中注》"寒食为醴酩,又煮粳米及麦为酩"。"酊"则无此用法,只出现在"酩酊"结构结构中,《大字典》引《说文新附》:"酊,酩酊也。"并无"醽酊"的用法,故例中"酴酊大醉"当为"酩酊大醉",且其下文不再使用"酴酊",转而使用"酩酊",例:葛登云,将我灌的酩酊醉,半夜差人把刺行。(26·185)"另,车王府曲本中亦用"伶仃"表喝醉的样子,例:你看那,大酒缸墙上贴的画,八仙里,那个不是醉伶仃。似这等,既然出家当老道,就应该,落得吃上这几盅。(26·374)""且说他(她)丈夫汪国祥这一日出门闲行,遇见了个酒友儿,只喝了个伶仃大醉,至晚方散。(27·376)"

【骹(骹)】

心中又是着急,那匹马竟是老掂①。急的浑身是汗,把屁股也骹了紧,咬牙关走了一日。天晚住在宿店,赵虎与从人把饭都吃完了,董福这才赶到。问其缘故,才知被马所累。(26·79)

这不就,苦了董福在后跟。颠的他,官马把屁股全都骹,疼的他,呲牙咧嘴忍着疼。(26·79)

只因为,头天就把屁股骹,我的这,至到如今两腿疼。(26·79)

按:《中华字海》《大字典》等收"骹"字,其内容一致,认为它有两个读音,一为 xian^{51},方言。急行。清胡文英《吴下方言考·去韵》:"今无锡谓急行曰骹"。二为 jian^{51},低贱。《战国策·燕策二》:"使齐犬马骹而不言燕。吴师道补注:'字书无骹字,恐即贱。②"显然,以上两个义项都不适用于例证中"骹"的意义。车王府曲本中,"骹"首见于"那匹马竟是老掂,急的浑身是汗,把屁股也骹了紧,咬牙关走了一日。"其上文语境为:"这董福骑的是官马,如何赶的上赵虎主仆呢?(26·79)"其因在于赵虎:"主仆二人乃是战马,走动如飞。(26·79)"董福的意思是他的马不能"走动如飞",兼以长途骑行,自然一路颠簸。例中"老掂",即"老颠",作者将"老颠"写作"老掂",是车

---

① 此处应为"颠"。

② 汉语大字典编辑委员会编纂:《汉语大字典·8》,四川辞书出版社、崇文书局 2010 年版,第 4855 页。

王府曲本文字书写中常见的因同音而造成的讹字现象。《大词典》列"颠"义项之一为："颠簸；震荡。"例证为《红楼梦》第七十八回："骑马颠了，骨头痛。"故"老颠"义为"一直颠簸"之义，所以董福的屁股才被颠得难受，且在频繁的颠簸中被鞍鞯等磨破皮肤，疼痛难忍，下文："这不就，苦了董福在后跟，颠的他，官马把屁股全都騻，疼的他，呲牙咧嘴忍着疼。（26·79）"可作为明证。据此，"騻"的意义应为"颠散架，颠破"之义。

【春隔】

林豹、姚孟分付手下将酒、春隔担在高阜之处。铺绒毡，放下酒瓶、快子，将春隔摆在当中间，一来赏月，二来观看山下灯。（43·75）

这个举起饼来，那个把春隔肥肉摊在饼上，加上青韭葱蒜，卷了几卷，说："恩主且用几个薄饼压压酒。"（43·75）

按：车王府曲本中，"春隔"只有三次用例，且都出现在说唱鼓词《慈云走国》中，未见于辞书及其他文献。根据文意，"春隔"应指野炊时带的小桌子。

【嗃】

手内也拿鼓一面，又听他，口里嗃嗃，还闹巧腔。（43·378）

按："嗃"鲜少使用，《康熙字典》转引《字汇》中的读音与解释为："胡口切，音厚。吐也。"根据车王府曲本中的用例，"嗃"在此处为拟声词。

【缀ㄞ】

说罢，不敢怠慢，手拄拐杖缀ㄞ缀ㄞ的来到松林以内。（44·44）

按："缀"，当为"戳"，下文有："说完了话，用拐棍将九州头上一缀。（44·44）"此处显然应该为"戳"，而不应为"缀"。究其因，在于"缀"作为一个多音字，其中一个音读作"chuo[51]"，此处属于近音字误用。"ㄞ"即"来"字，下文有："只因土地惊睡梦，卞壮士，杀贼要ㄞ报不平。（44·47）""缀ㄞ缀ㄞ"中第二个"来"应为"去"字，据下文："你看他，拏着磙子只混戳，行走东来又往西，走着走着栽倒了，口中嗃声气直吁。（44·54）"其中的"混戳"一词表明作者主人公拿着拐杖在乱戳，故而"缀ㄞ缀ㄞ"为"戳来戳去"。

【呼噜马儿】【呼噜吗】

浔化呢，就化点子。若挤到十分十严的时候，巧了，可就偷点子。这広呼噜马儿的也混了四十岁。（49·369）

第二章　车王府曲本词汇研究

吃酒的人没拿手，听三不听四。又搭着你们浔病烂投医，我只当是个小长虫。这算个什广东西呢？呼噜吗的弄松弄松也就完了。谁知道是个这样的大东西，我怎广是他的对手？（49·375）

按："呼噜"一般指"打鼾声"，虽极少见其他解释，但在北京话中，"呼噜"有了新义，表用手抚摸马，"呼噜马，是因为马跟小狗小猫一样，如果顺着毛呼噜，会使它温顺"①。除此之外，著者未能找到其他释义和用例。根据车王府曲本以上两个例证的上下文义，可知"呼噜马儿""呼噜吗"实际上应该是"轻轻松松"之义，与以上所提两个意义并无关系。根据车王府曲本词语使用的实际情况，在考察其不为辞书收录的一些词语时，本书主要采用据文证义及他文证义的方式，以求给出至少车王府曲本范畴内的正确意义。

【梯夕】

舅爷，你老人家在这里呢？与你老人家打个梯夕。（41·318）

按：严格看，"梯夕"是因作者书写错误而导致的难词，根据上下文语境及车王府曲本官场的书写习惯，"梯夕"即"体惜"，义为"上对下的体谅爱惜"。车王府曲本中虽然仅此一例且书写错误，但"体惜"却是早在明代就已出现。如明代杨嗣昌在《与平贼左镇良玉》写道："不佞欲体惜官兵，出山少休，兼了革、左之事，不意川兵脆弱，所在不支，致贼深入成都。"② 清代文献中也有相关用例，如："教职微官，即有伞安得进臬司门？诸君他日居官亦当体惜属官如此。"③ 所以，车王府曲本使用"体惜"具有合理性，但《大词典》为"体惜"所举例证出自《太平天国·行军总要》，从这点看，其书证是过晚的。因此，虽然考释的是清代文献中的词语，但由于考释中会查阅大量文献资料，所以即便所获得的资料表明"体惜"之类的词不是出自清代的文献，但也可将相关词语的出现年代提前，故这种做法具有一定的价值。

【欹】

真果是，落纸千钧成体势，却比着当时明公笔刀不欹。（22·102）

---

① 侯喜瑞口述，张胤德整理，北京市戏曲编导委员会编辑：《学戏和演戏》，北京出版社1961年版，第72页。

② （明）杨嗣昌：《杨嗣昌集·下》，岳麓书社2005年版，第1278页。

③ （清）徐璈辑录，杨怀志、江小角、吴晓国点校：《桐旧集》，安徽大学出版社2016年版，第81页。

爷上既怕地雷子,就该稳坐八水城。什么地雷全不怕,我若是,皱皱眉头岂不歇尽小妃素日的名?(37·395)

久以后,天下闻知人耻笑,岂不就,歇尽哀家一世名。(38·345)

你想想,你祖他是何名色,留下子孙入绿林,玷祖歇宗人耻笑。(40·226)

行藏已被奴窥破,可惜你一世虚名此日歇。(51·175)

按:段卜华、邓章应(2020)在《说"歇"》一文中指出:"'歇'字出现较晚,习见于清代至民国初年子弟书。从字义看,其核心义素为'弱',由此产生多种义项,且至今仍活跃在方言中。从字音看,其音为[ẓua³⁵],来源于'挼'字,中古属日母麻韵,在子弟书中常押发花辙。从字形看,其从'弱'从'欠',可看作会意;又有中间过渡字形'猲''歇',亦或受'搦'字影响,是字形新造和字音沿革双重作用的结果。"①并指出子弟书中的"歇"有"柔弱、柔软""体质衰弱""玷污、损害(声名等)""削弱、减弱""惧怕、示弱、技能低劣"等5个义项。他们总结得极为到位,"歇"在车王府曲本中,基本上具有以上5个义位。从语用上看,车王府曲本中"歇"常和"尽"搭配使用,在这个组合中,"歇"作"丢"义讲更为恰当,文意上更为通顺。"玷祖歇宗"中"歇"与"玷"同义,即"玷污、损害"义。

【打闷息】

众僧人,手捧香花分班站,捧钵行参打闷息。(27·123)

按:车王府曲本中只有上例使用了"打闷息",其下文使用的都是"打问讯""打问心",例:"圣僧闻听,欠身站起,手打问讯,说多承姑娘了。(27·147)""韦陀护驾显威灵,金盔金甲形容俊,手托着,降魔宝杵打问心。(27·151)"由此可见,"打闷息"也是"双掌合于胸前致敬"之义。

【咽喳】

素菜是,蘑菇木耳金针菜,山药水笋与相辛。咽喳豆腐合水粉,豆腐皮儿软硬勋。(26·186)

按:"咽喳"即"疙瘩汤",今临沂方言还说"咽喳"。所谓"咽喳"是取适量面粉,往里添加少许水后用筷子搅拌成疙瘩状,之后下入沸水煮熟,并根据个人口味添加佐料的一种食品。

---

① 段卜华、邓章应:《说"歇"》,《中国文字研究》2020年第2期,第98—104页。

【胡不拉】

我全都应了他咧,才胡不拉打盹儿落了价儿,只要纹银十两。(38·319)

按:"胡不拉",《大词典》未收。查其他文献,"胡不拉"有以下三个意义:一是在天津话中读作"hu⁵⁵bula²¹⁴",其义为"幼稚、不明事理的人"[1] 或"什么都不会还态度很生硬的年轻人"[2]。二是表示"突然、忽然"义,如孙犁《风云初记》中有:"他穿着一身灰军装,打扮的还是那样么不么六不六的,你想,咱们的队伍都是绿衣裳,胡不拉儿的,羊群里跑出一只狼来,一进村就非常扎眼,梢门上的岗哨就把他查住了!"[3] 三是指"伯劳鸟",如杨米人《都门竹枝词》中有:"胡不拉儿架手头,镶鞋薄底发如油。闲来无事茶棚坐,逢着人儿唤'呀丢'。"[4] 根据车王府曲本例证的实际情况,"胡不拉"义为"忽然、突然"。

【柳计】

低头瞧见桌子底下放着两个柳计,娘娘一毛朕伸手从桌子底下把个柳计拉将出来,只见里面热气腾腾。娘娘说:"这里头什庅东西?这等样冒热气呢?"待我把他拏出来看一看罢。伸手从柳计之内擎将出来,看来是黑虎白两个面饼,还有一碗酒、一个大梨、几棵葱。(37·287)

按:"柳计"不见于辞书与其他文献,车王府曲本中也有此处两例。就语境看,"柳计"应为篮子一类的盛物器,除此外,与盛物器有关带有"柳"的词语有"柳斗""柳桊""柳箱"等。

【砼子】

今日是闫公子值年,又是两台大戏,番鼓齐动。大会有高脚秧歌、十不闲、十番吵子、五虎棍、砼子、杠子。(17·253)

这个人是我一个磕头的哥哥,姓金名六十儿。因他能端六七百斤的石头,能举石砼子,别人送他个外号儿叫作金大力。(33·189)

按:车王府曲本中出现有关庙会场景时,常会出现"砼子"或"石砼子"等,辞书并未收录此词。《字海》中收"砼石",释义为"一种多用于保温材料

---

[1] 刘思训:《"哏儿都"说哏儿话·天津话这么说》,天津古籍出版社2013年版,第153页。
[2] 来新夏主编、李世瑜编著:《天津的方言俚语》,天津古籍出版社2004年版,第83页。
[3] 孙犁:《风云初记》,作家出版社1963年版,第178页。
[4] (清)杨米人等著,路工编选:《清代北京竹枝词(十三种)》,北京出版社1962年版,第20页。

的物体"，但显然，以上两例中的"石硪子"与此义无关。

《北京民间风俗百图》中收录"耍双石头图"，并指出耍双石头者"颇有膂力，两个圆石中间有窟孔，用一木穿上，以做玩耍。耍此双石，前后左右有七十二路花样，每逢庙集必耍，出风万票"①。聂传学（1989）指出："'耍双石头'，或称'耍石担'，与'耍叉'技艺相近。"② 李金龙（2019）口述北京天桥的各种风俗时，指出："狮子舞过去还有一档会，什么会呢，就是耍双石头。这耍双石头，按照咱们天桥的话来说，就叫作举墩子。那石头是圆的，当然比磨盘要小，但是很沉，一边一个，中间有个杠子，所以我们管它叫举墩子。"③ 根据以上描述，及"硪子"出现的语境，尤其是"能举石硪子"中"举"字的使用，可知它就是"双石头"。"双石头"在车王府曲本中也曾出现，如："各样玩艺不少，甚广五虎棍、秧歌、开路钗、双石头、皮条杠子、五音大鼓、子弟书、八角鼓、什不闲、架子等类别的还可矣，一目了然。（38·345）"分析车王府曲本中"硪子"出现的所有语境，可以看出，它和"双石头"不会同时出现，如："今年又是袁公子值年，是两台大戏，旗鼓齐动的大会，还有高脚秧歌、什不闲、十幡儿、吵子、五花棍、坛子、硪子，太狮少狮猴儿扒杆。（26·206）""花钵拨鼓响叮咚，耍叉打脸装五鬼，高跷秧歌显喉咙，后面跟定少林棍，硪子、礤子着数清。杠子吊燕掖脖子楼番军，人人盘上显精神。（46·501–502）"非但如此，"双石头"在车王府曲本中实际上只使用了一次，即上文所举例证。

著者认为"硪子"是"双石头"的原因还在于车王府曲本提供了其他线索。如"耍硪子"的人"都是些大胳膊（22·168）""粗体大膀小紧腿，风摆荷叶力无穷（47·115）"，且"耍起来有名色，苏秦背剑、白猿献果。拨浪鼓儿，托塔盘肘脑尖实在的很（22.168）。""脑尖趁的多巧妙，嗖嗖嗖，盘肘腰串快又灵。（47·115）"以上对"耍硪子"人胳膊及力量的描写，对"耍硪子"时的招数描写，都说明"耍硪子"就是"耍双石头"。侯玉贵（2021）④ 认为"硪子"即"掷子"。"掷子"也称"石锁"，但车王府曲本中的"硪子"显然不是石锁。

---

① 书目文献出版社编辑部编辑：《北京民间风俗百图》，书目文献出版社1983年版，第76页。
② 聂传学：《百戏奇观》，文化艺术出版社1989年版，第23页。
③ 李金龙主编：《口述天桥》，经济日报出版社2019年版，第452页。
④ 侯玉贵：《清车王府藏曲本俗字札记》，载《汉语史研究集刊·第31辑》，四川大学出版社2021年版，第264页。

第二章　车王府曲本词汇研究

【啯喂】

狗贱水内乱啯喂，爬上跌下魂魄散，叫苦哀哉不绝声。（28·323）

按："啯喂"义为"毫无规律的扑腾、动来动去"。此义，车王府曲本中只有此例使用了"啯喂"，其他全都使用的"古戎""咕哦""姑容""咕喀""古容""咕嗦""咕容"等记音词，例："过卖算来也不少，那像你狂的屁股竟古戎。（21·131）""车夫床上乱咕哦，南一扎来北一撞，西磞一头又东冲，狠像来把四方拜。（21·379）""坑内大蛆打成蛋，扒在那，死尸身上乱姑容。（26·506）""只见他，手内擎着一碗屎，里面大蛆乱咕喀。（31·85）""他只当，拿他二人走进门，只见他，古容古容扒不起。（43·466）""次闹淂更又凶，活暴暴，他竟会把石人变，满营之中胡咕嗦。（44·350）""老祖对面来讲话，三爷催牛紧咕容。（44·407）"显见，"啯喂"与"古戎""咕哦"等表示的意义完全相同，差别仅在于"喂"与结构中的第二个字的读音不同。

【挼】

李逵听的明白，将身形往前一探，把胳膊肘儿往后一挼，正碰在毛蛾子脑后摘金儿的胸脯子上面，把严四冲了个仰面朝天。（26·357）

按："挼"义为"用力扯"，今临沂方言中还有此用法。

【瘪】

秃子秃，上脑箍，箍出油来，煎豆腐，豆腐煎不黄。秃子见阎王，阎王戴之铁帽子，唬的个秃子发瘪子。瞎子瞎扑蚂蚱，蚂蚱飞在放上，瞎子碰在墙上。（57·94）

按："瘪"，崔蕴华（2017）[①]将其视作是"瘪"。北京话中有"嘬瘪子"，义为"自找理亏，使自己陷于被动境地"[②]；金受申（1961）则将其写作"咋瘪子"，义为"受人训斥、碰人钉子的意思"[③]。显然，"嘬瘪子""咋瘪子"中的"瘪子"都为"窘况"之义，与车王府曲本的该例证并不相同，换言之，车王府曲本中的"发瘪子"并不是"发瘪子"，而是"发疟子"。根据上文语境，秃子显然是被阎王吓得浑身发抖，这与"发疟子"的症状正好相同。因此，"瘪"当为"疟"，"发瘪子"即"发疟子"。

[①] 崔蕴华：《说唱、唱本与票房：北京民间说唱研究》，商务印书馆2017年版，第84页。
[②] 王子光，王璟：《细说北京话》，金盾出版社2017年版，第547页。
[③] 金受申：《北京话语汇》，商务印书馆1961年版，第213页。

国家社科基金"冷门'绝学'和国别史等研究专项"车王府曲本语言研究
（项目编号：18VJX063）终期成果

车王府曲本语言研究

（下册）

王美雨 著

中国戏剧出版社
CHINA THEATRE PRESS

目　录

下　册

第三章　车王府曲本词义系统研究 ··309
　第一节　称谓类词语及其内涵 ···311
　第二节　服饰类词语及其内涵 ···334
　第三节　饮食类词语及其内涵 ···352
　第四节　生活日常用品类词语及其内涵 ···································365
　第五节　官场用语类词语及其内涵 ···373
　第六节　动植物类词语及其内涵 ···380
　第七节　其他类词语及其内涵 ···387

第四章　车王府曲本中方言词语研究 ···400
　第一节　老北京方言词语 ···402
　第二节　其他方言区词语 ···411
　第三节　多形体的方言词语 ···431
　第四节　有音无字的方言词语 ···434
　第五节　方言词语例释 ···441

第五章　车王府曲本中汉译满语词研究 ·······································447
　第一节　满语词研究概况 ···450
　第二节　车王府曲本中汉译满语词概况 ···································454
　第三节　车王府曲本典型篇目中的汉译满语词概况 ···············460
　第四节　车王府曲本中汉译满语词语性研究 ···························470
　第五节　车王府曲本中汉译满语词文化意义类型 ···················504
　第六节　车王府曲本中汉译满语词语用特征 ···························511

第六章　车王府曲本语言研究的当代价值 …………………… 520

第一节　车王府曲本在通语本体方面的当代价值 …………… 521
第二节　车王府曲本的词典学价值 …………………………… 530
第三节　车王府曲本的方言学价值 …………………………… 537
第四节　车王府曲本语言的文化学价值 ……………………… 542

参考文献 ……………………………………………………………… 560
后记 …………………………………………………………………… 562

第三章 车王府曲本词义系统研究

"词义系统是词汇系统中最复杂的系统之一，因为它是人类认知客观世界的知识系统，各民族对客观世界的认知又有种种不同的方式"①。车王府曲本作为当时戏曲、曲艺的集大成者，它的词义系统之丰富、之复杂，虽难以一一将其以类聚的形式呈现，但通过一些易类聚词语的类型化研究，也可揭示出车王府曲本词义系统的诸多特点。宋永培（2000）指出："汉语词义研究的落后状态集中表现于，没有系统地综合与分析词义，更没有对词义系统的全貌和规律做出具体的研究和理论的说明。"②

第二章从不同维度对车王府曲本中词语所作的研究，虽或多或少牵扯到了词义，但仅是基于其他维度研究需求对词义做出的个案化、零星化阐释，这种方法不足以展示车王府曲本词义系统的整体特点，因此本章着眼于车王府曲本词义系统，在有关理论的指导下，力图勾勒出车王府曲本词义系统的共性与个案的具象及特质。

"语言的特征就在于它是一种完全以具体单位的对立为基础的系统"③，此观点也适用于词义的研究。词义系统中难以计数的个体成员，既是对立的又是统一的，它们用共性和差异性构建了一种语言的词义系统，而词义不是语言系统中独立的部分，没有它，一个语言系统就不可能存在。苏新春（1997）指出："语言是一种表意符号的系统，词是语言这种表意符号系统中的一个基本单位。在这个基本单位身上，集中体现了语义和语形的统一，也集中体现了语言的结构性和人文性的统一。但语言的结构性不与语形画等号，而是语

---

① 李如龙：《汉语词汇学论集》，厦门大学出版社2011年版，第6页。
② 宋永培：《古汉语词义系统研究》，内蒙古教育出版社2000年版，第3页。
③ [瑞士]费尔迪南·德·索绪尔：《普通语言学教程》，高名凯译，商务印书馆1980年，第151页。

义与语形的统一;语言的人文性也不与语义等同,不过它们相互之间的联系确实比较突出。"① 因此,研究词义及将词义作为一个系统研究,是具有多重意义的事。在语言本体三要素中,词汇的动态性最为明显,它的动态性不仅体现在词的数量增加,更重要的是体现在词义系统的动态变化上。词义的动态化,导致车王府曲本中的诸多作者不得不对一些词语做出必要的解释。如"闪战""米贼""倘梁"等词。

蔡阳闻老爷恶语,又见圣贤来还刀动手。他要知夫子爷要决一死战,要用闪战。(19·131)

按:"闪战",辞书未收,但它每次出现时,相应的作者都会给出解释,如:"众位,何为闪战?闪战乃是弃命的杀法儿,譬如敌人刀劈了来,枪扎了来,可不用自己兵刃招架,不过跨马躲闪使处,全仗着战马熟练而已。(19·131)"通俗点讲,闪战就是交战时不闪不避,依仗自己的反应力和战马躲避敌人的招式。再如:"列位,这吴将实在不是黑爷对手,他要败阵又恐伤了吴将,周瑜法令最严,又怕归他之罪。是见战又不是对手,左右为难,把心一横,要用智与黑爷闪战。列位,这是为何?乃是拼命的杀法,敌人的兵刃使来,并不拿自己的兵刃招架,不过侧耳躲闪而已,全仗眼急手快。(19·372)"通过这两处可以看出,当时的人并不了解什么是闪战,因此,每次涉及这个词时,不同作者才会不约而同地对其进行释义。

话说汉宁太守姓张名鲁,乃沛国丰人,本是米贼张陵之孙。(19·413)

按:《大词典》中对"米贼"的解释是"旧时五斗米道的贬称",但这个解释其实较为抽象,因为"五斗米道"很难理解。但说唱鼓词《三国志》作者在下文的解释则简洁清晰,极易理解,其文曰:"何为米贼?皆因其祖在鹄鸣山中造作道书以惑愚人反敬之,遂传其子张恒,张恒传与世人。但有学道之人,助米五斗,故此送一混名叫作米贼。(19·413)"

再如"倘梁"一词,若不是作者的随文释义,也很难懂,例:

九州先前找不着寿希文是一场扫兴,又搭着腑内酒足饭饱,不觉动了倘梁之念。列公,这"倘梁"二字是"捕盗巡更、夜晚拿贼",若是武艺不济,也不敢单身独自夜晚倘梁。(44·40)

按:"倘梁"之义作者解释得非常清楚,即"捕盗巡更、夜晚拿贼"。文中

---

① 苏新春:《词义文化的钩沉探赜》,广州出版社1997年版,第2页。

多次使用，如："你倘梁的拉我作什庅？而且我又不是两眼双瞎，半夜三更拉我作什庅？难道说倘梁还带着拦劫行人庅？（44·53）"

如"米贼""倘梁"等词语，在车王府曲本中的数量并不少，这种现象说明词义是受众理解作品内容的关键，以至相关作者为了让受众更好地理解文意，不得不在正文中岔出一个片段对相关词语的意义做出阐释。如上所言，词语的动态性和词义的动态性是并行的，它们在交际舞台中的出出进进，是社会和人类自身发展的必然结果。作为清代中后期曲艺的集大成者，车王府曲本词义系统不仅是对以往词义系统的整合与时代性使用，也是对清代中后期自产词义的一次系统性使用。

鉴于车王府曲本中的词义系统较为复杂，所包括词义类型较多，此处我们仅选择了称谓类词语、服饰类词语、饮食类词语、生活日常用品类词语、建筑类词语、动植物类词语、百工类词语及官场用语类词语等作为例证，对其进行详细的研究，以此展示车王府曲本词义系统的丰富性。

第一节　称谓类词语及其内涵

任何称谓词语都是基于交际而生，同一意义范畴的称谓词语在交际中，也会因交际者的身份、交际者之间的关系、语境等各种因素而不同，这就决定了称谓词语系统的复杂性。就车王府曲本而言，其复杂的称谓词语系统可分为人称称谓词语、亲属称谓词语、官场称谓词语及各行各业称谓词语等次系统，它们既是对车王府曲本诸多内容创作之前称谓词语的体现，也是对车王府曲本诸多内容创作时称谓词语的体现，故也可将其看作是以车王府曲本为节点，中国古代称谓词的一次相对系统的体现。

张寿康（1985）指出："在反映人与人之间关系的语言中，以人称代词为核心的称谓词是极为重要的。这个称谓词的系统，表现出社会上人与人之间关系的复杂的网络。这个网络是巨大而细密的，包括人与人之间的亲疏、上下、厚薄等关系和敬卑、爱憎、谦骄等态度，再加上古今言殊、四方谈异，于是这个称谓网络就呈现出历时的和共时的异常丰满而繁复的面貌。"①

车王府曲本中还有许多有关称谓的新词，如"乡兄你是听，事不宜迟急速去，拿着圣旨去到郿邬诓佞臣（18·329）"中的"乡兄"，是对同乡平辈男性的称呼，体现出亲属称谓的泛化有以地域划分的特征，即是说，在亲属称谓泛化的过程中，人们会根据和交际对象的关系在已有亲属称谓前添加很多相应的限定性成分，以此来表明两者之间在地域、年龄或其他层面的关系。

车王府曲本中称谓词语的使用就较为复杂，体现出了以下基本特点。

一、某些称谓词语使用异常

称谓词在人际交往中起着极为重要的地位，具有诠释人际关系、拉近或拉远人际关系的作用，决定在实际使用时，要慎重使用每个称谓词语，但车王府曲本中却出现了某些称谓词语使用异常的情况。具体而言，它们可能是使用者为了追求修辞效果，或是迎合韵文要求而生。

（一）语用讹误

语用讹误指的是词语出现在不该出现的语境中，如带"令"的称谓词语，本是面称中对交际对象的长辈或晚辈的一种尊称，但车王府曲本中该类词语常有用错的案例，下列例证中的相关用词即反映了这一现象。

且住。刑部阅觉，他的令郎公子玉良，当初与我父，从幼小割了衣衫，结下姻缘。（4·100）

（小旦白）可是孙妈妈令爱么？（贴白）然也。姐姐请坐了。（10·368）

三爷说："岂敢。原来员外就是郑元帅的令尊广？多有淂罪。"（31·1）

你的儿②夫已经死，不如搭救父天伦。（35·363）

按："令郎""令爱""令尊"本应都用在面称中，但例中的它们都不是面称。例 1 中的"令郎"前有表第三人称的"他"，该定语与用于面称的"令郎"合用，语用错误显著；例 2 中"令爱"前面也有类同于第三人称用法的"孙妈妈"，但具体又与例 1 不同。例 2 中"孙妈妈令爱"其实就是交际的一方，即用"令爱"

---

① 张龙虎：《人称称谓词汇释·序》，广东人民出版社 1988 年版，第 1 页。

② 车王府曲本中将"儿"写作"尔"，故实际上可从两个角度分析。若"尔"为正字，则"你""尔"为重复用法，不合语法规则；若"尔"为"儿"的讹字，则"儿夫"的使用语境不对。

指称了交际一方本身。例3情况与例2相同,"令尊"是"你的父亲"之义,此处三爷孙膑的说话对象是"员外",他不是郑元帅,而是郑元帅的父亲,所以此处不能使用"令尊"。三者的使用情况表明,称谓词语的语用讹误,有些表面现象一致,但深层的讹误机制不同。例4中,"你的儿夫"与"令爱"等不同。"儿夫"本为女性称呼自己的丈夫,例中却由第三者说出,且定语"你"使用不当。从语法及语义角度看,"你的儿夫"都不合理,但因为有语境的加持,它的语用功能没有受到任何影响,这大抵是车王府曲本中有些词语在语法和语义等方面都不合理,但其语用功能却丝毫没有受到影响的原因。

车王府曲本中,称谓词语存有的语用错误现象不仅上面这些,还有难以归类的情况,如:

这众奴把老爷打急了,这时也不指望着活了,口中大骂。"我把你这起子贼人!既知我是本县,还敢行凶私打官长,其罪不小,个个该杀!"(41·271)

按:"本县"应是县令的自我称呼,但此处被作者用作了宾语,且与主语"我"重复,从语用上看并不恰当。

(二)称谓词语定语部分冗余

称谓词语定语部分冗余指称谓词语前使用同义或者是等义的两个定语,如车王府曲本中的"你令岳父""你们令正""你令姐""我的那,拙荆""你令师""我愚下""我的拙荆""我的家兄""我家兄""我的儿夫"等,这些结构中的"令"本身就已表示"您的……"之义,属于尊称,而"拙荆""家兄"则是对自己妻子及兄长的谦称,其语义完足,其前不可再使用任何人称代词,此处却使用"我的,那""我的",显然违反了语法规则,属于冗余现象。不过,从语用上看,其意在强调说明自己居家上下被魏哀王下旨斩杀的起因。以上称谓词语在车王府曲本中例证如下:

俺在你令岳父芦府打听铅银消息,正值芦小姐投缳自尽,是我救得在此。(5·57)

我问你,你们令正多大岁数儿了?(5·452)

老太太现在何处?快跟我来后面见你令姐。(22·464)

我的那,拙荆蒯氏去拜寿,惹下飞灾横祸生。(31·46)

再等五天,这五盏灯一灭,你令师也就一命身亡。(31·211)

既然找到我舍下,这就算,睄着万某是个人。(35·303)

后面桌下那扇小磨子有上扇没有？若没有，我愚下借用借用。（35·110）

不怕段头你见笑，要比上，我的拙荆强万分，不晓梁鸿孟光情。（43·476）

就是我的家兄，就在此洞中居住。（44·208）

我家兄，就在此洞修炼住，伯央二字是他名。（44·208）

秦始皇又把长城盖，我的儿夫把家离。（56·79）

（三）语法搭配错误

称谓词语在车王府曲本中的使用异常还包括语法搭配上的错误，例：

我孤听说夫人有一令爱年方二九，天生的聪明淑气温柔。我孤愿为媒证，与孙膑偕为百年之好。不知诰命夫人意下如何？（31·91）

按："令爱"是对话中对对方女儿的尊称，但在例中，它的前面带有动词"有"、数词"一"，从语法结构看，"一令爱"做了动词"有"的宾语。实际上，"令爱"可作宾语，但主语不能是"令爱"所关涉对象的父母，即"令爱"不能进入"父/母+有+一+令爱"的结构，但车王府曲本作者却违反了这一规则。

二、新的称谓词语数量较多

与其他意义范畴的词语一样，车王府曲本中的新称谓词语数量也较为可观，表明称谓词语系统也是一个开放的系统，它的成员因受时代的变化及文化的变迁等因素影响，语用中也会有所删减和增加。为体现这一点，此处仅以亲属称谓词语为例说明，根据著者的整理，车王府曲本中的部分新称谓词[①]及其例证如下：

刘义因掩众人耳目，称娘娘是他的干妈。（17·14）

按："干妈"指义母。

若论当家儿，却是有一个堂叔伯。大伯伯他叫张有德，住在祥符县的南关，离我家有七八里远。（17·53）

按："堂叔伯"是对爷爷兄弟家儿子的称呼。

我的爷们哪，可就自从续女过门之后，就是家中坐，祸从天上来的。（17·193）

---

① 除特殊帮助外，此处所举称谓词都是清代新产生的词语。

按:"续女"即继女,《大词典》未收。

孩儿后面把舅母儿见,求舅丈,引领外生到房中。(17·219)

按:"舅丈"即舅舅,《大词典》未收。

秀才说:"老公祖,那妖邪一阵闯入房内抱住寒荆放肆。生员忿怒,抡拳逐之。被他毒气一喷,只觉头迷眼晕,贱内竟受其乱。"(18·104)

按:"寒荆"是对妻子的谦称。

方才你对我言讲说,令爱被庄头恶贼抢去,令公郎又被恶贼的家奴活活的打死,大公郎又现受罪。细想此事真乃死生别离,令人可恨!(20·363)

按:"公郎"是对对方儿子的谦称。

这个布,爷上请拿回去。到了店中问问令正,只怕夫人扯下来也未可定。(21·362)

按:"爷上"是对成年男子的尊称。

真可是,东庄不敢西庄夫,应了那,老老锅里煮外甥。(32·77)

按:"老老"义为"母亲的母亲",是"老老"一词在清代新产生的词义。

贤弟,我这个表姪女被人杀死,方丢了些东西。(34·58)

按:"表姪女",现写作"表侄女",指表兄弟的女儿。

老爷别听那老婆的话,他是害怕,把这门亲戚都唬忘了。姑舅大伯子当浔娘家的哥哥广?(35·88)

按:"大伯子"指丈夫的哥哥。

婶婶去了好几日,今日才来定有因。(35·330)

按:"婶婶"指叔叔的妻子。

黄升一见心欢喜,船家是他外舅翁。(38·462)

按:"外舅翁"指舅舅。

按下如英回净室,单言士贵作恶人。口叫:"婶娘怎广了?十月初十聘来临。择定十月十八日,吹吹打打来迎亲。"(39·61)

按:"婶娘"是指叔父的妻子。

若提黄巡道,他是我们顺德府沙河县人氏。为人固执,只有他一个姑母与他相合。因为从小儿奶多病,是他姑娘奶养成人。(41·224)

按:"姑母"是对父亲姐妹的称呼。

若不是为兄的到来,贤弟你就不能从赴高堂去见老父,再认晚娘。再转

上几个年头,你又是别家的性子。(49·35)

按:"晚娘"指继母。

以上所列仅是车王府曲本亲属称谓词中的部分新成员,《大词典》对它们的不同呈现表明,清代称谓词的发展较为可观,人们对交际对象身份的区分更为细微。亲属关系从古到今的变化较少,但作为其代表的亲属称谓词数量还能在清代大量增加,说明利用称谓词更好地拉近或阐释与他人的关系,是一种较为简单有效的策略。

三、多个称谓词语指代同一对象

汉语称谓系统较为丰富,同一人物或事物具有多种名称,车王府曲本中也是如此。如"旅店、饭店的服务员"在车王府曲本中有"酒保儿""走堂的""过卖""挡槽儿""店小二""小二""店小""堂官""走堂""酒保""酒家""店小儿""小卖"等,例:

酒保儿,走至跟前问一声。(17·118)

"你这里,都有些什么下酒菜?"走堂的说:"我这里冷热酒菜皆全,还有点心面食煎炒现成。"(17·118)

蒋爷他,闻听过卖一句话,他这里,有语开言问一声。(17·402)

这才叫挡槽儿的抄家伙算账。(18·31)

刘爷开言道:"小二留神仔细听,我有一事来问你,必须明白对我云。你说实话定重谢。"店小回言把客尊,"不知问我什么事?"(18·217)

不言这,堂官过卖来回跑,单言那,展爷一傍细心听。(26·1)

走堂前来尊相公,说道是相公打尖还是住店?请到上房很干净。(26·131)

他二人,正自言讲说闲话,酒保拿来两个壶,说道是两壶够用不够用?不要沾闲少拉拢。(26·473)

侠士嗟叹多一会,走过来,小卖上前问短长。客官还要什庅酒,分付在下好去忙。(44·39)

按:以上例证中,据《大词典》,"走堂""堂官"是清代词语,大词典未收"挡槽"一词,"小卖"无此义项。说明清代时,饭店、酒店及旅店等数量较多,且生意较为火爆,因此才有如此多的关于其服务人员的称呼。

四、称谓词语类型

张龙虎(1987)将自称分为"通用的自称词、贵族所专用的自称词、女性所用的自称、对尊长所用的自称词、谦称词、美称及倨傲性的自称词、居丧期间所用的自称词、僧及道人所用的自称词、方言所用的自称词"[①] 等9类,这种分类较为细致具体,几乎涵盖了自称词的所有类型,但也略有瑕疵。如他将女性的自称单列一类,却将男性的自称分到了其他类型中,而非单列。这种情况只能说明汉语自称词极为复杂,对其次类划分时,较难清晰地划定各类之间的界限,因此才会出现这种情况。

(一)自称词语

由于很多自称词语已是基本词汇中的成员,故研究车王府曲本中的自称词语时,不涉及"我""吾""你""他""自""自己"等类的自称词语,此处只选择一些不常用、辞书未收录或辞书显示是清代新产生的自称词语。

1. 帝王及官员自称词语

在中国的称谓系统中,帝王及官员有自己一套独有的称谓系统,该系统内的称谓词语反映了在中华民族文化范畴内,帝王及官员对自我的评定及身份的自我认知。他们的专用称谓词语,既是传统官本位思想的一种反映,也是汉语词汇具有创新性、包容性的显著反映。

车王府曲本中,帝王自称词语除了"孤""朕""寡人""朕躬"等常见词语外,还有"我朕""朕当""孤当""孤王""孤家"等不常见且不见于《大词典》的自称词。

"我朕"是车王府曲本中皇帝的一个典型自称,其使用的频率要远高于"孤当""朕当",例:

魏蜀与吴争汉鼎,传位我朕坐西川。(3·240)

卿家以后要违抗,我朕闻知罪非常。(4·116)

皇儿媳妇不知,元是如此只般。我朕避着邪祟,忌讳阴人见面,你怎么又闯上金殿呢?(15·413)

[①] 张龙虎:《人称称谓词汇释》,广东人民出版社1987年版,第2页。

按："我朕"与"朕当""孤当"不同，它属于第一人称代词"我"和皇帝自称词语"朕"的同义连用，语法功能"我"及"朕"的完全相同。以上两例中的"我朕"都出现在前后句字数相等的语句中，较难判定是临时用法，还是固定用法。不过，车王府曲本中的其他例证却表明"我朕"已经是一个固定常用的结构，如："咳，你把、你把我朕苦胆都吓破了，再也是不敢去的哇。（15·340）""那们着，要不了我朕也跟着你们老娘们颠答颠答罢。（15·341）"虽然两者出现在同一篇文献中，但"我朕"的用法毫无违和感，说明其已确实是一个词。

"孤"系列的自称词语，原用作诸侯王的自称，但在车王府曲本中却用作是帝王的自称，例：

你兄曹丕，欲谋汉室天下，命百官威逼孤家推位让国，故此纳闷。（3·221）

孤王闻言头低下，心中展转泪如麻。辽东若不去征伐，反说孤王惧怕他。（4·332）

按："孤王""孤家"在车王府曲本中的使用情况表明，作家们在具体作品中使用某一类属的称谓词语时，可以在其应用范畴内进行一定的变动，即不严格遵循某些称谓词语在现实中的身份象征，而是笼统地将其归为一类，进行一定的换用，从而出现了原用作诸侯王自称的"孤"类词语用于帝王自称的现象，下文的"孤当"也属于此类情况。

"朕当""孤当"是车王府曲本中一对用法和意义都完全相同的词语，属于曲艺中皇帝的自称，"朕当"的例证如下：

且听朕当告诉你。（白）爱妃不用为难，墙院甚高，不能放火，我却想起一个主意来了。（15·223）

这贼佞似董卓，奸似曹操。不叫朕当挑选英才，分明谋反之义。（42·436）

朕当的，八旗兵丁如骁虎，外国闻名胆战惊。（43·431）

按：上述例证表明，"朕当"已是一个结构凝固的词，其依据在于例1及例2中"朕当"是宾语，例3中则与"的"构成了"的"字短语。从句义看，"朕当"是"皇帝"的自称。与"朕当"相比，"孤当"在车王府曲本中都以主语的形式出现，辨识相对较难，例：

老太师，孤当今日升了殿，怎么无有武共文？（28·314）

虽然拔营，孤当闻声害怕。（28·318）

孤当酒醉失了政，你怎广，袖手旁观岂是人？屈害昭阳趁你愿，不肯拦挡有别情。（42·278）

按："孤当"难辨认，是因为车王府曲本中，既有"孤"单独使用的用例，也有"孤"与"当"连用的情况。与自称"孤当"联系紧密的是后者，如："孤念尔无知犯罪，不知俺国规矩。你若降顺，孤当授尔王职，一生富贵不了。（13·178）"显然，此例中的"孤"与"当"分工明确，前者为自称，后者则为助动词，协助动词"授"完成语法职责。

至于"朕当""孤当"作为自称，应是它们常与"当"连用，进而产生出了自称的特殊用法。这种用法虽不多见，但也说明语用中有些词语的产生不以人们的意志为转移，也不以既有的语义为基础，只要语境充足，一些词语就自然而然地产生。尽管有的寿命很短，但至少说明了汉语成词的灵活性与创新性等特征，也说明同一意义范畴的词如果经常和同一词语搭配使用，就会衍生出含有相同语素且结构相同的词语。就车王府曲本范畴看，"朕当""孤当"在与其他词语组合时，有一定差异，如"朕当"常与自称代词"我"合用[①]，而车王府曲本中则无"孤当"与"我"连用的用例。

作者有时还会在上下文中连用"孤当""朕当"，如："既是大罗天仙，想来可胜孙膑。孤当亲自迎接。传旨闪放营门，朕当迎请。（44·222）"此例说明，"孤当""朕当"在当时已经成为公认的曲艺形式中皇帝的自称。

车王府曲本中，与"我朕"结构相同的皇帝自称词语还有"我孤王""我寡人""我孤""我孤穷""我孤家""我寡人"等，例：

既如此我孤王中堂坐定，暂别了崔爱卿去饮茶羹。（2·143）

宣王座上口问心。平仲说的却有理，实实难坏我寡人。（15·217）

前者御妻走马护心疗诈死，我孤金井玉葬珍珠山。（15·332）

用手指定东齐骂，大骂齐国钟正宫。"不该杀臣戎国治，你还毁骂我孤穷。"（15·337）

抛闪我孤家，你去得玄妙。孤家盼你归，不见影儿冒。（15·374）

---

① "朕当"与"我"连用的部分例证为："东路王妃来见我朕当，有何事故呢？（15·413）""寒宫绞死苏金定，我朕当，恐怕其中不老成。暗地铺谋将陷害，抵换昭阳苏太真，故此才，特遣苗宽搜大轿，验看明白见寡人。（46·436）""大小军民皆挂孝，三宫六院都放声，四百文武穿上素，我朕当，也浔挂素在宫中。（42·278）"

可怜我，一朝帝王东齐主，只落淂，国破家亡坐荆筐。我寡人，这一苍山去避难，不知何日转回还？（38·151）

车王府曲本中关于帝王自称词及王侯自称词的丰富性和独特性，充分说明曲艺作品在词汇方面具有自己独特的价值，能够提供很多其他文献资料中没有出现过的新表达形式，使原有词义系统更为丰富；语用也可使词语具有变化性，对提升语言的表现力具有较好作用。

车王府曲本中还有大量关于皇族及官员的自称词，如最常见的"臣""下官""宫官""妾身""本宫""本帅"，不常见的"本后""本尉""本镇""本爵""本州""本御""本部堂""本部""本堂"等，此类可归纳为"本+官职全称/简称"型官员专用类自称词，车王府曲本中的相应例证如下：

（二宫娥全上，白）公主产生孤儿。（二老旦白）好哇，（唱）听说产生小姣生，本后又喜又忧心。（2·229）

尔等为刘氏者左袒，为吕者右袒，本尉好定行止。（2·405）

本镇张士贵，奉旨招取十万精兵，且喜满足交旨。（4·394）

本爵郭子仪，敕封汾阳王，官拜中书令。三朝梁栋，寿享遐龄。（5·17）

若是李七认得，你便是真赃实犯。若是认你不出，他是惕懒仇判，本州自然开活与你。（6·51）

方才本御错怪了，卿家倒有天官之才。（6·365）

姜明所供大风刮去三尸是真是假，你等据寔说来。如敢朋比为奸欺瞒，本部堂倘然发觉一定严加治罪。（39·448）

你二人动手，先将知县顶子拧下，脱下补褂，本部好审，审明奏主。（43·457）

本堂不在此处存，快些与我寻小店，供应不用送上门。（43·447）

按：《大词典》中，"本"作为"自己或自己方面的"义时，用于表示人物自称的书证出自现代文献，从严谨性上看，显然该书证过晚。从具体意义看，"本"在"本+官职全称/简称"中无法解释，故也可将其看作是皇族类及官员类自称词语的一个重要标志词。从语用上看，"本+官职全称/简称"型官员称谓词语，其义在使用者揭示并强调自己身份，也在说明自己有资格采取某种行为的作用。从使用者身份看，由"本"作为要素构成的自称词语，其使用者身份大多是皇族或官员，其他的普通类有"本人""本小姐""本公子""本老爷"等。除"本人"身份标识不明显外,"小姐""公子""老爷"等依然隶属于较高的社会阶层,至少在车王府曲本中就未有"本奴才""本奴婢""本小人"等各种自称词语。此类词语中,较为特殊的是"本御"一词,它是八贤王赵德芳的自称,在车王府曲本中多次使用,但未见于辞书及其他文献。

"本"在自称词语中所体现的这种文化内涵表明,任何一个称谓词语都是基于一定的文化需求及情感需求等产生,具有各自相应的文化内涵。

2. 亲属类自称词语

亲属类自称词语就是当交际者面对的交际对象是自己的亲属时,所使用的一些称谓词语。其中不乏以固定结构出现的自称词语,如"劣兄""劣弟""劣子"等以"劣+亲属身份"构成的固定结构,"为娘""为父的""为儿"等以"为+亲属身份"构成的固定结构,可将其看作是亲属类称谓词语中的固定短语。"小弟""小儿""小婿""小女"等以"小+表明亲属身份的成分"的称谓词语也是车王府曲本中常见的亲属类自称词语。"义儿""义父""义母""义妹""义兄""义弟"等"义+亲属身份"类自称词语,其范围局限于父母兄弟姊妹之间,车王府曲本中未见用于其他亲属之间的用例。结义本就是两个血缘不同的人因为某种原因而根据双方的辈分、性别形成的一种关系,两者之间与"血浓于水"的亲情关系相比,终究是差了一层,因此较少出现基于更远亲属关系而成的结义关系,至于像"义姨""义舅"等,则大多是基于相关的结义关系而成。

以上四种带有典型标识的"为+亲属身份""小+表明亲属身份的成分""义+亲属身份",第一种只能用于自称,后两种则可用于自称和背称。以上三种结构在车王府曲本中的部分例证如下:

义儿不敢当了。(4·92)

小弟挂了元帅印,兄长协办掌行营。(4·121)

儿吓,枷锁除去,身子松动多少。只是为娘的二目不明,看不见我儿,如何是好!(4·245)

着、着、着,二哥请坐,待劣子奏来。(5·245)

劣兄盖世英雄,岂能怯官?左不是说不出来,到时是有之的。(8·291)

劣弟酒后狂言得罪,温侯担待那愚蒙。(18·417)

车王府曲本中还有丈夫的自称词,如"夫郎""官人",例:

要这么着，你便是我的娘子，我是你的夫郎。（56·324）

我比你年长，官人还是我。（56·324）

按："夫郎"《大词典》未收，"官人"本是妻子对丈夫的称呼，但是此处丈夫用作了自称，这种现象说明称谓词语的自称、背称或面称并没有绝对的界限。

3. 其他类自称词语

交际中，人们常会使用各种自称词语，由于范畴较广，在本书有限的篇幅内，极难将其作细致的归类，故此处统称为其他类自称词语。车王府曲本中其他类自称词很多，常见的如"奴婢""安童""某家""贫僧""贫道""小老儿"等，其他还有表自称的"俺某""愚下""不才""咱家""晚生""老拙"等，例：

过江无事便罢，若还有事，俺某一人杀得他万夫难挡。（4·58）

吓，禅师，愚下乃是行路之人。只因天气将晚，难以走路，特到宝刹借宿，望求师父方便。（4·106）

不才就是咱家。（4·346）

令爱之剑，竟胜晚生。（5·350）

请到内厅上座，待老拙禀知。（5·140）

（二）面称词语

面称词语指的是对交际对象的称呼，它的作用在于直接表明了交际双方的关系，根据车王府曲本中面称词语的实际情况，可基本上分为以下几类。

1. 皇家及官员类面称词语

车王府曲本中有关皇家的面称词语有"西宫""东宫""太子""皇嫂""娘娘""梓童""爱妃""皇后"等，都是常用的皇家面称词语，此处不再赘述。车王府曲本中有关官员的称谓词语较多，也有常用的如"大人""县官""丞相"等，但它们同时也可用作背称。车王府曲本中，"贵+官职全称/简称"结构在官员面称词语中占有重要份额，如"贵县""贵镇""贵差""贵旂牌""贵州""贵妃""贵府"等，依据《大词典》，"贵县"是清代新产生的称谓词语，"贵妃"则时常用的皇家面称词语，其他的《大词典》未收，其因在于中国历代官职名称较多，故而，《大词典》难以将所有的"贵+官职全称/简称"结构作为词条。另外，"贵+官职全称/简称"结构的出现，完全看使用者的意愿，这就使得一个固定结构的核心要素处于一种动态的变化中。车王府曲本中的部分例证如下：

我等到此，只为严斌私立擂台，骚扰良民，抢夺民间女子，寔为不法。我等亲眼得见，禀知贵县。（5·362）

老夫奉命盘查各府仓库钱粮，贵镇这里可有亏空？（8·274）

小官今夜晚上预备两杯水酒，还要贵差赐光赐光。（12·314）

贵旂牌，何事击鼓？（14·49）

叫声贵州你听云，你是科甲，是捐纳？（43·448）

车王府曲本中，还有一些不属于以上类型的面称词语，但却是有真实用例的官员类面称词语，如"皇门侍郎""黄门官"，例：

皇门侍郎，与朕传旨。（4·144）

看罢了表章喜心下，黄门官向前听根芽。（4·331）

2. 亲属类面称词语

亲属类面称词语的使用频率相对较高，难以一一提及，此处仅举"亲妈""妈呀""贤侄""亚父""干爸爸""干老子"等词说明。"亲妈"是用于区别通过其他方式形成的母子/母女关系，"妈呀"或者"妈哎"是常见的单音节亲属称谓词语和语气词搭配使用的一种结构，口语化色彩浓厚；"贤侄"是面称中，长辈对晚辈的尊称；"亚父"是尊称，指对方仅次于自己的父亲；"干爸爸""干老子"则是基于"拜认"关系而形成的一种父子/父女关系。对以上亲属类面称词语不同角度分析的合理性，表明亲属类面称词语可以多种形式结构或语义关系出现，如果将其所有的成员分类研究，将能揭示亲属类面称词语更多的特征。

以上所举亲属类面称词语在车王府曲本中的例证如下：

哎呀啊！我的亲妈呀。（3·366）

备得黄封玉露一壶，亲敬亚父三杯。（2·59）

（武松与旦角起打，打旦倒介，蛮子白）哎呀，干爸爸，你不要生气。（老西白）不要生气，干老子。（6·87）

开门来呀。妈呀，妈呀，开门来。（14·123）

自从贤侄去后，令堂在家啊。（14·235）

车王府曲本中，夫妻间的面称词语也较为丰富，如妻子对丈夫的面称词语有"老头子""官人""相公""郎""郎君"等，丈夫对妻子的面称词语有"老婆娘""家里的"等，例证如下：

老头子，外面有人叫门。（13·471）

官人，相公，随我来。（14·70）

我就慌了，跑在后面，羊羔吃乳，双膝跪下。我说："老婆娘，孩儿今日来了几个不懂眼朋友，求你赏他们几杯茶吃。"（15·7）

咳，郎莫走，容奴说叫心事，就死奴也无怨哟，郎君。（16·151）

家里的，家里的，劫着，劫着。（16·509）

同辈年龄小者或晚辈类称呼同辈年龄长者及长辈时，相关的面称词语也极为丰富，如车王府曲本中的"尊嫂""兄台""姑妈""姑婆婆"等，例：

尊嫂不必细叨叨，稳坐车轮莫心焦。（3·262）

望乞兄台，方便一二。容我进去一会，多将酒资相送。（4·103）

姐姐，这是姑妈，又是你的姑婆婆，快快的见个礼儿罢。（16·510）

3. 其他交际类面称词语

人们在交往时，总要对交际对象使用特定的称呼，由此就形成了一般的交际类面称词语。如同事关系、买卖关系、师生关系等都会产生相应的面称词语，车王府曲本中较为显著的是同事关系、买卖关系。

（1）同伙类面称词语

同伙类面称词语在车王府曲本中的数量不多，主要有"夥伴""伴儿们""伙伴""哥儿们"等。其中，"夥伴"和"伙伴"所指相同，"夥""伙"两者实为繁简字关系，但《大词典》将"夥伴""伙伴"做了区分，再次说明汉字的复杂性极易导致词语在语用及辞书编纂方面出现问题。

以上同伙类面称词语在车王府曲本中的例证如下：

也是我们夥伴，每日打柴，不知他的名姓。（13·400）

伴儿们照应点子，我就来。（43·450）

在宝金山为头目，众伙伴也是不淳人，常常在寨主的跟前买好儿。（47·106）

你们哥儿们几个见见，这是王侯爷的管家周六爷。（48·10）

（2）行业类

行业类称谓词语指日常交际中，根据交际对象的职业，对其采取的一种称谓，该类称谓词语常带有行业特性。如"补漏锅的""看街的""店小儿""伙家"① 等。因"看街的""店小儿"等称谓词语上文都已出现，此处不再赘述。车王府曲本中的行业类称谓词，很多都以"的"字短语的形式出现，如"补漏锅的""卖耍货的""卖杂货的""剃头的""拉纤的"，例：

叫声补漏锅的收拾好，我到绣房把烟装。（2·39）

有一卖耍货的张别古求见。（12·466）

禀爷，外面有一卖杂货的张别古求见。（12·466）

我就往前走一步，嫁了个剃头的。（13·195）

如今拉纤的，把我拉到这里张元帅宅子里来，待人却好。（13·195）

按："补漏锅的"是古代走街串巷以帮人修补破锅为生的人；"卖耍货的"与"卖杂货的"意义相同，都指走街串巷卖各种杂货的人；"剃头的"即理发师；"拉纤的"指媒人。

（3）其他类面称词语

车王府曲本中，还使用了大量的"尊+名词"的结构，这些词语被用于表示尊敬对方，除"尊长""尊驾"是固定结构且被辞书收录外，"尊公""尊府""尊翁""尊神"等都未被辞书收录，说明此类结构中的"名词"是动态、自由的。它们在车王府曲本中的例证如下：

闵老爷在这狱神庙内，尊公进去罢，我到后面沏点茶去。（4·103）

阿呀，列位尊长，我里员外活只赖个拉飞，那哉要起家私来？（13·296）

想当初圣母时常嘱咐我，叫你我姐妹三人要全心，能隔几日？你忘了，也不可辜负尊师一片恩。（15·465）

周成闻听啐一口，亮子日的！别发晕，是也锁来，不是要锁！到江宁，去见尊府刘大人。（43·249）

尊驾休得取笑，这个叫作硬面金刚圈，此乃是效小儿顽耍之物。（43·310）

九州点头说："尊翁，就依贵人主意行。盘盘谁大与谁小，过日也好弟兄称。"（44·11）

无事不敢亵渎尊神，相烦到那深山古墓之中，如此这般这般这样。急等要用，不可有悮。（44·162）

---

① "伙家"是出现于清代的词语，在车王府曲本中是对商家或店小二等的称谓，如："我到朝阳关外走走，伙家别要说谎，要多少钱？（32·82）"但该义《大词典》未收。

（三）背称词语

背称词是指代不在场人物的称谓词语，它体现的是使用者对不在场人物身份的认知及自己与其关系的说明。车王府曲本中的背称词语类型较多，成员数量较多的有官员类背称词语、亲属类背称词语，其因在于车王府曲本中有大量的公案题材及其他有关涉及官员的题材。

1. 皇族及官员类背称词语

皇族类背称词语有"昏君""皇上""皇后""太子""公主""先帝爷"，等等，这些称谓词语属于常见的皇族类背称词语。官员类背称词语则有"元帅""县太爷""贤臣""县官""丞相""宰相""举人""州尊""州同"，等等。因它们都是一些常见的背称词语，此处不再赘述。从使用频次看，车王府曲本中较为少见的官员类背称词语有"总爷""马快""总阃"等。例：

俺乃张总爷麾下传宣官。（4·389）

命你准备官船，带领马快二十名兵丁，护送展老爷过江，同到陷空岛，小心在意。（5·386）

你我到辕门，问总阃便知明白。（13·441）

按："总爷"是明清时期对总兵的尊称[①]，"马快"是古代官衙中负责缉捕工作的衙役，"总阃"是清代对总督的别称。两者的使用频次低，主因是其为明清时期新产生的官职名称，同时车王府曲本中较少有与之相关的内容。

2. 亲属类背称词语

中国亲属称谓的复杂性同样表现在背称词语上。车王府曲本中，有的作者为了取得独特的语言表达效果，有时还会故意架构一种不常用的亲属类背称词，如"舍爹去世。」舍妈死咧。」剩咱弟兄。（16·380）"中的"舍爹""舍妈"两词，其实就是"咱爹""咱妈"之义，此处使用了交际中常用的谦辞"舍"，虽然语义表达没有问题、语用错误，但却达到了交际预期目的。即是说，不仅交际双方明白是什么意思，受众也理解是什么意思，并甚至因此获得了更高层面的精神愉悦感。当然，像"舍爹""舍妈"这样的背称词语在车王府曲本中并不多见，绝大多数亲属背称词语中规中矩，同时又体现了它们在清代的发展。根据车王府曲本中亲属背称词语的具体情况，本书将其分为以下几类。

[①]《大词典》书证引自清代文献。

(1) 父母类背称词语

车王府曲本中，亲属类的背称词语较多，单是母亲的就有"慈容""妈妈""阿母""大娘""母亲""庶母""慈心""继母""萱亲""亲帏""娘亲""娘行""慈帏""续母""前娘""后母""干妈""我母"等，它们在车王府曲本中的例证分别如下：

家有八旬老慈容，臣俸君主有缺俸，不尽孝来要尽忠。（2·349）

等我那老妈妈病好，与你做一双新花鞋儿穿上，做件花花大衫。（5·410）

叹浮云富贵有甚坚牢，怎如俺学道？长生伴阿母，同乘青鸟。（13·102）

我大娘，母亲熊氏，十分妒恶。我是庶母韩氏所生。（13·187）

椿严早逝幽途，赖慈心扶训，愿他日紫诰班图。（14·26）

那，有小人妹子叫秀英，亦拜周氏太太为继母，侍奉朝夕。（14·45）

萱亲逝，儿怎闻？萱亲逝，儿怎闻？不如同行做了泉下人。（14·122）

那老爷不觉慈心起，赏我银共米，催送归家里，安顿老亲帏。（14·123）

我儿姓傅名罗卜，子既不同，料想娘亲定然不是了，空与他娘行〈唱杭〉共姓名。（14·225）

见慈帏，陷在烟火内。鲜血淋漓体苦痛悲，带锁披枷，不作声合气。（14·225）

爹爹，既是续母到了，就该认下才是。（14·318）

作兄妹倒也罢了，只是面庞儿不同。（旦白）前娘后母所生。（14·397）

我合辂儿糟（遭）殃，你给我果儿吃，真是好人。赶明儿我认你做干妈，给我做红兜兜裤子老虎鞋。（14·408）

只因父信偏房，将我母逼死。父妾又要害我，无奈我才跑出来咧！（28·252）

按：以上关于"母亲"的背称词语，既有对自己亲生母亲的称呼，又有对继母、庶母等的称呼，每一类又各有自己不同的称呼，充分反映出人们对母亲的独特情感，以及一个家庭中"母亲"这一角色来源的复杂性。另外，"慈容""萱亲""慈帏"等代称的出现，体现了母亲在子女心中的地位是无可替代的，所以在一些场合连直接称呼"母亲"都觉得是对母亲的一种不尊敬，故而使用了极富尊重意义的代称。"娘行""续母""大娘"等不为《大词典》所收录的背称词语，则说明关于母亲的背称词语其实一直处于持续丰富的状态中。

与"母亲"背称词语相对的"父亲"背称词语，车王府曲本中也有很多，包括"家君""椿庭""严亲""伯伯""爹爹""爷叔""椿严""先君""继父""老子""达达""爹行""爷""老爷子""家叭叭""家父""老爸爸""先尊""父亲""干老儿""父尊""故父""父"等，例证分列如下：

我想此箭，乃家君镇国至宝，倘然遗失见罪，如何见得！（12·441）

椿庭身丧，风木恨断肠。（13·17）

忙投堂上见严亲，恳求赦免女佳人。伯伯、爹爹。（13·229）

吓，伍拿我爷叔来怠慢，赶出大门，应天杀个吓。（13·287）

椿严早逝幽途，赖慈心扶训，愿他日紫诰班图。（14·26）

先君叫朱士廉，曾授操江之职。（14·26）

蒙继父张姓，与我督课读书，喜得中解元。（14·44）

太爷，打老虎嘴里救了他老子出来。他老子说："邹大哥，你救了我的性命，无恩可报，家中有一小女，送给你温脚儿罢。"（14·275）

九年十年，只落得叫一声和尚达达，叫一声和尚达达。（14·437）

归家寻事打爹行〈唱杭〉，停当，停当。（14·453）

各处乡风不同，我们这儿有法治得邪，有理就打得爷。（14·454）

哎，老爷子〈爹呀，也可〉，方才那二位官人给你那银子，少说有五两。（14·454）

方才家叭叭分付，叫我同他们去到我老丈人家硬强成亲，省的日后有变。（16·51）

吾与家父大吵了一场，你道如何是好？（16·81）

老爸爸又上长安送我妹子去了。（16·86）

小僧俗姓武，三思是先尊。只因私通韦后，明皇灭了满门。（16·180）

内有前村王老者，就是那二姨奶奶他父亲。（20·368）

孔都司不过是怕他干老儿，不肯为恶。完了这样官差，彼此省事。（20·493）

都司的，故父追封指挥使，世袭前程与后人。（34·300）

弟子事出无计奈，皆因兄长引贼兵，将我那，带病的父尊盗了去，径自收藏在他营。弟子找父心急出无奈，不淂已，才用神宝取他魂。（43·2）

按：车王府曲本中这些有关"父亲"的背称词语，有的体现了新用法，如"家君"一词,《大词典》指出语用中,需要在它的前面添加表敬称的"足下""贤"等词语,即"家君"实际上是当面称呼对方的父亲,但"家君"在车王府曲本中不仅没有与表敬意的词语连用,且是子女对自己父亲的称呼。"家君"在语用中的这种不同用法,说明车王府曲本在词语的使用上有很多突破常规的用法。以上有关"父亲"的背称词语中,"爹行""家叭叭""爷叔""椿严""椿庭""先尊""父尊""故父"等《大词典》未收录,"伯伯""天伦"等在《大词典》中没有关于"父亲"的义项。以上两种情况充分说明关于父亲的称谓词语也处于动态变化的过程中,尤其是应曲艺等韵文体裁而产生的诸多称谓词语,更具有创新性,难以为辞书编者一一捕捉到。

除母亲背称词语和父亲背称词语外,车王府曲本中还有很多有关其他亲属的背称词语,也具有母亲背称词语、父亲背称词语同样的特征,如下面几类背称词语。

(2)夫妻类背称词语

夫妻类背称词语指的是关于丈夫或妻子的背称词语,夫妻之间的关系基于契约或法律关系而成,区别于一般的亲属关系。不过,它是保障一个家庭得以正常存继的重要关系,是家庭伦理关系中极为重要的一类,故我们将其视作亲属关系的一种。

汉语称谓词语系统中有关于丈夫或妻子的大量词语,车王府曲本中有关它们的背称词语也相当可观,分列如下。

据著者不完全统计,车王府曲本中有关"丈夫"的背称词语有"良人""官人""夫曹""藁砧""老儿""夫君""汉子""儿夫主""男子""他男""结发夫君""儿男"等,例证分列如下:

他道是良人葬在此中埋,说来的话儿如蜂蛋。(12·453)

呀!只为我家官人,在里面拈香,烦你快些唤他出来。(13·184)

望恁〈唱印〉我个〈唱告〉慈悲方便,放出俺夫曹。(13·185)

老身钱氏,家住匡庐第一村。藁砧早弃,四壁萧然。(13·263)

亏你用心照看,可叫你老儿到船上察点行李上来。(14·7)

算来敌将曹龙,至今却好是我女徒的原配夫君,只在今辰完了我之事也。(14·68)

咳咳哟,真见笑,死汉子的也哭,不死汉子的也哭,只是一个煞样儿

呢？（16·121）

救出郭郎儿夫主，鸾凤相交鱼水偕。（16·130）

我劝娘子休多虑，那些事，全都不用放在心。果然若是施知县，黉夜暗入县衙中，连你男子全杀死，谁还敢来问一声。（33·203）

后来他男知道了，反脸惹下恶主人。（33·344）

如今物在人不在，那去了，结发夫君我儿男？（42·459）

与丈夫类背称词语不同，车王府曲本中有关妻子的背称词语约有"正配"①"前妻""当家婆""小星""大妻""姨娘""寒荆""小奶奶""发妻""副室""家婆""大家主婆""小家婆""房下""山妻""拙荆""内人""老荆""继室""炭廖妻""家室""先妻""我婆""你家里""老婆子""浑家""息妻""填房""内助""寒荆""我女人""贱妻""荆妻""嫡妻""孺人""偏房""小老婆""我们家里的""他的女人""配房""拙妻""老伴""如夫人""妇人""妻室""侧室""糟糠"等46个。数量的不同充分说明女性在家庭中的重要地位，以及传统婚姻对女性的束缚。它们在车王府曲本中的例证分列如下：

谩说道作小妾万万不依，便要他作正配要拣年齿。（12·410）

前妻骨尚未寒，安忍及此！（13·12）

我作和尚快活多，寺中只少当家婆。（13·84）

夫主上京三五载，小星作怪甚心乖。（13·188）

不料大妻强氏，倒生下一子，名唤张凤，此乃祖宗之幸。（13·189）

他在家时节，买了四个姨娘，想要养儿子找快活。（13·196）

下官本不该来，实为与寒荆争论，故尔前来。面述小儿亲事，蒙允了，下官放心矣。（13·215）

吓，原来女亲家，把亲家小奶奶打发娘家，所以亲家有气。（13·215）

今有张叔夜发妻强氏，击叩登文，为子伸冤，本该处决。（13·230）

圣上将你妹子，钦赐我为副室，你岂不是我的大舅了！（13·239）

阿呀，天那！你听子奢教师？居来打家婆么。（13·288）

乞个大家主婆赶了居东隔，勿上半年，已就养了一个外甥。（13·291）

咳，我今日勿容渠讨小家婆，明朝也恐妨渠养儿子。弄到那间个个老天杀勾，瘪气奇到峨嵋山上出家去哉。（13·295）

---

① 据《大词典》，"正配"为清代新产生的词语。

哈，我个房下、山妻、拙荆、内人，我哩个阿听得吓！（13·382）

老荆亡故，留一男一女。（14·52）

愁只愁夫妻未会生拆离，喜只喜同胞小妹为继室。想人间妒妇那管亲同气，不妒如伊更谁比？（14·100）

你就是百里奚，顿忘了庑㝫妻。你是男子汉好心亏，男子汉好心亏。（14·163）

且喜家室柳氏，贤德温柔，不在孟光之下。（14·251）

不幸先妻早逝，子嗣萧条，只有一女。小字兰英，年方及笄，尚未适人。（14·261）

拿耳朵〈说刀〉来，他是我婆。（14·274）

皮相公，你家里叫你呢。（15·7）

今个老婆子住家去了，不免手提大杠，作买卖一回便了。（16·83）

站住站住，趁此无人，何不入后与浑家商议商议？（16·84）

山景悦人同义友，仙姬爱己如息妻。（16·127）

况节度权高势大，娶你填房，不比作妾好哇？（16·131）

有此内助真万幸，且饮琼浆把闷消。（16·324）

秀才说："老公祖，那妖邪一阵闯入房内抱住寒荆放肆。生员忿怒，抡拳逐之。被他毒气一喷，只觉头迷眼晕，贱内竟受其乱。"（18·104）

小弟原先耍手艺，开着一座剃头棚。时运不济买卖败，买卖倒给与别人，游手好闲无别意。我女人说媒，权从过光阴。（21·36）

迈步走进山神庙，在佛殿中倒身下拜，说道："弟子范仲羽今日在此山中失去贱妻孩儿，若能相逢，那时重修庙宇，另塑金身。"（26·147）

范仲羽闻听此话，多蒙国舅恩重如山，搭救荆妻不死。学生未曾搭救，今日岂敢讨扰？（26·180）

嫡妻王氏早亡，留下一女名叫徐风英，年方一十八岁。（26·258）

他说道："此处有位五员外，要留小女作孺人。"（26·330）

只因父信偏房，将我母逼死。父妾又要害我，无奈我才跑出来咧！（28·252）

人家有这样好儿男，偏听小老婆的话。逼的他逊奔漂流在外乞食讨饭。（28·252）

我们家煮饭,把锅盖一掀,饭都没了,满满的一锅长尾巴蛆满锅台上出溜出溜的乱拱。唬的我们家里的"嗳呀呀"一声,栽倒在地,从此之后也就疯了。(26·299)

我府中有个奶公,名叫刘福通。此人单管厨下,他乃是公主陪嫁过来的,他的女人现今奶着你的侄儿。(26·447)

我现今并无一儿也无半女,我要与你商量商量,作个配房如何?(31·145)

今春里,拙妻一病命归阴。我也害了一场病,家私花尽一旦空。(34·61)

李红旂的老伴不在了,儿子媳妇俱在后边居住,他在屋内独自住着。(34·77)

老贤契,你起疑心虽有礼,但有一件不分明,也该详情细究理。令宠盛介平素中,枉陷了,家奴在县方好救。如夫人,死后焉能有复生?(34·121)

桂兰说:"这是万君召的妇人李氏嫂嫂。"(34·277)

况且元帅妻室孟夫人现在后帐,你的令郎黄斌也在我齐营之内。(38·98)

虽是姬妾也要随,侧室礼当尊妇道。岂可作,猪狗畜生那事情?(41·222)

他可把,已往从前细搜寻,把他的,糟糠抢来陪伴我,眼前有他拜孝根。(42·455)

按:以上有关妻子的背称词较为复杂,其中"息妻"几乎不见于辞书和文献,据成建正(2007)考证,"'息妻'一语文献中未见,而且'息妻'一词均为河北正定砖志文中所见,砖志大多是下层人民所用之物,所以我们以为'息妻'当是息妇一词在正定民间方言中的一种讹变。类化使双音词的构造发生变化,如息妇一词由偏正式变为联合式,故在其本意'儿媳'的意思上引申有了妻子之义。息妻正与此同例。"[1] 车王府曲本中"息妻"显然也是"妻子"之义,至于其是否属于正定民间方言,此处不作考证。"副室""家婆""炭廖妻""先妻""贱妻""荆妻""拙妻"等《大词典》均未收,"老婆子""填房"在清代产生了"妻子"的意义,"家室""配房",《大词典》无此义项。从这个角度看,车王府曲本中有关妻子的背称新颖性及数量确实为一般文献所不能比。另外,"我婆""你家里""我女人""我们家里的""他的女人"等带有代词做修饰词的词语,说明其中的核心要素即便是为"妻子"义,但由于它们还

---

[1] 成建正主编:《陕西历史博物馆馆刊》,三秦出版社 2007 年版,第 167 页。

具有其他的义位，故在交际中，当其用作背称时，需要在它们的前面加上修饰性词语，以便更好地凸显"妻子"之义。至于"我婆"中添加"我"，主因在于它是单音节词，如果不与代词组合，一是不符合语用习惯，二是难以准确呈现意义。

其他亲属类背称词语虽然不如父母类及夫妻类背称词语的数量多，但也都是清代亲属称谓背称词语中必不可缺少的一分子，体现了清代人对家庭伦理关系、亲属关系的进一步认知，及人们对不同亲属关系的重视度。如与父母类背称词语相比，公婆类背称词语数量相对较少，公公类背称词语有"公公""公爹""伯伯"[①]，例证如下：

哎呀！雷总爷，我公公曾为华州总镇，建功立业。丈夫王焕，也是烈烈英雄。奴家朝廷职妇。（4·192）

你得罪朝廷公爹，如何还再想嫁东宫女婿？（16·234）

伯伯山东丧了命，剩下了，奴的儿夫一个人。（34·277）

婆婆类背称词语在车王府曲本中的数量要略多于公公类背称词语，包括"姑妈""劬劳""尊姑""老姑""婆婆"等，例：

奴家翠屏女便是，丈夫刘班郎，不幸早亡，只有年老姑妈在堂。（14·253）

含羞忍耻到荒郊，采桑柔侍奉劬劳。（14·254）

请问尊姑，令郎因何病而死？（14·404）

（老鼓中白）家中还有何人？（贴白）只有衰年老姑，并无一人倚靠。（14·255）

非是婆婆有高低，他把亲儿相爱惜。（14·484）

车王府曲本中有关女婿的背称词语较多，包括"坦腹东床""姑爷""娇客""东床婿""坦腹""东床""女婿""小女婿子""婿东床""家婿""东床驸马""门婿""夫婿"等，围绕"坦腹"产生的"东床"系列女婿背称词语《大词典》都未收，"婿东床"是因韵文要求出现的临时性结构，"小女婿子"的特殊之处在其后有词缀"子"，是临沂方言中的一种常见用法。无论是哪种原因产生的女婿背称词语，都有其存在的原因，至少在车王府曲本中合情合理，其例证分列如下：

细看他真果是英雄无两，结识他须赘我坦腹东床。（3·463）

[①] "伯伯"在车王府曲本中又指"父亲"，见上文。

姑爷、姑娘,带领使女、丫环、仆妇人等先行两日。(4·98)

老夫等了三日整,等候姣客拜岳翁。(4·120)

万岁招我东床婿,当今驸马谁不知。(4·341)

夫人早逝,并无子嗣。只生此女,名唤含珠。年已及笄,未择坦腹。(5·30)

方才被郭琼珠搜出,老夫无计可使,只得权认东床。(5·48)

养的好了你会走,便望曹家作东床。(16·54)

呔!乐一万逆贼,险送俺女婿之命。暗害英雄,老鲍岂与你干休!(5·134)

你呢,叫我脱裤,赤身露体。公婆还好见,怕有我那小女婿子,我怎么见他?(10·443)

好丫头哇,你爹带来婿东床。」还是的?」只个女婿人间少,乃是朝廷贵儿郎。(16·163)

孤刻下回京,任你再重挑家婿吧。(16·164)

哆!我把你这恶贼!你乃是河南魏国的东床驸马,又是一个领兵的元戎,职分不小。(31·146)

我今怎敢为门婿?山鸡难配凤凰群。(42·392)

挑夫婿花了眼,择定范郎作女婿。(56·78)

其他类背称词语,如:

胡说!快去找佛婆,说我要茶点用了。(14·28)

按:"佛婆"指尼姑庵中的老年仆妇。

房东听见把脸都气黄,来到门前朝、朝、朝里望,炕上人满,齐耍烟枪,烟鬼夫妻坐在一旁。(56·275)

按:"房东"指出租房屋给他人的人。

第二节 服饰类词语及其内涵

服饰包括服装和首饰,它的形制、类型与人类的发展历史同向,是社会生产力和人们精神需求在服饰层面的反映,故而服饰类词语及其所蕴含的文化内涵具有鲜明的时代性、民族性特征。车王府曲本创作于满汉文化融合的清朝，在二百多年的历史里，清朝创制了很多符合时代特性的服饰，一些旧有的服饰在清代也具有了新的名称。清代服饰所具有的这些特征，在车王府曲本中也有较好的反映。

一、车王府曲本服饰类词语类型

就具体意义范畴看，车王府曲本服饰类词语可大致分为饰品类、发髻类、上衣类、下衣类、头衣类及足衣类等几个类型。

（一）饰品类

饰品类服饰词语主要包括发饰、衣饰两类。

1. 头部饰品类

给我做件布衫儿，到首饰楼给我打根匾方儿、如意儿、耳挖子，还有俩钳子。（4·222）

按："匾方儿"即"扁方儿"，是满族妇女的扁形头饰。它"完全没有簪一端尖锐的结构性特点，因而扁方是满族特殊的头饰。清代满族后妃梳'两把头'或是'大拉翅'，都使用扁方，如横在头顶的'梁'一般连接真、假发髻，扁方在发挥装饰作用的同时更重要的实际作用是固定发髻使其不散落"[1]。"钳子"为耳环，"一耳三钳"是清代满族女性的典型标识。

除下了翠翘宝髻耳珰瑱，脱下了凤衮氤氲。俺把那金莲兜紧凤鞋跟，防滑褪扎起绣罗裙。（13·487）

按："耳珰"即"耳坠"，"瑱"是古人用于塞耳的玉坠。

乌云扎红绳，衬着假羊尾。身穿甲连环，红袍十样锦。（15·351）

按："假羊尾"指女性戴在头上类似羊尾的饰品。

黄登登，赤金耳挖别在太阳上，耳上边，金钳相衬翡翠环。（25·488）

按："耳挖"是清代满族妇女戴在头上的饰品，当此义讲时，不儿化，也可以"耳挖子"的形式出现，例："（丑白）带什么？（旦白）耳挖子、扁方儿、指甲套儿，还要付镯子。（7·365）"

带着镶嵌的碧绿坠，一丈青，耳挖上嵌着半翅蜂。灯草的，一朵芍药戴

---

[1] 李詹璟萱：《尚之以琼华·清代宫廷后妃头饰文化研究》，广西美术出版社2021年版，第152页。

在当中，横又大，两头忙的扇钻黄髻。（17·127）

按："一丈青"即"耳挖簪"，此处"一丈青"与"耳挖"同义连用。"一丈青"长于一般发簪，其一端为耳挖形式，一端较尖，两端之间是各种花纹或镂刻物。车王府曲本中，有时简称"丈青"，如："头上边，如意梳簪是白玉，丈青耳环是赤金。（26·244）"

然后摘去了耳环，取下了镯钏，卸了指甲套儿。（22·21）

按："指甲套儿"又称"护指"，是古代女性保护长指甲的工具，上面常雕有各种图案。

但见他，梨花面，青丝挽，麻姑簪，絮环卦，内装打扮果不非凡。（25·359）

按："麻姑簪"指"麻姑献寿簪"，簪上所雕刻内容与麻姑献寿有关，如"'台北故宫博物院'所藏麻姑献寿簪主体便是手捧寿桃的麻姑乘于金凤之上的造型，但是这支簪因金凤衔有流苏，也可归类为步摇簪"[①]。

赤金的，扁簪儿别在头上，一丈青，小耳挖子戴顶门。（25·460）

按："扁簪儿"即"扁方"。

两头儿忙，是抢[②]的绿的驼骨如翡翠，绿盈盈，横别在云髻的正中间。（26·285）

按："两头儿忙"指用于将头两边发髻连在一起的长簪，也称之为"两头忙"，如："头上簪子不一色，两头忙，配上新鲜铁钢钉。（49·324）"

临行磕破菱花镜，饼子簪儿各一根。（42·458）

按："饼子簪儿"特指"铜饼簪子"。

2. 衣服饰品类

严格讲，衣服饰品类包括一些应服饰样式而必带的饰品，一些应实用及美观需求而存在的饰品，但这两种多时难以区分，故将其放置一起展示。

卸下了锦征袍团花袄衬，松解了狮蛮带玉扣双扣，卸下了镶猊铠锁子龙鳞。（13·487）

按："狮蛮带"指武官戴的腰带。

吓，这顶巾儿，我家从没有。唔，却在娘子枕边，好奇怪。（14·8）

按："巾儿"即汗巾。

[①] 李詹璟萱：《尚之以琼华·清代宫廷后妃头饰文化研究》，广西美术出版社2021年版，第47页。

[②] "抢"此处是方言记音字，指的是用刀等工具削割。

（二）上衣类

清代是中国传统服饰盛行和发展的最后时期，与前代的服饰相比，这一时代的服饰也有自己的独特之处，如车王府曲本上衣类服饰词语就体现这一点。

卸下了锦征袍团花袄衬，松解了狮蛮带玉扣双扣，卸下了鏪狻铠锁子龙鳞。（13·487）

按："鏪狻铠"即"狻猊铠"，是装饰有"狻猊"的铠甲，此处"鏪"为作者对"狻"的误写。"鏪狻铠锁子"的常规语序为"锁子鏪狻铠"。

头戴黄绫包巾，身穿青缎箭袖。腰系月色丝绦，足蹬青缎鞋。（17·59）

按："箭袖"即"箭衣"，是一种袖子较紧的服装。

鸭蛋青，串䌷小褂是对襟，内衬着，红纱兜兜金锁链。老串的，大甩裆的裤子穿下身。（17·293）

按："兜兜"即"肚兜"，是遮盖胸腹的贴身小衣。

你可急点五百兵，不用盔甲穿纳袄。可到东边土岭后，暗暗全要隐身形。（20·42）

按："纳袄"指一种斜襟的夹袄或棉袄。

身穿汗褂三滴扣，洋绉裙包腰内横。（21·24）

按："汗褂"即汗衫。

那人头上戴暖帽，身上穿着蓝布棉袄，青布的套褂，脚登着薄底快鞋。（21·422）

按："套褂"指罩在身上衣服外面的褂子，"清入关时套褂，尚沿明制，用红绿诸包组绣，后始定用绀青二色。燕居用行衣即马褂，自傅恒归自金川始，名得胜褂"①。

罩一顶呐勒裤，却是披着君王赐乌布阔。哆罗呢大红色，图滑溜，黄绫子里儿万万不能把内衣儿磨。（22·200）

按："呐勒裤"即"披风"，"呐勒"为音译满语词。

领袖袍可体长，紫貂鼠作挖杭，图奈沾穿京酱。衬衣儿是南绣，沿边姣艳艳的鹅黄。（22·452）

按："挖杭"即"马蹄袖"。

---

① 邓之诚著，邓珂增订点校：《骨董琐记》，中国书店1991年版，第97页。

青立绒，巴图鲁坎肩是外罩，宝蓝的，绉绸汗巾系腰间。（25·488）

按："巴图鲁坎肩"即"军机坎"。

青缎沿边郭什袄，腰里硬，棉带一条系腰中。（32·326）

按："郭什"即"郭什哈"，是汉译满语词，义为"亲军，护卫"。依据"但见他，一顶苇连头上戴，扎头缨子血点红。洋纽袷袄郭什哈，俗名叫作一口钟。（32·486）""郭什哈袄"即是"一口钟"。清代方以智在《通雅·衣服》中指出："周弘正着绣假钟，盖今之一口钟也。凡衣披下安襈，襞积杀缝，两后裾加之。世有取暖者，或取冰纱映素者，皆略去安襈之上襞，直令四围衣边与后裾之缝相连，如钟然。"① 所以，郭什袄其实就是没有袖子且不开衩的长外衣。

身穿天马团龙褂，并非长褂是马墩。（34·22）

按："马墩"即"马褂"。

香色厂衣高开衩，无有衬衣，活活受了这堂风。（49·324）

按："厂衣"即"斗篷"，"衬衣"指内衣。

中东鄂林袋出征马褂子，扎下连营四块瓦儿，祭起一口钟。军机坎儿、布衫儿、汗褟儿上走龙过板。主腰儿、坎肩儿，点上套裤炮，袍子、夹袄，又把残、残生命送。有一个不怕死的光棍套，带领着皮袄搭胡杀进斗篷。（56·479）

按：例中有很多服饰词语，"一口钟""布衫儿""主腰儿""坎肩儿"清代之前就已存在，"军机坎儿""汗褟儿""夹袄"是清代新产生的服饰词语。上文已论述，尚未论及的清代服饰词语为"马褂子""斗篷"。"马褂子"即"马褂"，是清代人所穿的对襟短褂，"斗篷"指"披在肩上的、宽大无袖，用于御寒或美化的衣服"。

上文所举仅是车王府曲本中表上衣类服饰词语的部分成员，在它的服饰词语中，也有一些较为难懂，如"许多喇嘛台下站，身披哈喽黄配红。（28·139）"中的"哈喽"。这种词语难以理解主要因为是车王府曲本中有大量的音译词、方言记音字及大量的讹字。另外，还体现出了每个时代的服饰都有自己的流行要素。

（三）下衣类

此处所言下衣类服饰词语主要指裤子、裙子。不过，论述中，我们舍弃

---

① （清）方以智著，黄德宽、诸伟奇主编：《方以智全书·第6册》，黄山书社2019年版，第57页。

了一些常见的裤子、侉裤等词语，只选取了一些富有典型意义的下衣类服饰词语，例：

下穿青绸甩裆裤，鸡腿袜，青缎靿鞋足下登。（21·24）

按："甩裆裤"指裤腰大、裤裆大、裤腿大的裤子。

束一围羊脂白玉带，秀秀掐掐与柳腰儿合。击一条湘妃裙，浅绿色，按地理透山河，除了马面，都是百褶，盖定那凤头宫鞋大约只有一戳戳。（22·200）

按："湘妃裙"统指美丽的裙子。

内套着，绿绸中衣兜裆裤；薄底儿，红缎宫鞋足下登。（34·171）

按："兜裆裤"指裆部缝合的裤子。

收生婆，忙将孩子收拾好，怕拉屎，给他穿上屁股连儿。（38·312）

按："屁股连儿"即古代的裲裆，《大词典》未收。"屁股连儿"是当时人们针对小孩不能自控大小便的特点而发明的一种尿布。在中国传统习俗中，人们为婴幼儿准备的是裲裆，使用它时，所用动词为"垫"或"裹"①，此处虽为"穿"，但不等于说明"屁股连儿"是今日的尿不湿，这一点可用车王府曲本中的其他例证说明，如："没有铜盆，使沙浅儿；盆架是个旧马扎儿，胰子盒是个蛐蛐罐儿，手巾是块小孩屁股连儿。（56·149）"例中，"屁股连儿"之前所用量词为"块"，且其被用于毛巾，由此可知，"屁股连儿"其实就是"裲裆"。

（四）头衣类

头衣指的是头上戴的各种帽子及佩戴的各种头巾等，车王府曲本中也有大量的此类词语。如：

头上去了燕毡帽，脱了靴子露双足。（6·302）

按："燕毡帽"即"烟毡帽"，是用深褐色羊绒为原料做成的帽子，折起来的形状像簸箕，"流行于清代及民国初年的农村和小市民中"②。"烟毡帽"在车王府曲本中又写作"烟毡大帽"，例："烟毡大帽齐眉按，龙泉宝剑挂腰间。（6·43）"

除却了铁兜鍪凤翅嶙峋，解下了八宝龙泉偷开利刃。（13·487）

按："兜鍪"指古代士兵戴的军帽。

---

① 车王府曲本中例证为："你妈妈，裹褯子忘了顺你的腿，闹成了，一长一短不能行。（49·340）"
② 严正德、王毅武主编：《青海百科大辞典》，中国财政经济出版社1994年版，第940页。

他头上，带（戴）着一顶小苇连，打着裹腿不穿袜。（17·112）

按："苇连"即凉帽。

仁宗听狄后问一句话语，把一位圣天子吓了一身冷汗。一伸龙爪将冲天冠摘下来，拿在手中，双膝点地行母子之礼。（17·147）

按："冲天冠"是京剧中专用的一种盔帽。"定套，死口。又称平天冠、平顶冠、玉皇冠、日月冠，依照古代帝王冠冕式样，美化改制而成。冠顶为一长方形平板前高后低，称为延，上镂七星和日月。板下正中竖装正黄色大绒球，前后垂旒，左右挂大穗。多用于天堂与地狱的统治者。"[1]

戴一顶蓝毡笠，青丝绦，击腰中。（17·195）

按："毡笠"指用毛毡制作的斗笠状帽子。

头上面，戴着一顶虞候帽，九股丝绦腰中。（17·215）

按："虞候帽"即官帽。

戴一顶，范阳毡帽黑青色，青缎帛衣罩身形。腰中系条寺蛮带，小袜翁鞋足下登。（18·11）

按："范阳毡帽"即"范阳笠"，指宋代河北涿州范阳的一种宽檐帽子。

三山帽，朱缨滚。金丝累，嵌奇珍。扣顶门，押两鬓。双展翅，盔玲珑。起祥光，绕祥云。（18·142）

按："三山帽"是在圆顶帽子的后面外加了一块空出正面、围拢了其他三面的帽子，起自明代太监。

只见这僧人大不同，只见他头戴五佛毘卢帽，大红袈裟披在身。头顶之上庆云现，眼内神光射出有数步零。面如美玉童子一样，慈眉两道白似银。（19·116）

按："五佛毘卢帽"即"五佛毗卢帽"，是专属僧人的帽子，"四周做成如意云头或莲瓣形，前后较高，两侧稍低，顶部可缀帽顶。五佛冠由五片冠叶连缀而成，上饰五方佛，即不动佛、宝生佛、无量光佛、不空成就佛和毗卢遮那佛，冠下缀一对长缨"[2]。"五佛毗卢帽"在车王府曲本中又省作"五佛"，例："正面坐着僧一位，头戴五佛秉诚心，身披大红偏衫配。（32·88）"

一顶角巾头上带（戴），一领皂厂紧着身。绿丝绦腰中击，麻履云鞋足下

---

[1] 吴同宾、周亚勋主编：《京剧知识词典》，天津人民出版社1990年版，第99页。
[2] 董进（撷芳主人）：《Q版大明衣冠图志》，北京邮电大学出版社2011年版，第456页。

登。(19·195)

按:"角巾"指一种有棱角的头巾。

驴上的头戴浩然巾一顶,茶色道服穿在身,横担一根青藜杖。(19·197)

按:"浩然巾"指有长大披幅的头巾。

左边凶徒狠几分,头上也是红缨帽。布袍布褂紧随身,一双靸鞋足下登。(20·475)

按:"红缨帽"即"红缨帽"。红缨帽是清代的礼帽。随季节的不同而有所不同,"帽顶披红缨。冬春用暖帽,以缎为顶,以呢、绒或皮为檐;夏秋用凉帽,也叫纬帽,无檐,用纱或竹丝作胎,形如覆釜。有官职的外加花翎顶戴,以示官阶"①。

那人头上戴暖帽,身上穿着蓝布棉袄,青布的套褂,脚登着薄底快鞋。(21·422)

按:"暖帽"特指冬天所戴的帽子。

戴一顶草帽圈儿压着四鬓,水绺高高扁方儿一根。(22·248)

按:"草帽圈儿"一般指草帽,当其没有帽顶时,有时会特别指出没有帽顶,根据例证的下文"水绺高高,扁方儿一根",可见此处"草帽圈儿"指的是没顶的草帽。

戴一顶昭君套是小毛儿貂,翠箍儿围一道。七星额散光毫,白狐尾双垂吊。插一对雉尾的花翎在脑后飘。(22·422)

按:因为此处描写的是北方少数民族女性的服饰,所以其特色较为鲜明。"昭君套"是女性保护额头的工具。"嘉庆、道光初,妇人冬月戴于额以为饰。其制如猪脾,长四寸所。或以天鹅绒为之,或以獭皮、海虎皮为之。严冬天寒,恒戴之以煖额。"②

小将与夫人连忙欠身闪目观看,但见从外进来一人。头戴靖忠帽,身穿红青鹤氅。(22·462)

按:"靖忠帽"也称作"靖忠冠"。《明史·舆服志》中有"燕居休闲时戴忠靖冠"。从其名字可以看出,它是明朝统治者对官员的一种鞭策,即闲居时,也应不忘为国家尽忠尽责。

---

① 罗竹风主编:《汉语大词典》第9卷,汉语大词典出版社1992年版,第719页。
② (清)梁松年著,刘正刚整理:《梁松年集》,广东人民出版社2018年版,第237页。

原本广成大仙生浮体面，见他头戴卧云冠，一根金簪别顶。（25·238）

按："卧云冠"是古代冠的一种。

见一个，道姑站定垂粉项，头戴一顶妙常巾。（25·346）

按："妙常巾"即软帽，因《玉簪记》中陈妙常所戴而得名[①]。

混戴瞎穿胡打扮儿，得胜盔上漆青线。辫子上絮着排子，还打线连儿。（57·218）

按："得胜盔"是太平天国时期士兵所戴的一种盔帽，但也不是什么时候都能戴。"太平军的士兵平时只准扎巾，不能戴帽，临阵打仗时才允许戴盔。这种盔帽大多用竹、篾、柳、藤编成，名谓号帽，或称'得胜盔'。"[②] "得胜盔"，《大词典》未收。

只见他，仙风道骨多文雅。头戴一顶九梁巾，穿一件，土黄道袍撑宽袖，腰系丝绦九股拧。足下登，布履云靴净水袜，摇摇摆摆往前行。（26·402）

按："九梁巾"为正一派道士专用的黑色头巾，"前顶平斜如屋面，排有九叠九缝"[③]。

此人打扮不寻常，头戴九梁冠一顶，映日光辉晃太阳。（29·25）

按："九梁冠"是有九条横脊的冠，明代时是一品官员所戴。

也有头上戴耍帽，穗子搭拉半尺零。满腰中，滴溜嘟噜真不少，到象（倒像）是，广货摊子一般全。（32·473）

按："耍帽"指"帽檐前低后高、插双貂尾"[④]的帽子。

他的那，马连坡的草帽头上戴，乍一观瞧像斗篷。（33·189）

按："马连坡的草帽"即"马连坡草帽"，是一种阔边草帽。说唱鼓词《彭公案》还点明了马连坡草帽是农民的标识，如："且说彭公在房中改换了衣裳，扮做个庄民的模样。头戴一顶马连坡草帽，身穿蓝布大衫，腰击一条青布褡包。双脸鞋、月白布的袜子，腰里带上几个零钱。（41·303）"

月白大褂鸭蛋青，十八盘草帽头上戴。青缎胡（蝴）蝶足下登，穿着一双黄土袜，走动呼扇似鹞鹰。（34·409）

[①] 吴新雷主编：《中国昆剧大辞典》，南京大学出版社2002年版，第629页。

[②] 朱诚如主编：《清史图典·清朝通史图录·第10册》，紫禁城出版社2002年版，第239页。

[③] 王书献等编：《中国导游十万个为什么道教》，中国旅游出版社2013年版，第64页。

[④] 袁仄、胡月：《百年衣裳：20世纪中国服装流变（修订版）》，生活·读书·新知三联书店2022年版，第44页。

按:"十八盘草帽"是既可以防雨又可遮阳的帽子,"以各种草缏、麦草莛、马鞭草、玉米皮等为原料,经漂染、编织而成"①。现已不多见。

六月头戴随风倒,身穿棉袄旧不新。胖袜一双鞋青布,一条褡包系腰中。(41.368)

按:"随风倒"是"六棱抽口壮士帽"②。

头上的缨帽自来的旧太平年,荷包手巾配着火镰太平年。(57·341)

按:"缨帽"是清代官吏所戴的帽顶缝有红缨子的帽子。

头衣类词语中,表帽冠的词语中有些难以查找到资料,如上文提及的"卧云冠""罗刚帽"③"抢风帽"④。此种情况表明一是古代帽冠式样较多,二是有些帽冠式样不流行,因此不为世人关注,由此就出现了仅在车王府曲本中出现,其他文献及辞书未见的现象。不仅是帽冠类词语,足衣类词语中的"茉莉靴""鸡腿袜"等也属于此种情况。

(五)足衣类

足衣类包括鞋和袜,它既有让脚部保暖的作用,又有美化功能,有时还代表了自己的身份。

我明个家里也开个后门,挖他一个坑,下雨为是叫他存点水。我回来把我这油靴,搁在里头姑几姑几⑤。(12·306)

按:"油靴"指"用桐油涂制的可以防水的长筒靴"。

头戴青匝巾,青缎袍。腰系亭带,足蹬快靴。(17·59)

按:"快靴"是京剧服装术语,特指薄底靴子。

杏黄色,九股丝绦在腰系;青缎子,厚底皂靴足下登。(17·120)

按:"皂靴"指黑色高筒的厚底靴子。

身穿毡帽一顶是青绒,绑腿套裤紫花布,登一双撒鞋薄底显鱼鳞。(18·106)

按:"撒鞋"指拖鞋。

---

① 河北省地方志编纂委员会编:《河北省志·民俗志》,河北人民出版社2014年版,第121页。
② 聂田盛编、贾恩禾整理:《大元义侠传·天宝图》,春风文艺出版社1988年版,第140页。
③ 他头上,歪戴一顶罗刚帽,又见他,绑身小袄身上穿,外罩着,蓝布单衫披肩上,他脚下,是青快靴足下登。(26·364)
④ 这一个,头戴乌纱双展翅,玉带皂靴袍大红;那一个,头戴一顶抢风帽,土合道袍系金绒。(27·347)
⑤ "姑几"为方言记音字。

见几个,三岔金冠簪别顶,豆青袍,云鞋水袜是玄门。(18·138)

按:"水袜"指袜子。

腰中系着乾坤套,麻履八耳足下蹬。(19·29)

按:"麻履八耳"指破麻鞋。

外披红青纱马褂,还有块香色手巾。鸡腿袜,月白标布沿绒口,青缎靿鞋足下登。(21·52)

按:"鸡腿袜"指袜筒较长,能罩在小腿上的袜子。

足下穿厚底儿鞋,红缎子帮,底托儿小却稳当。好活计,扎浮是青莲白藕交颈的鸳鸯。(22·452—453)

按:"底托儿"指代清朝满族女性鞋底各种样式的托。

一位位挂绿穿红披绣蟒,冠袍一概是金龙。人人腰中束玉带,俱都是茉莉朝靴足下登。(24·219)

栢聪换了衣冠,穿四团龙、红鞓带、茉莉靴上了逍遥马。(24·357)

按:"茉莉朝靴""茉莉靴"所指一样,根据文献记载,应是清代官靴的一种。茉莉靴的靴底较厚,如:"茉莉靴,底儿厚,踏方砖,把道路走。(26·45)"车王府曲本中又写作"朝靴茉莉",如:"那边明显文合武,当中一人手擎刀。看了看,王冠龙袍骑白马,朝靴茉莉玉带围腰。(26·115)"车王府曲本中的"抹泥靴"即"茉莉靴",例:"只见宣王头戴冲天冠,身穿赭黄龙袍,腰系蓝田玉带,足登抹泥靴,与众大不仝。(37·308)"

穿一件酱紫直裰套纳袄,黄绒丝绦系中。虎背熊腰他会武。睄下面,水袜京鞋足下登。(25·81)

按:"京鞋"即镶鞋,"以乌绒为面料。饰以如意头或其他图案。底薄,白色,圆头"[1]。老北京有专门卖京鞋的铺子,清代刘世英曾写《京鞋铺》描写当时的京鞋铺,即"洋镶彩鞋,浮华作阔。正祥福记,邵靴铺货"[2]。

足下边,撒拉一双蝴蝶梦,凉扇一把手拿着。他的那,身体肥胖肚大的狠,好似一个弥陀佛。(26·237)

按:"蝴蝶梦"指鞋面前段缝有蝴蝶的鞋子,走路时蝴蝶会颤颤巍巍,较为好看。

---

[1] 吴新雷主编:《中国昆剧大辞典》,南京大学出版社2002年版,第630页。

[2] (清)刘世英编著:《陪都纪略》王绵厚、齐守成校注,沈阳出版社2009年版,第275页。

头戴一顶毘芦帽,锦襕袈裟穿在身。玉勾金环生宝色,治公云鞋足下登。(27·306)

按:"治公云鞋"即"治公鞋",底大约二寸厚,只见于清代公案小说《刘公案》和由其改编而成的同名说唱鼓词《刘公案》。

鱼脊梁鞋登足下,上前帮助李七侯。下穿一条青纱裤,来与天霸赌斗争。(33·74)

按:"鱼脊梁鞋"指的是鞋面有一道硬梁的鞋。

一个纺丝夹袍套,羽缨凉帽似斗篷。什么样袜子睄不见,抓地虎,薄底快靴足下登。(34·409)

按:"抓地虎"即"抓地虎快靴",是靴头朝下、鞋底前段间隔寸许有凸起的薄地靴子。"抓地虎"在车王府曲本中也以儿化的形式出现,如:"身上穿鹿皮吊面儿,羊皮袄、灰鼠银鼠袖头儿是金镶玉,脚底下穿一双抓地虎儿靴子是香牛皮。(57·50)"

鱼白的,崭新夹袜绑着腿,山东皂鞋足下登。(34·409)

按:"山东皂鞋"指山东生产的黑色鞋子。

汉装打扮是小脚,趿拉者一双开口僧。(49·324)

按:"开口僧"是一种单脸的布鞋,隶属北京方言。

他却待奴真不错,今晚叫奴,不哟咳咳,给他绣毛窝,各样丝线全配得。(56·179)

按:"毛窝"是清代流行的一种鞋,"以蒲草编成,深帮圆头,内有毡毛、芦花或鸡毛的保暖鞋。冬天穿以保温,宜于雪地行走"[1]。

一双破鞋真没对,一支福字履,一支踢死牛。(56·276)

按:"踢死牛"是"双梁鞋"的一种,"'双梁鞋',又称'双脸鞋',因鞋前脸缝两道'梁'而得名。'梁',也称'皮脸',鞋头的一种直条形装饰,通常为皮革材质,如羊皮。有一梁、二梁、三梁等形式,根据梁的数目,鞋又称'单脸鞋''双脸鞋'等。'梁'在装饰的同时,还对鞋头有防踢加固的作用,其中用'股子皮'(驴皮)者,因特别结实,而又被称为'踢死牛'"[2]。

明沏帮儿的鞋是双脸儿,精薄的底儿是灰色布的面儿。(57·216)

---

[1] 罗竹风主编:《汉语大词典》第6卷,上海辞书出版社2008年版,第1004页。

[2] 张秋平、袁晓黎主编:《中国设计全集·第6卷·服饰类编·冠履篇》,商务印书馆2012年版,第176页。

按:"双脸儿"指用两块布缝制而成的中间有脊梁的鞋,《大词典》孤证出自现代文献。

虽然以上每类服饰词语都仅列举了部分成员,但所列举成员数量是与其系统成员数量相关的,即一种服饰词语的数量多,所列举就多;反之,则少。数量的多少,反映出人们在不同类型服饰上投入的关注度不同。发饰、发型、上衣、鞋履等是人们最为关注的服饰,而下衣的关注度则较少,所以它的数量较少。这一点是与古代人们穿裙子、长袍习俗有关,因为在这种着装习俗下,裤子是一种内穿的衣服。且在未改变习俗或改变习俗后,其主要使用者都为下层劳动人们,连温饱都成问题,他们自然也不会去关注裤子式样的多样性与美感性,中下层自然也不会关注下层劳动人们的衣服改制问题。因此,上文看似是简单的服饰词语的一种分类描写,实则却蕴含着丰富的文化内涵。

二、发髻类词语

严格而言,发髻类词语不能置于服饰类词语之中,但单独将其作为一个类型,较为单薄。且从整体看,发髻很多时候是与服装和饰品相匹配的,因此此处也将其置于服饰类。受"身之发肤,受之父母"观念的影响,古代女性一直都留有长发,就是男性,即便后来被迫留了长辫,也可看作是另一种形式上的长发。在清代之前,男性虽也是长发,但其发型较少,而女性的发髻形式极其丰富,令人惊叹。如车王府曲本中的元宝纂、播船纂、马尾纂、高纂等。

见他的,乌云巧挽莱州纂,纂上边,横别着一只白玉簪。(17·111)

按:"莱州纂"是清代女子的一种发型,未见于其他文献。

双抓髻,日月分。明八卦,晓五行。孩儿发,黑真真。(18·171)

按:"抓髻"是把头发的前半部分窝成一个发髻或左右两个发髻,是未成年者的身份标识。

有一个,头上挽定双丫髻,飘飘上面系绒绳。一个歪毛儿分左右,上面紧紧系红绒。一个锅圈儿孩儿发,黑如墨染亮又明。一个是,当头正发朝上长,一朵山花戴当中。一个俗名马子盖,后盖梗,前面齐眉搭眼睛。(25·237)

按：这段话集中描写了当时小孩发髻的样式。"双丫髻"也称"两丸髻""双捧柱头"，是起源于魏晋南北朝时期的一种发式[①]，其形类似于抓髻中的双抓髻；"歪毛儿"指小辫子；"锅圈儿"是男孩子专有发型，即头顶头发剃光，只留周围一圈头发；"马子盖"发型与"锅圈儿"发型相反，指把四周头发剃光，只留头顶。

则见他，乌云巧挽苏州纂，白玉钻，别在头上罩乌云。（25·421）

按："苏州纂"清代文献中多有使用，但未见其具体描述，当与上文所提"莱州纂"一样，是该地域的女性常梳的发纂，因此称之为"苏州纂"。

美人揪，梳在头上挽着纂，两头忙，别簪却是黄登登。（26·10）

按："美人揪"指女性梳在头后的发髻。

头挽着，阴阳双髻红绒系，大红罗衫绣芙蓉。腰中系定绦五彩，云履宫鞋足下登。面似桃花初绽蕊，秋波杏眼柳眉峰。（27·68）

按："阴阳双髻"指头的左右两边各绾一个发髻，该发型适用于未成年者。

他梳了一个仙人纂，满头大枝子花儿。（36·158）

按："仙人纂"是清代女性的一种发型。

梳的马尾纂，鬟角蓬蓬着，好像个母鸡扎了窝。真燕尾儿往后坐，擦的桃儿粉胭脂少抹着。礶儿胰子洗净了脖子咧，喷香肥皂小手搓。（56·178）

按："马尾纂"为清代已婚妇女所梳发型，把头发在后脑处绾一个简单的纂，即为马尾纂。马尾纂与长袍等搭配，是燕京百怪第六十六怪，具体为："长袍马尾纂，天足不蹒跚。野花插一只，粉脂擦一脸。"[②]"燕尾儿"即形状像鸦尾和鹊尾的髻型，鸦和鹊都是满族崇拜之物，因此在发型及服饰等方面多有反映。

三、车王府曲本服饰类词语的文化内涵

任何服饰类词语的背后都隐含着一定的文化内涵，是人们的物质生活、精神生活等在服饰上的展示。就车王府曲本中的服饰类词语看，大致具有以下几种文化内涵。

[①] 卢德平主编：《中华文明大辞典》，海洋出版社1992年版，第845页。

[②] 胡朴安：《中华全国风俗志》下编，河北人民出版社1986年版，第34页。

(一)展现了不同阶层和民族的服饰文化

车王府曲本中,对不同阶层和民族服饰文化的展现,虽然很多时候是片段性或个案性的,但仍为后世研究当时相关的服饰文化提供了重要语料。

牌子曲《老妈得志》就生动地展示了当时旗人富贵人家子弟的时兴衣着打扮:

宝蓝瓜皮头上戴,大红穗子算盘疙瘩。洋绉夹袄军机坎,金酱褡包腰里系。腰中带着一个八件表,绢子荷包两边配着。香色套裤白绫袜,福字履鞋也值五吊多。(56·174)

按:"瓜皮"即"瓜皮帽",也叫作"六合一统帽""六块玉儿""小帽子"①。"算盘疙瘩"是用布盘结而成的状如算珠的纽扣,是中国传统纽扣的一种。"夹袄"②是双层的上衣。"军机坎"即"巴图鲁坎肩""一字襟马甲",清代夏仁虎在《旧京琐记》中指出:"马褂长袖者曰卧龙袋。有中作半背形而两袖异色者,满人多着之。半背曰坎肩,其前襟横作一字式者曰军机坎,亦有用麂鹿皮者。"③"八件表"即"大八件表怀表",它"装有专门为中国市场设计和制造的特别机芯,此种机芯绝大多数由八大部分组成,长期以来就成为一个约定俗成的名词"④。"套裤"指套在裤子外面、用于御寒或保护腿部的无腰裤子。从《大词典》的视角看,以上四种服饰词语,"算盘疙瘩""军机坎""八件表"未收,"套裤"未举例证,"瓜皮"未单列有释义和书证的词条,反映出了清代服饰文化的新颖性。"洋绉"是清代新出现的薄软且微带自然褶皱的衣料,"褡包""绢子"等分别是"褡膊""手帕"在清代的新名称。短短的一段服饰描写中,不仅蕴含着清代新出现的诸多服饰、衣料及旧有服饰的新名称,所提及的"宝蓝""大红""酱金""香色""白"等色彩词也凸显出了当时旗人富贵子弟在颜色词上的审美取向。

车王府曲本中,旗人贵族已婚女性的服饰为:

奶奶打扮的似天仙儿。苏州纂儿、抱头莲儿、银扁方儿金火焰,一丈青儿穿草花。灯笼坠子镀金环儿,鳔唱求响镯六两半儿。乌木杆儿、潮烟袋儿、

---

① 张其成:《北京养生文化》,中国盲文出版社 2010 年版,第 128 页。
② 《大词典》为"夹袄"所举的书证出自现代文献。
③ (明)史玄、(清)夏仁虎、(清)阙名:《旧京遗事·旧京琐记·燕京杂记》,北京古籍出版社 1986 年版,第 39 页。
④ 郭福祥:《时间的历史映像》,紫禁城出版社 2013 年版,第 179—180 页。

翡翠嘴儿，真好看儿。杆子倒有三尺半儿，烟荷包猩猩毡儿。䌷子布衫儿、扣绉坎肩儿、绣花边儿是暗八仙儿，穿套裤有飘带儿。白布袜子明漆着脸儿，藕花色洋洋镶鞋也可一道脸儿。(57·119)

按：该段话重点描写该女性的头饰及烟具，按照创作的常规理念看，这两种应该是当时旗人贵族已婚女性的典型标志。

车王府曲本中，也有对穷困潦倒之人服饰的描写，例：

不眊吃来也要眊穿，官布衫就是一件破汗褟儿露着肩，灯笼裤子净穿线，转心袜子脚指头在外边。搪寒就仗着那块骆驼屉，硌的你骨头生疼，叫奴可怜。(56·445)

按："汗褟儿"指贴身穿的小褂子。"灯笼裤子"指一种裤腿肥大而裤脚处收拢的裤子。"转心袜子"指只有袜子筒的袜子，因其能在腿上自由地转动而得名。"骆驼屉"指用驼毛制成的垫子。《大词典》中，"汗褟儿"书证出自清代文献，"灯笼裤子"和"转心袜子"书证出自现代文献，且后者为孤证，"骆驼屉"未收录。

一撒手儿的辫子编俩辫儿，不使辫绳儿，使丝线儿，披着点子晚香玉合藁糠尖儿。紫花布的汗褟儿系钱串儿，袖子倒有一尺半儿。时兴的裤子图省钱儿，挖了裤裆兜着他的屁股蛋儿。齐口儿的袜子箍了一个圆儿，上装儿只好有一半儿。明沏帮儿的鞋是双脸儿，精薄的底儿是灰色布的面儿。大抽子倒有一尺三儿，里头装着几个官板儿，为的是出城下雨装汗褟儿。(57·216)

按：上面这段文字是琴腔《古来的好汉赶板》中作者描写"土拨勒贺"们的服饰。据《京都竹枝词》"市井门"条所言："老土毛包拨勒贺（棍徒京师曰老土，又曰茅苞，近又名曰土拨勒贺），立街头上讲狼人（骗人酒食，恶语谓之狼人，谓其如狼之狠也，为戏言）。"[①] 即是说，上面这段描写中涉及的服饰文化词语虽专用于描写棍徒的服饰，但将其从此语境剥离，那么每一个都反映了当时的独特服饰文化现象。棍徒们的服饰文化都是相似的，如琴腔《另样古来好汉》中描写的土棍服饰也基本与之相同，例：

混戴瞎穿胡打扮儿，得胜盔上漆青线，辫子上絮着排子，还打线连儿。一撒手儿大花瓣儿衣裳普立双沿边儿，足青套裤长飘带儿。窄荡袜子足下穿

---

① 黄裳：《来燕榭集外文钞》，作家出版社2006年版，第209页。

儿，重沿口儿紫花面儿。灰色鞋是双脸儿，青线明漆串枝莲儿。腰里戴着个大褡裢儿，里头装着几个大钱儿，为的是拉岔藏牌偷会签儿。香色口荷包侍卫袋儿，手里托着点子熏烟儿。(57·218—219)

按：上面描写还提及了当时土棍们喜欢吸烟的行为，这样就补全了琴腔《古来的好汉 赶板》中未涉及此习俗的缺陷。

车王府曲本中还提及了当时青楼女子不能穿红裙子的习俗，例：

上穿石榴红棉袄，每逢这，妓女不准下穿红裙，漏着绸裤玫瑰紫，三寸金莲颜色新。(41·92)

车王府曲本中也有对清代普通男性旗人服饰的描写，如：

但见他头戴一顶貂皮帽，上按缨子血点红。内穿月白绫子袄，天蓝袍子是团龙。红青面子宽大褂，青缎靴子足下登。腰中带子睄不见，明露荷包与手巾。(21·440)

按：例中的典型服饰是貂皮帽，它体现了当时清代男性旗人对帽子原料及性质的追求。杨宾《柳边纪略·卷三》："窝稽人不贵貂鼠，而贵羊皮，凡貂爪瓜合缝镶边处，必以黑羊皮一线饰之。《松漠记闻》云：不贵貂鼠者，以其见日及火，则剥落无色。余谓此无他，不过厌常喜新耳。今宁古塔梅勒章京以下，皆着猞猁狲、狼皮袄，而服貂者无一人也。若帽则皆貂矣，岂独不畏剥落耶？"[1] 至于例中的荷包与手巾则是当时旗人的必备装饰品，如上面土棍们用的不是荷包，而是"大抽子"，即开口很大的荷包。形制决定了"大抽子"不是雅致之物，仅此一物就可将土棍们区别于一般旗人。

（二）展现了当时的婚俗服饰文化

婚姻对人类而言，是极为重要的一件事，它的重要性体现在每个时代、每个民族都有自己特定的婚俗。就服饰而言，则会有专用服装、发型、饰品及妆容等。从研究价值看，对它们的研究不仅能研究当时的服饰文化、婚俗文化，还能为当前的影视剧及其他创作提供借鉴。

因为婚礼中涉及的服饰具有系统性，因此车王府曲本中描写有关婚礼的服饰文化时，通常以片段的形式出现，如女性准备结婚的服饰为：

金定小姐俏打扮，急忙上了梳妆楼。俩手折开青丝发，胭粉咧，胭脂咧，擦了个匀均，排了个熟。随即挽了个元宝纂，忙忙别上玉盘头。描了眉来打

---

[1] 于逢春、厉声主编：《东北边疆》卷八，黑龙江教育出版社2014年版，第59页。

了鬓，脂点朱唇红丢丢。围上了赤金点翠西施带，珍珠挑牌穗头悠悠。左边戴上花一朵，右边戴上凤菊头。胳膊上镯子戴两对，满把戒指圆丢丢。身穿一领扎花袄，细袄绫裤光似搋油。鸳鸯裤腿蛇皮带，穿一双新作的满帮花鞋瘦溜溜。疙瘩底儿猫儿蹿道，金八口的花鞋什凤头。花汗冲香珠答拉穗，兰麝薰香动人双眸。（15·144）

  按：据金受申在《皮影戏》一文中指出"乾隆、嘉庆时梳'元宝纂'"[①]，此信息表明例中所描写的约为乾隆、嘉庆时期的内容，因为婚礼中新娘的发型必定是当时最流行且为社会所认可的。"玉盘头"是用盘发的玉质工具，即固定发髻的工具；"西施带"指的是清代满族女性用以包头的华美带子；"挑牌"是下端缀有较长流苏的插在发间的一种装饰品。作为身份的象征，一般女性不能佩戴挑牌。除此之外，上例还提及了金定头上插的花，戴的镯子、戒指，穿的扎花袄、鸳鸯裤、满帮花鞋等。这些信息几乎复盘了当时类似于金定的女性在婚礼中的所有穿着。需要指出的是，"西施带"未见于其他文献，上文所说含义也仅是著者根据上下文语境及当时女性的穿着做出的一种拟测。

（三）展现了诸多富有地域特色的服饰文化

  对一个民族而言，服饰的文化内涵是从诸多不同的具体服饰中凝练、概括而成，如果将这些具体服饰与不同地域联系起来，就会发现受地域特有地理环境、产出物及审美观念等影响，它们有的具有很强的地域性。车王府曲本服饰类词语对此的体现，是直接在核心语素前添加相应的产出地。如反映女性发髻形式的莱州纂、苏州纂，带有产地名称的范阳毡帽、马连坡草帽、京鞋、山东皂鞋等。这些服饰类词语的出现，为了解相关地域的服饰文化，提供了一定的帮助。

  从随机选择的以上车王府曲本中有关服饰描写文字所体现的服饰词语及有关文化现象，可见车王府曲本中的服饰词语具有重要的研究意义。因车王府曲本中的服饰类词语较多，本节所阐释的服饰类词语主要指依据《大词典》确定为清代的服饰类词语。

[①] 陈子善、蔡翔主编，童小玲编选：《艺》，山东文艺出版社2014年版，第217页。

第三节　饮食类词语及其内涵

"民以食为天",食物是人类生存的必需品,在人类历史的发展过程中,人类在食物上面所花费的心思与精力只有叠加,没有减退。饮食的重要性,决定它会出现在人类所能触及的每个层面,文学艺术作品自然也不例外,这也是车王府曲本中有大量饮食片段及个案的重要原因。

车王府曲本中饮食现象有两种呈现形式,一是大段的酒店菜肴及相关饮食内容,二是零星的饮食内容,它们共同构成了车王府曲本中的饮食世界。从词汇的角度诠释其中的部分饮食类词语,可较好地勾勒车王府曲本乃至清代中后期的饮食文化概貌。

一、集中呈现的饮食类词语

车王府曲本诸多作者在描述饮食内容时,通常采取大段的形式。这种方式一是可以集中呈现一个饭店的菜肴特色,二是研究时难以将具体的饮食类词语析出。同时,考虑到研究的系统性及完整性,可将其整体列出研究。

又上了,四个烫火旋,黄焖牲口一镟盆。一旋子,水晶肘子加什锦;一旋子,青蒜猪肉南煎丸;一旋子,鸭条海参鸽子蛋;一旋子,十锦丝儿作料全。一火碗,炒肉翅子加蛏干;一火碗,扣肉就把白菜俏;一火碗,鸡鱼猪肉三鲜丸。火锅子,碧柔酸菜山鸡片;两碟子,南式汤羊格外添;还有个,十锦火锅加干菜。(17·377)

按:"黄焖牲口"是指采用黄焖手法制作的肉;"水晶肘子"指富有弹性、晶莹透亮的猪肘子;"什锦",又作"十锦",指多种花色或用多种原料制成的食品;"青蒜猪肉"指蒜苗炒肉;"南煎丸"是鲁菜中的传统小吃,用猪肉、鸡蛋、白糖、淀粉等各种原料制成丸子状,煎制而成;"鸭条"则是切成条状的鸭肉;"海参"是一种名贵的海产品;"鸽子蛋"即鸽子的蛋;"炒肉翅子加蛏干"是指鸡翅与蛏子肉合炒而成的菜肴;"扣肉就把白菜俏"指扣肉的下面会铺上白菜;"鸡鱼猪肉三鲜丸"是丸子拼盘,三种丸子的原料分别为鸡肉、鱼肉及猪肉;"火锅子"则是现今常言的火锅;"南式汤羊"指用南方手法制作而成的羊汤;"十锦火锅"属于津菜系列,是由各种名贵食料拼制而成的菜肴。从菜品看,上例所描写菜肴皆围绕火锅而写,既包括吃火锅时所用的食料,又包括吃火锅时配置的其他菜肴。其中所涉及的食料较为名贵,非一般饭店或家庭所能承担,实际上,车王府曲本中但凡上点档次或较为丰富的菜肴,都与一般饭店或家庭无关,换言之,车王府曲本中如此类大段的饮食描写,体现的大多是中上阶层饮食现象,体现的是他们的饮食习俗及饮食趋向。

走至忠良面前将筐子、瓦壶放下,伸手在筐子内拿出个白布包儿放在石板上打开,里面是叉子火烧、馒首、糖三角儿。又从筐子内拿出一盘炒豆芽儿、一碟炸面筋、两碗烩饹馇、两双筷子放在石板上。(21·156)

按:例中提及的饮食类词语有"叉子火烧""馒首""糖三角儿""豆芽儿""面筋""饹馇"等,其中"叉子火烧""糖三角儿""饹馇"《大词典》未收。"叉子火烧"是用油酥面和面烤制而成的火烧,是很多地方的传统小吃;"糖三角儿"指用面做载体、里面放上糖,捏成三角状,炸制而成的一种香甜点心;"饹馇"是"一种用豆面做的食品,先摊成饼状,然后切成块状炒菜或炸吃"①。因是为忠臣于成龙准备食物,看着较为丰富,实际上菜品与其身份并不相符合。

端来的,大扁杏仁是九道眉,还有那,河南白枣、金丝蜜枣,新鲜的荔枝与青梅;又有那,青桔、麻柑并橘子,橄榄入口把香气回。(21·328)

按:上例中涉及的坚果类及水果类词语有"大扁杏仁""白枣""金丝蜜枣""荔枝""青梅""青桔""麻柑""橘子""橄榄"。它们反映出清代的商贸业非常发达,从而不同地域的坚果及水果能够汇集到同一个地方,所以才会有它们被作者同时呈现的契机。

烧肉、炖肉、煎烹肉,白肉、炒肉,养养全。爆炒肚儿、木须肉,生炸里脊撒椒盐。黑鱼、鳝鱼、炒螃蟹,片汤、粉汤、汤羹鲜。腰片、炒肝、炒肉片,宽粉、凉菜一大盘。肉系的面,饨子面,油炸捌块大大边。薄饼、厚饼、家常饼,羊肉包儿、发面团。要喝酒,木瓜老酒佛手路,加皮茵陈与惠泉。(21·356)

---

① 肇恒玉、黄殿礼:《魅力东北话》,辽宁民族出版社2010年版,第76页。

按：例中是店小二向食客报出的菜名，既有肉类，又有海鲜类，也有素菜及主食类，还有酒类。其中较难的是"铠子面"，只能根据上下文推知其是汤面的一种。以上食品反映出清代时期饭店内菜肴极为丰富，多原料性及多口味性为不同地域的顾客提供了高质量的饮食服务。

立刻来到饭铺门口，只听铺内说："好包子、好面、好窝窝、好年糕，酸辣凉粉，喝茶不要钱。"（21·400）

按："窝窝"即"窝窝头"；"年糕"是明代出现的一种"用黏性较大的米粉蒸熟制成的糕，是农历过年时应节的食品"；"凉粉"指"用绿豆粉等滤去渣滓熬成稠糊，冷却后凝成块状的食品"，《大词典》孤证出自清代文献。

先放小菜、筷与盅，这才把四样小菜桌上摆。爃肉、板鸭、山里红，金华火腿切成片，真乃犹如胭脂红。（21·438）

按："板鸭"指用盐腌制并压扁的鸭子，《大词典》书证出自现代文献；"山里红"是一种比正常山楂个头大的山楂，《大词典》孤证出自现代文献；"金华火腿"特指产自金华的火腿，《大词典》未收。

但见这堂官送上冷荤四色，是兔脯、鱼冻儿、山鸡爪儿、五香羊肉，笑嘻嘻的说："这些菜颇可渗酒。"（22·161）

按：例中的饮食类词语有"兔脯""鱼冻儿""山鸡爪儿""五香牛肉"，虽然常见，但"鱼冻儿"在《大词典》中的书证出自现代文献且为孤证。

水晶糕，玫瑰木樨真不少；荷叶糕，清心败火治牙疼；绿豆糕，上面多加些白糖；云片糕，各样果子好些层。（26·109）

按：例中所提及的"水晶糕""荷叶糕""绿豆糕"及"云片糕"都属于糕类，但只"云片糕"被《大词典》收录，书证为引自清代文献的孤证。"云片糕"是"食品名。用米粉加糖和核桃仁等制成的糕。切做长方形薄片，色白，故名"[①]。

红白萝卜、黄花菜、细粉山药、豆腐干、台菜、菠菜、龙须菜、冻豆腐，单要玉泉山香油灯油那碗蒯。青酱、高醋、小包盐、鲤鱼、白鱼他不要，只浮给他几文钱。（56·279）

按：本例证描写了穷困潦倒的烟鬼向别人乞讨，不要食物只要钱的事。不算香油灯油，例中涉及了13种食物及原料，以豆腐为原料制成的就有"豆腐干""冻豆腐"两种，说明豆腐在清代是一种较为流行的食物。《大词典》中，

---

① 罗竹风主编：《汉语大词典》第11卷，汉语大词典出版社2001年版，第635页。

前者书证出自清代文献，后者则未举例。"苔菜""青酱""高醋"则未收。该例所列食品或与食品有关的词语，其意主要用于说明当时人乞讨时，可能会获得的食物。

城隍爷将鬼怪全赶跑的，弟子供献不辞劳。猪头三牲烧酒不少，枣儿饽饽与蜂糕。炒肉腊酱烂肉面，冬瓜茄子炒蒜苗。馒头餶子荷叶饼，羊头回头猪肉包。（56·291）

按："饽饽"指水饺、馒头及其他面点。"蜂糕"指用发酵的面或大米粉等做成的糕，因其内部像蜂窝一样而得名。"餶子"有两义，一是《大词典》中所言是一种把面擀成薄片、上面涂满油盐，然后卷起来上锅蒸熟的食品；另一义则为今山东临沂方言区常指的块状馒头，即把发好后的面搓成扁平条，用刀切成一对一对的样子，之后上锅蒸好的食品。上例中，"餶子"所出现的语境无法确定它是哪一义，故此处存疑。"荷叶饼"即春饼、合页饼、烤鸭饼、烙饼等，《大词典》未收。

炒肉、炖肉、炖吊子、羊头、苏烩鸭羹、盐煎肉、楂丸子、熘鸡、煮烂猪头、熘鱼焖鳝、炸金钱藕、奇盘肠儿、变蛋拌蟹肉，还有那裏肠儿排骨未从走油。（57·52）

按：此例的重要之处在于提供了很多清代的烹饪方式，包括"炒""炖""苏烩""煎""楂""熘""煮""炸""走油"等。其中"炖""走油"是清代新出现的烹饪词。"炖肉""炖吊子"的使用，说明"炖"是清代人较为喜欢的一种烹饪方式；"走油"则是炸出肉中油脂的一种烹饪方式。菜肴方面，"吊子"指"把动物的内脏放在一起炖制的食物"；"鸭羹"指以鸭为主料熬制而成的肉汤；"变蛋"即"松花蛋"，《大词典》孤证出自现代文献。

卖粥的过来不肯饶，一大碗还嫌少。油炸鬼、炸糕一大抱，吊炉烧饼吃的巧，不吃底儿单把盖儿嚼。（57·110）

按："油炸鬼"即"油炸果"，《大词典》孤证出自现代文献；"炸糕"是"油炸的一种糕点"，《大词典》未举书证；"吊炉烧饼"是用铁链将泥炉吊起，将粘上芝麻的白面"放在泥炉之下铁盘内，少刻竟热"[1]，《大词典》未收。"吊炉烧饼"在车王府曲本中也常省作"吊炉"，如："他二人走进铺内，要了四两烧酒、半斤猪头肉、十个吊炉。（39·317）"

---

[1] 书目文献出版社编辑部：《北京民间风俗百图》，书目文献出版社1983年版，第69页。

不梳头不洗脸儿,甜浆粥唱粥儿一大碗儿。吃炸糕要大馅儿,麻花吃了一大串儿。小葱儿拌苦卖儿,炸肉轱辘儿干撒盐儿。杂面汤肉烧麦儿,芝麻烧饼特会玩儿,不吃底儿单吃盖儿。羊肉包子蘸醋蒜儿,马肉干儿十香菜儿,虎皮酱瓜儿、咸鸭蛋儿。大叶儿茶嫌絮烦儿,终朝每日买香片儿。(57·118)

按:此段话中不仅涉及了烹饪方式,也提及了大量的食品名称。"甜浆粥儿"是用豆浆、粳米及白糖等为原料做成的粥,《大词典》未收。清代人何耳在《燕台竹枝词》中写有"甜浆粥"诗,详细介绍了甜浆粥。其诗曰:"豆粉为糜腻似胶,晓添活火细煎熬。蔗香搅入甘香发,润胃无烦下浊醪。①""麻花"即"麻花",《大词典》孤证出自现代文献;"苦卖儿"即"苦麦菜";"肉轱辘儿"指"较粗的肉棍或肉条";"烧麦儿"即"烧卖儿",是类似于包子但皮比包子薄的蒸制食品,"烧麦出现于元大都,是地道的北京小吃,久负盛名。明代称烧麦为'纱帽',清代称之为'鬼蓬头'"②。

二、零散出现的饮食类词语③

车王府曲本中不仅有大段的饮食现象描写,还有零散的饮食现象描写,由此出现了一些饮食类词语单独出现或两两三三出现的情况。

(姚、马、杜仝白)这些饭食不好,还有什么?(刘老头儿白)还有米心巴拉咯哒汤。(姚刚白)二位贤弟,你我弟兄在朝吃的是珍馐美味,并无用过什么叫作米心吧啦咯哒汤。(2·388)

按:"米心吧啦(巴拉)咯哒汤"是疙瘩汤的一种,如下文就省做了"咯哒汤",例:"(姚刚白)店家快些做咯哒汤。(2·388)"

请问大姐是那里来的?怎么黄昏时候来买糕干!(4·164)

按:"糕干"指用米粉或麦粉制成的一种条状食品,《大词典》孤证出自现代文献。

别的生意我不会,终朝每日烙烘饼,烙烘饼。(5·460)

按:"烘饼"指烘制而成的薄饼。

---

① (清)杨米人等著,路工编选:《清代北京竹枝词(十三种)》,北京出版社1962年版,第88页。
② 张其成:《北京养生文化》,中国盲文出版社2010年版,第30页。
③ 下文如无特殊说明,所言饮食类词语在《大词典》中,其书证出自清代文献。

第三章 车王府曲本词义系统研究

那里是走不动？分明是肚子饥饿，又无有卖汤元的，酱支肉①、闷炉儿烧饼、糟豆腐……（7·361）

按："闷炉儿烧饼"，也简称"闷炉儿"，是一种带有芝麻的小零食。

（宝白）你在糕饼店内去猜。（皂班白）糕饼店内猜，云片糕，大八件，小八件？（9·181）

按："大八件"指北京所产的"枣花儿、点子酥、核桃酥、到口酥、缸炉儿、银锭、玫瑰饼、状元饼"②等8种不同的点心、糕点，"小八件"中糕点形状要比大八件中的糕点小。

到了彰仪门外头，抢切糕吃，卖切糕的才指了你一条明路。他说城里头新开的一个豆腐楼，按着身量吃。吃完了，你反往人家要两钱。（10·409）

按："切糕"指用糯米制作而成、吃时切着吃的糕，《大词典》孤证出自现代文献。

想起当年每日卖面茶，积攒这俩钱也不容易，也是贩本贩利来的，难道每日我吃官嚼官不成？（11·149）

按："面茶"是一种奶茶，得硕亭《草珠一串》："奶茶铺所卖，惟奶酪可食，其余以奶为茶曰奶茶，以油面奶皮为茶曰面茶，熬茶曰喀拉茶。"③"面茶"，《大词典》未收。

我妈妈养我，与我闯名字。隔壁的二婶击酸菜来着，这们个功夫，可巧阴了天啦，说不击了，不击了。（11·311）

按："酸菜"指通过发酵后，味道变酸的白菜，《大词典》书证出自现代文献。

（生）守城的是那几个天将？（丑白）回去吃稀饭咧。（11·400）

按："稀饭"指"粥"。

昨日东乡邻王大娘送来一块糖糕，把来阿大吃格，要末就拿来你吃。（11·454）

按："糖糕"指以白糖、红糖及面粉等制作而成的一种甜食糕点，或蒸制，或油炸。

（吃介。老旦扶拐杖哼哼上，白）你两个在此吃什么东西？（丑）吃一块

---

① "酱支肉"即"酱汁肉"。
② 白鹤群编著：《老北京土语趣谈》，旅游教育出版社2013年版，第215页。
③ （清）杨米人等著，路工编选：《清代北京竹枝词（十三种）》，北京出版社1962年版，第54页。

粗糕。(11·454)

按:"粗糕"指"粗花糕",是花糕中较次的一类。清代富察敦崇在《燕京岁时记·花糕》:"花糕有二种:其一以糖面为之,中夹细果,两层三层不同,乃花糕之美者;其一蒸饼之上星星然缀以枣栗,乃糕之次者也。每届重阳,市肆间预为制造以供用。"①

(甘白)那么怎么吆喝哪?(远白)你吆喝羊眼儿包子热。(12·27)

按:"羊眼儿包子"指老北京流行的像羊眼一样大小的精致包子。

你们到果局子里去,定下十碗肉丝儿拌涝,五枝糖葫芦儿,醋卤虾,一碗肠皮儿炖鲜蘑,晚间俱要齐备。(12·91)

按:"糖葫芦儿"指把山楂粘上熬制好的糖汁,制作而成的甜酸食品。

街坊你二大妈一斗豆子出了一槽豆腐,还有一升豆皮子,还有两盆豆腐渣,怎么他出那広些个东西!(12·95)

按:"豆皮子"指"豆饼",《大词典》未收;"豆腐渣"指"豆渣",《大词典》孤证出自现代文献。

吃了多少锅巴饭,睡了多少无脚床。(12·206)

按:"锅巴"是煮饭时贴在锅底煳了的那层。《食味杂咏注》载:"饭锅底者,南方谓之'饭滞',北方谓之'锅巴'。"②

(丑白)罢,三王爷是个糍巴心。(辛白)慈悲心。(12·207)

起来,起来。我也是一个糍粑心。(12·332)

按:"糍巴""糍粑"指用将糯米粉蒸熟后捣制而成的食物,《大词典》无书证。

你这孩子,我叫你烙个软软活活的油穰子饼。你弄的这们挺棒子硬的,我嚼的动么!(12·339)

按:"油穰子饼"指葱花油饼,即在擀好的面皮上放上油、葱花、盐等折叠后煎成的饼。

回身又到厨房内,做了碗糊涂你拿去吃。(12·339)

按:"糊涂"即"糊肚",指稀饭。

(付白)五加皮,两满瓶。(丑白)老干又二斤。(付白)喝完了就杀风阵。(14·50)

---

① 王碧滢、张勃标点:《燕京岁时记(外六种)》,北京出版社2018年版,第101页。
② 李家瑞编,李诚、董洁整理:《北平风俗类征(下)》,北京出版社2010年版,第431页。

按:"五加皮"即用中药五加浸泡而成的酒;"老干"是"老白干"的简称。

交杯盏,粟子枣儿样样稠。子孙饽饽长寿面,金枪明光恍人眸。(15·144)

按:"子孙饽饽"即"水饺",是婚礼专用词语;"长寿面"则是过生日者所吃的面条。

这欧阳春叫走堂的问一声,可有切面无有?(17·378)

按:"切面"指用手工切制的新鲜面条或面片。

众和尚尤如下扁食、滚元宵的一般,叽溜咕噜、噼噼、吧吧往殿下乱掉。(21·328)

按:"扁食"即"水饺","北方俗语,凡饵之属,水饺、锅贴之属,统称为扁食,盖始于明时也"①。

我再送点京城物,五斤曹糕、五斤饽饽。(21·397)

按:"曹糕"特指曹雪芹所制作的"渡荒糕",即用山药或红薯等为主要原料制作而成的方形糕。

老叟笑嘻嘻的去了些粗碟,捡上些饆饆等物,不过是些素食。(22·29)

按:"饆饆"即"馍馍""馒头",或带馅子,或不带馅子。《清稗类钞》说道:"饽饽,饼饵之属,北人读如'波波',不读作'勃'字之本音也,中有馅,一作'饆饆'。"②

小爷说:"拿壶玫瑰兑白干儿。"(22·161)

按:"玫瑰"代指"玫瑰酒","白干儿"则指"高粱酒"。前者《大词典》未收,后者《大词典》所举书证出自现代文献。

预备酒惠泉百花与陈绍,良乡干占儿并老醋。(22·209)

按:"陈绍"即存放多年的绍兴酒,《大词典》孤证出自清代文献。

饮几口香茶,吃几个奶饼,略歇息,才来至大殿参拜娘娘。(22·215)

按:"奶饼"即"奶油饼"。

点心作法赛苏杭,炸春卷,包的馅儿韭菜猪肉,美味馄饨作的精。③(26·109)

---

① (清)徐珂:《清稗类钞》,中华书局1984年版,第6400页。

② (清)徐珂:《清稗类钞》,中华书局1984年版,第6400页。

③ 此例出现在大段的饮食描写中,因其中的很多饮食类词语已经论及,故此处只选择还未论及的饮食类词语。

按:"春卷"是将馅料放在薄面皮上,然后卷成长筒状的一种食品,《大词典》书证出自现代文献。

大师饼,与那萝卜丝儿的饼,双酥烧饼吊炉烘。(26·109)

按:"大师饼"指带馅的饼,早在商周时代就已出现。根据例中提供的制作方法,"双酥烧饼"当是吊炉烧饼的别称。两者《大词典》都未收。

走堂的端了四个粗碟子,乃是煮鸡子、卤煮豆腐、吹筒麻花、盐水豆儿,放在了席上。回手又拿来两壶酒、两副盅筷,一小碟细盐也教放在席上。(26·206)

按:"吹筒麻花"是北京方言中"麻花"的旧称。

小老儿那时肚中饥饿,走的两腿又疼,只得在饭店之内歇息,要了一碗粉汤。(26·242)

按:"粉汤"是以粉条、粉丝等为主要原料制作而成的带汤食物。

说着从竹篮拿出一碟松仁小肚加味香肠,还有四个吊炉烧饼,并几个猪肉包子,摆在了方老者面前。(26·295)

按:"松仁小肚"是哈尔滨、天津一带的名小吃,以猪肉、淀粉、精盐、香油、大葱、鲜姜、松仁、花椒及猪肚皮等,将制作完毕的馅料灌入猪肚皮,然后将其放入鸡汤内炖煮后,用白糖熏制而成的食品。《大词典》未收。

冲茶汤,冲藕粉,夹糖糕,真有味。还有那,果馅的馄饨、汤元,吾保有香。(26·321)

按:"藕粉"指用藕磨制而成的粉,用开水冲服。"夹糖糕"指糕中间夹上一层糖的糕点。前者,《大词典》未举书证;后者,未收。

叫走堂的拿一碗馄饨来,卧上他两个果子。(26·353)

按:"果子"指油条,《大词典》孤证出自现代文献。

还有猪肉馒头、烫面角儿、炸三角儿、肉火烧、焖炉烧饼,都放在那孩子的跟前。(26·351)

按:"烫面角儿"源自"烙面角儿",宋代兴起的一种食品。"烫面角儿"的关键在于面粉需要先用开水烫好,然后擀成水饺皮样,把各种馅料放在上面,捏成水饺样放在蒸笼上蒸制而成。"炸三角儿"是老北京的传统小吃,制作时,"把淀粉加水,再加适量的盐放在锅里熬,熬熟后掏在盆里晾凉成坨,切碎再加香菜末儿拌匀成馅儿,用白面皮儿包馅儿成三角儿形,擀薄后下锅炸"①。

炸棒穰、瓜子鲜、南荸荠、青橄榄、大秋梨，还有橘子与马干。（26·353）

按："炸棒穰"指炸制玉米的嫩芯，即玉米嫩芯附着面粉炸制而成的食物。

火锅子，是白肉酸菜山鸡片，南式汤羊格外添。还有个，十锦火锅加干菜。（26·353）

按："火锅子"即"火锅"，是将各种菜品放入火锅煮制而成的食品。

回头一看，欧阳春正在那里吃挂面呢！（26·355）

按："挂面"指把鲜面条晾制而成的面条。

吃了些，棋子干粉途中饭，清泉浮水美茶羹。过了些，关津渡口人盘问，驿馆招商旅店中。（26·420）

按："干粉"指干的粉条或粉丝，《大词典》未举书证。

我安排了些人，肉打卤过水面与他吃呢。你若不弃嫌，也进来划拉两碗如何？（27·261）

按："过水面"指煮好后用凉白开短暂浸过的面条，《大词典》孤证出自清代文献。

干饭馒首家常饼，豆儿饽饽大锅盔。（28·56）

按："锅盔"是较小的锅饼，《大词典》书证出自现代文献。

芝麻酱拌一窝丝，盐水烧饼油炸鬼。（28·56）

按："一窝丝"指"一窝丝清油饼"，是北京小吃。此处只用"一窝丝"代指"一窝丝清油饼"，是车王府曲本中一种常见的语言现象。其中心语"清油饼"在车王府曲本中也有单独使用的例证，如："无毛虎眼望走堂的，给我门端几个素菜来，要他二十张清油饼，烧酒半斤再说。（34·400）"

不瞒爷门说，原本卖了几百钱，我门一人吃了几个黄金塔，还未吃跑，钱也没了。（34·391）

按："黄金塔"即"窝窝头"，是老北京方言词语。

想罢，先吃一碟子破酥刚炉，又吃一碟子二五眼。（34·400）

按："二五眼"中的"二"本是量词，"五"指的是"葵、韭、藿、薤、葱"五种素菜，"眼"则无实义。根据语境，由于"二五眼"前已有"一碟子"，因此此处的"二"已失去原有意义，即"二五眼"在此处只指五种素菜拌成的一

---

① 陈树林:《老北京叫卖调》，人民音乐出版社2010年版，第123页。

碟子菜。

你们别说闲话,预备肉馒头端过来,别叫新人空口下轿进房。(41·116)

按:"肉馒头"指"包子",下文佐证为:"新夫人别空口下轿,吃一个热热的包儿,等着拜了天地,也发旺发旺。(41·116)"

烙饼带着炸饸饹,得空儿,麻炉上面打烧饼。(41·355)

按:"饸饹"是用荞麦面或高粱面轧成长条煮着吃的北方面食,大词典书证过晚。

想罢抬头观看,忽见东方大亮红日东升,好汉也就不肯动身。回手取出些棋炒吃在腑内,就在天沟内放倒身形盹睡。(42·177)

按:"棋炒"指一种可以方便携带的干粮。清代查慎行《人海记》中指出了它的制作方法:"用白面少和香油芝麻,为棋子块样,炒熟。"[1]

饭还没有熟,有现成的豆腐皮,吃些罢。(42·367)

按:"豆腐皮"指用豆腐做成的较薄的一种豆制品,《大词典》孤证出自现代文献。

咿呀,咿呀呀呀,从今我辞了这灶王爷的位。咿呀,咿呀呀呀,我再也不吃关东糖。(56·165)

按:"关东糖"是用麦芽掺杂米或杂粮制作而成的糖。

这天到了三十日,各样年菜齐做得。太太奶奶全和面,老妈跟着捏煮饽饽。等到半夜焚神纸,老妈辞岁把头磕。(56·180)

按:"煮饽饽"即"水饺"。

糖瓜、糖饼全要到,松柏枝挎满篮芝麻秸儿。(56·278)

按:"糖瓜"是用麦芽糖制作而成的瓜状糖,清代专门用于祭祀的用品。如清代潘荣陛《帝京岁时纪胜》"市卖"条曰:"廿日外则卖糖瓜、糖饼、江米竹节糕、关东糖。糟草炒豆,乃廿三日送灶饷神马之具也。"[2] "糖瓜"在车王府曲本中也写作"糖瓜子",例:"十三日,家家户户祭灶王。这个说昨儿个赶集买了糖瓜子,那个说请了半斤关东糖。(57·101)"

从潘荣陛所述可见,糖饼与糖瓜一样,也是当时用于祭祀的用品,但

---

[1] (清)查慎行撰,张玉亮、辜艳红点校:《查慎行集》第2册,浙江古籍出版社2014年版,第415页。

[2] 王碧滢、张勃标点:《燕京岁时记(外六种)》,北京出版社2018年版,第60页。

《大词典》未收。

这日若是吃肥嘴,不是狗肉定是双肠。(57·108)

按:"双肠"原名"霜肠",是清代中叶起源于开封的一种小吃。用羊大肠及佐料熬制而成。

三、饮食类词语中的文化内涵

任何具体的饮食现象都是人类对世界的认知及文化心理的一种体现,菜肴、主食、糕点乃至烹饪方式、成品形状等都有其存在的原因。它隐含着具体人的幸福、快乐或痛苦,甚至是人生追求,是对其所处文化体系动态性和民族性的体现。车王府曲本中的饮食现象虽无如此多的文化内涵,但它的一些饮食类词语或饮食现象也隐含着一定的文化功用或文化内涵。

(一)展现了一种食品的多种烹饪方式

主食是人类主要的食品,大多以五谷杂粮为核心原料,主食的样式及制作方式,是人类探索精神在饮食文化方面的一个反映,如:

要吃饭,有的是小米子饭、白米饭、稷子米饭、老米饭。要吃面,有的是白干面、撑条儿面、赶条儿面、打卤面,吃挂面别搁盐,那个东西是自来咸。要吃饼,有的是家常饼、清油饼、葱花儿饼,自来红那个东西不算饼。(12·337)

按:上例所提米饭重在它的原料,而面食则重在指其制作方式,所提及的面条及面饼的数量虽然不多,从中也可窥见当时可能还有其他相关的产品,只是限于作者故事情节架构的需求,没有逐一体现出来。上例中,甚至还点明了因为制作挂面时需要加盐,因此烹饪时不能再放盐的经验。与其他主食不同,面条的差异在宽窄粗细、成品形式及所加辅料不同,换言之,各种面条仅在于口感及视觉的不同。人们在面条上的多维度的不懈追求与改进,说明饮食在人们心中并不是简单的果腹问题,当解决了温饱问题后,人们倾注其上的更多是精神层面的追求。

(二)体现了特殊时刻的饮食文化现象

除一日三餐外,饮食在中华民族文化体系中也占有一定的角色,如祭祀、丧葬、婚俗乃至女性坐月子时都有着特殊的饮食要求,久而久之,就形成了独特的饮食文化现象。车王府曲本中也有此类饮食文化现象的存在,但受主题的影响，数量不多。

  他说他明日跟随他师付（傅），要往人家去念经。今日乃是按坛日，分了些豆腐、饹馇与面筋。炉食、饽饽真不少，还有糖果、共点心。（21·330）

  按：例中的饮食类词语有"豆腐""饹馇""面筋""炉食""饽饽""糖果""点心"等，因为是坛日所用，所以都是素食。"坛"最初是指多用土石堆积而成的祭祀场所，后指"僧道过宗教生活或举行祈祷法事的场所"[①]，根据"坛日"在车王府曲本出现的语境，可见它当是指举行佛事活动的日子，因此所用食物皆为素食。

  清代是满汉交融的时代。在此语境下，佛事活动中人们仍然严格遵守素食观，说明在涉及神灵和信仰等活动的时候，即便是在不同民族文化融合的时代语境下，参与佛事活动的人也通常会遵守这一传统规则。

（三）体现了饮食中的民族文化特色

  每个民族都有自己的典型饮食文化特征，车王府曲本中体现的主要是蒙古族和满族的饮食文化特色。蒙古族的是日常饮食文化特色，满族的则主要是婚俗文化特色。

  皮袋装满奶油饼，还有那搭拉苏用尿泡成。那马上驼着全仗牛羊肉，若要吃它用水烘。（23·240）

  按：例中的饮食类词语是具有鲜明民族特色的"奶油饼""搭拉苏"及"牛羊肉"等，如"搭拉苏"即"大辣酥"，音译自蒙古语，是元代人酿造的一种酒。这三种食物都是蒙古族常有的食品，至于所言搭拉苏用尿泡成，则是车王府曲本作者个人的一种叙写，与搭拉苏的实际制作方式并不相同。

  满族的饮食文化主要体现在子弟书《鸳鸯扣》中，招待第一次上门的女婿，其饮食为：

  天将饭食诸亲才齐到，厨房内打卤下面为的是剪绝。不多时太太传话说叫摆饭，那些个家人仆妇就奔走不迭。先端上八碟热菜请吃喜酒，然后是吃面的小菜倒有好几十碟。螃蟹、卤鸡随人自便，以下的猪肉打卤没甚么分别。（55·139）

  按：例中提及的饮食类词语有"热菜""喜酒""小菜""螃蟹""卤鸡""猪肉打卤"。其中小菜是面的配菜，数量有几十种之多。这是当时家庭富裕的满族人家庭招待满族人女婿的席面，看似简单，却体现了满族人"简单中透着奢

[①] 王同亿主编：《新现代汉语词典（修订本）》，海南出版社1996年版，第886页。

华"的饮食习惯，也体现了其对新女婿的重视。

好容易说开才把奶茶献上，才令人外面传话请进了姑爷。（55·140）

按：例中"奶茶"体现了清代满族招待客人式的习俗，即与汉族不同，他们招待客人的饮品是奶茶。

婚礼中的祭祀环节所用食品也较有特色：

外面把羊乌叉、羊腿都煮好，肉丝儿仓米干饭为的是祭告天神。银执壶、银杯俱用红绒对系，小桌儿迎门放好就去搀起了新人。阿叉布密的两夫妻在红毡上拜倒，差车密的片肉是白效殷勤。告过天地然后才交杯合卺，推杯换盏不过是略略的沾唇。肉丝儿仓米饭俱各布到，仆妇们展开衾褥伺候着新人。（55·153）

按：例中提及的食品有"羊乌叉""羊腿""肉丝儿仓米干饭""阿叉布密""差车密的片肉"，其中"阿叉布密""差车密"为满语音译词，前者义为"洒酒祭天；洒酒祭神；奠酒"，后者意义不明。与上文所示接待新女婿时食品中还有猪肉不同，满族人结婚时只用羊肉。

第四节　生活日常用品类词语及其内涵

生活日常用品指人们生活中使用到的各种物品，如厨具、餐具、清扫工具、盛物器等。可以说，人们生活的正常运转离不开日常生活用品，这就意味着其种类和数量是动态变化的，即以往生活日常用品或被保留，或被淘汰，新的日常生活用品不断产生。因此，很难对其做出精准的分类，故在研究车王府曲本中的日常生活用品类词语时，考虑到该类词语的数量及其特性，此处仅选取了以下几类。

一、日用必需品

车王府曲本中展现了大量的日用必需品，《杂银嵌换钱赶板》集中体现了这一点。该篇长岔主体内容描写走街串巷收废品之人的广告词，即收取废品的类型，所涉及的也都是旧物品，但几乎呈现出了当时日用必需品的全貌。例：

他道是杂银换钱，有那破坛子、烂罐子，马勺和盖垫，还有那酒漏子、酒壶、雨衣、褐衫、鸟枪和腰刀、撒带、号箭，有那夹剪和法马、戥子、算盘。有那使不著的旧秤、天平和钱盘，还有那厨房里油裙。打破了的鼓板，拍破的铙钹、法衣、偏衫。有那脚凳子、供器、桌围、帐幔，有那道士木鱼、鱼鼓、简板，有那打卦的竿子、算命的铁板。铜盆和衣架，使不着的案板、桌椅和板凳，摆坏了的佛龛。有那杉槁木垛，买卖人儿的扁担。有那车上煞绳、打牛的皮鞭，木匠的铁锯、铁匠的风扇。有那裱糊匠的刀尺、画匠的图传，锡匠的砧剪、棚匠的席杆。有那厨房的刀勺、庄家人的锄镰、瓦匠的瓦刀，还有那铁锹，安不着的门框、竹筒子、炕沿。有那古铜玩器、字帖手卷，这些个东西，都拿来换钱。（紧嗷板）旧靴子、旧袜子、旧袄、旧褂子、旧帽子、旧袍子、旧罩子、凉席子、马褥子、套裤、口袋、破裤子、银簪子、铜镯子。待客使不得的火锅子，破灯笼、烂罩子，员外戴不着的扎巾子、胰子盒、手炉，待客使不得的锡壶子、金冠子和银扇子、吊破了的纱灯、旧钿子。蒜罐子、醋坛子，打破了的雨伞、竹帘子、破铺陈、乱毡子，裁缝赚下的破湾子、破琵琶、烂弦子、胡琴、星儿、托盘子、蜡阡子、灯坠子，剃头使不得的那破柜子、破纱橱、烂箱子，使不得的酒篓、小缸子、旧盆子、烂桶子，使不得的荷缸、小罐子、小刀子、手帕尖上的铜卡子，筒妆子、镜架子，阿哥们穿不着的马褂子、平口子、旧袋子、烂条子、荷包、顺带子、旧剪子、坏簪子，奶奶们带不着的耳环子、铁钉子、铁镊子、灯台、香炉、蜡夹子，铜钮子、潮银子、宣卷，使不着的旧棉子、花棒槌、叉头子，小阿哥们玩的皮猴子、零绸子、碎缎子，姑娘们打带子剩下的绒辫子、马鞍子、透抽鞍归岔、摔胸、肚带、鍊金镫、扯手、秋辔共嚼环，这些个东西全都要，拿将出来看一看。（57·201—203）

毫无疑问，上文所描写的日用必需品的类型之丰富、数量之多，着实令人惊叹，每一个物品，都蕴含着丰富的文化内涵，是中华民族几千年物质文化在日用生活品中的集中体现。

除大篇幅的描写外，车王府曲本中还有零散的有关生活日用品的内容，例：

似这样活头儿我了不了，姐们的骑马布我都洗到了。（5·173）

按："骑马布"即"月经带"。

这深更半夜得,到我们家倒溺盆子来了!(12·421)

按:"溺盆子"即"尿盆",《大词典》孤证出自清代文献。

你冻蹄子来,脚桶有冷水,脚也忽忽。(14·5)

按:"脚桶"指洗脚盆。它在某些地域还被用作婚品,如:"1949 年前,潮汕女子出嫁,必备'三桶':即脚桶、腰桶、屎桶。脚桶是妇女在房里的洗澡用具,有了孩子后也可用于孩子洗澡洗衣服,男人有时也用脚桶洗脚。"①

群房四面盖的精,高台阶子有五尺。出入俱是走马门,春凳两条摆左右。(20·477)

一对黑鞭门上挂,两条春橙左右分。因为天冷无人站,都在门房把身存。(33·341)

按:"春凳""春橙"所指相同,是一种板面宽大的长凳子,《大词典》首例书证出自清代文献。

见桌上,点着半只四川白烛,这烛千,却是一个木头烛千。这董福,一言看见这两件物,他的那,不由起疑在心中,莫不是,这个人当差在内库?(26·84)

按:"烛千"即"烛签",指插蜡烛的签子。

别顶的,是根半截抿子把,钱串扎顶算头绳。(26·161)

按:"抿子"即梳头时抹油专用的刷子。

虎力大仙忙忙拿了一个铜盆,鹿力大仙取了一个沙古,羊力大仙倒了一个花瓶,放在供桌之上。(27·427)

按:"沙古"即"沙锅"。

看见那,迎面一张大条案,倒象(像)是,画图插在大瓶中。(41·147)

按:"条案"指比桌子高的、狭长的几案,《大词典》书证出自现代文献。

身穿着布裤青缎袜子,踏拉着一双鞋,坐在树下罗圈椅子上扬眉吐气。(41·262)

按:"罗圈椅子"指椅面三面安有靠背和扶手的椅子,《大词典》未收。

靠桌一张醉翁椅,李八侯,挈着架子坐当中。(41·262)

按:"醉翁椅"一种坐上去可以前后摇动的躺椅。

众公有所不知,锤却不是真的就会。二根擀面杖上绑着吹鼓了的尿包,用锅烟子染的,黑晚之间好像两柄大锤,好振唬孤客。(41·480)

---

① 叶春生、施爱东主编:《广东民俗大典》第二版,广东高等教育出版社 2010 年版,第 344 页。

按:"擀面杖"指用于擀制面皮的圆形小木棍,《大词典》书证过晚。

金大力闻听走至跟前,一伸手先将可手的那一根通条拿起来瞧了一瞧。那里是什厷铁通条?分明是一根铁锤把儿。(42·83)

按:"通条"指用于通炉子、灶底的工具,一般为一端尖的铁条。

此楼点了四盏纱灯,两盏戳灯。灯放在锦匣的小桌上,还有两盏腊千子。(42·248)

按:"戳灯"是有长柄的、可随时移动的灯,不用时,可插在插座上。"戳灯"上标有姓氏或其他印迹,用以表明身份。

太后分付尼僧端一个马机子来,放在下边与襄王坐。(42·300)

按:"马机子"指方形且面积较大的凳子。

你们把这些书桌子落起来,我上去站着,你每在地下站着。我叫声众将,你每都就答应。(42·393)

按:"书桌子"指读书专用的桌子,《大词典》收"书桌",未收"书桌子"。"书桌"的书证出自清代文献。

设摆那,璎珞垂珠摆左右,锦屏、围屏共插屏。(42·483)

按:"插屏"是放在桌案上的、带有座架的摆设品。

没有铜盆,使沙浅儿;盆架是个旧马扎儿,胰子盒是个蛐蛐罐儿,手巾是块小孩屁股连儿。(56·149)

按:"沙浅儿"即"沙锅浅儿",指较浅的沙锅;"盆架"是中国传统放置洗脸盆的架子;"马扎儿"是一种可以折叠的坐具;"胰子"即"肥皂";"手巾"即"毛巾";"屁股连儿"即"尿布"。以上代指4种生活必需品的词语,"沙浅儿"《大词典》未举例证,"盆架""屁股连儿"《大词典》未收,"马扎儿"《大词典》书证出自现代文献,"胰子"《大词典》书证出自清代文献。

哎哟!一炷香插在当中儿;哎哟!天地桌在面前。(56·152)

按:"天地桌"指祭祀时,摆放祭品的桌子。

炉条我好卖几个大钱喝酒。(56·167)

按:"炉条"是放在灶底防止柴火掉落的、由几根铁条连在一起、中间有寸许缝隙的工具。

急忙念咒把酒漏子系起,扣住他的火门。(56·270)

按:"漏子"即"漏斗"。

醉鬼擎起哑壶儿把烟签子装在里边，烟友儿慌忙擎起烟斗。（56·270）

按："哑壶儿"指用锡制作的酒壶。

找一把破羹匙，又用蒜罐子垫沙壶，把眼挖。又用纸条缠半截吹筒，楞上安，好像支王八锤在他手里攥。（56·273）

按："羹匙"即"勺子"；"沙壶"指用陶土和沙制成的壶。

等到上冬挂草帘，每月月租七百五。（56·275）

按："草帘"指用草制作成的帘子，悬挂在门口挡风挡寒。

三更里的烟鬼鼻翅扇，泪珠儿点点滚腮边。急忙去拿火链片，打着了火纸，不哟咳咳，过瘾解解馋。（56·279）

按："火链片"即"火镰片"，取火工具。

也是这娼妇不懂眼，他弄了一个溺鳖子，放在我头直下。（57·107）

按："溺鳖子"即"尿壶"，大词典未收。

一壁里吆喝一壁里走，手推着辆㧬车在街、街前串。（57·203）

按："㧬车"指"独轮车"，《大词典》未收。

二、盛物类词语

盛物类词语指代盛放固体及液体的日常生活用品，它们在车王府曲本中的部分代表如下：

手捧这霞觥，心内仔细参详。（14·23）

按："霞觥"指盛满美酒的杯子。

李三想罢忙叠起，一回手掖在顺袋里边存。（21·160）

按："顺袋"是古代悬挂在腰间盛放物品的小袋子。

说罢，走将进去，到了马棚之内，找了一个耳筐子搬出半筐草料。（24·452）

按："耳筐子"指顶端两边带有抓手的框子。

只见那，满屋里瓦盆堆似山，也有那，瓦礶瓦盆作的好，式样儿，甚是巧妙与新鲜。还有那，喷壶、夜壶与食浅。也有那，闷葫芦儿好装钱。又有那，蛐蛐礶合支锅瓦，小盆、小礶、灯盏碗。真正是，样样家伙真俱全。（25·398）

按：本例中有很多盛器类词语，包括"瓦盆""瓦礶""喷壶""夜壶""食浅""闷葫芦儿""蛐蛐礶""小盆""小礶""灯盏碗",其中较难理解的为"食浅",此处存疑。

乞丐们,饿的头昏也要去,挎着涝斗儿净哼哼。(27·94)

按:"涝斗儿"即"捞斗儿",一种捕鱼的工具。

备了一个脚驴,将被套稍连放在上面。(27·304)

按:"稍连"即"褡裢"。

只见南北两下里盛粮食的那些篍罗都摆了个齐齐整整,又搭着那些个粮食配着,好不热闹。(41·322)

按:"篍罗"指用棉槐条或柳条编成的圆形的、较浅的盛器。

这内中惟有计全他是另一样儿:缨帽、青袍褂、青缎靴子。拿着个大平带的烟荷包,有根长杆烟袋,外有吐沫盒怀内揣着,急忙忙前去。(42·244)

按:"吐沫盒"是用于盛吐沫的盒子。

哎哟!没有香斗与蜡扦,使一个木头碗抓上炉碳面。(56·152)

按:"香斗"指插香用的斗,"蜡扦"指插蜡烛的签子。

碓子房儿里去夺标,拉住挑水的就顽笑,揪着他的兜子把化石掏。(57·113)

按:"兜子"即"兜形的盛物器"。

大抽子倒有一尺三儿,里头装着几个官板儿,为的是出城下雨装汗褟儿。(57·216)

按:"大抽子"即"大口袋",《大词典》未收。

三、烟具类词语

烟具类词语用于指代吸烟时的各种用具,它们源自部分人的吸烟嗜好。清代李王逋的《蚓庵琐语》有载:"烟叶出自闽中,边土人寒疾,非此不治,关外人至以匹马易烟叶一斤。崇祯癸未下禁烟之令,民间私种者问徒,寻令犯者斩。然不久,因边军病寒无治,遂停是禁。余儿时尚不识烟为何物,崇祯末遍处栽种,虽二尺童子,莫不食烟矣。"[①] 这段话表明人们认为烟能够治病,所以开始吸烟,受此强烈信念的影响,清政府的禁令形同虚设。吸烟者年龄

[①] 遵义市地方志编纂委员会办公室整理点校,(清)郑珍、莫友芝编纂:《遵义府志》,巴蜀书社2013年版,第289页。

的低龄化及诸多烟具的出现,说明烟草对当时的人们而言,已超脱治病需求,更多则是一种心理上的需求。但这仅是就一般的烟草而言,当普通的烟草变为鸦片时,它对人们的危害之巨大,难以想象,车王府曲本就记录了吸鸦片之人的下场:"当家产、卖田园,一门老幼受饥寒,黄皮蜡瘦因烟起,太平年多少名公上了贼船。(56·269)"

对烟草的痴迷,导致当时烟具文化盛行,掺杂着人们在此范畴的审美追求,如:

论烟枪湘妃杆,翡翠嘴儿银镶嵌。洋磁烟斗花珐琅,托灯是洋漆盘。广铁签十八件,玻璃灯、白爁拈。周身的螺蛳能下能安,谁似你瞎做践?(56·444)

一个简单的吸烟工具被装饰得高端奢华及十八件辅助吸烟工具等信息表明,烟具对当时的人而言,已经脱离了简单的吸烟工具范畴,而成为一种身份、财富的象征,更或者是消磨冗长时光的一种方法。

为反映车王府曲本所反映的烟草文化,著者挑选了车王府曲本中的部分烟具词语,借此解读出清代的烟具文化。

可恨他小烟包许多字印,乡里人做买卖所值几文!(12·118)

为此,烟包子用连环为记,不用字迹,以免狼藉。(12·392)

按:"烟包""烟包子"即专门用于装烟的小袋子,差别在于后者带有词缀"子"。

刘大人也觉难闻,连忙向内厮要过鼻烟壶去到了些鼻烟闻了闻。原来刘爷这个烟壶是个水晶的,烟却是黑烟。并不是他老人家花钱买的,这是在工部作官的时节人家送的。(43·315)

按:"鼻烟壶""烟壶"即装鼻烟的精致小壶,小可手握,便于携带。材质多样,除例中所言"水晶"外,车王府曲本还提及了玛瑙做的鼻烟壶,如:"二目留神看僧俗,则见他,西边坐着僧一众。手拿鼻烟玛瑙壶,身穿僧衣是香色。(43·461)"车王府曲本中,"烟壶"也可以儿化的形式出现,如:"摸一摸你带着烟壶儿没有,我闻上一鼻子。(5·173)"

长杆烟袋担子把儿,烟荷包是个破褡裢儿。(56·148)

按:"烟荷包"是专用于装烟的荷包。

竹节长烟袋杆子三尺多,白玉烟嘴珐琅烟袋锅唎,打子儿荷包真配合。(56·178)

按:"烟嘴"指烟杆一头用于嘴含的部分,《大词典》孤证出自现代文献。

"烟袋锅"指安在烟杆一头装烟叶末的圆形小容器,《大词典》孤证出自清代文献。

有位吃大烟的朋友来至在街前,精神恍惚,二目粘涎,拿自烟枪,要上烟馆。(56·267)

按:"烟枪"是专用于吸食鸦片烟的工具。

烟友儿一见过不了火,慌忙把烟签子烧红,亚赛火窜,照定前胸分心就刺。(56·270)

按:"烟签子"是吸食鸦片时,捅烟锅、刷烟锅的工具。

醉鬼擎起哑壶儿把烟签子装在里边,烟友儿慌忙擎起烟斗。(56·270)

按:此处"烟斗"专指鸦片烟枪前端放置鸦片烟泡的斗状容器。

上联是手托烟盘辞旧岁,下联是口含烟枪过新年。糖瓜、糖饼全要到,松柏枝挎满篮芝麻秸儿。(56·278)

按:"烟盘"盛放吸食鸦片所需各种工具的托盘。

乌木杆儿、潮烟袋儿、翡翠嘴儿,真好看儿。杆子倒有三尺半儿,烟荷包猩猩毡儿。(57·119)

按:"潮烟袋儿"指盛放潮烟的烟袋。

香色口荷包侍卫袋儿,手里托着点子熏烟儿。(57·219)

按:"侍卫袋儿"也写作"侍卫带",清代学秋氏在《续都门竹枝词》中指出:"烟袋名称侍卫带,虎皮箸箸正时装。"① 学秋氏并未指出侍卫袋的具体形状,据袁仄、胡月(2022)所言,其当指"长杆大烟袋"②。例中的"手里托着点子熏烟儿"及"荷包"等信息并未标明"侍卫袋儿"就是"长杆大烟袋",故著者认为,车王府曲本此处的"侍卫袋儿"泛称"烟袋"即可。

大长的烟袋,三尺零,嗒嗒!(57·428)

按:"烟袋"指专门用于盛放烟末的袋子。

四、其他类词语

古往今来,人们的日常生活用品类型细腻而丰富,其中有很多难以归类,

---

① (清)杨米人等著,路工编选:《清代北京竹枝词(十三种)》,北京出版社1962年版,第64页。
② 袁仄、胡月:《20世纪中国服装流变(修订版)》,生活·读书·新知三联书店2022年版,第44页。

但又是生活中的必需品。针对此种情况，我们将难以归类的代指生活日常用品的词语归为其他类词语，以备考究。

舌头吃的杠棒粗乩哉，还要酒来酒来。(13·481)

按："杠棒"指较粗的木棒，可用于抬东西，《大词典》书证过晚。

他只待流苏帐暖洞房春，高唐月满巫山近。恁便道上了蓝桥几层，还只怕漂漂渺渺的波涛滚。(13·486)

按："流苏帐"指装饰有流苏的帷帐。

万叠文春，愁付瑶琴，弦上新声指下吟，幽情如许捣。(14·3)

按："瑶琴"指用美玉装饰的琴。

丫嬛打开三簧锁，走进降香女钗裙。(56·57)

按："三簧锁"是内有三条簧片的锁。

小丫嬛这里不怠慢，门后抄起门闩来，照着老道打下去。(56·93)

按："门闩"是横在门后中间使门打不开的工具。

贴身穿了件冷布汗衫儿，没有汗巾系钱串。彩堂鞋山东皂，不哟，嗻哟，扎之串之连。(56·149)

按："冷布"是一种通风透明的纱布。

明年正月，喃家南庄儿办大会，花炮盒子做的强。(57·101)

按："花炮"泛指鞭炮。

第五节　官场用语类词语及其内涵

秦朝郡县制建立后，官府机构处于逐渐扩充、更新状态中，不同时代都有自己的官府机构名称和官职名称，由此出现了同一机构及同一职位在不同时代有不同名称的现象。反映在车王府曲本中，则是既有以往朝代的官府机构名称和官职名称，也有清代新增的官府机构名称及新出现的官职名称。车王府曲本中，所拥有的大量关于官场的词语，不仅局限于以上两种，还可对其进行具体划分，根据具体情况，我们从以下几个层次对其进行分类研究。

一、官场职所类用语

官场职所类用语指用于表示官署及相关处所的词语。

左右，将贼秃送僧纲司去烧死，将顾先高女媳交官媒发卖。(12·414)

按："僧纲司"是明洪武十五年(1382)设立的管理佛教事务的机构，《大词典》未收。

内司答应说："是了。"连忙跑到科房中，告诉那，掌案书办照话行。(32·26)

按："科房"原为清光绪十九年(1893)至宣统三年(1911)所设置县衙内诸多办事地方的统称，包括"吏房、户房、礼房、兵房、刑房、工房、仓房、库房"①等八房，从"科房"在车王府曲本中的使用情况看，它代指的是"文房"，不在八房之内。"文房"即官府掌管及存放文书之处，车王府曲本中的其他例证也说明了这一点，如："过来，吩咐科房，备下文书，解送相府。(5·37)""书吏答应将堂下，回科房，忙写提文那消停。(32·240)""且说金先生刚到科房还未坐堂，忽听堂上吆喝老爷升堂办事。(42·71)""科房"，《大词典》未收。

难为这包衣小旦写的一笔好字，何不去档子房里写楷字，岂不是好？(32·407)

按："档子房"即清代官府抄写文书及各种档案的地方。《大词典》未收。

问官当堂分付明，清档房内把供写，做出文书部里行。(41·43)

按："清档房"是清代处理各种文书事宜的地方。《大词典》未收。

连忙先在左右看了看，那边有坐堆子，却是守宫门的官员站立带刀，身后有几个人不像伺候的样儿。(42·226)

按："堆子"即"堆拨"，是清代兵丁支更、警戒的地方。"堆子"在车王府曲本中也简称为"堆"，例："杨香武，一闻此言心欢喜，连忙迈步往前行。知府还有黄三太，率领手下怎消停，登时来至堆前站。(42·226)"

这殿下到了膳房悲悲切切痛哭不提，单说这膳房是什么地方。列位有所

---

① 刘方陶、李向东总编，四川省奉节县志编纂委员会编纂：《奉节县志》，方志出版社1995年版，第475页。

不知，听我告诉与你。(42·291)

按："膳房"是"御膳房"的省称，指主管宫内膳食的处所。

尯爷迈开短腿一轧一轧的下了中军，带领二十名宋将步行出了辕门。问那些火器营的军校："设敌的大汉在那里呢？"(43·37)

按："火器营"于康熙三十年（1691）设置，是清代禁卫军之一，因全营操练枪炮而得名。

和宁王，唬了一身冰凉汗，醒来腑内自沉音。快宣司台来圆梦。司天台，听宣即忙不消停，随旨入朝来见驾。(43·58)

按："司天台"为掌管天文历法的官署，"司台"为"司天台"省称。

虎势熊风，眼大眉浓，身高膀阔，正年轻，因此上本旅报送善扑营。(57·33)

按："善扑营"是清代专为皇帝设立的军营，"负责演习摔跤。射箭、骑马等技艺"。

二、表官职名称类词语

车王府曲本中表官职名称类的词语较多，此处只选取隶属于明清时期的几个词语以兹证明。

如今烦曹兄暂作旗牌官，赍令箭一支，速往常州武进县，调取谋命案原卷一干人犯到来，自有相救。(14·45)

按："旗牌官"指担任号令传递任务的军吏。

想当初，咱两跟班作顶马，所仗年轻在妙龄，合洞小妖谁敢惹。(28·152)

按："顶马"即官员出行时负责在前骑马开路、引路的人，清袁枚《随园随笔·顶马》中有所描述："今贵人街行，前有骑马者一二人，号称顶马。按《国语》越王勾践亲为吴王前马。前马者，即今顶马矣。"[1] 顶马早在周代时就有，其名为"前马"，如《周礼·夏官·齐右》："凡有牲事则前马。"郑玄注："王见牲则拱而式，居马前却行备惊奔也。"[2]

他的父，皇粮庄头人人晓。本来豪富有金银，交结乡党与仕宦。州县官员论弟兄，并无一点恶暴处。(33·240)

---

[1] 王英志编纂校点：《袁枚全集新编·第7册》，浙江古籍出版社2018年版，第161页。
[2] （汉）郑玄注：《四库家藏·礼记正义》，山东画报出版社2004年版，第102页。

按:"庄头"是清代为地主阶级管理村庄的人,"皇粮庄头"即"管理皇室庄园的头目"。

计全如今作漕委,一路上,沿河催舡往北行。眼下将临徐州界,咱们公全如此行。(33·245)

按:"漕委"指官府委派的检查漕船的人。

传行地方牌头等,乡长总甲领官兵。挨门按户进去找,捉拿乔三犯法人。(33·330)

按:"牌头"是清代保甲制度的产物,《清会典事例·兵部·保甲》:"国初定,凡州县乡城,每十户立一牌头,十牌立一甲长,十甲立一保正。"①

叫二位壮士不为别事,因本院有位同窗契友,此人乃中堂王希老爷族侄,名叫王年,现作陕西的学院。(33·337)

按:"学院"即"学政",提督学政的简称,又叫督学使者,是清代地方文化教育行政官,从进士出身中选派,按期至各省所属府、厅、州,察师儒优劣,生员勤惰。被选中的人,不问本人官阶大小,在充任学政时,与督、抚平行。

料想城中无别故,官役保守可放心。(33·359)

按:"官役"指不入品的小官吏及差役。

且说东昌府二府李守志奉施公委署府印进衙坐下,正然盘问参股与稿案。只见下役回话说:"外边有钦差大人差人到此,说'有话要见老爷面讲'。又是位守备特来回禀。"(34·216)

按:"二府"即"同知",是知府的副职。

大料你也早听见,这位钦差平素中,慢说是,七品知县能多大,督抚闻名也怕惊。(34·307)

按:"督抚"为总督和巡抚的合称。

伙夫勾子心中有气,口中抱怨不绝声。大叫赶脚真该死,作鬼还搅乱人。(41·308)

众位明公,要到咱这北京城的规矩,逢死尸相验都是兵马司的事情,验伤也是件作相验,这刷尸抬埋是火夫勾子老弟兄的事情。你要打了外省,那里来的火夫勾子?像这厮刷尸抬埋是地方的事情。(43·299)

按:"火(伙)夫勾子"是清代时北京城专设的负责刷尸抬埋的不在编人员。

---

① 徐连达主编:《中国历代官制大词典》,广东教育出版社2002年版,第1097页。

三、兵丁类用语

车王府曲本中也有一些词语专指兵丁,其中有些专指清代兵丁的词语。

披甲答应抬去撂,那有个人掩尸灵。(32·77)

按:"披甲"为清代八旗军的别称。

比不的运粮旂丁,这些人如何惹的?(33·68)

按:"旂丁"即"旗丁",指运送军粮、官府物资等船上的旗人兵丁,《六部成语注·户部》单列"旗丁"条:"运船之水手人丁皆世袭其业,官给田粮,如八旗兵丁,故谓之旗丁。各船有一定之旗号。"[①]

他是正白旂汉军的马甲,因为在月明楼打死了佟国舅的管家发到此处。现今是坡下的头儿,待作绿林中的买卖。(33·189)

按:"马甲"特指清八旗制的兵丁。

四、官员出身类用语

官员出身类词语用于指明官员因什么身份而被任命为官员的词语。

休管他,乡绅举人与拔贡,常言道,亲王方法与民仝。(17·134)

卑职家居江西省,南昌府,新连县内有家门。拔贡出身将官作,初任沈阳为县尊,二任时到安东县,在此为官一年零。(32·242)

按:"拔贡"是清代五种贡生之一,《清史稿·选举志》:"恩、拔、副、岁、优,时称五贡。"即"拔贡"是清代选取各级生员入选国子监的方式。"清初,每六年一次选拔府、州、县学生生员入国子监肄业;乾隆七年(1742)改为每十二年(逢酉之年)由各省学政从生员中选拔文行兼优者,与督抚汇考核定,保送入京,称为拔贡,又叫拔贡生。入京后先举行会考,择优者再举行朝考。凡入选者,一二等引见授官,三等入国子监肄业;未入选者罢归,称为废贡。"[②]

闻听说,圣祖佛爷亲自点,荫生出身作官清。(32·99)

按:"荫生"指因祖先有功而自己有资格当官的人,清代袁枚《随园随

---

① 罗竹风主编:《汉语大词典》第 6 卷,上海辞书出版社 2008 年版,第 1614 页。
② 许嘉璐主编:《中国古代礼俗辞典》,中国友谊出版公司 1991 年版,第 806 页。

笔·科第》中对一个人能获得荫生的条件做了阐释:"荫生:《汉仪注》二千石以上任满三年者,得任同产若子一人为郎。"[1]

州官四位旗员,镶白旗满洲人,翻译进士出身,本姓关名富兴。(32·259)

按:"翻译进士"源自清雍正元年(1723)翻译科的设置,"顺治时规定只准考取翻译生员。雍正时始可考取翻译举人。乾隆时始定会试考中、复试及格,赐进士出身,以六部主事用,蒙古族则分拨到理藩院工作。道光末年,复试优等者开始以翰林院庶吉士用,但只限一名或两三名,且只限满族,如是科考前为汉军,则少用或停用"[2]。

想我罗家,当初在下的四家叔在景州居住,捐了个小小前程,乃是候选州同。(33·240)

按:"候选"是清代取官的一种制度,"京官自郎中以下,地方官自道员以下,凡初由考试或捐纳入仕,以及原官因故开缺依例起复,皆须赴吏部报到,听候依法选用,称为候选"[3]。

五、官场相关用语

官场相关用语指用于指代与官场有关的词语,这些词语或是指人,或是指物,或是指行为等。

我爹爹前日说,欲将赵珏作状头的,是有名的才子。若一声张,犹恐他性命不保。(5·41)

按:"状头"指"诉讼原告人"。

上了脚镣与手拷(铐),枉死城里走一遭。每夜三更要上吊,叫你夜夜受罪苦难熬。(12·398)

按:"脚镣""手拷"分别为戴在脚踝与手腕上的环状刑具,两者在《大词典》中的书证都过晚。

昨日奉太爷之命,提拿串诈棍犯三名,拿到了。(12·403)

---

[1] 王英志编纂校点:《袁枚全集新编》第7册,浙江古籍出版社2018年版,第175页。
[2] 于家富:《乾隆朝"国语"保护制度论》,中国政法大学出版社2013年版,第211页。
[3] 汉语大词典编辑委员会、汉语大词典编纂处:《汉语大词典》第1卷,上海辞书出版社1986年版,第1506页。

第三章　车王府曲本词义系统研究

按:"串诈"义为"串通诈骗"。

待我禀过县尊,与义父退卯便了。(12·404)

按:"退卯"是"退役"之义,因古代官署点名为卯时而得名。

押他速写认状,如若不然,定行重责。(12·411)

按:"认状"即"认保状",指保证书。

莫若早为之计,实奏当今另选干员镇守这紧要之关,自己重谋清闲之缺分。却也好宴饮笙歌,省得担惊害怕,岂不双全其美?(22·209)

按:"缺分"指"官职"。

忠良忽然起个念头,暗说迄今印已得了,贼已拿住,本是奏了。明日方有通详文书,叫书办详办也就没了事咧。(32·234)

按:"通详",清代时指下级向上级呈报文书。

大人宪委我一个,沿路催舡向北行。(33·248)

按:"宪委"指"上司的委派"。

皇粮是,天廒正供须要走,是日不开礼不通。(33·292)

按:"正供"义为"法定的赋税"。《康熙起居注》:"远历边塞,其一切飞刍挽粟,皆动支正供帑项,不使累及闾阎。"① "正供"之义原用"官税"一词表示,《大词典》所举例证出自唐代文献,车王府曲本中也有用"官税"之处,例:"圣僧口内长叹气,人生总被利名牵。想他们,春雨及时忙耕种,只盼秋收大有年。扬场播米非容易,官税纳粮谁肯宽?(27·146)"

请问宗室现在那个衙门行走呢?(33·398)

按:"行走"在清代不属于专设官职,指调任人入职做事。陈康祺《郎潜纪闻》卷二:"乾隆朝大臣入军机者,亦曰军机处行走。今则章京曰军机处行走,大臣曰军机大臣上行走,其初入者加学习二字。"②

但是我,方有一件事不明,但遇那,皇爷御驾要出外,早已就,发抄晓谕天下闻。这件事,施某未闻全不晓,以我想,这件事儿未必真。(34·30)

按:"发抄"清代公文用语,即抄写公文发送到各相关机构。

差人知会众文武,快到公馆递职名。(34·216)

---

① 徐尚定标点:《康熙起居注·第6册(标点全本)》,东方出版社2014年版,第31页。

② 中国中共文献研究会编:《毛泽东读书集成·第181卷》,中央文献出版社2013年版,第130452页。

按:"职名"为书写姓名和官职的名帖。

第六节 动植物类词语及其内涵

车王府曲本中包含了大量的动植物类词语,这些词语大多是为了描写景物或情节而使用的,而较少是作者为了阐释它们而单独加入的。与其他范畴词语相比,动植物类词语所指代的动物或植物基本上都是自然界已有事物,车王府曲本中使用它们时,所用为通名或某方言区特有名称。以上诸种因素,就使得车王府曲本中的动植物类词语具有了研究的价值。

一、动物类词语

这些动物类词语反映了车王府曲本所在时代人们对动物的认知。从呈现方式的角度看,车王府曲本中的动物类词语主要采用了以下面两种方式来进行呈现。

(一)集中呈现的动物类词语

车王府曲本中集中呈现的动物类词语主要是昆虫名,它们被用于描述行军途中的各种情景。例:

怎见乐帅兴人马,几句攒成草虫名。迎面粉蝶来回串,屎蜣螂,推车打蛋趱三军,蚂蚱眼儿按营寨。蛐蛐蛄,轮到夜晚响金钟;黑老婆,村庄之内可能蚊子。孤孤凄凄在蜻蜓,金蛐螂来银蛐螂,领赏关料到苍蝇。虼蚤身轻能蹿跳,夜晚最怕闹臭虫。怕的是,军兵走些蚰蜒路,缺少钱龙不能行。蛤蟆蝎子正一夜,到次日,蜈蚣帆一展又登程。灶马荡翻沿路柳,蚂螂花牛儿报军情。窑黑子,军营常送煤合炭,白马水骆驼按路行。长备军用饭,果子虫儿把酒巡。顿顿离不了金牛肉,忽听村庄有狗蝇。蛐蟮庙,住着一位花老道,扑灯蛾儿毛毛虫,蝗虫要把齐国扫。巴蛹子,虾蜢一搬倒碓虫。驴驹子只把蝈蝈叫,蚂蚱鞍子众将军。火蝎子,只恐惧了油葫芦。椰子头打响连声,切螂切的水牛肉,蟋蟀挂担扁桃公平,叫蚂蚱只为老米嘴,秋凉一声最惨情。半翅蜂,紫鸽头把艾瓢带,忽然迎面乱马蜂,浩浩荡荡往前走。
(28·281—282)

例中提及了"粉蝶""屎蝌螂""蚂蚱""蝲蝲蛄"等40多种昆虫名,它们既有广为人们所知的"屎蝌螂""蚂蚱""蚊子""蜻蜓""苍蝇"等,也有不为大多数人所知的方言动物词"黑老婆""蚂螂"等。"黑老婆"是北京方言中对一种颜色黑亮、身体细长蜻蜓的称呼,"蚂螂"也是北京方言对蜻蜓的一种称呼。

(二)零散呈现的动物类词语

车王府曲本中也有零散呈现的动物类词语,这些词语大多出现在一些对生活场景的描写中,例:

庞国丈庆贺生辰,众门生喜吃鲮鲀。锦毛鼠私偷账本,水晶厅内把计行。(26·251)

按:"鲮鲀"是鲮鱼和鲀鱼的合称。

这一天,奴在花园之中闲游,猛见花棵底下有一条小长虫盘绕。(43·321)

按:"长虫"即"蛇",《大词典》首例书证出自清代文献。

半空中飞的是奔打木,柴火垛上是胡锛锛。虎不拉拿鸽子,他不是个燕子衔泥,为的是续窝。满街草鸡喳喳蛋,公鸡他帮着净嘚嘚。(56·183)

按:"奔打木"即"啄木鸟",而"胡锛锛"在北京方言、开鲁方言中都指"布谷鸟"[①],"虎不拉"则指"伯劳鸟"。

说罢念咒,跳在空中,将身一变,变作个鹞鹰。(56·194)

按:"鹞鹰"属于猛禽,"比鹰小,羽毛灰褐色,腹部白色,有赤褐色横斑,脚黄色。雌的比雄的稍大。捕食小鸟。饲养的雌鸟可以帮助打猎。又名鹞"[②]。

十八个骆驼驮衣裳,驮不动叫蚂螂,蚂螂含了口水喷了小姐的花裤腿。(57·94)

按:"蚂螂"即"蜻蜓"。

瞎子瞎,扑蚂蚱,蚂蚱飞在房上,瞎子碰在墙上。(57·94)

[①] 王才主编:《开鲁方言词典》,内蒙古人民出版社2014年版,第100页。

[②] 中国社会科学院语言研究所词典编辑室编:《现代汉语词典(修订本)》,商务印书馆1996年版,第1053页。

按:"蚂蚱"即"蝗虫"。

高高山上一棵麻,两个蝍蟟儿望上扒。我问蝍蟟儿扒怎的,脿子干了要喝茶。(57·95)

按:"蝍蟟"即"蝉"。

卖油葫芦挖屎壳郎,撕骆驼毛挖鼠狼。(57·223)

按:"油葫芦"是一种比蛐蛐个头大、但不会斗的蝈蝈类昆虫。"屎壳郎"是一种主要以吃大便及动物尸体的甲壳虫。

二、植物类词语

植物与人类相伴而生,在人类眼中,植物不仅是植物,它可食、可药,也可被人类赋予各种寓意,作为名称或各种装饰品存在。由于植物被人类赋予了超越本身的人文属性,故文学作品中也常用相关的描写,车王府曲本即属于此类。

车王府曲本中有关植物的呈现情况,可分为集中呈现和零散呈现两种。

(一)集中呈现的植物名称

车王府曲本作者在描写饮食、服饰、行军及花灯等时,常用多种植物名称描写事物,并推进情节。例:

但只见,该官忙摆盅合箸,设下缨络与花樽。江南白枣荷苞杏,水掭杨梅颜色新。又有那,红白樱桃甜桑葚,正是端阳庆筵宾。龙眼荔枝枇杷果,荸荠甘蔗真爱人。碗大的,蜜桃秋梨香又翠脆。莲子菱角鲜杏仁,白花水藕丝不断。沉李浮瓜甚鲜新,又有那,新鲜橘柑香油美。温州出的大香橙,吃一看二皆高摆,各样干果摆的匀。(28·490–491)

按:例中提及的能够食用的植物果实有"白枣""荷苞杏""杨梅""樱桃""桑葚""荔枝""枇杷""荸荠""甘蔗""蜜桃""秋梨""莲子""菱角""杏仁""水藕""沉李""浮瓜""橘柑""香橙"等,其中的部分还涉及其出产地。

一员幼将多威武,粉涂玉琢一英雄。但只见,芍药银盔珍珠擅,银花甲褂玉针堆。梨花战袄团花砌,栀子香袋嵌蜀葵。串枝莲,打将银鞭如穿草。插花宝剑绣球晦,木槿弯弓菱角样,晚香金箭把凤尾堆。(28·500)

按：例中涉及"芍药""银花""梨花""栀子""蜀葵""串枝莲""绣球""木槿""菱角""晚香"及"凤尾"共11种花名，其中"串枝莲""绣球"两个词语《大词典》未收录。这些花名因为常见，似乎没有多大的价值，但例中将它们串在一起，与人物的着装完美契合，传神地勾勒出了人物的着装喜好与精神特点。当车王府曲本中的一些作者将花卉等植物与行军结合在一起时，它们中的很多就具有了人格化、动态化的特征，枯燥无味的行军也因此而变得生机盎然。例：

几句攒成花卉名，前打着，玫瑰碧桃旂双面，凤仙水仙领人马。先锋海棠春来红，盔顶马缨擎芍药。金银花甲玉芙蓉，只因月季淑气反。串枝莲勾引百日红，望江南，石榴花被刺玫治。丁香探春报江东，勤娘子拉住车轴子。牡丹珍珠泪盈盈，只听浔，喇叭花吹起金菊令，剪秋锣鸣栀子行。茉莉走晚安营寨，晚香玉夜阑人打更。一路上，战马嘴吃垂盆草，三军桥倒密罗松。（29·24）

按：上例中涉及"玫瑰""碧桃""凤仙""水仙""海棠"等25种花卉名及草名、树名，它们使行军途中的景色及心情变得缤纷多彩、生机无限，同时，也能勾惹起受众的想象力。用植物名描写行军途中的景色，抑或者是虚构行军途中的景色，是车王府曲本中的常见现象，且每次描写中，有其他篇幅中出现的植物名，也有其他篇幅中未出现的，这就为车王府曲本植物词汇系统的形成提供了便利。

车王府曲本中，还会用大量的植物名词形容交战情形的用例，例：

玉黄李子安天下，虎拉宾来招斗征。滚滚黄沙平果趁，闪闪刀枪晃杏仁。斧劈海棠差多少，刀砍沙果争几分。这一个，怒气冲冲白果脸，那一个，滚滚乌梅长愁云。人头杀浔西瓜滚，鲜菱顶骨枣儿红。槟子败阵樱桃散，龙眼荔枝滚泪痕。核桃叫苦蜜桃命，败走秋梨乍了营。斧去榛子石榴坠，小菜毛桃番橄榄。使的那，二人口内有喘声，双将恋战多一会，不知谁胜与谁赢。（42·334）

按：例中提及的植物类名词有"玉黄李子""虎拉宾""平果""杏仁""海棠""沙果""白果""乌梅""西瓜""菱""枣儿""槟子""樱桃""龙眼""荔枝""核桃""蜜桃""秋梨""榛子""石榴""毛桃""橄榄"等。其中，"玉黄李子"是北方特产的李子；"虎拉宾"，清代查慎行在《人海记》中将其写作"虎喇槟",曰:"吾乡呼林檎为'花红',北人呼为'沙果',又柰似林檎而小,北人曰'虎喇槟'。"① 由此可见,"虎拉宾"即是"沙果";"菱"是"菱角"的简称;"槟子"是果实比苹果小、味道酸甜的一种水果,《大词典》中书证过晚。至于其他名称,虽然为常见名词,但它们能够在规整的句式内大量出现,首先是反映了中国有数量繁多的植物,其次说明这些植物基本上属于常见物,因此才能被作者作为素材写进作品中。

车王府曲本中的某些作者在描写花灯时,通常会详细描写花灯的形状,其中就有大量有关植物花灯的内容,如:

又有瓜果蔬菜灯。王瓜灯儿作的细,大萝卜、茄子、冬瓜、白菜灯,倭瓜、瓠子灯两样。丝瓜、扁豆、江(豇)豆灯,西瓜灯儿真好看,黑子红瓤屁儿黢青。杏儿、樱桃共桑椹(葚),秋梨、沙果、蜜桃灯,葡萄灯儿扒满架。(43·72)

按:上段文字共提及了"王瓜""萝卜""茄子""冬瓜""白菜"等18种蔬菜及水果名,这种将常见蔬菜及水果塑造成花灯的行为,充分体现了清代人们具有无限的创意及浪漫的情怀,同时也为我们提供了大量的植物类名词。这些植物类名词虽然常见,但清代抑或是车王府曲本某些作者利用它们进行文学创作的行为,说明它们不仅在人们的生活中起着重要作用,在人们的精神生活中也有着一定的地位。

车王府曲本中以大段形式展示花卉名、植物名的段落较多,但如上文所言,主要用于服饰及军事的描写,有时还会将两者结合,例:

凤仙花,旌旗一展传军令,催动芍药马步兵。玉簪花顶盔头上戴,攒草花,身披铠甲老来红。莲花征袍正可体,荔枝花蒂束腰中。茉莉花,缎靴斜挑桂花镫,梨花刚枪绕眼明。手使木槿花刀一口,蒺藜花孤都手内擎。翠雀儿蓝旗尚报事,牡丹花元帅统雄兵。鸡冠花,对对旗摇飘烈火,好似石榴花向日红。遍地黄花铺地锦,都只为,勤娘子造反乱乾坤。十宙子要把冤仇报,葵花碧桃不歇心。江西腊,海棠花逞强讲勇,玉兰花望江南怎迓生?迎春探春来回跑,眼然间,琼花桂花逃脱不能。(47·375)

上段内容如果以普通的内容描写,固然也可将要说的内容表达清楚,但直白的用词自然不如用各种花卉名及植物名表达更有意思,因为它可以把人

---

① 李家瑞编,李诚、董洁整理:《北平风俗类征》,北京出版社2010年版,第428页。

与人之间的一场争斗化成花与花之间的一场争斗，进而让人们熟知的事具有了更新颖的表现形式。

事实上，将车王府曲本这样大段描写花卉名及植物名的内容聚集在一起，即是对植物类词语的集中体现，也是对汉语植物类词语丰富表现力的体现，再如：

怎见得，武子圣人兴人马，几句攒成百花名。小仙执掌中军对，碧桃梅花在右营。凌霄花，月季兵丁老来少，打破金盏百日红。望江南征红芍药，栀子茉莉玉芙蓉。牡丹记念十娣妹，勤娘子，玉针金盏挂金灯。剪秋锣响兵扎队，串草一早就拔营。一路上，惊动玫瑰十纣子，串枝莲下密罗松。海棠淑气鸡冠子，翠雀一见乱飞腾。绣球梅，探春不住来回报，迎春金菊夜巡更。晚香玉上歇兵马，叶兰香里配马英。一路上，桃杏花开无人采，金银花下赏兵丁。所为刺梅江西腊，向日金莲花更红。（26·43）

可以说，以上内容中的植物类词语其价值不在于是否被《大词典》收录，而在于从词汇应用角度，为植物类词语提供了更宽广、更多维度的应用。

（二）零散呈现的植物名称

车王府曲本中还有零散呈现的植物名称，它们有的在上面所列段落中已经出现，有的未出现。与大段中的植物名称相比，零散出现的植物名称主要出现在更为生活化的情节中。

水不小，水里头有房子大的一个水萝卜。（5·183）

按："水萝卜"是一种红皮白心的萝卜，《大词典》未收。

晒干茄干抓上两三把，一盒子老扁豆，两个老倭瓜，葫芦瓢儿又在鞍乔上挂，笤帚、扫帚拣上两三把，带到城中看亲唱庆家。（12·334）

按："扁豆"是一种一年生草本植物，果实扁平，或白色、黑褐色或茶褐色；"倭瓜"即"南瓜"。

菜头儿海参燕窝口蘑鱼翅，鸽子蛋白汤大煮要把油吹，鸡鸭鲤鱼新鲜才好。（22·209）

按："口蘑"是一种带有肥厚菌盖的白色菌类，《大词典》孤证出现现代文献。

又买了一个灯笼找了三根秫稭，来至死尸一傍，把秫稭支起来，把灯笼挂上，盘腿坐下，这才自斟自饮。（41·306）

按："秫稭"是高粱的秆。

牧童放猪带挖苦麻菜，农夫送粪赶着一辆破牛车。佳人房中编草帽，学生告假把镰刀磨。（56·184）

按："苦麻菜"即"苦麻子""鸭子食"。

你霸占人间爱夫主因何故？收留许仙礼不端，我管叫你和尚变作灰竹菜，哩溜莲花咿呀朵梅花，不成秃球像车咕噜圆。（56·238）

按："灰竹菜"即灰竹的幼苗，又称"石笋"。

勤娘子晚妆把玉针在手内拿，移莲步出兰房，来至在荼蘼架下，等候冤家。（56·495）

按："勤娘子"为牵牛花的俗称，《大词典》孤证出自清代文献。

马上先说了几句苦丁话，老君眉拉住了银银针的腕。雀舌原来定下计，蒙山顶上会雨前。（57·9）

按："苦丁"是中药名，属菊科植物。"老君眉"为清代名茶，产于福建省光泽县。"银银针"即银针茶。以上四个词语《大词典》未收。实际上，"雀舌"和"雨前"都是茶叶名，前者唐代就已出现，后者则在宋代时出现。

鸡冠子花满院里开，大娘子喝酒二娘子筛，三娘子捧过菜碟儿来。（57·95）

按："鸡冠子花"是一种茎端像鸡冠子的花，颜色有红色或紫色两种。《大词典》未收。

聂王瓜结的到有尺半长，茄子结的乌盆儿样。（57·99）

按："聂王瓜"当为"黄瓜"。

一撒手儿的辫子编俩辫儿，不使辫绳儿，使丝线儿，披着点子晚香玉合蔼糠尖儿。（57·216）

按："晚香玉"指"多年生草本植物。鳞茎长圆形，叶长披针形，花白色，晚间开，有浓厚的香气，供观赏"[1]，大词典孤证出自现代文献。"蔼糠尖儿"未见于《大词典》。张仲（2003）在《卖芭兰花》一文中指出："卖花人穿花时，常用红石榴花和一种尖俏的绿叶作底衬。那小绿叶就是罗勒叶，'尖儿'则谓其新嫩。是可以当茶叶喝的。在中草药中，罗勒（蔼糠）全草称'省头草'，种子叫'光明子'。"[2]

灰色鞋是双脸儿，青线明漆串枝莲儿。（57·218）

---

[1] 罗竹风主编：《汉语大词典》第5卷，汉语大词典出版社2001年版，第744页。
[2] 王志恒绘图，张仲著文：《北方市井民俗图说》，天津人民美术出版社2003年版，第88页。

按:"串枝莲儿"即"缠枝莲",是古人以莲花为原型创造的一种装饰花纹,主要用于服饰、瓷器等。因其原型为"莲花",故此处将其归为植物。

第七节 其他类词语及其内涵

其他类词语指一些有关商贾类、武器类、民间技艺类、戏剧曲艺类、婚丧类、建筑类等数量较少,不宜单列章节的词语。这些词语数量虽然少,但都代表了其所属范畴在清代的状态及发展。

一、商贾类词语

商贾类词语指与商业有关的词语,它们的存在,体现了清代人对其所代表行为及事物的新认知。

如今大人令该房出一张告示,刷印多张发与各帮,令前途路上厅府县镇张贴晓谕。(33·294)

按:"刷印"是古代印书的一种方式,先在刻板上复纸,再以毛刷刷扫。

又叫成衣匠与小主、小姐作成衣服,打造首饰、头面、花朵。(42·392)

按:"成衣匠"即裁缝。

你上回书是养汉团风镇不远。任胜祖、相茂春乃是羊山的大王,又带着十个头目仝千岁、石恩进团风镇饭店吃饭,难道开饭铺子的见了强盗有不害怕的广?(42·487)

按:"饭铺子"指规模较小的饭馆,《大词典》收"饭铺",未收"饭铺子"。

有位吃大烟的朋友来至在街前,精神恍惚,二目粘涎,拿自烟枪,要上烟馆。(56·267)

按:"烟馆"是吸食鸦片的场所。

当差使死混账,偷空儿就蹲轿子房。不是拉岔把十壶斗,就是压宝赶老羊。(57·108)

按:"轿子房"是旧时为有钱人家准备的暂时停放轿子的场所。清代成为赌博较为严重的场所，例中所提的"十壶"及"赶老羊"即是两种赌博方式。

饭馆子是你的外书房，黄酒铺里当家乡，野茶馆儿时常逛。（57·188—189）

按："饭馆子"即"饭店"。"野茶馆儿"指设在郊外或农村的简陋小茶馆。"野茶馆是以幽静清雅为主，矮矮的几间土房，支着芦箔的天棚，荆条花障上生着牵牛打碗花，砌土为桌凳，沙包的茶壶，黄沙的茶碗，沏出紫黑色的浓苦茶，与乡村野老谈一谈年成，话一话桑麻，理乱不闻，改朝换帝也不知，眼所见的天际白云，耳所听的蛙鼓蚕吟，才是'野茶馆'的本色。"[1]

三五成群去抓尖儿，剃头棚儿里要好看儿。不吊空杵不露怨儿，想得便宜又不花钱儿。奶茶铺里去打攒儿，为的是等着挈去家儿。（57·219）

按："剃头棚儿"即"剃头铺儿"，"奶茶铺"指售卖奶茶或奶酪、奶饽饽等相关奶制品的店铺。

劝君莫进赌博厂，输了银钱丢了人吓。哼！嗳！怎样转家门儿重句。（57·435）

按："赌博厂"即"专门赌博的场所"。

二、武器类词语

武器类词语也是车王府曲本中数量较多的一类词语，在一些特殊场合，有些作者也会集中描写部分武器，例：

十里埋伏如铁桶，盔明甲亮有威风。三尖刀、两刃刀，寒霞滚滚刀如雪片；双环剑、龙泉剑，剑如秋水放光明。雁月刀、雁翎刀，光华夺目耀人眼；鸭嘴枪、只陈枪，枪尖夺目坠红缨。三楞锏、四楞锏，锏光一恍人人怕；开山斧、宣化斧，斧要着人骨髓崩。方天戟、画杆戟，戟尖拈动伤人命；虎尾鞭、竹节鞭，映日生辉耀眼明。七星锤、八楞锤，上阵冲锋追魂魄；梅针箭，甲乙木配宝雕弓。（42·331–332）

按：例中所提"三尖刀""两刃刀""双环剑""龙泉剑"等武器名常见于古代文学作品，此处作者将其集中在一起，共同完成对军队对阵情节的描写，起到了刻画情节及推动情节发展的功用，表明武器在古代与军队有关的文学作品中起了较为重要的作用。

---

[1] 金受申著，杨良志编：《口福老北京》，北京出版社2014年版，第141页。

第三章 车王府曲本词义系统研究

除以上代指常用武器的武器类词语外，车王府曲本中还有其他常用或不常用的武器类词语，其中一些是清代新出现的武器类词语。

好个康小八，用洋鎗把他叔父婶母打死，火焚其尸。（11·147）

按："洋鎗"即"洋枪"，指清代流行的西式枪支。"洋枪"在车王府曲本中都写作"洋鎗"，但《大词典》收录"洋枪"。

除却了铁兜鍪凤翅嶙峋，解下了八宝龙泉偷开利刃。（13·487）

按："八宝龙泉"泛指剑。

蓄意代伸冤，不怕迎风棍。（14·41）

本院早已挂牌放告，尔不备状词，敢来喧嚷辕门。来，扯下去，打一百迎风棒者。（14·45）

按："迎风棍""迎风棒"意义相同，此处都指官府用于惩罚犯人的棍棒。

武艺平常狠希松，虬龙剑，到无伤着那孙膑，叫人家，肋叉窝串了个大窟窿。（28·400）

按："虬龙剑"即形状像虬龙的剑。

毛遂手拿着匕首攮子蹑足潜踪直扑了后帐，不多时来至李建风的寝帐门外。（29·343）

按："攮子"即"匕首"，此处属于同义连用。

背后着扫云鞭一把，坐下跨，一匹火眼金晶兽，口中喷火鼻冒烟。手使一把青萍剑，胸中法术妙通玄。（26·92）

按：例中"扫云鞭""青萍剑"其实与一般的鞭、剑差别不大，它们的价值是反映了中国人在命名武器时的浪漫情怀。

尧礼大战紫衣仙姑，量天尺与三环剑叮当响喨，云霞兽白龙马来回旋绕。（26·93）

按："量天尺"是有柄但形状像尺子的武器，属于奇门兵刃；"三环剑"即在剑背安有三个圆环的剑，有几个环，叫几环剑。

登时间，架起无情轰天炮，对准火门烧火绳。钱粮出去如明月，铁弹铅丸似流星。（43·12）

按："火门"指点燃枪炮、炸药包等的装置；"钱粮"即"火药"。

这豪杰，看了一看长欢容，原来是，顺刀一口牌一块。红漆金字写的真，写的是，王府虎贲军一个，名字叫作管成功。（43·81）

389

按:"顺刀"即"双刃刀"。

明晃晃偃月钢刀手中擎,雄抖抖征驹赤兔威风凛,气宇轩昂心存忠义贯长虹。(56·130)

按:"偃月钢刀"即"偃月刀",是顶端像半月形的刀。

醉鬼一见吓软瘫,他什庅空儿学的这小洋礟?他必受过英法的传。(56·270)

按:"洋礟"是旧时对火炮的称呼,《大词典》书证过晚。

车王府曲本中,也有的武器名较为特殊,作者通常会借助人物的疑问释疑,例:

贤臣借月光仔细观看,但见那物有一尺余长。那头有铁链,铁链那头有个酒盅儿大的铁疙瘩。施公主仆不识此物,贤臣望着好汉说:"黄壮士,但不知这宗兵器叫什么名儿?怎么使法?"好汉回答说:"回老爷,此物有两个名儿,一名甩头一子,二名霸王软鞭。"(35·210)

按:通过上下文的解释,"甩头一子"或"霸王软鞭"的形状就得到了极为清晰的呈现,同时也说明,冷兵器时代的武器,有些形状和名称较为冷门,甚至有的连车王府曲本作者都没有提供具体名称,如:

仔细看,虽然相似两根拐,上面有,勾子枪尖利刃锋。腹内说:"此物不知何名色,异样刁钻认不清。"(34·255)

不过,这个疑问在其他篇章中得到了解决,其名为"钩枪拐",证出:"蒋顺的,哑吧枪儿实在好,辗转支持要跳人。花咀的,二狼钩枪拐更巧,蹿跳跰跃似活猴。(33·64)"

三、民间技艺类词语

车王府曲本中有诸多描写民间技艺的内容,自然会涉及一些有关民间技艺的名称。通过对其名称的解读,可以发现中国传统民间技艺的多样性、高超性及文化性。

各样玩艺不少,甚庅五虎棍、秧歌、开路钗、双石头、皮条杠子、五音大鼓、子弟书、八角鼓、什不闲、架子等类别的还可矣,一目了然。(38·345)

按:"皮条杠子"是清代流行的一种民间杂耍,具体形式为:"三条杠木义来支，中击皮条分手持。鹞子翻身鸭浮水，软中求硬力难施。"①

等着睄一睄盘杠子的罢。说是这当子是京里有名杠子马，他那一把儿人全都邀请来了。(41·254)

按："盘杠子"指艺人围着树立的杠子绕来绕去，做各种动作，这是古时庙会中常见的一种民间技艺。"盘杠子"在车王府曲本中也省作"杠子"，例："今日是闫公子值年，又是两台大戏，番鼓齐动。大会有高脚秧歌、十不闲、十番吵子、五虎棍硾子、杠子。(17·253)"

做买做卖人不断，档档子玩意摆的那们全。冰盘来捧、跑旱船、跑热车一溜烟。(56·141)

按：例中"冰盘来捧""跑旱船""跑热车"是三个当时较有名的民间技艺形式。"冰盘来捧"实则是"冰盘球棒"，起源于明代，清代依然盛行。冰盘球棒是舞蹈的一种，在明代仇英的《南都繁会景物图卷》中就有所呈现。杨双印对其中的相关图解释："最前面的小演员手托双伞行进，后有头顶软杆、上面托着双层装满寿桃的盘子的艺人，看来他是在行进中翻背挑盘，并使之旋转如飞，这就是明代流行的'冰盘球棒'中的典型技艺。"②据《大词典》，跑旱船是清代兴起的一种民间技艺，主要用于庙会及一些喜庆场合。清代富察敦崇在《燕京岁时记》中指出："跑旱船者，乃村童扮成女子，手驾布船，口唱俚歌，意在学游湖而采莲者，抑何不自丑也！"③虽然富察敦崇话语中透出对跑旱船这一民间技艺的不屑，但跑旱船却以表演者诙谐幽默、夸张的妆容及表演形式为大众所喜爱，直到今天很多庙会还有它的身影。"跑热车"即"跑车"，《燕京杂记》载："盛夏时，有跑热车之戏，贵介公子疾驰为乐，以骏马驾轻车，使仆夫痛棰之，瞬息百里，猝不及避者，立毙于道。"④叶大兵、乌丙安指出，跑热车是"清末民初贵族娱乐活动"⑤。牌子曲《十二景》这种在短短一段话内就展现了三种当时较为流行的民间技艺、娱乐活动，且跑旱船及跑热车起源于清代的情况说明车王府曲本具有很高的文化学价值。

---

① （清）杨米人等著，路工编选：《清代北京竹枝词（十三种）》，北京出版社1962年版，第76页。
② 杨双印主编：《河北艺术史》（杂技卷），河北美术出版社2019年，第145页。
③ 王碧滢、张勃标点：《燕京岁时记（外六种）》，北京出版社2018年版，第178页。
④ （明）史玄、（清）夏仁虎、（清）阙名：《旧京遗事·旧京琐记·燕京杂记》，北京古籍出版社1986年版，第115—116页。
⑤ 叶大兵、乌丙安主编：《中国风俗辞典》，上海辞书出版社1990年版，第668页。

此时正遇盘山会，各样玩艺奔山坡。中旛台搁配挎鼓，杠箱紧跟大秧歌。坛子硪子跑竹马，吵子十番打鼓罗。杠子花砖还有冰盘球棒、五虎棍。（56·184）

按："杠箱"属于民俗戏，常在庙会中表演。其"逗乐打趣，亦庄亦谐，很能娱人"①。杠箱在不同地域的内容和形式都不同，北京地区的内容主要为"县太爷出巡"，天津则为"运送皇室宝物，路上被劫的故事"。"吵子"即"武十番"。"十番"即"十番鼓"，是"一种器乐合奏名。因演奏时轮番用鼓、笛、木鱼等十种乐器，故名"。"五虎棍"又叫"五虎开路棍"，庙会或花会时，排在游行队伍前面，"负责为有形队伍打开场地"。②

顽儿来罢，踢鐽儿、打桼桼、转个磨磨儿、踢手帕，一踢踢了个羊椅巴。（57·93）

按："鐽儿"指用线或毛线等缠成的小圆球，较有特性。"桼桼"是一种用木头制成的两头尖细而中间粗的玩具。

四、戏剧曲艺类词语

车王府曲本中提及了一些清代新出现的戏剧曲艺形式，为研究清代的戏剧及曲艺提供了语料。

马头调儿俱都夸，《调春戏姨》带白话。（41·503）

按："马头调儿"是清代兴起的一种民间曲调。"清初至道光年间流行。晚清时传唱者已少。清杨懋建《梦华琐簿》：'京城极重马头调，游侠子弟必习之，其调以三弦为主，琵琶佐之。'一般六十三字，可加衬字，平仄通协。句式与【寄生草】略同，故【寄生草】可翻（马头调）唱之。嘉庆年间盛行'马头调带把'，即每句带一四字句或五字句。《白雪遗音》中收此调甚多。"③车王府曲本中也收录了《二姐作梦》《月照西厢》《赴考君瑞》《俏皮大姐》《开绣户》《摔镜架》《戏丫鬟》《劝花枝》等8部马头调曲调的作品，其特点与上同。如《二姐作梦》

---

① 徐杰舜、徐桂兰：《汉族风俗志》，云南美术出版社2022年版，第345页。
② 郭蕾主编：《风物中国志·昌平》，北京联合出版公司2021年版，第148页。
③ 上海艺术研究所、中国戏剧家协会上海分会：《中国戏曲曲艺词典》，上海辞书出版社1981年版，第682页。

为:"深闺女停针不语,呆斜杏眼身无力,辗转芳心意有思。只为他机灵儿,乍可通情趣,无奈是心缝儿才开,未尽知那凤友鸾交到底是怎么一件风流事。(57·279)"

哭城赐带孟姜女,湖广调儿带五更。(41·503)

按:"湖广调儿"是清代流行的一种曲调,又称作"绣荷包调"。关于湖广调儿的所属,李家瑞指出:"北平市俗上所称的'湖广',并不切指湖广,是含有江南或江南以南的意思,所以这湖广调也只说明是南方的调子,实不知出在什么地方。"①

黄花王点头,"国师言之有礼"。也就分付将这些顽笑人、媒人赏给他们二两银子,一吊钱的车背色。(46·144)

按:"顽笑人"此处指"说书、唱曲以及戏法等辈"②。

有几个,莲花落来数来宝,仗着脸大的十不闲。(46·144)

按:"莲花落"是起源于宋代的一种原为乞丐演唱的曲艺形式,后演变为由一二人组成的、以竹节按艺拍的专业演出。诗词中就有描述莲花落艺人演出的情景,如杨静亭在《都门杂咏·莲花落》中写道:"轻敲竹板弄歌喉,腔急还将气暗偷。黄报遍粘称特聘,如何子弟也包头?"③

"十不闲"指清代一种曲艺形式,"原为'凤阳花鼓',后渐与'莲花落'融合,称为'彩扮莲花落'。用锣、鼓、铙、钹等伴奏。亦指为此种曲艺伴奏的数种乐器"④。十不闲在当时的地位虽不高,但亦有描述其演出情景的诗作流传:"顽笑人能破酒颜,无分籍贯与京蛮。而今杂耍风斯下,到处俱添'十不闲'。"⑤清代蕊珠旧史在《京尘杂录·梦华琐簿》中也有描述:"内城无戏园,但设茶社,名曰杂耍馆,唱清音小曲,打八角鼓、十不闲以为笑乐。"⑥

六月三伏好热天,什刹海上好人烟。男男女女人不断,听完了大鼓书又听十不闲。(56·141)

---

① 李家瑞:《北平俗曲略》,中国曲艺出版社1988年版,第88页。
② (清)杨米人等著,路工编选:《清代北京竹枝词(十三种)》,北京出版社1962年版,第55页。
③ (清)杨米人等著,路工编选:《清代北京竹枝词(十三种)》,北京出版社1962年版,第75页。
④ 罗竹风主编:《汉语大词典》第1卷,上海辞书出版社2008年版,第815页。
⑤ (清)杨米人等著,路工编选:《清代北京竹枝词(十三种)》,北京出版社1962年版,第55页。
⑥ 张次溪编纂:《清代燕都梨园史料》,中国戏剧出版社1988年版,第355页。

按：据《大词典》，"大鼓书"是清代出现的一种曲艺形式，"由一人自击鼓、板演唱，一至数人用三弦等乐器伴奏。唱词多采用民间流传的历史故事等，用韵文编成"①。大鼓书源自元明时期的北曲，是在北曲基础上的一种创新与发展。

忽听人言叫后生，你若会打秧歌，跟之我把工钱挣。（56·160）

按："秧歌"是在民间较为流行的一种歌舞，多以锣鼓伴奏，表演者走动时两手挥动腰间所系的丝带，脚下走的一般是十字步，走两步退一步。

牌子曲儿我会一千，六八句的岔儿我会一万。不能番头，我直唱五天，南北城的哥们都知道我叫西霸天。（56·370）

按："牌子曲"是将不同曲牌连接在一起演唱的曲艺形式，其伴奏乐器南北方有所不同，北方主要是三弦，南方则以琵琶、二胡及扬琴等为主。"岔儿"即岔曲，是乾隆时期兴起的一种曲艺形式，清代崇彝《道咸以来朝野杂记》："文小槎者，外火器营人，曾从征西域及大、小两金川，奏凯归途，自制马上曲，即今八角鼓中所唱之单弦杂排子，及岔曲之祖也。其先本曰小槎曲，减（简）称为槎曲，后讹为岔曲。"② 牌子曲《搂揽奏请局》中也同时使用了岔曲，例："学的不到家，贪多嚼不烂，岔曲儿本来的糙，很容易练。只要有一个本儿，谁都可以练，就是背熟了就唱，一点儿不难，算起来还是我这小曲儿难练。（56·371）"

今年大戏真不错，小旦一个到比一个强。白日唱的本是二簧调，夜晚唱的是梆子腔。（57·100）

按："大戏"指"京剧"。"二簧调"即"二黄"，又名"湖广调"，乾隆时期由徽班传入北京。"梆子腔"是秦腔的俗名，是"我国北方用硬木梆子作打击乐器以按节拍的剧种的统称"。

车王府曲本中，还有一些是戏剧曲艺类的标志性动词，例：

文打穿衣将手动，武打脱衣把背精。只许打来不许詈，破口伤人礼不通。（42·385）

按："文打""武打"是戏剧、曲艺中用于描述搏斗、打架的方式。文打比武打动作缓和，武打较为豪放。

---

① 付志方主编：《望长城内外·胜境河北》，河北美术出版社 2014 年版，第 340 页。
② （清）崇彝：《道咸以来朝野杂记》，北京古籍出版社 1982 年版，第 105 页。

车王府曲本中,还有一些表乐器的词语,如唱道情时专用的"渔鼓""简板",例:

也是奴上前拉了他一把,他骂奴家臭蠢才。渔鼓简板他拿在手,终南山学道总没回来,莫不是终南山上浮了道?(56·85)

以上有关戏剧曲艺类的词语,说明在清代满汉文化交融较为典型的社会背景下,人们对戏剧曲艺的要求日益提高,所创造出的新戏剧曲艺形式在表情达意方面更能满足他们的需求。

五、婚丧类词语

婚丧内容是文学作品中常见内容,它们在情节的推进、人物的塑造及文化的展示等方面的作用较为重要,故几乎很轻易地就能在文学作品中找到它们的存在。与其他文学作品一样,车王府曲本中有关婚丧文化的描写也不在少数,从这些相关描写中可以筛选出一些相对典型的文化词语。从对它们的归类与阐释中,可以窥见清代中后期婚丧文化的部分现象,并可从中推知其他有关的婚丧现象。

(一)婚姻类词语

婚俗是相关文学作品的一个重要母体,对婚俗的遵循度,以及婚俗中的每个细节,都体现了人们对婚姻的重视度及借助婚俗想要表现的某些文化内涵。作为内容极为丰富的车王府曲本,有专门的篇章《鸳鸯扣》描写当时旗人的婚俗,也有相关篇章中零星出现的婚俗,如:

(丑白)哎呀,爷爷,你的财礼银是五十两,人家的银子是一百两。因此我妈妈呵,(唱)因贪财礼来重卖,故送到管家外宅,管家外宅。(13·139)

按:上例反映了清代婚俗中的财礼成了衡量是否缔结婚姻的标准,它已经完全脱离了传统意义上婚俗中单纯的"赠物"行为。清代时婚礼财礼之多,已为当时人所诟病,如福格指出:"今乡中小民娶妇,妇家索赀具妆,借以余润,谓之财礼。且以千金之聘自解,实陋俗也。"[①]

你们别说闲话,预备肉馒头端过来,别叫新人空口下轿进房。(41·116)

按:上例反映的婚俗是新娘下轿前,需要吃婆家为自己准备的食物。

[①] (清)福格撰,汪北平点校:《听雨丛谈》,中华书局1984年版,第144页。

肉馒头即肉包子，它利于新娘在轿中便捷进食，显示出当时人既充分考虑新娘进食条件，又考虑到了新娘的口感与舒适感，这是对新娘的一种人文关怀。

中国婚俗从古到今都有一套同中有异、异中有同，繁简有异的程序，因之而生的婚俗词语，基本上表现为所指相同而形式不同和所指不同两种形式。前者是旧有的婚姻程序在某个时期具有了新的名称，后者则是某时期出现了新的婚俗。车王府曲本中，也有所呈现。

必因是，睄见红定多薄淡，憎嫌秀士甚贫穷。如不愿意请分付，我好去，拿回红定退还文人。（41·143）

按："红定"指旧俗订婚时，男方送给女方的聘礼，也叫作"纳征""聘礼"等。

哎哟！预备着放定的。来在家中竟闹气。他说缝连补绽没人洗，动不动儿报委屈。（56·262）

按："放定"是旧时婚俗，指订婚时，男方给女方送礼物。

说停当，换了帖子。相看姑娘在家里，合婚的先生本是直言子。（56·263）

按："合婚"指旧时男女双方交换庚帖，查看八字是否匹配。

说话之间，红日归西，掌上了银灯，就算是吉时。鼓手响房，抬起轿子，吹吹打打，热闹之极。到了女家的门首，吹打喜词。（56·265）

按："响房"指结婚当日在新房前演奏，其目的是增加喜庆气氛。

隔着门缝儿就递。开放街门，呵！满天星洒了到有几千。（56·265）

按："满天星"指接新娘时进门前撒的铜钱。

抱轿的却是姑娘他的兄弟。一捧铜锣扬场就走，吹吹打打热闹之极。（56·265）

按："抱轿"指结婚当日，新娘家男性亲属抱着新娘上轿子，其因为传统婚俗讲究新娘出嫁上喜轿和下喜轿时，脚不能沾地。

倘有不测，媳妇将来要改嫁，那时节定礼也回来了，把娶他（她）的使费也要足了，再放他把门离。（56·316）

按：旧俗中，男方在订婚时送给女方的财物，即为定礼。

（二）丧葬类词语

死亡是人的最后归处，丧葬习俗则是活着的人对逝者情感的一种寄托，也是逝者在活着的人心目中地位的一种体现。整体看，车王府曲本中的一些典型性丧葬类词语可分为丧葬习俗和丧葬用品两类。

1. 丧葬习俗类

丧葬习俗类词语主要指在丧葬程序中的一些特有行为，由于旧时人们相信人死后有灵，秉持"死者为大"的观念，因此丧葬习俗所呈现出的仪式感及庄严感很多时候会胜于其他习俗。

唐相公，我家大娘说闭灵已久，不敢劳动相公了。（14·10）

按："闭灵"指盛放逝者遗体的棺材已经合盖钉牢。

相公，大娘出来谢孝。（14·10）

按："谢孝"指逝者子女或妻子拜谢参加丧礼的人。清代时，也指丧礼之后拜谢参加丧礼的人，如清顾张思在《土风录》卷二指出："亲死至七七，缞绖出，遍谢戚友，曰谢孝。"[①]

鸳鸯拆散恰好一年，诵经追荐告龙天，超度亡灵心意虔。（56·186）

按："追荐"是"诵经超度死者的一种习俗"。

2. 丧葬用品类

丧葬程序中，丧葬用品是不可或缺的部分，它们的存在，既是对丧葬习俗的反映，也是对人们内心深处魂灵观的反映，是生者对逝者情感的反映。指代它们的词语，即是丧葬用品类词语。

你到那边店里买付冥仪香纸，就细细问个明白，快来回我。（14·9）

按："冥仪"指参加别人的葬礼时，所赠送的吊唁钱。有时也可以用冥纸、香烛等代替，例中指的正是此义。

你说你，身高腿长尸首大，手使哭丧棒一根。（43·38）

按："哭丧棒"是丧葬仪式中孝子所持的木棍。

六、建筑类词语

车王府曲本中，常会描写一些建筑，这些建筑有的是当时清代的真实建筑，有的是中国传统的建筑空间布局，它们在互相辉映中，体现了中华民族在建筑上的匠心独运，以及赋予建筑的文化特质。例：

过了东华门一座，车夫摇鞭往南行。皇城南边往西拐，御河桥，翰林院又

[①]（清）顾张思撰，曾昭聪、刘玉红点校：《土风录》，上海古籍出版社 2015 年版，第 20 页。

在面前存。銮仪卫，西边复又往南行，兵部街过皇城根。顺着户部往南走，登时来到正阳门。出了前门城一坐，进了肉市往南行，来至聚仙楼一坐。（42·38）

按：这段语料呈现的不仅是清代北平的一些建筑名称及分布情况，还有一些官署及酒楼的分布情况。作者采用随人物形象空间及视角的变化等手段，将它们构成了一帧有关老北京建筑文化的动态图。

（旦白）我们这是五间一通连，叫钩连搭。（丑白）哎呀，哎，你哪这房子，叫什么连搭？（旦白）叫钩连搭。（丑白）哦，叫钩连搭。（12·306）

杨乃济（1979）指出："所谓钩连搭，是一幢建筑采用两个或两个以上的两坡屋顶，呈波浪形的连接。有几个两坡，就叫几卷钩连搭。也可简称为'几卷房''几卷殿'。这种做法，多见于清代的皇家苑囿中。"[①] 正是因为不多见，或者说是一般人家没有能力建造钩连搭，因此上段文字中的丑角才会有此疑问。

听听房栊，寂寂悄无人，但闻得戍漏频频。（13·48）

按："房栊"指窗户，虽没有体现出建筑特色，但通过前后语境，可以看出窗户是人们在建筑内部获取外部信息的重要渠道。

居中修造亭一坐，内有煖阁虎牢门。前是抱厦显明柱，有面大锣挂屋中。（42·162）

按："抱厦"指围绕厅堂正房后等建的房屋。

说罢携手往里走，一齐进了大稍门。（42·170）

按："稍门"指建在村口或巷子末用于警戒的设施。

刚然穿过小夹道，忽听身后有人声。三个人，一闻人声齐害怕，忙忙迈步到墙根。（42·182）

按："夹道"指两个墙壁之间的小路。

好汉复又留神一看，幸喜楼的前后尽是平台游廊，套间房屋不少。（42·251）

按："游廊"指连接不同建筑的走廊，"套间"指套房。《大词典》中，两者书证都为出自清代文献的孤证。

正然走着留神看，瞧见有座广梁门。门前有些大柳树，分外轩昂盖的凶。

[①] 杨乃济：《红边杂俎——〈红楼梦〉建筑词语释五则》，载文化部文学艺术研究院、红楼梦学刊编辑委员会编《红楼梦学刊·1979·第2辑》，百花文艺出版社1979年版，第144页。

（42·408）

按："广梁门"指"广亮大门"，是一种能够看见门梁的大门，是财富和身份的象征。

小人也就暗暗的起来开门出屋，隔着照壁往里听看。（43·324）

按："照壁"指置于大门外，或大门进门处不远处的墙壁，其目的是防止外人直接观察到院子里或屋里的情况。

滴溜溜刚把礓磜上，朱门两厢闪金光。（56·132）

按："礓磜"即"礓磋"，指建筑物外表面为锯齿纹的坡道，它在车王府曲本中又写作"疆搽""江擦""礓擦""江搽""江槎"等。

另外，车王府曲本中还有"马棚"一词，即养马的处所。虽然养马的处所清代之前就有，但据《大词典》，"马棚"却是清代产生的一个新词。车王府曲本中的例证如下：

马棚一六[①]，倒了十八间。倒了十八间，为何不修？（16·411）

车王府曲本中，建筑类词语的数量极多，以上所列只是其中的部分。虽然如此，但足以反映出车王府曲本词语在建筑方面具有的价值。

除以上类属的词语外，车王府曲本中还有其他类属的零星词语，如玩具类词语中的"拨浪鼓儿"，例：

竹子的，做成蝈蝈梆梆响，拨浪鼓儿不住声。（32·307）

按："拨浪鼓儿"是一种哄孩子的玩具，木柄顶端有一个双面小鼓，鼓的两边系有长度相同的两根绳子，绳子的顶端有小圆球，转动手柄时，小圆球敲击鼓的两边，就会发出悦耳的声音。"拨浪鼓儿"原名"鼗"，先秦时期就已有之，只是到了清代才得名"拨浪鼓儿"。"拨浪鼓儿"在车王府曲本中又写作"拨楞鼓儿"，例："殿前廊下卖杂货，拨楞鼓儿琉璃鉼（瓶），鬼脸花棒全都有。（41·251）"又写作"梆梆鼓儿"，例："后筐内，放着烂纸共取灯。梆梆鼓儿手拿定，打扮活是楞头青。（41·358）"与"拨浪鼓儿"不同，"拨楞鼓儿""梆梆鼓儿"属于方言词语。

[①] 即"一溜"。

第四章　车王府曲本中方言词语研究

方言词语的一个重要特征是其流行于一定的地域，为一定地域的人们了解和掌握，虽然随着不同方言区人们交流的增多，有些方言词语的使用范围不再局限于原属方言区，但仍有大量的方言词语并未脱离原属方言区。随着时间的推移，有很多方言词语已经被磨蚀，直至消失，这就使得保存于各种文献中的方言词语具有了重要的研究价值。如李如龙（2011）指出："历来的汉语方言品种多样，词汇丰富，但是在尊雅避俗的文化传统之中，方言俚语一直难以登上大雅之堂，民间的零星记录也大多数散失淹没了。"① 正是因为方言在历史发展中表现出的这种特性及人们对其相对否定的认知，导致历史文献中方言的研究情况并不乐观，如汪启明等（2015）指出在方言的研究中存有以下问题："重雅言，轻方言；重现代汉语方言，轻历史文献方言；重方言调查，轻学理归纳；前八十年落寞，后三十年勃兴，就是晚近以来方言研究的总特点。"②

作为历史文献的一种，车王府曲本所含方言词语及其他方言现象面临着同样的问题，因此对车王府曲本中的方言词语进行相对系统的研究就具有了重要的意义。

方言词语是车王府曲本词汇系统中的重要部分，它们不仅使车王府曲本语言具有了接地气、生活化的特征，而且保存了大量当时的老北京方言词语及其他方言区的词语，具有重要的方言学、地域文化学及社会学等各个方面的价值。

---

① 李如龙：《汉语词汇学论集》，厦门大学出版社 2011 年版，第 10 页。
② 汪启明、史维生、郑源：《20世纪以来魏晋南北朝方言研究的回顾与前瞻》，《汉语史研究集刊》2015 年第 1 期，第 423 页。

第四章 车王府曲本中方言词语研究

具体而言，老北京方言词语在车王府曲本中分布范围较多，既以单句中某个词语的形式呈现，还通常以整篇或整段的形式出现。当其以大篇幅出现时，虽然有时词语不是特征非常鲜明的老北京方言词语，但是语法却呈现出了老北京方言词语的典型特征。例：

（赵白）太老爷，当初赠金多亏了何珠，他那儿跪着可怜不大见儿的，你哪给他说个情儿，叫他起来罢。（12·168）

上文中，句式结构是老北京方言词语中典型的说话模式，"可怜不大见儿"是老北京方言词语，"情儿"则体现了北京话中一以贯之的儿化色彩。车王府曲本中也有通篇是用吴语写成的，如昆曲《弹词全串贯》，例：

咏，个个西客是大兴行里卖皮货个呀。呵，唷，望市墩浪个三姑娘也拉哩。喂，三姑娘要作成我，介一个青盐橄榄涩涩味吓。（13·134）

上文方言词语色彩浓厚，较好体现了吴方言的语音面貌。车王府曲本除了这样大段以方言形式存在的语段外，还有诸多的方言词语及词义。但有时因为用字问题，有时较难判定一个词语是否为方言词语，如"树木层层遮山凹，一所平垟真堪夸（6·65）"中的"平垟"一词。"垟"，大词典认为其在方言中指"田地"，如此"平垟"即"平地"。单从此点看，"平垟"应该是方言词语，而将其置于车王府曲本整个词汇系统中观照，可知它所指实则为"平阳"。车王府曲本乱弹戏中多次使用"平阳"，例："（丑白）来此平阳之地。（小生白）此地平阳，正好耍拳。家将们，一仝耍来。（6·65）""光闪闪明朗朗一带平阳。孤单单魂与魄飘飘荡荡，走金桥过银桥躲躲藏藏。（6·453）""（伊白）得令，王爷有令，靠山近水，选一平阳之地安营下寨。（众手下白）啊呜噜，啊呜噜。（10·447）"由此可见，"平垟"的出现是因作者恰好使用了一个与"阳"同音的且意义与土地有关的"垟"替代了原有的"阳"。如此，"平垟"就应该归为用字问题，而不能将其视同于其他方言词语，故车王府曲本中如"平垟"一样的词，本书都不将其归为方言词语一类。

方言词语在车王府曲本中有时还能起到丰富并使故事情节生动的作用，但由于使用方言词语，也常会导致受众在语义理解上出现偏差，例：

（老西白）堂官过来，给我要个炸支儿。（陆怀白）炸支有，给个面皮儿。（老西白）什么炸支？（陆怀白）你不是吃面吗？（老西白）吓，狩拉[①]不对

[①] 即"您啦"。

了。你当是我要炸支吃面哪。我要的是炸豆支儿。(6·86)

因此，对一部文学作品（至少对车王府曲本中的诸多曲本）而言，使用方言词语并不仅是对它们的保护和传承，更多时候是展示了方言词语在文学作品中的表现力。

第一节　老北京方言词语

与车王府曲本作者主要居住在京津一带相适应的是车王府曲本中的老北京方言词语数量较多，其中的一部分可以在现有的北京方言词典或相关著作中找到佐证，但还有很多难以找到。这些方言词语中，有的意义较易理解，有的则很难理解，综上，车王府曲本对老北京方言词语的保存有着积极的意义。

车王府曲本中老北京方言词语中的部分成员及其阐释如下：

好，有了包圆的了。大爷，待我拿秤去。(2·391)

老猪从来不会偷嘴吃，等着师付（傅）合你们吃过了，剩下的我包圆儿就是了。(27·224)

按："包圆（儿）"义为"全部拿下"。

原来是两个嘎杂子。(6·9)

元帅，你满堂刀斧手，把这两个噶咱子，赏与我们罢。(6·12)

若问此人名合姓，小霸王周通。不是好人噶杂子。(6·138)

三哥，我想窦尔敦那边儿没有什么好朋友，不过是些个琉璃球儿，格杂子，来一个打一个，来两打两。(11·439)

这赛珠故意拿腔作势说："我受不得这刑法，上了你的套儿了。好好地弄了我来，叫人间爱说我嘎裸子无赖子，连个砒霜也不值，真真活着也无意思过。"(48·267)

按：上述例证中的"嘎杂子""噶咱子""噶杂子""格杂子""嘎裸子"是同一个词的不同书写形式，齐如山（2008）说明了"嘎杂子"的成因，他言道："嘎，读如个打切。凡人之不合群、不务正，且恒与人为难者，人皆辄以此呼之。最初本系'各子'二字，言其与人各别另样也。北方方言读'各'如'嘎'时很多，故讹为'嘎子'，而又添一'杂'字。"① 弥松颐（1999）指出"嘎杂子"为"闲杂卑琐、不务正业、心术不正、奸诈使坏之人，若说轻一点，类如今之'小玩儿闹'，调皮胡闹、乱捣蛋者"②。常锡桢（1992）则指出在北京土话中，"嘎杂子"指"性情暴戾、出尔反尔、翻脸不认人、小气而好怒的人"③。使用则将"嘎杂子"定义为"心眼坏，怪主意多的人"。结合以上观点，可知"嘎杂子"所体现出的坏质量具体类型有所不同，但其都心术不正，至于其心术不正是如何体现的，则需要结合动态语境分析。

想之别叫跑账的受热。（6·17）

（丑白）我在这里做燘。（旦白）这个时候，你倒没有了主意了。蒂跟儿的事情，怎么作来着呢？（9·473）

按："受热""做燘"都是"为难"之义。其中，"做燘"应为"坐蜡"。清代牛应之在《雨窗消意录》中对它们做了解释："曰'受热'，曰'坐蜡'者，皆京师俗呼为难者之别名，此语有双关之义。"④ 车王府曲本中多次使用"受热"，如："那怕死了于察院，此事自有我担承，我包管不叫老爷你受热，只管回家无事情。（21·92）""二位只管放心，金某如何叫你们受热？（42·49）""圣上不怪，是我的造化，如若有什庅嗔怪，我黄某情愿一面承当，再不肯叫杨爷受热。（42·211）"《大词典》未收"受热"，收"坐蜡"，但书证出自现代文献。

盆儿吓，有边儿，拿起来走哇。（6·355）

按："有边（儿）"义为"所期望的事情有可能实现"，车王府曲本中多次使用，例："有边，多一半是送银子的。（6·411）""哎哟！有边儿。嗯！黄老爷。（11·38）""咳，伙计，有边儿，吓！哈哈哈哈，再吆喝吆喝。（11·157）"

我们那一口子，长的四六不成材，竟吃不做，留着他是无用。（7·124）

按："四六不成材"指"不能成为合适而有实际用途的器材"，据白鹤群（2013）指出："四六之间是五，五是最小位的整体数，四不够五，而六比五多一点，浪费了。"⑤ "四六不成材"在不同方言区与不同的习俗相联系，如

---

① 齐如山：《北京土话》，辽宁教育出版社 2008 年版，第 28 页。
② 弥松颐：《京味儿夜话》，人民文学出版社 1999 年版，第 68 页。
③ 常锡桢：《北京土话》，文津出版社 1992 年版，第 36 页。
④ 李家瑞编，李诚、董洁整理：《北平风俗类征（下）》，北京出版社 2010 年版，第 437 页。
⑤ 白鹤群：《老北京土语趣谈》，旅游教育出版社 2013 年版，第 181 页。

在河套婚俗中"忌用四、六两日"①；大多方言区中，衣服扣子都忌四或六颗；等等。

告诉你，我第起根儿就没亲戚没朋友。王龙江他就是我的亲戚，我就是他的朋友又亲戚拉。(12·43)

我男人王龙江，第起本是山东根儿，他可是城里头生人。(12·58)

按："第起根儿""第起"义为"从前、从来"之义。"第起"在车王府曲本中又写作"地起""弟起"，例："我地起就不是个正经东西。(8·4)""(赵玉白)你一块儿交过我好不好？(王白)弟起是这么排的么。(12·36)"

（甄白）多早晚儿过部？（毛白）今天文书得了么就要过去的。(12·52)

按："多早晚儿"义为"什么时候"，是清代一个常用的词语，如《红楼梦》中也有用例。《竹叶亭杂记》则指出"多早晚"为："京中俗语，谓何时曰'多早晚'（早字俗言读音近盏）。"②

你瞧这是野查儿的事情不是？你作的梦，我如何知道！(12·77)

按："野查儿"即"野苴儿"，在老北京话中有两义：一是指蛮横粗野无礼的人，二是指不合理的事情。③根据"野查儿"在车王府曲本中的实际用例，它表"不合理的事情"之义。"野查儿"在车王府曲本中又写作"野喳儿"，例："全是呆啦野喳儿的事情，躺下睡罢。(12·87)"

这也是他老人家明白的地方儿，恐其你年轻，脚巴鸭儿把聚攥不住钱。(12·80)

按："脚巴鸭儿"指"脚指头"。

你不知道，这溜儿搂薄儿的多，叫他们抄了去，他们什么有皮有脸的人？他碰巧儿贪你这点儿意思，把他妈妈还能借给你呢。(12·81)

按："搂薄儿"指"用最小的付出获得最大的利益"。

（小白）什么时混儿去？（丑白）这时混儿去。（小白）什么时混儿回来？（丑白）那时混儿来。(12·84)

按："时混儿"义为"时候儿"。

瞎迷合眼往那儿跑？关了门咧。(12·86)

---

① 杭锦后旗志编纂委员会编：《杭锦后旗志 1986—2015》，九州出版社 2020 年版，第 910 页。
② 李家瑞编，李诚、董洁整理：《北平风俗类征（下）》，北京出版社 2010 年版，第 436 页。
③ 陈刚、宋孝才编：《现代北京口语词典》，语文出版社 1997 年版，第 413 页。

按:"瞎迷合眼"义为"迷迷糊糊"。

哈哈,好一个土棍,借钱不遂,竟敢挟嫌争讼,使人兄弟不合,寔属可恨!(12·150)

众家土棍口内应,一齐乱把兵刃举,前来围裹不放松。(25·91)

按:"土棍",齐如山(2008)释义为:"'土棍'即'光棍',但较小而土耳。此名词似系介乎'光棍''泥腿'之间的性质。"[1]《大词典》释义为:"地方上的无赖、恶棍",且其书证出自清代文献。读秀数据库中,关于"土棍"的用例也全是出自清代石玉昆的《三侠五义》《七侠五义》。综合以上信息,可将"土棍"视作是清代老北京方言中的一个新词。

车王府曲本中,"土棍"常与"恶霸""毛包"连用,例:"众公,非是在下说话唠叨,因内中包含着土棍、恶霸这些人的恶贯满盈。(20·396)""帮闲辈,虽然不同毛包土棍,他也是,到处里低心无赖之徒。胁肩谄笑般般会,最爱抱人家大腿根粗。(26·362)"

"毛包","凡人不讲情理,永远与人搅强者,人便以此呼之。按'毛包'与'光棍''刺儿头'性质不同。彼则讲斗心眼、用手腕,此则只是蛮横,然亦不做大恶"[2]。车王府曲本中也多次使用,如:"众泥腿、毛包等一齐大叫说:'不好了,打死人咧!看街的快来套上罢。'(21·445)""只因为,本地的毛包打了败仗,他的那,身后头的哥儿们赶着向前。欲待要动手又摸不渟住,少不渟,拿话拍发着往台下搌。(26·357)"还以"毛包子"的形式出现,如:"带领手下毛包子,崩讹大客大商人。(21·48)""毛包"实际上与"噶杂子"同义,如清代学秋氏专门指出:"那知今日毛包子,原是当年噶杂儿。"[3]但"毛包"也有他义,如《梨园佳话》中有:"'毛包'者,都人称性暴之谓也。"[4]总而言之,毛包是一个贬义词。"土棍""毛包"等的出现,丰富了"恶霸、无赖"的词义系统,是对该词义系统的一种细化。

(旦白)兄弟,我给你斟个盅。当家的,我给你搁上了。(虎白)好话样儿,兄弟请。(12·308)

---

[1] 齐如山:《北京土话》,辽宁教育出版社 2008 年版,第 7 页。
[2] 梁燕主编,齐如山著:《齐如山文集》第 7 卷,河北教育出版社 2010 年版,第 207 页。
[3] (清)杨米人等著,路工编选:《清代北京竹枝词(十三种)》,北京出版社 1962 年版,第 64 页。
[4] 李家瑞编,李诚、董洁整理:《北平风俗类征(下)》,北京出版社 2010 年版,第 432 页。

按:"话样儿"特指"说的话",如"好话样儿"即"好话"。

闯将哥们,可都来踹孙爷的根脚。(13·102)

按:"闯将"指结党成员、为祸乡里的人。《北平风俗类征》引《白头闲话》曰:"都人或十五结党,横行街市间,号曰'闯将'。"①

哟,这到是个便宜,打一末儿就是五钱。一天我打个十啦末儿,又够我抡会子的。(14·454)

按:"抡"在北京话中指"乱花钱",例中,由于是话语发出者的一种自我叙述,"抡"实际上带有了中性色彩,即没有"乱"之义,只有"花钱"之义。

车夫听说把手捶首,叫一声"我的干妈"。"别叫我伙计了,再叫我就叫我车豁子。不然就叫我嘎儿屁,只当你疼我,比帮我几吊钱我还知情。"(21·32)

车豁子听见有人将车问,忽然惊醒把眼睁。(21·347)

按:"车豁子"即车把式,在老北京方言中"子"要读轻声,或者整个结构以儿化的形式即"车豁子儿"出现。弥松颐(1999)指出过去人们使用"车豁子"一词时,"却多用其另外的意思,即指猥琐卑贱之人"②。以上两个例证,第一个例证中车夫不让对方称呼自己为"伙计",让对方称呼自己为"车豁子",可见其有"卑贱"之义,是车夫对自己身份的一种认定;第二个例证中的"车豁子"则是一个不带任何感情色彩的词,仅是客观的叙述,本例说明一种原带有贬义色彩的词语,有发展成中性词的可能。

白鹤群(2012)指出:"车豁子是指民国年间,北京地区有了小轿车后,为主人轿车打杂的小厮。车轿未动,奴才先行,驱赶民众,最后这种奴才落了个'车后喘'与'车豁子'的雅号。开车的驾驶员不属于这两类,所以今天有些文化素质不高的司机将自己比喻为'车豁子'是不对的。"③通过"车豁子"在车王府曲本中的用例可看出:首先,"车豁子"不是民国年间产生的词语,它早在清代时就已经产生;其次,车豁子有两个义位,其中一个即是表"车夫"之义,因此,也可用于指一般的驾驶员。

"车豁子"在车王府曲本中又写作"车伙"或"车伙子",例:"老爷复又仔

---

① 李家瑞编,李诚、董洁整理:《北平风俗类征(下)》,北京出版社 2010 年版,第 426 页。
② 弥松颐:《京味儿夜话》,人民文学出版社 1999 年版,第 31 页。
③ 白鹤群:《老北京土语趣谈》,旅游教育出版社 2013 年版,第 12 页。

细留神，打量那车伙与丧家的怎生模样。(21·24)""车伙子睄罢多时心下恼，眉毛一横瞪眼睛。(21·24)"

以上几例有关"车豁子"的例证都出自鼓词《于公案》，只是具体篇目不一样，除第二个例证出自《于公案·花儿窑》外，其他几例都出自《于公案·察院》，且有"车豁子""车伙""车伙子"三种写法，再次凸显出了车王府曲本作者只求表音不重选择汉字的用字特点。

奔娄头、凹扣眼，一脸麻子蒜头鼻子大厚嘴。油泥芝麻糊，鼻涕直流，憨瓜子一瘸一拐。(21·279)

头一名姓钱名禄，系直隶保定府人。生的五大三粗、白面无须、奔娄头、呕扣眼。(28·277)

凹面脸，奔髅高。黑面貌，一脸毛。① (40·30)

恶形容，生满脸。奔娄② 头，窝抠眼。眉头皱，一攒攒。笑容儿，无一点。(40·6)

像你这姿格儿天下少，奔楼头长黄毛。瘸着腿子，罗锅之腰。远瞧值一炮，近瞧长的真胡闹。(57·110)

按："奔娄头""凹扣眼"都用于形容人的容貌，带有贬义色彩。石派快书《通天河代赞》中有解释："前额突出曰锛拉，后脑突出曰凿子。或曰前额、后脑都突出者，曰锛拉凹面脸，锛髅高。"以上例证表明，"奔娄头"中的"奔娄"也仅是记音，所以又可写作"奔髅""奔楼"，"凹扣"又可写作"呕扣""窝抠"，这种书写特征表明，方言中的很多词语无固定的书写载体汉字，因此一个方言词常会有多种写法。如"奔娄头、凹扣眼"被一些研究北京方言的学者写作"锛髅头""窝抠眼儿"。

原说嚼过是你买，谁知你半路途中把我撇。(21·407)

我是孤根一个，站起来一条儿躺下也是一条儿。并没有哭的喊的拉的扯的，一个人儿吃饱了一家子不饿。我跟着你老入山访道，嚼过儿不大。(26·349)

孩子不少嚼过重，今日我，合他去隆福寺中。题起彩头也罢了，内有一件大事情。六儿小子很伶便，新上跳板不识人，得宗东西带扎手。(32·75)

---

① 出自石派快书《通天河代赞》，现在很多引用该例证的都表示是曲本《通天河》，不确。

② 车王府曲本原文为"奔娄"，但是在所有引用此句的文献中都写作"锛髅"，疑转引间接语料而造成了失误。

你们这二十两身价银还有八个月的嚼果,你拿算盘磕一磕,该着多少银子。你们不说清白,大相公就放你们去咧?他不是流鼻涕的傻小子。(43·353)

按:"嚼过""嚼果"的意义及书写形式方面多有争议。徐世荣《北京土语词典》认为"嚼谷儿""嚼裹儿"都指"生活费用"[1],"谷"是"裹"的变读。"嚼"和"裹"是并列式结构,"嚼"为"吃的","裹"为"用的"。"够嚼谷儿""够嚼裹儿"指"生活勉强过得去"[2]。齐云山与之观点类似,他在《北京土话》中将其写作"浇裹",并解释道:"浇裹者,费用也。……原字未详。或有书作'嚼谷'者,云'每日须嚼谷米也',恐亦系望文生训。《品花宝鉴》则书此二字。如第二回,'文辉道也够浇裹了'。故暂从之。"[3] 齐如山的这段论述是科学的,如其例证为"嚼谷米",此处"谷米"是并列式结构,代指"吃的东西",将"米"去掉,单讲"嚼谷",是以局部代整体的用法。他所举《品花宝鉴》的例证,也确为"吃用"之义,凭据为下文"论起来,我过了三品京堂,一年的俸银也不过如此"[4]。王子光、王薇《老北京方言土语》中将"嚼裹儿"释义为:"生活陷入困顿,缺吃少喝。"例:"怎广,爷们儿,又没嚼裹儿啦?叫你去光荣院你不去,给你找个看门的差事你又干不长……你一没嚼裹儿就来……唉,咱民政局对你也够另眼看待的啦!"[5] 王子光、王薇两人对"嚼裹儿"的释义重点与徐世荣不同,其重在强调"吃的",不在"穿的"。张淑媛、张淑新在《"嚼鬼儿""烧替身"及其它》一文中详细叙述了"嚼过""嚼果"有关的内容:"现如今,住在北京外城一带的北京老住户,一提到饭辙,就爱使用嚼鬼儿(jiao35 guir214)这个词儿,例如:'这大晌午的,上哪儿找嚼鬼儿去呀?'"[6] 同时,他们又指出:"把它变成书面文字,那可热闹了。有写作'嚼谷儿'的,有写作'嚼果儿的',还有写作'嚼棍儿'的,等等。前两者与吃有关,后者则完全是望音生字。其实这几种写法都不确切,真正确切的写法应该是'嚼鬼

---

[1] 徐世荣:《北京土语辞典》,北京出版社 1990 年版,第 204 页。
[2] 徐世荣:《北京土语辞典》,北京出版社 1990 年版,第 153 页。
[3] 徐世荣:《北京土语辞典》,北京出版社 1990 年版,第 111 页。
[4] (清)陈森:《品花宝鉴(上)》,北方妇女儿童出版社 2001 年版,第 19 页。
[5] 王子光、王薇:《老北京方言土语》,北京燕山出版社 2008 年版,第 94 页。
[6] 张淑媛、张淑新:《紫禁城内外——皇朝·关帝·驴窝子》,中国城市出版社 1996 年版,第 212 页。

儿'."① 嚼鬼儿来自北京的年俗，它特指老北京人过年时吃的熟驴头肉，"表达了北京人美好的愿望。这大概是将旧年里那些在世间活动的邪恶力量浓缩，寓意于驴头肉上，并因于盒内，让人吃掉，以保证在新的一年里，不再遭受邪鬼恶彪的侵害，万事如意而美满幸福"②。从这个角度看，车王府曲本中将"嚼鬼儿"写作"嚼过""嚼果"不正确。王家惠考察《红楼梦》中"交过"一词时，指出："'交过'，通行本作'搅过'。梦稿本则作'缴过'。这个词通行本有注释：'搅过'——嚼裹的音转，意思是'吃穿''嚼'指吃，'裹'指穿。延伸为日用开销。这是一句老北京话，读时'裹'字轻读。语源是满语。今老北京人还常说。东北也流行这句话，读'嚼咕'，'咕'字轻音，意思已偏重在吃。"③ 今在东北方言中，"嚼果"也表示"食物"之义，例："由于白马救主所表现的忠义，王福安一家为报答白马救命之恩，平时让白马少干活，吃细料，而且每逢主人家里吃饺子、包子、馒头和烙白面饼等好嚼果都有白马一份。"④ "称物，辽南人也有怪口儿。大家都管好一点的饭菜，叫嚼咕，或称嚼果。"⑤

根据以上分析兼以车王府曲本中上下文语境，"嚼过""嚼果"体现了车王府曲本作者的用字习惯，即喜欢用同音字。就其意义看，"嚼果""嚼过"或《红楼梦》中的"交过""搅过"等义不一定直接来自"嚼鬼儿"。

面筋虽好短油烹，白吃白喝他还挑眼。（40·30）

按："挑眼"义为"找事、挑刺"。《侧帽余谭》指出："挑眼，京谚犹言吹毛求疵。"⑥

作好汉的到处总没有"怕敌""害怕"二字，方才一闻这些话，只当是一对崩子手。（42·66）

按："崩子手"指"骗子"。

你当我是丢小鬼的妙然呢？听你的喊唬！我这和尚是翎毛的，你别这广大马金刀的，往我闹这个观音菩萨掸弦子自在腔儿。（48·360）

---

① 张淑媛、张淑新：《紫禁城内外——皇朝·关帝·驴窝子》，中国城市出版社1996年版，第212页。
② 张淑媛、张淑新：《紫禁城内外——皇朝·关帝·驴窝子》，中国城市出版社1996年版，第212—213页。
③ 王家惠：《红楼五百问（下卷）》，河北教育出版社2016年版，第1051页。
④ 周强：《祖国好·华语文学艺术典藏》第6卷，线装书局2015年版，第187页。
⑤ 林丹：《五彩海》，华龄出版社2015年版，第296页。
⑥ 李家瑞编，李诚、董洁整理：《北平风俗类征（下）》，北京出版社2010年版，第438页。

按：俞冲（2016）指出"自在腔儿"义为"摆谱、目空一切的样子。今无此说。'在'字读音介于 zei、zai 之间，轻声"①。齐如山（2010）指出："凡好说风凉话之人，曰'好耍自在腔'。"② 实际上，"自在腔儿"并不是北京方言中独有的词语，它也存在于其他方言区，如在宿豫方言中义为"得意的腔调、言语"③，在徐州方言中则指"得意忘形时，自言自语说些不痛不痒的话"④。综上，即便是在北京方言中，不同的人对其释义也有所不同，充分表明一个词语在使用中，虽然其理性意义基本未变，但具体意义在不同的方言区有所差异。根据车王府曲本中例证的实际情况，可知它应为"摆谱、目空一切的样子"。

这又该那些二不溜子、毛嘎嘎又该出世了。（48·26）

按："二不溜子""毛嘎嘎"此处应为同义词，根据徐世荣（1990）考察，"二不溜子"为"二流子"之义，故"毛嘎嘎"也应指"二流子"，但车王府曲本中并无"二流子"的用例。辞书中，涉及"二不溜子"时，都将其视作是次等之义，如研究北京土语的齐如山都未曾将其解释为"二流子"，而仅是以"次等"义释之，即："'二不溜子'者，次等也。大致凡充上等而不能者，皆曰'二不溜子'。按意思说是比头等低，而比三等高者，为二不溜子。但照此说法，岂不为中等乎？然而说二不溜子，绝非中等的意思，且稍含贬义，故假冒头等而未能者始用此语。"⑤ 显然，此义不符合车王府曲本给出的语境，故此，"二不溜子""毛嘎嘎"应是"游手好闲、不务正业，但又不是大奸大恶的人"。

吃公东，你会账，捴是冤你漏窝囊。（57·198）

按："公东"即北京人过去的 AA 制⑥，因为不是一个人做东，因此将其称之为"公东"。

你蒙吃蒙喝是白毚儿，不怕你们过点子意。我是火耗多年儿，在鸡眉毛上独站儿。（57·217）

按："白毚儿"指有关系但不给办事。

---

① 俞冲：《京腔儿的前世今生 150 年来的北京话》，北京燕山出版社 2016 年版，第 477 页。
② 梁燕主编，齐如山著：《齐如山文集》第 7 卷，河北教育出版社 2010 年版，第 244 页。
③ 力量、张进：《宿豫方言研究》，河海大学出版社 2011 年版，第 204 页。
④ 徐子芳、高正文、乔娅等：《徐州方言大观·新桐城派文汇·美伦卷》，大众文艺出版社 2016 年版，第 91 页。
⑤ 梁燕主编，齐如山著：《齐如山文集》第 7 卷，河北教育出版社 2010 年版，第 386 页。
⑥ 白鹤群：《老北京土语趣谈》，旅游教育出版社 2013 年版，第 119 页。

挂阿哥旷细局，鸡奸幼童好几次。(57·239)

按:"细局"指青楼女子中品貌上乘者,《大词典》未收。

总而言之，车王府曲本中老北京方言词语较多，虽然其中的一些如"自在腔儿"在很多方言区都有，但这不影响车王府曲本中老北京方言词语的整体面貌。

第二节　其他方言区词语

车王府曲本中有很多方言词语，有的早在清代以前就已经产生，如"俺们""偏生""老爷"等，例:

三股飞叉凶又狠，劝尔早早降俺们。(3·180)

看他貌似绞花艳，偏生被沟渠污沾。(9·87)

因为去看外祖母，枯柳树，天黑我要转家门。老爷相留我不肯，牛心到底是年轻。外祖母，给了他棒槌拿到手，辞了老爷我出门。(33·229)

车王府曲本中的方言词语较多，为缩小其范围，此处将其限制为新词新义范畴。与通语中的词语及词义一样，确定车王府曲本中的方言新词及新义时，本书也是根据《大词典》的收录及书证情况，将其分为书证引自清代文献、引自现代文献、未提供释义及未收等几个方面。虽然此处将车王府曲本中的方言词语及词义缩小至了新词新义，但由于其数量庞大，下文只能展示其中的部分。

乔姆斯基在提到语言研究时，指出要做到"发现充分性、描写充分性、解释充分性"，将车王府曲本方言词语中新成员的考证限制于《大词典》范围内，虽然具有一定的局限性，但能在一定程度上做到以上三点。

一、从《大词典》角度审视的车王府曲本方言词语

(一)《大词典》中书证引自清代文献

这部分方言词语不仅存在于车王府曲本，在清代其他文献中也多有使用，

说明作为清代新产生的方言词语，它们自产生之初就有旺盛的生命力和宽阔的使用市场，也间接说明方言词语并不是一种语言系统中可有可无的存在。

1. 书证为孤证

你要这们一赶罗，就请出去吓。（12·293）

按："赶罗"义为"催逼"，在车王府曲本中又写作"赶落"，例："哎！这是怎们说哪？恁哪别赶落我，我想一想。哎呀！哎呀！对呀，我姓岳。（12·304）"

出去罢，你不出去，我就要拧你的踝子骨了。（13·19）

按："踝子骨"义为"踝骨"。

骗得渠好个哉，只算消闹白相。（13·254）

按："白相"义为"游戏，玩耍"。

天气温和，不寒不暖。正好行路，惟有八戒闹魔。（40·26）

按："闹魔"义为"胡闹"。

每日起来日头满窗，不梳头似麻穰。不洗脸恶歹子脏，钮子不扣将怀傲。（57·107）

按："恶歹子"指气味呛鼻难闻。

2. 书证非孤证

老爷子别生气，花叔父是山东人，说话直肠。有不到的吓，总瞧我妹妹分上。（5·89）

按："老爷子"，对老年男子的尊称。

我不听你的谎言。将油纸展开，待我一看。（5·98）

按："油纸"为防潮防水的一种较有韧性的纸。

相我这神仙，活活与神仙现眼。将我呼唤去，叫我往东就往东，叫我往西就往西。（5·130）

按："现眼"义为"丢人"。

大哥有爱弟之心，本来耗子找猫，是有不便。（5·335）

按："耗子"即"老鼠"。

今日你们公母俩又到我家叩谢，我想这几两银子也就无用了。（6·393）

按："公母俩"义为"夫妻俩"。

狗旭的，闹拐棒子呢！小子们，你、你大爷有几句话，谁替我嗻嘞，谁

第四章 车王府曲本中方言词语研究

替啈嘞。(8·252)

按:"拐棒子"义为"乖僻"。

(李鬼白)我一生爱耍钱。(李逵白)对劲,我也爱耍钱。(7·100)

按:"耍钱"义为"赌博"。

我把你这个溜勾子的东西!你说此话,咱家明白了。(9·223)

按:"溜勾子"义为"钻营,奉承"。

毛腰扳过磨刀石,回手端过水一盆。(12·341)

按:"毛腰"义为"弯腰"。"毛腰"在车王府曲本中也写作"猫腰",例:"人老猫腰把头低,树老焦梢叶儿稀。茄子老了一兜子儿,倭瓜老了赛栗子。(6·354)"

好当家儿的,你别闹了,你是眼离了哇。(12·37)

按:"眼离"指"视觉一时错乱而产生幻想",虽然清代其他文献中已经使用,但车王府曲本中仅有乱弹《双铃记总讲》中的两例。另一例为:"我倒眼离了,方才缸在这边儿扣之,这么会儿会跑在那边儿去了!(12·37)"这种情况说明,作为清代新出现的方言词语,"眼离"在当时的使用频率并不高,《大词典》将其收录的情况表明,编者在收录方言词语时,使用频率的高低并不是一个严格的参照标准。

他哪挤了我噶啦子里,把我的裤子脱下来。(12·164)

按:"噶啦子"即"旮旯子",车王府曲本也有写作"旮旯"的,如:"又见西北旮旯里,放有一张桌子存。上摆铜香炉一个,两支蜡烛左右分。(33·375)""蝎虎子闻听贺小爷之言抬头观看,但见贺人杰独自一人坐在了东北旮旯儿一张桌子上那喝酒呢?(33·489)""大人迈步走进去,坐在旮旯那一边。(43·236)"可以看出,"旮旯"是车王府曲本中正常的写法,有其儿化形式"旮旯儿"用法,但无"旮旯子"用法,只有在"山旮旯子"中出现,例:"你打谅李三太爷竟在煤窑山旮旯子里头作苦活呢,就没到过大地方开过眼呢。(21·130)"但"山旮旯子"是一个固定的方言词语,因此该结构中不算是"旮旯"带有词缀子,即是说车王府曲本中只有"噶啦子"带有了词缀"子",但其写法又异于一般的"旮旯"写法。

吓,奶奶回来了,我正来里势照应老伯婆婆,勿得知阿要吃汤!(12·217)

按:"里势"义为"里头"。

（二）《大词典》中书证引自现代文献

1. 书证为孤证

在家困守，倘若贼兵真果到来，我母亲年老龙钟，不能行走，如何是好。（3·252）

按："真果"义为"真的"。

我刘老道卖的都是好膏药。牛的犄角，鹿的耳刀，蛤蟆皮外挽些个兔儿毛。好哇人贴了我的膏药，挤咕挤咕眼儿哪，你看那病人贴了我的膏药咧，咕儿了。（6·308）

按："挤咕"义为"眨眼示意"。

望城隍老爷保佑保佑罢，明个请千张元宝、爊猪头、三牲祭奠祭奠你哪。（6·355）

按："明个"义为"明天"。

你明儿个可先得打个报呈。（7·125）

按："明儿个"义为"明天"。

（禁白）难缠哪！（丑白）闹手吗？（7·359）

按："闹手"义为"棘手"。

大嫂，你哪没扫听真。普天盖下，算我是头一个。（7·362）

按："扫听"义为"打听"。

今日他在我的跟前告了一伙假，他拜客去了。（8·130）

按："一伙"义为"一会"。

我等公份都已送过了，此时不过各带见面私礼，可以不必亲看。（8·292）

按："公份"义为"公共财务"，此处指"公摊的份子"。

帖是具了的，是些不花钱的白吃猴。（8·318）

按："白吃猴"义为"专吃白食的人"。

哎呀！真格的，怎么不回呢！（12·39）

按："真格"义为"真个"。

你好好的随咱走了便罢，你若犟头犟脑，咱就要。（12·229）

按："犟头犟脑"义为"非常倔强"。

（付白）我给人家搬家呢。你作什么呢？（丑白）我窝脖儿呢。（12·239）

按："窝脖儿"义为"搬运工"。

我是连片子嘴，我叫这岳子期。(12·304)

"连片子嘴"指"说话滔滔不绝"。

咳，兄弟，你饶了你嫂子罢，我情心愿意当这个窝心的忘八。(12·312)

按："窝心"指"受到委屈、侮辱等不能表白而心中难受"。

何必向吾吵吵？妖法甚施行威风勇耀喝要。(13·185)

按："吵吵"义为"大声喊叫"。

也亏你捞白水生意，竟过日脚。(13·267)

按："日脚"义为"日子，生计"。

（末白）赏什么？（付白）赏你一块揩鼻涕绢头。(13·268)

按："绢头"义为"手帕"。

军官爷别只管说些耍话，我若能勾作得四人轿，也就谢天谢地，我如何有这个造化？(41·128)

按："耍话"义为"假话"。

我若迎着头与他动手，见他的身体生的雄壮，只怕有些闹手。倘若不能取胜，如何是好？(41·456)

按："闹手"义为"棘手"。

2. 书证非孤证

杀出娘们来了，你们太爷们如今发了财拉，连我们都不认得了。(4·467)

按："娘们"即"女人"。

那日在曲江遇见你，回来见天难过。(5·40)

按："见天"义为"每天"。

这里是书房。咳，把脸抹撒抹撒，开门开门。(5·142)

按；"抹撒"义为"擦、抒"。

天是黢黑，一点睄不见道儿。(5·378)

按："黢黑"义为"很黑"。

为人若遇三宗相，生钻硬顶硬出溜。(8·6)

按："出溜"义为"迅速滑动"。

吓，我徐摩云原来是访戚继光，平白与枷犯争甚闹气。(8·387)

按："闹气"义为"生气吵架"。

李忠德我说话，你们这儿紧自嚷吗！(12·91)

按:"紧自"义为"接连不断"。

哎呀,你睄,在家里好好的,周子清死气白咧的,约我上京赶考。(12·319)

按:"死气白咧"义为"不管脸皮,没完没了地纠缠"。

你睄那边儿站着个宽眉大眼的,那小子准是个窝囊废。(13·21)

按:"窝囊废"义为"怯懦无能的人"。

必须要选个富贵才郎,方可厮趁。招此破衣寒士,有玷门楣,因甚不阻挡!(13·331)

按:"厮趁"义为"相伴",是宋朝时的方言[①]。

帅府要作亲。乃是与你脸。竟自不应从。混充二五眼。(16·57)

按:"二五眼"义为"差劲的人"。

大圣走到面前,揪住耳朵,打了个脖子拐。骂声囔糠的夯货,什么显魂不显魂?(28·89)

按:"脖子拐"指"用手打在脑勺上"。

细想此人真无耻,混出江湖坑害人。为人但有一步地,糊糊将就养其身。何苦归入此道内,也不怕,玷辱现先人祖父名。(41·479)

按:"糊糊"即稍浓的稀饭。

(三)未提供书证

《大词典》中有很多词语都未提供书证,约有二因:一是作者认为不需要书证;二是作者没有找到合适的书证。著者认为任何词语都有其产生的源头,都有可能在文献中留有使用的痕迹,编辞书时,若能提供书证,还应尽量提供,如此既可保证辞书编纂系统的统一性,又可提供某个词语的文献用例。车王府曲本方言词语在《大词典》中没有书证的部分例证如下:

咻!你这个老练千户,我坐堂上,能讲说我也不认识字?这不是个笑话吗?自然要作充识字的,装作看过了。说谎扯白,打发差人回去,再作主意吓。(5·160)

按:"扯白"义为"说谎"。

有船你还走旱道么?(7·483)

[①] "厮趁"较为特殊,虽然《大词典》未收,但它是宋代已有的方言词,且宋代文献多见。此处将其列入,主要用于说明《大词典》在词源方面确存有诸多问题。

按:"旱道"义为"旱路"。

我将才在席上亲口许定,他已留下碧玉坠为定。(8·302)

按:"将才"义为"刚才"。

哟,敢自是董二奶奶?久仰的了不得。(12·23)

按:"敢自"义为"原来"。

你瞧你这个德性,幸亏是个爊头儿。这要是炮打灯,也不知道你乐在那块去拉。(12·294)

按:"炮打灯"指"炮竹的一种,点着后,发出响声,并射出发光药,在空中燃烧发光"。

扎挣连忙扒将起两腿哈吧往前蹭。(41·424)

按:"哈吧"即"哈巴",义为"走路时两腿朝外弯曲"。

(四)《大词典》未收

车王府曲本中的很多通用词语《大词典》都未收,至于方言词语未收的数量则更多,如:

(刘白)三弟,赵将军他不如你呀。(张白)哦呀,毛包吓。(3·232)

按:"毛包"义为"做事情粗心大意"。

我看此事闹糟糕。(4·467)

按:"闹糟糕"义为"有麻烦",车王府曲本中与之同义的有"斗嘈嗏",例:"眼看八月中秋到,佘唐关上斗嘈嗏。(6·101)"

听我告诉你罢,才刚将你带来那个,是我们这的台柱子。(5·13)

按:"台柱子"为戏曲术语,是一部戏的顶梁柱。

小人是个急脸子,什么无有一成。(5·55)

按:"急脸子"义为"容易生气和翻脸",刘瑞明(2012)指出"急脸子"是"急赤白脸"[1]在北京方言中衍生出的一个词语。

罢了。吓,你害人,我也不管,怎么连我多[2]一共脑儿下炉呢?(5·79)

按:"一共脑儿"与"一股脑儿"同义,义为"一起"。

来,开城,咱们嘎拉嘎拉。(5·84)

按:"嘎拉"义为"聊聊",车王府曲本中也写作"嘎啦"。如:"有不伏的

---

[1] 刘瑞明:《刘瑞明文史述林》,甘肃人民出版社2012年版,第655页。
[2] 车王府曲本中,"多"常表示"都"。

赴赴坛儿，咱们老娘儿们嘎啦嘎啦，分个字漫儿，闹场喧嚷儿，不怯官儿。（57·217）"

所生的面貌，蓝脸红发，赤嘴獠牙。紫屁骨沟儿，红屁骨蛋，绛色几八毛。（5·100）

按："屁骨沟儿"即"屁股沟儿"，指"肛门或两片臀部之间的沟"。"屁骨蛋"即"臀部"。

好，你这话真给来手人作脸，我不看在闵、顶二位先生，早把你辞咧。（5·169）

按："来手人"义为"经纪人"，镇江方言。

那你别管，你的钱少，葛不住我的日子多。（5·171）

按："葛不住"即"搁不住"，义同"架不住"，其义为"比不上"。

吓，先生，不是我藏你的盘子，我这里寔使唤不起他。活又累的慌，工钱又少，又不给饱吃。他的脾气又大，一动儿就翻了，不定打谁。（5·174）

按："盘子"本义为"脸庞"，此处指"脸面""面子"。

哎哟，樱桃树怎么动湮哪？八成有人偷我们的樱桃。（5·252）

按："湮"，读音为 cheng^{35}，此处作词缀，无实义。

相公，你哪睄我老老寔寔的，我跟你哪这们些年，我又多尊模（摸）索过你哪。（5·255）

按："多尊"义为"什么时候"，车王府曲本中多次使用，如："是相面的先生，你给乐子相上一相，看一看我多尊发财。（6·84）""你若有这个造化，管吃有穿，安然自在，强比跟着你的后娘，每日里挨打受骂，多尊是一个了手？（10·51）"

你哪好糊涂，找一个宣土窝往下掉。就说跌了左膀，不能前去逛会。（5·259）

按："宣土窝"义为"土质松软的低凹之处"。

我们叫他焦二爷，他还不耐烦哪。悄不声儿的罢，什么事？（5·328）

按："悄不声儿"义为"悄悄"。

是谁诈剌哪？那有人放火？真他妈的！（5·347）

按："诈剌"义为"大惊小怪"。

你少合我这么花马调嘴儿的。（5·451）

第四章 车王府曲本中方言词语研究

按:"花马调嘴儿"义为"油腔滑调"。

(二旂牌白)还没听见,开门来。(丑婆白)死乞白咧的,待我来看看。(6·9)

按:"死乞白咧"指"一直纠缠不放"。

吓,混正东西。你叫我调过来?王八蛋你叫我调过来!(6·86)

按:"混正"即"混账"。

老子有主意,找一个盆子,打在一块。或弄云竟了,给乐子打上六十钱的。(6·86)

按:"或弄"义为"拌弄",其中的"或"当写作"和 huo^{51}";"云竟"义为"均匀",其中的"云"当写作"匀",但"竟"代表的音无合适的汉字记录。

我是见了你甚么绫子、缎子、绸子、片子?四两红头绳子也无从见过你的。你差袍差在那厢去了?(6·102)

按:"头绳子"即"扎头发的绳子",此处将其列为方言词语,是因为它并不是一个简单的是否有词缀的问题,而是反映了某些方言区如临沂方言中习用词缀"子"的现象。

(老生白)亲公与那个致气?(唐白)我就与你致气。(6·105)

按:"致气"也写作"置气",义为"生气"。

咳,怎么你在背地讲究人哪?你这们叨劳叨劳的。(6·145)

按:"叨劳"即"叨唠",义为"唠叨"。

你们俩人拜天地呀,你们俩人拜天地呀。哎哟,你们这对撵撵转。(6·146)

按:"撵撵转"是类似于陀螺的一种玩具,用鞭子抽打着才会转。

别几玛,你未曾拱他,你还得睄你妹子哪。(6·411)

按:"别几玛"义为"不要",属于固定短语。

乘着酒兴闹毛包。(6·437)

按:"闹毛包"义为"吵闹"。

我们街比儿有个裁缝铺,掌柜的姓吴,名叫吴能手。时常打点酒儿,望我爹妈来喝喝,弄点儿菜来吃吃。(8·1)

按:"街比儿"义为"隔壁"。

(众白)怎么死的?(耿白)他是急怒,才脸上黢青。(8·5)

419

按:"黢青"义为"很青或青紫"。

是我二人眉来眼去,说话投机。我们两人就撂楞上了,我的老爷。(8·10)

按:"撂楞"义为"勾搭"。

老爷,怪吓,这就彷彿那一年转腿肚子,都是这们死的。(8·11)

按:"转腿肚子"义为"腿抽筋"。

谁替我喈啰?谁替我喈啰?(8·252)

按:"喈啰"义为"说话",此义据下文而得,即:"这们着,小子们,谁替我说这几句话,我赏他一吊老……哈,老官板儿。(8·252)"

小子们,你大爷一表人材,叫媒婆子说了个稀糊脑子烂。(8·256)

把一双红绣鞋呀,踩了个稀呼脑儿烂。(9·58)

按:"稀糊脑子烂""稀呼脑儿烂"义为"乱七八糟"。车王府曲本中与之同义的还有"西几八恼(脑)子烂",例:"哎!好哇,打了个西几八恼子烂,他又认得了。(6·412)"也变形为"稀稀糊脑子泞",例:"只听'唰'的一声响,把那些吃的顽儿的、耍的、弹的都打了个稀稀糊脑子泞。(57·183)"

三位兄长,为何都要抢小弟这个相应?那是断断不得能够。(8·291)

按:"相应"义为"便宜或便宜的事"。

像你这样嘈唠我,我也要改行打鼓收荒去了。(8·369)

按:"嘈唠"义为"闹腾";"收荒"义为"收取别人不要的破旧东西"。

哎呀!你妹子虽是女子,到有男子的肚才。(9·14)

按:"肚才"义为"才学、学问"。

小子乃是山东两头店一个无二混便是,混名叫做送人死。(9·195)

按:"无二混"义为"地痞流氓"。

乃是箃丕①一块,插在背上。用这么大个木锤,七八月间往乡间庄上,与人家弹棉花。(9·198)

按:"箃丕"是用竹子做成的模具。

你怎么这么磨楞子?我的爹呀。(9·353)

按:"磨楞子"义为"磨蹭"。

往往人说的,眼擦拦时候,可别遇见打杠子的、套白狼的、断道儿的,

---

① 车王府曲本原文写作"乜批"。

可怎么好呢？（10·443）

按："眼擦拦"义为"傍晚"。

你打着我尽吹牛哨儿呢。（12·13）

按："吹牛哨儿"不见于他处用例，根据前后语境，"吹牛哨儿"为"吹牛"之义。

不用。你见了我这么花梅掉嘴儿的，咱们俩人相好，你当我是竟为钱呢！（12·31）

按："花梅掉嘴儿"义为"油嘴滑舌"。

你不家来你也不醉，家来总得醉之家来。（12·36）

按："家来"义为"回家"。

你越闹酒越上来了，你一下儿看栽躺下，我拉不动你。你先上屋里慎一慎儿罢，回来你再搬好不好哇！（12·37）

按："慎一慎"义为"缓一缓"。

哎呀！我的老爷子，他可睡着了。站住，我本想之要把他除挑了，总也没个机会。（12·37）

按："除挑"义为"杀死"。

吓，师傅，你要钱得要个仁义水甜，别胡拉六扯的！（12·40）

按："胡拉六扯"指"东扯葫芦西扯瓢，说话不在点子上"。

我告诉你马掌柜的，你不用望我闹这宗反打瓦。（12·41）

按："反打瓦"义同"反打一耙"即"自己有错不承认，反把错推在别人身上"。

我先去见见毛先生，也没有说不开的话，统共拢儿都听我个招呼。（12·46）

按："统共拢儿"义为"全部"。

马思远不扰这手儿，当时就闹起来了。这个女人把铺子里家伙全给摔了，他反倒把马思远告下来了。（12·47）

按："扰"义为"理睬"。

那也怨不上咱们来。方才我听见刘小儿说，今儿清早有俩人仝着个小回回儿，在西边钱铺买五十两银，上毛先生家去。（12·49）

按："怨不上"义为"怪不得"。

兄弟，你也常给人家了事。衙门坎儿里，什么沾光、起土、添油、拨灯这些个事，你不至于不懂得，怎么你会说出力伴话来了？（果白）怎么力伴儿了？（甄白）怎么你还不力伴儿？外行人常说的话，黄金有价情无价。事望事不同，到临期看是作事。（12·54）

　　按："力伴"义为"外行"。

　　妈妈养我肚子鼓两鼓，老娘一把没接住，闹了侯七一嘴土。（12·96）

　　按："一把"义为"一下"。

　　抬起来，哥哥给你拾道拾道。（12·96）

　　按："拾道"义为"收拾"。车王府曲本中，"拾道"又写作"拾到""什叨""什刀"，例："记之点儿，头上脚下，拾到的紧紧沉沉的。（15·21）""是哟，大家伙儿什叨什叨，当下奏溜了罢。（16·57）""是了，不害臊的呀，你头里什刀去吧，一会与你抬了去。（16·74）"

　　你睄天到什么时候了，还不叫伙计们忙利着挑开火、开板子、挂幌子！（12·26）

　　按："忙利"即"麻利"，现在山东临沂方言区还在使用。车王府曲本中只出现在乱弹《双铃记总讲》中，其他三例为："吓，伙计们，忙利着拾掇，开板子、挂幌子。（12·26）""关城了，忙利着。（12·35）""老夫人心数儿多，情性儿偬，他跟前使不得巧语花言，巧语花言，将没作有。（13·76）"另外，还出现在清代石玉昆的《小五义》中。

　　不好，要不及咱们画符罢！（12·201）

　　按："要不及"表示选择关系，义为"或者"，它在车王府曲本中共出现三次，其他两次为："要不及，你哪闹《双苏秦》！（12·305）""要不及，你哪闹《双履子吕》罢。（12·305）"

　　自幼儿赖猷赖猷，管着老婆叫奶奶。若待不叫，鞋底儿脸上胖脸上胖。（12·233）

　　按："赖猷"即"赖呆"，义为"不讲究卫生，脏乱"。

　　这小子才找饭落儿。（12·302）

　　按："饭落儿"吃饭的着落。

　　一不生男，二不生女，要他何用？将他搭在荒郊，用铡刀铡把铡把。（12·323）

　　按："铡把"中"把"为词缀，当为"吧"的记音字，"铡把铡把"义为"铡铷"。"铷把"现在冀鲁官话区是一个常用的固定结构。在冀鲁官话区中，常用"ba"作为词缀，但在大词典中写法不一，如"撕罢"，例："来，将他撕罢撕罢，喂了莺罢。（9·55）""ba"用于动词后面，词性没有变化，只是增加了描绘性。

我明个家里也开个后门，挖他一个坑。下雨为是叫他存点水，我回来把我这油靴，搁在裹头姑几姑几。（12·306）

按："姑几"指把物体放在水里来回涮，或者在泥水里踩来踩去发出的声音。

你们不知道，金花娘娘专管我们这个阿拉把杂的事情。（12·423）

按："阿拉把杂"指"乱七八糟"。

哎呀，相公吓，你窝肚不肯？这是大礼，难道你将双手满？我数魔数魔，也是不肯的？阿呀，你见死不救吓！如此，待卑人满数魔罢。黄天在上，弟子傅罗卜为救这女子，若有二意……（13·63）

按："窝肚"义为"为啥"，"满"义为"忙"，"数魔"义为"祷告"，它们只出现在昆曲《四面观音总讲》。

我要想、我要想成家，替你弄个舅母来家，早晚与你帮伙做活，如何！（13·197）

按："帮伙"义为"帮忙、一起"。

咳，三春已过，万草皆搜。难道我儿终身做了哑巴子不成！（13·252）

按："哑巴子"即"哑巴"，大词典收"哑巴"，未收"哑巴子"。带有词缀"子"是冀鲁方言的一种重要构词方式。

咏！畜生，有客在此，不来迎接，又不去攻书，冷巴絮的做件东西。（13·290）

按："冷巴絮"义为"傻乎乎"。

这有什么呢？请点子香蜡、纸马，后殿里不说此十五字也可愿为愿为就好咧。（13·378）

按："愿为"指"补救"。

你说你又会读书，又不贪顽。前儿略薄的下了点儿雨儿，把奶奶的睡鞋偷了去当小船顽儿。（14·412）

按："略薄"即"稍微""略微"，车王府曲本中又写作"略膊"，例："今日个略膊的说了他几句,他倒翻了,要同我折账。(5·173)"膊"反映了"略薄"中"薄"的发音。

如偶偁一般仝,叫你往南不敢北,叫你向西不敢东。闹你个迷离麻拉不像样,胡里胡涂似颠风。(21·367)

按:"迷离麻拉"义为"半睡半醒的状态"。

眼支毛下面扑散,错过有残疾,定是怕漏尺半的金莲。(22·284)

按:"眼支毛"即"眼睫毛"。

蚂蚱眼油黑这才安营寨,柳儿头打响金盅。(23·388)

按:"蚂蚱眼"义为"黄昏"。车王府曲本中,"蚂蚱眼"也可以儿化的形式出现,例:"迎面粉蝶来回串,屎蝲螂,推车打蛋趱三军,蚂蚱眼儿按营寨。(28·281)"

李七侯,坐在椅上睄迎面,打量来人貌与容。则见他,头戴苇连红帽缨,白次咧的乱蓬松。(41·261)

按:"白次咧"义为"表层颜色褪的差不多了",主要用于形容事物的破旧。

外边常爷假卖派,到把个,门内恶奴长笑容。(41·280)

按:"卖派"义为"炫耀"。

他是旂员根子硬,拐骨唧当厌死人。(41·370)

按:"拐骨唧当"即"拐古唧当",指"固执、古怪"。"唧当"为词尾,无义。

小弟今对老哥讲,叫你自管放宽心。(42·67)

按:"自管"义为"只管",是因舌尖后音"zh"和舌尖前音"z"不分而引发出现的词语。

难为你们还是当差的人,连个稀糟恶烂也不知道。叫我说来,这稀糟恶烂共总是打他四四板子,多了打不的,他是打了三十的了。(48·368)

按:"稀糟"与"恶烂"同义,指"特别糟糕、很差"。

非是我不良,皆因是妯娌们平常。大爷酸文假醋,二爷净闹毛殃。不如那早早儿的分了家,趁了我的心肠。(56·164)

按:"闹毛殃"义为"惹麻烦,吵闹"。车王府曲本中与之同义的有"闹糟糕""闹遭殃"等。

无奈之何,满处里找找。出些个烂棉花、布拉条子、碎补丁,拿着簸箕往外行。(57·182)

按:"布拉条子"义为"布条"。

赔上父母,佃上妻房。恼亲戚,浮罪街坊。朋友的跟前闹遭殃。(57·186)
按:"闹遭殃"义为"吵架、吵闹"。

似你们这送殡的纸钱儿,薄嘎啦片儿,带之大眼儿,永不花钱儿的闷葫芦礶儿、傻闷子。(57·217)

按:"嘎啦"即"蛤",读作"ge^{35}",是一种"贝壳类软体动物"。"嘎啦",在今临沂方言中,还是指代"蛤"的主流词。

京都光棍真不少,看来就有数十名。不过是,二横子泥腿半膘子,帮虎吃食人几名。一齐都把热车顾,来送金爷好起身。(42·44)

按:"二横子"指"蛮不讲理的人","半膘子"即"半彪子",指"蛮不讲理且行事鲁莽的人"。

二、从《大词典》角度审视的车王府曲本方言词义

与通语词的词义一样,有些方言词也具有多个义项,说明作为一个相对独立的系统,当已有词义不能满足交际需求时,方言区中的人们会创作新方言词或为已有方言词增加义项。此处着眼于清代新出现的方言词义,与《大词典》作对照,暂将其分为以下两类:

(一)书证出自清代文献

1. 书证为孤证

车王府曲本中新方言词义在《大词典》中为孤证的较少,截至成稿,著者仅发现下例:

来了一个黑小子,吃了咱们家西瓜两个,饶不给钱,他还讲打咱们娘们。(5·239)

按:"饶"义为"不但",转折连词。

2. 书证非孤证

车王府曲本方言词义中的新元素在《大词典》中有一些书证不是孤证,例:

咳,看此处原来是一个瓜园,待我闹他娘的一个西瓜吃,解解渴。(5·239)
按:"闹"指"搞、弄"。

唔,拿着这么个盘儿,什么人嫁不得?怎么单嫁他这么个老东西呢?(5·450)

按:"盘儿"义为"脸庞",此处指"相貌"。

小的又说:"作强盗恐防被人耻笑,没面目,难为情格。"(12·230)

按:"格",语气助词。

(旦白)今个我刘红哪。(虎白)刘红是我把弟。(旦白)咳,我骑只马哪。(虎白)你别骑马,闹个光头骡子罢。(12·308)

按:"刘红"即"流红",义为"流血"。作者巧妙利用了汉语谐音的特征,利用听话者将"流红"以人名"刘红"的形式进行表达,在取得意想不到表达效果的同时,也推动了情节的发展。下文中的"骑只马"其实代指"骑马布"即"月经带"之义,而听话者继续将其歪曲,以"光头骡子"代之。简言之,以上这段例证将男性不了解女性生理知识的特点与汉语的谐音词结合,在幽默风趣间展示出了汉语自带的独特修辞魅力。

(二)书证引自现代文献

1.书证为孤证

《大词典》中有一些方言词语在车王府曲本中已经使用,其中有很多使用还较为频繁,但《大词典》所给出的书证不仅出自现代文献,其中的部分还为孤证。

(丑庄丁白)伙计,我奉五员外之命,看守展昭。每日送饭,今日好好的展昭翻了。(一庄丁白)怎么翻了?(丑庄丁中)把饭碗给摔了,饭也不吃啦。(5·400)

按:"翻"义为"翻脸"。

书场儿也去卖,酒铺儿也去抓。(6·308)

按:"酒铺儿"义为"酒店"。

连那么个缸都搬不动!起开,瞧我的。(12·37)

按:"起开"义为"命令别人走开"。

张伙计,那位大爷的茶钱柜上候了。(12·40)

按:"候"义为"付账"。

李头儿、曹头儿,咱们过不着这话。大概我姓甄的管闲事,准是管打管拉,没叫那位弟兄们跟只受过热。(12·46)

按:"过"义为"交谈"。

两猫走食子,挨了一个。(13·93)

按:"食子"义为"食物"。

这个来不得,不与你赌。也罢,小弟带得一柄粗扇在此,一面是写,一面是画。数步之外,你若看是了,算你眼目不昏花。(13·166)

按:"来"义为"打、赌等,用于赌赛",今山东临沂方言中还把"下棋""打牌"称作"来棋""来牌"。

我在此见个女娘,赶一只大鹿。寔在麻利,也赶了下去了。(13·203)

按:"麻利"义为"迅速"。

2. 书证非孤证

哎!小狗日的,长的多好看,我摸索他就炸①。(5·255)

按:"炸"义为"因某件事情刺激而反应强烈"。

(丑白)真的吗?(武白)我还冤你?(5·460)

按:"冤"义为"骗"。

我嫁的是猺人朱业,你混拉什么?(9·133)

按:"拉"义为"说,闲谈"。

什么娘的院子?成了娘的过道子了。赖不过你们爷儿们多,斟上酒。(13·168)

按:"过道子"即"过道"。

(三)《大词典》自编例证

家童言说蔺一郎来了三天了,待我前去望看望看。(4·489)

按:"望看"义为"探望"。

别说我们兄妹,便有百十号人,也不是他的个儿,谁能拦得他住呢?(9·112)

按:"个儿"义为"可以较量一下的对手"。

霎时雷公到了面前儿,土包一见忙打签儿。说:"老爷子别闹玩儿,千万给侄儿们留点子脸儿。"(57·217)

按:"土包"义为"地痞,流氓"。

(四)《大词典》未收

换一个轻生的。(3·334)

按:"轻生"指"容易或重量轻"之义。

---

① "炸",车王府曲本中写作"诈"。

（周白）小弟醉了吓。（蒋白）哎呀！我也八达了。（3·402）

按：根据文意，"八达"义为"酒醉"。

上天无路，入地无门。我是无处可奔，连一个落儿也没有。（4·467）

按："落儿"指"着落"。

这等英雄与将校，看来都是草鸡毛。（4·467）

救，救，谅你也不敢。甚么东西？草鸡毛。（7·58）

急的我屎要横拉了，吓的我好似草鸡毛。（11·152）

按："草鸡毛"在不同的文献中有不同的释义。《笑林广记》曰："城里的人把那些无理取闹没有廉耻的人叫作草鸡毛。"[①]《清稗类钞》则曰："都人呼人之好大言而无实济者，曰草鸡毛。"[②] 根据车王府曲本以上三例中"草鸡毛"的实际情况，可知《清稗类钞》中的意义更适合例1、例2，至于例3中的"草鸡毛"释义为"胆小如鼠"更为合适。车王府曲本中，还有作者将其改为"万草鹞毛"，例："哈哈哈，这我算当万草鹞毛勒。（7·497）"这种改动，是车王府曲本作者语言高超能力的一种体现。

问我多少妖精，十拉个。（4·482）

按："拉"用在数词后，表"约数"，车王府曲本中多次使用，例："来呀，给他个七八十拉点，我给他一个圈。（5·252）""卖个十拉斤面，赚个佰数来的钱。（7·365）"

你睄你，一来的时候，是何等的恳挚。近来这几天，你还相不相拉？（5·169）

按："一"义为"刚"，"一来"即"刚来"。

看大王哭的可惨，也罢。（5·84）

按："可"义为"很"。

（班白）作什么的？（安白）我们是会考的。（班白）是会试的，城里认得谁家？（5·89）

按："会考"即"会试"。

事情都挤在一作儿了。（5·184）

按："一作儿"义为"一起"。

---

① （清）游戏主人等：《笑林广记·下》，京华出版社2003年版，第900页。
② 徐珂编撰：《清稗类钞》第12册，商务印书馆民国07年版，第50页。

第四章 车王府曲本中方言词语研究

关大叔、相公是走了，咱们俩人得来来。（5·257）

按："来来"义为"比比"。

你们这相人，惯会撒谎，别商量主意攒我。这个话到了阵前，可是要对。（6·266）

按："相"为量词，义同"起""类"。

（旦白）要书却也不难，要留个了当。（生白）什么叫了当？（旦白）宋大爷，你在公衙门中，连了当都不知道？（生白）卑人不知。（旦白）就是休书。（生白）哦，休书就叫做了当？那不能。（6·351）

按：根据文意，"了当"即"休书"。

我在这门口死等儿。（8·130）

按："死"义为"一直，长久"。

不好，他一说话，我的牙就倒了。（8·258）

按："倒"指"因为吃酸东西而导致牙齿酸涩，或用于形容所听所闻令人牙酸"。

到前面捔个柳枝，就当鞭子了。（9·10）

按："捔"义为"折"，在临沂方言中读作"jue^{324}"，车王府曲本中又写作"撅"，例："向左肋下用手轻把佩剑拔，舞一回，把脚步杀。挺身站在明月下，用手撅弯，撒手礴礴响，当啷啷神鬼皆惊。（57·184）"

呆（待）了一会，听听王龙江睡着了。忽然他女人起屋里出来了，把那口缸往起一周。我隐在暗处一看，起底下蹲出一个人。（12·55）

按："周"义为"把盖在其他物体上的遮盖物拿下来或者揭开"。

我在墙上睄了个清清楚楚的，唬的我浑身乱颤好容易才扒下墙来。回到下处大病了一场，会没把我唬死。（12·56）

按："会"义为"差点"。

人老了，人老了，人老先皆那个上头老？人老先皆我这雀儿上头老。蔫着的日子多，枪着杆儿的日子少。（12·76）

按："雀儿"指"男性生殖器"。

自家张古董儿，我本叫张国栋。只因家中有个古董儿铺，皆因咱们不成器，生来的好要，一二年的工夫，把个古董儿铺抖漏咧。（12·76）

按："抖漏"义为"挥霍干净，败光"。

429

我家里还有十一岁一个小女，名叫莲姐，倒也乖巧。横竖在家吃死饭，不如搭家主婆商量，把他卖到大户人家。（12·153）

按："搭"义为"和"。

（门白）放在那里？（莫白）该贼抢了去了。（13·219）

按："该"义为"被"。

好了，我们全耍钱一样，输了好几么儿。这会儿，一场就班了本了。（13·233）

按："么儿"义为量词"回"，"好几么儿"义为"好几回"。

异怪了，养了十几年，生出一条雀儿来了。（13·235）

按："雀儿"义为"阴茎"。

（丑白）客人姓奢？（生白）姓武。（13·242）

按："奢"义为"什么"。

哞！真正痴子，故是天上飞个两只红蝙蝠子。你捞他做渠！（13·249）

按："渠"义为"什么"。

玉碾碾鼻似悬胆多端正，一点樱桃小口一拧拧。（19·352）

按："一拧拧"形容数量少或小。例中极为"小"之义，这也是它在车王府曲本中的主要用法。车王府曲本中也有一例表"少"义用法，如："（瑞白）喝一点。（平白）我不喝。（瑞白）喝一咛咛。（平白）一点也不喝。（5·256）"这里的"一咛咛"即表"少"之义。"咛"为"拧"的同音字。

无奈何，挖了挖烟斗，擦了擦烟签，唆了唆指头，剔了剔指甲，放下烟枪，推过烟盘，闭目合睛，假妆睡。（56·446）

按："唆"义为"吮"。

第二天睡到日出三竿，年太平别的事你嫌烦，抱着个脑梆骨子。（56·444）

按："脑梆骨子"即"脑袋"。

弃鸟枪，你的翻译最高强。考中书，有想望，千万别把枪手当。（57·199）

按："枪手"是清代新产生的一个词语，只有"考试时替考者"之义，未有例中"拿枪的士兵，士兵"之义。

二十多岁不算小，怎広还把床来溺？褥子晒了一清早，我摸了一把还是

精潮。(57·110)

按:"精"义为"很"。

第三节　多形体的方言词语

作为车王府曲本词汇系统中的重要一员,方言词语在书写形式上也遵循了其基本的书写规则,上文提及的方言记音字即是其中的一种表现。方言记音字出现的原因较为复杂,或是汉字系统中有固定的汉字记录某个方言词语,但作者使用了同音字导致;或是因为汉字系统中没有固定的字记录某个方言词语,于是就有了用同音字替代的现象。除了以上表现外,车王府曲本中还有某些方言词语被使用了多个汉字记录。

我越思又越想心头火恼,手拿定笤篱把将他来捞。(5·173)

浮萍草笊离捞,南城的这秧歌又往北城约。(6·307)

按:"笤篱""笊离"此处都是指"笊篱"。由于"笤"的声旁为"召",与"笊"的发音一致,形旁又与"笊"一样,因此文献中会出现两者混用的情况。如《西游记》中有:"刽子手将一把铁笤篱在油锅里捞。原来那笤篱眼稀,行者变得钉小,往往来来,从眼孔漏下去了,那里捞得着!"① 车王府曲本中不同的作者也将"笤篱"等同于"笊篱",由此就出现了两者共存的现象。但在车王府曲本中,"笤篱"也有表"笤帚"的用法,如:"你是投宿的,你顺着我的手睄。往南一拐,有一个小庙里挂着一个笤篱,那就是你们投宿之所。(12.292)""笤篱""笊篱"的混用,表明在选择汉字记录某个意义时,诸多时候是有理据可言的,尽管有时在发音上只参照了某个汉字的部分部件。

有耳道吗?(6·7)

他清晨起来掏的耳刀,他无从听见?(6·102)

按:"耳道""耳刀"中"道"与"刀"都反映了"朵"在方言中的发音,"道"与"刀"的语音差异在于声调不同。

---

① (明)吴承恩著,(明)李卓吾批评,陈宏、杨波校点:《李卓吾批评本·西游记上》,岳麓书社2012年版,第378页。

有朝一日金枪倒，刴杈、刴杈，去了老子的九斤半。（6·51）

小人亮出单刀，就是这样的抲杈、抲杈，中间挖了一个窟窿，凑成了那枷号模样。（6·54）

我那老婆"噶嚓"生下咱一个儿子。一时取名来不及，照着这两头牛，取名双牛儿。（6·63）

按：从语音层面看，"刴杈""抲杈""噶嚓"的主要差异在"刴""抲""噶"。"刴"读音为"luo^{51}"，"抲"有三个读音，分别为"he^{55}""he^{51}""qia^{55}"，"噶"的读音为"ga^{35}"。显然，三者并没有相通之处，此处能够出现，是因为它们的声旁"各""可""葛"有一定的关联，在类推心理影响下，就出现了读音不同的字却用来记录同一个词语的现象。实际上，汉语词汇系统中有与之同义的词语"咔嚓""喀嚓"。通过对比可推知，"刴杈""抲杈""噶嚓"等正是在它们的影响下出现的一种方言词。

吓，列位贤弟，看这天上下的朦松雨，地下乃是浮土。各将胕膝印个窝窝，照窝窝分银子。（7·177）

你敢不跪？左右，打了膴膝。（8·337）

一更跪到正三更，床儿上睡着一个妖精，床儿下跪着一个书生，跪的我两磕膝难扎挣。（15·9）

按："胕膝""膴膝""磕膝"义为"膝盖"。

哟，敢自咱们是当家子。（12·23）

光骂敢自便宜你，我还要教导你呢！（43·318）

有现成的，洗洗赶自好。（12·341）

你呀！不好了！敢只是我们相公回来了，也不告诉我声儿，就在他屋里住了。（12·419）

你赶子愿意早早死，我想断气也不中。你说只说有元故，莫非身怀六甲形。（16·127）

按："敢自"[①]为方言，共有"原来""当然"两个义位，其例证分别为例1和例2。另外，受方言发音的影响，"敢自"在车王府曲本中又写作"赶自""敢只""赶子"。

[①]《大词典》中"敢自"的两个义位的书证都为作者自造，《大词典（第二版）》中义位"原来"的书证为孤证，出自《红楼梦》。

第四章　车王府曲本中方言词语研究

那们，老头子你哪快着罢，我胛膝半都跪酸了。（12·320）

蒋爷跪在地流平，他把那，大人的字样看一遍。他提笔，铺在磕膝盖上纸一张，他的那，笔迹与大人无二样。（17·268）

按："胛膝半""磕膝盖"都是"膝盖"之义。

猪八戒，望空磕头如捣蒜，脑袋搧地响连声。（27·207）

脚底下，倒像有了绊马索，咕咚摔了个倒栽葱。只搧的，莲蓬嘴上流鲜血，只想招亲不害疼。（27·219）

按："搧"，《大词典》《中华字海》等字书均为收此字。"搧"当为"礴"，其义为"碰、撞击"。车王府曲本其他说唱鼓词中也有用例，如："众文武深一脚浅一脚，东礴西撞，一个个东倒西歪，前仰后合。你拉我，我拉着你，到了有灯之处，还好有个眼目。（20·357）""那口气往上直礴不中用，咕噜噜一阵又往下行，一连就是好几次。（20.407）"

哎呀，虎口裂崩！他在黄骠马上一溜歪斜、前仰后合，削下去有十余步。贼王双手扎煞，魂飞魄散，那里还敢来动手？（18·468）

大圣是真生了气咧，恨不能一棍把水妖砸一个脑浆搧裂，才解心中之恨。（27·209）

按：例2中，"搧"不是"礴"，应为"崩"，其义为"崩裂、迸裂"，车王府曲本中多有此用法，例："飞起金鞭照着顶楞，吕威瑛忙把头低下，脊背之上甲叶崩。（19·20）""老嵩心内许多疑惑，举步踉跄走进前。但只见头颅两瓣崩脑髓，明亮亮的钢锋扔在一边。（22·24）"

就上下文语境看，以上例中的"搧"，并不同音同义，属于不同字的讹用。据此，在考察车王府曲本中的同一个字时，需要分别审慎考查，尤其需要结合车王府曲本自身的用字规律及该字的上下文语境。

周小姐用手一推说不必捣鬼，你狠会无事生非又来吊猴。（22·371）

大众门人说奇怪，僧人俱各有才能。若是这样会弄鬼，宝树的冤仇保不成。大仙听罢微微笑，调猴诠释那胡孙。（27·238）

这正是，天网恢恢疏而不漏，谁叫他，常常与他爹爹使性子掉猴。（26·293）

按："吊猴""调猴""掉猴"等义相同，都表示"调皮捣蛋"之义，但因为不同文献中前两者都有所使用，因此无法辨析清楚"掉猴""吊猴"两者谁才

433

是本体。

议论这个紫脸大汉竟是一个大笨物，身子又郎康些，拳脚再欠通，怎么能取胜？就只是挨拳托打。（23·6）

这边少年说不好，大哥一定被人楞。他的那身子郎抗回的慢，这一着被那人赢。（23·6）

欲待进步难下手，只因为，身子狼犹奔不灵。（40·428）

按：以上例中的"郎康""郎抗""狼犹"实际上都是"榔槺"的不同写法。"榔槺"义为义为"笨重、不灵便之义"，由于其是联绵词，故有多种不同的写法。

（净起白）呀。（念）【哪咤令】为甚的众朝臣皆失色？（唱）他是个腌臜货下胎。（12·464）

红儿见家人无语眉头儿皱，说："姑娘啊，何必啊囉心内揣？太太昨日寻嗔我，好叫姨娘拿话塞。"（55·105）

按：例1中的"腌臜"义为"卑鄙、丑陋"；例2中的"啊囉"义为"恼人的，令人不快的"。

第四节　有音无字的方言词语

汉语方言的语音系统较为复杂，又因地域文化不同而产生大量的方言词语，这些词语用方言的语音形式表达出来，有一些难以找到相对应的汉字表达，于是就使用了一些被抓差记录这些方言词的同音汉字。其特点在于发音与方音相同或相似，但是意义上并没有一点联系。由于车王府曲本中使用方言词语较多，这些方言词语又必须用汉字作以呈现，这部分无对应汉字的方言词语在车王府曲本中就具有了临时性的书写符号。需要指出的是，记录这些方言词语的汉字只是因为它的字音与所记录的方言词语相同或相近，不代表离开车王府曲本的具体语境后，这个汉字还具有该义。

当然，车王府曲本中也有一些方言词语实则有相应固定的汉字记录，但作者却常用同音字的形式替代，如：

第四章 车王府曲本中方言词语研究

因王莽篡帝位谁人不晓，光武帝兴社稷夺转龙楼。论乾坤是刘家晓穆么有，普天下寸黄土本属汉朝。（2·453）

按："晓穆"即"什么"，"么有"即"莫有"，两者合在一起即为"什么都没有"。车王府曲本中还有的词语原本是通语词，但是在方言区中有了新的发音，于是就出现了无对应汉字的情况，再兼以有作者使用同音字替代了其中的某个语素，进而也引发了一个词具有不同的书写形体，"拔即""拔接"即属于此种情况。例：

算了，还是这们个绐脾气，痛是假的，吃饭是真的，听老哥哥的话没有差。（5·174）

按："绐"义为"执拗"。表"执拗"义时，人们一般用"轴"字，但《大词典》《大字典》等辞书中的"轴"并未有此义，这说明"轴"也是"执拗"一义的记音字。从古人用字习惯看，车王府曲本选用"绐"作为该义的记音字，也不代表其是错字，因为"轴"的优势在于它的使用频率高。

我夫妻二人，借着你老人家洪福，还要拔即功名富贵哪。（6·12）

你身为秀士，就该拔接功名才是，为何与强人结拜？（6·51）

按："拔即"体现的是"巴结"的方言发音，"拔接"体现的则完全是作者使用同音词替代的情况。

（三仝白）我等告诉公主。嫂嫂，嫂嫂，快来。（双羊白）怎么啦？你们扎什妙？（6·268）

按：如果对语义不了解，或对"炸庙"[①] 这个老北京方言词语不了解的话，那么"扎什妙"就较为难懂。实际上，"扎什妙"是"炸什庙"，即将"炸庙"以离合词的形式做了处理。

为体现车王府曲本作者的发音面貌，对于以上这部分词语，本书改换汉字，会在本书的其他部分作以相对详细的呈现，此处只研析体现了方言发音且无对应固定汉字记录的词语。另，由于车王府曲本中无对应汉字的方言词语较多，此处只择取其中的一部分。

各提皮狼，又口内装石子、黄土，将河北水隔断，准俏你父王秋后水擒庞德。（2·408）

按："狼"即"囊"，因 n、l 部分而造成。

[①] "炸庙"在老北京方言中指"大惊小怪、一惊一乍"。

你们孽们好歹拿个主意。(4·466)

按:"孽们"中的"孽"为中指代词"nie^{51}"的记音字。车王府曲本中也写作"聂",如:"启上包大人的话,卑职在聂个场儿作官,两个米局子、一个水屋子赔的干干净净,一点事儿没有。(8·7)"

呵呵,原来是三字经文,我却是乱熟。(5·161)

按:"乱熟"即"烂熟"。

(高打孝介。李白)咳,打了一哈子了。(老军白)咳,打了一哈子了。(李白)咳。(高打二锤介。李白)咳,打了二哈子了。(老军白)咳,打了二哈子了。(5·236)

按:"哈"即"下",是"下"的方言发音。

别计,回去不得。你们吃烟的人,躺下还想起来?(6·5)

按:"计"为"价"的方言发音,"别计"即"别价",义为"不要这样"。

咳,这个是贱人,招祸他一下子?(6·5)

按:"祸"为"呼"的方言发音,"招祸"即"招呼",义为"用言语或动作招引、互换"。

(旦白)门坎说遣子高哇。(净白)待我搀你。(9·57)

按:《大词典》收"门坎",书证出自现代文献。此例作者的注释表明了"坎"在方言中的发音类似于"遣",今在临沂方言中还读作"qian^{51}"。

(王白)满钱十吊。(赵玉白)活该过个宽处年哪。(12·36)

按:"处"即"绰"的方言记音字,"宽处"即"宽绰"。

(丑白)说呀。(小白)这怪生犯的。(小下)(丑白)你乖乖儿的回来,好诵说罢。(12·84)

按:"生犯"即"生分","好诵"即"好生"。

来吧,老头杂。(12·214)

按:"杂"即"子"。

那位呀,找谁嗒!(12·220)

按:"嗒"即"的"。作为"的"的方言记音字,"嗒"在车王府曲本中多处出现并使用,如:"那是我们当家嗒。(12·221)""掌柜嗒,你哪忘了我拉!(12·221)""答"也是"的"的方言记音字,如:"敢是找我兄弟答!(12.309)""我知道你就回来,我给你预备答。(12·360)"以上例句表明,作为"的"的记音字,"嗒""答"的出现不受语境的限制。

太太拿你当朋友吓,会你好好儿,你滚出去罢。一肚子男盗女娼,什么奏的那。(12·221)

按:"奏"即"做"。车王府曲本中,"奏"还有"就"的意义,如:"侯要哭列,你奏是赶着人家,人家上你的当?(16·104)"

你进去,把你那把草铺上一半。盖上一半,睡在里面,岂不煖呼!(12·293)

按:"煖呼"即"暖和"。

你把这皮儿选了去,里头他怎么是白的!(12·295)

按:"选"义为"削皮"。作为方言记音字,"选"此处读"xuan[51]"。

你枯碓着你们老太爷是个善人不是!(12·368)

按:"枯碓"即"估摸"。

我不在家,他寒蝉我吗!(12·307)

按:"寒蝉"即"寒碜",车王府曲本中也有"寒碜"用例,如:"不认你也寒碜。(12·376)"

(虎白)则麻望你们家拉人哪?(丑白)咳,你这是什么样儿!(12·309)

按:"则麻"即"怎么"。

兄弟,你拉了我的手了,待我拿尿慈他。(12·311)

按:"慈"义为"用液体喷……",在今冀鲁官话区使用较为频繁。

(丑白)你瞧他进去了,把我关了外头了。涩付,涩付。(占白)相公,外头有人叫你色付哪。(小生白)待我去看来。(丑白)色付,色付。(12·418)

按:"涩""色"即"师",它们是某些方言区舌尖前音和舌尖后音不分而导致的书写现象。

爹爹,这事情就自咱爷儿两知道。(13·361)

按:"自"是"只"的方言发音。

(正白)夫人。(胜)母亲。(熊白)多免了。你二人又在此谈论我了。(13·188)

按:"多"是"都"的方言发音,在车王府曲本中多次使用,例:"鞋子衣裳多没有了,你的衣裳也没有了,怎么好!(13·199)""各位多随我来。(14·52)"

（小生白）在那里？（付搏介）格里来，格里来。走哪，走哪，蹽子涧池里去哉。（13·249）

按："格"是"这"的方言发音。

他是凤凰，我还是拔了椅巴的出溜溜了呢！（13·331）

按："椅巴"是"尾巴"的方言发音。

空生那般才貌，特也木有良心。豪门作婿咱不好，写此休书恨死人。（16·55）

按："木"即"没"。

（上卒）管事的跑来禀原因。白家公子来入赘。（外白）宰着，白公子入赘来咧？（16·56）

按："宰"义为"怎""怎么"。

哥哥叫曹家摔了个半死不活的，抬了来咧。妈在叨守着哭呢。（16·58）

按："叨"义为"那"。

咳，一个汉子家，动不动的思想女人，可算个什么呢？贪恋美女，耽误功名。不是我抱吃你，你真大大的有理。（16·63）

按："抱吃"义为"褒贬"，重在"贬"。

咳呀，只是打我的那个小子的马呀，他咱跑到振哈酒来咧。（16·83）

按："振"义为"这"。

见他走进门，不由心快洛。（16·84）

按："洛"义为"乐"，"快洛"即"快乐"。

呵，好风承仁坏种！我平素待你不错，为煞拿我的媳妇送人？他在乃呢？（16·112）

按："乃"为"哪"，但车王府曲本中"哪"都写作"那"，因此此处的"乃"也应视作是记录"那"。

恶棍之言还未尽，但见兵丁来了一群。给恶棍先马手来后办脚，毛连大锁套颈中。（21·103）

按："马"此处为"捆绑"义的方言记音字，今山东临沂方言区常用。

表示"蠕动"之义的方言记音词"古戎"，车王府曲本中多数写作"古戎"，也写作"咕哦""姑容""咕嗈""咕嗉"，例：

过卖算来也不少，那像你狂的屁股竟古戎。（21·131）

车夫床上乱咕哦，南一扎来北一撞，西硼一头又东冲，狠像来把四方拜。（21·379）

坑内大蛆打成蛋，扒在那，死尸身上乱姑容。（26·506）

只见他，手内擎着一碗屎，里面大蛆乱咕喀。（31·85）

祁谐命觉着床底下，乱咕喋。夫人睁眼仔细看，原来是，紧跟祁氏小春红。（38·375）

与"古戎"不同，车王府曲本中有些方言记音词，它在汉语词汇系统中有原词，但是在某些方言系统中原词的发音有所变化，为记录这个发音特点，就出现了与之相应的方言记音词，例：

这其间把活横，更另表别人。（17·15）

芦家哥哥多仁义，净遇着割袍断义的伯玉堂。（17·358）

少时你与那人来见，他就将好言好语暖伏他几句，也就完了。别与他争论，惹他作什么呢？（26·79）

按："横"即"扔"，"伯"即"白"，"暖伏"即"暖和"，它们仍存于现在的方言系统中。

剑子提刀穿大红，开手儿先斩奸贼名孙秀，刀过无头项冒红。（24·181）

按："开手儿"即"开首"，在车王府曲本中出现两次，均表示"开始、起首"之义。车王府曲本中无"开首"，只有"开手儿"，再如："开手儿，起发金珠与元宝，应该远走与高飞，离门离户岂不好？偏要谆谆往里搂。（27·414）"

行者不信，取出金箍棒来挖查了会子，果然挖不动。（27·227）

按："查"，字书无此字，《大字典》收形近字"查"。据《广韵·麻韵》，"查，大口貌"。此义不合例证的语境。另一形近字为"查"，《说文解字·大部》："查，奢查也。从大，亘声。胡官切。"其义也不合例证语境。例中"查"为词缀无疑，句义为"行者不相信，于是取出金箍棒挖了一会，果然挖不动土地"。可以看出，其与"查"位于动词后作词缀不表意一样，读音有所联系的有"答"字，例：

但见他，紧咬牙关双睛闭，身子泡的胀澎澎。披头散发滴答水，四支如铁直挺挺。（27·113）

你东我西散打了罢，个人还干旧营生。（27·266）

故此，"查"当是发音类同于"答"的词缀。

不如占且隐在这棵垂杨树后,待他回归巢穴,我再回去也还不迟。
(27·375)

按:"隐"即"扔",它们仍存于现在的方言系统中。

俩小眼儿,往里抠。哧吗呼,鳔胶稠。牙焦黄,嘴孔臭。清鼻涕,往下流。不擤不醒,常往里抽。(26·289)

按:"醒",即"擤",《正字通·手部》:"擤,俗字。焦竑《俗用杂字》:'擤音省,手捻鼻脓曰擤。'"

我二人,俱个显说生身母,姐妹彼此痛伤情。(32·411)

按:"显"此处为方言记音字,表"哭"之义。其本字当为"喊",表"大声叫""大声喊"之义。因人在哭泣时常伴有喊叫或诉说等动作,因此冀鲁官话区、中原官话区中取其声旁"咸"音,用来表示"哭"之义。

(店白)没见?不能!别走,我睄睄你胳掰底下。(睄介,白)奈只。(14·341)

复又留神往下验,胳腊上,并非是墨迹笔来写,却原来,针刺靛染上边存。(43·275)

按:"胳掰""胳腊"即"胳膊","掰""腊"为方言记音字。

付(驸)马爷再没有来的巧吉咧,方才娘娘给了我一封密书。叫我明日黑早到府上去,谁知今晚付马到此。(37·428)

按:"巧吉咧"即为"巧极咧"。

正在为知难,只见一老道婆子走上前。来到金寡妇的跟前站住,未从说话,先把两个母猪眼一挤咕。(43·377—378)

按:"知"即"着",现在冀鲁官话区还有此读法。

大人要不信,自管请治。小人肚中无病,不怕冷年糕。(43·381)

你就把那酒治一治,勾四两不勾。(43·381)

按:以上两例中的"治"都是"试"的方言记音字,今在冀鲁官话区还有此发音,例"我治验治验"即"我试验试验"。但不是所有"试"都读"治",如"考试""测试"等组合中的"试",即当"试"作为词末语素时,它的发音为"shi^{51}"。有时,其发音还与其后是否带宾语有关,如"我试试""我试试他",前者读音为"shi^{51}",后者则为"zhi^{51}"。

手里拿着一包鼓鼓让让,里面满满当当,不知是什广物件。(49·157)

按:"让让"是"囊囊"的方言记音字,"鼓鼓让让"即"鼓鼓囊囊"。《大词典》为"鼓鼓囊囊"所举的书证出自现代文献。

佳人肚子里有点饿,腰里掏出个黄窝窝。叫声:"当家的你也逮,咱们两小口儿往饱里撮。"(56·173)

按:"逮"义为"吃"。

也是这娟妇不懂眼,他弄了一个溺鳖子,放在我头直下。睡的我楞里楞怔,扒将起来喝了一口,只当是一壶六安茶。(57·107)

按:"头直"即"枕头"。

佳人忙把毛驴上,包椰夹在胳肢窝。"哆""哢""哦""喝"朝前走。(56·172)

按:"包椰"即"包袱",此处"包椰"衍自"包囊","椰"是方言中 n、l 不分的产物。

实际上,方言记音字属于同音字替代的现象,即有些词语无相应的汉字,作者为了将其呈现出来,于是采用了同音替代的方式。这种替代所选用的汉字和其意义之间往往没有联系,这就造成了非使用者或非隶属该语言系统的人不能解释的现象。因此,研究车王府曲本中的这部分内容时,应该审慎处理。

明年正月,喃家南庄儿办大会,花炮盒子做的强。(57·101)

按:"喃"是"俺"的方言发音。

第五节 方言词语例释

受时间、书写及使用范围等各种因素的影响,车王府曲本中有些方言词语的意义需要经过考证才能确定。虽然如此,从字面及其出现的语境可以看出它们具有极强的表现力,也是其能够被作者从诸多的方言词语中挑中进入文学作品的原因。

瞧你那琉璃球样儿罢。(4·15)

按:"琉璃球",《大词典》释义为"圆滑调皮的人",不确。"琉璃球"在车王府曲本中常与"嘎杂子"连用,如:"三哥,我想窦尔敦那边儿没有什么好朋友，不过是些个琉璃球儿，格杂子。来一个打一个，来两打两。（11·439）""格杂子"即"嘎杂子"。上文已研析过"嘎杂子"的意义，重在指心眼坏、质量不好。又"琉璃球"在车王府曲本中还有诸多用例，如："大哥，倘然要有这么个琉璃球儿借给我老婆，去见丈人一面回来。四十八两重的大金镯子四十对，五十对蘑菇头儿的大簪子，全为谢礼。一百两妆奁平分一半。（12·80）""你等快去说吴老爷的话，传几名捕快前去，现放着盗寇还不叫差事广？众琉璃球儿屎蛋一齐答应。（34·394）""可笑众恶棍派了来的这一起子接应尽是些半标子、二横子、毛蛾子、土不拉贺、穷混混、二道毛、琉璃球，听见说官兵说一声要拿，只唬浔一个个把耳朵一抿好跑，不多会儿影向全无。（34·438）"据以上例证，"琉璃球"在车王府曲本中并不指单纯圆滑调皮的人，根据同义词连用的原则，可知它当与"嘎杂子"意义一致，其义都重在指"心眼坏、质量不好的无赖子"。

剃头的自好是打换头，不能吆呼；修脚的不能吆呼，自好打瓜鞳鞳罢。（5·168）

按："瓜鞳鞳"即"瓜嗒嗒"。"瓜嗒嗒"是拟声词，是木块互相撞击发出的声音。此处用"瓜嗒嗒"代指"呱嗒板"，即"打瓜嗒嗒"为"打呱嗒板"。呱嗒板用绳子把两块或三块木板连接而成，利用手指之间的配合，使之互相撞击发出声音。

有本领自管拿俺到案，情愿认罪。（5·374）

按："自管"义同"只管"，车王府曲本中多次使用。如："家无常礼，老小子，你自管坐下。（6·354）""既是冤魂，有什么不白之冤，自管与贫道讲来，贫道与你报仇雪恨。（10·74）""众位自管打听打听，虽然行次儿低微，准是嘎噔噔的好朋友。（12·24）""不过夜，你自管放心。（12·82）"所以，不能将其简单地看成是方言记音词，而应将其视作是一个固定的词。

（陆怀白）要什么菜？（蛮子白）我要一碗脚几音。（陆怀白）什么叫脚几音？（蛮子白）翠翠的，酸酸的，裹头还有小卖。（陆怀白）那不是脚几音？（蛮子白）叫什么？（陆怀白）你说的是拌海蜇呀，我取去。（6·86）

按："脚几音"辞书未收录，上文显示它是南方人对"拌海蜇"的称呼，但说话者所言的"脚几音"是否真的指"拌海蜇"并不好确定，故此处存疑。

望我嘀戏起来了，你睄我老了？（9·112）

按:"嘀戏"常写作"离戏",义为"开玩笑"。

咳,老严,把你这脑袋多长一夜,滚开罢!拐骡子敦手的。(9·221)

按:"拐骡子敦手的"的断句方式不一,刘烈茂等人(1990)将其断为"拐骡子,敦手的!"[①] 肖少荣等(2013)则未断句,将其作为"拐骡子敦手的"[②] 整体存在。著者赞同后一种。从语义上看,"拐骡子敦手的"属于詈语,其义为"碍手碍脚的瘸腿骡子"。

想罢多时,开言道:"叫声过卖少浪声,不用你往我来闹茹皮声。雁孤少往李三行,依溜凹拉臊达子话,逼丢吧嗒懒怠听。你就问我吃什么,这就完了你的事情。"(21·130)

按:"逼丢吧嗒"用于形容言辞难听,属于詈语。

如偶偶一般全,叫你往南不敢北,叫你向西不敢东。闹你个迷离麻拉不像样,胡里胡涂似颠风。(21·367)

按:"迷离麻拉"义为"半睡半醒",此处指被对方问得晕头转向。

真你们这说书的也过于雁孤了,续弦就完了,又老弦作什么?(22·89)

按:清代杨米人《都门竹枝词》中有:"牛奶葡萄叭哒杏,起名都闹雁儿孤。"

这里的"雁儿孤",金受申在《北京话语汇》中又将其写作"酽儿咕",义为"难听,听了令人难过的话"[③]。《三侠五义》中有:"独有那姓蒋的,三分不像人,七分不像鬼,瘦的那个样儿,眼看着成了干儿了,不是筋连着也就散了!他还说动话儿,闹雁儿孤,尖酸刻薄,怎么配与我老赵同堂办事呢?"[④] 也就是说,"雁儿孤"确实用于指言辞尖酸刻薄。

时来一呼百诺,运去赶脚推车。廉耻不顾为吃喝,团匰背劳得贺。剩钱别管好歹,终朝且去张罗。乌漆吗黑讲不得,只要丰富之乐。(26·122)

按:"乌漆吗黑"即"乌漆嘛黑",义为"很黑"。《大词典》收"乌漆墨黑",两者都是方言词,但使用广泛。在读秀学术搜索系统中,两者的使用频率都很高,说明它们已经成为通用型的方言词。车王府曲本中还有与"乌漆嘛黑"

---

① 刘烈茂、郭精锐等:《车王府曲本选》,中山大学出版社1990年版,第20页。
② 黄仕忠主编:《清车王府藏戏曲全编》第12册,广东人民出版社2013年版,第442页。
③ 金受申:《北京话语汇》,商务印书馆1961年,第182页。
④ (清)石玉昆整理:《三侠五义》,山西人民出版社2009年版,第223页。

同义的"去马乌黑",例:"今日正是黑日,生下孩儿,去马乌黑。(9·280)"显然,"去马乌黑"也是"乌漆嘛黑",其中的"去"是"黢"的记音字。"乌漆吗黑""去马乌黑"两者的存在,反映出汉语词汇系统中表"黑色"的词语数量较多。

苏老爷,左右开弓抡拳打,把那些,恶奴打的乱哼哼。也有打得脸须肿,也有那,打破鼻子血流红,唧咕咕咚满地滚。(41·91)

按:"须"为程度副词,表"很"之义,今冀鲁官话区还使用。作为程度副词,"须"和"很"及其他同义程度副词并不同。如在临沂方言中,它只修饰"绿"族的词,如"须绿""须青",未见像车王府曲本中"须"修饰"肿"的用法。

恨只恨,奴家心话顺从你,咱二如鱼似水亲。(41·376)

按:"心话"义同"心里说",表"寻思"义,今临沂方言中常用。

怎广鸟枪换炮越换越粗了?先前说的话可是实话?次后来怎广又要上保府见总督?这句话也还可恕,怎广他要见皇上求个小人情了?任凭什广事也就完咧,敢则皇上爷照应你广?这句话可就镑张咧。(41·385)

按:"镑张"义为"吹牛"或"因头脑发热,而说些不知深浅、自夸的话",《儿女英雄传》中也有用例:"邓九公道:'老弟,我说句外话:你莫要镑张了罢?'"① 今临沂方言中,有"木胀""胀了包子"两个词与之同义,即是说,"镑张"中的"张"与它们中的"胀"同义。换言之,带有"胀"的此类词语,在意义上都有共通之处。

浑身衣服作的巧,雁孤唧几了不成。缎子鞋儿一寸底,袜子包得鼓蓬蓬。(48·372)

按:从语境看,"雁孤唧几"指"新奇、奇特"之义。

提起这个人来,年纪不过十八九岁,生的真清清秀秀的。那脾气真有些嘎咕,那光景还有别义。(48·248)

这小子天生来的嘎古头,真是七辈五没根基,所作所为无天理连心。(49·317)

按:"嘎古(咕)"义为"脾气乖僻","嘎古头"与之词义一样。

樵夫砍了些枸杞子,渔翁打了些癞蛤蟆。牧童吹的是牛胯骨,农夫耕的

---

① (清)文康:《儿女英雄传(上)》,齐鲁书社,1990年版,第317页。

是土楞窠。(56·173)

按："土楞窠"不见于辞书，诸多文献中，使用了其中部分语素的词语有"土楞""土楞子""土楞坎""土窠"。从意义上看，"土楞""土楞子"为稍高的土堆，如："有的躲在山坡的窊地和土楞下面，有的就坐在树底下。"① "我们都记得，一块一块的西坡地的土楞子上，裸露的断层剖面，随处可见一层一层的尸骨，一米多深的土层内随处可见，有的是零散的一具一具，有的是堆在一起的一窝一窝，从这个土楞子上的尸骨坡上，拐个弯翻到另一个土楞子上，便又见白花花的尸骨裸露。"② 清代《三会买地施庙契约碑》中有"土楞坎"，其文曰："东至庙地畔为界：南至庙地其梁分水直下花石岩为界；西至土楞坎，横过大小沟心土楞坎，横过抵大沟心三官会地畔为界；北至黑龙泉地畔直上庙基为界。"③ 据文意，"土楞坎"即"土坎"，指"较长的低矮的土坎"。"土窠"则义同"土坑"，如："清末、民国期间，有的农户养土蜂，用砖、土砌一方形土窠。"④ "第二天，她的家人在南沟挖了一个土窠，把二奶奶干瘪的身体连同她干瘪的思想连同她引以为荣耀的杯盏以及那陈旧的衣箱统统埋葬了。"⑤ 综合以上各种信息及"土楞窠"在车王府曲本中出现的语境，可知"土楞窠"指高高低低的土地。

众多的土包都唬迷了，攒儿磕头硼地忙调坎儿。说："急赴流儿的量打了罢，从今以后再不装礤儿。"(57·218)

不怕你们见点子笑，我是重车不怕的生铁蛋儿。你们全都出来的晚儿，箭直的算不了一碟菜儿，可笑你们也敢妆㮲儿。(57·219)

按："礤(㮲)儿"未见于其他文献和辞书。考查辞书，与"礤(㮲)"形近的"嘎"有一义为"脾气坏、乖僻"，车王府曲本中也有此义的用例。如："他的那，妻子姓谢名爱玉，自幼生来爱公平。见他男人生性嘎，也只是，苦恼伤情在家中。(48·260)" 车王府曲本中，"嘎"并不总是此义，如"时间佳人脸气黄，骂声贼徒真正嘎。世间那有这一桩，自己之妻来耍戏(48·112)"中，

---

① 胡正：《鸡鸣山》，山西人民出版社1958年版，第1页。
② (清)武新铭、武达材撰，王学礼笔注：《莞尔堂吟草》，文水县史志研究会2022年版，第198页。
③ 李启良等搜集整理校注：《安康碑版钩沉》，陕西人民出版社1998年版，第434页。
④ 高青县地方史志编纂委员会编：《高青县志》，中国社会出版社1991年版，第135页。
⑤ 王金保：《远山风月》，大众文艺出版社2001年版，第160页。

"嘎"的语义程度较重，其重在强调"坏"。"碾（榍）儿"出现的例证中，它们的主人公为地痞，虽然他们品性恶劣，但他们使用"碾（榍）儿"的语境一是为自己开脱，二是用于对对方的鄙视。综合以上诸种因素，可知"碾（榍）儿"的意义不是以上所提及的"脾气坏、乖僻"或"质量恶劣"之义，其义当为"坏人""能人"。其中，"能人"为贬义。

　　似你们这送殡的纸钱儿，薄嘎啦片儿，带之大眼儿，永不花钱儿的闷葫芦碾儿、傻闷子。（57·217）

　　按："嘎啦"是临沂方言中对河蚌的称呼。

　　车王府曲本中的方言词语数量极多，它们是清代方言词汇系统尤其是以老北京话为代表的北方方言词汇系统的一次数量较多的反映。以上论及的内容仅是其中的部分，是对其丰富性和系统性的概括反映，至于其细微的成员、深层的文化内涵及体系性，还需要将其作为独立的研究主体进行深度研究，方能逐一揭示。

第五章 车王府曲本中汉译满语词研究

满语起源于金代女真语，属阿尔泰语系满—通古斯语族，作为其民族最重要的交际工具，满语自有其亮点。清代沈启亮指出："圣朝清书，文简词达，使人一览朗然，犹晓星秋月，昭昭耳目间。倘汉文中有一字支离，一经翻译，便豁然涤尽，粉饰无存。此非错综不紊、去繁扼要之大道乎？"[①]与其他语言一样，满语口语和书面语的发展也处在不同步状态中，"满洲旧无文字，有之自太祖始。按明万历二十七年（1599）己亥二月，太祖以蒙古字制国语，创立满文，行国中"[②]。满语文字形式的创制"主要借鉴了传统的回鹘式蒙古文，后来又在此基础上加以圈点，形成了符合满族本民族语言表达要求的新满文"[③]。因此，满语能够逐渐发展并成为阿尔泰语系满——通古斯语族中最重要一员，符合其身份地位。

语言是动态的，它的发展变化或者说是曲折化程度非由其自身决定，而是受各种因素影响，如受其所属民族生存环境、文化接触与冲突能力、政治地位等多种因素的影响，满语自不例外。

清代时，随其民族物理生存环境及人文生存环境的改变，满语的地位越来越重要，但在其使用人口规模迅速扩大的态势中，也隐含着颓势。小横香室主人（1915）指出："清朝入关以来，从龙旧裔，大都渐习华言。若汉臣则虽号称博雅之人，亦未必谙晓国语。"[④]这段文字表明两件事：一是清代满族贵族基本上都在学习汉语；二是清朝汉臣虽学习满语，但是无法精通满语。

---

① （清）沈启亮辑：《大清全书》（影印本），辽宁民族出版社2008年版，第2页。
② 于逢春、厉声主编：《东北边疆卷八》，黑龙江教育出版社2014年版，第59页。
③ 郭长海、博尔利、王明慧主编：《女真语文与满语文比较研究》，黑龙江人民出版社2018年版，第84页。
④ 小横香室主人撰：《清朝野史大观·第3册》，中央编译出版社2009年版，第121—122页。

两种情况互相作用，就出现了满汉兼用的现象。《清稗类钞》中"宣宗重满语"条中就有对这种情况的描写，即"满、蒙人员之谢恩、请安皆用满语，乃定制也。道光戊子，盛京副都统常文回京，以汉语陈奏，宣宗怒其忘本，即命革职"①。这段文字表明有些清人尤其是官员学习满语是不得已之举，因为不学习满语或不会说基本的满语，仕途就会受到影响。清代人奕赓也对此做了阐释："八旗汉军学习清语，自雍正七年（1729）始。如不能以清语奏对履历者，凡遇升转俱扣名不用。"②不同清人对同一个问题的类似论述，说明他们所陈述的已是一种普遍性的社会现象，表明清朝统治者的努力在满语衰落的必然趋势面前，不堪一击。车王府曲本鼓词《施公案·捉旋风》也阐明了清代这种满汉同用的情况，文中指出："我大清称为圣主老伕爷是满洲与汉文。圣人办理旗券事体用的是满洲文，各部院衙门县主办理民情总是汉文通行。（33·94）"由此可见政府的推动是清朝满语流行的重要原因，然而，这并不能改变旗人子弟逐渐不谙满语的社会大趋势。

清人博赫从语言接触层面指出了满语衰退的原因，"清语者，我国本处之语，不可不识。但旗人在京与汉人杂居年久，从幼即先习汉语。长成以后，始入清学读书，学清语。读书一二年，虽识字晓话，清语不能熟言者，皆助语不能顺口，话韵用字字意无得讲究之故耳。所以清语难熟言矣"③。《清高宗实录》中更是指出："近日满洲子弟，渐耽安逸，废弃本务。宗室、章京、侍卫等，不以骑射为习，亦不学习清语，公所具说汉语。"④当然，旗人也有遵守朝廷规定学习满语的意愿，只是由于身处汉语的大语言环境中，无法对抗语言发展及使用的大趋势。昆曲《窃访贤》中就提及了他们的这种无奈，其文曰：

我在这武职为官，又何必讲读书论文章？我幼年间曾习学，阿、厄、衣、窝五、窝，恨未把翻译考上。话条子念几篇，《清文启蒙》读几行。论满文其可答上，认弓马军政不慌忙。（14·80）

虽然说话人为武将，但其学习满语是小时候的事，因此他的学习情况

---

① （清）徐珂：《清稗类钞》，中华书局1984年版，第2244页。
② （清）奕赓：《佳梦轩丛著》，北京古籍出版社1994年版，第88页。
③ （清）博赫：《清语易言·序》，乾隆三十九年（1774）刊刻。
④ 《清高宗实录》卷138。

第五章　车王府曲本中汉译满语词研究

也反映了大多数旗人学习满语的情况。从其所述可看出，当时旗人学习满语也是从拼音入手，他所言的"阿、厄、衣、窝"正是清代官方所定满语语音中的四个代表字。如："《茶余客话》云：'清文对音七字，乃歌、麻、支、微、齐、虞七韵之音。字头中，又以阿、厄、衣、窝、乌五字喉声为方。凡声皆出于喉，传于鼻唇齿之间，而又收声于喉。"[①] 该主人公幼年虽曾学习满语，也曾尝试取考翻译，但因其仅能会一些日常对话，有关满语的书籍也只能读几句，故此并未考中。这种现象反映出当时旗人学习满语有心无力的状况。

一个社会群体中出现的某种语言现象，尤其是反映社会新现象、新事物、新思想等的词语，绝不会孤立地存在于该社会群体的某一真空中，它会逐渐向外晕染，清代中后期满汉夹用的普遍现象即属于这种情况，这种情况也可从清代诸多文献作品中窥得一二。如著名的满汉合璧子弟书《寻夫曲》、剧本《烟鬼叹》，另外子弟书《查关》、牌子《急拉吃得甲》、说唱鼓词《儿女英雄传》中都有汉译满语词的使用。车王府曲本中这些汉译满语词都属于音译词，词性上以名词为主，意义上以官职名称及称谓词语为主，具有将其系统研究的可能性，如著者（2015）[②]就曾对车王府曲本子弟书中的汉译满语词做了相对系统的研究。

综上，两种使用范围差距较大的语言一旦有较长时间的接触，弱势一方通常会具有向强势一方靠近乃至转变的趋势，并随着阶段的不同而呈现出不同的特点，清代满语的使用情况即是明证，车王府曲本中满语的使用情况则是其中的一个代表。

目前较少有学者对车王府曲本或清代其他文献中的汉译满语词进行研究。究其因，在于其都是汉译满语词，有的如"阿玛""阿哥""章京"等已成为人们较为熟悉的词；或是有的汉译满语词难以准确辨认，如"瓮马马发"等。"外来词是语言接触的一种结果，而语言接触又以文化交流、文化接触为前提、为共生物。因此外来词也是异文化的一种存留。就此而言，它也许可称之为'异文化的使者'。而从发生学角度看，则外来词又无疑是文化接触的结晶，

---

① 况周颐著，张继红点校：《民国笔记小说大观·第1辑·餐樱庑随笔》，山西古籍出版社1995年版，第96页。

② 王美雨：《车王府藏子弟书方言词语及满语词研究》，九州出版社2015年版。

或者是人种融合与语言融合的一种结果。"① 故对车王府曲本中汉译满语词进行研究，至少可以从车王府曲本范畴为清代汉译满语词或是满语的保存与研究作出贡献。

本书在对车王府曲本子弟书中汉译满语词研究的基础上，从整体着眼，穷尽性地搜集整理车王府曲本中的汉译满语词，并力图对其做出系统化研究，以期为车王府曲本汉译满语词及清代汉译满语词乃至清代满语史的研究以尽绵薄之力；借助从中挖掘出的文化要素，阐释其文化价值，从文化角度为清代汉译满语词的研究作出贡献。

第一节　满语词研究概况

著者以中国知网及读秀中显示的相关学术研究成果为主要依据，以京东、当当、亚马逊等网站提供的有关资料为佐助，以"满语"为关键词检索，发现自1979年至2023年1月1日，知网共有847篇有关满语的文章，80种有关满语的著作。这些研究成果，大致可分为以下类型。

一、研究满语的某一具体词类

虽然我们将每一种语言的词类都以名词、动词、形容词等名称命名，但其语法功用即便是同一语支中的语言也有所区别，这也是很多学者就满语某一词类展开研究的原因。与其他语言一样，动词同样是满语的最重要词类之一，较早为满语动词命名的是沈启亮，他在《大清全书》中将其命名为"活动字"②。金启孮及乌拉熙春（1982）就满语助词、季永海及刘景宽（1982）就满语中指人名词的复数范畴和表达法、佟永功及季永海（1985）就满语的形动词、法里春（1985）就汉语的后置词、穆晔骏（1986）就阿勒楚喀满语的数词及格助词等做了专题研究。以上研究为明确满语各类词的界定及语法功

---

① 史有为：《外来词——异文化的使者》，上海辞书出版社2004年版，第3页。
② （清）《沈启亮辑·大清全书》（影印本），辽宁民族出版社2008年版，第5页。

能等提供了语料及理论基础,对满语词类及其他语法现象的研究提供了借鉴。近年也有不少学者对满语的词类做了进一步研究,如陆晨(2018)就满语能愿动词的语义做了探析、晓春(2018)则依托《大清全书》研究了满语名词的构词方法。杜佳烜、唐千航(2021)[①]就满语中动词类汉语介词的词法做出了研究,认为其与满语原有词语具有同等构词能力。这些研究是对满语词语类的深入性探索,也是对濒临灭绝的满语的一种保护。

二、研究满语词语义及文化内涵

词义及文化内涵的研究是学者研究任何一种语言时都不会忽视的问题,因为"语言是一种精神产品,是人类心智活动的成果,又是民族文化的表现形式之一,它和人类文化的其他形式一样,具有历史的连续性和继承性"[②]。所以有关满语词意义及文化内涵的研究也是满语研究领域的重要组成部分。长山(2014)考察了政治制度词、方位词、语法化与动词语缀等满语词的语源,同时,还对满语中的蒙古语、汉语、梵语等做了研究,最后指出满语对东北各少数民族语言文字所产生的影响[③]具有独特性,揭示了满语即任何一种语言都有其独特价值,与其他语言接触时,会产生或多或少的影响。石文蕴[④](2016)、栾郑[⑤](2018)从文化语义的角度对满语中的服饰词语、生育词语分别做了研究,韩雨默(2021)从"自然环境、生活习俗、政治制度、信仰习俗等多个维度"[⑥]探究了满语中颜色词的文化语义。同年,韩雨默还就满语中的植物图腾神灵词语的文化语义做了研究,指出了其所隐含的满族文化心理[⑦]。赵阿平、尹鹏阁(2021)[⑧]研究了满语词

[①] 杜佳烜、唐千航:《满语中动词类汉语借词的词法研究》,《东北师大学报(哲学社会科学版)》2021年第6期,第49—57页。

[②] 吴为善、严慧仙:《跨文化交际概论》,商务印书馆2009年版,第24页。

[③] 长山:《满语词源及文化研究》,社会科学文献出版社2014年版。

[④] 石文蕴:《满语服饰词语文化语义研究》,黑龙江大学硕士学位论文2016年。

[⑤] 栾郑:《满语生育词语文化语义研究》,黑龙江大学硕士学位论文2018年。

[⑥] 韩雨默:《满语颜色词文化语义探析》,黑龙江大学硕士学位论文2021年。

[⑦] 韩雨默:《满语植物图腾神灵词语文化语义探析》,《大连大学学报》2021年第1期,第40—45页。

[⑧] 赵阿平、尹鹏阁:《满族词汇语义及文化研究》,社会科学文献出版社2021年版。

的组合类型、语义结构等，并对其中有关八旗制度、饮食、服饰、动物等满语词的文化语义做了多角度研究，最后从表政治、文化观念的满语词及故宫门匾上满文等角度探讨了满语词汇语义变迁，是系统性研究满语词语及其语义内涵、语义变迁的最新成果。词义及其文化内涵不仅是一种语言有别于其他语言的重要特征，也是其持有民族或地域特色所在，是对它们典型性民族特征或地域特征在语言层面的一种反映。因此，对满语词义及其文化内涵的研究，将有关内容抽离出来，并对其所作的研究，对满语、满族以及为后人了解有关的历史信息而言，都是一种极富意义的行为。但任何一个词语，无论其为何种词类，只要其有文化内涵，那么它的出现就必定不是突兀的，而是有史可循。同时，一种语言的文化词语的数量及内涵需要以动态眼光看待，因此虽然以上研究的内容较为丰富、涉及面较广，为满语词意义及文化内涵的研究夯实了基础，但有关研究却并无止境，还有进一步挖掘、提升的空间。

三、研究有关满语词的辞书

据胡增益（1997），有关满语的辞书早在清代时就已经极为兴盛，"从1683年刊刻第一部满汉词典《大清全书》，到辛亥革命前的200多年间，共出版了近百种辞书"①。而"清代留下数以百万计的满文文书档案、上千种书籍。从语言学上讲，满语是满—通古斯语族中文献资料最丰富的语言，在阿尔泰语言研究中占有举足轻重的地位"②。乌仁高娃（2016）③在研究中列举了《单清语》《汉满词典》《汉满大辞典》《简明汉满词典》等11种辞书，这些辞书为相关研究提供了借鉴。与辞书不同，也有一些研究者在自己的著作中解释满语词的意义，如小横香室主人在《清朝野史大观》卷二中列有"满语""清语官号""有裨实用之清语"等条罗列了部分满语词。这些研究为后继研究者提供了工具书目，有利于相关研究者查阅资料。

---

① 胡增益:《满—通古斯语辞书概说》,《辞书研究》1997年第4期,第102—116页。
② 胡增益:《满—通古斯语辞书概说》,《辞书研究》1997年第4期,第102—116页。
③ 乌仁高娃:《民族语文辞书历史与现状论文集》,内蒙古科学技术出版社2016年版,第249—250页。

四、研究某一文献中的满语词

清代诸多文献中常会使用一定数量的满语词，如《儿女英雄传》、《红楼梦》、子弟书、鼓词等，有学者对此做出了研究。季永海、赵志忠（1985）研究了《儿女英雄传》中满语语汇的特点，赵志忠（2016）[1]探究了《红楼梦》与满语的关系，揭示了隐含在这些著作中的满语词，为受众更好地理解这些作品提供了帮助。著者（2015）对车王府藏子弟书中的满语词做了基本研究，系统性地梳理了子弟书中的满语词，并提出了子弟书中满语词存有的特点，对研究车王府曲本中的满语具有一定的参考价值。王继红、全文灵（2021）通过对日本明治时期汉语教科书《自迩集平仄编四声联珠》的研究，指出"《四声联珠》所记录的清末北京话口语中，多数满语干扰特征使用频率显著降低甚至消失，但少数满语干扰特征不但存留甚至出现回流趋势"[2]。金光洙、朴银燕（2021）[3]从语言本体出发，对18世纪朝鲜所编辑的朝鲜语和满语对译的《八岁儿》中满语做了研究。有些研究者还对当代作家作品中的满语词做了研究，如汪立珍、杜萌（2021）[4]指出叶广芩的小说《采桑子》中使用了大量的满语词，并得出中华民族语言体系是各民族语言共同凝聚而成的结论。

满语文献多而复杂，有关的满语词隐含在诸多的文献中，迄今为止，未见有关的系统性研究成果。著者将要对车王府曲本中满语词所作的研究即属此类研究，对系统性整理各种文献中所存满语词的有益补充。

五、研究汉语方言中的满语词

就语言事实看，不仅满语借用汉语词及语法表达形式，汉语也借用了满语中的很多词语，出现了两者互为借用的情况，由此就导致北京方言、东北

---

[1] 赵志忠：《〈红楼梦〉与满族文化》，民族出版社2016年版。

[2] 王继红、全文灵等：《从〈四声联珠〉看清末北京话中满语干扰特征存留情况——兼论清末旗人汉语的传承语性质》，《汉语史研究集刊》2021年第1期，第11—32页。

[3] 金光洙、朴银燕：《18世纪文献〈八岁儿〉中的满语与朝鲜语比较》，《中国朝鲜语文》2021年第1期，第6—16页。

[4] 汪立珍、叶萌：《当代作家叶广芩小说〈采桑子〉中的满语研究》，《吉林师范大学学报（人文社会科学版）》2021第5期，第1—7页。

方言等方言区中出现了存有大量满语词的现象。张嘉鼎（1989）分析了北京方言中满语词的构型形式，并举了一些具体的例证；爱新觉罗·瀛生（1993）在语言史视角下，从北京话的发展历史出发，就其所蕴含的满语词做了系统性研究。

另外，还有不少学者将满语词与另外一种语言的词语作对比研究，温琪琪（2020）[①]通过对比满语与赫哲语的文化词汇，重点探究了这些词语的语音历史差异，借此揭示两种语言之间的语缘关系。

诸多学者还在其他范畴对满语词做了研究，如词形的变化、满语中的借词、其他语言中的满语词等，充分反映出满语词及满语有关的多角度研究始终是有关学者的研究重点。只是由于研究者的水平不同，因此做出的研究深度不同，但不论是哪一种，对满语的继承与保护都有一定的积极意义。

以上研究为车王府曲本中汉译满语词的研究提供了借鉴，著者将以前期对车王府子弟书中的满语词研究成果为基础，同时参照学界已有相关研究成果，系统性研究搜集整理出车王府曲本中的满语词，并对其作类型化分析，进而最终形成有关车王府曲本中汉译满语词的系统性研究成果。

第二节 车王府曲本中汉译满语词概况

汉译满语词指用汉语中的同音字或近音字记录的满语词，如下列例中的"模林""巴图鲁""拨什户""温图混""阿吃腊""哈番""阿失"等：

（生白）带我的模林。（丑白）大王，马跑了。（生白）带你的。（丑白）我的马也跑了。（2·113）

来呀，巴图鲁，起兵馆驿去者。（2·324）

外有一百吊钱，是我与分得拨什户佐领平分的，还吃了他一顿饭。（14·79）

这就是八旗爷们撂跤用的温图混，又名老牛背，一名又叫阿吃腊。（41·282）

借官利预备出京前去上任，从此后呼拉拉哈番灾难完。（54·260）

[①] 温琪琪：《满语与赫哲语文献文化词汇比较研究》，《满族研究》2020年第3期，第77—81页。

细听他阿矢把额娘禀,今夜晚准备南柯梦里逢。(55·137)

以上汉译满语词不仅较为常用,且用来记音的汉字基本上固定,但在车王府曲本中,不是所有汉译满语词的记音汉字都具有这种特点,兼以车王府曲本中满语词的数量相对客观,故而也具备了自己的特征,大致可概括为以下几点。

一、汉译满语词数量较为丰富

车王府曲本中,虽然不是所有体裁的作品都有汉译满语词,但由于车王府曲本内容多,因此不同作品中的汉译满语词合计起来,数量也较为可观。如著者曾在《车王府藏子弟书方言词语及满语词》一书中,主要从构词形式及意义范畴两方面研究了车王府子弟书中的一百多个满语短语及词语。它们与车王府曲本中其他体裁中的汉译满语词有重合之处,也有差异,表现出了车王府曲本中汉译满语词的丰富性。除以上汉译满语词外,据著者不完全统计,单是子弟书中就有以下汉译满语词:

"呀法哈乌克身""鸦发乌申"(yafahan uksin)[①]、"库秃勒"("kutule")、"郭什哈"(gociha)、"撒拉"(sara)、"平抽子"(ping seme)、"拖罗"(tule)、"阿哈"(aha)、"嘚"(je)、"精奇尼哈番"(jingkini hafan)、"章京"(jianggin)、"阿拉哈"(araha)、"布特合"(butha)、"佛勒合"(felehudembi)、"拜唐珂"(baitangga)、"额特乐奇勃"(etere be toktobure poo)、"额驸"(efu)、"布库"(buku)、"阿吗哈积"(ama amha)、"舒发密"(shufabumbi)、"穆扎库"(muzhahuu)、"阿苏鲁"(asuru)、"阿叉布密"(acabumbi)、"固山额真"(gūsai ejen)、"固山"(gūsai)、"呢牙拉吗"(niyalma)、"郭密"(gombi)、"乌布"(ubu)、"叶普铿额"(yebkengge)、"托佛活托"(tofohoto)、"爱那哈"(ainaha seme)、"嘎什哈"(gas'ha)、"包衣达"(boo i da)、"戛巴什先"(gabsiyan)、"木昆泥达"(mukūn i da)、"法依单"(faidan)、"乌珠"(uju)、"摸音"(meyen)、"辖"(hiya)、"舒什哈棍波"(shusiha guwembumbi)、"答拉蜜"(dalambi)、"三音"(sain)、"乌叉"(uca)、"哈哈"(haha)、"汤肯"(tangkan)、"呀噜密"(yalumbi)、"哈

[①] 文中满语词按 P·G·von Möllendorff 式拉丁文转写。

拉吧"（halba）、"海龙"（hailun）、"塞傅"（sefu）①、"阿哩哈按班"（aliha amban）、"拨缩艾罕"（boso aigan）、"哟博""哟拨"（yobo）、"狠哆""哼哆"（hendumbi）、"阿浑"（ahuun）、"阿什""阿失"（aša）、"嬷嬷"（meme）、"把哈"（bahambi）、"阿哥""阿格"（age）、"巴补"（amgabumbi）、"阿玛"（ama）、"妞妞"（nionio）、"阿浑"（ahuun）、"都"（deo）、"苏朱密""苏珠密"（sujumbi）、"阿叉布密"（chachumbi）、"嘎牛""嘎扭"（ganio）、"拉忽"（lahū）、"塞虎"（saihū）、"打"（da）、"窖儿"（jar）、"边楞"（ben len）、"扎啦"（jalu）、"苏啦呢呀啦吗"（sula niyalma）、"阿哩不"（alibu）、"佛尧"（feye）、"巴不得"（bahaci tutu）、"苏拉"（sula）、"哈里哈张"（huu lari malaria）、"甲喇"（jalan）、"巴图鲁"（baturu）、"佯"（yang šan）。

汉译满语词在车王府曲本中的出现频率不一，有的仅出现一次，如"哈里哈张""苏啦呢呀啦吗""戛巴什先""木昆泥达""舒什哈棍波""拨缩艾罕"等；有的出现多次，如"额娘""阿玛""阿哥""章京""苏拉"等。它们出现时，有时上下文中并无其他汉译满语词的存在，有的是上下文有大量的汉译满语词，例：

京内官员安排定，急找下处不消停。南府景山都预备，还有那，莺狗茶膳房的人，銮仪卫大人也忙乱。善扑营中挑选人，<u>布裤</u>都要头二等。<u>他其密</u>的也要人，预备主子把跤看，暑坛子，好给佛爷闲散心。<u>步库</u>、<u>章京</u>、常宁，时间不怠慢，大佛寺内就派人。<u>摸几哥</u>，忙把<u>步库</u>全传到，点名预俗跟驾行。（42·35）

按：上例中的满语词有"布库（布裤、步库）""他其密""章京""摸几哥"等。

二、同一汉译满语词的书写形式不同

记音汉字不固定，是任何语言吸收音译外来词初始都具有的一种状态，在正字法观念不强的时代，这种特征更为突出，车王府曲本中的汉译满语词自然也具备这一特征。如：

（生白）带我的模林。（丑白）大王，马跑了。（生白）带你的。（丑白）我的马也跑了。（2·113）

---

① "塞傅"实际上是满语从汉语中借用"师傅"一词的满语发音。

第五章　车王府曲本中汉译满语词研究

又问道库图勒想必跟车去,丫头说没有去饮摩麟。(54·42)

走着班猛听得摩林就知要了马,乐的他心扑着口跳眼似过銮铃。若要是库秃勒勒得带秃噜了马,得话是花了一个原来是步行。(55·232)

按:以上三例中的"模林""摩麟""摩林"所指一样,汉义为"马",是"morin"的不同书写形式。例2及例3中的"库图勒""库秃勒"为满语词"kutule",汉义为"牵马人"。它在车王府曲本其他作品中也写作"枯他勒""枯秃勒""枯忒勒"等,例:

只一辆破车儿沿着街跑,枯他勒手拿坐褥又背包。(54·293)

不多时二人来到书房内,枯秃勒先向姨娘把缘故说。(55·98)

乌个孙的六眷都是,四个开裰儿的黄爷。俱各是蟒袍补褂把朝珠带,枯忒勒雕鞍俊(骏)马也是络络不绝。(55·139)

跟来的枯忒勒,也无人敢喧嚷。单听那茶房传话,他就献尽了殷勤。(55·154)

再如表"肩胛骨"之义的"halba"在车王府曲本中写作"哈拉巴""哈喇吧",例:

抢开铁尺打了几下,正打在贼人哈拉巴上,疼的个贼人哀声不止。(34·49)

怎么拉问弓达?睄睄你的哈喇吧,又怎么拉了!(12·28)

按:受清代满族人饮食习俗、婚俗等影响,"哈拉巴"是车王府曲本中常见的汉译满语词,并有与之相关的"哈拉巴"舞,其特征是"以敲击哈拉巴骨(即牛的胯骨)起舞而得名"[①]。所以,研究车王府曲本中汉译满语词时,不应只局限在车王府曲本范围内,而应跳出车王府曲本,从更广的层面对其进行研究,尽量以某一个满语词为点,搜集整理出所有有关且有价值的资料,最终使相关研究形成体系。

再如"叶铺铿额""叶普铿额",例:

题本领,八旂是个叶铺铿额,论乌布,是一个小托佛活托。(55·97)

生成的俊秀叶普铿额,战阵无敌巴图鲁公。(55·133)

按:以上两例中的"叶铺铿额""叶普铿额"即满语"yebkengge",义为

[①] 中国民族民间舞蹈集成编辑部编:《中国民族民间舞蹈集成·吉林卷》,中国ISBN中心1997年版,第264页。

"才能出众的"。"叶铺铿额"在《子弟书全集》中也写作"噎布肯额",例:"题本领,八旗之中噎布肯额,论乌布,他还是一个它佛活托。阿哥的上司便是佳人的父,爱阿哥疼到一个使不得。"①

车王府曲本作者在将满语音译为汉语时,本就没有完全对应的汉字,再加上使用汉字时没有审慎斟酌,不同作者所用的汉字不一样,有些发音差距过大,由此就造成了这些满语音译词有些难以识别的现象,后面章节提及的《请清兵全串贯》中的满语圣旨即是对这种现象的集中反映。

三、有些汉译满语词的成分不完整

车王府曲本中汉字记音的汉译满语词除在形式及选字方面存有一些问题,形式上看,有些成分不完整。即在使用汉译满语时,有时会省略原满语词中的某个音,例:

（丑靴子白）九月十五日是我们老主寿日,叫你们青衣持酒拉莽式,会不会?（外、生仝白）我们只会作皇帝,不晓得什么拉莽式。（14·383）

按:"拉莽式"是"巴拉莽式"的省写,其汉义为"野人舞"。"巴拉"即满语词"balai",义为"不受管束"。至于巴拉莽式"原是巴拉人祭神树时跳的舞蹈,人数可多可少,但必须男女成双"②。"莽式"汉义为"舞蹈",清代时,满族人的莽式分为宫廷和民间两种。奕赓指出:"鹤侣曰蟒式舞即'玛克什密',译言喜起舞。每朝会大典辄行之,俱以满蒙及宗室大臣侍卫充当,无论品级俱戴元狐冠红宝石冠顶,服貂厢朝衣,佩嵌宝腰刀,典至重二隆也。"③

除此外,还有一些汉译满语词选用的汉字与其实际发音存有一定差距,例:

我虽才把跤营进,论本领,头二等比我也不能。他其密的难赢我,若撂毡子我定赢。（42·36）

按:"他其密"是满语词"tasihimbi"的音译,为"摔跤"义,例中则指"最末等摔跤手"之义。"他其密"即属于记音不准的满语音译词,有人将其写作

---

① 黄仕忠、李芳:《子弟书全集》,社会科学文献出版社2012年版,第3274页。
② 中国民族民间舞蹈集成编辑部编:《中国民族民间舞蹈集成·黑龙江卷》,中国ISBN中心1996年版,第327页。
③ (清)奕赓著,雷大受校点:《佳梦轩丛著》,北京古籍出版社1994年版,第23页。

"它西密","甭论是何等品,若进善扑营习技学艺,都一概看作第末等,称之为'它西密',即'听喝的候等儿'"①。

四、有些词语难以确定是否为汉译满语词

由于满语与汉语之间有着千丝万缕的联系,因此很多词语实则难以确定其是否为汉译满语词还是汉语原生词,如"央及"一词:

众青衣,一齐上前来挽架,则见他,打滚撒泼不动身,满口内,不住央及把爷叫。(17·497)

鸨儿说其名叫作苦肉计,抹泪哭天央给他。(55·499)

按:"央及"为"请求、哀求"之义,爱新觉罗·瀛生、赵杰②都将其看作是汉译满语词,认为其中"央"音译自"yangdumbi"。它的词干与汉语中表请求义的"央"同音。而"央"表"请求、哀求"之义,早在唐代时就有,唐代曹唐《小游仙》:"无央公子停鸾辔,笑泥娇妃索玉鞭。"③而"央及"作为"请求"义,元曲中也多有使用。元杂剧《救风尘》第一折:"当初姨姨引章要嫁我来,如今却要嫁周舍,我央及你劝他一劝。"④周一民(1994)⑤据此认为"央及(给)"应是汉语原生词。对于这种有争议的词语,本书研究存疑。

再如"妞妞"一词,车王府曲本中多次出现,例:

更兼有两个活妞妞能作红娘,飞得起去,我露水姻缘,还你一丢一中。(14·4)

你这一回来他也就放心了,咱快去见见,娘儿们竟守着妞妞惟恐不然。(55·244)

按:"妞妞"即"女孩"之义,由于其使用普遍,在其是否为满语词的问题上存在争议,甚至是清代人都认为它是汉语词。清代俞正燮在《癸巳存稿补遗》"妞"条中释道:"孃者,少女之称,亦作娘,转作妞。北人称妞妞,南人

---

① 富察建功:《清宫大内侍卫口述实录》,团结出版社 2019 年版,第 13—14 页。
② 赵杰:《北京话中的满汉融合词探微》,《中国语文》1993 年第 4 期。
③ 夏于全集注:《唐诗宋词全集·第 3 部》,华艺出版社 1997 年版,第 1319 页。
④ (元)关汉卿著,康保成、李树玲选注:《窦娥冤·关汉卿选集》,人民文学出版社 2020 年版,第 37 页。
⑤ 周一民、朱建颂:《关于北京话中的满语词(一)(二)》,《中国语文》1994 年第 3 期。

称娘娘，是也。南人音亦转孃，苏湖言某老孃是也。"① 《北平风俗类征》只是简单地说是当时北京人称呼女儿的用字②。但《御制五体清文鉴》《清史满语辞典》《新满汉大词典》等辞书都认为它音译自"nio nio"。此处遵循后者，将"妞妞"看作是汉译满语词。

总而言之，车王府曲本中的汉译满语词具有自己的特征，有些能为我们的研究提供帮助，但有的却是研究的障碍，故而研究中应该审慎对待。

第三节 车王府曲本典型篇目中的汉译满语词概况

金启孮指出在满语的传承保留中，"满族家庭妇女、曲艺工作者、茶馆说书及评书工作者"③ 起了重要的作用。该言极是，因为车王府曲本的很多作品中确存有数量不一的汉译满语词，甚或大段使用满语进行表达的现象，由此成为车王府曲本中使用汉译满语词较多的典型篇目。

根据著者的整理与比较，昆曲《请清兵全串贯》、子弟书《升官图》《官衔叹》《查关》及牌子曲《查关》可作为车王府曲本中使用汉译满语词较多的典型篇目。

一、昆曲《请清兵全串贯》中汉译满语词概况

昆曲《请清兵全串贯》使用汉译满语词主要表现是文中的圣旨几乎全部用汉译满语写成，例：

（都统上，众随上。通白）嘛，旨意下。要你跪接。（念）恩都凌额合色，伊任即哈。呢呀库拉斐，端级，阿铺凯合色。佛尔欢伯阿立斐，皇帝衣合色。通师即斐，倭绅布亨额，沙那哈，福尔丹，总兵哈番吴三桂，流贼呼尔哈，

---

① （清）俞正燮撰，安徽古籍丛书编审委员会编纂：《俞正燮全集（壹）》，黄山书社 2005 年版，第 179 页。

② 李家瑞编，李诚、董洁整理：《北平风俗类征（下）》，北京出版社 2010 年版，第 433 页。

③ 金启孮：《〈满族话与北京话〉序》，载赵杰《满族话与北京话》，辽宁民族出版社 1996 年版，第 4 页。

第五章 车王府曲本中汉译满语词研究

都林拜孤伦伯发出呼拉莫西呢，额真伯海斐拉莫，阿妈伯挖哈秃尔滚得气们伯喀卢拉欺。额抹浑穆特拉库。乌图垮斐。伯业達哈斐，伯气绰哈们拜楼。必西呢托恩多孝顺，押尔肩呢赛沙出喀。达母即尔哈莫，搬即勒伯固呢齐。西呢乌珠伯福师斐。固呢因兴色莫達哈拉垮齐。必乌忒海专图们，西立哈伯图齐布斐。都林拜固伦伯，倭立莫，托克托布莫翁伊必。乌能伊额勒松课垮齐。哈拉哈沙莫克什得，亨气勒。（通白）谢恩。（14·84—85）

按：这段圣旨，由于几乎全部用汉译满语写成，因此听旨的吴三桂并不明白，于是他直接表明了自己的想法："末将不明其故。（14·85）"随之，宣旨官言道："将军，我对你讲。俺主旨意说：'今有山海关的总兵官吴，为流贼攒乱中原，逼君杀父，意欲报仇。奈寡不能敌众，为此投诚，请兵报仇。恐负初心，须要钻刀设誓，剃头归诚，随发精兵十万，扫荡中原。'（14·85）"但宣旨官所言显然是满语版圣旨的简洁版，因此词语之间难以形成对应关系。根据印雅丽（1994）提供的信息，京剧《吴三桂请清兵》中也有一段与之类似的文字，例：

啊普凯喝色伊佛拉宫伯啊哩哈皇帝伊哈色，明姑论呢沙那哈夫拉担呢乌喝哩阿克达啦啦达吴三桂伊吧奇倭仁不哼额，李自成呼拉哈都林办姑伦伯嘎师瞎不么发出呼兰比么，达把库哩多拉鸡豁安图伊身鸡哈得，伊呢额真伯哈伊夫拉不伊夫，伯业伯催师么不车喝比。乌喝哩阿克达拉拉达吴三桂伊呢额针呢奇们伯阿克路拉奇色么姑您奇伯，各勒恩阔木梭得巴克奇拉么木特拉库卧夫伊，戳豁么米呢伯业伯哼，奇赊么白么霍鲁昂武戳哈武都秃们伯准不勒，都林办姑伦呢额针呢奇们伯克阿路拉捞。哈郎阿乌喝哩克阿达拉拉达吴三桂伊白哼额伯酸阔伊卧不色喝。达木明姑伦呢按巴撒达起阿克敦朱拉汉阿库，姑您木鸡勒恩鸭拉坚阿库伯，比矮夫伊泥不勒库赊么森比喝。达木鸡勒恩伯得恩北乌拉哥得拉呼色勒札林，武能亦引白嘎思混发哩夫，伊罗浩西拉奇么都勒，夫伊夫捏喝夫思夫伊，达哈不么特勒卧活得，武秃卧夫伊特呢戳哈拉拉伯雅不不奇呢色喝。①（文中标点符号为著者所加）

印丽雅（1994）指出这段文字的特征有三："一是该唱词是用汉字字音记录的满文音；二是这段唱词的汉字所记录的满语语音既有书面语的语音，又有口语语音，二者混杂在一起，而且同一个满语词，前后注音的汉音又不统

---

① 赵志忠：《清代满语文学史略》，辽宁民族出版社2002年版，第239页。

一;三是该唱词流传较旧,传抄过程中记录满文的汉字和汉义都出现了讹误。"① 经过审慎研究,她将其翻译成:"奉天承运皇帝诏曰:据明国山海关总兵吴三桂奏,流贼李自成打破北京,逼君自缢,吴三桂诚意替君父报仇,是因寡不敌众,特来叩求正宫求借雄兵数万,恢复中原,殄灭流寇,与彼国君父报仇。着照吴三桂办,朕洞悉明国臣子,素无信义,该总兵攒刀盟誓,剃发投诚,方准发兵,钦此。"②

显然,这段圣旨的内容主旨与昆曲《请清兵全串贯》一致,但内容要比昆曲《请清兵全串贯》丰富,且两者满语记音相差较大。昆曲中只有259个字,而京剧中则有372个字。同时,两者不仅用字不同,且其中有些语句无法一一对应,说明创作时,不同作者在保持清太宗颁发给吴三桂圣旨旨意的基础上,对细节部分做了一定修改。另外,也反映出车王府曲本作者写作时,同一个词语,上下文中会使用不同的汉字,如上文"孤伦伯""固伦伯"中"孤""固"的使用。"孤伦""固伦"即满语 gurun,义为"国家"。根据印雅丽的翻译及《请清兵全串贯》作者给出的汉文内容,可知其给出的汉文内容意义涵盖了满文圣旨的意义。基于此,著者将两者之间的对应关系做了简略对比,见表1。

表 5-1　昆曲《请清兵全串贯》与京剧《吴三桂请清兵》满语对照简略表

昆曲满文	京剧满文	转写后的满文	汉义
阿铺凯合色	啊普凯喝色	abkai hesei	天的旨意
皇帝衣合色	皇帝伊哈色	hūwandi i hese	皇帝的旨
沙那哈福尔丹	沙那哈夫拉担	šanaha furdan	山海关的总兵
倭绅布亨额	倭任不哼额	wesimbuhengge	奏
呼尔哈	呼拉哈	hūlha	贼
都林拜孤伦	都林办姑伦	dulimbai gurun	中国

---

① 印雅丽:《对京剧〈请清兵〉中汉音满语唱词的释译》,载中国民族古文字研究会《中国民族古文字研究第4辑》,天津古籍出版社1994年版,第64页。

② 印雅丽:《对京剧〈请清兵〉中汉音满语唱词的释译》,载中国民族古文字研究会《中国民族古文字研究(第4辑)》,天津古籍出版社1994年版,第65页。

续 表

昆曲满文	京剧满文	转写后的满文	汉义
伯	伯	be	把
发出呼拉莫西呢	发出呼兰比么	fachuhūrambime	作乱
额真伯海斐拉莫	额真伯哈伊夫拉不	ejen be hafirabufi	君主把逼迫
喀卢拉欺	卡路拉捞	kalulaki	报仇
穆特拉库	木特拉库	meterakū	能
福师斐	夫师非	fusifi	使剃、被剃

根据昆曲原文，在"沙那哈福尔丹"后还有"总兵哈番"，"哈番"即"hafan"，表"官员"义，而"总兵"则是汉语中的官职名，因此"福尔丹""总兵"义同，而"哈番"则是辅助说明它们是官职，故此处属于同义词复用；"呼尔哈"和"呼拉哈"为"hūlha"，义为"贼"。车王府曲本中"呼尔哈"与其下位义"流贼"合用。表"作乱"义时，昆曲只用了"发出呼拉莫西呢"，京剧则用了"嘎师瞎不么发出呼兰比么"，即"gasihiyabume fachuhū rambime"，印雅丽将其翻译为"侵犯"。昆曲《请清兵全串贯》中还有一部分满语词与京剧《吴三桂请清兵》没有对应关系，著者将考察出的部分满语词呈现在表5-2中。

表5-2 昆曲《请清兵全串贯》部分满语词

昆曲满文	转写后的满文	汉义
恩都凌额合色	enduringge hese	圣谕
伊任即哈	Irgen	人民
呢呀库拉斐	niyakuurafi	跪；下跪
哈番	hafan	总兵
托克托布	Toktobumbi	使……确定

除此外，限于著者能力有限，《请清兵全串贯》中还有很多满语词未能考查出来，留待方家研究与指正。

463

二、子弟书《升官图》中汉译满语词概况

子弟书《升官图》的特殊之处在于它所使用的汉译满语词主要是官职，且作者还为这些词语标注了其满语原形。例：

西门庆调情把钱大史花，请潘金莲取裁那包衣达（満文）。王婆子他倒上门军躲出去，西门庆色胆如天把司狱发。走到跟前伸碜手，将潘金莲的袖子一苏拉（満文）。满脸嘻嘻那们护军校，说赶着没人咱们乌真辍哈（満文）。这淫妇春心难按把协尉动，喀吧臘的毛那们扎兰呢达（満文）。心里觉着艾什拉密（満文），那话头儿相尽稿的占音（満文）他会辏搭。（53·147）

《升官图》这种书写方式一是利用了汉语中同音音节多的语音现象，二是以满语注释汉译满语词的方法，对当时尚未完全掌握汉语的受众及后世的相关研究具有一定的辅助作用。

由于《升官图》的内容较为低俗，因此北京市民族古籍整理出版规划小组辑校的《清蒙古车王府藏子弟书》省略了524字，陈锦钊辑录的《子弟书集成》则直言："此曲词句淫秽，本书不收正文，只存其目。"[①] 但不可否认，《升官图》是集中展示清代汉译满语官职名称的篇目，如除以上段落中的汉译满语词"包衣达""苏拉""乌真辍哈""扎兰呢达""艾什拉密"[②] 外，《升官图》中还有汉译满语词"郭什哈""嘎巴什先""木昆呢达""阿拉哈章京""夫外单"[③] "达拉密""多銮呢占音""牛录""乌克身""拨什户""阿拉""克伊夫""额折库""布库""喀达拉巴""夸兰达"[④] "柏唐阿"[⑤] "拨遂艾罕""嘎来达""瞎""喀达拉密""瞎衣巴""莫几格""柏拉"[⑥] "专呢达"[⑦] "托锦""京奇呢章京""喀兰几达"[⑧] "笔帖式""敖尔布"。其中有一些我们在上文已经论述过，此处不再赘述，另，鉴于《升官图》内容的低俗性，此处只把上文没有涉及的汉译满语词

---

① 陈锦钊：《子弟书集成·第三册》，中华书局2020年版，第627页。
② 黄仕忠、李芳、关瑾华在《子弟书全集》中将其写作"艾什拉蜜"。
③ 北京市民族古籍整理出版规划小组辑校的《清蒙古车王府藏子弟书》中误写作"外夫单"。
④ 黄仕忠、李芳、关瑾华在《子弟书全集》中将其写作"考兰达"。
⑤ 《听雨丛谈》有："又柏唐阿一项，亦无汉文。按柏唐阿两字，乃清语办事、执事之词。"（第39页）
⑥ 黄仕忠、李芳、关瑾华在子《子弟书全集》中将其写作"祀拉"，赵志忠在《清代满语文学史略》中写作"白押拉"。
⑦ 赵志忠在《清代满语文学史略》中写作"专达"。
⑧ 黄仕忠、李芳、关瑾华在《子弟书全集》中将其写作"喀兰儿达"，赵志忠在《清代满语文学史略》中写作"喀伦几达"。

简单的呈现。

表 5-3　上文未论及的《升官图》中汉译满语词[①]

汉译满语官职名	转写后的满文	汉义	汉译满语官职名	转写后的满文	汉义
嘎巴什先	gabasihiyan	前锋	拨遂艾罕	Bosoi aigan	布靶子
木昆呢达	Mukūn i da	族长	嘎来达	galai da	翼长
阿拉哈章京	araha janggin	副章京	喀达拉密	Kadalambi	管辖
夫外单	faidan	执事	瞎衣巴	hiyai ba	侍卫处
达拉密	dalambi	满档房领班	栢拉（白押拉）	bayala	护军
多銮呢占音	doron i janggin	掌印章京	专呢达	juwan i da	护军校
乌克身	uksin	马甲	托锦	tojin	孔雀
阿拉	ara	唉呀	京奇呢章京	jingkini janggin	正章京
克伊夫	keifu	大披箭	喀兰几达	karun gida	哨探的枪
额折库	ejeku	知事	敖尔布	olbo	汉人军队名
喀达拉巴	Kadala ba	管辖之地	乌真辍哈	Ujen cooha	汉军
扎兰呢达	jalan i da	参领	艾什拉密	aisilambi	帮助
多活洛	doholoro	摔跤绊子			

故《升官图》虽然内容低俗，但是由于它采用了满兼汉的形式，又使用了大量表官职义的汉译满语词，因此具有重要的意义。关德栋指出《升官图》"撰述人已无法考订，但读其制作的巧妙，可知作者必为满语与汉语造诣俱深，且其绝顶聪明之'八旗子弟'无疑；而其写作技巧实远过其他两种——《螃蟹段儿》与《拿螃蟹》"[②]。

---

① 表中满语词及汉义主要参照赵志忠：《清代满语文学史略》，辽宁民族出版社 2002 年版，第 202—203 页。)

② 关德栋：《记满汉语混合的子弟书〈螃蟹段儿〉》，载《曲艺论集》，上海古籍出版社 1958 年版。

三、子弟书《官衔叹》中汉译满语词概况

子弟书《官衔叹》中使用的汉译满语词有的较为通用，如"巴图鲁""哈哈""乌布"等，有的不见于其他篇目，如"汤肯""吗达摸赫软搬曾""呀噜密""代毒"等，整体看，《官衔叹》中使用汉译满语词的频率较高、数量较多，例：

布特合巴名为上虞备用处，恩绰佛呢音官差习气迥不同。帮轿拨近水楼台先得月，佛勒合莫冬夏常青的马步灯。拜唐珂起万苦千辛非容易，熬到三四等辖要想开达未必能。荡荡围摔手拿鱼随着中走，若换回门油尽灯干穷的更疼。各楞巴长短不齐皆酸甜苦辣，托克托飞八个字安排板上定钉。六大部文质彬彬民生国计，銮仪卫绰拉气绰般狗和鹰。内务府七司三院郎中最美，活财神银库仓差税钞工。额特乐奇勒费铁兴时生光彩，堪可叹真金运败不如铜。（54·322）

上段文字中使用的汉译满语词有"布特合巴""恩绰佛呢音""佛勒合""拜唐珂""辖""托克托飞""绰拉气绰""额特乐奇勒"等，《官衔叹》中使用的汉译满语词整体情况如表5-4所示：

表5-4 《官衔叹》中满语词语概况

汉译满语词	转写后的满文	汉义	汉译满语词	转写后的满文	汉义
章京	janggin	将军	汉扎	..①	..
乌布	ubu	身份	海龙	hailun	水獭
巴图鲁	baturu	英雄，勇士	布特合	butha	主管渔猎官署
盘儿	kuwariyang	漂亮	窝左		
吗达摸赫软搬曾②	maimadame	大摇大摆	阿哥	age	男孩
哈哈	haha	男子	呀噜密	yalumbi	骑
乌布	ubu	差事	阿尔哈章京	janggin	

---

① ".."，代指著者未能找到相关释义。
② "吗达摸赫软搬曾"释义为"大模大样"，仅是著者根据语境推测，不作为定论。

续 表

汉译满语词	转写后的满文	汉义	汉译满语词	转写后的满文	汉义
汤肯	tangkan	官衔	伊拨密	ibembi	前行
查拨	sabirgi	补子，此处指"官职"	莫音①	morin	押队
恩绰佛呢音	enchu feniyen	特别的群体②	绰拉气绰		
佛勒合③	folho	锤子	额特乐奇勒	etere be toktobure poo	制胜炮
拜唐珂	baitangga	执事人	辖	hia	侍卫
托克托飞	toktof	一定			

四、子弟书《查关》中汉译满语词概况

有关《查关》的题材在车王府曲本中分布在乱弹、子弟书及牌子曲，其中，子弟书《查关》与牌子曲《查关》人物及情节基本相同，但乱弹《查关》情节较为简洁；牌子曲《查关》和子弟书《查关》都使用了大量的汉译满语词，但乱弹《查关》中只使用了"呀法哈乌伸（2·363）"一个汉译满语词。

从数量上看，子弟书《查关》中汉语满语词的数量远多于牌子曲《查关》，它几乎通篇都是汉译满语词。例：

储君惊讶说："还孤的枪马。"番兵说："摸林阿库一个那里来的枪？"……梭罗宴看看姑娘瞧瞧太子，说："便宜你一顿舒拾哈摊他我的姑娘。那南方的蛮子哥布矮，矮哈啦你要实说是牛马猪羊。西委居西呢阿妈是何人也？亚

---

① 奕赓："每随扈，三旗轮出什长一员带囊行走。三旗合派侍卫数员，在豹尾枪之后，佩刀乘马拦阻闲人。如遇冲突仪仗及叩阍等人，应下马擒拏。清语曰'莫因'，乃押队之意也。"（《佳梦轩丛著》，第65页。）

② 此处代指"布特合"身份与众不同。

③ 王美雨（2015）将其解释为"满语词'felehudembi'的音译。'felehudembi'是不及物动词，义为'冒昧、冒犯、冒渎'"，不确。

巴衣呢呀拉妈住在那乡？五都塞是七十八十或三两岁，矮阿呢呀是狗儿兔子合小猴王？矮逼七鸡合是往何处去，敢要紧西你发得可有了妻房？你看他弥呢鸡尊佯不采，倒把我呀萨秃挏莫故意装佯。"（51·229）[1]

除以上段落中使用的汉译满语词"摸林""阿库""舒拾哈""摊他""矮阿呢呀""哥布""矮""哈啦""西委居""西呢""阿妈""亚巴衣""呢呀拉妈""五都""塞""矮逼七""鸡合""西你发得""弥呢""鸡尊""呀萨""秃挏莫"外，《查关》中还使用了其他的汉译满语词及短语，参照关德栋、周中明的整理注释，子弟书《查关》中的汉译满语词及短语如表5-5：

表5-5　子弟书《查关》中汉译满语词语概况

汉译满语词	转写后的满文	汉义	汉译满语词	转写后的满文	汉义
啊啦	ara	叹词	矮逼七	ai bici	从哪里
呼敦	hūdun	快	鸡合	jihe	来
轧补	yabu	走	西呢发得[2]	sini boo de	你家里
钵	boo	家	弥呢	mini	我的
亚巴得	ya ba de	从哪里	鸡尊	jijun	模样儿
厄母塞拂勒	Emu sefere	一把	呀萨	yasa	眼睛
呀哈	yaha	火	秃挏莫	tuwame	看着
摸林	morin	马	哇布噜	waburu	砍头的
阿库	aku	没有	呢呀蛮	niyaman	心脏
舒拾哈	Šu siha	鞭子	嘎朱	gaju	拿来
摊他	tanta	打	额真	ejen	主，君主
哥布	gebu	名字	波牛	bonio	调皮的
矮	ai	什么	挖杭	wahan	马蹄袖
哈啦	hala	姓氏	阿哈	aha	奴仆

[1] 关德栋、周中明先生在《子弟书丛钞》（上海古籍出版社1984年版）中对《查关》中的满语词语一一做了标注，著者的整理也是以两位先生的整理为基础进行。

[2] 应为"西呢拨得"。

续 表

汉译满语词	转写后的满文	汉义	汉译满语词	转写后的满文	汉义
西委居	si wei	谁	波掖	beye	自身
西呢	sini	你的	呀法哈乌克身	yafahan uksin	布甲
阿妈	ama	父亲	衣能以哒哩	inenggi dari	每日
亚巴衣	ua ba i	哪里	掰他阿库	baitakū	悠闲，没有事情做
呢呀拉妈	ni yalma	人	哈嘟阿斋音	harangga janggin	所属章京
五都	udu	几；多少	苏啦	sula	闲散
塞	se	岁	嗻①	je	是
矮阿呢呀	ai aniya	哪年			

上表中的汉译满语词语显示，受内容影响，《查关》中满语词语较为生活化，是一些常用的满语词语，故其对我们研究清代生活化的汉译满语词语具有一定的作用。

五、牌子曲《查关》中汉译满语词概况

相较于子弟书《查关》而言，牌子曲《查关》中的汉译满语词数量要少，在篇章中分布相对较疏，例：

（罗江怨）囉啦噁唔启。㖊嘟通红，唆啰雁："西秃瓦，他的福分不轻，拨掖唔露像一个君、君、君王命。色阿什噁呢呀啦吗正在年轻。囉啦噁阿库问他一个分明，逼七不哦与他鸾、鸾、鸾交凤，遮密呢厄真鸡孙要你细听，西委呢居诉说分明，矮吧㖊怸荞衣。一字言差，要、要、要你的命。"小主摆手说："我一字不懂。"姑娘说："我问你的住处、贵姓、高名。"（56·255）

---

① 车王府曲本中也写作"遮"，《续戏姨》："阿哥说遮、遮，我们不敢劳动这高贵亲戚，好兄弟你把香盘子递与我。"（55·207）也写作"者"，《请清兵全串贯》："者、者、者，吴将军真乃大英雄大忠臣也。待俺与你转达天庭，少刻丁西旨意下来了。"（14·84）"

469

牌子曲《查关》中的汉译满语词具体情况如下表：

表 5-6　牌子曲《查关》中汉译满语词语概况

汉译满语词	转写后的满文	汉义	汉译满语词	转写后的满文	汉义
啊啦	ara	叹词	逼七不哦	ai bici	从哪里
囉啦噁唔	..	..	遮密呢	..	
拨披唔露	..	..	厄真	ejen	主，君主
色阿什噁	..	..	鸡孙	jijun	模样儿
呢呀啦吗	ya ba de	从哪里	西委呢居	si wei ni	你的
囉啦噁	Emu sefere	一把	矮吧嘚忒莽衣	..	
阿库	aku	没有	哇不噜	waburu	砍头的
讷勒库	nereku	披风			

显见，牌子曲《查关》中的汉译满语词虽少，但是有些难以辨识。

第四节　车王府曲本中汉译满语词语性研究

从史实看，两种语言接触、碰撞、融合时，较为弱势的一方将自己原有表达形式用较为强势一方的语音及文字符号进行组合，从而出现一种介于两者语言之间的一种新表达形式。这种表达形式并不是两种语言所属民族互相交往时必需的工具，从一定范围看，是较弱势一方力图保持自己民族语言特色的"挣扎"。从词性上看，车王府曲本中满语词主要包含名词、动词、形容词、副词四类，说明当两种语言接触、交融时，单就词性而言，受影响较大的主要是以上四种词类，其他词类如数词在车王府曲本中也有所使用，但其频率明显低于以上四种词类。

一、名词性汉译满语词

名词体现了人类对世间万物的认知，是对已知领域或思维领域内万事万物的命名，它体现了人类认知世界的广度、深度，同时也体现了人类思维认知所能达到的广度与深度，因此不同民族语言中名词的成员及数量同中有异。这就导致两个民族在接触、碰撞、交融时，名词是其中首要为交际双方所关注的词类，车王府曲本中数量可观的名词性满语音译词语也说明了这一点。

根据著者搜集整理，车王府曲本中的名词性汉译满语词有"档子""马法""阿玛""阿哥""笔帖式""额夫""乌布""阿思哈""福晋""哈拉巴""海龙""挖杭""郭什哈""阿哈""谙达""包衣""牛录章京""花沙布拉绰哈""牛录占音""牛录马甲""布库""巴牙拉图""摆牙喇拨什库""贝子""贝勒""莫几格""矮扎喀""苏拉摸几格""呐勒裤""瞎哈木""呀发哈乌克伸""阿库""巴图""叽嘟儿""扎喇达""阿拉达合专达""各嘞子"等。因为下文还要从意义范畴等层面对这些满语词做出研究，故此处我们仅择取其中的部分名词性汉译满语词进行研究。

【呀法哈乌克伸】

（付白）我要做一个呀法哈乌克伸。（贴旦白）小了吓。（付白）小了？大姑娘，你大大的封我一个罢。（贴白）也罢，你跪下，我大大的封封你。（唱）你大姑娘后来做正宫，我封你满汉大将军。（2·363）

按："呀法哈乌克伸"汉义为"步甲，步兵"，音译自"yafahan uksin"，车王府曲本中又写作"呀发哈乌克伸""鸦发哈乌克伸"，例："呀发哈乌克伸这些话都被郝五爷听明，心中另立了主意，搭讪着款步而行，离开禁地直奔城外归店。（22·152）""总说已经黄土颠道，还浔叫鸦发哈乌克伸不住泼街。按着巷口撒围幕，怕有那闲人惊驾拱赶不迭。按着铺户悬花结彩。（22·396）"

【牛录章京】【花沙布拉绰哈】

奈何牛录章京那儿保了我的孤子，养育兵一两五，得了一个花沙布拉绰哈。（6·308）

按："牛录"也写作"牛禄"，汉义为"佐领"，音译自"niuru"，八旗"每旗满、蒙、汉牛录即称为佐领，四品顶，食俸"[①]。《清史稿·兵志一》："每旗

[①] 王钟翰:《清史补考》，辽宁大学出版社 2004 年版，第 11 页。

三百人为一牛录，以牛录额真领之。"① "牛录章京"为清代官职名称，汉义为"内府佐领"，音译自"niru i jan g gin"。"牛录章京原名备御，天聪八年（1634）改为牛录章京，顺治十七年（1660）又定汉名为佐领"②。福格在《听雨丛谈》"八旗原起"条指出："内务府三旗，分佐领、管领。其管领下人，是我朝发祥之家臣；佐领下人，是当时所置兵弁，所谓凡周之士不显亦世也。"③ 随着满族人实力的增强，佐领的设置范围扩大，"于天命元年前二载，遂增设外八旗佐领。而内务府佐领下人，亦与管领下人同为家臣，惟内廷供奉亲近差事，仍专用管领下人也"④。

"花沙布拉绰哈"汉义为"养育兵"，音译自"h ū wašabire cooha"。启功曾指出："花沙布拉绰哈，又作花纱不勒绰哈。"⑤ 可见，"花沙布拉绰哈"也属于记音不准的汉译满语词。清军入关后，"八旗兵额各有定数，而生齿日繁。故俸饷难以养赡家口，八旗生计日蹙。为解决其生计，清廷于顺治十七年（1660）始设养育兵额4800，从各旗中选余丁充之，给予钱粮"⑥。但从例证中也可以看出，养育兵的俸银一个月只有白银一两五，车王府曲本其他作品中也提到了这一点，例："今晚无事，不免在灯下将档案、档子观看观看，若有人口多的，好叫他撇口子，好得一两五钱养育兵的钱粮。（14·79）"养育兵其实就是预备役兵，"驻防八旗兵分为前锋、领催、马甲、匠役、养育兵。前4种为服现役士兵，养育兵为马甲的法定后备兵源。他有编制员额，给养由国家提供，16岁以上的养育兵，才有资格经考核拔补为马甲"⑦。但实际上，养育兵的上一级马甲即乌克申，其待遇并不高，如《叹旗词》中写道："马甲看来真正苦，钱粮微薄少吃穿。署差的八钱银子官先扣，除去了水火房租那剩钱？在城头一连五日身难动。运气低，换钱来查算空班；找库银，一年一次千秋远；算米账，欠的钱多赤手还；催班时，衣衫典卖将钱凑；最可怜，传

---

① 门岿主编：《二十六史精粹今译》，人民日报出版社1991年版，第2641页。
② （清）奕赓著，雷大受校点：《佳梦轩丛著》，北京古籍出版社1994年版，第96页。
③ （清）福格撰，汪北平点校：《听雨丛谈》，中华书局1984年版，第4页。
④ （清）福格撰，汪北平点校：《听雨丛谈》，中华书局1984年版，第4页。
⑤ 黑龙江省地方志编纂委员会编：《黑龙江省志·第66卷·军事志》，黑龙江人民出版社1994年版，第23页。
⑥ 孙文良主编：《满族大辞典》，辽宁大学出版社1990年版，第230页。
⑦ 黑龙江省地方志编纂委员会编：《黑龙江省志第66卷军事志》，黑龙江人民出版社1994年版，第189页。

事的生死关头还要剩钱。"① 正如上文所言，在日趋衰落的社会大背景下，底层人员的处境堪忧。

【嬷嬷爹】【嬷嬷妈妈】

哦，是了，这一定就是我嬷嬷爹说的，那个给强盗作眼线、看道路的甚么婊子罢。（11·117）

两个恶人是旂下，都是王爷门上人。现今已被巴牙拉，目下他两是白丁。他的额娘在府内，嬷嬷妈妈得时人。（34·34）

按："嬷嬷"即"嬷嬷"，表"乳娘"之义，音译自"me me"。"额娘"汉义为"母亲"，音译自"eniye"。"八旗人称母曰额娘，曰阿家，曰奶奶，如南方之呼娘、呼嬭、呼妈相同，各随其俗也。额娘、阿家，皆清语。"② 由"嬷嬷"作为词根构成的"嬷嬷爹"与"嬷嬷妈"汉义都为"乳母丈夫"，但是例 2 中作者为了凑字数，使用了"嬷嬷妈妈"的形式。

【哈喇吧】

怎么拉问弓达，睄睄你的哈喇吧，又怎么拉了！（12·28）

抡开铁尺打了几下，正打在贼人哈拉巴上，疼的个贼人哀声不止。（34·49）

按："哈喇吧""哈拉巴"汉义为"肩胛骨"，音译自"halba"，北京话读"hǎ le bā"。

【笔帖式】【笔帖哈式】

二员外在郎中之下，二主事在员外之下，二笔帖式在主事之下，俱是各归两边。掌印主稿、郎中，大边小边正场内坐。（12·57）

曹孟德闻听此话说："有理，你真称得起是养汉章京。但能够始终如一，我保你卓异可爱你笔帖哈式，给你一等记名。"（56·395）

按："笔帖式""笔帖哈式"是清代设立在各级官署负责翻译满汉文书、档案的文官，官府全称为"hergen arara niyalma"。其名原为"巴克式""榜式""笔特赫式"，音译自"baksi"。奕赓详细解释了它的发展历程，"国初末设内阁，凡文人学士俱加巴克式之号。天聪五年（1631）谕：文臣称巴克式者俱停止，

---

① 北京市民族古籍整理出版规划小组辑校：《满族说唱文学：子弟书珍本百种》，民族出版社 2000 年版，第 373 页。

② （清）福格撰，汪北平点校：《听雨丛谈》，中华书局 1984 年版，第 130 页。

改称笔帖式"①。于逢春等人转述萧大亨的话与奕赓类似。"能书者之称也。有侮慢之者，罚马一。本朝天聪五年七月，始停止，但称笔帖，惟大海库尔缠等，仍得称榜式"②。可见，尽管只是一个名称，但是笔帖式的发展过程中却有巴克式、榜式等别称，充分说明在将满语词音译为汉语的过程中，有时因该词语所表达意义的重要性或是常用性，会引起高层统治者的关注，进而会出面确定它的规范形式。

笔帖式是清代重要的官职，福格指出："笔帖式为文臣储材之地，是以将相大僚，多由此途历阶。清语称笔帖式曰笔特赫式，大学士曰笔特赫式读平声。"③笔帖式虽然重要，但其待遇并不好，不止一位清代人描述过相关的情况。得硕亭《草珠一串》"笔帖式"中写道："笔政当差苦又忙，跟班请籲事仓皇。盼来一等非容易，委署还兼清档房。"④子弟书《叹旗词》则将笔帖式这种又苦又忙的工作状况描述得更为具体，"笔帖式儿名色好，却比那六部衙门天地悬。每遇着上堂禀事出无奈，吃了雷满腹才能开口难。各房中每月公费原有限，担不住官私分子月连三。若来件新样文书看不透，出主意大约不合在左边。好容易三年期满把头衔换，没人情署内不留入散班。白顶成行骁骑校，俸银五两月支关。文来画稿章京分，其余的带道合门送钥盘。送文书步行西苑无车马，挑布甲每次多花二百钱……"⑤所以，笔帖式虽为重要的官职，但在大的社会背景下，其待遇与职位的重要性出现了严重的不匹配，甚至出现旗人交钱就能获得笔帖式职位的事情，《旧京琐记》就详细记载了此事。"排汉之说，至刚毅始明目张胆言之。尝谓某翰林曰：'内人日内免身，倘生男也，堕地即与君同一资格。'盖满人捐数十金即可得笔帖式，其升途一切与编检七品小京官同也"⑥。

从笔帖式称谓的复杂性及其地位的变化，说明考察此类词语时，我们应

---

① （清）奕赓著，雷大受校点：《佳梦轩丛著》，北京古籍出版社1994年版，第189页。
② 于逢春，厉声主编：《东北边疆卷八》，黑龙江教育出版社2014年版，第60页。
③ （清）福格撰，汪北平点校：《听雨丛谈》，中华书局1984年版，第22页。
④ （清）杨米人著，路工选编：《清代北京竹枝词（十三种）》，北京出版社2018年版，第51页。
⑤ 北京市民族古籍整理出版规划小组辑校：《满族说唱文学：子弟书珍本百种》，民族出版社2000年版，第373—374页。
⑥ （明）史玄、（清）夏仁虎、（清）阙名：《旧京遗事·旧京琐记·燕京杂记》，北京古籍出版社1986年版，第57页。

以发展的态度看待这些词语。

【苏拉摸几格】

绕之湾儿总是没米，也难怪人家没米，苏拉摸几格広。(12·77)

按："苏拉"汉义为"闲散"，音译自"sula"。"苏拉身子"汉义为"没有官职"。"也难怪人家没米，苏拉摸几格"前后的意思是"不能怪人家没有米，因为自己是闲散没有实职的传话人而已"。

【牛录占音】

自家牛录占音的便是。自得佐领以来，无非借钱的买我的图书，得甲的许我库银，卖房地许我加一拿头钱粮上的戳头。关米之时，先与米老老借钱，算米账的时候时节也可儿，在众人身上扣还。(14·79)

按："牛录占音"即"niu ru janggin"，是章京的另一种汉译形式，"牛录占音"即"佐领"，原称为"牛录额真"，有时也省作"牛录"。

【迓巴哈腊】

蔺老爷丹心耿耿辅明主，还有一片真心待老牙。(杂白)爷。(丑白)岂不知是爷？迓巴哈腊煞，押韵而已。(14·156)

按："迓巴"汉义为"何处，哪里"，音译自"yaba"；"哈腊"汉义为"姓"，音译自"hala"。简言之，"迓巴哈腊"义为"哪里人、姓什么"的简称。

【阿叉腊】【温图昏】【阿吃腊】【阿吃拉】

差呼差了两条大汉愣哩愣怔，一条毛链大锁，锁了我，一个阿叉腊撂倒。(14·351)

这就是八旗爷们摔跤用的温图昏，又名老牛背，一名又叫阿吃腊。把个恶奴从背上正正的扔过来，只听"咕咚"一声，只摔的恶坯八戾立刻昏将过去。(41·282)

浮便进身忙抓住，他把恶人摔在流平。八戾虽然会武义，使人不妨怎浮赢？身子一转躺在地，阿吃拉，一跤摔了一个昏。(41·282)

按："阿叉腊""阿吃腊""阿吃拉"即"温图混""老牛被"。"温图混""阿吃腊"是摔跤用语，表"飞绊"之义。音译自"untunhun achilambi"，"温图混"即"阿吃腊"是分说的其中一部分，几者的区别在于"阿叉腊"中"叉"表音不准。

【巴图】【巴图鲁】

(丑白)众巴图。(众白)有。(丑白)就此起兵，往壅江去者。(15·61)

别说这广几个，就便派只巴图鲁兵来，我也不怕你。(21·98)

梁九公，先到顺成王爷府，后去那位巴图鲁公，宰相王熙老爷府。(32·80)

按："巴图鲁"汉义为"英雄、英勇"，音译自"baturu"。例1中，"巴图"是"巴图鲁"的简略形式，汉义为"英雄"。例2中，"巴图鲁"汉义为"英勇"。即使是，根据它在句中所作成分的不同，意义略有差异。例3中，"巴图鲁"为封号，"公"为"爵号"。"巴图鲁"在车王府曲本中又写作"吧图噜""吧啥噜""吧嘟噜""吧嗑噜"，例：

众吧图噜，选一平阳之地，靠山近水。安营下寨后，杀他个措手不及。(2·369)

今乃黄道吉日，正好祭旗伐兵。众吧啥噜，杀上前去。(5·317)

（宗保白）保举我什么？（英白）赏你"吧嘟噜"名号，余外还要赏你戴花翎。(6·332)

哦，有了，不免弃甲归降。一来救了二将性命，二来免失家邦。众吧啥噜，随孤出城者。(7·234)

吴晓铃指出学界一般认为"巴图鲁"源于土耳其语"bahadur"，但他觉得"很可能是阿拉伯语，印度在回教徒入侵之后把这个词借入了梵语系统的语汇，一直沿用到现在。印度政府授给不同领域对于国家有卓越贡献者的称号之一便是bahadur。蒙语bator当是借自阿拉伯语或印度语，满语则是直接从蒙语借过来的"①。最后，将其音译成汉语词，称为"巴图鲁"，因此，巴图鲁还是音译的满语词，只是其词源较为复杂。

【固山】

固山李妃拾起来，供在请仙爷的供桌上面。(17·4)

按："固山"汉义为"八旗之旗"，音译自"gūsa"。"固山李妃"即"旗人李妃"。

【拨什户】【莫几格】

有几个拨什户等算头目，莫几格急的来回跑。(21·98)

按："拨什户"为清代官名，汉义为"领催"，音译自"bošokū"。雍正初将其改为汉语名字"领催"。"莫几格"汉义为"打听消息的人、传话的人"，音译自"mejige"，《满洲源流考》中写作"默济格"。车王府曲本中又写作"莫及格"，"莫及格，站在一傍点花名，上房之人皆有赏。(36·152)""转新年太

---

① 吴晓铃：《吴晓铃集·第3卷》，河北教育出版社2006年版，第40页。

常出缺将人要，莫及格送信到家园。开门时速说与我将名递，莫及格答应转甲喇。(54·258)"又写作"摸几格"，如："牛录占音来意，我早已知道。昨日就听见摸几格说'无衣裳，不能当差'。我早已想了个主意，明日一黑早，叫帮办的拨什户、摸几格，去到米老老家借钱五十吊。(14·81)"

【谙达】

老佚爷那里知道王爷头一天先问过府里的谙达到了楼上要什么菜。这全是谙达教明白了，故此王爷会要。(21·438)

大哥净身是太监，先是谙达在宫中。(33·10)

按："谙达"音译自"anda"，清代昭梿在《啸亭续录》"谙达"条中对其义做了详解："凡皇子六龄入学时，遴选八旗武员弓马、国语娴熟者数人，更番入卫，教授皇子骑射，名曰'谙达'，体制稍杀于师傅，盖古保氏之责。"[1] 车王府曲本中"谙达"也为此义。谙达的分类较细，"教弓箭、骑射的称外谙达，教满、蒙语文的为内谙达"[2]。受语境影响，车王府曲本以上两例中的"谙达"无法确指是外谙达还是内谙达。

【额夫】【额驸】【厄付】【厄附】

额夫一乌布母摸日三音，这十个字却是满洲话。据在下猜之万不是饿哩吃咕噜儿蜜裹的山药，大约准是说姑爷的品味狠好。这必浮恭而有礼的迎接款待，所以陈公今见春生陪着梅公子来至院内。(22·193)

可惜了的材料儿在他身上，倒像那口外新来的呆额驸。(55·100)

老爷说厄付请茶，阿哥站起相让。(55·145)

问道亲家太太身安？你阿哥、阿杀可好？装烟来。姑爷恕我，咱还动转不得。厄附你念书辛苦又垫记来看我。(55·145)

按："额夫""厄付""厄附"即"额驸"，汉义为"姐夫、女婿"之义，音译自"efu"，例中表"女婿"之义。"额驸"一词是清代贵人女婿之称谓，后专为皇室、贵族之国婿及仪宾称号[3]。额夫作为称谓词，在与其他词语组合时，位置从处于姓名之后挪至了姓名之前，说明人们对其关注的焦点发生了变化，

---

[1] (清)昭梿撰，何英芳点校：《啸亭杂录》，中华书局1980年版，第432页。

[2] 中华文化通志编委会编：《中华文化通志·34·第四典制度文化社会阶层制度志》，上海人民出版社2010年版，第22页。

[3] 商鸿逵、刘景宪、季永海等：《清史满语词典》，上海古籍出版社1990年版，第68页。

即从最初的"是谁被选为了额夫"到最后"额夫是谁",说明额夫的身份越来越得到重视。额夫从一般清代贵族之家的女婿到清皇室女婿的变化,也表明"额夫"一词必定会随着清王朝的灭亡而退出历史舞台。

【挖杭】

这衣裳小姐真真无曾穿过,好纳闷是怎的缘故,袍子褂子一般儿长。待要问,又恐番人耻笑说娘娘怯,无奈何单把龙袍穿上高挽着挖杭。(22·215)

按:"挖杭"即"袖口""马蹄袖",音译自"wahan",爱新觉罗·瀛生在《北京土话中的满语》指出:"北京旗人称丧服(孝衣,白布袍)袖子镶的蓝色袖口为 wǎ hang"[①],在车王府曲本中泛指"袖口"。

【呐勒裤】【哆罗呢】

罩一顶呐勒裤,却是披着君王赐乌布阔。哆罗呢大红色,图滑溜,黄绫子里儿万万不能把内衣儿磨。(22·200)

按:"呐勒裤"即"披风",音译自"nereku"。"呐勒"在车王府曲本中也写作"讷勒",如:"身披讷勒库,猩猩袍大红,头戴翠钿,俏样儿时兴。虽是个胡女,美貌正在年轻。(56·256)"

"哆罗尼"即"多罗呢",据《满汉大词典》,其音译自"ondonceo"。康熙十七年(1678)十二月二十五日的《尚尼图等为奏闻制做宫中物品的题本》中有:"二十七日总管太监顾太监、副总管太监崔进忠来至库中,称奉旨制作围猎短褂一、甲袖一对,将青多罗呢一、蓝多罗呢一带去内廷,用青多罗呢裁剪围猎短褂用去一度,用蓝多罗呢裁剪甲袖一对用去二尺五寸。"[②] 据编者所述,该题本原用满文写成,而"多罗呢"三字后译者专门加注了"音译"二字,又,"多罗呢"是英国产的一种高级毛料,其发音为"doroni",据此,"哆罗尼"是从英语音译成满语,又从满语音译成汉语的词。

【乌布】

这一朝见了国主,一定是封宫。居然就娘娘的乌布,何等的造化!(22·220)

堂堂知府乌布不小,靠咱们一勇之夫必定受伤。(22·260)

[①] 爱新觉罗·瀛生:《北京土话中的满语》,北京燕山出版社1993年版,第240页。

[②] 辽宁社会科学院历史研究所等译编:《清内阁大库散佚满文档案选编》,天津古籍出版社1992年版,第151—151页。

按:"乌布"汉义为"身份",音译自"ubu"。崇彝在《道咸以来朝野杂记》中对此做了解释:"差使,满语谓之乌布,亦分满、汉。"① 子弟书《銮仪卫叹》中戏谑地将乌布称之为"乌布",例:"兼堂的虽说是点儿乌布然而又可笑,彷佛那侍妾丫嬛露脸不能。(55·229)"该例形象地说明"兼堂的"尽管有一定的官职身份,但职位、身份较低,其遭遇就像侍妾、丫鬟一样,毫无地位可言。"乌布"在清代也指"履历"之义,如得硕亭《草珠一串》直接指出:"清语,谓履历为乌布。"②

【阿库】

也是翠环命大福洪,两月以前那正宫就推位让国,竟自开缺得阿库了。这应俗语有福的逼了无福的去。(22·225)

按:"阿库"汉义为"没有",音译自"akū",此处用作名词,指"空缺职位"。

【瞎哈木】

番营外,一万精兵四员猛将发声喊,齐心努力要挣功劳。举钢刀,愤勇砍断了瞎哈木,用阔斧劈碎了鹿犄角。(22·405)

按:"瞎哈木"汉义为"军营的防御物如栅栏等",音译自"hiyahan"。"瞎哈木"与下文的"鹿犄角"同义。

【阿思哈】

无奈何,带领挑夫往前走,来至了,南清宫的阿思哈门。(26·35)

我是王子,你就是阿思哈福晋。(33·369)

该官答应,与引见人仝至禁门。进了阿思门,皇亲回手接过职名。分付:"你等都在此侍候,听我的回音。"(36·134)

众公王侯公伯文武进了哈思阿门,齐至会议处,各按品级。(36·149)

按:"阿思哈"汉义为"旁边、侧翼",音译自"as'han",例1中"阿思哈门"指"侧门"之义。杨乃济(2005)在讲述诚亲王府、荣安公主府等清王府时,则指出:"按清代王府制度,王府的入口皆取辕门格局,大门正对面时一排倒座房,左右两侧的围房上火墙垣上建东西阿思哈门,又多以东侧之阿思哈门通街。"③ 这种描述说明满族人的建筑具有保留侧门的习俗。例2中,"福

---

① (清)崇彝:《道咸以来朝野杂记》,北京古籍出版社1982年版,第4页。
② (清)杨米人著,路工选编:《清代北京竹枝词(十三种)》,北京出版社2018年版,第51页。
③ 杨乃济:《紫禁城行走漫笔》,紫禁城出版社2005年版,第114页。

晋"汉义为"夫人",音译自"fujin"。"阿思哈福晋"指"陪伴丈夫左右的妻子",例句即为"夫贵妻荣"之义。例3中的"阿思门"即"阿思哈门"。例4中的"哈思阿门"是"阿思哈门"的误写。其他文献中,也有"阿思哈门"和其他满语词的组合,如清代小说《施公案》中有:"天师随众步下金阶,出了合勒阿思哈门。"①"合勒阿思哈门"即"城门的侧门"之义。实际上,紫禁城各门都有自己的名称,在此情形下还有"阿思门""阿思哈门"的出现及使用频繁,说明入关后的满族人具有在日常生活中坚持使用本民族表达方式的态度。

【挖单】

庙门钱,大松树。密阴浓,日不入。当地下,把挖单铺。倚蒲团,扔绳拂。(26·312)

按:"挖单"是一个常用的汉译满语词,汉义为"变戏法作遮盖用的双层布单,后作为包袱皮的代称"②,音译自"wadan"。

【扎喀】

忠良的腹内暗骂,矮扎喀,我与你今日初会面,我到不好意思的寻你,你到来闹我。罢咧,就教你认认我就是!(32·9)

按:"扎喀"汉义为"物件、东西",音译自"jaka""矮扎喀"即"矮东西",为詈词。

【托佛昏】【托布欢】

久闻御史能射箭,拉过侍卫托佛昏。长随圣主爷射箭,自然弓箭比人能。不信睄,御史开弓他放箭,定是羊眼中红心。(32·10)

久闻御史弓箭好,托布欢等头一能。仗着弓箭官出品,一张弓,通哨那必中③红心。(32·18)

按:"托佛昏""托布欢"汉义为"十五善射",官衔名,音译自"tofohoto"。根据车王府曲本文意,"拉过侍卫托佛昏"义为"比侍卫十五善射的箭射得还好"。

"托佛昏""托布欢"的写法与满语词的实际发音都有差异,《清史满语辞典》中写作又"托佛霍托"。清代昭梿在《啸亭杂录》设有"十五善射"条,"国初定制,选王公大臣及满洲武官之中善射者十五人充禁庭射者,赏戴花翎。

---

① (清)不题撰人:《施公案上》,华夏出版社2013年版,第212页。
② 赵杰:《东方文化与东亚民族》,北京语言文化大学出版社2000年版,第97页。
③ 车王府曲本写作"仲"。

凡皇上御射，皆侍其侧，命射则递射之，名十五善射云"①。后为了管理十五善射，清政府还专门设立了"十五善射处"，"额设管理大臣一人，翼长二人，管理习射事务。习射官兵，定官缺四十五人，兵缺一百二十人，由管理大臣于善射之王公、文武大臣、侍卫、拜唐阿、兵丁及闲散宗室内选补，每月习射六次"②。清代虽然有专门管理十五善射的机构，但是十五善射并没有专门的编制，奕赓指出："十五善射及善骑射、善射鹄、善强弓、善扑等侍卫，均无专额，统归大门侍卫额数。"③由此可见，十五善射的人员来源与清初有了较大区别。

【包衣】

这位八老爷名叫厄尔青厄，乃黄旗汉军人武举出身，现在通州守备。那位王老爷叫伊成阿，也是武举出身，现居千总，正白旗包衣管领人。(32·28)

按："包衣"汉义为"奴仆"，音译自"boo i"。福格认为，"按清语对音应作波衣，相沿作包衣"④。"包衣"的这种发音特点，是对音译词特点的反映，即一个民族的词语用另外民族的语言音译后，有时只是音近或者发音不准，存有发音较为标准及不标准的两种现象，但受大众使用习惯影响，有时发音不标准的那个往往会成为民众最后选择的发音。

作为奴仆的一种，包衣"为满族贵族所占有，没有人身自由，被迫从事各种家务劳动和生产劳动。来源有战俘、罪犯、负债破产者和包衣所生的子女等。清朝在全国范围内建立统治后，有因战功等而置身显贵的，但对其主子仍保留奴才身份"⑤。清代包衣的身份有差别，归属不同，"分上三旗和下五旗，上三旗（镶黄、正黄、正白）包衣隶属于内务府，下五旗（镶白、正红、镶红、正蓝、镶蓝）包衣隶属于各旗，王公妇包衣俱入下五旗"⑥。清代包衣虽一直是奴仆，但其地位在不同时期有所不同。奕赓在《佳梦轩从著·管见所及》中做了详细说明："国初宗室不如是之尊也，凡下五旗宗室，俱隶本旗王

---

① [清]昭梿撰，何英芳点校:《啸亭杂录》，中华书局1980年版，第373页。
② 郑天挺、谭其骧主编:《中国历史大辞典1》，上海辞书出版社2010年版，第24页。
③ (清)奕赓著，雷大受校点:《佳梦轩丛著》，北京古籍出版社1994年版，第70页。
④ (清)福格撰，汪北平点校:《听雨丛谈》，中华书局1984年版，第4页。
⑤ 汉语大词典编辑委员会、汉语大词典编纂处:《汉语大词典》第2卷，汉语大词典出版社1988年版，第182.页。
⑥ 商鸿逵、刘景宪、季永海等:《清史满语词典》，上海古籍出版社1990年版，第34页。

公包衣下当差、护卫、典仪至披甲护军不等……无论叔伯兄弟，本王公俱奴视之。其挟嫌者或有所谋不遂者，日以鞭挞从事，其苦万状，其贱无论。"①其惨状，就连清世宗都不忍视，登基后，"即敕下五旗王公，将下五旗包衣佐领宗室俱置之公中，与国家效力当差，不许该王公私行使令"②。不仅如此，他还"议以官阶开途，恩恤备至"，带来的直接影响就是"下五旗宗室佐领虽仍号包衣佐领，视昔之奴隶，相视迥乎天地矣"③。到了乾隆四十七年的时候，甚至可以当官。

总而言之，阿哈、包衣是"清朝社会中身份最低的人。清代阿哈的隶属管辖分为两大部分：上三旗的阿哈，是皇帝的奴仆，由内务府掌管；下五旗的阿哈，是旗主、贝勒、贝子的奴仆，称王工府属"④。

【贝子】【贝勒】

天师出观上轿，法官围随，一路无词。来到禁门下轿，早有那些王公、侯伯、贝子、贝勒、九卿四相、十三科道、六部官员都在禁门侍候。（32·51）

按："贝子"音译自"beise"，其"汉义为众贝勒。约在天聪末崇德初，演变为一个独立的名词，成为封爵中的一个等级"⑤，等级位于"贝勒"之后。"贝勒"音译自"beile"，为清代朝廷封赐满族贵族、蒙古贵族的爵号，处于郡王和贝子之间。《听雨丛谈》中"五等"条阐述"贝子""贝勒"在清代职官序列中的等级。"古以公侯伯子男为五等，今有轻车都尉、骑都尉、云骑尉、恩骑尉，共为九等，与拼官同也，惟宗室爵秩中，似有大小两五等。亲王、郡王、贝勒、贝子、入八分奉恩镇国公、辅国公，大五等也，皆用宝石顶戴。不入八分镇国公、辅国公、镇国将军，皆珊瑚顶。奉国将军、奉恩将军，小五等也。"⑥贝子、贝勒的地位从其帽子上的花翎也做了区分，"宗室中贝勒、贝子三眼花翎，郑国公双眼花翎，辅国公、镇国将军、辅国将军单眼花翎"⑦。清

---

① （清）奕赓著，雷大受校点：《佳梦轩丛著》，北京古籍出版社1994年版，第82页。
② （清）奕赓著，雷大受校点：《佳梦轩丛著》，北京古籍出版社1994年版，第82—83页。
③ （清）奕赓著，雷大受校点：《佳梦轩丛著》，北京古籍出版社1994年版，第83页。
④ 中华文化通志编委会编：《中华文化通志·34·第四典制度文化社会阶层制度志》，上海人民出版社2010年版，第423页。
⑤ 商鸿逵、刘景宪、季永海等：《清史满语词典》，上海古籍出版社1990年版，第38页。
⑥ （清）福格撰，汪北平点校：《听雨丛谈》，中华书局1984年版，第8页。
⑦ （清）福格撰，汪北平点校：《听雨丛谈》，中华书局1984年版，第9页。

政府还曾专设六部，由贝勒总理，如"天聪五年（1631），初设六部，以贝勒总理，后俱裁撤"①。

另，与其他满语官职名称不同，"贝子""贝勒"②没有对应的汉语名称。

【海龙】

又有一溜皮子铺，卖的是，灰鼠银鼠与海龙。各色细毛皮袄角，混犬天马狯猁狲。（32·306）

按："海龙"即"水獭"，音译自"hailun"，北京话读作"hai²¹⁴ long³⁵"。车王府曲本中描写清代人的服饰时常用，从中可以看出水獭皮在清代经常被用作袖子的装饰品。例："看不见，甚么带子腰中系，认的出，海龙袖领似银针。（33·342）""骚鼠帽子海龙袖，蓝缎吊面一色新。外边又把合衫套，多罗呢面里是绫。头戴着，龙绒帽子拴貂尾，官靴一双足下登。（33·396）"

【夸兰达】

你活回来了。昨儿个太白李夸兰达奏过了，周家是棒槌精作耗。（26·314）

夸兰达，如今怎广不派我？撂毡子，只好把结往上升。（42·36）

按："夸兰达"汉义为"军营的将领、营长"，音译自"kūwaran i da"。

【贺厮温】

纵着你的家人将我谋害，一鸟枪，几乎要了我的贺厮温。（26·347）

按："贺厮温"汉义为"命"，音译自"hesehun"。

【档子】

书吏拿来心中报怨说："我何尝是当书吏？竟是他娘卖唱本儿的！难为这包衣小旦写的一笔好字，何不去档子房里写楷字，岂不是好？"（32·407）

按："档子"汉义为"档案、档案册"，音译自"dangse"。清代陆陇其《三鱼堂日记》卷上："又《陕西提督李思忠墓志铭》注云：本朝用薄版五六寸，作'满'字其上，以代簿籍。每数片，辄用牛皮贯之，谓之档子。"③清代杨宾《柳边纪略》："边外文字，多书于本，往来传递者曰牌子，以削木片若牌故也。存贮年久者曰档案，曰档子，以积累多，贯皮条挂壁若档故也。然今文字之

---

① （清）福格撰，汪北平点校：《听雨丛谈》，中华书局1984年版，第14页。
② （清）福格撰，汪北平点校：《听雨丛谈》，中华书局1984年版，第12页。
③ （清）曹雪芹：《红楼梦·校注本》，中央编译出版社2014年版，第117页。

书于纸者,亦呼为牌子、档子。"① 据赵杰考察,"'档'字是女真人借自古汉语并加以语义改造又被汉人从满语借过来的辗转返借词"②。根据《大词典》提供的信息,有关"档案、档案册"意义的词语如"档册""档案"都是清代出现的词语,由此可见,有关词语其实都是由满语衍生而出。

【阿呼噜】

当日我朕在景山杀虎,别的一起满洲都用阿呼噜枪扎虎。朕见他把虎从虎城中放出来,只见他脱了褂子把衣披起,赶上前去,把那虎抓住。(33·17)

且说佛爷仁圣主,一见猛虎暗吃惊。急忙传旨与臣宰,晓与跟随武共文。快些拦挡那支虎,快用那阿呼噜枪把他拎。(42·56)

按:"阿呼噜"即"豹尾","阿呼噜枪"即"豹尾枪"之义。万依(1996)指出"阿呼噜"有两个义项:"①器械,器皿;②豹尾枪,卤簿器用具之一。"③ 执阿呼噜枪侍卫是清朝皇家出行时仪仗队中的成员,据中国人民政治协商会议康平县委员会文史资料研究委员会(1987)描写慈禧太后出行时,其中就有执阿呼噜枪侍卫随行,他们在仪仗队中的位次如下:"太后出太和门外,扈从人等各自上马,前引大臣在轿前分两行五队为前趋。御前大臣则由满蒙王公充当,人员无定数,骑马随在轿后,在这个后面有举大纛,归大纛大臣率领。其后方近侍卫即一等侍卫十名拿豹尾枪人员。……执豹尾枪人在马鞍子右前方装有铁圈置枪其上便于保执,执豹尾枪侍卫后头为二、三等侍卫和各王府的保卫。"④ 奕赓指出执豹尾枪的侍卫身份最为尊贵。"康熙三十七年(1698)增设宗室侍卫,初无定员,后至雍正七年(1729)定为九十人。宗室什长九人分三旗行走,一等九人,二等十八人,三等六十三人。豹尾班侍卫最为尊贵,向于三旗侍卫内选功臣勋戚后裔六十人充当。每日二十人,以十人执豹尾枪,十人佩仪刀,銮辂出入,以领侍卫内大臣一人、侍卫班领二人统率之,其非大员子弟不得入是选也。"⑤ 尽管执豹尾枪的侍卫最为尊贵,但宗室侍卫不能充当,"宗室侍卫不执豹尾枪,不执靶灯,不端茶,不出命妇,

---

① 于逢春、厉声主编:《东北边疆卷八》,黑龙江教育出版社 2014 年版,第 60 页。
② 赵杰:《东方文化与东亚民族》,北京语言文化大学出版社 2000 年版,第 114 页。
③ 万依主编:《故宫辞典》,文汇出版社 1996 年版,第 544 页。
④ 中国人民政治协商会议康平县委员会文史资料研究委员会编:《康平文史资料第 2 辑》,1987 年版,第 95—96 页。
⑤ (清)奕赓著,雷大受校点:《佳梦轩丛著》,北京古籍出版社 1994 年版,第 26—27 页。

遇行围不走探事、打箭、圈围等差①。从奕赓的描述中不难看出，宗室侍卫主要负责宗室成员的人身安全，而豹尾枪则由"后三旗侍卫分执"②。"豹尾侍卫例以功勋后裔三十人，另为一班，值宿后左门。随侍则十人执豹尾枪、仪刀，至干清门陛下止。"③豹尾班的衣服也和其他侍卫不同，他们按例"穿只孙衣，即黄云缎大背心也。行围则服短而小者。豹尾枪则用黄杆而轻小者。凡行走不立黄龙大纛，不穿只孙衣"④。

【年拉马】【图噜哞拉吗】

龙位上，喜坏当今明圣主，龙面金腮长笑容。哈哈大笑打番语，说道是，这年拉马实在能。（33·21）

圣主闻听龙心大悦，称赞天霸好小子，待朕番满洲话说罢。图噜哞拉吗好汉子。（36·137）

按："年拉马"汉义为"人"，音译自"niyalma"。"年拉马"翻成汉语后，主要用来指"有爵位的人"，但是根据以上两个例证，此处它保留了在满语中的原义"人"。例2中的"图噜"实则是"巴图噜"，因受字数限制所以省略了"巴"。此处"巴图噜哞拉吗"即为"英勇的人"，与"好汉子"同义连用。

【牛录马甲】【布库】

方有一名新入伙的，乃是平西西关有名的光棍，乃是镶白旂汉军鄂海牛录马甲，又是二等布库。为在月明楼听戏打死九门提督国舅家管家，奉旨充军到扬州流落。（33·380）

这人在平西两关是个光棍，名叫金六十儿，本是镶白旗汉军敖海牛禄的马甲。（34·244）

按："镶白旂（旗）汉军鄂（敖）海牛录（禄）马甲"指的是镶白旗佐领下属的兵丁。"布库"汉义为"摔跤手"，音译自"buku"。清代由于盛行摔跤游戏，由此衍生出了布库游戏。清代梁章钜详细解释了清代布库游戏，"或问何为布库之戏？余谓布库是国语，译语则谓之撩脚，选十余岁健童，徒手相搏而专赌脚力胜败，以仆地为定"⑤。从中也可看出，摔跤运动是清代的一种全

---

① （清）奕赓著，雷大受校点：《佳梦轩丛著》，北京古籍出版社1994年版，第64页。
② （清）奕赓著，雷大受校点：《佳梦轩丛著》，北京古籍出版社1994年版，第64页。
③ （清）奕赓著，雷大受校点：《佳梦轩丛著》，北京古籍出版社1994年版，第70页。
④ （清）奕赓著，雷大受校点：《佳梦轩丛著》，北京古籍出版社1994年版，第72页。
⑤ （清）梁章钜撰，阳羡声校点：《归田琐记》，上海古籍出版社2012年版，第57页。

国范围内的运动。

【巴牙拉图】【白拉】【巴牙拉】【拜拉】

他二人乃是大王爷门上巴牙拉图，不守本分，把差使革退。（34·33）

他二人不过是王府门上的个白拉，他竟敢如此无法作这样的事！（34·36）

弟子七侯本姓李，协同着，王府的巴牙拉叫武成。（41·390）

他名叫作乌苓阿，本是巴牙拉四两银。（42·36）

前部书表过飞天豹确实达木苏王门上的拜拉，还是王爷心腑人。（42·233）

按：以上5例中的"巴牙拉图""白拉"及"巴牙拉""拜拉"实质上是同一个词的不同书写形式，汉义为"护卫、门卫"，都音译自"bayarai i jalan"。"白拉"是省称，"巴牙拉图"的发音则有所改变。"bayarai i jalan"通常写作"摆牙喇甲喇"，例出《清太宗实录稿本》卷三十八："以伯阳顶聂牛克管摆牙喇甲喇。""康熙十一年（1672）定摆牙喇拨什库、无品级笔帖式等许穿平常青衣……"① 巴牙拉图在其他文献中也写作"白押拉"。例四同时点出了"巴牙拉"的俸银是四两。

【马法】

管你想法拣的使，治伏治伏我二人。叶恩并不嗔怪你，縂然死了无怨心。见得三亲并六眷，朋友闲谈不丢人。不给马法打了咀，不枉我，阿娘阿吗把我生。（34·36）

按："马法"汉义为"祖先"，音译自"mafa"。"马法"通常写作"玛法"，如："玛法者，国语谓祖之称也。""阿吗"即"阿玛"，汉义为"父亲"，音译自"ama"。例中"阿娘"与"阿玛"连用，一为汉语词语、一为汉译满语词，反映出当时即便是在亲属称谓上，也存有满语、汉语混用的情况，说明满语及汉语的交融深入到了满语的全领域。

另外，车王府曲本中有些作者也将"阿玛"写作"阿木""阿妈"，例：

吓，皇儿，你敢是杀昏了？怎么杀起你皇阿木来了？（5·327）

阿哥就问阿妈的病是为何？请谁医治？吃的是甚么汤药？这几日可觉的好些広？（55·145）

【花沙布戮哈傲尔布】

武七达子呼贤弟，若问在下请听闻。不爱当差撩下甲，如今不在护军营。

---

① （清）奕赓著，雷大受校点：《佳梦轩丛著》，北京古籍出版社1994年版，第192页。

花沙布戮哈傲尔布,还有那,没有米的养育兵。这些钱粮全不要,情愿在此务庄农。(41·316)

按:"花沙布戮哈"汉义为"养育兵",音译自"Hūwašabire Cooha";"傲尔布"汉义为"专门抬鹿角的汉兵",音译自"olbo"。奕赓指出:"汉军旗分有兵名敖尔布,月食银二两,与满洲蒙古之披甲同,惟此缺无汉名,直以敖尔布呼之,译言抬鹿角兵者。"[①]示例中武七达子想表达的是无论是满兵还是汉兵,他都不想再成为其中的一员。

【锡拉哈】

坐下一匹锡拉哈,两把双刃手内擎。(41·396)

按:"锡拉哈",音译自"sirga"。据奕赓《佳梦轩丛著》[②]及子弟书《梨园馆》,"锡拉哈"一般应写作"希拉哈",子弟书《梨园馆》:"众家人即刻搬鞍忙认镫,顶马是个官坐儿,希拉哈靠外手的车辕。"[③]"希拉哈"即毛中间杂有黄色斑块的白马。

【依都章京】

梁九公等四个总管奏朕,他说畅春园的宝坐底下有贼出入的印子。细想定是贼人早入殿内藏在宝坐之下,难道各门上依都章京、转答辖等都不事吗?有外人行走混进内里,岂是道理?都该万死。(42·110)

按:"依都章京"指"值班官员",音译自"idu janggin"。

【嘎拾】

跌死哉,跌死哉,跌了吾的嘎拾啊了。(43·447)

按:"嘎拾"即"嘎拾哈",其义为"膝盖",音译自"gachuha"。此处由于县令是从马上掉下来的,疼痛之间出现了漏字现象,同名小说《刘公案》中也只有"嘎拾"二字。

【好发什昏】【洼布鲁】

兄弟不知道,了不浑,好发什昏洼布鲁他攒里真是尖刚儿。罢了,我们再说罢。兄弟请吧,阿哥也不候兄弟咬叶了。(43·465)

[①] (清)奕赓著,雷大受校点:《佳梦轩丛著》,北京古籍出版社1994年版,第120页。

[②] (清)奕赓著,雷大受校点:《佳梦轩丛著》,北京古籍出版社1994年版,第302页。

[③] 张寿崇主编,北京市民族古籍整理出版规划小组辑校:《子弟书珍本百种》,民族出版社2000年版,第382页。

按：这是一段满洲话套市语的话语，作者在下面有解释。

"又问这位脸带怒色，他说'好发什昏'是满洲话'活该的人'，'洼布鲁'是'骂话'。又说'攒里真是尖刚儿'，这句话又是坎儿，这是'那人心里利害'。'不候咬叶'，'咬叶'是'喝茶'，这叫作满洲话带坎儿。（43·65）""好发什昏"即"fachuhuun"，原为"动乱、叛乱"之义，此处指"该死的人"；洼布鲁"音译自"waburu"，其义本为"骂人该砍头"。

【阿哈】

忽听得"咕咚"一声梭罗宴也跪倒，说："阿哈也讨个差使当当。"（51·231）

按："阿哈"为"奴才"之义，音译自"aha"。阿哈也叫作"包衣阿哈"，故阿哈有时也被称作"包衣"，即"阿哈"和"包衣"同义。作为奴仆，阿哈的地位较低，在清代可以被主人买来卖去，完全没有人身自由。阿哈"主要来源于战俘、罪犯及其子孙，负债破产者和阿哈所生的子女等，包括女真人、朝鲜人、蒙古人、汉人。为贵族所占有，没有人身自由，被迫从事各种家务劳动和生产劳动"①。但《元史语解》第九卷"人名门"中有："阿哈，兄长也，卷一百七作阿海，系宗室诸王，卷三十四作阿禾，又作阿合，非一人，并改。"②同时对"阿海"做了释义："阿海，兄长之谓。"其实，"阿哈"在其他语言中有时也指兄长，如阿拉伯语。"阿哈"在不同语言的同质性说明，因为不同语言圈人们交流得日渐频繁，引发了词语的一些互相借鉴，这也是造成亲属称谓或者是其他意义范畴词语难以确定其源出的重要原因。

【哈啷阿斋音】【苏啦呢呀啦吗】

就便哈啷阿斋音吆喝、吆喝，遇见个苏啦呢呀啦吗一个更拿糖。（51·231）

按："哈啷阿斋音"为"所属章京"义，音译自"halangga janggin"。"苏啦呢呀啦吗"汉义为"闲散人"，音译自"sula niyalma"。

【郭蜜】

当差事斧打糟烂木是班就到，每逢郭蜜必打听。（54·263）

按："郭蜜"汉义为"当日没有轮值之人"，音译自"gombi"。

---

① 颜品忠等主编：《中华文化制度辞典》，中国国际广播出版社1998年版，第445页。
② 方龄贵：《古典戏曲外来语考释词典》，汉语大词典出版社、云南大学出版社2001年版，第225页。

第五章　车王府曲本中汉译满语词研究

【妪妪（嬷嬷）娘】【嫫嫫娘】

妪妪娘紧跟送至书房外，说进去罢。阿哥便把身抽。（54·266）

这阿哥闷坐书房正然念诵，忽见那嫫嫫娘前来请阿哥。说是太太呼唤叫你往丈人家去，看看他的病体果是如何。二阿哥巴不得一声，怎肯怠慢？随奶娘前去见母也是这般说。（55·142）

按："妪妪（嬷嬷）娘"，又作"嫫嫫娘"，汉义为"乳母、奶娘"。

【固山呢呀拉吗】

居然是名士风流循循儒雅，偏忘不了固山呢呀拉吗的本分学。一马三枪一马三箭，射布把宫场私练是一个规模。（54·368）

按："固山呢呀拉吗"汉义为"满族人或旗人"，音译自"gūsai niyalma"。

【嘎什哈】

唱的是一蠹腔儿的流水板儿，随手是中把弦子手往下搂。加带着一嘴的嘎什哈，说出来前言后语不相符。（54·452）

按："嘎什哈"汉义为"鸟"，音译自"gas'ha"。此处用之代指说书人说书时满汉夹杂，使人不明其意。

【濶哩】

虽是个武职人家倒也文雅，老派儿佛满洲濶哩甚是恭。（55·137）

按："濶哩"汉义为"礼法"，音译自"kuoli"。

【穆昆】【萨都哈拉】

第二日天才大亮，门前就车马不绝。先来的是穆昆，萨都哈拉后到。（55·138）

按："穆昆"汉义为"族长"，音译自"mukuun"。"萨都哈拉"汉义为"亲戚"，音译自"sadun hala"。

【朱尔憨】【乌个孙】

老爷们吃过了香茶也就不好久待，乱烘烘接鞭上马齐奔了长街。有的是花红亮蓝水晶顶戴，飘摇着花翎线翎在脑后轻旋。朱尔憨的三亲绝无起花的金顶，乌个孙的六眷都是四个开禊儿的黄爷，枯忒勒雕鞍俊马也是络络不绝。（55·139）

按："朱尔憨"汉义为"部、院"，音译自"jurgan"；"乌个孙"汉义为"宗室"，音译自"uksun"。

【克什蒙乌】

不多时阿哥回家看着心中甚喜，牛录（🈯）① 上这才送到克什蒙乌。（55·149）

按："克什蒙乌"，汉义为"恩赏银"，音译自"kesi menggun"。克什蒙乌是清代八旗特有的习俗，指"八旗官兵遇有喜丧事时按规定赏赐给的音量，由牛录（佐领）负责发放，娶亲嫁女之家皆可得到"②。克什蒙乌在《清文总汇》中又写作"克什蒙温"。

【阿思哈发都】

月白绫的夹袄开裉儿半露，方头儿皂靴学的是他哥哥。阿思哈发都行呰就飘动，荷包是纳纱手巾是月白。小刀子时样小荷包一定围满，挖杭儿摔定胸脯儿还是挺着。（55·144）

按："阿思哈发都"较难考辨。邓云乡（1998）认为"阿思哈发"可能指"绑腿带"③ 之义，没有将"阿思哈发都"看作是一个整体。《明清小说鉴赏词典》中引用严蘅《某王孙者》的"王孙，所谓都尔敦风古，阿思哈发都"④ 时，指出其中的"都尔敦风古"义为"骨格异常"，"阿思哈发都"义为"聪明绝顶"。该释义来自《王孙传》原序，后有诸多文献中都有这段文字，有的文献如《清稗类钞》直接指明"都尔敦风古""阿思哈发都"⑤ 为满语词。这两个满语词出现在《某王孙者》，实则是侍女劝小姐与王孙结亲的用词，因此所用词语都是夸赞王孙的词语。而在车王府曲本中，无论是"都尔敦风古"⑥，还是"阿思哈发都"都是在描写男性服饰时使用，其上下文都与《某王孙者》不一样。例："宝石蓝的围脖做的紧，三直的尖靴纸底不薄。小刀子荷包是内造，都尔敦封库配了个佛。搬指套儿配牙签儿奇，上扎着半翅蜂儿碎折儿多。大荷包一对平金又打籽，羊脂玉的搬指手上带着。"⑦ 根据上下文，显见例中的"都尔敦封库"不是"骨格异常"之义，而是与服饰有关。依据还在于《连理

---

① 原文"牛录"左侧有满文。
② 赵佐贤、张佳生主编：《满族文化资源与开发》，白山出版社 2011 年版，第 47 页。
③ 邓云乡：《皇城根寻梦》，山西古籍出版社、山西教育出版社 1998 年版，第 301 页。
④ 上海辞书出版社文学鉴赏辞典编纂中心编：《明清小说鉴赏词典》，上海辞书出版社 2018 年版，第 1236 页。
⑤ （清）徐珂：《清稗类钞》第 26 册，商务印书馆 1928 年版，第 16 页。
⑥ 子弟书《连理枝》（全二回）中，"都尔敦风古"写作"都尔敦封库"。
⑦ 黄仕忠、李芳：《子弟书全集》，社会科学文献出版社 2012 年版，第 3274 页。

枝》上文中已经先说明"你看他骨格儿风流人物儿俏,头皮儿青相衬脸皮儿白"①。据此,"都尔敦封库"应该是描写服饰的,而其与"阿思哈发都"的出现语境基本一致。其上文及下文语境都是一大段的服饰描写,且都出现在主要服饰描写之后,与小袋子、荷包等作为饰品出现,所以"都尔敦封库""都尔敦封库"都是用来形容服饰的。车王府曲本中,子弟书《假老斗叹》及《须子谱》中都曾描写过当时人喜欢穿肥裤子,如假老斗穿的裤子是"肥秃噜的套裤搭拉一脚面",须子的穿着为"最得意是半实半露的青纱套裤,桃红里儿带子飘零"。这是社会非主流人物的裤子,《鸳鸯扣》《连理枝》中的旗人年轻男子自然不能如此打扮,且绑腿带本就是束紧裤子之物。如《清稗类钞·服饰类》解释"绑腿带"时指出:"绑腿带为棉织物,紧束于胫,以助行路之便捷也。兵士及力作人恒用之。"②但清人夏仁虎也指出:"旗、汉装无不绑腿者,以地气寒也,其带则平金绣花,争奇斗靡。"③且作者还特别指出"阿思哈发都"在行动时就飘动,因此"阿思哈发都"当不是绑腿带等之义。

清代旗人喜欢在身上佩戴各种饰品,徐珂描述了当时有个尚书外出时,身上竟然佩戴20多物,具体为:"一腰带必缀以槟榔荷包、镜扇、四喜、平金诸袋,一纽扣必缀以时表练条、红绿坠、剔牙签诸件,胸藏雪茄纸烟盒及墨水、铅铁各笔、象皮图书、帐(账)簿、手套、金刚钻戒指,羊脂班指、汉玉风藤等镯。"④而在这诸多的饰物中,清代旗人还有"系带子"一说,且还有专门的制度。"束带定制:天潢黄色,觉罗红色,八旗满洲蓝色。汉人自公卿以下青、蓝不拘,惟带镶嵌按品级。"⑤清代旗人还会佩饰"忠孝带","忠孝带"是汉族人对"佩帉"的称呼,"荷包、手巾"是满族人对"佩帉"的称呼⑥。徐珂详细阐释了它的形制及起源。"忠孝带,一曰风带,又曰佩帉,视常用之

---

① 黄仕忠、李芳:《子弟书全集》,社会科学文献出版社2012年版,第3274页。
② (清)徐珂:《清稗类钞》,中华书局1931年版,第6205页。
③ (明)史玄、(清)夏仁虎、(清)阙名:《旧京遗事·旧京琐记·燕京杂记》,北京古籍出版社1986年版,第40页。
④ (清)徐珂:《清稗类钞》,中华书局1984年版,第6226页。
⑤ 《中华野史》编委会编:《中华野史·卷10·清朝卷》,三秦出版社2000年版,第9090—9091页。
⑥ (明)史玄、(清)夏仁虎、(清)阙名:《旧京遗事·旧京琐记·燕京杂记》,北京古籍出版社1986年版,第70页。

带微阔而短。素巾亦曰手巾，行装必佩之。蒙古松文清公筠谓国初以荷包储食物，以佩帉代马络带者。而满洲震载亭大令钧辨其说，谓闻之前辈，以为马上缚贼之用。凡随扈仓猝有突仪卫者，无绳索，则以此缚之，盖备不虞之用耳。或曰，如以获罪赐尽，仓猝无帛，则以此带代之，故曰忠孝。"① 另外，由于身上带的饰物较多，故此满族人还专门制作了"带环"。"国初带环，用左右二块，系以汗巾、刀鞘等类。旋增前后二块，以为美观。后惟用腹前一块，带不垂下。或有左右二块嵌宝石、镀镂金银者，人人可用，不复分别等差矣。"② 由此，"阿思哈发都"应该指的是忠孝带或汗巾等物。

【佛充】

老爷说："因为着凉把老病儿勾起，年轻背出兵打仗佛充推多，大夫们说是湿痰以致浑身麻木。揆然说了罢，生平好酒，我是往死里的胡喝。"（55·145）

按："佛充"为满语词"feye"的音译，义为"伤、伤痕"。

【乌叉】

外面把羊乌叉羊腿都煮好，肉丝儿仓米干饭为的是祭告天神。（55·153）

按："乌叉"汉义为"煮熟了的牛、羊、鹿的臀尖尾骨"，音译自"uca"。奕赓在《佳梦轩丛著》"括谈上"中对"乌叉"做了阐释："乌叉，清语也，汉语即猪之围骨，俗名后座子。"③

【哈番】

来了些伴驾随龙的各等侍卫，来了些五府六部办事的章京。来了些世袭的哈番与佐领，来了些红黄带子众高亲。（55·154）

按："哈番"汉义为"官员"，音译自"hafan"。

【法依单】【乌珠摸音】

这阿哥连忙摆手说："休提起，妹妹睄阿哥从一入法依单哪有个闲时？又搭着乌珠摸音预备箭，见天操演马不停蹄。"（55·207）

按："法依单"本汉义为"仪仗"，此处代指"官场"，音译自"faidan"。"乌珠摸音"汉义为"队伍中领头的"，音译自"uju mejen"。

---

① （清）徐珂：《清稗类钞》，中华书局1984年版，第6227页。
② （清）徐珂：《清稗类钞》，中华书局1984年版，第6227页。
③ （清）奕赓著，雷大受校点：《佳梦轩丛著》，北京古籍出版社1994年版，第178页。

第五章 车王府曲本中汉译满语词研究

【阿拉哈章京】

依都章京班中领袖，十人为首第一名。阿拉哈章京白给人担担，可怜他干替该班，谁肯知谢承情？老章京皆佩七司钥，虽然权重假威风。满洲的掌印汉军为所事，各所办事不过照例而行。（55·230）

按："阿拉哈章京"汉义为"副章京"，音译自"araha jan g gin"。

【答拉蜜】

四人京察一个一等，答拉蜜站住要想出缺永不能。（55·233）

按："答拉蜜"即"达拉密"，汉义为"满档房领班"，音译自"dalambi"。崇彝指出："六部领阁署事曰满档房，其领办之员，满语曰'达拉密'。惟满郎中充之，多以各司掌印兼任，偶有专领其事者。"①

【扎喇达】

将来你跟我回城儿，我比从优议叙，不能叫你白挨。我的扎喇达，竟玩善皮营。（56·396）

按："扎喇达"即"扎兰达"，汉义为"头目、首领"之义，音译自"jalan i da"。"扎喇达"在汉语中汉义为"队长"。

【阿拉达合】【专达】

阿拉达合专达翎子不难，到底是坐个官儿，人前多体面。（56·446）

按："阿拉达合"意义不明；"专达"汉义为"头目、首领"，音译自语"juwan i da"，汉语官职则为"什长、护军校"。

【哈拉巴】

谁知奶奶更比爷爷儿妙，托胳膊把哈拉巴摸，轻轻生生一吊腰。你说爷爷儿好像个顺风旗，顺着奶奶儿脖子朝下吊。（57·117）

按："哈拉巴"义为"肩胛骨"，音译自"hala ba"。"哈拉巴"原指动物的肩胛骨，此处指人的肩胛骨。

【艾罕】

万岁爷听他言，传旨叫八旗的兵丁演艾罕。（57·126）

按："艾罕"即"靶子"，音译自"aigan"。

【噶布】

（白）如今我拉拉弓儿罢。（唱）现有教习。（白）此人是噶布他拉，哪木

---

① （清）崇彝：《道咸以来朝野杂记》，北京古籍出版社1982年版，第4页。

哪拉，马步骑射，（唱）本领出奇。（56·261）

按："噶布他拉，哪木哪拉"义为"弓马娴熟"，音译自"gabtara niyamniy arangge gemu ures'huun"，其中，"哪木哪拉"发音不准。

【哈拉】【哈拉密】

一哈拉一哈拉密，自己甚着急。借炮子又借箭哪，通是人家的长短肥瘦不合体。呀！我的占音哪。（56·261—262）

按："哈拉"原意为"姓"，音译自"hala"。"哈拉密"义为"更换"，音译自"halambi"。两者合在一起为"一姓一更换"，其义是作为低等侍卫，不同上司的要求不同，令人难以应付。除此外，"哈拉哈拉密"在高会臣、魏振祥等著作的《酸葡萄·甜葡萄》中曾使用。其文为："贾乡长：'郑书记，您洗好了？'郑为民：'洗好了，舒服得很。'孙又来：'那咱就"哈拉哈拉蜜"。'郑为民：'你们不洗啦？'孙又来：'昨天洗的。'贾乡长：'我今儿一早洗的。'孙又来：'"哈拉蜜"吧？'郑为民：'好，"哈拉蜜""哈拉蜜"。'"[①] 再结合下文语境，"哈拉哈拉密"其义为"睡觉"，显然不适合"一哈拉一哈拉密"所处语境。

以上仅是车王府曲本中的部分名词性汉译满语词，另有部分名词性汉译满语词我们以表格的形式做了呈现。

二、动词性汉译满语词

除数量可观的名词性汉译满语词外，车王府曲本中也有一些动词性汉译满语词，它们丰富了车王府曲本满语词语系统。据著者整理，车王府曲本中动词性汉译满语词的部分成员如下：

【巴不得】

（净白）你可还要见岳元帅么？（生白）我巴不得一时要见。（13·376）

见爹死，好无痛楚。似旁人骨血亲疏，巴不得亲娘也向黄泉路。他便不拘束，逞心窝。（14·477）

二阿哥巴不得，一声怎肯怠慢。随奶娘前去见母也是这般说。（55·142）

按："巴不得"为"极度希望、恨不得"之义，爱新觉罗·瀛生认为它来自

[①] 高会臣、魏振祥、谷景峰：《酸葡萄·甜葡萄》，作家出版社2003年版，第101页。

满语词"bahaci",赵杰认为来自满语"bahaci tuttu"[1],北京话中读为"ba^{55} bu de"。但明代冯梦龙《醒世恒言》中已有用例,"那边王老员外与女儿并一干邻佑人等,口口声声咬他二人。府尹也巴不得了结这段公案"[2]。爱新觉罗·瀛生的例证则为"这孩子就惦记着这个玩意儿,巴不得他妈说给他买,乐得都蹦起来啦"[3]。以上两个例证中的"巴不得"显然意义一样。由此,就满语与汉语只见紧密的互相借用关系看,不排除"巴不得"原是汉语词,后被满语借去,表示了同类意义。

【狠哆】

老爷哏哆的狠是,皆因内中有个原故。死者的虽是我的伯父,当穿忠孝。皆因小民家中父母在堂,俱个染病,若穿孝又怕不利。(21·26)

真是岂有此理!从古至今也没见过烦人狠哆解役的!这穷酸想是疯了。(39·484)

叫进那管门的家丁骂了个吐屎,又把那个丫头老婆往死里哼哆。(55·145)

按:"哏哆""狠哆""哼哆"义为"斥责""数落",音译自"hendumbi",爱新觉罗·瀛生认为其在北京话发音为"hēn de",其读音与满语词差异大的原因,在于音译时"去掉 mbi 词缀,单用词干为 hendu,由于满语京语重音前移,du 在轻音音节中使后高元音 u 弱化成央中元音 e,变成'hende','恨'字读阴平,近似满语的高平重音"[4]。

【撞客】

店小二瞧定恶妇大哭,说先别哭,我瞧这位爷大概是撞客。(21·379)

状元这一席话,不但梅老夫人一愣,连那邱公夫妇全周亲家太太均各纳闷儿。腹中暗暗的猜道,"这小状元别是有点儿气迷心罢?不然就是撞客着咧。怎么大瞪白眼儿的说起鬼话来呢"。(22·371)

按:"撞客"为"碰到、冒犯鬼邪"之义,爱新觉罗·瀛生认为它音译自"jangkūlambi","这是满语口语词,清代编写的满语词典如《清文汇书》等中未收此词,但当年满语诸方言口语中皆有"[5],北京话读音为"zhuang^{51} ke"。

---

[1] 赵杰:《东方文化与东亚民族》,北京语言文化大学出版社 2000 年版,第 117 页。

[2] (明)冯梦龙:《醒世恒言》,北方文艺出版社 2018 年版,第 443 页。

[3] 爱新觉罗·瀛生:《北京土话中的满语》,北京燕山出版社 1993 年版,第 228 页。

[4] 赵杰:《东方文化与东亚民族》,北京语言文化大学出版社 2000 年版,第 114—115 页。

[5] 爱新觉罗·瀛生:《北京土话中的满语》,北京燕山出版社 1993 年版,第 236 页。

《大词典》中,"撞客"条共有三个义项,前两个义项出自《红楼梦》,第三个义项出自老舍的《柳家大院》。所以,两相佐证,"撞客"的确是来自满语的音译词,后为北京方言、天津方言等方言吸收。

【发差哈】

在城上如花、赛花齐讲话,笑吟吟朱唇慢启口吐莺声。"见唐兵哥木发差哈回营去,请阿玛秃门石勒呵就此下城。"唐古特说:"乌末日依,奴知道了。"(22·418)

按:"发差哈"汉义为"散乱",音译自"fachambi"的过去时"fachara"。

【把哈】

此人有个听头儿,如今改了行了,戌付的瓢把子。我如今把哈着他哪成神,拼了动手,只用我无到拨眼儿查问查问就浮咧。(32·75)

说着留神寻找,施公并无影信。天霸着急忙叫道:"计哥,把哈翅子儿。"计全也留神寻找,那有踪影!(33·40)

按:"把哈"汉义为"取得""得""捞着",音译自"bahamabi",北京话读"ba^{214} ha"。

【淌熟住】

施老爷见了徐州知府问了问,也是旂员,镶红旂满洲荫生出身,满洲话出了个淌熟住的地方。一至亲戚朋友说了个对劲,看那气派全是旂风不错,难道这是假的不成?(33·254)

按:"淌熟住"音译自"tangsulambi",原汉义为"娇养",此处表示"钟爱使用"的意思。

【布车】

罢咧,现今身在贼宅,犹如龙潭虎穴。恶人一恼,我某就布车勒托克托非。罢了,这就讲乃既在矮檐下,暂且把头低。(33·350)

按:"布车"汉义为"死了",音译自"bucembi"的过去式形式"bucehe"。"托克托非"汉义为"一定",音译自"toktof"。"我某就布车勒托克托非"的意思为"我某就死定了"。

【哞库拉】【哼噔咯】

哞库拉哼噔咯,他高声嚷,呼啦啦番叫字真。头一句,奉天承运皇帝诏,晓谕那,三河知县叫彭朋。(41·379)

按:"哼库拉"汉义为"下跪,跪",音译自"niyakuurambi"。而与"哼库拉"有关的记载较少,目前可见文献为"交罗哈拉佟赵氏祭祀"中"外添"一文中有类似的词"年库拉":"哼克勒,那德。哼克勒莫,伯棱厄。<u>年库拉</u>哈,那德。<u>年库拉</u>莫,伯陵厄跪在地下叩求。"① "揸玛宜,<u>年库拉</u>非揸玛跪举。""那宜,<u>年库拉</u>非当家之人在地跪求。""哼噔咯"汉义为"叩头",音译自"hengkin","哼库拉哼噔咯"即"hengkin niyakuun",此处义为"下跪磕头"。

【衣能以哒哩】

我见那呀法哈乌克身真有趣,衣能以哒哩掰他阿库净敲梆。(51·232)

按:"衣能以哒哩"汉义为"昼夜",音译自"inenggi dobori"。

【巴补】

唤妻儿点一盏茶来我润润口,快着去巴补孩儿哄他睡着。(54·354)

按:"巴补"汉义为"使……睡",音译自"amgabumbi"。现今东北有些满族还流行的童谣《摇车曲》就使用了"巴补"一词。其歌词为"巴补哇俄世啊,悠悠小孩巴补哇。狼来啦虎来啦,老和尚背(大)鼓来啦,小孩睡,盖花被,小孩哭,想他姑"②。

【扎啦】

斗粟千钱斤莽半百,羊长行事猪价扎啦。(54·494)

按:"扎啦"汉义为"升高",音译自"jalu"。

【哟博】【哟拨】

老爷到底因何故?多大的女孩儿也不管闹哟博。(55·98)

大奶奶接口又闹哟拨,说二爷前去替我问你们奶奶声好。(55·143)

按:"哟博""哟拨"汉义为"戏谑,玩笑",音译自"yobo"。

【拖罗】

另挽着小袄袖儿是深红浅绿,开禊儿衬衣微露手帕在肋下拖罗。(55·144)

按:"拖罗"汉义为"下垂,垂落",音译自"tule"。

【阿叉布密】

阿叉布密的两夫妻在红毡上拜倒,差车密的片肉是白效殷勤。(55·153)

---

① 何晓芳,张德玉编:《满族历史资料集成·民间祭祀卷》,辽宁民族出版社2016年版,第239页。
② 中国人民政治协商会议河北省青龙县委员会文史资料研究委员会编:《青龙文史资料第3辑》,1986年版,第124页。

按"阿叉布密"也写作"阿察布密",汉义为"洒酒祭天,洒酒祭神,奠酒",音译自"chachumbi"。《听雨丛谈》对此做了解释,"阿察布密,清语也。凡婚礼,新妇入门行合卺礼,以俎盛羊臀一方,具稻稷稗三色米饭,夫妇盛服并坐,饮交杯,馂不用酱而具白盐,即古人共牢而食之义,清语曰阿察布密。"① 与阿叉布密相配的是阿叉布密礼,即满族的合婚礼,指举行婚礼时,新郎手里托着碟子、单腿跪在院子内设好的神桌前面,用满语念"阿叉布密歌"②。

【舒发密】

留京的暂署七司钥,舒发密攒凑班该乱乱烘烘。(55·231)

按:"舒发密"汉义为"使攒集",音译自"shufabumbi"。

【舒什哈棍波】

还有那舒什哈棍波净鞭鸣赞,文补方靴白顶蓝翎。(55·233)

按:"舒什哈棍波"汉义为"鸣鞭",音译自"shusiha guwembumbi"。

【塞虎】

社主说新添的脾气是这等的塞虎,从今后不带条儿不许你猜。(56·5)

按:"塞虎"汉义为"责罚",音译自"saihū"。

三、形容词性汉译满语词

车王府曲本中的汉译满语词还有一部分是形容词,如"擦力剌拉格儿""塞克""苏拉""噶牛""拉忽""虎势""拉""搭憨""察布达喇""哇布鲁""三音""厄穆阿达占""各色""叮当""边楞""得贺""佛""噎布肯""掰他阿库"等,例:

【擦力剌拉格儿】

哦,你原来是富宜仁的家人,他是富宜仁的小老婆。你们两下平日有点不大擦力剌拉格儿,这才将你主人诬告。心想作个长久夫妻,所以才闹出这些乱儿来,是不是?(9·145)

按:根据上下文意,"擦力剌拉格儿"汉义为"不清不楚",但限于能力

---

① (清)福格撰,汪北平点校:《听雨丛谈》,中华书局1984年版,第39页。
② 曲哲、艾珺:《民俗风尚》,沈阳出版社2017年版,第20页。

有限，著者未能找到与之对应的满语词。宫白羽（1992）小说《剑底惊螟》中有"刺拉格击"，"这是我们鲍家塘的少保正，哎，是保正的三少爷，怎么管不着？你好好的答对，有你的好处，你不要刺拉格击的找倒霉！"①从这个例证可以看出"刺拉格击"汉义为"不识好歹"之义，与"攞力刺拉格几"所处语境不符。

【塞克】

难道你们还不知道我们员外的脾气，诸事要俭省，样样儿要塞克。（9·477）

（杨白）原来是塞克气病了。（琪白）可不是么？（9·477）

按："塞克"汉义为"漂亮、好看"，音译自"saikan"。

【苏拉】

若问在下休见笑，苏拉身子是白丁。（21·39）

在同寅内有说有笑也是瞧人行事，与苏拉们赏赐丰富故尔呼唤有灵。（54·262）

按："苏拉"为"闲散"义，音译自"sula"。徐珂在《清稗类钞》中则言其"满语在官人役也"②，由此，苏拉还有一汉义为"官府中的杂役"。《旧京琐记》中解释为："满语'苏拉'，闲散也。'昂邦'，大臣也。故散秩大臣曰苏拉昂邦。而闲散旗人，供役内廷，或各衙署者统曰苏拉。入觐官员，初入宫廷则群苏拉包围之，各报琐事，借索犒资，亦名之曰海苏拉，以其无一定秩务也。其军机奏事等处之苏拉则有专责，与内廷宦者通声气，亦能作威福矣。"③

【噶牛】

我们要输口早就输咧，为什么到这时候闹了个烂羊头的？告诉你罢，还有什么噶牛古怪的刑法只管施展。（21·69）

你今若不将他救，后来的，作徒投师谁肯尽心？不说土地嘎扭处，言你我，无有宽宏大量心。（28·423）

酒保儿，听见王化把他问，连忙带笑面含春。说道："此事真稀罕！嘎牛

---

① 宫白羽：《剑底惊螟》，北岳文艺出版社1992年版，第176页。

② （清）徐珂：《清稗类钞》，中华书局1984年版，第1592页。

③ （明）史玄、（清）夏仁虎、（清）阙名：《旧京遗事·旧京琐记·燕京杂记》，北京古籍出版社1986年版，第73页。

事,都出在咱苏州自古未闻。"(38·314)

按:"噶牛""嘎扭""嘎牛"表"怪异、奇特"之义,音译自"ganio",北京话读作"gè niu"。

【拉忽】

大太爷方才这些话说的狠是,我却是饿的疑乎拉忽的。(21·408)

秀英笑说,睡哦,也推沉拉忽的狠,不然怎就那春风款款花落迟迟?(55·422)

按:"疑乎拉忽"为"没有力气、办事不力"之义,"推沉拉忽"为"程度深"之义,"拉忽"音译自 lahū,用在"疑乎""推沉"后作为词缀,加深程度。在北京话中,"拉忽"读音为"la^{214} hu"。天津话中也有"拉忽"一词,其读音与北京话相同,但"发音不稳定,有时发 he 音;马虎的意思"[①]。

【虎势】

三爷子胥越说不由心中越加动怒,忙从肋下唰的一声拔出了太阿剑。恶狠狠虎势昂昂扑上前来,一伸虎爪抓住费无忌的头发带。(25·132)

按:"虎势"汉义为"强壮有力",音译自"hūsun",北京话读作"hu^{214} shi"。

【拉】

腿快的预先都躲过,末末拉的身被擒。(27·242)

按:"末末拉"即"最末"之义,其中的"拉"是满语词"lala"的简省,"末末拉"即汉语词"末"和满语词"拉"的合成形式。

【搭憨】

毛金眼夹着个尾巴,搭憨搭憨出了玄机阵的西北,开门而去。(26·101)

这个盗寇也雄性,身量不小面目凶。坐骑一匹搭憨马,他的那,手擎朴刀有威风。(41·394)

说话中间,只见三爷搭憨搭憨早就进了营门唡。(44·405)

按:"搭憨","北京话谓人(特别是身材高大的人)走路时身躯颠晃为'dahan dahan 地走'"[②],读音为"da^{55} han^{55}",音译自"dahan"。"搭憨"此义,清代文献中常用,例"至晚若不见主人,他会'搭憨搭憨'的回家"[③]。又时也

[①] 刘思训编著:《"哏儿都"说哏儿话天津话这么说》,天津古籍出版社 2013 年版,第 206 页。

[②] 爱新觉罗·瀛生:《北京土话中的满语》,北京燕山出版社 1993 年版,第 238 页。

[③] (清)佚名编撰:《正续施公案》(上),群众出版社 2002 年版,第 584 页。

会表示"搭拉"之义,如"前半身也树干一般竖着,那颗蟒头却被公猩拗折,搭憨蟒背"[①]。可见,满语词被汉语吸收后,随着使用频率的增加,有的会增添新的意义。另据于克仁指出,"搭憨儿"在平度方言中,表"装痴卖傻"[②]之义,此时应只是音同而已。"搭憨"在车王府曲本中又写作"颠憨",例:"跑着不住回头看,见孙膑,在后催牛不放松,颠憨颠憨在后赶,也不哈来也不哼。(44·405)"而"颠憨"在方言中表"疯子""装傻"之义,也写作"颠汉",车王府曲本中虽不为此义,但可作为平度方言中用"搭憨儿"表"装疯卖傻"之义的一个原因。

【察布达喇】

李天王,坐骑是匹察布达喇马,肉肥膘满似泥儿一多。(26·330)

按:"察布达喇"汉义为"银鬃色的",音译自"chabdara"。"chabdara"又写作"chabdari",两者用法一样,"银鬃马"用"chabdara morin""chabdari marin"都可以。

【哇布鲁】【三音】

闪目一看,见黄天霸已跳出圈外,急的王爷失仪大声嚷骂。哇布鲁年拉马三音,好小厮好小厮!(33·22)

按:"哇布鲁"汉义为"该死的,该砍头的",音译自"waburu"。《满洲源流考》中,"哇布鲁"写作"斡布鲁"。"三音"汉义为"好",音译自"sain"。"哇布鲁年拉马三音"这句话的意思为"好个该死的人!"

"三音"在车王府曲本中多次出现,例:

施老爷慌忙迎出,二人一齐拉手。番着满洲话问道:"阿哥三音?"抓不住回答:"三音。"(34·463)

马老爷与彭老爷拉了拉手儿,问说:"阿哥三音?"彭老爷说:"三音。"(41·380)

【厄穆阿达占】

这孩子与本县的模样厄穆阿达占一样。(33·108)

按:"厄穆阿达"汉义为"一模一样",音译自满语"emu adali","占"汉义为"骨披箭",音译自"jan",与"厄穆阿达"合用,表示"一模一样"之义,此

[①] 还珠楼主:《青城十九侠》,联经出版事业公司1985年版,第1950页。
[②] 于克仁:《平度方言志》,语文出版社1992年版,第179页。

处与"一样"同义词重复使用。

【各色】

这狗的毛便就来的各色，是个红白花儿，长就的腰身儿也不过八寸。那红花儿才真真的红的好看，好像胭脂半儿。（48·141）

按："各色"为"与众不同、特别"义，是满语词"enchu gese"的省译。

【叮当】

这话说出来实在叫你笑话咧，我们这孙姓门中真穷了个叮当山响，独他一家富贵。（49·320）

按："叮当"汉义为"一贫如洗"，音译自"gengge gangga"，据爱新觉罗·瀛生，北京话应该儿化，读作"dingr⁵⁵ dangr⁵⁵"，"这是由 geng（r）gang（r）变成 ding（r）dang（r）。口语中以讹传讹，一音之转是极常见的事"①。

【边楞】【得贺】

我瞧瞧这刀的样儿大有边楞，刀头儿冒高装修的得贺。站一站，你准是偷了来的别往我充。（53·368）

按："边楞"汉义为"质量高"，音译自"ben len"。"得贺"表"精致"义，音译自"dehe"。

【哈里哈障】

更有一班无能辈，哈里哈障醉薰薰。嘴头儿迟钝因才短，行事儿颠顶为疎心。（54·344）

按："哈里哈障"汉义为"马马虎虎"，音译自"huu lari malaria"。

【佛】

虽是个武职人家倒也文雅，老派儿佛满洲澜哩甚寔恭。（55·137）

按："佛"汉义为"老"，音译自"fe"。

【噎布肯】

三直的靴子底儿是螺蛳转，果然是这噎布肯的样儿也赛过蛾眉。（55·165）

按："噎布肯"汉义为"俊秀"，音译自"yebken"。

【掰他阿库】

我见那呀法哈乌克身真有趣，衣能以哒哩掰他阿库净敲梆。（51·232）

---

① 爱新觉罗·瀛生：《满语杂识》，学苑出版社 2004 年版，第 839 页。

按:"掰他阿库"汉义为"悠闲,没有事情做",音译自"baitakuu"。

四、副词性汉译满语词

相较其他词类,车王府曲本中副词性汉译满语词较少,包括"挺""哥木""穆扎库""托克托非""爱那哈"等,例:

【挺】

不多一时,但见他走上大堂,两只手抱着挺大的包袱。(21·66)

看这位爷有些古怪,要瞧起他老穿戴也不算是齐。为什么说话挺邦儿老硬?这样儿事古怪。(21·431)

这江魁想罢高声说:"爹爹救命,铁锁链冰凉挺硬,死嘟噜了沉。"(22·265)

老爷呀,想起李二真可恼。待理不理臊死人,腘我一个挺梆子硬。(35·106)

按:"挺",此处为副词,与"很"同义,爱新觉罗·瀛生认为它来自满语"ten"①。而据大词典,"挺"表"很"义出现于清代,其所举例证出自《儿女英雄传》,且在车王府曲本中使用频率很高,除上面三个例证外,还有很多,说明"挺"表此义是因其音与满语"ten"相近,故此被借用来表"很"义,即在"很"义上,"挺"是一个满语音译词。

【哥木】

在城上如花赛花齐讲话,笑吟吟朱唇慢启口吐莺声。见唐兵哥木发差哈回营去,请阿玛秃门石勒呵就此下城。唐古特说:"乌末日依,奴知道了。"(22·418)

按:"哥木"汉义为"全、都",音译自"gemu"。

【穆扎库】

老爷大喜哈哈笑,说:"阿吗哈积要你舒服。你看他到你家中还可矣,但是他穆扎库的性子阿苏鲁糊涂。不是我自己的孩子自己夸奖,原本他女孩儿身上有乌布。丈人只养你媳妇儿一个,全仗着姑爷调教他白是个拘鲁。"(55·102)

---

① 爱新觉罗·瀛生:《北京土话中的满语》,北京燕山出版社1993年版,第224页。

老爷乐的说："阿吗哈机,夫人只养你媳妇一个,但是他穆扎库性子急。又说道女孩儿的乌布他身有,还有姑爷调教费心机。"(55·104)

按:"穆扎库"汉义为"实在",音译自"mujakū"。

【托克托非】

罢咧,现今身在贼宅,犹如龙潭虎穴。恶人一恼,我某就布车勒托克托非。罢了,这就讲乃既在矮檐下,暂且把头低。(33·350)

按:"托克托非"汉义为"一定",音译自"toktof"。"我某就布车勒托克托非"的意思为"我某就死定了"。

【爱那哈】

老祖宗摇头撼脑笑嘻嘻,说:"爱那哈赶的上姐姐罢?"(55·104)

按:"爱那哈"汉义为"一定,必然",音译自"ainaha seme"。

五、数词性汉译满语词

车王府曲本中还有数词性汉译满语词,其主要出现在鼓词《施公案·河间府》中,例:

傍边他把满话番,从头数。耳木拙一蓝堆数,孙扎宁公七那丹。只听唰唰如雨点,数到了,厄木汤乌才住鞭。(34·33)

按:例中"耳木拙一蓝堆数,孙扎宁公七那丹"两句中,满汉混用,其中"数""七"为汉语汉义,其他为满语音译词。"耳木"汉义为"一",音译自"emu";"拙"汉义为"二",音译自"juwe";"一蓝"汉义为"三",音译自"ilan";"堆"汉义为"四"音译自"duin";"孙扎"汉义为"五",音译自"sunja";"宁公"汉义为"六",音译自"ninggun";"那丹"汉义为"七",音译自"nadan"。"厄木汤乌"汉义为"二百",音译自"emu tanggv"。

第五节 车王府曲本中汉译满语词文化意义类型

车王府曲本中汉语满语词具有文化意义类型的词类为名词,从意义上看,与著者（2015）所总结子弟书中满语词的意义类型基本相同，只是因词语数量的增多，其文化意义更具有广度和深度。

一、汉译满语词以官职名称居多

车王府曲本中使用了很多音译自满语的官职名称，清政府的官方干预是其主要原因。1634 年，清太宗颁布命令要求"嗣后我国官名，及城邑名，俱当易以满语，勿仍袭总兵、副将、参将、游击、备御等旧名"①。这种规定引发的直接结果是官职名有满汉两种表达方式，如清代福格指出："本朝诸司拜僚，均有满汉两称，各从其文而用之，不似人名皆用对音书写一。如汉文书大学士，满文则曰笔特赫达；满文曰梅勒章京，汉文则曰副都统，余者皆仿此也。②"当然，这不是绝对的情况，如车王府曲本中有时也使用官职的汉语名称，不使用其满语名称，例：

老夫文渊阁大学士朱冕是也，在大宋朝宣和皇帝驾前为辅相。（13·191）

按："大学士"在清代的满语名称为"笔特赫达"，车王府曲本未用。

车王府曲本中用汉译满语表达的部分官职名称如下。

【郭什哈】

我说这个，倒不如我跟随侯爷前去，当你的郭什哈。（10·433）

按："郭什哈"汉义为"亲军、护卫"，音译自"gocika"，义同"郭什哈巴雅拉"，但"郭什哈巴雅拉"只有镶黄旗、正黄旗及正白旗等上三旗才有③。"郭什哈"在车王府曲本中多次出现，例："身穿着，石纱袍儿郭什哈，俗名叫作一口钟。系一条，丝线带子腰里硬。（41·393）""南府景山全预备，郭什哈，白拉一仝御林军，诸事派定不细表。（42·54）""虽然是圣躬换了郭什哈马，看天气还要跟着别往回里行程。（55·232）"除此之外，百本张子弟书《射鹄子》中也有："（来人）穿一件紧裹熊腰的郭什哈棉袄，套一件轻拢虎臂的巴图鲁坎肩。"由此可见，车王府曲本中的作者及其作品虽然不同，但在使用有关的词语时，他们都不约而同地选择了当时通行的汉译满语词，此种举措对

---

① 《清太宗实录》卷 18，天聪八年（1634）甲戌四月辛酉。
② （清）福格撰，汪北平点校：《听雨丛谈》，中华书局 1984 年版，第 11—12 页。
③ （清）奕赓著，雷大受校点：《佳梦轩丛著》，北京古籍出版社 1994 年版，第 97 页。

研究这些词语及这些词语的流布具有积极意义。

【拨什库】

（都白）通师，吩咐拨什库，明日传齐八旗大兵进关。（通应）阿华阿罗黑。（14·86）

按："拨什库"汉译为"领催"，音译自"bošokū"。

【辖】

太王爷谢恩出朝回府，次日一早急命戴孔雀翎子的头等辖名叫巴彦布巴老爷急上通州传召。（41·440）

按："辖"汉义为"侍卫"，音译自"hiyase"。此处的"辖"是省写，全称应为"辖子"，通常写作"虾子"。《清太宗实录》卷14："跟亲王、郡王、贝勒、贝子摆牙喇章京、甲喇章京、虾子，若本主临丧则从之，不许私去；若本主差遣许去。"[①]

【甲喇】

弓马箭练的精，演撒放不脱空。满洲话，翻的清，念过一本《清文启蒙》。抢甲喇唱扎蓝挑缺，拉过六力弓。大人爱我弓力硬，挑了个乌克申披甲兵。（57·145）

按："甲喇"原汉义为"世、代"，此处指清代八旗兵制中的第二级编制，"每个甲喇下设5个牛录，即1500人；5个甲喇组成1个固山，即1旗，7500人"[②]。

【布拉器拜他】

布拉器拜他顶子达还有骁骑校，班头厨役帖写的和经承。（55·229）

按："布拉器拜他"即"布拉器拜唐阿"，隶属于清代銮仪卫，为銮仪卫中闲散地位低下的听差人，八旗制度规定："是旗人无论内外官员或世爵，也无论满洲或蒙古，均须将其成丁子弟送进宫廷，代替父兄为皇家事务效尽臣仆之劳，不许规避。服役期为5年，期满或授职或当差。"[③] 实际上，拜唐阿分布于清代诸多官署，皇宫内的有粘杆拜唐阿、值班拜唐阿、备网拜唐阿、鱼钩拜唐阿、弓箭拜唐阿、熬茶拜唐阿、厩长拜唐阿，等等。所以拜唐阿并无

[①] 辽宁大学历史系：《清太宗实录稿本》，1978年版，第4页。

[②] 李德洙、王宏刚主编：《中国民族百科全书·12·满族、朝鲜族、锡伯族、赫哲族卷》，世界图书出版公司2015年版，第58页。

[③] 徐海荣主编：《中国茶事大典》，华夏出版社2000年版，第426页。

职衔,仅是各官署中的闲散随时听用的人员,銮仪卫也不例外,所以清光绪年间对其进行了裁撤。《大清光绪新法令》"京官制":"上三旗蒙古布拉器拜唐阿额设三十名,拟全行裁撤。查其年力精壮、明白识字者,酌留数名,以整仪尉后补。余者,咨送侍卫处,以三旗亲军补用。"① 光绪三十三年(1907)十月二十二日的《会议政务处奏议覆整顿銮仪卫办法折》:"其布拉器拜唐阿一项,现在久无差遣,自可全行裁撤,以节饷糈。"②

【章京】

总理章京协理合兼理,爵高位显满腹才情。(55·229)

堂章京外人瞧着他们像阔,谁知他翻褂子着急也向各处通融。左所章京学习办事,差使是当帮车洒件件轻生。(55·229)

云麾冠军是起头末底,随驾查班到的轻生。洒班当车乃随园的事,由来久矣派的事正付的章京。(55·231)

按:"章京"是车王府曲本表官职的汉译满语词中使用频率最高的词,且类型较多,如上文提及的"章京""牛录章京""依都章京""多銮呢占音""阿拉哈章京""阿尔哈章京""京奇呢章京""哈啷啊斋音""达拉密"等,以及上述例证中的"总理章京"③"堂章京""左所章京""正章京""副章京"等。清代章京分为满汉章京,但两者待遇不同。当值时,"汉章京值班屋内忙碌异常,满章京值班房内则无所事事,每日清谈打发时间"④。"左所章京"是清代銮仪卫的一个分支。銮仪卫是清代掌管皇帝及后宫妃子等车驾仪仗的机构,又分为"堂上办事处、左所、右所、中所、前所、后所、驯象所、旗手卫、驾库等机构"⑤,其中左所"设掌印冠军使1人,掌所事云麾使1人,下设2司:銮舆司设掌印云麾使1人,掌司事治仪正1人。令设闲散云麾使1人,治仪正4人,整仪卫2人。负责供奉辇舆"⑥。

【精奇尼哈番】

精奇尼哈番顶儿红,俏摆春风的孔雀翎。(54·261)

---

① 蒋乾麟主编:《中华大典·军事典·军事人物分典》,辽宁大学出版社2018年版,第112页。
② 骆宝善、刘路生主编:《袁世凯全集》第17卷,河南大学出版社2013年版,第142页。
③ 即"总理衙门章京"。
④ 袁灿兴:《军机处二百年》,岳麓书社2021年版,第398页。
⑤ 万依主编:《故宫辞典》,文汇出版社1996年版,第241页。
⑥ 万依主编:《故宫辞典》,文汇出版社1996年版,第241页。

按:"精奇尼哈番"汉义为"男爵",音译自"jingkini hafan"。

【苏朱密】

这如今虽然补上了苏朱密,那远荡儿跑的我头晕睛红。(54·263)

按:"苏朱密"汉义为"步趋",音译自"sujumbi",例中用作名词,指"步兵"。

【阿拉密】

就说前日那个阿拉密,论年份我当差的年份与他岁数同。(54·263)

按:"阿拉密"汉义为"委署",音译自"arambi",此处用作名词,指"被委署了官职的人"。

二、部分汉译满语词为称谓词

任何语言中,称谓词都是一个极为重要的类,它反映了该语言所属民族的伦理观、家庭观及人际关系等,蕴含着丰富的文化内涵,因此两个民族接触、融合时,即便是一方的民族语言较为弱势,但它固有的称谓词极有可能会以强势语言的符号形式出现,车王府曲本中表称谓的汉译满语词就说明了这一点。

车王府曲本中除了上文提及的常见的"阿玛""额娘""福晋""格格""阿哥""嬷嬷""嬷嬷妈""马法"等称谓词外,还有"阿杀""阿失""阿什""阿吗哈机""阿浑都"等。

【阿杀】【阿失】【阿什】

若有酒,老阿哥自己筛烫,又何劳老阿杀来往奔忙?(14·81)

细听他阿失把额娘禀,今夜晚准备南柯梦里逢。(55·137)

更有那小叔伾男围着把荷包来要,叫婶子、叫阿什不住的遭殃。(55·171)

按:"阿杀""阿失""阿什"的汉义都为"嫂子",音译自"asha"。它们形体不同,其因与其他满语词一样,是因为不同作者根据自己的发音选择汉字。即是说,车王府曲本中汉译满语词虽然是以汉字的形式存在,但因其是音译词,本身就是一种单纯词,所以其所用不同汉字之间的关系没有结构上的理据可言,仅是对其满语发音的一种汉字呈现。

【阿吗哈机】

老爷乐的说:"阿吗哈机,丈人只养你媳妇一个,但是他穆扎库性子急。又说道女孩儿的乌布他身有,还有姑爷调教费心机。"(55·104)

按:"阿吗哈机"汉义为"岳父",音译自"ama amha"。

【阿浑都】

送亲的答应上车,阿浑兜也骑马。轿夫们抬起,一霎便离了家门。(55·151)

按:"阿浑都"汉义为"兄弟",音译自"ahuun deo","ahuun"汉义为"哥哥","deo"汉义为"弟弟"。

三、汉译满语词中含有满族姓氏与人名

车王府曲本的汉译满语词中,也有一些属于满族地名与人名的成员,它们的存在既增加了相关内容的真实性,又提供了一些相关的地理文化及姓氏文化等。

【乌拉哈】

哎呀老兄弟,想这口外地面。热河八沟三座塔,乌拉哈哒喇嘛庙。张家口,古北口,山海关,马良关,这带地方,绿林之中,当初老八当儿的有一位英雄,他知道。(11·33)

按:"乌拉哈"即"乌拉城",音译自"ula hoton",清代地名,今吉林省吉林市龙潭区乌拉街满族镇,"明代为海西女真乌拉部首府"[①]。

【克什儿】

克什儿,吴将军到来,回我知道。(14·84)

按:"克什"汉义为"恩,造化",音译自"kesi",此处儿化后,用作人名。

【厄尔青厄】【伊成阿】

这位八老爷名叫厄尔青厄,乃黄旗汉军人武举出身,现在通州守备。那位王老爷叫伊成阿,也是武举出身,现居千总,正白旗包衣管领人。(32·28)

按:清代时,"八旗人员命名,各随其便,惟汉文不许连用三字,若满文则二三至五七字不等。凡有字辈之宗室命名,清文单写,无字辈之宗室命名,

---

[①] 胡增益主编:《新满汉大词典》,新疆人民出版社1994年版,第773页。

清汉各便,即汉文亦不得连用三字,书清不许单写。八旗人名,无论满汉亦不准单写清字,惟汉人命名系姓者多准其单写清字"①。例中的"厄尔青厄""伊成阿"是汉译满语名,字数符合清政府的规定。清朝历代统治者都极为重视保持自己民族人名的传承,如乾隆二十五年(1760)的时候,曾经颁布谕旨说:"姓氏者乃满洲之根本,所关甚为紧要,今若不整饬,因循日久,必各将本姓遗忘,不复有知者。"②作为一种文化现象,姓氏与其他文化一样,有时并不受上层建筑的意志左右,所以,"大约从乾隆年间开始,满族人名字逐步汉化;同治年间以后,所有的满族家谱都改为汉名并开始排行辈"③。

【姑挖佳】

名字是清语有五个字,代远年深页注载名。姑挖佳哈拉苏完久驻,嚯不勒依七崮山厄真专管满洲营。(55·134)

按:"姑挖佳"即"瓜尔佳",《八旗满洲氏族通谱》指出:"瓜尔佳本系地名,因以为姓。其氏族甚繁。散处于苏完、叶赫、讷殷、哈达、乌啦、安褚拉库、蜚悠城、瓦尔喀、嘉木湖、尼马察、辉发、长白山及各地方。"④"哈拉"是"姓","苏完"则为地点。"嚯不勒依七"的汉义为"右翼",包括八旗中的正黄旗、正红旗、镶红旗、镶蓝旗。"崮(固)山厄(额)真"的汉义为"旗主",音译自"gū sa i ejen"。《清太宗实录》卷十八点明了其职务:"凡管理,不论官职。管一旗者,即为固山额真。"

【呵舍哩哈拉】

夫人贤淑是名门的女,呵舍哩哈拉族中有位世袭公。(55·134)

按:"呵舍哩哈拉"即"赫舍里哈拉",简称为"赫舍里"。"赫舍里"为满族人姓氏,据《八旗满洲氏族通谱》卷九:"赫舍里,原系河名,因以为姓。其氏族散处于都英额、和多穆哈连、齐谷、哈达、叶赫、辉发及各地方。⑤""赫舍里哈拉"见于清代家谱《创修谱书序》:"吾族系满洲正黄旗人,目力占牛录,赫舍里哈拉。"⑥

---

① (清)奕赓著,雷大受校点:《佳梦轩丛著》,北京古籍出版社1994年版,第82页。
② (清)奕赓著,雷大受校点:《佳梦轩丛著》,北京古籍出版社1994年版,第94页。
③ 何晓芳主编:《清代满族家谱选辑·前言》,辽宁民族出版社2016年版,第4页。
④ (清)弘昼等编:《八旗满洲氏族通谱》,辽海出版社2002年版,第31页。
⑤ (清)弘昼等编:《八旗满洲氏族通谱》,辽海出版社2002年版,第146页。
⑥ 何晓芳主编:《清代满族家谱选辑(上)》,辽宁民族出版社2016年版,第257页。

第六节　车王府曲本中汉译满语词语用特征

就普遍现象看,交际中,任何词语想要发挥其担负的交际任务,都需要以切合语境的形式存在。一部作品要承载起作者的文化理念且为受众所理解、接受的内容与思想,至少在遣词造句方面要符合当时社会的大语言规则及受众的审美需求,如车王府曲本的某些作者选择在汉语中夹杂使用汉译满语词的做法即应当时社会语境而存在。既然是夹杂,自是满语词作为汉语句式中的成员存在,而它们在与汉语词语连用时,从语用角度看,表现出如下特征。

一、有些作者用拟声词代替汉译满语词

车王府曲本中,有些作者由于没有掌握满语或者觉得不必用具体正确的满语表述人物所说的满语时,就会用一些拟声词样的词语代替,使受众对文本内容达到了一种"意会"的境界,例:

呜哩哇,呜哩哇,咯嘚尖音啷尖音哧儿,呜哩噔噇吃啷乙呀,吱吱呀呀,啷尖音儿啷呀呀,吓嘚嘞呜啷呀呀呀。(14·174)

按:本例是昆曲《昭君》中描写汉兵与番兵对阵时,番兵的唱词,唱完这段话后,"二番同白'厄吉儿,打你这个王八日的!打那个王八日的!'〈打这个王八日的也可〉(14·174)"。显然,由于汉兵不理解番兵的满语或蒙古语,因此他们听起来就是一阵呜哩哇的无意义的音节。不过,通过两个番兵的说明,可见其唱词定是詈语。作者为了生动地表现这一点,于是使用了一些拟声词代替番兵的正常发音。当然,也极有可能是作者本身就不会满语或蒙古语,不得已才用拟声词代替,根据上文所言,这一点与当时整个社会满语及蒙古语的使用情况相一致。

除此外,高腔《指路全串贯》中也使用了部分拟声词,如:

(净内唱)【西番话】来呀。(二丑仝唱)来呀。(净唱)哝呀〈逢唱念说的番字难认去了口字旁即就是〉。(二丑仝唱)哝呀。(净唱)哔呀。(二丑仝唱)

哔呀。（净唱）呀，南无〈南无俱唱那么僧伽〉呀，南无哒哒哩也可嚤呀，南无哒哩嚤〈哒嚤也可〉呀。吗嘚吗嘚僧科哩，唵吗哩，哔吧哩，哔吼哩。（念）呜哆咙哞〈念烘〉吧哩，苏呵〈念合〉阿念哦弥陀佛来得紧。（14·269）

（净上唱）【新水令】才离了教佛楼，俺刚下这拜佛梯。（番话）唵啰呵嘻苏〈合苏喜或合喜俱可〉吧嘚啰。（二丑仝唱）唵啰呵嘻苏〈照前一样〉吧嘚啰〈打嘟噜儿〉。（净念）俺这里，（唱）往西天教佛了，这一回俺将这吗吧嘚落唱涝在俺这头上缠。俺将这咧哩忙披，被你这厮误了俺的看经。（二丑仝白）吓招呼急，老回回，那个误了你的看经？（净白）我与你嗷得。（二丑仝白）嗷得。（净白）咴咴哩呦哂。（二丑仝白）咴咴哩呦哂。（净白）吼嘚盘〈嘚勒盘也可〉食。（二丑仝白）吼嘚盘食。（净白）〈哈哈不去〉口咐哈食。（二丑仝白）哈咐哈食。（净白）你是个呦得。（二丑仝白）你是个呦得。（14·269）

二、汉译满语词与同义汉语词连用

同义词连用是人们提升表情达意力度及交际质量的手段之一，车王府曲本的诸多作者自不例外。他们在使用汉译满语词时，有时也会将其与同义的汉语词连用，从而提升了其表达效果。如：

第一，"档子"与"档案"连用。

今晚无事，不免在灯下将档案、档子观看观看。若有人口多的，好叫他擞口子，好得一两五钱养育兵的钱粮。（14·79）

按："档子"（dangse）为汉译满语词，与其同义词"档案"连用。

第二，"噶牛"与"古怪"连用。

那个说，你别窃咧，这火眼金睛兽凡间没有，非离了仙山胜境才有这些个噶牛古怪的东西呢！（30·93）

按："噶牛"（ganio）为汉译满语词，与其同义词"古怪"连用。

三、汉语满语词与汉语方言词融为一体

就目前实际情况看，东北方言、北京方言、天津方言，甚至著者所在的临沂方言区中都有很多源自满语的词。它们由于在相关方言区使用较为频繁，

已经与其方言区的词语融为一体，除具有民族语言特征的部分词语外，很多难以判定其是否源自满语，如上文提及的"挺""妞妞"等。

早在清代时就已出现有些词语满汉不分的情况，如奕赓[①]在《佳梦轩丛著》中提及当时人语言特点的时候，指出："常谈之语有以蛮清汉兼用者，谈者不觉，听者不知，亦时习也。如俗以不甚修饰者为懒散，不知懒散清语也，汉语即邋遢。又如事之不常见者及人之性左者，俱曰噶钮，不知噶钮清语也，汉语即怪也。又如俗言'咕咄'的一声，不知咕咄清语也，汉语即大声响耳。又如俗以戏言之峻者曰岳伯，不知岳伯清语也，汉语即戏谑耳。又如袍服之乞杭，清语也，汉语即马蹄袖。食物中之乌他，清语也，汉语为奶糕。温谱，清语也，汉语为山里红及山楂也。今以蜜饯者必曰温普搭拉，清语也，汉语曰酪。今以酪入锅炒干曰塔拉乌乂，清语也，汉语即猪之围骨，俗名后座子。其余呼下处为蹋潭，呼侍卫为辖呼，长者赐食为克食，不可枚举。"[②]奕赓的论述及车王府曲本中汉译满语词在今天的存世情况表明，一旦当两种语言或多种语言有交集时，处于交集需求及潜意识中对自我民族文化输出的本能反应，它们之间就会有语言本体各个要素的不同程度的输出与借用。

由于人类的思维存有共性，即便是两种语言没有出现像满汉语言这种全面接触、融合的现象，也会有一些发音类似所指相同的词语存在，如汉语中的"妈妈"与法语中的"maman"、俄语为"мама"、斯拉维尼亚语为"mama"，等等。这种不同语系中"妈妈"发音类似的现象表明，在人类诞生的初始阶段，具备共同的发音系统特征，生理机制决定其初始发音只能从最简单的音节开始，而除特殊情况外，妈妈基本上都是婴儿的第一个语言教师，故婴儿学习语言的起始点基本上都从表示"妈妈"的音节开始。至于其发音基本上都是"mama"，正如上文所言，只能说明不管各种语言有多么不同，其辖区内人的最初语音生理机制与其他语言辖区内人的最初语音生理机制一样。但不同语言的发音机制存有差异，所以尽管最开始所有人的发音器官在发音方面的

[①] 崇彝在《道咸以来朝野杂记》中指出："庄亲王绵课之子名奕赓，绵宜侍郎之子亦名奕赓，二人虽不同时，此则宗人府失察之过。凡宗室生子命名，须报宗人府查核，有重上辈之名，或同名者，须驳正之，修玉牒时，尤重此事。"［（清）崇彝：《道咸以来朝野杂记》，北京古籍出版社1982年版，第23页。］

[②]（清）奕赓著，雷大受校点：《佳梦轩丛著》，北京古籍出版社1994年版，第178页。

功能都一致，但随着对自己民族语言掌握程度的加深，逐渐会拥有与自己语言语音机制相联系的生理特质，即语音器官与语言的社会属性相联系，逐渐形成了一套独特的语音机制。

满汉两种语言的接触不是短时的，而是几百年的互相接触，由此就出现了满语作为弱势一方虽渐衰，但其所特有的一些词语无法人为控制地进入汉语尤其是方言。这些词语如若不是精通满语或对满语史料有深入了解，极难辨认。基于此，确定这种已经融入汉语方言的汉译满语词时，著者主要参照各种相关文献中的论述。由此，车王府曲本中与汉语方言词融为一体的汉译满语词还有如下词语：

【胳肢（咯吱）】

"方才本是相戏耍，你就心多认了实。任凭打詈不出去，出嫁从夫奴狠知"。说罢上前相咯吱。（16·90）

胳肢胳肢中不中？胳肢胳肢。（16·166）

按：第一例中的"咯吱"为讹字，其正确写法为第二例中的"胳肢"。据爱新觉罗·瀛生考察，"胳肢"作为动词、汉义为"抓挠别人腋窝使之发痒"时，音译自"gejihešembi"，北京话读作"ge^{35} zhi"。《大词典》只是指出"胳肢"是方言词，没有提及其是否是满语词。

【耷拉】

你只小子，鼻上耷拉着两股子浓带。你不去放牛，望着我，你笑的是什么呢？（15·497）

见一个妇女穿重孝，两眼垂泪皱双眉。一条麻绳拴脖项，舌头搭拉往下垂。（27·154）

按："耷拉"为"下垂"之义，爱新觉罗·瀛生认为音译自"dalajambi"，并指出"dalajambi"为"口语词，清代词典中不见得有它，但口语中常用。这个此也为现在新疆的察布查尔锡伯语所继承"[①]。实际上，汉语中早就有与之同音同义的"搭刺"一词，元曲中就常用，例乔吉《两世姻缘》第一折："便似那披荷叶，搭刺着个褐袖肩。"又写作"搭拉"。表"下垂"义时，车王府曲本中常用，例："身穿道袍是豆青，腰中系黄绒丝带搭拉着穗，水袜云鞋足下登。（21·194）""庞涓一闻众军卒所报之言，只吓的屁滚尿流、屎溺长淌，嘴里

[①] 爱新觉罗·瀛生：《北京土话中的满语》，北京燕山出版社1993年版，第242页。

的舌头搭拉着有六寸多长,刚刚缩回去。(26·505)"再观"奔",汉义本为"大耳朵",始见于南朝梁顾野王的《玉篇》。"奔""拉"连用,表"下垂"貌,《大词典》所举书证出自孙犁的《白洋淀纪事·村歌上篇》:"高粱叶,下边几个已经黄了,上边几个一见太阳,就奔拉下来。"又,"万历二十七年(1599),努尔哈赤以他本人精通女真、蒙古、汉人三种语言,兼通蒙古、汉文两种文字的有利条件,领导巴克什额尔德尼和噶盖创制了满文"①。精通三种语言的努尔哈赤创制满文时,必定会吸收它们中的某些元素,由此就使得有些词语如"奔拉""巴图鲁"看似是从满语音译而来,实则是努尔哈赤从汉语或蒙语中借用而来。由此带来的命题是考查一个词语的源出时,应从哪个历史阶段出发界定它的源出。鉴于清代中后期,满语已基本融入汉语且其距离现代最近的原则,在处理"奔拉"一类词语时,此处姑且认同爱新觉罗·瀛生的观点,将它们认定为源出满语。

受作者用字影响,车王府曲本中有很多满语词难以确定其意义,著者(2015)指出除常规性的汉译满语词外,子弟书中的满语词还有"意义存在争议、据文证义、其义完全不现"的三类,从整体视角看,这也是车王府曲本中汉译满语词存有的特点。下面只就难以辨认的汉译满语词及因文推知其大概义的汉译满语词展开讨论。

四、有些汉译满语词难以辨认

清代北京的语言较为复杂,夏仁虎在《旧京琐记》一书中说道:"京师人海,各方人士杂处,其间言庞语杂,然亦各有界限。旗下话、土话、官话,久习者一闻而辨之。亦间搀入满、蒙语,如看曰'把',靠役曰'苏拉',官曰'章京'读如音,主管曰'侉兰',大皆沿用满语,习久乃常用之。又有所谓回宗语、切口语者,市井及倡优往往用之,以避他人间觉。庚子后则往往掺入一二欧语、日语,资为谐笑而已,士夫京语有最雅者,如曰'可一街''可一院',即满街、满院之义也。"②清代北京语言的这种复杂性,决定处于其中的

---

① 赵杰:《满族话与北京话》,辽宁民族出版社1996年版,第74页。
② (明)史玄、(清)夏仁虎、(清)阙名:《旧京遗事·旧京琐记·燕京杂记》,北京古籍出版社1986年版,第44页。

车王府曲本所收录内容的语言也带有这种特色，故车王府曲本中，无论是语言本体方面的内容，还是语用方面的内容，都是较为复杂且生动的，这也是可从各个角度对车王府曲本语言进行研究的原因。同时，夏仁虎这段话中所提及满语词的用字，如"侉兰"中"侉"也说明这种形式的汉译满语词由于用字较为自由，有时就成为某些满语词难以辨认的一个重要原因。

车王府曲本为抄本，由于当时没有严格正字法，写者在用字方面较为随意，导致它含有大量的俗体字、异体字、古今字、通假字及讹字等多种文字现象。反映在汉译满语词方面，就是受发音不准及用字等影响，车王府曲本中有很多汉译满语词难以判定其具体内容。除上文提及的汉译满语词外，还有以下例中的"阿华阿罗黑""衣溜加喇讲着铁里""会剔溜秃律打""索勒因得""射日勒掺亦赤孤""巴什中""硕罕""河呼拉"等。

（都白）通师，吩咐拨什库，明日传齐八旗大兵进关。（通应）阿华阿罗黑。（14·86）

小番儿会（念）衣溜加喇讲着铁里，（唱）小番儿会剔溜秃律打的山丹。（14·93）

小番儿会咿嚕加喇的讲着铁哩，小番儿会剔流秃律打的山丹。（14·107）

募化砖瓦，修桥补路的功德。我弥陀佛，我弥陀佛。索勒因得，索勒因得。（14·247）

慢踌躇，追几急发乌孙度，射日勒掺亦赤孤。（14·346）

几个彩女齐迎接，看见王妃道巴什中。（15·484）

硕罕车骡儿仙桥拜褥，报捷盥洗香垫神亭。（55·230）

空轿班如同一字长蛇阵，等河呼拉过去方上能行。（55·232）

五、有些汉译满语词可因文推知大体义

从车王府曲本中汉译满语词出现的上下文语境可看出，除个别篇章如《请清兵全串贯》《查关》中大篇幅都是汉译满语词外，其他汉译满语词都是夹杂在汉语词中，作为音译词，除人们耳熟能详的"阿玛""阿哥""格格"等词语外，有很多汉译满语词由于使用者采纳的汉字表音不准，且该词使用频率较低，由此就出现了很多汉译满语词难以得到明确释义的现象。

第五章　车王府曲本中汉译满语词研究

【绰海呢呀吗裸何托起】

（吴白）念三桂为君父报仇雪耻，焉敢不从？情愿钻刀设誓。（通白）他情愿钻刀设誓。（都统白）绰海呢呀吗裸何托起。（通白）摆开刀门。（吴白）阿呀，苍天，苍天，我吴三桂呵，（唱）今朝有日月当空照，从今有异念，天昭报。（钻刀介）(14·85)

按：根据上下文语境，吴三桂及其手下并不懂满语，因此需要翻译，所以是"都统"说满语，"通"翻译成汉语。根据其翻译，"绰海呢呀吗裸何托起"汉义为"摆开刀门"之义。这种考核词义的方式为据文证义，其缺点之处在于精确性相对较差，无法像辞书给出的定义那么精准，但至少在一定程度上解决了其意义的问题，同时，也为推进相关研究提供了借鉴。

【差塄密】

（众见笑）将军，你心合俺主似漆投胶，褒封你不小。进朝谢恩湏及早，进朝谢恩湏及早。（都白）者①，阿哥西特三音。（通白）请坐。（吴白）有坐。（都白）差塄密。（卒应。通白）请茶。(14·85)

按："者"即"嗻"，音译自"je"；"阿哥"汉义为"对男子的尊称"，音译自"age"。"西"汉义为"你"，音译自"si"。"特"即"坐"，音译自"techembi"。"三音"汉义为"好"，音译自"sain"。"阿哥西特三音"汉义为："阿哥，请坐。"与"阿哥西特三音"相比，"差塄密"则难以判定。著者判定它的方式是根据《请清兵全串贯》的行文特点及上下文文意，据此，其汉义为"请喝茶"，音译自满语"cai omiki"。前后对比，可发现作者的翻译的确不准。

【枯啦库】

据我们看来，翠姑娘乃揽枯啦库的头行人呢。你们求得他点了头，便才能一天云雾化为无有。(22·221)

按：本段文字出自鼓词《增补文武二度梅十三》，其义为众人劝说翠环冒充小姐去见国主，劝说中重点强调翠环的美貌。此句话后文为："小翠环，慌忙启齿便开言，说中国，尊卑贵贱名分最要紧，谁敢践越不法不端？而况且，我家的小姐何等的美貌！诚所谓，黄金的声价白玉的容颜。似我这，蒲柳之姿粗俗之辈，见国主，无的叫你等把罪名儿耽。画虎不成反类犬，被人议论当作笑谈。(22·221)"而众人的回答却是："翠姑娘的容颜真称得起沉鱼落雁、

---

① 《请清兵全串贯》中，"嗻"都写作"者"。

闭月羞花，不过比姑娘微次一二。而今没了比较，就让姑娘是第一美貌了。（22·221）"因此"枯啦库"当为"美人、美女"之义。

【刻福】

细看姑娘应好武，若是男必然也是个小刻福。（55·101）

按："刻福"满语义为"大披箭"，音译自"keifu"，根据文意，此处似用其代指"能征善战的人"。

【阿积】

老爷在太太跟前夸了个狠满，老祖宗摇头撼脑笑嘻嘻。说："爱那哈赶的上姐姐罢？"老爷说："只怕女孩儿未必呢，阿积睄见才知道。小幺儿寔在有出息，不然画儿样的孩子我如何肯？"太太说："左是你的丫头，我横竖不题。"（55·104）

按：据著者所能查阅到的有关资料，未见有关"阿积"的用法。根据上下文推测，此处当时说话者"老爷"对听话者"太太"的称呼，它与"老祖宗"所指一致。说话者对"小幺儿"做出了极高的评价，并且认为自己的女儿比不上，至于听话者"太太"是否认同，需要她自己亲自见到"小幺儿"才能做出评价。

【厄吃各】

你的那一担儿挑是当今的国手，他来看我说："厄吃各不是痰火。"下的是开胃和中与咱清解，打昨日身子活动，这也是仗着神佚。（55·145）

这方才赶散了闲人来上轿，诸人不对厄吃各抱起了佳人。轻轻的放他坐好吩咐且慢，轿帘儿放下轿子才离了埃尘。（55·151）

不多时下好端来把铜盆合放，请二爷双双享用就馋坏了亲人。侄儿说："厄吃各少吃，休忘了我。"兄弟说："阿哥你留点，我也尝新。"（55·152）

按："厄吃各"汉义为"肯定"，音译自"ochi"。"厄吃各"需要用在主语后，但受韵文影响，以上三例都省略了主语。据著者整理，车王府曲本中仅子弟书《鸳鸯扣》有此用法。

另外，车王府曲本中汉译满语词还有儿化的现象，如：

格格儿，你可别拿着合我的那一铳子性儿合人家闹。（11·133）

啊，叫你呢，格格儿你还捏着呢！（13·330）

按："格格"在清代最初专指"皇族的女儿"，后泛指"小姐"，音译自

"gege"。此处儿化,体现了北京方言常用儿化词的特点。

据上,在满汉民族语言大融合的历史趋势下,即便有官方的强制措施,官员们的满语水平也不容乐观。"道光十五年考试满蒙侍郎以下、五品京堂以上清文,钦定题目,在圆明园正大光明殿考试。其宿学之人,尚能翻译者不过十之三四。竟有不识清书己名,持以问人者,寔不能落笔,以白卷书汉字衔名而进。上亦无如何也,降严谕申饬而已。"[①] 这种事实表明,即便是当时的人对一些汉译满语词也不了解,因此,我们对车王府曲本中的汉译满语词所作的归纳分类研究,在一定程度上有助于对车王府曲本内容的了解,并为相关研究提供语料,但由于著者并不熟悉满语,因此研究出难免有所纰漏,期待方家指正。

另外,车王府曲本中还有一些相关专家认为是满语语法句式的例证,爱新觉罗·瀛生就认为以下句式为满语句式。

应当见了我亲亲热热的,赵旺哥哥,你哪吃了饭没有?打二两你哪喝!(12·163)

好汉练就了的身轻体健,真是连一点响儿也没有。(41·454)

按:"没有"放在末尾是满语句式[②]。

我今杀不过老妖精,母的跟前要漏脸。主意一定不消停,迈开短腿下高坎。(16·454)

按:根据爱新觉罗·瀛生考察,"……的跟前"句式受满语影响而产生。该句式"来自满语的 jakade 一词"[③]。

关于此类观点及本书还未研究透彻的满语词问题,著者将在后续的研究中再行探究。

[①] (清)奕赓:《佳梦轩丛著》,北京古籍出版社 1994 年版,第 145 页。
[②] 爱新觉罗·瀛生:《北京土话中的满语》,北京燕山出版社 1993 年版,第 193 页。
[③] 爱新觉罗·瀛生:《北京土话中的满语》,北京燕山出版社 1993 年版,第 242 页。

第六章　车王府曲本语言研究的当代价值

对车王府曲本的语言进行研究，其价值并不仅在语言本体，研究过程中对车王府曲本的系统整理，对相关语言本体现象及其文化内涵的研究，都蕴含着一定的价值。

本书的着重点在词汇，原因在于著者在《车王府藏曲本语法研究》[①]书稿中对车王府曲本中的语法做了相对详细的研究。而词汇方面，尽管著者在《车王府藏曲本清代词汇研究》一书中对车王府曲本的清代词汇做了一些研究，但由于车王府曲本词汇系统庞大，其内容绝非一本或几本专著就能解决的问题。这样说的另一个重要原因在于除科技性术语、专业术语外，词语的文化内涵之丰富，令人难以想象。宋永培（2000）深度阐释了词语的这种特性，他指出："汉语词的语词尚有它表述中华民族历史与文化的特定而又永恒的方式。这集中表现在汉语语词的意义和它的词形——汉字之间精谙宏美的结合与出神入化的变幻上。不应忘记，汉语语词和汉字本身就是史料，是中国文化的一部分，而且由于它们形、音、义的结合与变幻是那样的精谙宏美与出神入化，所以虽经绵邈岁月与万千摩劫，但它们内部贮存的系统词义，它们表示历史文化的方式。仍灵光岿然，亘古常新。"[②]对车王府曲本而言，它的词汇价值体现在词汇学、文化学、植物学、社会学、动物学等各个学科，是曲艺领域内的清代"百科全书"及"文化全书"等。

著者根据车王府曲本语言的实际情况，力图在系统性总结其特性的基础上，将其语言现象与当代相关学科研究、将其优秀的文化内涵与当代价值观等相结合，从中挖掘出研究车王府曲本语言的多重当代价值。

[①] 已完成书稿，目前尚未出版。

[②] 宋永培：《古汉语词义系统研究》，内蒙古教育出版社2000年版，第349页。

第一节　车王府曲本在通语本体方面的当代价值

本节从通语方面探究车王府曲本语言价值的原因在于车王府曲本中除通语语言用例外，还有大量的方言用例，为充分说明车王府曲本的语言价值，故将两者做了区分。

就车王府曲本看，其在通语方面的价值主要体现在词汇和语法方面，两者互相配合，使车王府曲本在语言方面具有了独特的价值。

一、词汇方面的价值

词汇显然是语言三要素中最为活跃的要素，它有时会因公共事件或其他对人类而言相对重要的事情而急剧出现大量相关的成员，由此不同时代的词汇就具有不同的特征。葛本仪（2003）指出，近代汉语的词汇具备五个特点，其中有两点与车王府曲本中的词汇特点相适应，即"一般常用词汇和日常生活用语直接来自民间，和人民群众口语的关系最为密切；有些新词表现出新词所具有的鲜明特点，如音节不固定，有的赐予的词素次序不固定"[1]。本书前几章的研究已经显示出，处于近代汉语末期的车王府曲本，其词汇更是鲜明体现了近代汉语词汇的这两个特征。

（一）为词汇学研究提供了大量口语词

徐时仪（2013）在研究近代汉语词汇时，指出"近代汉语词汇学研究的对象主要是古白话文献中反映口语的词语"[2]，因此车王府曲本词汇的首要价值是为词汇学的研究提供了大量口语词。

口语词所指应是人们日常生活中所经常使用的、口语化的词语，就古代文献而言，没有音像资料的佐证，有些词语其实很难确定是否为口语词。不过车王府曲本所收录的作品都创制于清代中后期，除却讲究对仗、句式及押韵严格的篇章，其他大部分体裁的作品口语化色彩都较浓，很多都是以人物

---

[1] 葛本仪：《汉语词汇学》，山东大学出版社2003年版，第99—100页。
[2] 徐时仪：《近代汉语词汇学》，暨南大学出版社2013年版，第6页。

对话的形式出现,故其所蕴含的口语词较易确认。如昆曲《谤阎全串贯》基本上通篇都用口语写成,含有大量口语词,如:

(童白)不用发飙了。(丑白)死就死了不咧,与我什么相干呢?(陪生坐白)相公,你哪,到底为什庅事情?(生白)啊,老道,我恼恨那奸臣秦桧。(13·374)

按:本例对话中口语词和口语句式并有。口语词有"发飙""不咧""到底""为什庅"等,除"不咧"外,其他三个在现代汉语中都还是常用词。由"不咧"作为助词构成的"死就死了不咧"句式,是清代新出现的一种句式,今在某些方言曲中还在使用。以上信息表明,车王府曲本中的口语词并不是只适用于清代,其中大部分也适用于当代,是生命力旺盛的口语词。

车王府曲本中口语词有很多,如,"吱喽""磕头""巴不得""唠叨""斗蛐蛐儿""巴不能""赔不是""风吹草动""点心""他老人家""单单""出头""夜猫子""长虫""会子""自然""想来""火性""出分子"①"外头""冷不防""地窖""跑腿""吃亏""活该""耗子药""千万""改嫁""贪多嚼不烂""糙""底气""使点劲儿""熬夜""犯不上""过瘾"等。这些口语词有的是传承词,如"巴不得""风吹草动""长虫""想来""火性""外头""地窖""改嫁""贪多嚼不烂"等。这些口语词产生的时代不同,但由于表现力强、构词语素简单,因此一直活跃在交际舞台中。其中,有些是新产生的词语或词义,如"巴不能""夜猫子""会子""出分子""冷不防""跑腿""吃亏""活该""犯不上""结巴"等;还有一些虽然《大词典》没有收录,但实则一直以固定形式活跃在口语中的词或可称之为固定结构,如"斗蛐蛐儿""巴不能""他老人家""耗子药""底气""使点劲儿""仰八脚子""结巴柯子"等。

综上,从源出及辞书的收录角度看,车王府曲本中口语词的表现情况不一,充分体现了口语词具有传承能力、创新能力及生命能力等特征,说明现代汉语中口语词的来源也较为复杂,且其中必定有大量的传承口语词,因为它们的存在,一种语言才能在内核稳定的状态下稳定发展。

(二)为词汇学研究提供了大量新元素

通过前面几章对车王府曲本词汇的价值所作的不同维度且相对系统的研

---

① "分子"在车王府曲本中又写作"分资",例:"有一个人是村中有名的,姓胡的外号叫胡捣鬼。他见盐商的分资大,又是远客,自然让坐首席。(41·94)"

究，可知其最典型的特征是为词汇学提供了诸多新元素。著者在《车王府藏曲本清代词汇研究》一书中虽已就车王府曲本词汇的这一特点做了系统而较为详细的研究，但由于车王府曲本中的新元素太多，一本著作不足以容纳它们，表明有必要对其进行深入系统的研究，也说明其对清代词汇学乃至汉语词汇学的研究都有重要的意义。

从传承角度看，车王府曲本词汇中的大量新元素有的是对原有词语及词义的一种时代性再创，如词汇系统中已有表示天气温度高的"炎热"一词，但车王府曲本中产生了与之同义的"燥热"一词，例："因怕府地方燥热，单筑瑶台城一座，在瀍江地方，与俺国相近。（15·58）"像"燥热"般的词语为词汇系统中的原有成员提供了同义词，为某些同义语义场的形成提供了机会。车王府曲本词汇系统中的某些新元素是完全意义上的"新"，尤其是一些名词类的新元素，如"鸦片烟"所代指的事物即为清代新产生的事物，例："今儿个大街上活白随便，我还说孩碰见他，坐在轿子里头，吃鸦片烟呢么。（13·377）"

非但如此，车王府曲本词汇中的新元素，有时还可为现代某些词语提供源出理据，如它多次使用的"老实交（儿）"，可作为"老实巴交"的源出理据。"老实交（儿）"在车王府曲本中多次出现，例：

你知道我是老实交儿，从不惹祸。（14·311）

吉爷说："你们过逾老实交儿咧，叫改名字就改，这要是叫你们把店关了呢？"（22·142）

你哪睄江魁这小子有多么狡强，他饶愣抢了人家有夫的女儿。因为人家告下来咧，约摸着不得劲。他会装作老实交儿，心里却不老实，还打算绕回二百银来。（22·268）

扒山虎，蛮声蛮气声乱嚷："哎呀！不好摔了腰。指着身子来吃饭，欺负我们老实交。"（47·308）

按：以上用例表明，"老实交"在车王府曲本中已经成为一个固定结构，且以儿化和非儿化两种形式存在。"老实交"义同"老实巴交"，表"憨厚老实"之义。据《大词典》，"老实巴交""老实巴焦"的用例都出自现代文献且为孤证，BCC语料库及读秀等相关数据库中，无"老实交"用例，"老实巴交"的用例则出自现代文献。这些信息表明"老实交"应为"老实巴交"的初始形式。

当前，车王府曲本中大量的新词语及新词义仍具有旺盛生命力的情况，说明它们的产生非偶然现象，所指代的事物、行为动作名称及其他元素等是应时代发展而产生，且产生之后就一直存在于人们的交际领域中。这些新元素中的部分是为原有的内容提供了新的名称，有的是为新出现的内容提供了名称，前者体现了人们对原有事物及行为等的新认知，或有了新的表达需求；后者则体现了社会的新发展。两者共同构建了基于《大词典》及其他文献确定的车王府曲本词汇中的新成员系统。前者成员有"新来乍到""毛草""开丢""醉话""送三""嚼子""马号""可巧""眼珠子""火锅子""喷香""直声""鼻青脸肿""发怔""难缠""对勘""害臊""叠暴""咧嘴""现世报""吃粮""阵式""撅嘴""发青""透风""呲""胡闹""倒是""胡话""直竖""黑古咙咚""欺哄""发疯""思前想后""山里红""死棋""人缘""吱声""玩意""愣怔""搅局""坤道""光棍不吃眼前亏""看场""兜子""大包""实落""哑巴亏""小便"，等等。

后者有"月活""听戏""走票""票友""五花绑""连环套""点天灯""大烟""鸦片""鼻烟壶""鼻烟""潮烟""旗人""鸟枪""滑车""须子""跑马场""打杠子""狗皮膏药""火钳""八角鼓""子弟书""十不闲""马褂""蝴蝶梦""吸毒""烟友儿""洋药""烟泡儿""洋炮""灯笼裤子""唆""饸饹"，等等。

由于车王府曲本词汇系统中不同类型的新元素数量较多，虽较难对其做出完全意义上的穷尽式搜集，但即便是著者已经整理出的新元素，就足以说明其价值之大。

二、语法方面的价值

车王府曲本是韵文作品，在实际使用中有很多违反常规语法规则的用例。著者 2022 年参加中国韵文学会年会时，曾提交《车王府藏曲本语法特点研究》一文，与会专家的疑问在于是否可以将韵文中的语法现象当作是一种常规性语法现象。专家的疑问虽有一定道理，但实际上，韵文能够成为中国诸多文学体裁中的一员，能长期存在且能不停衍化出新韵文形式的根本原则，就在于它首先要遵守汉语的基本语法规则，才有产生和生存的可能。换言之，韵文有时会出现"以韵害辞"的现象，但它们也都在可理解的范围内，尤其是语法现象,无论其怎么创新,都能达到其语用目的,甚至表达效果还强于常规的语法规则。总之,虽然车王府曲本为韵文,但其所呈现的诸多语法现象与其他体裁作品中的语法现象具有同等重要的研究价值。

作为语言本体中最为固定的要素,汉语从古到今的核心语法规则基本一致,这也是有人虽读不懂古典文献,但却感觉其句子结构较为熟悉的原因。就车王府曲本而言,它所包含的虽都是韵文,但其主体语法特征与汉语语法的主体语法特征相同,在此基础上的一些语法现象,则体现了其具有恒定性和创新性的特征。

说其具有恒定性,是因为车王府曲本中语法现象万变不离其宗,其多样的现象背后,是典型的汉语语法结构,下文以双宾语结构说明此点。

娘赐你鞭子一把,你给我办去。慢慢儿的打,打重了,姑娘疼啊。(5·185)

你才说送我个安身之所,快说出来,如今不要混拉拢。(8·366)

是外国东洋进贡一对,先皇赐与旧东家一颗。(8·471)

来了一汉子,打了我一杠子,真乃好汉子。(9·44)

按:双宾语结构是汉语中的一种常见句式,以"V+O_1+O_2"的形式存在,但以上例证中的双宾语结构具体表现形式不一样。例1中,O_2的定语被后置,即O_2应为"一把鞭子",而不是"鞭子一把"。例2中,O_2的定语只保留了定语中的量词"个",这种省略形式体现了当数字为"一"时,量词可以单独出现的独有语法特征。例3中,O_2的中心语省略,只保留了其定语"一颗"。例4中,O_2虽没有省略,但其却由数量短语充当。但不论其如何变化,实际上都是"V+O_1+O_2"的结构形式。当然,车王府曲本中不仅有这些较为特殊的双宾语结构形式,还有最常规的双宾语结构形式,例:

赐你半付掩心甲,请在将房披挂。(3·316)

暗暗赐你一支令,去探山寨加小心。(10·453)

他在东沙滩劫了饷银十万,后来镖打猛虎,圣主赐他黄马褂。(11·72)

我家有何修持,玉格有多大造化,上天赐我家这一双贤孝媳妇吓。(11·272)

我请他家离了,爹爹妈妈也谢他一鞋。(41·49)

请教老师,目今京中业已考完,待好发榜,老师如何使我门生浔中今科

举人？（41·60）

按：以上6个例证都属于常规的双宾语结构，差别在于"O_2"的简单与复杂，复杂的主要是第4例与第6例，前者的"O_2"为"这一双贤孝媳妇"，后者的"O_2"更为复杂，直接宾语由"目今京中业已考完，待好发榜，老师如何使我门生淂中今科举人"充当。

车王府曲本中双宾语结构的常规及非常规形式，一是说明双宾语结构中最易发生变化的基本上都是"O_2"，"O_1"则主要以极简的形式存在；二是说明无论"O_2"如何变化，都不影响"$V+O_1+O_2$"的双宾语结构性质，反倒是"O_2"的多变性说明"$V+O_1+O_2$"内部在"O_2"的定语部分具有诸多变化的可能性。这种现象说明韵文中的某些语法规则虽然违反常规，但其本质却没有任何改变。

车王府曲本中的大量语法现象还体现了汉语语法的创新性特征。创新性指车王府曲本的部分作者在处理某些句子时，受各种原因影响，采用了非常规手法，这一点在上文中曾有详细说明，故此处仅作简要说明。

（生白）哎呀！（唱）见一牪口捆厨房。（3·328）

按：例中所体现的语法现象为主谓结构"一牪口捆厨房"充当宾语。与其他主谓结构充当宾语不同，此例中地点名词"厨房"直接充当补语，它的前面没有相应的介词。

陈公台休说这懦弱之话，又何须苦苦的埋怨与咱！（3·329）

按：例中所体现语法现象为及物动词"埋怨"与宾语"咱"之间带有了介词"与"。及物动词后可直接跟有宾语，是其主要语法特征，例中介词"与"的使用，说明车王府曲本的某些作者在创作时，可能有时仅考虑表达效果，而忽略语法规则，从而导致出现了一些不影响语用但语法有误的句子。如果将所有的语言现象都看作是必然性中的偶然性，且其在车王府曲本中的数量较多，则不必非将其认定为错句，可将其视作为相关作者在具体语境中对某些语法规则的创新性使用。

战马超好一似凤鸣相斗，我被他一枪杆险些丢头。（4·36）

按：例中所体现的语法现象为"被"字句中谓语动词"丢"的使用不当，根据"被"字句的内部各成分之间的语用关系，"丢"不能单独作谓语动词，它或可以作为补语，如成为"弄""打"等的补语；或者可以作为谓语中心语，但其后要有补语"掉""了"等。如此,在语感、语法两方面才会符合要求。

着,着,我方才听的人说,京中彩山昨日。(16·55)

按:例中"京中彩山昨日"属于省略了谓语动词,且状语后置的简单句。

以上所言的语法现象虽然在其他文献中也有所使用,但它们毕竟是违反汉语一般的语法规则,因此,即便其他文献中也有使用的案例,但不妨碍从中揭示车王府曲本作者们在语法方面的创新性。

总之,车王府曲本中的诸多语法现象体现了汉语语法的内聚性及创新性特征,说明不论个案如何创新,汉语语法总是可以保持本质特点不变。这启示我们对于当前汉语语法适应时代发展所出现的诸多违反汉语语法规则的句子,不必过多干涉,当其新鲜劲过后,使用符合汉语语法规则的句子仍然是人们的首选。

故而,尽管车王府曲本是韵文,但它也能为清代语言的研究提供诸多一手研究资料。这样说,一是因为它确有很多较为特殊的语法现象;二是就著者目力所见,目前对车王府曲本的研究主要集中于其成员子弟书的研究,鲜见对车王府曲本中的语言现象作系统性研究的成果,故而本书的相关研究至少为清代语言的研究提供了诸多一手研究语料。

三、可为相关文献的语言文字提供佐证

车王府曲本是抄本,文字使用较为复杂,这就导致同是整理车王府曲本的成果在语言文字上出现了不同的认知,其中难免有部分讹误现象。本书所依据的首图本为影印本,将其与《清车王府藏戏曲全编》(以下简称《戏曲全编》)对比,会发现两者在语言文字方面存有诸多不同。

如首图本:"这簿上倒也开除的明白。掌案的,柱死城中还有几案人犯,未经发落!(13·306)"中的"开除"在《戏曲全编》中写作"开注"。事实上,"开除"此处表"勾销"之义,且在明代汤显祖的《还魂记·冥判》中早有用例,即"叫掌案的,这簿上开除,都也明白,还有几宗人犯,应该发落了"[①]。

本书对以首图本为底本对车王府曲本相对系统的研究,以及研究中注重与其他相关文献互校的研究方法,可从语言文字方面为车王府曲本文字质量

---

① (明)汤显祖:《牡丹亭》,崇文书局2019年版,第75页。

的提升提供助力，同时也可为其他相关文献中语言文字的使用提供参校，下文以首图本第三册中的部分例证说明。

（一）纠正部分讹字

讹字是车王府曲本中常有的文字现象，因为其是清代手抄本，尚可理解，但在整理本的《清车王府藏戏曲全编》（以下简称《戏曲全编》）中也同样出现了讹字，却是值得思考的问题。古籍整理较为困难，但一些明显的讹字问题还是可以避免的，本书恰好同时指出及纠正了《戏曲全编》中的部分不恰当的文字现象，对其再整理具有一定的指导意义。

大哥，兄弟几时是不终用的？今日军师这般欺我吓，这般欺我吓。（3·176）

按："终"应为"中"，首图本及《戏曲全编》都写作"终"，不确。

忙得俺心似火番，剑光自相残。（3·200）

按："似"，《戏曲全编》写作"私"①，不当。

（众白）万岁那里去？（生白）回转朝阳。（3·221）

按："昭阳"，首图本与《戏曲全编》都写作"朝阳"，不确。此处"昭阳"泛指"后宫"。

魏王纳了二位公主，具表申谢。（3·224）

按：首图本为"申谢"，义为"表示谢意"，《大词典》指出该词是清代新产生的词语；但《戏曲全编》为"伸谢"，其义则是"表示歉意"，显然与例证的内容不符，因此《戏曲全编》的"伸"为讹字。

小曹丕辉煌煌帝王冠带，文共武恶狠狠两旁站定。（3·225）

按："辉煌煌"在《戏曲全编》中写作"假惺惺"，根据上下文语境，显然首图本的"辉煌煌"更为贴切。

阿斗误罢黄皓宠，狡乱朝纲国不宁。（3·238）

按：首图本的影印本反映出，车王府曲本中常用"罢"代替"把"，即"罢"是"把"的同音讹字。《戏曲全编》在处理时，却将"罢"改成了"信"，从语法及语义等角度看，显然都不正确。另外，《戏曲全编》将"狡乱"改为了"搅乱"，但实际上两者意义一样，因此并不需要做出如此修改。

扳来司马弟兄，绕兵前来，要与本帅决一死战。（3·249）

---

① 黄仕忠主编：《清车王府藏戏曲全编》第4册，广东人民出版社2013年版，第179页。

按:"扳"应为"搬",首图本及《戏曲全编》都写作"扳"。

(二) 确定某些词的正确用法

首图本和《戏曲全编》中,同样的语句中,有时所用词语的语序不同,如:

怀凄愁不提防花间人听,真果是害相思空伤情。(3·177)

按:上例中的"真果"是首图本的写法,《戏曲全编》则使用了"果真"。事实证明,"真果"虽然在《大词典》中的书证出自现代文献,但它在车王府曲本中是一个使用频率很高的词语,故而整理时,无须将其转为同义词"果真"。

只消按抚各郡,齐集人马,复报前仇,有何难哉?(3·200)

按:"按抚"即"安抚",《戏曲全编》中将其改作"安抚"。

殿阁下坐一臣年纪高大,必定是老丞相忠孝传家。(3·221)

按:"高大",《戏曲全编》中改作"老大",实际上,两者意义都为"年纪大"。

惟恐剑阁有失,因此奏明吾主,某带兵前往相助。(3·233)

按:"吾",《戏曲全编》中改作"我"。

火烧连营兵百万,白帝城内主宾天。(3·234)

按:"宾天",《戏曲全编》中改作"殡天"。

指望后代永长远,铁桶城都一旦完。(3·246)

按:"后代",《戏曲全编》中改作"后辈"。

以上情况表明,文献在流布的过程中,语言文字方面极易出现各种问题,故而研究古代文献资料时,要尤其注意语言文字的问题。以上两种类型的语言文字问题,是首图本所提供的全印本和整理后的《戏曲全编》的对比,从中不难看出,即便是整理本,仍然存有一定的问题,如整理者对原文语言文字的把握、认知与修改等,在原文用字符合文意的情况下,不宜将其改为其他词,即便是同义词也不可以。

除以上两种情况外,还有一种无法判定是否整理者对其做出了修改的情况,如"哎唷唷,母亲哪里?(3·254)"中的,"哎唷唷"在《戏曲全编》中写作"哎呀呀"。从字面上看,作为叹词,"哎唷唷"及"哎呀呀"语义相似,但字形差距较大,无法判定《戏曲全编》中出现"哎呀呀"的具体原因。以上情况也是,也许首图本或《戏曲全编》所依据的车王府曲本的版本不同,由此出现了如此大的差异。

总而言之，本书为相关研究在语言文字方卖提供了一定的佐证、参照。

姚喜双（2020）指出："语言文字既有工具性，又有人文性。语言文字既是载体、是桥梁、是纽带、是钥匙，又是根脉、是基因、是符号、是印记；语言文字既是文化的载体，又是文化本身；语言文字既传承文化和文明，又是国家和民族的标志和象征。语言文字关系到国家的统一、民族的团结、经济的发展、社会的进步、历史的传承、文化的认同。"[①] 虽然车王府曲本所包含的都是韵文，又是清代的文学作品，但这不妨碍它完美呈现汉语的美。此说之因在于车王府曲本的诸多作者在创作时还要受到押韵、平仄及文言表达形式制约的前提下，借助固定、半固定或自由的句式与其他语言要素，为世人建构了一幅色彩绚丽、蕴含风俗百态及丰盈历史题材的画卷。这就表明，在语音、词汇及其他要素的配合下，汉语语法具有无限的容纳和表达能力。如：

闪目留神看花景，楼台倒影入池塘。双双的小燕儿在雕梁上串，荷花池对对戏鸳鸯。马兰盆中初放蕊，蔷薇架下喷鼻香。柘榴开放红似火，绣球花儿白似霜。卷叶芭蕉衬水绿，于蕊葵花向日黄。水阁亭中观鱼戏，避暑廊下香风凉。（15·314）

按：此例用简单的文字不只描写了一幅动态且具有层次感的花园景象，还将视觉、听觉、嗅觉及体觉与景色自然结合，写出了人物闲适的心理、安逸的生活状态。除此之外，还给予人无限的遐想。简单且几乎固定的句式所具有的这种强大的表现力，当然不是它独自完成的，还需要语音、词汇等的共同协助。因此，研究车王府曲本的某一类语言现象，很多时候会涉及其他类型的语言现象，随着深入的系统研究，车王府曲本语言方面的系统性价值就会逐渐得到呈现。

第二节　车王府曲本的词典学价值

词典学与词汇学关系密切，"这种关系在中国的学术传统中源远流长，甚

---

① 姚喜双：《语言文字是文化自信的源泉》（https://m.gmw.cn/baijia/2020-08/22/34109627.html）。

至可以用依据绝对的话来概括：中国传统语言学的主要分支学科无一不来源于词典，一部好的词典往往开启了一个学科。……词汇学与词典学互相支持，研究成果互为印证，研究者互为栖居，已成常态，蔚为大观"[①]。车王府曲本词汇系统中的新成员数量之多，难以一一统计，如本书中所涉及的车王府曲本中的例证，虽仅是车王府曲本词汇系统中的部分成员，但足以显示出它的词典学价值及词汇学价值之高。其价值不仅表现在它拥有大量常规结构的词语上，还表现在拥有大量非常规即《大词典》等辞书或收或不收形式的词语上，如叠词、"X+子$_{词缀}$"、儿化词或大量的习用语、歇后语、成语及俗语上，它们每一类都可形成专门的大篇幅研究成果。

"词汇是词典的材料，词典是词汇材料的结晶"[②]，车王府曲本词汇的一个重要价值是为《大词典》等辞书提供了诸多它们引用书证过晚及未收词语的例证。上文虽然进行了大量的相关阐释，但都是基于《大词典》确定的新词、新义，为了更好地证明车王府曲本在词典学方面的价值，著者以《大词典（第二版）》第 10 册为例，展示车王府曲本词汇系统中的新元素。

一、书证过晚的词语

书证过晚是《大词典》的常见问题，即便是近几年开始修编的《大词典（第二版）》也未能杜绝这种现象。其根源在于中国文献浩如烟海，很多文献还未能转换成可供使用的数字版，很多文献也还未公开出版，有些文献仅存于海外。另外，古代文献多以抄本形式存在，很多词有多种文字形体。以上诸种情况都导致了难以确定某些词语最早出现的形式，从这个层面看，大词典等辞书所言的溯源，当是编者能力范畴内的一种溯源。因此，即便是处于清代中后期的车王府曲本，虽然其公开面世时间早于《大词典（第二版）》的编纂时间，但它所含有的大量词语在《大词典（第二版）》中仍存在书证过晚，很多未被收录的情况。由此，车王府曲本的这些词语就具有了为《大词典（第二版）》提供更早书证的功用，如以下词语就可为刚出版的《大词典（第二版）》第 10 册提供更早的书证。

[①] 苏新春:《词典与词汇的计量研究》，上海辞书出版社 2013 年版，第 21 页。
[②] 苏新春:《词典与词汇的计量研究》，上海辞书出版社 2013 年版，第 22 页。

俺李七结交的英雄豪杰，你们这党无名小贼，也成群结党，七爷爷今来拿你。（7·173）

按：《大词典》两版①都收"成群集党"，而"羣"是"群"的异体字，并指出其亦作"成羣结党"，但给出的例证里写作"羣"。虽然由于体例问题，只要不是处于现代文献中，就可写作繁体字，根据《大词典》大部分的用字情况及现代文献中的用字情况，但此处的"羣"写作"群"应当更为科学。

（汤白）咳，那里来棺木？赏你一口狗碰头。去罢。（丑报丧，白）狗碰头留着装你罢。（10·306）

按："狗碰头"特指一种"狭小粗劣的薄板棺材"。

哎呀！这个穷酸倒有哏，待我来拿他开开心。（12·294）

按："哏"义为"有趣"，《大词典》两版都为孤证。

成衣，他哄我入幕偷期。（13·345）

按："成衣"指做好后售卖的衣服，《大词典》两版都为孤证。

今儿个当，明儿个卖，何日是个了期？（14·462）

按："明儿个"义为"明天"。

一齐开言说："将军之言数道的狠是，就依将军整兵要紧。"（19·165）

按："数道"义为"责备"。

老爷年残晃晃身，几乎无从落下马。幸亏关平赶进前，上前扶住年残父。（20·80）

按："晃晃"义为"摇动"。

当日修造武圣庙，我是会首头一名。早晚焚香长礼拜，一年四季受辛勤，不过求神显灵应。（20·362）

按："武圣"是"旧时对关羽、岳飞的尊称"。清代武圣庙一般指关羽。

他必定杀不过全山的众将，敌不住孙膑，打了败仗，前来用这些讹言混话惑乱与我。（28·396）

按："败仗"指"失败的战役"。

别瞧这个歪七扭八的个老道，意有音儿，算的不错。（31·381）

按："歪七扭八"指"不整齐的样子"。"歪七扭八"，《大词典（第二版）》首例书证出自老舍《二马》，《大词典》未举书证。在"《大词典》两版"中，指

---

① 本书中，《大词典》单独使用时，指《大词典（第一版）》。

《大词典（第一版）》和《大词典（第二版）》。

这贱人嘴比数来宝的还快。（35·469）

按："数来宝"是一种曲艺形式，"流行于北方各地。一人或两人说唱。用竹板或系以铜铃的牛髀骨打拍。常用句式为可以断开的'三、三'六字句和'四、三'七字句，两句、四句或六句即可换韵。最初艺人沿街说唱，都是见景生情，即兴编词。后进入小型游乐场所演出，说唱内容有所变化。部分艺人演唱民间传说和历史故事，逐渐演变为快板书，与数来宝同时流行。"[1] "数来宝"在车王府曲本中不止出现一次，其他如："又见那冰盘球棒难一场，坛子、杠子、梧桐鸟精。什不闲、秧歌数、来宝，八角鼓儿爱斗亘。又听得锣鼓咯呛唱大戏，昆弋、梆子闹烘烘。（40·461）""有几个，莲花落来数来宝，仗着脸大的十不闲。（46·144）"实际上，数来宝是清代新产生的曲艺形式，并不是多难考察的问题，但《大词典》两版为其所举书证都过晚，充分说明了辞书编纂的难度之大。

文打穿衣将手动，武打脱衣把背精。只许打来不许詈，破口伤人礼不通。（42·385）

按："武打"指"传统戏曲及影视中武术表演的搏斗"[2]，《大词典》没有举书证，《大词典（第二版）》首例书证出自现代文献。

净，你真不开眼，连个腰内赊果都不钻吗？你还合哥哥成天家碎大套。（43·417）

按："成天家"义为"整天"，《大词典》两版都写作"成天价"，首例书证皆出自现代文献。实际上，《红楼梦》中也有写作"成天家"的用例，如六十九回："他专会作死，好好的，成天家号丧，背地里咒二奶奶和我早死了，他好和二爷一心一计的过。"[3] 北京语言大学的BCC语料库古代汉语部分收录了多处"成天家"的用例，出自《红楼梦》《金钟传正明集》《林兰香》《刘埔传奇》等，故"成天家"也应与"成天价"获得相同的词典学地位。

看见老祖，正然讲话，猛古丁的叫备脚力，大动嗔。（44·468）

---

[1] 汉语大词典编辑委员会、汉语大词典编纂处：《汉语大词典》，上海辞书出版社2022年版，第606页。

[2] 汉语大词典编辑委员会、汉语大词典编纂处：《汉语大词典》，上海辞书出版社2022年版，第395页。

[3]（清）曹雪芹、高鹗：《红楼梦》，长春出版社2018年版，第568页。

按:"猛古丁"义为"突然",《大词典》两版中首例书证都出自现代文献。《大词典》两版中都收录"猛孤丁地",车王府曲本中则未使用。但根据车王府曲本中"的""地"作助词时通用的情况,它所用"猛古丁的"实则为"猛古丁地",其用法与"猛孤丁地"完全一致,两者差别仅是"古""孤"的书写形式不同,故易将两者并为一个词条。车王府曲本中多次使用"猛古丁的",如:"正然杀到热闹中间,猛古丁的小爷施展出来,只听唬的一声响,又听咕咚摔倒在地。(25·186)""但见死尸渐渐动转,猛古丁的翻身爬起。(27·132)"

我的父,姓王叫作王安世,母亲故去八年零。续娶了,前村一位黄氏女,这继母,行事有些不公平。(49·34)

按:"故去"义为"死去"。

那妇女你也不嫌厌气?时不常儿来。今日铺中无坐,只有二位在内。一个出家人在内,是不该要的,快去罢。(49·143)

按:"时不常儿"为"时常"。

牙花子也有一斤半,糊个窗户使不清。(49·340)

按:"牙花子"义为"牙根肉",方言词。

以上对比情况表明,车王府曲本中已有但在《大词典》两版中书证过晚的词语,其在《大词典》两版中书证的具体表现形式不一,有的是有多例出自现代文献的书证,有的不仅是出自现代文献,且其书证还为孤证。无疑,这种情况更加凸显出了车王府曲本词语的词典学价值。

二、某些词语的某个义位未被收录

词语在发展的过程中,有时会受各种因素影响出现新的义位,新义位与完全意义上的新词语相比,更难把握其产生的时代,或其是否存在,如车王府曲本中有些词语的新义位,《大词典(第二版)》第10册收录及《大词典》都未收录。

姐姐,只几天只顾藏修大道,未得洞外散心、今日懒坐仙床,忽生旧念,要不了咱们外头晃晃去罢。(16·60)

按:"晃晃"义为"逛逛"。

受《大词典(第二版)》第10册收录情况制约,虽然仅此1例,但《大词典》反映出的同类现象，已足以说明该类情况并不少见。

三、某个词语的书证出自清代文献且为孤证

清代产生了大量的新词语，大词典中有很多词语的首例书证都出自清代文献，由于我们只选择了《大词典（第二版）》第 10 册为例来分析，因此此类词语仅有"归着"一个，例：

吓，你还不明白这件事，这个缘簿哇，或是仨月呀、俩月呀，才能归着。那儿有当时写，当时付银子？（14·250）

按："归着"义为"收拾，整理"，《大词典（第二版）》孤证出自《儿女英雄传》。

四、某些词语新义位的书证过晚

狗子呀，好歹趁了我的愿，慢慢折磨韩翠云。（42·312）

按：车王府曲本中多次使用"狗子"，虽是詈词，但其意义已经抽象化，已经具有"奴才"之义。

他要问我得多少，咱爷们，要想就往大里想，星星点点算不少事情。（43·458）

按："星星点点"义为"细碎"。

有咧，我今日施展施展偷天换日的本领，先打他几拳。万一要打急了他，他必要下狠心前来与我较量。（46·34）

按："狠心"义为"极大的决心"。

五、某些词语未被收录

车王府曲本中有一些词语未被收录，例：

我们这截教你要不着。（12·39）

按："截教"原为明代小说《封神演义》中虚构的与阐教相对的教派。鲁迅在《中国小说史略》中指出："此后多说战争，神佛错出，助周者为阐教

即道、释,助殷者为截教。截教不知所谓,钱静方(《小说丛考》上)以为《周书·克殷篇》有云,'武王遂征四方,凡憝国九十有九国,馘魔亿有十万七千七百七十有九,俘人三亿万有二百三十。(案此文在《世俘篇》,钱偶误记)魔与人分别言之,作者遂由此生发为截教"。① 可知"截教"实则《封神演义》中特指帮助商纣王的教派。不过,"截教"在车王府曲本中指的是伊斯兰教。除以上例证外,车王府曲本中还有多处使用"截教"的此义,如:"你吃喝馒头多两碟儿,我这是截教的买卖,回回茶馆,那儿有肉丁儿的馒头!(12·27)""提起这位老回回,他本是,我家国王嫡派的人。奉旨总理礼拜寺,念经修好艺业精。总是个,回回截教不截礼,皈依佛门敬鬼神。(27·343—344)"车王府曲本中多处用例说明,"截教"在当时有专指"伊斯兰教"之义。

且说三爷子胥进了树林看见此处人烟不少,有文有武。文人方巾雅服,武家扎巾箭袖。俱在两旁雁翅儿一般站立,俱是规规矩矩、端端正正。当中一块大白石上端坐主儒风的教主。(24·361)

按:"武家"指"习武之人",《大词典》两版都收"武家子",未收"武家"。

却说玉墨闻听金相公要在此店多住几日,心中着急说:"我家相公真是疯魔了,遇见这个穷酸,整天家白吃白喝,二位倒象(像)是亲手足一样。"(26·133)

按:"整天家"即"整天"。《大词典》两版都只收"整天",且书证出自现代文献,但在车王府曲本中无"整天"用例。

提起那个周颠,他成日成月可以不吃饭食,永远不饿。若要吃一顿饭,把人唬死。(40·278)

按:"成日成月"义为整天,与"成日成夜"同义,但《大词典》两版都收后者,未收前者。

据上述分析,车王府曲本中的一些词语,在《大词典》两版中只有单音节形式,而无与该单音节形式同义的双音节组合或其他数量的音节组合。这些词语的出现,不仅为交际提供了更多的表达形式,在丰富词汇系统的同时,也说明了汉语词语从单音节向多音节转化的途径是多样的。

另外,车王府曲本中还有大量的汉译满语词,它们独特的构词方式及内

---

① 鲁迅:《中国小说史略:插图版》,广西人民出版社2017年版,第125页。

涵是对清代满汉交融文化现象的一种反映,在民族交流史、社会学及历史学等学科方面都有着极为重要的价值,换言之,其价值已经超越通常意义上的词汇学及词典学价值。

可见,车王府曲本词汇系统中的新元素是极为重要的语言点和文化点,它们的存在,是车王府曲本话语层具有独特表现力及魅力的重要佐助。

第三节 车王府曲本的方言学价值

车王府曲本虽是韵文,但其中使用了大量的方言词语与方言句式,它们的存在,让车王府曲本在语言上呈现出了一种通语与方言并行的特征,同时也为方言学提供了诸多的研究语料。根据车王府曲本中所用方言的具体表现情况,著者认为它在方言学方面至少体现出了以下价值。

一、提供了大量的方言土语词

车王府曲本中有大量的方言词语,有些甚至是土语,其中又以北京方言为最。这些方言词语有很多未被大词典所收录,但是被齐如山、金受申、王子光等人编著的相关词典收录,有些词语甚至连这些词典也未收录,由此可见车王府曲本方言学价值之高。如"仰面朝天"之义的"仰巴脚子""仰八脚子""仰巴脚儿",《大词典》就未收录,只是收录了与之同义的"仰八叉";再如表"结巴"义的"结巴柯子",《大词典》等也未收录,而这些词语至少在山东临沂方言中还在使用。除上文所提及的方言土语词外,车王府曲本方言土语词系统中的部分成员还有:

人老猫腰把头低,树老焦稍叶儿稀。茄子老了一兜子儿,倭瓜老了赛栗子。(6·354)

按:"猫腰",方言,弯腰,《大词典》出自管桦《惩罚》。

不知何事将你叫,你竟敢混吣嚼毛把死寻。(21·24)

按:金受申在《北京话语汇》指出:"混吣,则被人说下流话",并指出北京话中还有一个同义词语为"混吣浇毛",并举例为"怎么这么胡说八道,混呲浇毛"①。《红楼梦》中有"胡呲嚼毛","你听听这一起子没廉耻的小挨刀的,才丢了脑袋骨子,就胡呲嚼毛了"②。根据车王府曲本及以上信息,可知"混呲嚼毛"义为"胡说八道"之义。它在车王府曲本中的另一个用例也说明了这一情况,即:"唔,胡说八道,混馨嚼毛。人家小男妇女得,为吃醋!(12·421)""混馨嚼毛"即"混呲嚼毛",与"胡说八道"的连用,是车王府曲本常有的同义词连用现象,说明它是"胡说八道"之义。"混呲嚼毛"在子弟书《范蠡归湖》中又省作"混嚼毛",例:"昏暗的夫差生了气,掷下了本章说是混嚼毛。(51·153)"

明明却是真寿木,老爷无故混刀登。就便是要点使费也可矣,小民腰内有银子。(21·28)

按:"刀登"即"叨登",为"啰唆,找麻烦"之义,北京话、天津话、东北话、山东话等都有此词语的存在,且使用频率较高,已成为口语中的常用词。

我当是个好买卖,那知狗头鬼弄松。只说拉灵是死的,那知十拉口活的。打场官司不要紧,只怕此车保不成。(21·32)

按:"鬼弄松"义为"生是非、惹麻烦",隶属于吴语。

掌刑的小子,你们把你们爹爹的腿丁骨子往这边拿拿,好扶将你三太爷。(21·47)

按:"腿丁骨子"即"腿骨",隶属于山东话。

四个人见过多少脑尔赛,从来无有输口供,何况小小一察院。(21·58)

按:"脑尔赛"用于戏称"拔尖的人物",隶属于陕西话。

盐水杀肉实难受,恶人心似滚油煎。人人咬牙强忍受,眼望着为民清官喊连天。(21·65)

按:"杀"义为"刺激",隶属山东话,及其他方言区。

但见众棍扬眉吐气、摇头恍脑,一起说七太爷又打皮科咧。(21·81)

按:"打皮科"义为"调皮开玩笑",隶属河北方言。

这等是你太脸热,才射一箭何为能?老爷你,把钱送来不要了,不想捞稍解解痰。若据索某心中想,连射九支才趁心。(32·11)

按:"脸热"义同"脸皮儿薄",指"自尊心强,经不起批评或失败",隶属

---

① 金受申:《北京话语汇》,商务印书馆1961年,第77页。
② (清)曹雪芹、(清)高鹗:《红楼梦》,商务印书馆2016年版,第645页。

北京方言。

车王府曲本中还有一些难以确定方言区的方言词语，例：

佐领先就开言道："闻听你用计诓来于察院，并不当差一白人。"（21·100）

按："白人"指"身无官职的人"。

哥哥叫曹家摔了个半死不活的，抬了来咧。妈在叼守着哭呢。（16·58）

按："叼"即"那里"。

四火盆全都凄灭抬出去，霎时端进一碗水。（21·93）

按："凄"指"用水冲、泡"。

于老爷皆因心中有气，一阵子数拉，把提督说了个面红过耳、羞恼成怒。（21·102）

按："数拉"即"数落"。

白日不来走一走，黑家也来上上门。（21·169）

按："黑家"义为"黑夜"。

关东一带遭荒旱，一连气三年颗粒未收成。米贵如珠一般样，真乃路上人吃人。（21·221）

按："一连气"指"连续不断"。

我也不怕你笑话，我们家就是两三天不揭锅，一家大小饿的狼嚎怪叫。（21·225）

按："揭锅"指"揭开锅盖"。

老爷连连口内尊，布上写的不像字，叽溜拐歪像臭虫。（21·236）

按："叽溜拐歪"即"弯曲歪斜"。

那人头案的凶手想来也非远处之人，大家在方近必须要留神查访，定能擒获。（41·202）

按："方近"即"附近"，《大词典》未收。

二、提供了一些方言的特有语法现象

语法虽是不同方言区语言系统中差距最小的部分，但各方言区在语法方面也会有一些典型性的特征，如山东方言中的"知不道""吃了吗，你？""家走"等一些被认为是山东方言区倒装句的典型句式。车王府曲本也提供了一些方言的特有语法现象，但比山东方言区的这些倒装句形式要复杂。

（一）吴语方言区中的语法现象

车王府曲本中，吴语的有关信息主要出现在昆曲中，如《投信三挡全串贯》《三醉全串贯》《玉堂春总讲》《戏叔全串贯》等。吴语信息的大量出现，是因为昆曲本身就是在吴语方言区内产生。它们的存在，让车王府曲本的方言色彩在地域上呈现上更为全面的态势，如下面吴语方言区中的部分语法现象。

晓得个哉，外厢伺候。（13·68）

骗得渠好个哉，只算消闹白相。（13·254）

小姐，那间梳妆，勿但城丧乡下。女客头发里，才有鬼拉哈个哉呢。（13·268）

按："个哉"是吴语方言区的特有虚词，"苏州单说'个'是表示过去，单说'哉'是表示完事，'个哉'连着说是加重完事的语气"[①]，相当于普通话中的动态助词"了"。"个哉"在吴语方言区中，常与"得"连用，形成"得个哉"形式，相当于"得了"。

哎哟！原来是位师太，勿便个，请过子一家罢。（13·160）

按："勿便个"即"不方便"，文献中也有相关用例，如："咦（见乐突然退步），今朝亦勿拈香（对外背供），倒老早有个礼生拉里（侧点乐）。等歇公子来勿便个，要喊开俚个（向台中走）。唅，朋友！坐拉几里勿便个，走出去（在乐左侧说）！"[②] "黄二姐袖中掏出一只金时辰表，一串金剔牙杖，双手奉与翠凤，道：'耐说物事一点勿要，我也晓得耐个意思，勿好拨耐。该个两样，耐一径挂来咪身浪，无拨仔勿便个晼，耐带得去，小意思，也勿好算啥物事。'"[③] "勿便个"中的"个"是吴语方言区中常用的虚词，此处用在"勿便"之后是对已有事件或动作的判定。

（唱）敢是嫂嫂跟前慢憎着你？（白）阿是介？亦弗是。我那间真正猜着里哉。（13·381）

按："阿是介"结构也可扩展为"阿是……介"，不是真正的疑问。结构中的"介"是语气助词，其功能是加强语气。

[①] 王力：《汉语讲话》，北京联合出版公司2019年版，第59页。

[②] 徐凌云口述，管际安、陆兼之记录整理：《昆剧表演一得·看戏六十年》，古吴轩出版社2009年版，第268页。

[③] （清）韩邦庆：《海上花列传》，百花洲文艺出版社2011年版，第290页。

（丑白）要几时居来乣介？（小生白）约耍两个月方回。（13·384）

按：例中语气词"乣""介"合用，表示疑问语气，类似于语气词"呢"。

（二）山东方言中的特有句式

车王府曲本中有一类被动式、处置式及兼语式，它们的结构含有"给+PRON"，其中"PRON"还为第一人称代词"我"。据冯春田[①]研究，"被动标记+N（P）+给+PRON+V（P）"的句式是山东方言的特有句式。其特殊之处正在于"给+PRON"的存在，又以"给我"为典型结构。事实上，直到今天，山东人还喜用"给我"结构，如"给我做作业""给我吃饭""给我睡觉"等。不过，这些结构中V之宾语的所有者或受益者与"我"无关，此处用"给我"仅是一种言语表达习惯，且言语发出者和言语对象之间通常是上对下、长对幼的关系。由此可见，"给+PRON"结构尤其是"给我"结构的使用，并不会出现在任何句式中。

具体而言，"被动标记+N（P）+给+PRON+V（P）"式结构在车王府曲本中的部分用例有：

叫你给我搅进斗，安心要来弄松爷。（21·407）

老汉膝下只有一个儿子，跟随一家大臣看马。那知不分青红皂白，也被他们给我杀了。（24·487）

按：这类结构的特殊之处在于介词"给"后出现的只能是人称代词。车王府曲本中的"处置标记+N（P）+给+PRON+V（P）"结构，也应是山东方言的特有句式，如：

包老爷立刻坐堂，众多差人叩喜已毕。冒见包老爷分付："将放告牌给我抬出。"（25·382）

烦劳尊驾帮帮我，把行李借光给我搬进门。（21·359）

借仗尊神把三把正火放出，押回他的邪火，把杭州该死的人马给我烧死。（29·42）

按：从语义上看，以上结构中的"给我"是否存在，并不影响语法及语义的表达，它的存在是为了强调"给谁做什么事"。

车王府曲本中，"致使标记+N（P）+给+PRON+V（P）"的用例有：

老孙炼就长生术，无穷奥妙广神通。却因何，叫我给他去养马，大材小

---

① 冯春田等：《明清山东方言语法研究》，山东教育出版社2012年版，第926页。

用不通情。(27·76)

将车夫打坏了,可叫谁给我赶车呢?(21·25)

按:以上两例中"给+PRON"中的PRON不再只是"我",还有"他",说明此类结构的使用范围在逐渐扩展。

(三)北京方言句式

车王府藏曲本中使用了大量的北京方言词语,相应地也会有有一些方言句式存在。例:

把饭碗给摔了,饭也不吃啦。(5·400)

按:该例体现了北京话的用语习惯,即"处置式里的叙述词系表示损害者,叙述词前面还黏附着一个'给'字。这'给'字在语法上没有什么意义,只当它加重语意的就是了"①。

我的老妈,这是怎么话说呢?(27·218)

按:"这是怎么话说呢"是北京方言中的惯用句式,属于口语。

任何文学作品进入市场后,都面临着被受众品评的可能,对受众而言,"鉴赏判断必需具有一个主观性的原理,这原理只通过情感而不是通过概念,但仍然普遍有效地规定着何物令人愉快,何物令人不愉快。一个这样的原理却只能被视为——共通感,这共通感是和人们至今也称作共通感(Sensus Communis)的一般理解本质上有区别:后者(一般理解)是不按照情感,而是时时按照概念,固然通常只按照不明了地表示的原理判断着"②。车王府曲本中大量使用方言区词语及语法结构,既为其他方言区的受众从新话语层面解读、鉴赏文学作品提供了可能,也为车王府曲本语言的丰富性增加了诸多新鲜内容。

第四节 车王府曲本语言的文化学价值

文化是一个非常抽象且复杂的概念,古今中外有很多学者给过200多种

---

① 王力:《中国现代语法》,北京联合出版公司2019年版,第89页。
② [德]康德:《判断力批判(上)》,韦卓民译,商务印书馆2017年版,第73页。

定义，且数量随着时代及研究者视角的变化，其定义还处于一种动态性的改造中。如陈华文（2001）总结了前人诸多关于文化的定义及特点后，指出："所谓文化就是人类在存在过程中为了维护人类有序的生存和持续的发展所创造出来的关于人与自然、人与社会、人与人之间各种关系的有形无形的成果。"[1] 该定义重点强调了凡是由人类创造出来的有利于维护人类自身生存与可持续性发展的即是文化，但现实是，人类创造出的文化不都是如此，还有很多不利于人类存在与发展的文化。人类的发展不是一蹴而就的，也不是从初始就具备了科学文化意识与素养的，人类发展的几乎每一步都处在探索、修正、创新的程序中，其中必定会伴生诸多负面的文化现象，如裹脚文化、鸦片文化、利己文化、欺诈文化等。所以，文化的定义属实应涵盖全面才符合其应有的特质，唯其如此，才有可能客观全面地看待一种文化，也才能更好地摒弃文化中的糟粕成分，促进文化的科学继承和发展。同样是在考察了诸多文化定义后，郭齐勇（2014）指出："文化不仅存在于物化了的器物或制度结构之中，而且存在于积极地表现人类活动能力的动态形式之中。文化是人的创造性、建设性的活动，文化是人在物质或精神的丰富多样具体而微的活动中的自我创造。"[2] 该定义将文化分为了具象和抽象两类，核心为它是人类的一种能动性自我创造，如此就规避开了积极文化和消极文化的问题，易于我们全面系统地研究文献中的文化现象。

从时间脉络看，文化又可分为传统文化和现代文化，而讲传统文化时，又涉及了文化传统和传统文化的区别。"文化传统指文化累积中影响深远、贯通古今，其影响及于现在以至未来的那些具有根本性的内隐与外显的要素。传统文化是已经完成的固定的东西，属于文化史考察研究的对象。文化传统贯通古今，便获得了随时代发展而变异转化的机制，从而为研究社会现状与未来趋势的学人所十分关注。但在理论与实践上这两者又很难截然分开。文化传统是从对于传统文化的研究中概括而来的，文化传统对于现代社会的重大影响，决不能脱离传统文化事相而发生效用。"[3] 这也是我们为什么要研究车王府曲本中文化现象的主要原因。

---

[1] 陈华文：《文化学概论》，上海文艺出版社2001年版，第12—13页。
[2] 郭齐勇：《文化学概论》，武汉大学出版社2014年版，第15—16页。
[3] 刘守华主编：《文化学通论》，高等教育出版社1992年版，第100页。

研究车王府曲本的文化学价值,不仅要明确文化的定义,还要明确什么是文化学。文化学就是"以一切文化现象、文化行为、文化本质、文化体系以及文化产生和发展演变的规律为自己的研究对象,它从总体上研究人类的智慧和实践在人类活动方式包括思维方式和行为方式上的表现及其发展规律"[1]。郭齐勇论述得更为具体,"文化学是一门与哲学、历史学、社会学、人类学、考古学、民族学、民族志学、民俗学、宗教学、神话学、语言学、心理学等相互交叉、渗透的综合学科,是人文思潮和科学思潮的整合。它要研究的是人类社会从物质生存条件的再生产和人类自身的再生产开始的各地域、各种族的人的活动方式即人类为实现自身价值、满足自身需要和欲望而进行的创造性活动的演变历程、规律及物质与精神的成果。文化学不仅研究一定民族或社会集团在一定时空条件下的具体行为,而且研究这些民族或社会集团在彼时彼地必须遵循的行为准则、价值标准等抽象体系。文化学通过对于文化殊相的研究刻意认识其背后的共相,通过对文化部分的把握提扬到对文化总体的把握,由'器'而'道',进行概括和抽象,上升到理性和哲学的高度,认识文化的生存环境,文化的地域、民族、时代、阶级属性,文化的累积与变迁、继承与创新、传统与现代、大传统与小传统、民族化与世界化、多样性与统一性的关系;即是探讨文化的要素、特征、性质、动力、结构、功能、价值、生命,研究文化各系统的类型、形态、机制、历程(发生、发展、成熟、衰变)和文化系统之间的传播、接触、碰撞、选择、涵化、交融、转型、整合的规律"[2]。所以,文化学的研究对象不仅与显性或隐性的文化现象与内涵有关,它几乎涉及了文化与世界间关系的各方面,"文化学研究的最高任务和现实目的,即是为造就通晓古今中外、具有文化自我批判意识和高度现代文化素质的人提供理论的根据,而这也就是促进文化本身的进化和完善化"[3]。

车王府曲本中所蕴含的文化现象分清代之前和清代两种,前者体现了清代人对中国传统文化的一种能动性继承,抑或说是无意识的继承;后者则体现了清代人在当时背景下,对文化的一种能动性创造。在车王府曲本所蕴含

---

[1] 陈华文:《文化学概论》,上海文艺出版社2001年版,第14页。
[2] 郭齐勇:《文化学概论》,武汉大学出版社2014年版,第19—20页。
[3] 郭齐勇:《文化学概论》,武汉大学出版社2014年版,第20页。

的文化类型中,尽管有很多是消极负面的,但其不是凭空而生,总是蕴含着一定的文化心理及社会现实,故而也很值得我们探究,其目的却是重点探究在当代如何规避它们。

车王府曲本中有大量关于清代社会现实的文章,如子弟书《碧玉将军》《銮仪卫叹》《官衔叹》、牌子曲《急拉吃得甲》《烟鬼作阔十三月》《劝夫断瘾》、说唱鼓词《施公案》《刘公案》《彭公案》等,都隐含着清代不同层面的大量社会现实,为当下相关研究提供了诸多参考资料。

从具体呈现形式上看,车王府曲本中文化现象可分为大段的文化描写、文化词语呈现及内容情节里隐含的文化主旨等三大类,它们从不同维度对文化的呈现,为清代文化学甚至是中国文化学的研究都提供了很多可以参考的内容。

一、展现了中华民族文化中的诸多文化内容与类型

中华民族的文化特质是对诸多具象文化提炼而成的结果,车王府曲本中的价值正在于它呈现了诸多清代之前及清代时期的文化内容,它们互相辉映,不仅建构成了车王府曲本独有的文化世界,也展现、储存和传承了中华民族诸多的文化内容。

具体看,与衣食住行有关的文化是车王府曲本展现的一个重点,除此以外,庙会文化、休闲文化、婚丧文化、语言文化等,其实都在车王府曲本中有所展现,此处以休闲文化和庙会文化为例作以展示。

(一)休闲文化

休闲文化指人们为打发劳作之余的时间、放松心情或修身养性等而采取的各种方式,它与其他文化的显著差异在于它"以环境空间的自然性质为本体,文化随着环境空间自然关系而改变"[①]。即是说,车王府曲本中与休闲文化有关的内容可能在表象上与现代不一样,但实质上却是一样,如子弟书《阔大奶奶逛二闸》《阔大奶奶听善会戏》体现的是清代女性的休闲,前者属于近郊旅游,后者则类同今日的看演唱会;子弟书《柳敬亭》《郭栋儿》《评昆论》

---

① 郑冬子:《休闲文化与空间——愉悦体闲的环境学原理与地理学的解释》,中国商务出版社 2020 年版,第 342 页。

体现的则是清代人通过听书放松自我的休闲方式。

（二）庙会文化

牌子曲《十二景》体现的是庙会文化，不仅展现了人的文化心理，还展现了当时诸多的民俗文化。

以上两种文化能够在车王府曲本中以独特的形式存在，是因为作者在合理的语法规则内利用相应的词语搭建了适合的语言文字舞台，没有它们，任何文化现象也不可能在车王府曲本中呈现，即以上内容实则都是通过具体的词语和句子而体现。如《阔大奶奶逛二闸》中是自然风景和人文风景并有，首先，它提及的"庆丰闸""二闸"所指相同，是清代人消暑游玩的地方，《阔大奶奶逛二闸》正是通过阔大奶奶在二闸坐船的动态视角，串起了二闸的景色。牌子曲《十二景》中的庙会场景描写可以看作是当时庙会的代表，它写道：

此时正遇盘山会，各样玩艺奔山坡。中旛台搁配挎鼓，杠箱紧跟大秧歌。坛子硅子跑竹马，吵子十番打鼓罗。杠子花砖还有冰盘球棒、五虎棍。（56·184）

三月三里三月三，蟠桃宫外好人烟。做买做卖人不断，档档子玩意摆的那们全。冰盘来捧、跑旱船、跑热车一溜烟。睄看人站两边，车门上挂着一串大沙雁，洋洋得意跑的那们欢。（56·141）

（三）节日文化

中华民族文化特别重视节日文化，并赋予了不同节日不同的风俗，这一点在车王府曲本中多有体现。

五月端阳小孩欢，艾叶茯苓挂在门前。小孩换上衣衫，葫芦带在身边。（56·141）

按：上例讲的是端午节时，大门前要悬挂艾叶及茯苓，小孩子则需要穿上新衣服并佩戴葫芦。这些习俗其目的都是基于希望家庭成员安康意愿的产物。《新年打糖锣赶板》则全篇讲的都是当时春节前后的习俗，具有极为重要的民俗学价值。

首先，它描写了年前小商小贩卖的货物类型、人们购买的年货类型：

正月里的银子腊月里就关，二十一二还放黄钱。卖香炉、燋烛台儿的满街上叫唤。画儿棚子搭满了街前，神纸摊子抅着门神挂钱。汤羊合那鹿肉、野鸡吆喝新鲜，关东鱼、冻猪、野猫堆在街前。爆竹床子、佛龛合灶王龛、佛花、供花儿、磁（瓷）器而也出摊。祭灶的关东糖，卖到二十二三，元宝、阡张绕街上串串。没打儿的先生写买对联，家家户户都要过年，请香请燃，蜜供、南鲜、粘糕、馒首、蒸食买全。祭神的猪头、羊头、包饽饽的白面，猪羊牛肉，年例长钱。（57·170）

上面这段内容着眼中下层群体，生动刻画了当时年货售卖的热闹场景，同时还展现了诸多特有文化现象。"黄钱"即"新出炉的大钱"，因为是新年，所以会发放一些新钱。非但如此，为了让旗人过个好年，正月的俸银腊月就发，体现出了清政府的一点人文关怀精神及深谙春节重要性的民族文化心理。这段描写还反映了当时售卖年货的方式，有流动摊位、有固定摊位，形成一幅动静结合的年货买卖场景。除"黄钱"外，此段话中还有很多反映当时特有的词语，如"神纸"即冥纸，祭祀或上坟用的纸；"画儿棚子"即售卖年画的棚子，清代富察敦崇《燕京岁时记》设有"画儿棚子"条，"每至腊月，繁盛之区，支搭席棚，售卖画片。妇女儿童争购之。亦所以点缀年华也"[1]；"汤羊"指"带皮的羊"；"野猫"即"野兔子"；"关东糖"是当时专门用于祭祀的糖；"阡张"是"一沓子白纸，用切纸刀切成钱圈、钱眼，又连在一起"[2]。例中的"鹿肉"虽不是清代时的词语，但反映了当时旗人过年买鹿肉的特有习俗。

其次，描写了除夕夜及春节一天的习俗活动，清代中下层旗人那种既讲究礼节又苦于没钱状态下的一种别扭行为跃然纸上：

三十儿晚晌，煮饽饽捏完，火锅子装上，等着新姑爷拜年。踩岁的芝麻秸儿，院子里撒严，小妖儿们磕头为的是弄钱。压岁的老官板儿，小抽子儿装圆，喜欢的个个跳跳蹿蹿。接神的鞭炮，响声儿震天。初一一早，都出去拜年，家家户户把门来关。有来的要见节，就说出去拜年。不到的，又是挑礼，俗了个非凡。旗下爷们见面，有把满洲话翻，无非就是新喜、吉话、吉言。买卖爷们见了面，也要拜年，把磕膝盖儿一拱，乱打乡谈。说的是新春大喜、大发财源。（57·170）

此段话反映的清代旗人春节文化习俗较多。一是清代旗人在除夕夜要准备好饺子和火锅，等着姑爷拜年用。此习俗在反映出对姑爷重视的同时，也反映出他们春节有吃饺子和火锅的习俗；二是反映了当时踩岁的习俗，清代

---

[1] 王碧滢，张勃标点：《燕京岁时记（外六种）》，北京出版社 2018 年版，第 117 页。
[2] 邓云乡：《燕京乡土记上》，河北教育出版社 2004 年版，第 173 页。

富察敦崇《燕京岁时记》设有"踩岁"条,"除夕自户庭以至大门,凡行走之处遍以芝麻秸撒之,谓之踩岁"①。春节时,院里要撒满芝麻秸,春节当天踩,取新年节节升高之义。此段话还描写了中下层旗人讲究礼节,但苦于经济紧张,无法为拜年之人提供食物及压岁钱,因此有了初一早早关门并出门拜年的行为。另外,体现出了当时旗人还具有用满语说吉祥话的习惯。以上林林总总的习俗,都是通过词语与词语的串联才可以展示。此段文字中较为特殊的一个词为"小妖儿",表"小孩"义,观车王府曲本,只有《新年打糖锣赶板》中有。"老官板儿"是"大铜钱",专门用于称呼康熙、雍正及乾隆时期的铜钱;"小抽子"是"小荷包"。以上这些词语,再次说明了车王府曲本词汇在文化方面的价值。

再次,展现了当时走街串巷小商贩所卖小商品的情况。

卖瓜子的小妖儿们,胡同儿串湾。打糖锣儿的也开了市咧,也要弄钱。打着一面糖锣儿,满街上叫唤,卖的东西,听我念念〈窃唱,慢赶板儿〉。他倒说买我的酸枣儿咧、炒豆儿咧、玉米花儿咧、小麻子咧、冰糖子咧、糖瓜儿咧、糖片儿咧,白糖棍儿、芝麻棍儿、豆拧棍儿、纸箱子儿、纸柜子儿、纸花篮儿、纸扇子儿、沙燕儿风琴的纸风筝儿、压腰葫芦儿、花棒儿、木头杓儿、木头碗儿,鞭杆儿、它罗儿、小哨子儿、皮老虎、皮猴儿、拨浪鼓儿、皮耗子儿、泥人儿、泥马儿、泥泥刻儿、泥盘儿儿、泥碗儿、泥球儿。大头和尚斗柳翠,老头儿背着个小媳妇儿。镗儿、毛鬼脸儿、围棋儿、琉璃喇叭、唢嗡儿。砚香炉、砚爊台、砚人儿、砚马儿、砚庙儿。锡蜡桌子儿、锡蜡板凳、锡蜡杌子儿、锡蜡房子儿、锡蜡笼子儿。刀枪剑戟胖小子儿、大肚子儿、高帽子儿、黑胡子儿,拿线儿拉着个玲珑塔。玲珑宝塔十三层,层层叠叠挂金铃。一个金铃重四两,两个金铃重半斤,三个金铃种四两,四个金铃整一斤。金换金,银换银,东风吹的岔了声。一般都是铜铸的,各自音同字不同。他吆吆喝喝的往前走,铜锣儿打的响连天。惊动了小妖儿一大伙,把担子围在正中间。(57·171)

"打糖锣儿的"是旧时穿街走巷卖各种小百货的货郎,因其常用敲锣的形式招揽顾客且多有糖果、点心等货物而得名。上面这段文字就基本上记载了其所卖货物的类型。与今日对比,很多玩物在当今孩子的世界里已经消失,

---

① 王碧滢,张勃标点:《燕京岁时记(外六种)》,北京出版社2018年版,第117页。

如"皮耗子儿""泥泥刻儿""泥碗儿""鏒儿",从这一点看,《新年打糖锣赶板》具有保存清代民俗文化的重要作用。

最后,描写了小孩子们围着货郎摊子挑买货物及闯祸的情形,展现了当时儿童简单而快乐的纯真心态。

这一个拿了枝糖捕镫儿,那一个要吃红梅梨干。这一个要放飞老鼠,那一个只要放黄烟。这一个要吃甜酸枣儿,那一个要吃甜杏干。这一个要买泥烟袋,那一个要买泥磨盘。这一个要放二踢脚,那一个要放菱角鞭。这一个要买地老鼠,那一个要买起火放上天。有一个小妖儿叫作啕气儿,把香火扔在筐子里边,登时引着炮仗捻儿,只听砰、吧,响连天。乡老儿一见黄了脸,握着个筐子叫黄天。齐打伙的放了抢,闹闹哄哄围成团。快拿衣裳盖,把个左大祄的袍子烧了有多半边〈至此往下俱归本岔之音,莫唱窈咪儿〉。急得个乡老儿把爹娘叫,说:"今日活活的坑了咱,这是我打糖锣儿的开了市,大年初一急了个眼蓝。"(57·172)

整体看,《新年打糖锣赶板》是清代的年俗图,是车王府曲本民俗价值的集中体现。需要指出的,其中也有较难理解的词语,如"捕镫儿",从语境中,它应是一种形状较为孩子喜欢的糖果。上文有与之类似的"哺噔儿",但其出现的语境证明它是一种玩具。对于这类词语,我们将在他文中对其展开详细研究。

(四)描写了清代丰富多彩的穿街走巷的商业文化

车王府曲本中描写的很多商业活动,除作为某些篇章部分内容出现外,还有像《新年打糖锣赶板》《卖杂货》《杂银嵌换钱赶板》集中体现的篇章,《新年打糖锣赶板》体现的是春节期间小商贩卖货的情况;《卖杂货》描写的则是首次进城做买卖的乡下人进货、卖货的情况,主要价值在于展现了很多小玩具、小吃食。《杂银嵌换钱赶板》描写的则是收取废旧物品的内容,展现了很多种当时人们的日常用品。《杂银嵌换钱赶板》在上文中有所体现,此处仅以《卖杂货》为例说明当时充满生活气息的小商贩文化。

买了一副竹筐合扁担,还有两根棕绳,又买了个牛皮鼓儿合糖锣儿放在筐中。又买了一杆假秤,有毫无星。来到了鲜鱼口儿南边儿,果子市中买了些个打娃娃的耍货儿放在筐中。挑将起来,进了前门的老城,转弯抹角绕了些胡同,各人家门口站住身形。牛皮鼓儿打的那们砰砰,糖锣儿打的那们噹嘟嘟、喽嘟嘟，乱响连声（窃赶板儿）。这才招惹的那些小姑娘儿、小阿哥儿、小妞妞、小相公小眼睛不登登，小鼻子儿哼哼哼，小嘴儿咕哝哝，小手儿乱捅捅。窃货儿说，"你们哼哼也是白哼哼，手里无钱用不中。到家去合你那婶子咧、大妈咧，找些个碎铜烂铁、刮头篦子、烂头发，斤对斤、两对两、钱对钱来分对分、换铜钱，买我的吃食物、耍顽儿的小琵琶儿、小弦子儿、小月琴儿、小胡琴儿。木头的小刀儿、小枪儿、小弓小箭儿、木碗儿、人儿头鬼脸儿、金瓜钺斧朝天镫。锡燧的椅子儿、锡燧杌子儿、锡燧桌子儿、锡燧板凳、刷牙儿、刮舌子儿、鞋刷儿、马刷儿、大糊刷纸儿的纸车儿、纸船儿、纸轿儿。买我的泥儿的、泥盆儿、泥罐儿、泥人儿、泥马儿、泥骆驼、呱呱的泥蛤蟆、泥炉子儿、泥锅儿、泥碗儿、泥盘子儿、泥碟子儿、泥饽饽、泥饼子儿、泥模子儿。矶做的矶鸡儿、矶鸭子儿、矶小子儿、矶吊子儿、弥勒佛儿大肚子儿。买我的皮子的小猫儿、小狗儿、小老虎、吸吸的皮耗子儿、小升儿、小斗儿、噻噻的小哨儿。买我的吃食儿、胶枣儿、软枣儿、酸枣面儿、挂拉枣儿，冰糖柿霜艳梿榔、瓜子儿炒豆儿、玉米花儿、梨糕、豆梗儿、桃干儿、杏干儿、梨干儿、苹果干儿。一个大钱一捧的咕咕哢儿，一个大钱买一袖，榛子、莲子、落花生、松子儿。黑糖、白糖、八宝南糖、大皮糖，越拉越长，通州一拉拉倒良乡。山楂糕、奶子糕、葡萄糕、小鞭子儿、小胡子儿、嘎儿、棒儿、竹马儿、小炮儿、黄烟儿、明灯儿、滴滴金儿、出溜溜的飞老鼠、换取灯子咧，换两张麻隔背使切。马猗儿、箍吗猗儿，络猫鱼儿、虾米白粉子。归正味儿（57·181—182）

该段文字所体现的小玩具、小吃食之丰富，其他文献极难匹配。

二、展示了中华优秀传统文化的强烈稳定性和可继承性

任何一个社会群体中的人，都要受该社会群体文化的制约，他无法也不能超脱于该文化之上。当然，如果他离开该群体，接触或接受了其他文化的话，他原有的文化知识和素养可能会受到影响乃至冲击，也会做出一定的改变，但在某些特有环境下，原有的文化知识和素养就有可能被重新激发。这些是个体层面展示的文化的稳定性和可继承性，如果将视线投至中华传统文化尤其是千淘万漉后的优秀文化，会发现它的强烈稳定性和可继承性，是镌

刻在正常个体成员血脉中不可磨灭的印记,如饮食文化、服饰文化及交际文化等。社会个体这种能够保持个人文化稳定性的前提是其所在的群体文化具有稳定性,有时还会呈现出个体文化千变万化,但其核心还与群体文化核心保持一致的特性。抽丝剥茧,可以看出车王府曲本中等诸多文化现象也体现了这一点,如称谓文化、服饰文化、饮食文化、祭祀文化等。其中,称谓文化基本上都以个体词的形式出现,而其他类型的文化通常都以多成员式出现在相应的语境中,直接呈现出了相应文化类型的一种集体的具体表现形式,这种形式为受众提供了以面的形式直观感受该文化类型的机会。

城隍爷将鬼怪全赶跑的,弟子供献不辞劳。猪头三牲烧酒不少,枣儿饽饽与蜂糕。炒肉腊酱烂肉面,冬瓜茄子炒蒜苗。馒头馂子荷叶饼,羊头回头猪肉包。(56·291)

按:上文主要描写了普通人为感谢城隍爷而许诺供奉的祭品,它至少体现了以下几种文化内涵:一是体现了中华文化中"知恩图报"的恒定人际交往价值观,这种价值观是能维护良好人际关系、并能促使其健康发展的有力保障器。当然,车王府曲本中不止此处体现了这种篆刻在中华民族血脉中的人际交往价值观,其他篇章中都有诸多体现,如乱弹《得意缘总讲》《满门贤总讲》等。二是体现了中华民族个体在祭祀时的虔诚及庄重心理。该段文字取自牌子曲《乌盆记》,主人公张别古是一个穷人,但是当他对城隍爷许诺祭祀时,他许诺的祭品是他能想象到的也是传统祭祀中常用的一些祭品,如猪头、三牲及烧酒。实际上以张别古的经济状况,他能购买的估计只有烧酒,但是他依然对城隍爷发出了该誓愿,说明他急于请城隍爷帮助自己的心情,以及相信只要供献的祭品足够,他就能获得相应的帮助。非但如此,他在之后还增加了许多当时的食品,如枣儿饽饽、蜂糕、炒肉、腊酱、烂肉面、冬瓜茄子炒蒜苗、馒头、馂子、荷叶饼、羊头、猪肉包等。虽然张别古不可能实现,这些也是作者加注在他身上的内容,但不论如何,这段描写所反映的食品是当时真实存在的,张别古借助其表达的情感也是真的。这些都反映出中华民族文化个体在面对神灵或采取与神灵有关的行为时,总是带着虔诚和庄重心理的。三是反映了中华民族祭祀所用食品的恒定性与创新性,三牲或者说肉与酒是中国传统祭祀中必用的两样祭品。牌子曲《乌盆记》中的这段祭品描写,首先也是先提及了三牲和烧酒,之后才是清代一些可以充当祭品的食物。

三牲和烧酒恰好就体现了中华民族祭品文化的恒定性，清代食品则体现了其创新性。故而，一段简单的描写穷人许诺的祭品，正好表明了中华民族祭品文化的恒定性与继承性。

事实上，将祭祀与食物结合在一起，体现了远古时代人们"靠天吃饭"的生存状态，即自己是否能够顺利拥有食物取决于神灵，故人类不论因为什么原因进行祭祀，总是会供奉各种食物。虽然在人类的祭祀活动及思想中，"存在着极多的怪诞和虚幻的迷信观念，与理性思维相差甚远，但它却闪烁着人类思想的火花，体现出人类精神的境界，代表着人类对自然和自我的超越"[①]。

车王府曲本中，有时会阐释某些习俗的起源，如：

明日乃是清明佳节，不免将今改为寒食节。吩咐众黎民百姓，每年寒食节前三日，不许举火，以报他母子焚之惨也。从今后棉山改为界山，立一忠臣庙，孤王与他春秋二祭。（2·224）

按：例中所言寒食节的来源及习俗与今日不同，今日的寒食节在清明前一天，其持续时间并不是三天。虽然长有所变化，但其核心时间点未变，这就充分表明了该习俗具有强烈的稳定性。

车王府曲本虽然创作于封建时代，但其中不乏一些即便是今日都不落后的思想观念，如下面这段关于人应该好好珍惜生活、正经过日子的描写。

众公，这一段节目齐景公应了一句俗言，"太平日子不过，自己出拱"。就如咱们世俗人家，有一等人家虽不富有，有吃有穿，父母康健，手足和睦，妻贤子孝，儿女满堂，请问这可是何等的造化？偏他不正经过日子，胡搅混闹，无事生非，招灾惹祸，弄个家败人亡，他也改了皮气，学习务正，那知旺运已过，干心受苦不落冻饿而死，还是他的便宜。不然《太上感应篇》上有句言词说浔甚好，祸福无门，为人自招。（24·398）

上段话通过描写一个原本富裕的人，因为不务正业、胡作非为，最终弄得家败人亡的下场，今日读来仍是发人深省。

三、展现出中华民族对某些文化的执着创新思想

人类本身就是一个文化群体，与文化密不可分，文化的变化其实就是人

[①] 高泽强、潘先锷：《祭祀与避邪：黎族民间信仰文化初探》，云南民族出版社2007年版，第3页。

类自身的发展变化,是人类创新思想在文化层面的鲜活反映,也可将其描述为人类具有对文化的执着创新思想。这一点在关乎人类基本生存状态的衣食住行等方面体现得尤为明显,可以说,人类衣食住行等方面的创新绝对是从无止步,精益求精的。为证明这一点,下文以清代女性服饰文化和饮食文化为例,做以简要说明。

首先,为了追求服饰文化的美,清代有些汉族女子开始穿满族的旗装,例:

众公,陶氏他一样打扮,他是汉人,不该打扮着旗装。他梳了一个仙人撅,满头大枝子花儿。长面脸儿豹子眼儿,带着灯笼坠儿,镀金点翠环儿,大镶大沿的纺䌷衫儿,大宽袖子绣花挽儿,绉䌷绢子。围着脖儿,手提着红缎荷包儿,口咬着银头玉咀雕花杆字烟袋儿。他爱站街,他把脚儿蹬在门槛,露出那两只脚儿。月白缎袜儿,红缎满帮蝴蝶鞋儿。(36·158)

按:此段描写中,从发纂、发饰、耳饰、衣服样式,甚至是烟袋等方面,汉族女子陶氏都是旗人打扮,唯一不能改的就是鞋,其因在于裹脚的她只能穿汉族的小绣花鞋。受清政府政策影响,清代女性服饰虽呈现出了满汉交融的特征,但基本上仍保留"上衣下裳"的基本特征,至于像陶氏因条件受限只保留鞋的汉族特质,发式及其他服饰都使用了满族服饰的行为,在车王府曲本中也是较为鲜见的现象。抛开民族情结及对自我民族文化的认知不谈,该女子的行为体现了人类在服饰方面所持有的求新求异思想,甚至会因此而不顾自己的民族属性。

其次,清代文化的创新性,不仅表现在服饰方面,还体现在饮食文化上,如说唱鼓词《包公案》中就有一段有关小饭店内菜品的集中描写:

小铺内,荤素冷热点心全都有,韭炸的吃食却现成。汤面饺,配着却是韭菜馅,焖炉烧饼干酥满葱。要吃这,包子俱是才出屉,挂面、汤圆有好几宗,里面的,荤素馅儿真不错。点心作法赛苏杭,炸春卷,包的馅儿韭菜猪肉,美味馄饨作的精。大师饼,与那萝卜丝儿的饼,双酥烧饼吊炉烘。水晶糕,玫瑰木樨真不少,荷叶糕,清心败火治牙疼。绿豆糕,上面多加些白糖,云片糕,各样果子好些层。要用南酒也都有,五加皮,佛手玫瑰是国手。要用那,应时小卖也都有,还带着,煎炒烹炸与油真。(26·109)

按:上面材料中有韭菜馅的汤面饺、放上葱花的酥脆焖炉烧饼、包子、挂面、荤素馅都有的汤圆、韭菜猪肉馅的炸春卷、馄饨、大师饼、萝卜丝儿的饼及双酥烧饼等,事实上,它们也是今天较为流行的主食。其中,春卷在《大词典》中的书证出自现代文献;闷炉烧饼、挂面、大师饼、萝卜丝儿的饼、双酥烧饼等,《大词典》都未收;汤圆的书证在《大词典》中出自清代文献。虽然《大词典》在收词及书证方面存有诸多问题,但以上情况也能在一定程度上反映出清代饮食文化确实具有创新性的特征。上段材料中的水晶糕、荷叶糕、绿豆糕、云片糕等则发映出清代人在糕点方面的精致追求;南酒、五加皮、佛手玫瑰酒等都是人类不满足酒类品种而创新追求的产物。总而言之,上面这段材料反映的食品虽然不能完全反映清代饮食文化的特征,也不能体现清代饮食文化的典型特征,但至少说明清代人对饮食文化的追求从未停止。

四、体现了中华民族文化的包容性特征

中华民族文化的一个重要特征是在保持核心不变的前提下,还具有极强的包容性特征,这种包容性特征体现在车王府曲本语言方面,则是既有通语的使用,也有方言的使用;既有汉语的使用,也不排斥汉译满语词的使用,等等。非但如此,当它们出现在同一语境中时,彼此间毫无穿凿附会的生硬感,反倒是给人一种高层次的话语层面的享受感。

以昆曲《扯本全串贯》为例,它的起篇是较为正式的汉语通语,如:

我柳芳春寄居赵府,只不过免其穷途,谋食而已。我想箪瓢陋巷,贫士之常;衣敝缊袍,达人之素。(13·478)

而在下文,又通过人物的改变,换用吴语,如:

我里老爷聘介个书记柳相公,再弗晓得是酒养命个。若是一顿无得个黄汤吃下去么?个个酒鳖虫就要狄踱狄踱介爬出来哉。个歇已经是介时候哉,等我不一壶嗒嗒介。相公,相公,酒拉里。(13·478)

按:通语与吴语这种交叉使用的形式,是对汉语所具有包容性的一种体现。当然,包容性不是简单地将通语和方言放置一处使用,而是指它们能共同完成文本内容的阐述及对文本内涵的挖掘,同时还塑造出了富有生命力和艺术感染力的文学艺术形象。吴语不属于北方方言,不是通语的基础方言,还能如此融洽地和通语处于同一作品中,共同合作完成作品,从中可以想见汉语的包容性。语言和文化密不可分,汉语、吴语和中华民族文化都密不可

分，它们之间的融洽共处关系，也正是对中华民族文化具有包容性的一种语言性体现。

车王府曲本中还有大量音译满语词和汉语混用的情况，对于这一点，第五章已经详细说明，此处不再赘述。

中华民族文化的包容性在车王府曲本中还体现在其对塞外地区风土人情的描写，如：

沿路上，作买作卖一派欢呼。估衣多是征裙战袄，铜铁铺是刀勺合大火壶。卖饭的牛羊杂碎筋饼筋面，卖酒的捎带肉铺卤煮豆腐。杂货店内腰刀弓箭、蒙古钵、马扎子背后高跳坐鬟，奶茶铺外牛儿睡卧。千草厂骆驼无数满地扒伏，途中偏览番邦的街市。（22·440）

作者能够将塞外集市中的众生百态融合在文本中娓娓道来，说明他所描写的这段内容中的一切是受众所感兴趣的，也是受众能够接纳的。这种接纳或许仅是对其生活风俗的接纳，而不是一种想要尝试的接纳，但思想上的接纳已经足以体现出中华民族文化的包容性特征。

车王府曲本有很多篇章基于清代社会现实创作，在这些篇章中，既有关于清代社会及文化的大篇幅描写，也有大量不同维度文化词语的使用。从人们的认知及记忆规律看，大篇幅的社会及文化内容可让受众在心理上对其内容有一个大致的了解，但很难让他们获得关于具体内容及语言表述的深度记忆。关于其文化内涵的解读，及有可能具有的文化学价值，都需要研究者对其做以深挖方可。

五、展现了中华民族"百里不同风，千里不同俗"的文化特质

中华民族文化内涵丰富的一个重要表现，即是文化具有很强的地域性特征，甚至有"百里不同风"的古语。此特点表明研究中很难将中华民族文化的具体内容阐释完全。对于文献中记载的，或可撷取一二，但未见于文献的很多文化则难以获取。从此角度看，车王府曲本所展现的小范围内的文化现象，具有极为重要的史料价值。

众公，这村中的风俗赴席都是盐席、当铺这两宗人坐首席，依次打了五间大棚。上面并摆六席，当中独坐是首席，下剩下五席都是上席。（41·63）

按：例中描写的宴席座次习俗极为有趣，在中国传统宴席座次文化中，一般是尊贵的客人或长辈坐首席，但例中却是盐席、当铺的经营者坐首席。这种现象的存在，不代表该村人不懂习俗，只是盐是他们的生活必需品、生活艰难又必须经常与当铺交往，因此村民们并不敢得罪这两类人，才会将他们的座位放置宴席的最尊贵处。

这种习俗虽然应用范围较窄，但却是对村民处世哲学的一种生动呈现，即为了更好地生存，他们总是会把关系到自己生存利益的事放在首位，这也是一般人的处世哲学。换个角度看，即实力决定了一个人在社会上的地位，重要性决定了一个行业在民生中的地位。

六、展现了清代某些行业的习俗

俗言百工有三百六十行，实际上远不止于此。行业之间能够区分清晰，与其具有与之不同的行业特征也有一定的关系。车王府曲本中也呈现了一定的行业习俗，如：

列公，这江湖中作买卖的规矩，比如说明日要去作买卖咧，今日夜晚天交三鼓必浔化了喜纸钱粮。众人叩拜明心，然后大家不论踩盘子的、寨尊等，必浔大家团团围住吃一个合意酒儿，这才出马呢！（41·390）

按：此段提供的是清代江湖人士做买卖（抢劫）的出发习俗，其存在的文化心理是这些人为自己将要有的行为祈福，也反映出他们知道自己所行为不义之事，因此祈福求心安。

七、展现了清代丰富多彩的生活百态场景

人们的生存环境、生存方式及发展方式等多种多样，人与人的交际关系错综复杂，鉴于此，就形成了丰富多彩的生活百态，车王府曲本也对其做了一定的展现，如：

怎广如今我见有人在街上打架必是对面骂会子，斗些嘴皮子。你说我一个棺板不值，我骂你一个少皮没毛。吹一套牛俉骨，道一合子字号。这个提鞋，那一个挽辫子，两个人齐往上凑。（41·412）

按：此段文字是对清代人在大街上吵架情景的描写，可以看出，他们重在动口而不是动手，不过，为了彰显自己的能力，也会做出一些装模作样的假动作。车王府曲本中，还有对清代棍徒们日常行为习俗的描写，如：

人人架着个虎不拉兒，呲毛大头不落架兒。三五成群在窈茶馆兒，图的是拍桌子唬猫没有烂兒。干果子铺去打攒兒，叫了一付盒子三百三兒。未曾喝酒先撇蓝兒，只因内中有个空家兒。喝点子酒就装憨兒，摇头恍脑挽了挽辫兒。脚登着板凳瞪了瞪眼兒，前三指儿把胳膊囵兒。可着手心磕臭烟兒，没臭子带脸抹了个满兒，混讙胡吹信口言兒。说是交哥儿们讲桌面兒，交情过卽子分个里面兒。老朋友咱论搅，各嘞子笑我是个尖兒，人情分子我占先兒。茶前酒后永不刷兒，真比上摔打砸喇永没有散兒，敢说开咧，我是枪炮不怕，惊了车不躲的真好汉兒。（57·215—216）

按：此段行为描写，精准地呈现出了清代土棍们天不怕、地不怕、吊儿郎当、胡吹海嗙及没有钱反倒充有钱人横行霸道、惹人厌的样子。这段对当时与土棍有关文化的生动描写，其意义不仅是揭示了土棍群体们的特征，也是对当时社会旗人文化的一种侧面描写。如当时的旗人也爱养"虎不拉儿"、去茶馆儿、也爱面子，换言之，旗人的言行代表了社会风尚潮流，因此才会被土棍们模仿。

郭齐勇指出："文化学研究一刻也不脱离各民族具体的、历史的社会生活方式，一刻也不脱离表征出这些不同的生活方式特性的活生生、多方面的文化现象、文化环境或氛围、文化生态和心态。文化学既研究文化理论，又重视文化实际；既研究精英文化，又研究大众文化；既研究文化历史，又重视文化现实；既研究死的，更重视活的。文化学研究的，既不是抽象的人，也不是抽象的文化，而是具体的能动的创造活动本身，是造就了一切文化和人之所以为人的过程。世界是被人改造了的世界，因此，从人的活动和人的存在，可以观照世界。"[①] 车王府曲本中的文化现象既有纵向内容，又有清代的现实文化内容，它们互相补充、辉映，较好地诠释了车王府曲本的诸多作者对文化的总结与认知。文化的呈现形式多样。文化的解读方式自然也多样，以上是从大篇幅层面探究车王府曲本语言的文化学价值，接下来，著者将从个体文化词语方面对其说明。

---

① 郭齐勇：《文化学概论》，武汉大学出版社2014年版，第22页。

文化词语，它所代指的文化内涵都浓缩在短小精悍的形式中，受众较易记住它们的形式与核心内涵。所以，车王府曲本中大量文化词语尤其是通过文献及辞书确定的新文化词语，为相关文化内容的传承与当代再现提供了助力。

单就车王府曲本清代词语及清代词义而言，就展示了婚俗、丧葬习俗、饮食文化及服饰文化等方面的诸多习俗。这些习俗被车王府曲本作者以词的形式做了展示，如"钩连搭""放焰口""接三""闹洞房"等；车王府曲本中还有以儿歌形式呈现的文化现象，如："唱的是'小耗子，上灯台，偷油吃，下不来。'（11·281）"这首儿歌中耗子偷油吃的现象点明了中国传统的照明方式。

车王府曲本中还有不同时代文化杂糅的现象，即用明清时代的一些文化词语去描写其他朝代的实情，如：

卢杞说："既有这样人，就命你老老嘱咐重赏于他，命他前去扮作锦衣卫千户，带领健壮家丁前到常州抄没梅魁家私，并将他的家属无论上下一概于常州衙外斩决。"（22·52）

上例就属于用明清时期官府机构去描写唐代官府机构的情况，这种做法虽然体现了相关作者高超的语言文字能力，但由于牵扯文化现象，极易使不熟悉相关历史文化的受众误将"锦衣卫""千户"等看作是唐代的官府机构及官职名称。

当然，车王府曲本中也有一些文化词语在清代早已出现，如"双线行"指的就是专做鞋子、靴子的店铺，早在宋代时就已经使用该词语，车王府曲本对它的使用，是对该文化词语所代表行业的一种保留和继承，例：

在下杨虎，自幼双线行为生。是我好吃、好喝、好玩，叫人家老没劝过来。将这皮匠挑子也押了，喝啦酒啦。（12·307）

就是这一回，就把我们双线行遭头苦了。（12·311）

此说不是夸大，因为《大词典》为"双线行"所举的书证是出自宋代文献《梦粱录》的书证，查读秀数据库，也仅有《梦粱录》中一个书证，说明从古到今虽然做鞋子、靴子的店铺虽然一直存在，但"双线行"一词的使用频率不高，由此，车王府曲本对该词的使用就具有了极为重要的意义。"外卖"一词与"双线行"情况相似，《大词典》中也是孤证，出自宋代《东京梦华录》，在车王府曲本中也有用例：

我瞧出来了,你这是跑堂的歇嘴,你全都他妈的外卖了。(12·308)

"审美的生命力,正是在不同文化层次的推进中,深化为人的内在和外在意蕴形式"①。车王府曲本在语言和文化两个层面所展现的多维内容,让其已经不再是简单的戏剧、曲艺作品,而是清代语言和文化的一次相对集中的呈现,也是对戏剧、曲艺等艺术作品的话语和文化的承载力、表现力、传承力等的展示。传统是每一个文化类型存在的精华,没有传统的文化,就等于失去了灵魂,将在现实中迷失自己②。可以说,车王府曲本中可供研究的语言及文化内容俯拾皆是,是一座曲艺宝库。我们对它的研究,也不会止于此,在之后的研究中,深挖、精研其在语言及文化方面的价值,是我们将持续进行的工作。

---

① 林同华:《审美文化学》,东方出版社1992年版,第3页。
② 陈华文:《文化学概论》,上海文艺出版社2001年版,第3页。

参考文献

[1] 陈锦钊:《子弟书集成》,中华书局 2020 年版。

[2] 黄仕忠、李芳:《子弟书全集》,社会科学文献出版社 2012 年版。

[3] 黄仕忠主编:《清车王府藏戏曲全编》,广东人民出版社 2013 年版。

[4] 首都图书馆:《清车王府藏曲本》,学苑出版社 2001 年版。

[5] 王美雨:《车王府藏曲本清代词汇研究》,九州出版社 2023 年版。

[6] 汉语大词典编辑委员会、汉语大词典编纂处:《汉语大词典》,上海辞书出版社 2022 年版。

[7] 刘春卉:《汉语交互主观性标记及相关句类认知研究》,四川大学出版社 2021 年版。

[8] 石毓智:《汉语语法长编》,江西教育出版社 2021 年版。

[9] 张伯江:《说把字句》,学林出版社 2019 年版。

[10] 刘宋斌:《中国共产党文化建设史》第 1 卷,黑龙江人民出版社 2019 年版。

[11] 吕叔湘:《现代汉语八百词》(增订本),商务印书馆 2019 年版。

[12] 王力:《中国现代语法》,北京联合出版公司 2019 年版。

[13] 邓思颖:《形式汉语句法学》,上海教育出版社 2019 年版。

[14] 邢福义:《邢福义文集》第 7 卷,华中师范大学出版社 2019 年版。

[15] 刘云飞:《现代汉语兼语构式的概念套叠研究》,科学出版社 2018 年版。

[16] 董宪臣:《东汉碑刻异体字研究》,九州出版社 2018 年版。

[17] 周生亚:《汉语词类史稿》,中国人民大学出版社 2018 年版。

[18] 王建军等:《汉语句类史概要》,南京大学出版社 2017 年版。

[19] 王希杰:《汉语词汇学》,商务印书馆 2018 年版。

[20] 石毓智:《汉语语法演化史》,江西教育出版社 2015 年版。

[21] 赵小东:《〈世说新语〉兼语句研究》,中国社会科学出版社 2014 年版。

[22] 王衍军:《汉语文化词汇概论》,清华大学出版社 2014 年版。

[23] 王美雨:《车王府藏子弟书叠词研究》,山东大学出版社 2013 年版。

[24] 温振兴:《影戏俗字研究》,三晋出版社 2012 年版。

[25] 徐慕云:《中国戏剧史》,东方出版中心出版社 2011 年版。

[26] 张涌泉:《汉语俗字研究》(增订本),商务印书馆 2010 年版。

[27] 张斌主编:《现代汉语描写语法》,商务印书馆 2010 年版。

[28] 范晓:《汉语句子的多角度研究》,商务印书馆 2009 年版。

[29] 房玉清:《实用汉语语法》(第二次修订本),北京语言大学出版社 2008 年版。

[30] 苏新春:《词义文化的钩沉探赜》,广州出版社 1997 年版。

[31] 陈刚:《北京方言词典》,商务印书馆 1985 年版。

[32] (清)震钧:《天咫偶闻》,北京古籍出版社 1982 年版。

[33] (清)徐珂:《清稗类钞》,商务印书馆 1966 年版。

[34] 张美兰:《句子成分的添加与〈元曲选〉句式表达的规约》,《南通大学学报(社会科学版)》2021 年第 5 期。

[35] 杜佳烜、唐千航:《满语中动词类汉语借词的词法研究》,《东北师大学报(哲学社会科学版)》2021 年第 6 期。

[36] 韩雨默:《满语植物图腾神灵词语文化语义探析》,《大连大学学报》2021 年第 1 期。

[37] 段卜华、邓章应:《说"欻"》,《中国文字研究》2020 年第 2 期。

[38] 廖光蓉:《汉语句子成分位移超常及其典型性与规范化》,《解放军外国语学院学报》2019 年第 5 期。

[39] 魏启君、王闰吉:《子弟书释字二例》,《中国语文》2017 年第 5 期。

[40] 王美雨:《语言文化视域下的子弟书俗语研究》,《满族研究》2015 年第 4 期。

后　记

从 2009 年首次阅读《清蒙古车王府藏子弟书》后，我就折服于子弟书的魅力，在个人能力范围内，从语言和文化角度对其做了诸多研究。随着研究的深入，逐渐由子弟书延伸至车王府藏曲本，并在 2018 年获得国家社科基金"冷门'绝学'和国别史等研究专项"项目"车王府曲本语言研究"（项目编号：2018VJX063），从此我与车王府曲本有了更深的缘分。

本次研究，我使用的底本是首都图书馆辑录的《清车王府藏曲本（全印本）》，其优势之处在于收录内容较为全面，基本上能够全面体现车王府曲本的特点，影印本的方式，也可让我在研究中获取原始的一手语料。

《清车王府藏曲本（全印本）》共有 57 册，其中第 1 册为简介和目录，其他 56 册则是按照戏曲和曲艺的形式分类后，再以年代为序排列内容。五年来，为了整理分析语料，我逐字逐句阅读它们，并将选中的语料一一打出来，同时与《汉语大词典》进行比对。这种整理和比对的过程极为缓慢，很多时候，每天只能整理 50 多页，而这些，大多是在几内亚经常断电、网络不畅以及物质生活相对匮乏的情况下进行的。因为长期面对计算机，我的视力急速降低，并转换成了严重的白内障，到 2020 年底，右眼已经完全失明，直到 2021 年回国后，通过手术，右眼才重见光明。也是从那时开始，我失去了揉眼的机会，也失去了使用台式计算机的能力，也失去了在光线稍暗地方看东西的机会，很多时候，也会常常因看不清而悄悄泪流满面。但，我从未沮丧，反而庆幸因为自己生活在当代，所以能够重见光明，还能继续从事自己喜欢的工作，还能继续用眼感受这个世界的温暖。

感谢全国哲学社会科学工作办公室给了我"车王府曲本语言研究"这个项

后　记

目，让我有了继续徜徉在"曲海宝藏"车王府曲本中的机会，也让我从中学到了诸多知识。感谢五年来父母及我先生、孩子的包容与帮助，给了我莫大的勇气。

　　课题的结束，意味着新的开始。现在及未来，我会继续拓展研究车王府曲本的范畴，也会继续用热忱回馈这寒来暑往、时不我待的美丽世界！

王美雨
2024 年 5 月 10 日